칭기즈 칸 제국을 달리다

칭기즈 칸 제국을 달리다

유목민과 함께 한 여행

스탠리 스튜어트 지음 / 김선희 옮김

도서출판 물푸레

옮긴이에 관하여

김선희 한국 외국어대학교에서 아랍어와 영어를 공부하고 오랫동안 항공사 일을 했다. 책 읽는 것과 글 쓰는 것을 좋아해서 2002년 근로자문화 예술제에서 단편소설〈십자수〉로 문화관광부장관상을 받기도 했다. 지금은 책을 통해 세상을 아름답게 하고픈 작은 바람을 실천하려 〈수요인문학산책〉의 친구들과 함께 인문학 공부에 힘쓰며, 번역과 창작활동에 몰두하고 있다. 그간 옮긴 책으로는 『아버지, 그립습니다』, 『트렌지션』, 『원대한 나의 꿈』, 『네안의 정상을 찾아라』, 『제임스앨런의 365명상』등이 있다.

이메일 cometrue@dreamwiz.com 홈페이지 플레전트빌 http://pleasantvill.hihome.com

칭기즈 칸 제국을 달리다

1판 1쇄 인쇄 | 2005년 8월 18일
1판 1쇄 발행 | 2005년 8월 23일

지은이 | 스탠리 스튜어트
옮긴이 | 김선희
펴낸이 | 우문식
펴낸곳 | 도서출판 물푸레
등록번호 | 제 1072-25호
등록일자 | 1994년 11월 11일

주소 | 경기도 안양시 동안구 호계 1동 961-11
전화 | (031)453-3211
전송 | (031)458-0097
www.mulpure.com

책에 관한 문의는 mpr@mulpure.com으로 해주시기 바랍니다.
값 11,500원

ISBN 89-8110-219-8 03840

차례

감사의 말

여행 작가들은 특별히 감사의 빚을 지고 있다. 여행 중에 만났던, 내가 미처 다 적지 못한 수많은 사람들의 관대한 친절이 없었다면 아마 이 여행은 불가능했을 것이다.

몽골에는 '환대歡待' 라는, 유목민의 뛰어난 전통이 너무나 강하다. 여행하는 내내 자신들의 친절이 별 게 아니라고 생각하는 사람들로부터 환영과 따뜻한 보살핌, 음식, 그리고 도움을 받았다. 그들에게 나는 뭔가 유별나고 어쩌면 머리가 이상한 사람쯤으로 비쳐졌을 텐데도 그들은 내게 거리낌없이 잘 대해 주었다. 나는 그들 모두를 기억하며, 이제라도 그들에 대한 내 감사의 마음을 전하고 싶다.

여기 영국에서는, 디스커버리 이니셔티브Divcovery Initiatives의 줄리안 매튜, 스텝 이스트Steppes East의 닉 레잉, 여행 안내소의 스티븐 페니, 이들 모두가 엄청난 도움을 주었다. 몽골 불교의 수 바이른과 몽골 대사관의 잠발도지는 정보와 충고를 아끼지 않았다. 패치 이시야마는 말에 대한 많은 지도와 확신을 심어 주었고, 린 워터스는 내가 길을 잃지 않도록 도와 주었다.

몽골에서는, '유목민 여행 & 탐험' 의 헬지 레이쯔와 케이트 글래스톤베리가 너무나도 값진 지원과 조언을 해 주었다. 또한 간치메그, 오이운게렐, 인크토야, 루이자 와이, 우나 머피, 그리고 리비아 모나미에게도 감사의 뜻을 전한다.

이 여행을 성공적으로 마무리 할 수 있도록 도와 준 사람들은 두 명의 통역, 볼드와 만다이다. 이들은 함께 말을 타고 몽골을 가로지르는 기쁨과 수고로움을 불평 한마디 없이 성실히 해 주었다. 이 둘은 정말 멋진 동료이며, 언제까지나 존경하는 친구로 남을 것이다. 이 책에 대한 이들의 공헌은 헤아릴 수조차 없다.

나는 문크줄에게 특별한 빚을 지고 있는데, 그녀는 나의 친한 친구로, 2년이 넘는 기간 동안 자신의 고국에 대한 통찰력을 내게 나누어 주었다.

항상 그렇듯, 나는 「선데이 타임즈」의 크리스틴 월커에게도 큰 빚을 지고 있다. 그는 몽골에 대한 나의 첫 번째 기사를 실어 주었을 뿐만 아니라, 그때부터 지속적으로 내게 지면을 할애해 줌으로써 상당한 도움을 주었다. 7장의 일부는 약간 다른 모습으로, 그 신문에 먼저 실렸었다.

몽골 이름과 단어들은 라틴 문자로 소리나는 대로 적었다. 철자의 복잡함 때문에, 대부분의 경우 현대의 역사가들이 수용할 만한 형태를 선택했다. 하지만 자연스러운 표현을 위해 부분적으로는 약간의 일관성을 잃기도 했다.

나는 1990년 해크루트 소사이어티Hakluyt Society에서 출간한 피터 잭슨과 데이비드 모간의 『루브룩의 윌리엄 수사 사절단』의 자세한 주석이 달린 번역에 처음부터 끝까지 도움을 받았다. 그러나 윌리엄 수사로부터의 대부분의 인용구는 윌리엄 록힐의 번역에서부터 따온 것이다.

마지막으로, 신지아 프라투셀로의 크나큰 도움에 감사의 뜻을 표하고자 한다. 그녀의 도움은 아낌이 없었고, 이 책의 산고를 그녀와 함께하게 된 것은 커다란 기쁨이었다. 그녀의 격려와 충고는 내게 가장 큰 힘이 되었다. 그 결과물인 이 책을 사랑과 함께 그녀에게 바친다.

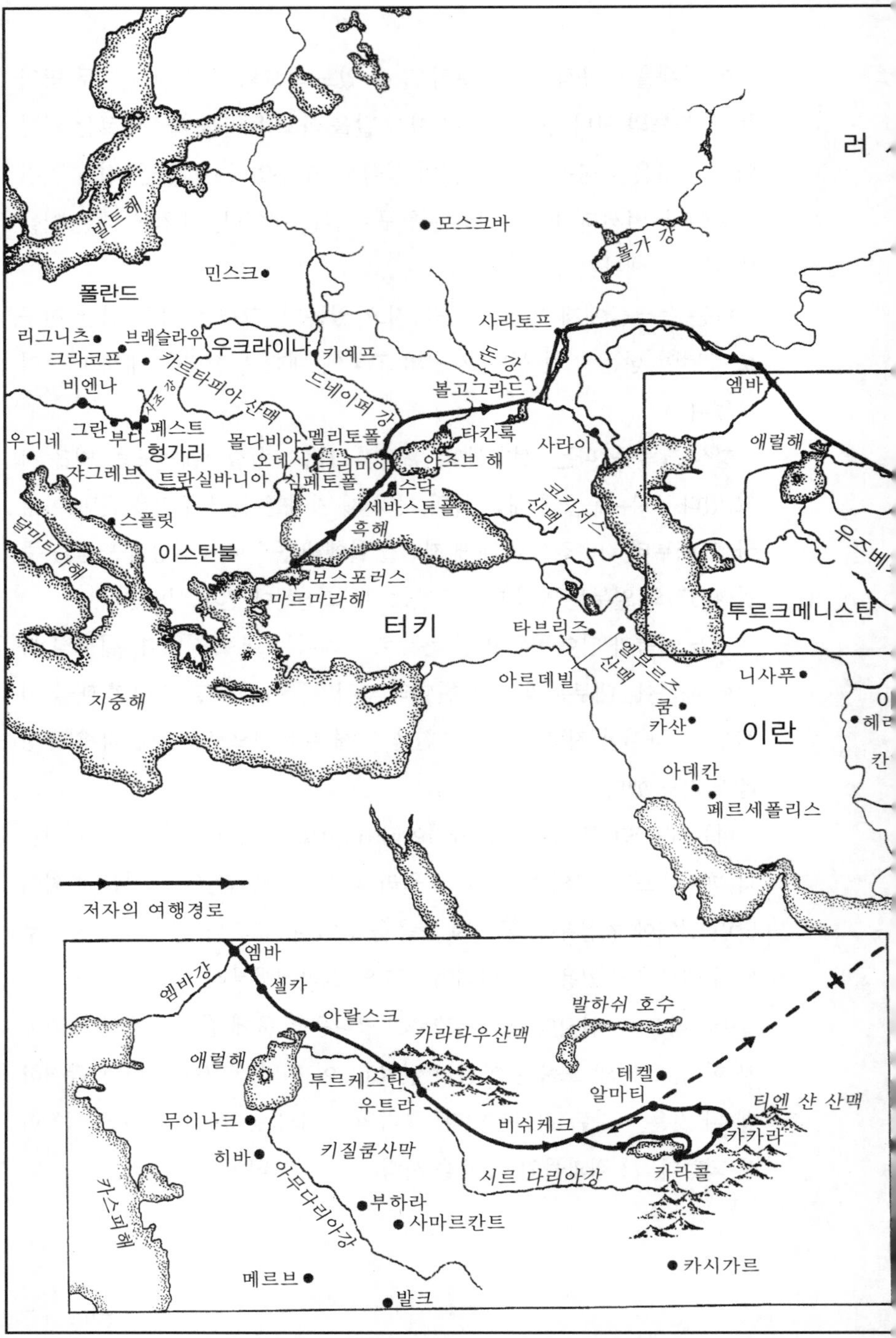

러
모스크바
볼가 강
발트해
민스크
폴란드
사라토프
리그니츠
브래슬라우
우크라이나
키예프
돈 강
크라코프
카르파티아 산맥
드네이퍼 강
볼고그라드
엠바
비엔나
그란
부다
페스트
헝가리
몰다비아
멜리토폴
타칸록
사라이
애럴해
우디네
오데사
크리미아
아조브 해
쟈그레브
트란실바니아
심페토폴
수닥
세바스토폴
흑해
코카서스 산맥
스플릿
이스탄불
우즈베
달마티아해
보스포러스
마르마라해
투르크메니스탄
터키
타브리즈
엘부르즈 산맥
아르데빌
니사푸
지중해
쿰
카산
이란
헤라
아데칸
페르세폴리스
저자의 여행경로
엠바
엠바강
셀카
아랄스크
발하쉬 호수
카라타우산맥
애럴해
투르케스탄
테켈
알마티
우트라
티엔 샨 산맥
무이나크
비쉬케크
카카라
키질쿰사막
히바
카라콜
시르 다리아강
아무다리아강
카스피해
부하라
사마르칸트
카시가르
메르브
발크

0 250 500 1000 1500 킬로미터
0 250 500 750 1000 마일
바나울
이르쿠츠크
바이칼호수
올지
울란 바토르
카라코룸
다달
몽골
만주
탄
르기즈스탄
이스크 쿨
티엔 샨 산맥
스탄
[아래 상세지도 참조]
샹투
베이징
황해
중국
인도
버마
남중국해
모스크바
1280년 당시
몽골제국의 영토
카라코룸
바그다드
베이징

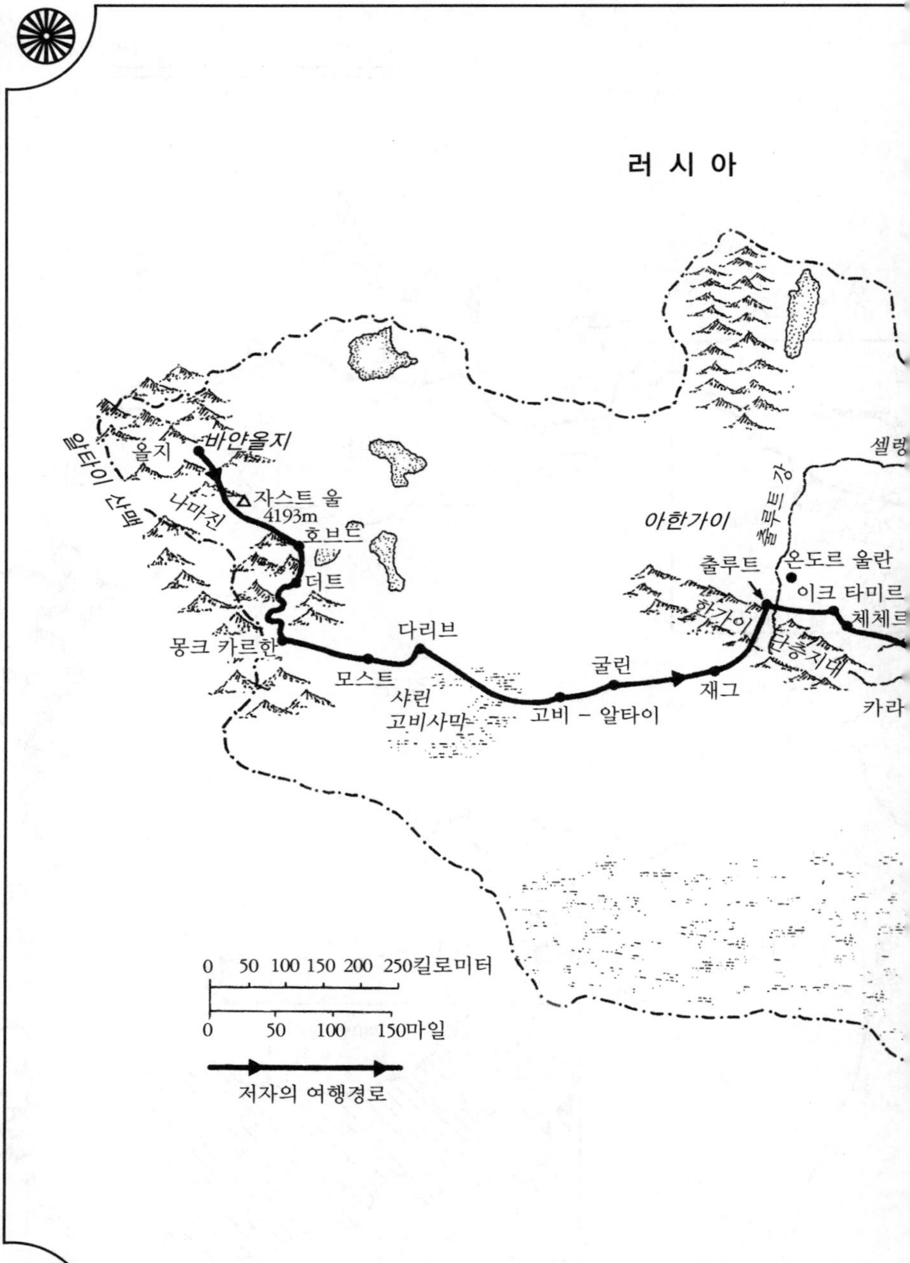

러 시 아
알타이 산맥
올지
바얀올지
자스트 울
4193m
나마진
호브드
더트
몽크 카르한
모스트
다리브
샤린
고비사막
고비 - 알타이
굴린
재그
아한가이
출루트
출루트 강
한가이
단층지대
온도르 울란
이크 타미르
체체르
셀렝
카라
0 50 100 150 200 250킬로미터
0 50 100 150마일
저자의 여행경로

MONGOLIA

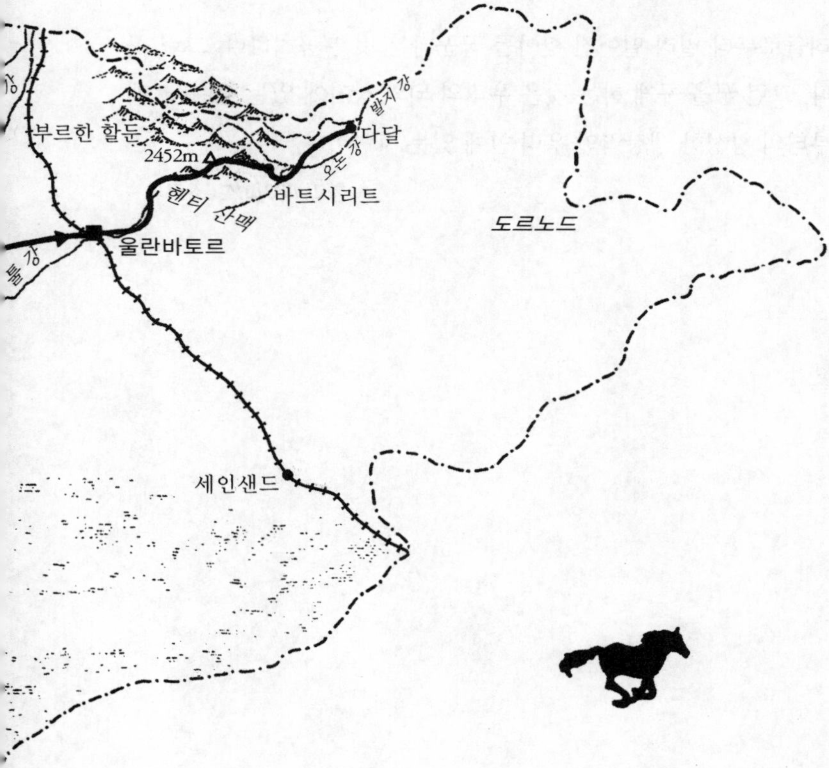

"그 광활한 대초원에서, 햇빛을 가득 받은 채 그는 저 멀리 점과도 같은 유목민들의 검정 텐트를 볼 수 있었다. 그곳에는 자유가 있었다. 그곳에는 시간 자체가 멈춘 듯했다. 마치 아브라함과 그의 양떼들의 시대가 아직도 지나가지 않은 듯했다."

– 도스토예프스키, 『죄와 벌』 중에서 –

"우리들로부터 멀리 떨어진 황야를 꿈꾼다는 것은 공허하다. 그런 곳은 없다. 그런 꿈을 꾸게 하는 것은 우리의 뇌와 창자에 있는 늪이다. 태고 적부터의 왕성한 생장력인 우리 안에 있는 자연이다."

– 헨리 데이비드 소로우 –

서문

어릴 적 할머니는 나를 몽골 아이라고 부르곤 했다. 지금 생각하면 몽골 아이라는 단어에는 초원과 낙엽, 해질녘의 땅거미, 그리고 말 냄새가 난다.

할머니는 아일랜드의 작은 언덕마을에 살고 있었다. 그곳에서 남쪽을 바라보면 모언 산맥(북아일랜드에서 가장 높은 산으로, 그 높이가 852m이다.- 옮긴이주)이 보였다. 나는 저녁마다 할머니가 '또 하루가 가는구나' 라고 표현했던 긴 땅거미 아래 교회 담을 따라 깔려 있는 포장도로, 보리수나무 아치 길에서 놀곤 했다. 그 놀이는 내가 만든 나 혼자만의 모험이었다. 그 모험에는 기병대와 범죄자도 있었다. 내 종마는 이제 막 베어 낸 풀밭과 가을 낙엽더미를 헤치며 힘차게 뛰어다녔다. 우리는 교회 담을 단박에 뛰어 넘었다.

땅거미가 지면 할머니는 이제 집으로 들어오라고 나를 소리쳐 부르곤 했다. 할머니의 목소리는 황혼 속에서 밧줄처럼 구불구불 울려 퍼졌다. 나는 가능한 한 버텼다. 할머니의 목소리가 잡아끄는 걸 피해 깜깜한 어둠 속에서 나무 아래를 힘껏 내달렸다. 그러다 나를 부르는 할머니 소리가 그치면, 나는 낙엽 위에 앉아 남쪽 지평선에 펼쳐진 모언 산맥을 바라보았다. 산맥은 어두컴컴했지만 매혹적이었다. 산맥은 광활한 다운 주(북아일랜드 6개 주 중 하나. 영국 아일랜드 섬 북동부를 차지하는 북아일랜드는 앤트림, 아마, 런던데리, 다운, 퍼매너, 티론의 6개 주(州)로 이루어져 있다.- 옮긴이 주)의 경계선이었다. 아버지 말로는 산맥 너머에 바다가 있다고 했다.

기다란 밧줄처럼 늘어지는 할머니의 목소리가 다시 들려올 때면, 내 말은 이미 무덤 사이로 스르르 사라지고 없었다. 그제서야 나는 천천히 집으로 돌아갔다. 까진 무릎에 머리카락 여기저기 낙엽을 단 채 뒷문으로 들어오는 나를 보고서 할머니는 몸을 구부려 내 옷의 먼지를 털었다. 그리곤 몇 번이고 이렇게 중얼거리곤 했다.

"몽골 사람 같다니까. 영락없는 몽골 아이야."

할머니 말고는 누구도 그 신비스런 몽골인에 관해 이야기하는 걸 나는 들어본 적이 없었다. 또한 몽골인이 어떤 사람인지도 몰랐다. 그 단어가 일종의 꾸중임을 알고 있었지만, 그 속에는 칭찬의 뜻도 들어 있는 것 같았다. 난 그 단어에 담긴 '제멋대로'이고 '애매모호한' 느낌이 좋았다. 그 단어가 함축하고 있을 것 같은, 앞뒤를 가리지 않는 무모함 속에서 살고 싶었다.

하나의 지역으로서 몽골에 관해 분명하게 알기 전, 내게 있어 몽골이라는 단어는 집으로 들어오라는 할머니의 목소리를 뒤로한 채, 느릿느릿하게 깔려 오는 아일랜드의 황혼 속에서 매일 밤 뛰어놀던 멋진 모험 그 안에 깃들어 있었다.

내가 처음으로 유목민을 본 건 25년 전 이란에서였다. 당시 나는 페르시아 왕도(고대 페르시아의 수도인 수사로부터 아나톨리아를 거쳐 에게 해에 이르는 고대 도로로 총 연장 2,400km 이상이다. 그리스의 역사학자 헤로도토스에 따르면, 왕의 전령은 '눈이나 비, 더위와 어두운 밤'에도 멈추지 않고, 이어 달리는 방법으로 9일 안에 전 구간을 달렸다고 한다. 알렉산드로스 대왕은 이 왕도를 지나 페르시아 제국을 침공 정복했다.－옮긴이주)를 따라가는 탐사대의 일원이었다. 롬멜Rommel과 필즈W. C. Fields를 반씩 섞어 놓은 것 같은 매력적인 허풍선이에게 이끌려, 우리 소규모 행복한 몽상가 팀은 18개월이라는 시간을 벌판에서 보내고 있었다. 랜드로버 두 대에 나눠 타고 아나톨리아와 자그로스 산맥 주변을 덜커덕거리며 달렸다. 우리가 가진 것은 비가 새는 텐트와 헤로도토스('역사의 아버지'라 불리는 그리스 역사가.－옮긴이 주)의 책뿐이었다. 그래도 정말 근사한 여행이었다. 풍경은 너무나도 멋졌고, 사람들도 친절했으며, 우리에게는 역사적 동기라는 그럴듯한 구실도 있었다.

페르세폴리스Persepolis의 유적지 바로 밑 마르브다쉬트 평원에서는 콰시가이 부족Qashga' i tribes이 하나리샤흐Hanalishah 주변 계곡에 있는 여름 목초지를 향해 무리지어 북쪽으로 이동하고 있었다. 그들은 마치 중세의 대상隊商처럼 새로 자란 밀밭을 건너 새로운 목초지를 향해 북쪽으로 함께 이동하고 있었다. 여인네들이 길을 벗어난 양들을 몰 때마다 스커트의 금색, 은색 자락이 햇볕을 받아 반짝거렸다. 호리호리하고 다리가 유난히 여윈 말을 탄 남자들은 중앙아시아 언어로 소리치며 대상의 주변을 이리저리 왔다 갔다 했다. 텐트의 기둥과 돌돌 말린 카펫을 실은 낙타들, 그리고 눈망울이 큰 아이들이 먼지 속에서 움직였다. 시반드 마을의 끝자락, 벽으로 둘러싼 정원에서 채소밭을 손보고 있던 한 늙은이가 이들이 지나가는 것을 줄곧 지켜보고 있었다. 노인의 얼굴에는 뿌리 깊은 혐오감이 드리워져 있었다.

나는 이처럼 매혹적인 사람들을 본 적이 없었다. 이들은 땅 한 조각 갖고 있지 않았지만 파르스 지방을 마치 자신들의 안방인 양 활보하고 다녔다. 페르세폴리스의 돌 궁전 밑을 지나면서도 이들은 그 궁전의 아름다움을 전혀 알아차리지 못했다.

몇 주 후, 우리는 아데칸Ardekan 주변의 산맥을 통과했다. 그곳은 알렉산더가 페르세폴리스를 정복하기 위해 페르시안 게이트Persian Gate에서 아케메네스 왕조의 마지막 요새를 무찔렀던 곳이었다.

이 좁은 계곡에서 우리는 콰시가이 부족장을 찾아갔다. 때는 눈부신 6월이었으며, 풀은 무성했고 양떼들은 살이 통통하게 올라 있었다.

"유목민 텐트 문은 항상 열려 있습니다."

우리가 도착하자 칸(중세의 타타르, 몽골 등 여러 부족의 지배자를 지칭함.- 옮긴이주)은 이렇게 콰시가이 방식으로 우리를 환대해 주었다. 우리는 멋진 킬림과 쿠션 위에 앉았다. 주변을 둘러보니 수놓은 자루와 상자, 새들백, 그리고 유목민의 가구들이 텐트 뒤쪽 벽을 따라 산더미처럼 쌓여 있었다. 돌투성이의 언덕 너머, 아래에는 칸의 아들이 염소를 초록빛 강가로 몰고 있었다. 다른 쪽 방에 있던 칸의 딸들은 자리에서 일어나 우리에게 찻잔과 물담배통을 가져다주었다.

우리는 정치에 관해, 그리고 부족들을 정착시키고자 하는 정부의 압력에 관해 이야기를 나누었다.

"항상 이런 식이오. 도시 사람들, 평지에 살고 있는 사람들은 우리를 통제하려고 합니다. 그들은 우리를 야만인이라고 생각합니다."

칸은 웃으며 이렇게 말했다. 부족의 혈통이 3세기를 거슬러 올라가는 그는 이런 점에 대해 민감해 했지만, 점잖고 친절했다.

"사람들은 우리가 한 장소에 정착하기를 원합니다. 우리를 도시 생활의 일부로 만들기를 원해요."

텐트 벽으로 바람이 세차게 불어대자, 텐트는 마치 배처럼 삐거덕거렸다. 텐트의 기둥 위에서는 새들백이 흔들거렸다.

"우리 부족은 한때 이란에서 막강한 지위를 누렸소. 하지만 그 화려했던 시절은 지나갔습니다. 우리 유목민들의 장래가 어떨지 나도 잘 모르겠습니다. 우리 삶의 방식이 끝나는 건 아닐까 두려울 따름이오."

그는 마치 자연 경관 그 자체가 후퇴하기라도 하는 양 계곡을 향해 몸을 기울였다.

"우리는 수 세기 동안 이 산맥을 따라 이동했소. 칭기즈 칸의 발자국을 따라 이 땅으로 온 겁니다."

콰시가이 부족은 중앙아시아의 대초원에서 이주해 온 수많은 유목민들 중 하나이다. 이란은 쇠퇴해가는 문명이었고, 이 유목민들의 침략이 페르시아의 역사를 이루었다. 왕조가 쇠퇴할 때, 예술이 쇠퇴기에 접어들 때, 관료들이 부패하고 귀족들이 유약하고 비겁해질 때, 사람들은 야만인들이 곧 들이닥칠 것을 알았다. 그것은 천벌天罰임과 동시에 구원救援이었다.

거친 기수騎手들이 광활한 초원에서 물밀듯 밀려와 변방에 살고 있던 이웃들을 약탈하는 방식은 아시아 전역에 걸쳐 되풀이되었다. 키르메족Cimmerians, 사르마트족Sarmatians, 토카라족Tocharians, 서양에서는 훈족으로 알려진 흉노족Xiongnu 등 당혹스러울 정도로 다양한 이름으로 불리는 이들이 이곳을 침략했다. 러시아는 16세기까지 '타타르의 멍에'로부터 자유롭지 못했다. 인도의 경우 위대한 무갈 제국은 옥수스 강(지금의 아무다리야 강으로, 중앙아시아 최대의 큰 강이다. 고대 그리스에서는 옥수스 강이라 하였다. 라틴어로 옥수스 강, 아라비아어로는 자이훈 강이며 아무다리야는 페르시아어이다. – 옮긴이주) 너머에서 온 유목민들에 의해 세워진 것이다. 중국의 경우 유목민들의 침략을 막아 내려는 헛된 희망을 품고 만리장성을 건설했다.

유목민의 힘이 가장 막강했을 때는 바로 13세기, 몽골족 덕분이었다. 칭기즈 칸의 카리스마 넘치는 지도력 하에서 한세대에 걸쳐 몽골족은 중앙아시아의 대초원에서 말을 타고 내달려 인류 역사상 한 번도 구가한 적 없는 대제국을 건설했다. 남중국해로부터 발트해에 이르기까지 몽골족은 인류에게 공포의 대상이었다. 몽골족은 아주 갑작스럽고도 순식간에 도처에 존재하게 되었다. 그들은 비엔나 무도회에 초대받지 않은 손님이었다. 그들은 페르시아 공주들을 납치하고 중국 왕조를 무너뜨렸으며, 미얀마의 사원을 약탈하고 부다페스트를 불바다로 만들었으며, 바다를 가로질러 일본을 침략했다. 심지어 머나먼 영국까지, 몽골족은 단연 세간의 화제 거리였다.

13세기의 연대기 작가였던 매튜 패리스Matthew Paris는 '마지막 나팔 소리'를 이렇게 알렸다.

"몽골족들이 다가오고 있다. 종말이 멀지 않았다."

불안에 휩싸인 사람들은 근처 교회로 몰려가 구원의 기도를 드렸다.

콰시가이의 민속전통은 몽골족과의 관련성을 보여주고, 북부 파키스탄의 외진 변방 부족장으로서의 칭기즈 칸의 위대한 모습은 알렉산더 대왕의 후손임을 보여주고 있었다.

"몽골족은 영웅의 혈통이었소. 세계를 지배했던 유목민이었습니다. 그런데 지금은 어찌 되었습니까? 다른 민족들과 마찬가지로 빛이 바랬소."

칸이 말했다.

"그들은 고향 몽골로 돌아갔습니다."

내가 말했다.

칸은 나를 미심쩍은 듯 바라보았다. 그는 전설적인 분위기 속의 몽골족이 진짜 고향이 있는 진짜 사람이었다고 생각하지 않았던 것이다.

"몽골이 어디에 있습니까?"

잠시 후 칸이 물었다.

"중국 너머에 있지요."

나는 대답했다. 그가 다시 물었다.

"그곳에 가 본 적이 있소?"

"아니오, 없습니다."

맞은편 언덕에서 양떼를 모는 양치기의 휘파람 소리가 초저녁 공기를 타고 마치 새소리처럼 텐트를 향해 들려왔다. 그것이 마치 신호인 양 여인네들은 들통과 염소 가죽을 들고 나와 우유를 짜러 밖으로 나갔다.

"지금 몽골은 어떻습니까?"

칸이 물었다.

"여전히 유목 생활을 합니다. 대부분의 사람들이 정착해 살고 있는 이곳과는 달라요. 몽골은 아시아에서 마지막 남은 유목 국가입니다."

내 말을 들은 칸의 표정이 신중해졌다. 그리고 칸은 마침내 이렇게 말했다.

"몽골에 가 보고 싶군요. 칭기즈 칸의 후예들을 보러 말이오. 그들의 텐트와 양떼를 보고, 그들이 어떻게 사는지 보고 싶소."

그는 우리들의 공통의 관심사에 사로잡혀 버린 것이다.

"우리 함께 갑시다. 당신에게도 좋을 겁니다. 아내도, 양도 없으니까요. 우리 함께 몽골로 가서 칭기즈 칸의 후손들을 만나 봅시다."

칸은 이렇게 분명히 말했다.

미래의 탐험의 열정에 사로잡힌 우리들은 살구 향내가 나는 양 스튜 요리를 함께 나누어 먹으며 황혼녘까지 말에 관해 오랫동안 이야기를 나누었다.

아침에 칸은 우리와 함께 자동차를 타고 시라즈Shiraz에 갔다. 그는 겨울 목초지와 관련해 벌어진 부족 간의 논쟁을 조정하러 지역 행정관을 방문하러 가는 길이었다.

"요즘 상황이 이렇소. 수 세대에 걸쳐 양떼를 방목해 왔던 우리의 초원을 정부 관료에게 탄원해야 한다니까요."

그는 이미 몽골로 가는 여행을 까맣게 잊고 있었다.

하지만 나는 잊지 않고 있었다. 나는 그때부터 25년 동안 외몽골을 여행할 생각을 키워 왔다. 늘 이 마지막 유목민의 광활한 아시아 영토를 여행하길 동경해 왔다. 그것은 정착 세계와 유목 세계, 그리고 도시를 세우고 정착한 사람들과 도시를 건설해 정착하는 것이 일종의 배반이라고 생각하는 사람들 간의 불안정한 경계선을 넘나드는 여행이라고 생각했다.

그토록 동경하던 몽골 여행을 실행하게 되면, 그리고 그곳에 가면, 말을 타고 수천 마일에 이르는 몽골을 횡단하리라 마음먹었다.

말을 타고 달리는 것이야말로 이번 여행의 가장 핵심적인 목표였다. 몽골에서는 걸음마도 제대로 못하는 아이들도 말 타는 것부터 배운다. 그러므로 말을 타고 여행하는 것이 몽골에서는 너무나 당연한 것이다. 그것은 아일랜드의 황혼에서 뛰어놀던 철부지 소년의 성실성의 문제이기도 했다. 소년이 스스로 선택한 여행이었다.

나는 이 장대한 계획에 사로잡혀, 지금껏 단 한 번밖에 말을 타본 경험이 없다는 사실을 간과하고 있었다. 처음 말을 타 본 것은 와이오밍에서였다. 그곳에서 분위기 파악을 잘하는 한 영리한 농장 주인이 내게 말 한 마리를 주었는데, 말이 어찌나 순하던지 타고 가는 도중에 그만 내가 잠이 들 정도였다. 하지만 그것만으로도 내 자신이 기수騎手라고 확신하기에는 충분했다. 때때로 나의 착한 친구들이 내 승마 경험에 의문을 제기하곤 했다. 친구들은 목장에서 휴일을 보내는 것과 몽골에서 수천 마일을 달리는 것의 차이점을 조심스럽게 지적하려 했다. 그렇지만 내 계획을 포기하게 만들지는 못했다.

출발하기 전, 분주한 일정 속에서도 나는 새 안장을 사기로 했다. 몽골인들은 나무로 된 안장에 앉는다. 난 아마도 그것이 생존을 위해 필요한 기술일거라 생각했다. 하지만 나는 말이 날뛸 때 안심하고 잡을 수 있도록 안장 머리가 달린 서양식 안장을 사기로 했다. 그날 헤리퍼드셔의 근사한 마구상에서 장비를 쇼핑하며 행복한 오후를 보냈다. 온갖 마구가 가득 차 있는 그곳에서 나는 로프며 굴레, 마부용 빗, 반짝이는 발굽, 펠트로 만든 안장 밑 깔개, 새들백, 박차 한 쌍, 휴대용 물병, 등자(안장에 매다는 장비. 말에 오를 때나 타고 있을 때 기수의 발을 받쳐 주는 역할을 한다.-옮긴이주)를 샀다. 그리고 이상하게 생긴 연장도 하나 샀는데, 그건 꼭 치즈 나이프처럼 생겼다. 어디에 쓰는 것인지 설명을 듣지 못했다.

런던으로 돌아오는 길에 나는 헤리퍼드 대성당에 들러 '마파 문디' Mappa Mundi를 감상했다. 그 지도는 현대적인 분위기를 풍기는 특별 전시실에 걸려 있었다. 화랑의 밝은 태양 빛을 뒤로 하고 있는 그곳 전시실의 은은한 불빛이 과거의 희미한 불확실성처럼 느껴졌다. 그 지도는 몽골제국이 전성기를 구가했던 13세기 후반의 것이었다.

수 세기가 흐르는 동안 밝은 초록빛 바다, 푸르른 강 같은 원래 표면의 물감 대부분은 떨어져 나가고, 남아 있는 것이라고는 오직 빛바래고 낡은 가죽 색 뿐이었다. 헤리퍼드 대성당의 종교적 고요함 속에서 그것은 마치 종교의식 때 쓰는 유물 같았다. 그것은 상징과 이해하기 힘든 문자로 쓰인 한 조각의 아주 오래된 가죽, 주문과 경외로 가득한 지도였다. 지리에 대한 13세기 유럽인의 지식은 매우 보잘것없었다. '마파 문디'는 흔히 이야기되는 것처럼 그다지 뛰어난 지도는 아니었다. 그건 성서, 고전 작가들, 중세의 신화에서 취합한 온갖 이야기와 불가사의를 대륙에 걸쳐 요약, 배치해 놓은 것이었다.

약 40년 전에 쓰인 매튜 패리스의 경고가 이곳 아시아의 공포 속에 그대로 드러나 있다. 유럽은 성과 첨탑의 조그마한 선들로 대표되는 활기찬 도시들로 가득한 반면, 나머지 세계는 전설적인 캐릭터들의 풍광으로 묘사되어 있다. 마치 터무니없는 이야기와 망상, 이 세상 경계 너머의 어두움에 대한 희망과 공포가 가득 찬 지도처럼 보인다.

아프리카에는 유니콘, 그리고 말처럼 생긴 악어를 타고 있는 사람들이 있고, 나일 강 상류의 활기찬 지역에는 블레미스가 있는데, 그들의 머리는 가슴 중간에 붙어 있다. 그 너머에는 사티로스, 헤르마프로디테스, 트로글로디테스, 그리고 아래 입술이 툭 튀어나온 멋진 인종이 있다. 그들은 적도의 뜨거운 태양으로부터 자신을 보호하기 위해 입술을 마치 우산처럼 펼치고 있다.

그 당시의 관행대로, 지도의 위 동쪽에는 아시아가 지도의 절반을 차지하고 있다. 인도는 알레리온과 같은 전설적인 새들과 히다스페스 강둑에 숨어 있는 악어들로 가득 차 있다. 용들이 실론 섬을 가로질러 떼지어 날고, 개의 머리를 한 사람들이 카르파티아의 동쪽 지역을 순찰하고 있다.

몽골로 가는 나의 여행은 이아손의 황금빛 양털 가죽(그리스 신화에 나오는 이야기. 이아손은 텟살리아의 도시 이올코스의 왕이었던 아이손의 아들이었다. 아이손은 정치를 돌보는 일이 싫어서 아들 이아손이 성인이 될 동안만 왕위를 아우인 펠리아스에게 맡겨 두었다. 그 후 이아손이 성장하여 숙부에게 왕위의 반환을 요구하자 펠리아스는 그를 처치하기 위해 황금 양털을 가져오면 왕권을 돌려주겠다고 제안한다.- 옮긴이주)이 바짝 마른 가죽처럼 튀어나와 있는 흑해의 동쪽 끝을 지난다. 북쪽에는 고대 그리스의 야만인들의 오지인 스키타이Scythia가 있다. 그곳에는 조금은 호전적으로 보이는 남자 둘이 칼로 서로를 위협하는 모습이 있다. 서쪽으로는 그리포네스Grifones가 있는데, 그곳에는 적의 몸을 말 장식으로 사용하는 유목민 전통의 일부가 남아 있다. 그래서 사람의 피부가 종마 위에 안장으로 놓여 있는 걸 볼 수 있다. 옥수스 강 너머에는 사마르칸트Samar kand가 놓여 있다. 이 지역에서는 보기 드문 도시이다. 마치 엘리자베스 시대의 글로브 극장처럼 보인다. 저 멀리 하타르테스Jaxartes 강둑 위에는 죽은 부모를 공손하게 먹어 치우는 에세데네스Essedenes가 있다. 부모가 벌레에 먹히느니 차라리 직접 먹는 게 더 낫다는 믿음 때문이었다.

작은 탑으로 에워싸인 뭉툭한 반도 위에는 길고 약간은 함부로 쓴 변칙 라틴어로 그곳이 알렉산더가 카인Cain의 아들들을 가두어 두었던 곳이라는 설명이 적혀 있다. 그들은 예수의 적Antichrist(초기 그리스도교에서 말하는 이 세상의 종말, 예수 재림 전에 나타난다고 했음.—옮긴이주) 시절에 탈옥하려고 했던 겁 많은 부족이었다. 거기서 멀지 않은 곳, 테라콘타Terraconta 섬에는 고그Gog와 마고그Magog의 후손들이 있다. '소름끼치는 종족' 인 그들은, 신의 적으로, 언젠가 신의 왕국을 침략하게 될 것이다.

나는 아시아 변방에 있는 나의 목적지를 자세히 살펴보기 위해 까치발로 섰다. 지도의 맨 위 왼쪽 모서리에는 알려진 세상의 가장 먼 끝, 몽골이 위치해 있어야 했다. 그러나 중국 국경과 어두운 대양 사이의 양피지는 더욱 어둑어둑하고, 형상은 더욱 희미해져 있었다. 마치 황혼 속으로 사라지는 것 같았다. 밑그림은 말발굽을 한 남자들을 보여 주고 있다. 그곳은 히포포데스Hippopodes의 땅이다.

고대 그리스 시절에서부터 대초원의 기수들과 대결했던 정착민들은 기수들의 비범한 승마 솜씨는 인간의 것이 아니며, 기수들을 말의 일부라고 생각했다. 만약 몽골인들에 관한 소문을 지도 제작자들이 알았다면, 아마도 몽골인들은 이곳에 엄청나게 빠른 속도로 난폭하고 무모하게 뛰어다니는 말처럼 그려졌을 것이다. 그리고 그곳이 나의 목적지였다. 상상의 지도책 위에 있는 아시아의 저 먼 끝 희미한 지점 말이다.

1장
몽골의 성모 마리아

이스탄불로 향하는 밤 비행기는 거센 바람에 몹시도 덜컹거렸다. 그에 맞춰 먹구름이 동쪽에서 몰려오고 있었다. 곧 천둥번개가 칠 듯했다. 비행기 날개 밑으로 살짝살짝 드러나는 아시아는 어둠에 싸여 있었다.

도시로 들어섰을 때는 이미 자정이 지난 후였다. 이스탄불은 고요했다.

나는 어둠 속에서 좁고 높이 솟은 집들과 창문 위 부채꼴 채광창, 연철鍊鐵 발코니, 커튼이 내려진 창문들이 즐비한 술탄 아흐멧의 가파른 골목들이 유럽인들에게는 어떻게 보였을까 생각해 보았다.

그 생각의 끝을 잡고 나는 천천히 오래된 아구스태움Augustaeum의 텅 빈 정원을 가로질러 갔다. 그곳에는 이스탄불의 위대한 경쟁자인 술탄 아흐멧 모스크(술탄 아흐멧 1세에 의해 지어진 모스크로 일반적으로 블루 모스크라고 불린다.– 옮긴이주)와 성 소피아 대성당이, 승자와 패자인 듯 장미 화단을 사이에 두고 서로 마주보고 서 있었다.

술탄 아흐멧 모스크는 우아하고 섬세했다. 가히 건축술의 백미라 할 수 있었다. 첨탑 주위로 불빛 속에서 새들이 날아다녔다. 광장의 맞은편에는 한때 그리스도교 세계에서 가장 위대한 성당이었던 성 소피아 대성당이 플라타너스 고목에 둘러싸인 채 새쭉하게 서 있었다.

나는 자갈이 깔린 거리에서 비잔티움 성벽과 마르마라 해를 바라보고 있는 호텔 하나를 발견했다. 달려가다시피 그곳으로 가 창문을 두드려 로비 의자에서 잠자고 있던 베키bekci를 깨웠다. 키가 크고 슬퍼 보이는 그는 아무 말 없이 나를 위층으로 데리고 가더니, 마치 무대 위의 연극 배우처럼 느릿느릿 방을 보여 주었다. 그리고는 소중한 상자의 뚜껑을 닫듯이 조심스레 방문을 닫았다.

여행지에서의 첫날밤은 항상 낯설다. 나는 창가로 다가가 터키 거리를 내려다보았다. 맞은편 쓰레기 더미 속에서 고양이 한 마리가 자신의 영역을 표시하고 있었다. 고개를 들어 보니, 지붕 너머로 마르마라해와 보스포러스해협(유럽과 아시아 사이에 위치한 해협으로 흑해와 마르마라해를 연결하고 있다. 고대, 중세만 해도 지중해와 흑해 간의 거의 모든 상거래는 이 해협을 통해서 이루어졌다. – 옮긴이주)이 맞닿은 곳에 배들이 닻을 내리고 정박해 있는 것이 보였다. 나는 그 중에 러시아 배가 있을까 궁금했다. 흑해를 지나 크리미아로 가는 이 여행의 첫 구간으로 나를 데려다 줄 러시아 화물선이 있었으면 했다. 하지만 마음속에는 아직도 온통 런던 생각뿐이었다.

그래서였을까, 좁은 침대에서 선잠을 자던 나는 우리 집 친숙한 방에서 짐을 싸는 꿈을 꾸었다. 그러다가 말에게 먹일 당근을 챙겨야겠다는 생각에 잠에서 깨어났다. 뿌연 창문 너머로 무에진muezzins(이슬람 사원(모스크)에서 신자들에게 육성으로 기도시간을 알리는 사람. – 옮긴이주)의 목소리가 울려 퍼지고 있었다.

옥상 테라스에서 성 소피아 성당의 우울한 장밋빛 벽을 바라보며 아침을 먹었다. 갑작스레 마음속에서 런던이 사라지더니, 세상이 달라 보였다. 한층 상승된 기분으로 방안 침대 위에 지도를 펼친 다음 나의 여행로를 살펴보았다. 그리고 선박 회사에 전화를 걸어 다음 주에 세바스토폴Sevastopol로 가는 배가 있느냐고 물어 보았다.

이스탄불이 지난 5세기 동안 이슬람 도시였다는 사실에도 불구하고 유럽인들은 아직도 이곳이 자신들의 것이라고 느끼고 있었다. 약 2천 년 동안 이곳은 유럽인들 것이었다. 비잔티움은 그리스의 도시였고, 비잔티움을 계승한 콘스탄티노플은 신생 로마의 도시였다. 이스탄불의 고고학 박물관에 있는 알렉산더의 화려한 석관石棺과 에우리피데스(고대 그리스의 3대 비극 시인 가운데 한 사람으로, 아이스킬로스와 소포클레스에 뒤이은 마지막 인물이다.- 옮긴이주)의 부조浮彫 조상彫像은 고대의 유물들로 가득 찬 방안에서도 단연 눈에 띈다. 이곳은 아시아와 유럽이라는 두 대륙에 걸쳐 있는, 세상에서 유일한 도시이다. 하지만 그 심장은 오랫동안 유럽에 있었다.

그런데 유럽인들이 다른 곳에 신경을 쓰고 있는 동안, 이곳은 유럽의 궤도에서 벗어나 아시아 제국을 통치하는 터키의 도시가 되었다. 오스만 제국의 술탄과 이슬람 칼리프의 중심지가 된 것이다. 유럽의 방문객들에게 오늘날의 이스탄불은 몇 년 동안 아라비아를 방랑하다 돌아온 천방지축 삼촌처럼 보인다. 공단으로 만든 바지를 입고, 턱에 수염을 달고, 물담배를 피우며, 거기다 검정색 차도르를 두른 아내를 데리고 온 삼촌 말이다.

고대 콘스탄티노플은 그 지리적 위치로 인해 유목 야만인들에게 지레 겁을 먹고 있었다. 저 멀리 흑해에 위치한 대초원을 떠돌아다니는 말을 탄 스키타이인들에 대한 소문은 그리스의 반인반마半人半馬 괴물인 켄타우로스의 전설을 불러 일으켰다. 반은 인간이고, 반은 말인 스키타이인들의 거친 욕망은 문명질서에 대한 위협이었다. 하지만 이 도시는 유목민들의 침략으로 고통 받은 적이 거의 없었다.

1453년 봄, 터키인들이 콘스탄티노플을 습격했을 때, 그들은 자신들의 조상이 유목민이었다는 것을 까맣게 잊고 있었다. 그들은 이슬람과 페르시아 궁정의 풍습, 그리고 수 세기에 걸친 도시생활 습관을 고스란히 이어받았다.

비록 몽골인들이 콘스탄티노플을 점령한 적은 없을지라도 거기에는 몽골제국의 진기한 유물이 한 가지 있는데, 그것은 바로 무치리오티사 Mouchliotissa 혹은 '몽골의 성모 마리아' 로 알려진 13세기의 비잔틴 성당이다. 이 성당은 터키 침략 이전 그리스 수도와의 유일한 연결고리이다. 모스크로 바뀌지 않은 유일한 비잔틴 성당이기 때문이다. 나는 런던에서 무치리오티사에 관해 궁금한 것들을 팩스로 총주교 교구에 문의했고, 콜럼버스가 아메리카를 항해하기 전에 파괴되었던 비잔틴 제국의 도시인 라오디게아Laodicea의 부주교로부터 매우 정중한 답장을 받았다. 그는 내가 이스탄불에 도착하면 방문해 달라고 했으며, 내가 그 성당에 방문할 수 있도록 도와 주겠노라고 했다. 부주교의 팩스는 나의 여행에 대한 총주교의 축복으로 끝맺고 있었다. 나는 잠시, 교황의 축복보다 더 오래되고 더 위대한 성직자의 축복을 받으며 외몽고로 떠난다는 생각에 마냥 취해 있었다.

그리스 정교의 바티칸이라고 할 수 있는 그리스 정교회의 총주교 교구는 마치 1453년 터키의 침략이 집을 옮겨야 할 정도로 오랫동안 지속되는 것이 아니라 그저 일시적인 일탈인 양 이스탄불에 그대로 남아 있다. 사실 수 세기 동안 그리스인들이 이스탄불에 계속 살며 미사를 올렸음에도 불구하고, 터키의 침략 이후 그 숫자는 지속적으로 줄어들었다.

12세기에는, 오스만 제국의 몰락과 터키 민족주의와 이슬람 근본주의의 등장으로 인해 그리스인들의 대규모 이주가 있었고, 오늘날에는 이스탄불의 1,200만 인구 중에서 고작 4천 명이 안 되는 그리스인들만이 남아 있을 뿐이었다. 하지만 총주교는 마치 아무 일도 일어나지 않은 양 자신의 도시에 살고 있다. 그러나 총주교가 전 세계에 퍼져 있는 그리스 정교도들을 관할하고 있음에도 불구하고, 이곳 이스탄불에서 그의 신도들과 그 자신의 지위는 점차 약해졌다. 아이러니하게 이런 모순이 총주교를, 멸망해 가는 왕국을 지배하던 중국 자금성의 마지막 황제처럼 신비한 몽상가로 비쳐지게 만들었다.

화창한 아침에 나는 양털 모자에 실크 조끼를 입은 한 늙은 이슬람교도를 불러 세워 택시를 타고 골든혼Golden Horn으로 갔다. 총주교는 페너Fener에 있었다. 그곳은 한때 그리스의 교구였지만, 지금은 원리주의의 특성이 강한 가난한 터키 구역이다. 보초병들이 감시하고 있는 그곳은 높다란 성벽으로 둘러싸여 완전히 포위되어 있었다. 가공의 적을 만들어 내는 재주가 있는 이슬람 근본주의자들은 정기적으로 총주교를 표적으로 삼았다. 마치 그 늙은 성직자가 6,000만 이슬람교도들의 종교적 충성에 대한 위협이라도 가하는 것처럼 말이다. 벽에는 낙서가 휘갈겨져 있었다. 작년에는 이웃한 첨탑으로부터 폭탄 하나가 안마당으로 떨어져 쉰 살 먹은 문지기와 1,500년 된 도서관을 잃을 뻔했다고 한다.

비서 조지가 나를 맞아 주었다. 조지는 부주교가 늦을 것이라며 내게 양해를 구했다. 자신의 교구가 지난 5백 년 이상 이슬람이었다는 사실에도 불구하고, 부주교는 분주히 돌아다니고 있었다. 나는 조지의 사무실에 앉아 부주교를 기다렸다. 조지는 큰 키에 덩치가 크고, 기다란 검정 예복을 입고 굵은 턱수염을 기르고 있었다. 이 낡은 성벽 안에 있는 다른 사람들과 마찬가지로 그 역시 위엄 있는 성직자처럼 보였다. 나는 조지가 미네아폴리스Minneapolis의 고등학교 3학년 학생이라는 사실에 깜짝 놀랐다.

이스탄불 그리스 공동체의 극심한 쇠락은 총주교 교구의 빈 일자리,

심지어 성벽 안에서의 일자리를 채우는 것조차 매우 어렵게 만들었다. 외부 그리스 세계에 대한 그들의 요청으로 미네소타 출신의 그리스계 미국인 소년인 조지는 고등학교에서 대학에 들어가는 1년간의 휴식기 동안 이곳에서 일을 하게 되었다. 조지의 출현으로 인해 그들은 행운을 얻었다. 조지는 기다란 얼굴에, 움푹 패인 검은 눈 등 총주교다운 외모를 지니고 있었다. 조지는 이 일을 일주일 만에 해낼 수 있는 사람처럼 보였다. 그들은 조지에게 대주교의 예복을 내주었고, 조지는 턱수염을 길게 길렀다. 그러자 총주교보다 더 총주교다와 보였다. 조지는 마치 11세기의 모자이크에서 걸어 나온 듯했다. 하지만 종교적 위엄이 느껴지는 인상적인 분위기에도 불구하고, 고등학교 3학년생의 모습은 새어 나올 수밖에 없었다.

사실 이스탄불은 조지 같은 사람에게 어울리는 도시가 아니었다. 그는 겉으로는 옛 것과 보스포러스 해협, 그리고 음식에 대한 열정을 드러냈지만, 이곳의 혼돈과 일반적인 쇠락에 대한 미국인으로서의 반감을 계속 억제하기란 불가능했다. 또한 그는 고향에 대한 향수에 젖어 있었다. 나는 그에게 뭐가 제일 그리운지 물어봤다. 내가 말을 하는 동안 내내 그는 연필을 아작아작 씹어 댔다. 나는 조지가 가족이나 고향에 있는 친구들이 그립노라고 말할 줄 알았다.

잠시 후, 그가 말했다.

"치토스요."

"치토스라고?"

"네, 거 있잖아요. 치즈 맛 나는 과자 말이에요."

치토스는 괜히 한 말이 아니었다. 조지의 마음속에는 두 개의 분명한 개성이 불안정하게 공존하고 있었다. 그는 내게 자신이 그리스 정교의 사제가 될 계획이라고 말하면서도, 그와 동시에 이스탄불에서 여자들을 만나기가 얼마나 힘든지를 토로했다. 이미 결혼한 그리스 정교의 사제직 지원자들은 부인과 함께 사는 것이 너그럽게 허용되었다. 하지만 지원 당시 결혼하지 않은 사람들은 평생 독신으로 지내야만 했다. 9월이 되면 조지는 미국의 신학교에서 3년간의 공부를 시작할 것이다. 그곳은 여자들과 사귀기에 적당한 장소는 아니다. 그는 연애에 관심이 많았다. 성직자로서의 건전한 동기가 있었을지도 모르지만, 대부분의 19세 소년들에게서 흔하게 나타나는 일종의 호르몬의 쇄도처럼 스쳐 지나가는 듯했다.

마치 총주교라도 되는 양 조지는 고상하게 이스탄불에서 내가 어떻게 지내고 있는지 물어 보았다. 대화는 자연스럽게 사교 활동에 관한 것으로 옮겨졌다. 나는 그가 무엇을 원하는지 곧 깨달았다. 이스탄불에서 어디가 사교 활동을 하기에 좋은 장소인가 하는 것 말이다. 그러나 성직자의 사무실과 예복, 그의 책상 위에 놓인 성상聖像이 그런 주제를 공개적으로 입 밖으로 꺼내기 어렵게 만들었다.

전화벨이 울렸다. 미국에 있는 조지의 학교 친구로부터 온 전화였다. 그러자 갑자기 턱수염을 기른 성직자가 미국 고등학생의 은어로 떠들기 시작했다.

"야, 바비, 잘 있었냐? 야 임마, 난 여기서 빠져나갈 거야. 벌써 아홉 달째라고. 정말 미치고 팔짝뛰겠다."

잠시 동안 수화기를 듣고 있던 조지는 이렇게 물었다.

"세인트폴의 그 여자애는 어떻게 지내냐?"

잠시 침묵이 흘렀다. 조지는 자신의 턱수염 끝을 잘근잘근 씹고 있었다.

"거 있잖아, 홀터 탑을 입은 여자애, 데비 말이야. '데어리 퀸' 에서 그 여자애 만났잖아."

좀더 긴 침묵이 흘렀다. 갑자기 전화 내용을 듣고 있던 조지의 얼굴빛이 어두워졌다. 데어리 퀸의 데비라는 여자아이의 삶에 분명 뭔가 변화가 있는 듯 싶었다.

잠시 후, 조지는 어깨를 으쓱하며 말했다.

"야 임마, 누가 걱정한대? 여자애는 쌔고쌨어."

그들은 잠시 동안 농구와 시카고 불스에 관해 잡담을 나누었다. 그리고 나서 조지는 전화를 끊었다. 조지는 그의 사제복 속에서 약간 움츠리는 듯했다.

내가 말했다.

"하얄 카베시라고 있어. 탁심 근처의 이스티크랄 카데시에서 약간 떨어져 있지."

"그게 뭔데요?"

조지의 생각은 여전히 데비의 홀터 탑에 머물러 있었다.

"카페야. 맥주도 마실 수 있고, 라이브 음악도 들을 수 있어. 사람들을 만나기에 안성맞춤인 곳이지."

최신 유행을 타는 요즈음 사람들이 가득 찬 이 멋진 카페에 사제복을 입고 나타난 조지가 머릿속에 불현듯 떠올랐다.

"옷은 캐주얼하게 입어."

내가 말했다.

라오디게아의 부주교는 결국 나타나지 않았다. 그는 자동차에서 전화를 걸어, 오지 못해 미안하다는 말과 함께 무치리오티사의 사제가 교회로 나를 안내하도록 조치를 취했노라고 했다. 잠시 후 알렉산드로스

Alexandros 신부가 헐레벌떡 나타났다. 마치 장의사처럼 옷을 입고 있는 그는 숱이 많은 검은 머리에 기다란 속눈썹, 그리고 의무적으로 길러야 하는 턱수염을 단 40대 중반의 잘생긴 남자였다. 약제사로 일했었는데 사제가 모자라자 총주교가 집안 친구인 알렉산드로스를 설득해 향료와 성수를 위해 아스피린과 야간 근무를 그만두게끔 만들었다.

알렉산드로스는 1955년의 반反 그리스 폭동으로 대다수 그리스인들이 보다 더 안전한 곳으로 옮겨가기 위해 그 구역을 빠져나가기 전까지 페너에 살았었다. 우리는 그가 어린 시절을 보냈던, 19세기 그리스 풍 빌라들로 가득 찬 좁은 거리를 올라갔다. 그곳은 고대 도시의 성벽, 폐허가 된 수도원의 아치형 지붕, 왈라치안 궁전의 까맣게 탄 뼈대, 그리스 학교의 잡석들과 같은 콘스탄티노플의 낡은 조각들 사이에 끼어 있었다. 가파른 계단으로 되어 있는 그 좁다란 길 꼭대기에서, 그는 자신의 옛 집을 가리켰다. 껍질이 벗겨진 황토색 주택이 지금은 여러 가구가 나누어 세들어 있었다. 무언가를 상징이라도 하는 듯 빨래가 여기저기 널려 있었다.

한 무리의 아이들이 문 밖으로 나오더니 우리 손을 잡았다. 그리고는 알렉산드로스가 어린 시절 뛰어놀던, 하지만 지금은 쓰레기와 기름기로 더러워진 물웅덩이가 있는 마당을 가로지르며 우리를 잡아당겼다. 무너져 내린 벽 너머로 골든혼이 보였다.

알렉산드로스가 말했다.

"클레마티스(미나리아재빗과科 으아리속屬 초본의 총칭.- 옮긴이주). 저 벽에는 클레마티스가 있었죠."

그는 낡은 벽돌 사이에 난 구멍 속에 손을 집어넣었다.

"여기에 대리석 조각을 숨겼었어요."

하지만 그가 꺼낸 것은 한 줌의 먼지뿐이었다.

'몽골의 성모 마리아'는 높고 붉은 벽 너머 다음 거리에 서 있었다. 돔의 둥근 드럼(돔 지붕을 받치는 원통형 건조물.- 옮긴이주)이 햇볕 내리쬐는 안마당 위로 높이 솟아 있었다. 알렉산드로스가 커다란 서쪽 문을 열자, 오래된 성당의 향과 촛농, 그리고 윤이 반지르르한 나무 냄새가 풍겨져 나와 우리를 에워쌌다. 나르텍스(교회의 정면 입구부터 본당本堂까지의 홀 모양의 복도로, 교회 내부에 형성된 좁고 긴 형태의 현관.- 옮긴이주)에 있는 성모 마리아 성상의 유리 틀은 립스틱 자국으로 뒤덮여 있었다.

성당은 몇 세기가 흐르는 동안 많이 손상되었다. 남아 있는 건물들은 기괴한 각도로 아치와 아치형 천장을 이루었는데, 꽤 매력적인 맛이 풍겼다. 먼지가 앉은 샹들리에는 중세에 연회를 베풀던 홀의 버림받은 물건처럼 높다란 천장에서부터 긴 체인에 매달려 있었다. 비잔틴 양식의 성상들이 벽 쪽에 놓여 있고, 성인과 예언자들의 얼굴이 오래된 어둠 속에서 응시하고 있었다. 성 바바라St. Barbara 성상 옆에는 금속으로 된 목발이 있었는데, 그것은 기적적으로 걷게 된 남자 왼쪽 뒤에 놓여 있었다. 또 다른 성상들 앞에는 신자들이 바친 잡다한 물건들이 효험 있는 성상들에게 기적을 바라는 마음을 담고 실에 매달려 있었다. 다리는 흔한 것이었고, 귀나 발도 있었다.

그러나 신자들은 새로운 몸의 일부를 갈구하는 것으로 그치지 않았다. 장난감 자동차, 새 집의 모형, 그리고 조그마한 비행기들이 물질적 성공과 외국에서의 휴일에 대한 염원을 드러냈다. 희망적이다 못해 뻔뻔스럽기까지 한 어떤 청원자가 사진 한 장을 걸어 놓았는데, 그 사진은 광택이 나는 잡지에서 오려 낸 것으로, 성 게오르기우스St. George(로마의 군인으로, 303년경에 로마의 디오클레티아누스 황제의 그리스도교 박해 당시 팔레스타인의 루다에서 순교하였다고 전해진다. 용龍을 퇴치한 전설로 유명하며, 이 전설은 동방교회의 성화聖畵의 소재로 많이 취급되었다.- 옮긴이주) 앞에 걸려 있었다. 비키니

차림의 윤곽이 뚜렷한 젊은 여자 사진이었다. 나는 이 사진이 자신의 연애 사업에 도움을 청하는 남자의 열망을 표현한 것인지, 아니면 다이어트 중인 여성의 열망을 표현한 것인지 확신이 서지 않았다.

성당은 미카엘 8세(재위 1259~1282)의 사생아인 마리아 공주에 의해 건축되었다. 비잔틴 제국의 황제였던 미카엘 8세는 잠재적 동맹국들에게 딸들을 마치 기부금처럼 나누어 주려 했다. 때는 13세기 중반으로, 몽골인들이 비잔틴 제국의 변방에서 압박을 가하고 있었다. 미카엘 8세는 이미 딸 하나를 황금군단Golden Horde(13세기에 유럽에 원정한 몽골의 군단.-옮긴이주)을 이끌던 몽골의 칸에게 보냈었다. 당시 칸은 흑해 북쪽 지역을 통치하고 있었다. 마리아는 젊은 나이에 칭기즈 칸의 손자이며 몽골 제국의 4개 지방 중 하나인 페르시아의 일한국(칭기즈 칸의 손자 훌레그가 1258년에 이란을 정복하여 세운 몽골왕국.-옮긴이주)을 지배하고 있던 훌레그Hulegu와 약혼했다.

약혼 기간은 길었다. 마리아가 타브리즈Tabriz에서의 결혼식에 모습을 나타냈을 때는, 신랑은 이미 죽고 없었다. 하지만 훌레그는 친절하게도 유언으로 자신의 약혼자를 아들 아바카Abaqa에게 남겨 주었다. 마리아는 아들이 될 뻔했던 사람과 정식으로 결혼식을 올렸다. 1281년에 아바카가 자신의 형제 중 한 명에 의해 암살될 때까지 마리아는 몽골의 왕비로 15년을 지냈다. 그녀를 아바카의 계승자 중 하나로 간주했던 암살자로부터의 위협을 피하기 위해 마리아는 아버지가 있던 콘스탄티노플로 돌아왔다. 당시 딸이 하나도 남아 있지 않던 그녀의 아버지는 그녀를 또 다른 몽골 칸에게 곧바로 시집보내려고 했다. 마리아는 더 이상 또 다른 남편을 받아들일 수 없었다. 몽골 로맨스는 정절貞節이라는 가치로 그녀를 설득해 그녀를 수녀로 만들었다. 그리고 그녀는 이 성당을 1280년대에 세웠다.

약 2세기 후, 도시의 모든 성모 마리아 상이 눈물을 흘렸다고 전해지는 터키 침략 당시, 콘스탄티노플의 성당들은 모두 모스크로 바뀌었다. 9세기에 걸쳐 그리스도교 세계에서 가장 멋진 성당이었던 성 소피아 대성당조차도 고대 돔 주위에 마치 파수꾼처럼 첨탑이 세워졌다. 오직 '몽골의 성모 마리아' 만이 이런 대대적인 변화를 피할 수 있었다. 아무도 그 이유를 정확히 모른다. 오스만 터키의 먼 친척뻘 되는 몽골 왕의 아내가 세운 성당이기에 아무 탈 없이 버틸 수 있었을 것이라는 것이 교구 사람들의 추측일 뿐이었다. 이유야 어찌 되었든, 터키의 정복자 파티(파티Fatih는 '정복자' 라는 뜻으로, 메흐메드 2세를 지칭한다.– 옮긴이주)의 칙령勅令 덕분에 이곳은 유일하게 성당으로서 유지되도록 허락을 받았다. 그리고 그 칙령은 아직도 서쪽 문 안쪽에 붙어 있다. '몽골의 성모 마리아' 는 이 도시에 남아 있는 유일한 비잔틴 성당으로서, 조용히 그리스도교의 임무를 지속하고 있다.

내가 성상들을 천천히 구경하고 있는 동안 알렉산드로스 신부는 야무진 주부처럼 촛대를 바로 세우고, 모금함을 비우고, 성상 주변의 먼지를 터는 등 낡은 성당 안에서 분주하게 움직였다. 그는 자신의 낡은 성당에 상당한 자부심을 가지고 있었고, 이방인인 내가 그곳에 관심을 갖고 있다는 사실에 매우 흡족해 했다. 그는 하던 일을 멈추고 내가 꼭 보았으면 하는 곳을 구석구석 보여 주곤 했다.

알렉산드로스 신부가 내 팔을 잡고 11세기의 아름다운 성 마리아 모자이크 앞으로 데려갔다.

"천주의 거룩하신 어머니."

마치 우리를 소개하는 듯, 그가 고개를 숙이며 말했다. '거룩하신 성모 마리아' 의 눈이 수 세기 동안 쌓인 먼지더미 속에서 슬픔으로 가득 빛났다. 그는 아라비아 문자로 쓰인 파티의 칙령을 내게 보여 주었다.

그러고선 나를 데리고 몇 계단 아래의 지하실로 가더니 우물의 성수를 내게 뿌렸다. 벽 가장자리 프레스코 그림에는 성모자 상이 마치 유령들처럼 희미하게 떠돌고 있었다. 그에게는 이 성당과 몽골인들과의 연결고리가 아무런 의미도 없었다. 그리스 공동체에게 무치리오티사의 중요성은 그것이 바로 비잔틴과 관련이 있기 때문이었다.

성당을 둘러보고 나자 시리아인 관리가 안마당으로 차를 내왔다. 우리는 태양의 긴 그림자 속에서 남쪽 벽을 따라 길게 올라와 있는 돌기 위에 앉았다. 나는 알렉산드로스 신부에게 이스탄불에 있는 그리스 공동체의 미래에 관해 물어 보았다.

"미래가 없습니다."

그는 무표정하게 말했다.

"그리스인들은 이곳에 거의 3천 년 동안 살아 왔습니다. 하지만 나는 내 생애에 그 종지부를 보고 있습니다. 내 친구들 대부분이 이민을 떠났습니다. 내 자식도 아테네로, 가능하다면 미국으로 이민 갈 예정입니다."

말하는 내내 그는 돌멩이 끝을 어루만지고 있었다. 그의 손가락 아래에서 낡은 모르타르가 부서졌다.

"이 도시는 내 고향입니다. 우리 민족의 고향이지요. 하지만 이 도시가 우리를 버렸습니다. 터키인이 아닌 이상, 이곳에 산다는 것은 불가능해요. 콘스탄티노플에서 그리스인의 미래는 없습니다."

13세기 중반, 몽골 정복의 첫 번째 소용돌이가 잦아든 것처럼 보였을 때, 그리스도교 세계의 왕들은 유럽을 황폐화시킬 정도로 가까이 다가

온, 동쪽에서 혜성처럼 나타난 존재에 대해 좀더 자세히 알고자 했다. 그래서 사절단 일행을 파견했는데, 대부분 프란체스코 수도회 수사들이 이 사절단을 이끌었다. 그들은 몽골인이 어떤 사람들인지, 또 그들을 그리스도교로 개종시킬 수 있는지, 그 가능성을 탐색하기 위해 파견되었다. 교황은 물론, 유럽의 지도자들은 몽골의 유목민들이 성지聖地로부터 이슬람교도들을 몰아내는 데 어쩌면 동맹국으로 협력할 수 있을지 모른다는, 약간은 엉뚱한 희망을 품고 있었다.

프란체스코 수도회 수사들 중 플라노 카르피니의 존John of Plano Carpini과 루브룩의 윌리엄William of Rubruck이 그 여행에 관한 글을 썼다. 이 둘 중 윌리엄이 좀더 흥미로운 책을 냈는데, 그 책은 어느 날 갑자기 자신들의 세상 대부분을 지배하게 된 몽골의 말 탄 유목민들에 대해 비꼬는 듯한 생생한 관찰로 가득 차 있다. 그의 파견은 우리에게 잘 알려진 마르코 폴로의 중국 여행보다 거의 20년이나 앞선 것이었다. 마르코 폴로의 위대한 영국인 주석자인 헨리 율 경Sir Henry Yule조차도 윌리엄 수사가 '폴로의 책 어떤 부분보다도 더 훌륭한 여행서'를 썼다는 점을 인정할 수밖에 없었다. 하지만 윌리엄도 수많은 훌륭한 작가들과 같은 운명에 처해졌다. 즉, 좋지 않은 출판업자를 만난 것이다. 그의 책은 마르코 폴로 책의 발행 부수만큼 출판되지 못했다.

오늘날 많은 사람들이 윌리엄 수사를 초기의 탐험가로서, 최고의 탐험가들처럼 그 또한 자신이 어디로 가고 있는지, 그곳에 가기 위해서는 어떻게 해야 하는지, 또는 도착해서는 어떻게 해야 하는지 등에 대해 아무런 생각이 없었다고 간주하는 경향이 있다. 1253년 봄, 윌리엄이 이스탄불을 떠났을 때, 그는 이아손과 아르고호 원정대(이아손과 함께 황금 양털을 구하러 간 헤라클레스, 테세우스, 오르페우스 등 50명의 영웅들.- 옮긴이주)처럼 야만의 어둠 속으로 출발하고 있었다. 그의 여행은 이스탄불을 출발해 러시아 남부와 지금은 카자흐스탄으로 알려진 곳을 가로질러 머나먼 몽골의 당시 수도인 카라코룸Qaraqorum에 다다르는 것이었다. 그 길이 바로 내가 7세기를 뛰어넘어 뒤따르고자 하는, 여행 동료로서 그를 만나고자 하는 루트였다.

윌리엄은 이스탄불에서 콘스탄티노플 산産 목화, 실크, 향료를 운반하는 여객선에 몸을 싣고 출항해 흑해의 북쪽 연안에 있는 항구로 갔다. 골든혼의 카라코이Karakoy에서 나는 윌리엄이 탔던 배와 유사한 요즈음 배를 발견했다. 그것은 윌리엄의 루트와 동일한 루트를 오가는 러시아와 우크라이나 화물선이었다. 공산주의의 몰락은 흑해 무역에 새로운 활력을 불어 넣었고, 터키는 토마토 통조림에서부터 조니 워커 위스키에 이르기까지 서양 상품의 통로가 되었다. 리바이스와 코카콜라는 물론 여행의 자유를 만끽하고 있는 러시아인과 우크라이나인들은 이스탄불에 와서 자유로움을 만끽하고 대량으로 물건을 사 간다. 그들은 주로 화물선으로 여행하는데, 화물선은 그들의 초과 화물을 감당할 수 있는 유일한 수단이라고 할 수 있다.

전화로는 속 시원히 알 수 없어, 나는 배표를 살 수 있는지 확인하러 부두로 나갔다. '마르코 폴로' 라는 이름의 대형 크루즈 정기 여객선이 좋은 자리에 정박해 있었다. 윌리엄이 보다 적극적인 출판사를 만났다면, 이 장소에 그의 이름을 붙인 배가 있었으리라.

마르코 폴로라는 화려한 이름과는 달리 배는 너무나도 초라했다. 부두의 부랑아처럼 어깨를 나란히 한 유럽 화물선 몇 척도 있었고, 그 옆에는 암회색으로 칠한 터키 배 몇 척도 있었다. 나는 부두의 맨 끝에 있는 러시아와 우크라이나 화물선 쪽으로 다가갔다. 그 화물선들은 교통부 장관의 태만을 보여 주기라도 하듯 녹슨 자국에 기름기가 덕지덕지 붙어 있었다.

맨 끝에 있는 배가 '미하일 로모노소프'Mikhail Lomonosov였는데, 계류 밧줄로 바다 위에 떠 있는 것처럼 보였다. 녹 투성이의 낡은 배였다. 마치 누군가가 타이어의 공기를 빼 놓은 듯, 축 늘어지고 오그라든 모습이었다. 어느 누구도 그런 배를 보고 싶어 하지 않을 정도로 배는 기울어져 있었고, 배의 중앙부는 무게를 이기지 못해 축 처져 있었다. 도저히 가망이 없을 것 같은 곳에서 마치 포문처럼 검은 연기가 내뿜어져 나왔다.

나는 갑판 꼭대기 난간에 몸을 기대고 있는 해군복 입은 사람을 소리쳐 불렀다. 그가 자신들은 이틀 후인 월요일에 세바스토폴로 항해할 거라고 했다. 그리고는 내게 올라오라고 손짓했다. 나는 배가 내 무게를 감당하지 못하지나 않을까 조심조심 갑판 위로 걸음을 옮겼다.

디미트리Dimitri는 이등항해사라고 자신을 소개했다. 그의 갸름한 슬라브형 얼굴은 매우 창백하고 야위어 있었다. 계속되는 초조함이 얼굴에 그대로 나타나 있었다. 나는 선실이 있는지 물어 보았다. 그는 뒤에 있는 현장舷墻(파도가 덮쳐 오는 것을 막기 위해 뱃전에 설치한 장벽.– 옮긴이주)의 파이프 속으로 입을 대고 선실 담당을 소리쳐 불렀다. 잽싸게 나타난 그 선원이 나를 데리고 아래로 내려가더니, 양파 부대가 가득 찬 비좁은 선실 하나를 보여 주었다. 그는 그것들을 곧 치울 것이라며 나를 안심시키고는 맥주 잔 받침 위에 지저분하게 영수증을 써 건네 주더니 내게서 백 달러를 받아 갔다.

거래의 속도와 격식 없음에 나는 놀랐다. 갑판으로 돌아온 나는 이제는 출판사가 내게 준 선불의 상당 부분을 차지해 버린 이 배에 대해 좀 더 알고 싶은 마음에 이등항해사와 노닥거렸다. 뚱한 인상과는 달리, 그는 얘기하는 걸 좋아하는 듯했는데, 이따금씩 딱딱 끊어지는 영어로 배에 대해 이야기했다.

"영수증 받았소?"

그가 물었다.

나는 그에게 내 맥주잔 받침을 보여 주었다. 그는 고개를 끄덕였다. 맥주잔 받침은 분명 '미하일 로모노소프' 호에서는 승인된 통화였다.

"이 배에선 누구도 믿어서는 안 돼요."

그가 말했다. 그리고는 몸을 앞으로 기울여 난간 너머로 침을 뱉었다.

"이번이 내 마지막 항해요. 더 이상 항해할 수 없거든. 내가 이런 항해를 몇 번이나 했는지 아쇼? 세바스토폴에서 이스탄불로, 이스탄불에서 세바스토폴로."

나는 그에게 모르겠노라고 말했다.

"자그마치 447번이오. 이건 사는 게 아니오. 이번이 내 마지막 항해요. 447번. 그거면 충분해. 이런 생활은 지긋지긋해. 이 배에서 내리지 못하면, 누굴 죽일지도 모르겠소."

그가 말했다.

나는 그가 직업으로 살인을 배제했다는 사실에 위안을 느꼈다.

배 안 어디에선가 벨이 두 번 울리자, 그는 돌아갔다.

"월요일 아침 6시에 출항이요. 늦지 마쇼."

다음날 일요일에 나는 '몽골의 성모 마리아'에서의 아침 미사에 참석했다. 항해를 위해 잠깐 기도를 하는 것이 나쁘지 않을 거라 생각했다. 내가 도착했을 때는 이미 미사가 시작되어 있었다. 하지만 알렉산드로스 신부는 찬송가를 멈추고 나를 직접 자리로 안내했다. 성당 안을 조심스럽게 살펴보고 나서야 내가 왜 이런 특별대우를 받는지 그 이유를 깨달았다. 내가 유일한 신도였던 것이다. 따뜻한 봄날 일요일에 모일 수 있는 유일한 신도가 고독한 아일랜드인 장로교도라는 사실은 총주교의 도시인 이곳 고대 성당의 쇠락을 잘 보여 주고 있었다.

장로교회의 예배는 얼굴이 상기된 목사가 저승에서 우리를 기다리고 있는 불과 유황에 대해 경고하는 동안 신도석에 앉아 꾸벅꾸벅 조는 것 말고는 별로 할 일이 없다. 찬송가 몇 번, 모금 접시, 그러고 나서 우리는 모두 집으로 간다. 시도 때도 없이 끊임없이 일어서고 무릎을 꿇는 것은 물론 응송, 집단 기도와 같은 번잡하게 참여하는 영국 국교회의 미사는 장로교도들에게는 매우 복잡한 것이었다. 그런데 지금 갑자기 나는 이곳 비잔티움의 최후의 유물 안에서 그리스도교 교회가 제공하는 가장 신비로운 의식의 중요한 구성요소가 되어 있었다.

그곳에는 마치 전에 신도를 한 번도 보지 못한 것 같은, 성상 쪽 문을 통해 나를 계속 힐끔거리며 쳐다보는 네안데르탈인을 닮은 성찬대 소년과, 검은 예복을 입은 유령 같은 늙은 성가대 지휘자 말고는 아무도 없었다.

커다란 낫 같은 지휘봉을 들고 히죽 웃음을 짓는 성가대 지휘자는 '죽음의 신' 처럼 두 가지 역을 하는 것 같아 보였다. 그는 가늘고 아름다운 목소리로 고대 그리스어로 된 지루한 구절을 노래하며 성서대聖書臺 한쪽에 서 있었다. 분명 신도들이 응송할 것 같은 대목에서 잠시 멈추어 서서, 눈꺼풀 아래로 나를 못마땅하게 쳐다보았다. 나는 바닥을 내려다보거나 아니면 돔을 아주 열심히 관찰했다. '아멘' 이라는 말이 내가 이해한 유일한 단어였고, 그 소리를 들을 때마다 내가 놓쳤음에 틀림없는 중요한 모든 것들을 만회하기 위해 성심껏 기도에 동참했다. 아니면, 수없이 성호를 열심히 그어 대며 내가 미사에 참여하고 있다는 것을 보여 주었다. 그것은 분명 장로교도의 행동은 아니었지만, 영화에서 사람들이 그렇게 하는 것은 많이 보았었다.

미사 후, 안마당에서 알렉산드로스 신부와 시리아인 관리인 나디아와 함께 커피를 마시며 빈둥거리고 있을 때, 그 '죽음의 신' 이 느릿하고 음울하게 고개를 숙여 인사하고는 자리를 떠났다. 그것은 마치 우리들 사이에서 이미 확립된 의식인 것 같았다.

나는 신도가 아무도 없는 것에 대해서 언급을 회피했다. 모른 체하는 것이 예의를 지키는 것 같았다. 마찬가지로, 알렉산드로스 역시 정교회 예식 참가자로서의 나의 유감스러운 행동에 대해 언급하지 않았다.

"이스탄불에는 얼마나 머물 생각이신가요?"

알렉산드로스가 물었다.

"내일 떠납니다."

"비행기를 타고 다시 런던으로 돌아가시나요?"

"아닙니다. 전 외몽골로 갈 예정입니다."

나는 그것이 그 지역에서의 아주 자연스러운 여행의 일부인 것처럼 말했다. 흑해를 건너고, 크리미아, 남 러시아와 카자흐스탄을 육로로 횡단하는 나의 여행 루트를 말해 주자, 그는 예의바른 성직자의 얼굴 뒤로 자신의 충격을 감추려 애썼다.

그는 우리 사이에 있는 돌멩이 위에 빈 컵을 내려놓았다.

"몽골에서 뭘 찾고 싶으신데요?"

그가 물었다.

그의 안간힘에도 불구하고, 그의 목소리에는 빈정댐의 기운이 묻어 있음을 느낄 수 있었다.

그를 설득시키려 약간 서둘러 이야기하며, 나는 아주 과장되게 유목민의 매력에 대해 부연 설명했다. 나는 아마도 달의 어두운 면에 대해서도 이야기한 듯했다. 알렉산드로스는 전형적인 세련된 부주교였다. 그리스인으로, 도시국가를 건설한 인종의 도시인으로, 예수가 태어나기 이전부터 이 세상에서 가장 오래되고 가장 위대한 이 도시에 그의 조상들이 살았을지도 모르는 그런 사람이었다.

그는 텐트에서 생활하며, 아무 것도 짓지 않는 유목민이라는 개념에 무의식적으로 몸서리치는 듯했다. 나는 그의 문명화된 소양에 맞부딪쳤다. 나는 자신들의 삶보다 더 영속적인 것을 만들려고 결심한 이주민들의 대열에 합류하지 않고, 양떼를 돌보기로 결정한 몽골인들이 역사적으로 잘못된 방향을 선택한 야만인이 아니라는 것을 나 자신에게라도 확신시키려 고군분투했다.

"난 여행할 기회가 거의 없습니다."

그가 마침내 이렇게 말했다.

그는 고개를 들어 낡은 성당을 쳐다보았다.

"나는 무치리오티사를 돌보아야 합니다. 우리가 이 성당을 지키지 못한다면, 터키인들이 우리에게서 이 성당을 빼앗아 가 버릴 것입니다. 이 성당이 사라진다면 콘스탄티노플에는, 아니 우리들에게는 아무 것도 남지 않게 될 것입니다."

그것은 도시의 저항할 수 없는 경쟁이었다. 그의 정체성이라는 올가미는 이 오래된 돌들 사이에 단단히 매어져 있었다.

1253년 예수 수난 성지聖枝 주일(부활절 직전의 일요일. 예수가 수난 전에 예루살렘에 들어간 기념일.– 옮긴이주), 윌리엄 수사가 성 소피아 대성당에 설교를 위해 초대되었을 때, 이 위대한 성당은 이미 너무 낡아 있었다. 530년경에 비잔틴제국의 유스티니아누스 1세에 의해 세워진 이 성당은 로마의 바실리카(고대 로마에서 재판이나 공적인 집회에 사용한 큰 건물.- 옮긴이주)의 건축 양식을 따랐는데, 이것은 그리스 신전의 다신교 세계와 간접적으로 관련되어 있다.

성 소피아 대성당의 탁월함은 세속적인 외관에서부터 그 내부로의 급상승하는 밝음으로의 전환에 있다. 밖에서 볼 때, 이 위대한 성당은 위풍당당하다. 마치 둥지에 앉아 있는 것처럼 보인다. 원래 형태는 모스크로서의 새로운 임무를 시작했던 터키의 침략 이후에 추가된 부벽扶壁과 첨탑尖塔으로 인해 많이 변형되었다. 안쪽에 있는 층계는 건축에서의 변형이다. 어쩌면 1,500년이나 된, 얼룩덜룩하고 손가락을 갖다 대면 부서질 것 같은 거대한 외벽에 손을 댈지도 모른다. 하지만 신랑身廊(교회 건축에 있어서 현관과 내진內陣 사이의 좁고 기다란 부분. 중랑中廊이라고도 한다. 성당 내에서 가장 넓은 부분이고, 일반적으로 예배자를 위한 장소이다.- 옮긴이주)의 천상과도 같은 마법은 쉽사리 알 수 없는 것이다. 외양은 녹슨 금빛으로, 그것은 마치 오래된 모자이크와 붉은 대리석이 증발된 것 같았다.

한 줄기 빛이 높은 창문에서 바닥의 넓은 공간으로 내리쬐고 있었다. 벽, 기둥, 저 높이 있는 아치형 지붕은 그리 장중하지 않은 것 같았다. 멋진 돔은 프로코피우스Procopius가 약 14세기 전에 썼듯이, 금으로 된 체인으로 하늘에 매달려 있는 것처럼 보인다. 로버트 바이런Robert Byron은 이 낡은 바실리카를 로마의 성 베드로 성당과 비교한 적이 있었다. 그는 성 소피아 대성당은 신을 위한 교회이고, 성 베드로 성당은 단지 '신의 대리인들을 위한 객실'에 불과하다고 썼다.

그곳은 유목민의 대초원으로의 여행을 시작함에 있어 분명 기를 꺾는 장소다. 나는 성 소피아 대성당에서 아래쪽에 보이는 신랑身廊의 거대한 협곡을 응시하며 반원 모양의 아치형 지붕 밑의 위쪽 회랑을 몇 시간 동안 돌아보았다. 시간이 흐르고 마침내, 그곳이 나의 세상처럼 보였다.

나는 작별인사라도 하는 것처럼 꾸물거렸다. 기울어져 가는 오후 햇살이 기다란 그림자에 둘러싸여 회랑 안으로 천천히 움직이자, 사람들이 집으로 돌아가는 소리가 점점 커지고 있었다. 성 소피아 대성당의 황금빛 품안에서, 나는 불현듯 몽골로의 여행이 한 비잔틴 사람이 했을 법한, 공허하고 약간은 두려운 텅 빈 곳으로의 여행임을 깨달았다. 나는 도시의 활력과 풍성함을 이해했다. 인간 마음속의 열망을 뭔가 영구적인 형태로 새기려는 욕구는 내가 속한 세계에서는 중요한 것이었다. 그런 충동은 성 소피아 대성당에서 최고조에 다다랐다.

6월 초 이맘때쯤이면, 반대편 아시아에서는 텐트를 쳤던 봄날 초원 위의 그림자 말고는 아무런 여행의 흔적도 남기지 않은 채, 몽골인들이 짐을 싸서 여름 목초지로 이동할 것이다.

2장

항해

부두에는 나와 같은 배를 탈 승객들이, 마치 뉴스영화에 나오는 피난민처럼 제각기 부대를 이고 뾰로통한 표정으로 줄을 서서 '미하일 로모노소프' 호의 갑판 위를 오르고 있었다.

아래 선실에 놓여 있던 양파들은 깨끗이 치워져 있었다. 다만 옅은 소독약 냄새와 붉은 양파 껍질만 남아 있을 뿐이었다. 담당 선원이 세바스토폴 출신의 열다섯 살 소년을 내 선실 동료라며 데리고 나타났다. '콜야' 라는 이름의 소년은 이스탄불에서 일하고 있는 엄마를 만나고 돌아가는 길이었다. 콜야는 참기 힘든 콤플렉스에, 몸가짐이 성급한 비쩍 마른 소년이었다. 호리호리한 손과 발이 청년기의 경솔함으로 제멋대로 덜거덕거렸다.

콜야와 나는 각양각색의 외국어 관용구집, 제스처와 마음의 단어들을 생각해 내며 영어, 터키어, 러시아어를 아무렇게나 섞어 대화를 나누었다. 신기하게도 우리의 대화는 잘 통했다. 처음에 나는 아이들에 관한 것, 이를테면 나이, 학교, 어머니, 아이스하키와 같은 것들에 관해 이야기 하려고 했다. 하지만 콜야는 이런 시시한 질문들을 흘려 넘겨 버렸다.

콜야는 영국에서 담배를 피우고 술을 마시는 법적 제한 연령이 어떻게 되는지, 런던 경찰은 어떤 종류의 총을 차고 다니는지, 영국 여왕은 아직도 죄수를 참수하는지 몹시 알고 싶어 했다. 콜야의 이스탄불은 나의 이스탄불과는 사뭇 달랐다. 콜야는 성 소피아 대성당을 한 번도 들어 본 적이 없었다. 하지만 어디서 짝퉁 롤렉스 시계를 살 수 있는지 알았고, 또 세 나라 통화의 가격을 어림잡을 줄도 알았다. 이 배에 탄 다른 사람들과 마찬가지로, 콜야는 고향으로 물건을 가져다가 파는 보따리 장수였다. 소년이 티셔츠, 날이 튀어나오는 나이프, 포르노 잡지 등 자신의 상품들을 내게 보여 주었다.

콜야는 선실 침대 가장자리에 앉아 신경질적으로 발을 구르며, 배의 창문을 향해 담배 연기를 둥글게 내뿜었다. 콜야는 빨리 어른이 되고 싶어 했다. 돈, 불법 무역, 여자와 같은 어른들의 세계에서 출세가도를 달리고 싶어 했다. 이 아이는 나를 선실 동료 이상으로 여겼다. 나를 매혹적이며 퇴폐적인 서구, 랩 스타와 플레이스테이션이 있는 행복한 땅의 대리인으로 여겼다. 우리의 관계를 공고히 할 요량으로, 콜야는 자신이 내게 얼마나 유용한지 보여 줄 방법을 찾았다. 나는 우크라이나와 러시아의 배에 탄 고독한 외국인이 되었고, 콜야는 내 경호원으로 자처하기 시작했다.

콜야의 엄마가 작별인사를 하러 선실 문 앞에 나타났다. 깃에 털이 달린 옷을 입은 키가 큰 금발의 미녀였는데, 이스탄불의 나이트클럽에서 인기 있는 우크라이나 스트리퍼였다. 좁다란 통로에서 콜야는 엄마에게 작별인사를 하는 여느 아이들처럼 잠깐 눈물을 흘렸다. 하지만 엄마가 가고 나자 그 들키고 싶지 않은 약점을 재빨리 털어 버렸다. 콜야는 엄마가 주머니에 찔러 넣어 준 얼마 안 되는 달러를 세기 시작했다. 그러고 나서는 마치 타야 할 다른 배가 있는 것처럼 문을 박차고 뛰어 나갔다.

15분 후, 콜야는 부두에 있는 면세지역 쇼핑봉투를 들고 돌아왔다. 그 안에는 딱딱한 플라스틱 상자가 들어 있었다. 콜야는 의미심장한 표정으로 그 상자를 열더니 자동권총 한 자루를 꺼냈다.

"100달러예요."

콜야가 탄약 상자의 밀봉을 뜯으며 말했다.

"뭐하게?"

콜야가 총을 선실을 향해 겨누어 대서, 나는 고개를 숙이며 물었다.

"경호하려구요."

소년이 말했다. 소년의 눈이 반짝반짝 빛났다.

콜야는 어깨에 메는 권총 가죽 케이스까지 사 왔는데, 자기 어깨에 메는 걸 내게 도와 달라고 했다. 권총을 가죽 케이스 속에 밀어 넣고는 무기를 감추기 위해 재킷을 입었다. 집으로의 항해 준비를 끝낸 무장한 위험스런 소년이, 미소 지으며 나를 향해 서 있었다.

우리는 9시에 출항했다. 아래 선실에 있자니 배가 온몸을 뒤흔들며 요동을 치는 것 같았다. 나는 갑판 위로 나와 배가 정박지에서 미끄러져 나오는 것을 바라보았다. 갈라타 다리Galata Bridge를 지나는 차량들의 물결이 보이는 골든홀의 입구에서 배는 이리저리 흔들거렸다. 우리는 구舊 시가지를 떠나 보스포러스로 구불구불 올라갔다. 이 세상에서 가장 황홀한 첨탑과 돔의 우아한 실루엣의 스카이라인이 레몬 빛 하늘에서 검은 빛을 띠었다. 굴헤인Gulhane 나무 위에서 둥근 어깨를 드러내고 있는 성 소피아 대성당은 조개 빛처럼 핑크와 회색의 미묘한 음영을 이루고 있었다. 우리 배는 파도에 이리저리 흔들리며, 아시아의 해안을 따라 아침 햇살이 들어오는 우스쿠달Uskudar을 향해 에미노뉴Eminonu의 부두에서 점점 멀어지고 있었다. 배가 도시의 중심에서 벗어나 북쪽으로 미끄러져 나갈 때, 나는 뱃머리에 서려고 갑판에 수북이 쌓여 있는 굵은 밧줄과 나무상자 더미를 헤치고 앞으로 나아갔다.

19세기에 톱카프 궁전Topkapi Saray(1478년 완공된 이 궁전은 역대 25명의 술탄이 거주하면서 1853년에 새로운 궁전으로 옮겨지기까지 오스만 제국 통치의 심장부로서 그 역사적인 중요성을 지켜왔다. – 옮긴이주)을 계승한 돌마바흐체 궁전의 엄숙한 모습이 왼쪽으로 나타났다. 절제된 외관은 정교하지 않은 오페라용 가구들로 천박하게 장식한 그 내부를 숨기고 있었다. 마지막 술탄들이 20세기 초에 자신들의 쇠약해가는 제국이 불명예스러운 종언을 고하는 것을 바라본 곳이 바로 이곳이었다(오스만 제국의 마지막 후계자는 오르한이다. 1차 세계대전이 끝나고 물러난 술탄의 왕자였던 그는 15세 때에 자전거를 타고 궁전 뜰에서 놀고 있다가 찾아온 대신들이 울면서 내민 서류에 사인을 했다고 한다. 아직 철이 들지 않은 그가 무심히 승인한 그 서류엔 24시간 안에 오르한을 비롯한 모든 왕족들이 무조건 국외로 떠나야 한다는 내용이 담겨 있었다. 남자는 50년, 여자는 28년 동안 다시 고국에 돌아올 수 없다는 조항도 들어 있었다고 한다.– 옮긴이주). 궁전의 대부분은 하렘(이슬람 사회에서 부인이 거처하는 방.– 옮긴이주)이 되었는데, 제국에 속한 지방들의 수가 줄어들면서 그 구성원들이 늘어난 듯했다. 아마도 섹스는 정치적 무능력에 대한 위안인 것 같았다.

보스포러스는 조타수에게는 악몽과 같은 곳이다. 배는 구불구불한 해협에서 파도와 다른 배들을 피해 두 대륙 사이를 오간다. 배가 유럽 대륙의 오르타코이Ortakoy에 있는 모스크를 아주 가까이 지나갔기에, 나는 쇠창살이 있는 창문을 통해 아래쪽으로 일사불란하게 움직이는 기도하는 사람들의 엉덩이 행렬을 볼 수 있었다. 거기서부터 약 1마일 더 나아가자 텔레비전에서 보았던, 지금은 수리된 아시아 해변의 낡은 터키 집들의 근사한 방들이 보였다. 사고는 특별한 것이 아니었다. 해변 집에 사는 주민들이 안개 낀 겨울밤에 깨어나 러시아 화물선이 자기 집 거실에 정박해 있는 것을 발견했다는 흥미로운 일화를 들은 적이 있었다. 1970년대 후반부터 열두 채 이상의 터키 집들이 언제나 술에 취해 비틀거리는 러시아인들이 운전하는 배에 의해 무너져 내렸다.

'구수한 바람' 이라고 불리는 봄바람이 불어왔다. 그 바람은 아나톨리아 언덕에서부터 보스프러스로 불어온다. 아시아 해변 가에서 우리는 첨탑 한 쌍이 있는 터키 기병학교를 스쳐 지나갔다. 그곳에서 사관생도들은 기마술을 배우는데, 그 기술은 중앙아시아의 조상들로부터 전수받은 것이었다. 그 너머로 루멜리 성곽(오스만 제국의 황제 메흐멧 2세가 비잔틴 제국을 정복하기 위해 1452년에 건립하였다. 약 4개월에 걸쳐서 건설하였으며, 이를 계기로 비잔틴 제국의 모든 물자가 봉쇄되어 결국 다음 해인 1543년에 멸망하게 되었다.- 옮긴이주)의 조잡한 외관이 보였다. 성곽의 망루 구멍은 유럽 쪽 언덕을 향해 있었다. 그 아래 언덕으로 이스탄불에서 가장 오래된 터키 공동묘지가 있다. 이곳과 에윱의 공동묘지는 죽음에 관한 문학작품을 탄생시켰는데, 그것은 아이러니 하면서도 경박스럽다. 마침 나는 아침을 먹으며 그 작품의 번역본을 읽었는데, 작별인사를 어떻게 해야 하는지 잘 나타나 있었다.

'마음씨 좋은 이스마일 에펜드에게 동정을, 그의 죽음은 그의 친구들에게 커다란 슬픔을 불러 일으켰다. 그는 일흔 살에 상사병에 걸려 발광을 하다 천국으로 직행했다.'

작품 속의 한 묘비에는 이렇게 씌어 있었다.

또 다른 묘비에는 아몬드, 사이프러스, 복숭아 세 그루 나무가 새겨져 있었다. 복숭아는 터키인들에게 여성의 가슴을 상징한다.

'나는 사람들이 나의 운명을 알 수 있도록 이 나무 세 그루를 심었다.

나는 아몬드와 같은 눈에, 사이프러스처럼 키가 큰 아가씨를 사랑했다. 그녀의 복숭아를 음미하지 못하고 이 세상과 작별인사를 한다.'

우리가 지나갈 때는 그 공동묘지의 그늘진 곳만 보였다.

곧 도시는 배 뒤쪽으로 밀려났다. 양쪽 해안 모두에서 단段으로 된 등대의 불빛이 멀리 사라지고, 해협이 넓어짐에 따라 유럽과 아시아는 점점 멀어졌다. 루멜리 페네리Rumeli Feneri와 아나돌루 페네리Anadolu Feneri를 지날 때까지 나는 뱃머리에 서 있었다. 두 대륙의 등대가 서로 엇박자로 깜빡이며 보스포러스의 북쪽 입구 옆에 서 있었다.

고대의 흑해는 국경 지역이었다. 이오니아 지방의 그리스인들이 물고기와 밀을 얻기 위해 흑해의 광풍 구역을 건넜을 때, 그들은 먼 해안가에서 자신들의 신화에서 걸어나왔음 직한 사람들을 만났다. 스키타이인들은 금金과 말을 가진, 유목 부족들의 다양한 욕망의 집합체였다. 그리고 그리스인들에게 그들은 불안과 편견의 대상이었던 야만인들이었다.

헤로도토스가 우리에게 그들에 관해 설득력 있게 설명하고 있다. 헤로도토스의 묘사는 2천 년 후 몽골인들에 대한 윌리엄 수사의 설명과 상당히 흡사하다. 그것은 유목 사회의 고정적인 특성과 유목민이 정착민들에게 불러일으킨 전반적인 불안에 대한 하나의 암시라 할 수 있다.

헤로도토스의 설명에 따르면, 유목민들은 도시와 농작물을 소유하지 않으며, 분명 걱정도 하지 않는 사람들이었다. 그들은 자신들의 소와 양, 그리고 말의 새끼를 데리고 생활하며, 철마다 신선한 목초지를 찾아 떠돌아다닌다. 그들은 아무런 죄의식도 없이 양을 도살하고, 발효된 암말의 우유를 마시며, 즐거워 날뛰게 만드는 대마를 피웠다. 또한 그들은 조상들의 고향과 무덤을 숭배하는 무당이었다. 전쟁에서 그들은 기마병으로 활을 쏘는 말 탄 궁수弓手들의 군대를 형성하였다. 그들의 실력은 대적할 자가 없었고, 그들은 적의 해골을 술 마시는 컵으로 쓸 전리품으로 삼았다.

배는 커다란 파도 위에 떠 있었고, 뱃머리가 저 앞 텅 빈 어둠 속을 향해 나아갔다. 멜테미Meltemi라는 새로운 바람이 불어왔다. 그 바람은 바다에서 5백 마일 떨어져 있는 폰틱Pontic 대초원에서 불어오는 북동풍이었다. 이스탄불에서 사람들은 멜테미를 탁하고 더러운 공기와 나쁜 감정을 쫓아내는 '청소 바람' 이라고 부른다.

역사적으로, 도시 사람들은 대초원의 정착하지 않는 모습에 양면적인 반응을 보여 왔다. 아르카디아Arcadia(고대 그리스의 고원으로, 이상향理想鄕이었다는 전설로 유명함. 목가적 이상향을 의미함.- 옮긴이주)와 혼돈에 대한 생각을 모두 품고 있는 것 같다. 정착민들은 완전히 둘로 갈라졌다. 유목민들은 문명질서를 위협하는 야만적인 괴물이라는 관념과 자신들이 잃어버린 어떤 기본적인 덕목을 그대로 간직하고 있는 순수한 사람일 것이라는 관념으로 말이다.

'유목민들은 신이 창조한 세계와 보다 더 가깝다. 그리고 정착민들의 마음속에 이미 스며든 나쁜 관습도 가지고 있지 않다.'

14세기의 아랍 역사가이자 철학자인 이븐 할둔Ibn Khaldun은 이렇게 썼다.

이븐 할둔은 유목민들만이 모든 문명 세계를 감염시킨 타락의 순환에서 벗어날 수 있다고 믿었다.

때맞추어 불어오는 유목민들의 '청소 바람' 만이 문명 세계로 하여금 자신들의 미덕을 지켜 주었다.

콜야는 뱃머리에 있던 내게 다가와 급히 뭔가 보여 줄 게 있는 것처럼 자기를 따라오라는 손짓을 했다. 콜야를 따라 선실에 가 보니 샴페인 한 병과 플라스틱 컵 네 개가 준비되어 있었다. 나를 선실로 데려다 놓고, 콜야는 잠시 사라졌다가 여자 두 명을 데리고 왔다.

안나와 올가는 옆 선실에 묵고 있었다. 이 슬라브 여성들은 호리호리하고 아름다운 여인과 뚱뚱하고 거친 여인 사이에는 아무도 없는 것처럼 극과 극을 이루고 있었다. 안나는 몸에 꽉 끼는 청바지와 짧은 소매 옷을 입은 눈부신 아가씨였다. 카디건에 커다란 신발을 신은 올가는 부두 노동자의 파티에서조차 눈에 띌 수 없는 여자였다. 이미 안나의 아름다움의 노예가 되어 있던 콜야는 단지 숫자를 맞추기 위해 올가를 데려온 것이었다.

콜야는 칵테일 파티를 주관하는 15살의 열성적인 호스트였다. 샴페인을 따르고, 미국 담배와 피스타치오를 내 놓고는, 모든 사람들을 향해 떠들어 댔다. 콜야는 파티의 활력소였다. 나는 선상 사교계에 처음 입문한 사람 같았다. 여자들이 내가 누구냐고 콜야에게 묻자 콜야는 내가 타타르인들을 방문할 예정인데, 이미 타타르인들을 방문한 적이 있는 윌리엄이라는 사제의 좋은 친구라고 설명해 주었다.

올가는 조용했고 시무룩했지만, 안나는 엄청 수다를 떨었다. 안나는 이스탄불에서 3주를 보내고 이제 세바스토폴의 집으로 돌아가는 중이었다. 그녀가 이스탄불을 방문한 목적은 불분명했다. 그녀는 마치 휴일을 보내고 온 것처럼 말하려고 노력했지만 그녀의 선실은 이 배의 다른 선실들과 마찬가지로 천으로 된 가방과 쇼핑백으로 가득 차 있어 문을 겨우 열 수 있을 정도였다. 공산주의의 몰락은 모든 사람을 세일즈맨으로 내몰았다. 그러나 안나는, 내 생각에, 정어리 통조림 이외에 또 무엇인가를 거래하는 것 같았다. 흑해 항로는 이스탄불의 홍등가로 오가는 젊은 여성들로 초만원이었다. 많은 여성들이 집안 소득에 보탬이 되고자 일 년에 서너 차례 여행을 하는 파트타이머들이었다.

우리는 샴페인을 마셨다. 한 병을 다 마셔 갈 즈음 콜야가 또 한 병을 가지고 왔다. 난 그 술값을 내려고 부질없는 노력을 했다. 하지만 소년은 배포가 크고 대범한 파티의 주인이었다. 건배를 하고 음담패설을 해댔는데, 그 얘기가 여자들을 웃게 만들었다. 콜야는 총이 안 보이게 하려고 버튼을 꼭 채운 재킷을 계속 입고 있었다. 올가는 곧 나무 상자를 옮기러 떠났고, 안나가 이제 혼자서 우리의 주목을 받았다. 그녀는 들떠 있었다. 소년을 데리고 끌어안고 조롱하듯 찰싹 때리며 모성애를 즐기더니, 이제는 나한테도 똑같이 어깨를 꼬집거나 자기 팔꿈치를 내 무릎에 받쳤다.

콜야는 미국 슬로건으로 장식된 자신의 티셔츠들을 꺼내 보여 주었다. 어떤 티셔츠에는 '캘리포니아는 마음의 고향', 다른 티셔츠에는 '필라델피아에 있느니 죽는 게 더 낫다'고 써 있었다. 그가 티셔츠 한 장을 안나에게 선물하자, 그녀는 그 옷을 곧장 입으려고 했다. 비좁고 갑갑한 선실에서 우리에게 등을 돌리고 서더니 상의를 벗었다. 소년은 그녀의 발가벗은 등과 티셔츠를 집어 들려고 몸을 구부렸을 때 살짝 드러난 젖가슴을 빤히 바라보았다. 그러고는 뜨겁고 미묘한 눈빛으로 나를 쳐다보았다. 옷을 입자 그녀는 뒤돌아서서 선물로 받은 티셔츠를 보여 주었다. 티셔츠는 약간 작아 보였다. 그녀의 젖꼭지가 얇은 옷감을 통해 '비행기에서 해 봐. 마일 하이 클럽'이라고 쓰인 글씨 아래로 봉긋 솟아 보였다.

우리가 두 번째 샴페인 병을 다 비우고 나자, 콜야가 우리를 나이트클럽으로 데리고 갔다. 나는 로모노소프 호에 나이트클럽이 있으리라고는 생각도 못했다. 하지만 콜야는 흑해 항로에서 베테랑 사교클럽 회원이 분명했다. 우리는 비좁은 계단을 내려가 배의 중심에 위치한 창문 없는 지하실 감옥으로 갔다. 핑크와 청색의 조잡한 색깔의 전구 빛이 자그마한 댄스 플로어 주변으로 옹기종기 모여 있는 낡은 벨벳 소파와 플라스틱 테이블들을 흐릿하게 비추었다. 홀 안에서는 김빠진 맥주와 썩은 물 냄새가 났다. 디스코 음악이 자그마한 스피커를 통해 흘러나왔다. 콜야는 작은 우산이 꽂힌 둥근 술잔 값을 지불했다. 나는 콜야를 제지하려는 노력을 포기했다.

안나에게 그 칵테일을 주자, 안나는 이제 완전히 파티 기분에 빠져들었다. 자그마한 무대에는 키가 크고 라스푸틴처럼 덥수룩한 턱수염을 기른 러시아인이 라운지에서 빈둥거리는 건달들에게 익숙한 곡을 신시사이저로 계속 연주하고 있었다. 안나는 텅 빈 댄스 플로어를 향해 내 팔을 잡아끌며 함께 춤을 추자고 했다. 그녀는 두 가지 기본 스텝만 했는데, 둘 다 음악하고는 맞지 않았다. 첫 번째 스텝은 음탕했다. 그녀는 다리 하나를 내 다리 사이에 넣고 자신의 엉덩이를 내게 도발적으로 흔들어 댔다. 두 번째 스텝은 물랑루즈 무용수들의 하이 킥과 쿵푸의 극적인 발차기 동작이 결합된 것이었다. 신경을 거스르는 움직임이었다. 성적인 동작에서 무술 자세로의 그 전환은 취중에 너무나 갑작스럽게 나타나는 것이라서, 낭만적인 장치들 틈에서 내 머리가 걷어차일지도 모르는 위험에 빠질 지경이었다.

그날 이후 항해 내내, 콜야는 보디가드라고 하기엔 작은 몸으로, 툭 튀어나온 재킷을 입고 내 주위를 따라다녔다. 배 아래 선실에서는 총을 장전하고, 탄알을 빼 내며 대부분의 시간을 보냈다. 그럴 때마다 나는 혹시 모를 탄환을 이리저리 피해 다녔다.

콜야와 안나, 그리고 나는 식당의 구석진 자리에서 식사를 함께 했다. 미하일 로모노소프 호에서의 식사는 기분 나쁜 행사였다. 아침은 오래 묵은 소시지와 단 케이크였다. 점심과 저녁식사는 별 차이가 없었다. 보르시치(빨간 순무가 든 러시아 수프.—옮긴이주), 칙칙한 고기, 감자, 삶은 달걀이 나왔다. 승객들은 조용히 음식을 먹었다. 큰 몸집에 창백한 얼굴의 사람들이 아주 게걸스럽게 음식을 먹었다. 들리는 소리라고는 나이프와 포크의 달그락거리는 소리뿐이었다.

아침에 한 식탁에 함께 앉은 우리는, 마치 문제에 빠진 가족처럼 찻잔을 사이에 두고 말다툼을 했다. 우리는 이상한 관계로 빠져들어 갔는데, 그 속에서 나는 심술 맞고 마음이 혼란스러운 아버지의 역할을 했다. 안나의 접근에 내가 반응을 보이지 않은 것이 이 두 사람을 화나게 만들었다. 그녀는 마치 내가 자신의 자존심에 상처를 입힌 무능한 남편인 것처럼 행동했다.

불쾌한 분위기 속에서, 안나는 중재하려는 소년의 접근을 테이블 매너, 말투, 빨지 않은 셔츠, 자신에 대한 그의 관심 부족을 꾸짖는 것으로 중단시켜 버렸다. 그러고 나서는 콜야를 제대로 돌보지 않는다며 나를 비난했다. 나는 신문 속으로 몸을 숨겼다. 우리가 단지 12시간 전에 만났다는 게 정말 믿어지지 않았다. 마치 평생 동안 그렇게 살아 온 것처럼, 우리들 각자의 역할을 수행했다.

콜야는 선실 동료이며 외국인인 내게 꽤 성실했지만, 나는 그 소년에게 실망스러운 존재였다. 나는 랩 스타에 대해 아는 게 아무 것도 없었고, 내게는 그가 서구와 연결 지어 생각하는 반짝이는 액세서리도 없었다. 또 그가 회전식 연발 권총을 꺼내 보며 기쁨을 느끼는 중요한 순간에 나는 분명하고도 단호하게 부정적인 태도를 보였다.

콜야는 안나에게 때로는 어머니다운 구속을 요구하기도 하고, 때로는 애정을 주체 못해 껴안기도 하면서 격렬하고 불안정한 관계를 유지하고 있었다. 말다툼은 이 둘 사이의 뭔가 잘못된 인연을 돈독히 하는 것처럼 보였다. 싸움이 끝나자, 콜야가 안나에게 그루지아 공화국의 샴페인과 가짜 롤렉스 시계를 가져다주었다. 그러고 나서 두 사람은 안나 선실의 부대 자루 사이에 바짝 달라붙은 채 앉아 있었다. 모자 같은 혹은 연인 같은 포옹 사이를 오가는 뭔가 불안정한 상태였다.

콜야는 내가 안나와 자지 않았다는 사실을 개인적인 모욕으로 받아들였다. 나와 콜야 단 둘이 있을 때면, 콜야는 내가 그녀와 자야 한다고 압력을 넣었다. 그의 요구는 어찌 보면 상처 입은 순진함으로 보이기도 했지만, 어찌 보면 그 나이 또래에 어울리지 않는 천박한 것이기도 했다. 어떨 때는 이혼한 부모에게 화해를 부탁하며 보채는 아이가 되었고, 어떨 때는 강제로 물건을 팔려고 하는 미소년 뚜쟁이가 되었다.

선원들과 어울리지 말라는 콜야의 요구에도 불구하고, 나는 이등항해사 디미트리의 초대를 받아들였다. 디미트리는 배의 좌현 쪽 조그마한 선실에 묵고 있었다. 그가 굳은 고기를 넣은 두꺼운 빵, 소금에 절인 청어, 삶은 달걀, 호밀로 만든 검은 빵, 그리고 보드카 잔이 있는 다과를 내왔다. 로모노소프 호에서 오랜 세월 생활했음에도 불구하고, 선실은 알 수 없는 공기를 내뿜고 있었다. 침대 위에는 큰 손가방 하나가, 옷걸이에는 나일론 셔츠 두 장이, 문 뒤에는 선원복이 걸려 있었다. 그는 평범한 여행자 같았다. 이스탄불의 항구에 배가 정박해 있을 때 그를 만난 첫날 저녁 이후 그의 기분은 변함이 없었다.

"우크라이나와 러시아에서 해운업은 미래가 없다오."

그가 고개를 내저으며 말했다.

"기회가 없어요. 내가 처음 항해를 시작했을 때, 소련은 막강한 해군력이 있었소. 소련 배들이 전 세계를 누볐지. 우리에게 일어난 일을 난 믿을 수 없어. 세바스토폴에서 보게 될 거요. 강력한 흑해군단을 말이요. 해군 부두는 고물상처럼 보이지."

그는 보드카를 따르고, 삶은 달걀 속으로 이빨을 쑤셔 박았다.

"이 배가 어떤 배였는지 아쇼?"

그가 물었다.

나는 고개를 가로저었다. 그는 생고무 같은 달걀 때문에 말하는 게 힘든 것 같았다.

"이 배는 해양 탐사선이었소."

그는 마치 내 말에 반박이라도 하는 듯 단호하게 말했다.

"나는 이 배를 17년 동안 탔소. 1990년 이전에는 이 세상 구석구석을 항해했지. 인도양, 남미, 아프리카 … 과학자들을 태우고 다녔소. 중요한 연구를 수행한다는 지식인, 재미있는 사람들 말이오. 레닌그라드 출신, 모스크바 출신, 키예프 출신 교수들. 식당에서 그 사람들이 했던 대화를 당신은 상상도 못할 거요. 철학, 유전공학, 수로학, 기상학. 뭔가를 배우지 않고는 문을 지나다닐 수 없었소. 정말 좋은 사람들이었지."

훌륭한 교수들을 추억하며 그의 목소리가 부드러워졌다.

"정말 좋은 사람들이었소. 예의 바르고. 모두 매너가 좋았지."

그는 소금에 절인 청어를 자그마한 이빨들 사이로 구겨 넣었다. 교수들에 대한 그의 표현이, 마치 나를 향한 비난처럼 들렸다. 흥미로운 대화와 훌륭한 테이블 매너를 갖춘 현명한 교수들에게 배분된 공간을 내가 차지하고 있기라도 하는 듯 말이다.

"이 배가 어떻게 됐는지 보소. 흑해를 가로질러 야채 따위를 싣고 뜨내기처럼 왔다 갔다 하고 있소. 정말 기가 막힌 일이지."

나는 왜 그렇게 되었는지 묻지 않았다. 그가 곧 이야기할 것임을 알고 있었으니까.

"돈 때문이오. 이 나라는 파산했소. 그래요. 우리는 모두 자유를 원했소. 모두 공산주의가 끝나기를 원했단 말이오. 하지만 공산주의가 끝나면 이 나라가 파산할 거라고 말해 준 놈은 없었소. 더 이상 탐사를 수행할 돈이 없소. 먹고 죽으려해도 돈이 없단 말이오. 그래서 이 모양 이 꼴이오."

그가 설명했다.

그는 분노로 한참 동안 침묵을 지키고 있었다. 마침내, 그가 잔을 채웠다.

"난 다섯 달 동안 월급을 못 받았소."

그가 차분하게 말했다.

나는 월급도 안 받고 어떻게 살아가는지 물어 보았다.

"세바스토폴에 매점을 하나 가지고 있소."

그의 목소리가 낮아졌다. 그가 자그맣게 속삭였다. 마치 선원인 자신에게 가치 없는 일이라도 되는 듯, 그는 이런 타락을 부끄러워하는 듯했다.

"매점에서 위스키, 보드카, 캔디, 담배 등을 판다오. 그것들을 터키에서 가져오지. 그렇게라도 하지 않으면 우리는 모두 굶어 죽을 거요."

우크라이나에서는 구 연방의 여타 지역들과 마찬가지로, 먹고사는 게 전부가 되어 버렸다. 교육기관에서부터 핵 방위산업에 이르기까지 모든 대규모 공공기관들은, 다락방의 잡동사니들을 팔아 치우는 연금 수령자들과 마찬가지로 모스크바의 거리 골목에서 물건들을 서둘러 팔아야만 했다. 디미트리에게 승진에 대한 희망은 바다의 함대와 함께 침몰해 버렸다. 그는 로모노소프 호에서 17년간의 선원 생활 중 지난 12년간 이등항해사로 일했다. 그런데 일등항해사는 아직도 그만 두거나 죽을 기미조차 보이지 않고 있었다.

경제적 압박과 끊임없는 항해의 권태가 미하일 로모노소프 호를 질투와 음모로 갈기갈기 찢긴, 사회에 비판적인 사람들로 가득차게 만들었다. 선원들은 모두 서로를 미워했다. 디미트리는 화물 담당을 미워했고, 화물 담당은 일등기관장을 미워했고, 일등기관장은 일등항해사를 미워했고, 일등항해사는 바로 디미트리를 미워했다. 그리고 모든 사람들이 자신의 지위를 이용해 더러운 세상에 다가가게 하는 선장을 미워했다.

디미트리는 내 접시에 소시지를 몇 개 더 얹어 주었다. 분노가 잦아들자, 그는 자신의 문제에 외국인인 나를 끌어들인 걸 미안해하는 것 같았다. 다른 사람 앞에서 털어놓아서는 안 될 가족문제를 늘어놓은 것처럼 말이다.

"미하일 로모노소프가 누군 줄 아쇼?"

그가 물었다.

나는 모른다고 말했다. 그러나 하얀 가발과 레이스 달린 셔츠를 입은, 18세기의 모습을 한 그의 초상화가 식당에 걸려 있는 걸 본 적이 있었다.

"러시아인이 아닌데 당신이 어찌 알겠소? 하지만 이 배의 다른 승객들, 그 사람들 중에서도 로모노소프가 누군지 아는 사람은 아무도 없소."

그는 다시 흥분하더니 자기도 모르게 손을 내둘렀다.

"그는 위대한 러시아인이었소. 과학자이고 작가였소. 그 사람이 모스크바대학을 세웠으며, 러시아에 첫 번째 실험실을 건설했다오. 또 아주 위대한 시인이기도 했소. 언어, 과학, 역사에 관한 책을 썼다오. 이 배에 탔었던 과학자들은 모두 그의 책을 알고 있었지. 과학자들은 그 사람에 관해 이야기를 나누었소. 하지만 이 사람들, 보따리장수들은 모두 무식해요. 자기 자신의 역사조차 모른다 이 말이오. 당신한테 보드카의 등급별 가격은 전부 알려 줄 수는 있어도, 미하일 로모노소프의 '미' 자도 몰라요. 과학이나 시에 관해서는 신경 쓰는 사람이 아무도 없어요. 오직 돈, 이스탄불에서 얼마 하는지 그것만 신경 쓴다니까."

저녁에 나는 브리지 위에서 보초를 서고 있는 그를 찾아갔다. 그는 혼자였다. 그곳의 조용하고 인적 없는 분위기와 지도, 레이더 스크린, 나침반과 같은 그의 직업과 관련된 장비들이 그의 기분을 밝게 해 주는 것 같았다. 테이블 위에 펼쳐진 지도 위에 흑해가 위도와 경도로 깔끔하게 나누어져 있었다. 그 아래쪽으로 이스탄불이 보스포러스에 걸터앉아 있었다. 꼭대기에는 세바스토폴이 크리미아의 서쪽 해안선 구석에 조심스럽게 감추어져 있었다. 두껍게 얼룩진 연필선이 이 두 곳을 연결하고 있었다. 수없이 덧칠되어, 그의 삶이 북동 43도의 선에 축소되어 표시된 것 같았다.

아래쪽 나이트클럽에서는 그 라스푸틴이 '마이 웨이'를 러시아 버전으로 부르고 있었다. 나를 포기한 안나는 자신의 관심을 그 가수에게 돌린 듯했다. 그리고 지금은 자그마한 무대 앞에서 도발적으로 몸을 흔들고 있었다. 그런데 자줏빛 조명은 라스푸틴에게 그리 호의적이지 못했다. 그의 눈과 볼이 움푹 패여 마치 굴속 같았다.

나는 콜야가 구석진 테이블에 혼자 앉아 더블 브랜디를 주물럭거리고 있는 것을 보았다.

"안나 혼자 신난 것 같군."

의자에 앉으며 내가 말했다.

그는 아무 말 없이 나를 바라보더니 다시 댄스 플로어와 자줏빛 조명을 받고 있는 라스푸틴에게로 시선을 가져갔다.

"시나트라 닮은 구석은 한 군데도 없군."

내가 말했다.

"개자식이에요."

콜야가 말했다.

소년은 자존심이 상한듯, 골똘히 생각에 잠겨 있었다. 콜야는 분노로 이글이글 타올랐다. 라스푸틴이 자신에게서 안나의 애정을 빼앗아 갔다고 느꼈다. 어른들 세계의 제멋대로의 조류를 따라 안나는 그에게 일언반구도 없이 떠나가 버린 것이다. 콜야는 불량배처럼 구석 테이블에서 그 가수를 노려보았다.

나는 자리를 떴다. 콜야는 그날 늦게 선실로 돌아왔다. 콜야는 시무룩하고 말이 없었다. 우리는 거북한 침묵 속에서 카드게임을 했다.

30분 후, 안나가 나이트클럽의 흥청망청한 기분을 이끌고 라스푸틴과 함께 돌아왔다. 그녀는 옹졸하게도 복수의 표시로 나와 콜야에게 자신의 획득물을 보여 줘야 속이 시원한 모양이었다.

두 사람은 맞은 편 침대에 함께 걸터앉았다. 안나가 그의 허벅지를 쓰다듬었다. 그들은 우크라이나어로 떠들어 댔다. 소년은 그들을 차갑게 바라보았다. 라스푸틴은 놀리는 눈빛으로, 애써 소년의 시선을 무시하려고 했다.

나이트클럽이 문을 닫는 시간이 되자 그들은 콜야에게 평상시의 환대를 한사코 졸라댔다. 안나는 콜야의 가방 하나를 열더니 보드카 한 병을 꺼내 그것을 마시자고 했다. 라스푸틴은 보드카를 높이 쳐들고, 콜야가 어떤 반응을 보이나 지분거리며 병마개를 땄다. 라스푸틴은 입을 벌리고 크게 웃었다. 길고 누란 이빨 사이에서 끙끙거리며 비웃음이 새어 나왔다. 순간, 그가 입을 다물더니 표정이 순식간에 변했다. 안나와 라스푸틴의 몸이 갑작스레 굳어졌다.

나는 콜야를 돌아보았다. 소년이 총을 가수에게 겨누고 있었다. 가수에게 작은 목소리로, 혼자 중얼거리듯 욕을 퍼부어 댔다.

"총 내려놔, 콜야."

내가 소리쳤다.

콜야는 꼼짝도 하지 않았다. 일각이 여삼추 같은 시간 동안 아무도 움직이지 않았다. 우리는 총 때문에 옴짝달싹할 수가 없었다.

"총 내려놓으라니까! 콜야."

나는 겨우 자리에서 일어났다. 콜야가 잠시 나를 보고 눈동자가 흔들렸다. 그러나 다시 라스푸틴을 바라보았다. 콜야의 얼굴은 상기되어 있었다.

나는 심장이 쿵쾅거리고 다리가 후들거렸다. 나는 둘 사이로 발걸음을 옮겼다.

"나가!"

내가 라스푸틴에게 말했다.

가수가 맞설 듯 몸을 움직였다. 하지만 안나가 그를 제지했다. 안나가 일어서서 가수의 팔을 잡아끌었다. 나는 그들을 문 밖으로 쫓아내고 문을 닫아 버렸다.

콜야가 손을 내렸다. 콜야는 어린아이처럼 자신의 중지로 총신을 어루만졌다. 마치 아직도 경직되어 있는 방안의 분위기가 자신과는 무관한 듯 평상시처럼 입술을 오므렸다.

"너 참 바보구나."

내가 콜야에게 말했다. 나는 소리치고 싶었다. 내 자신의 긴장을 드러낼 필요가 있었다. 콜야는 입술을 잘근잘근 씹으며, 문 쪽을 바라보며 앉아 있었다. 그러더니 자기 침대에 총을 던졌다.

"총 없애 버려."

내가 말했다. 콜야는 아무 말이 없었다.

"그 가수가 우크라이나 세관한테 총에 대해 이야기할 거야. 그렇게 되면 사람들이 널 조사하게 돼. 어쩌면 그가 지금 선장에게 이야기하고 있을지도 모르지. 총 버려. 당장!"

콜야는 바닥을 뚫어져라 바라보며 앉아 있었다. 그러더니 방을 청소하라는 명령을 받은 아이처럼 거칠게 총을 들더니, 현창舷窓을 열어 총을 바다로 던져 버렸다. 그리고는 침대에 누워 베개를 껴안고 흐느껴 울었다.

구소련의 남쪽 해안에 자리 잡고 있는 세바스토폴은 보다 관대한 세계로 향하는 창이었다. 그곳에는 남쪽 지방의 내음과 현실 도피에 대한 염원과 같은 지중해의 느낌, 그리고 돌벽의 분홍빛 색깔과 가벼운 바다 공기로부터 느낄 수 있는 산뜻한 쾌활함이 있다. 나폴리에 가 본 적이 있는 흑해 무역상들이 세운 이곳은 멋진 건축술에 색에 대한 남쪽의 열망을 표현해 내고 있다. 골목길은 꽃 상자와 거만한 고양이들로 가득했으며, 돌계단이 플라타너스 거리와 트롤리식 버스를 이어주고 있었다.

벽으로 둘러싸인 정원 뽕나무들 사이에는 덩굴이 휘감겨 있었다. 한낮의 태양 아래 카페들이 도로에 즐비했고, 사람들은 활기차게 떼를 지어 다녔다.

크리미아가 왜 소련의 나머지 지역에게 선망의 대상이었는지 쉽게 이해할 수 있다. 모스크바의 음침한 사람들은 단지 식물들을 보기 위해 세바스토폴과 오데사에 오곤 했다. 당시 공산당 정치국원들은 흑해에서 휴가를 보냈다. 이처럼 편안한 남방의 분위기에서 일이 잘되어 가고 있다고 믿는 것은 아주 쉬웠다. 2년에 한 번씩, 브레즈네프Brezhnev, 호네커Honecker, 지브코프Zhivkov, 차우체스쿠Ceausesescu, 체덴발Tsedenbal 가족 등 동유럽의 특권층들은 외투와 걱정거리를 집에 벗어 놓고, 해안가에 위치한 알타 주변의 리조트에 모여들어 성장률과 손자들을 비교했다.

몽골 밖에서는 잘 알려지지 않았지만, 체덴발의 정치적 생명은 누구보다 길었다. 이 눈에 띄지 않는 사람이 44년 동안, 총서기 겸 대통령으로서, 세상에서 두 번째 공산주의 국가이며 러시아의 가장 오래된 동맹국인 몽골 인민공화국을 통치했다. KGB는 그를 관리하기 위해, 자신들의 스파이 중 하나인 소비에트 중앙아시아 출신의 러시아인 필라토바Filatova와 결혼하게 만들었다. 크리미아는 그녀가 좋아하는 곳 중의 하나였고, 체덴발 가족은 적어도 일 년에 두 번 흑해를 찾아왔다.

만약 크리미아 사람들의 잠재의식 속에 몽골 유목민들에 대한 기억이 숨쉬고 있다면, 체덴발은 분명 그들을 혼돈스럽게 만들었을 것이다. 칭기즈 칸의 계승자는 꼭 쥐새끼처럼 자그마한 남자였는데, 관료의 전형이었으며 자신의 오만한 부인과 크레믈린의 주인들에게 아부하는 작자였다.

오후에 나는 화단 사이로 크림전쟁 기념비가 세워져 있는 공원을 산책했다. 무척 우스꽝스런 모자 때문에 마치 아이들 파티에 가려고 차려

입은 것처럼 보이는 해군 생도들이 어슬렁거리는 길 위로, 1855년의 세바스토폴 방어를 이끌었던 토드레벤Todleben의 동상이 평화롭게 높이 솟아 있었다. 공원 맨 끝에서 신문을 읽고 있던 뚱뚱한 남자가 내게 텅 빈 회전놀이 기구의 티켓을 팔았다.

10년 전, 세바스토폴은 폐쇄된 소련에서 가장 가까운 도시였다. 서구의 스파이들은 모두 이 회전놀이 기구를 타는 걸 경력의 절정으로 생각하곤 했다. 하지만 지금 그 기구 조작자는 신문 스포츠 면을 보느라 이전 적의 출현에 대해 거의 신경을 쓰지 않고 있었다.

삐걱거리는 소리를 내며, 회전놀이 기구가 나를 태우고 도시 위로 올라갔다. 저 아래로, 오랫동안 항구를 보호하던 거대한 흑해 함대가 놓여 있었다. 녹이슨 거대한 배들은 너른 바다의 쓰레기장에 버려진 폐휴지처럼 보였다. 나토의 해군 전략이 하지 못한 일을 경제적 붕괴가 해낸 듯했다. 함대의 대부분을 항구에 정박시켰으니 말이다. 우크라이나가 러시아로부터의 독립을 선언했을 때, 러시아와 우크라이나는 비록 둘 모두 해군 전리품을 각자의 몫으로 유지할 여유가 없었음에도 불구하고 이 배들의 처리에 관해 논쟁을 벌였다.

나는 호텔로 돌아왔다. 호텔 로비에는 '엘 도라도' 라는 번쩍이는 간판이 우뚝 솟아 있었다. 그 아래 야구 모자를 눌러쓴 한 무리의 젊은 벤처 자본가들이 슬롯머신을 하고 있었다. 위층 내 방 텔레비전에는 러시아 채널 두 개가 나왔다. 첫 번째 채널에는 과거의 러시아가 살아 있었다. 회색 양복을 입은 경직된 남자들이 지칠 줄 모르고 연설을 했다. 다른 채널에서는 신생 러시아가 악다구니를 치고 있었다. 그 정신 나간 게임은 쇼 호스트의 권유로, 주부들이 스트립쇼를 하는 것이었다. 게임의 승자는 관중들의 박수소리로 정해졌는데 승자에게 주는 선물은, 내 기억으로 우리 어머니가 1960년대에 버렸던 종류의 세탁기였다. 어떤 채널이 더 인기가 많을지 추측하기는 어렵지 않았다.

세바스토폴 여행의 가장 멋진 부분은 해안을 따라 있는 길을 산책하는 것이다. 저녁에는 그 길에서 파세지아타passeggiata를 무대에 올린다. 해군사관학교, 세관, 시청 등 일련의 신고전주의 건물들이 기다란 행렬을 이루고 한 줄로 서 있는데, 그곳에서 주민들은 팔짱을 낀 채 바다 공기를 마시며 산책을 하고, 제비들은 지붕 꼭대기 사이를 미끄러지듯 날아다닌다.

산책길과 마찬가지로, 대부분의 건물들은 국가안보 업무를 그만두고 이제 수지타산을 맞추기 위해 노력하는 것 같았다. 낡은 사관학교의 후미진 공간들은 술집과 레스토랑에 세를 내주고 있었다.

부드러운 남국의 밤이 깊어지자, 한때 외몽골의 체덴발을 포함해 이곳을 방문했던 지도자들이 소련의 자랑거리인 해군 함대를 사열했던 코린트식 기둥들 사이로 시끄러운 디스코 음악이 갑자기 흘러나왔다.

이맘때면, 크리미아에는 양귀비가 가득 피어난다. 내륙을 향해 오르막을 이루는 좁은 골짜기에는 바람이 불고, 경기병여단을 실망시킨 믿을 수 없는 땅에는 양귀비들이 핑크빛 바위를 에워싸고 있었다. 뚱뚱한 여인네들이 큰 낫으로 건초를 베고 있는 들판을 둘러싼 성벽에는 양귀비가 가득 피어 있었다. 나를 태운 버스는, 울창한 나무 사이 길 아래로 양귀비들이 드문드문 피어 있는 과수원 지역을 지나갔다.

나는 움직이고 있다는 것에, 물 흐르듯이 흘러가는 풍경들에 마음이 편안했다. 배 안에서의 생활과 그 속에서의 만남은 내게 구속감과 다소 넌더리나는 책임감을 안겨 주었다. 이제 나는 여행자로서 최고의 기교를 부릴 수 있었다. 그것은 출발의 기교이다. 내 여행의 무대만 표시하고 나는 그렇게 그 뒤에서 사라지는 것이다. 여행자에게 모든 만남은 어떻게 출발을 하느냐에 따라, 즉 기차 스케줄과 호주머니 속에 티켓이 들어 있느냐 없느냐에 따라 달라진다. 출발은 여행에 대한 명령이며 동시에 해방이다.

화창한 아침의 생동감 있는 풍경이 내 앞에 펼쳐졌다. 버스의 차창 밖을 통해 나는 번뜩번뜩 지나가는 들판과 집들, 그리고 양귀비를 보았다. 그리고 빠른 속도로 스쳐 지나가는 밀밭 사이에서 표류하다 금세 뒤로 밀려나는 도시를 바라보았다.

심페로폴Simferopol에서 기차를 타면, 내일 저녁이면 동쪽으로 7백 마일 떨어진 볼가 강에 있을 것이다. 움직인다는 게 좋았다. 동쪽으로 질주하는 이 버스에 앉아, 나는 내가 사라짐을 훌륭히 연기하고 있음을 느꼈다. 나는 차창에 손가락으로 글씨를 썼다. 그렇게 내가 속해 있던 무대에서 아시아 속으로 사라지고 있었다.

"외몽골로 떠났음. 신문 사절."

스키타이 시대에서부터, 크리미아 내륙에 있는 목초지들은 남쪽의 러시아 대초원에서 반도로 온 아시아 유목민들을 지속적으로 유혹했다. 몽골인들이 13세기에 도착한 후, 황금군단으로 알려진 이곳은 몽골제국의 서쪽 지방에서 중요한 구성요소가 되었으며, 수도는 볼가 강의 사라이sarai였다.

러시아인들은 이들 동쪽에서 온 침략자들을, 침략의 초기에는 칭기즈칸에 의해 정복된 수많은 부족들 중의 하나인 타타르족Tatars이라고 잘

못 불렀는데, 이 말이 굳어져 버렸다. 윌리엄 수사의 후원자인 루이 4세가 그것을 장난스레 라틴어로 동음이의어同音異義語를 이용해 고대의 전설에 기록된 '지옥의 땅으로부터' 라는 뜻의 'ex tartarus' 라고 바꾼 이후 서구에서는 이들을 타르타르족Tartar으로 불렀다.

윌리엄 수사는 1253년 5월 21일에 크리미아의 남쪽 해안가에 있는 수닥Sudak에 도착했다. 그의 계획은 몽골 왕자 사르타크Sartaq를 방문하는 것이었다. 왕자는 그리스도 교도라는 소문이 있었고, 그의 캠프는 돈 강 너머 3일 동안 말을 타고 달려야 닿을 수 있는 곳에 있었다. 그는 수닥의 그리스 상인들의 조언에 따라 길을 가다 만날지도 모를 몽골 관리들에게 줄 과일, 포도주, 마른 과자가 가득 담긴 수레를 끌고 여행하기로 했다.

윌리엄 수사는 네 명의 동행자들과 함께 출발했다. 일행 중 한 명은 그의 동료인 바토로메프 수사로서, 그의 나이와 체구는 이런 영웅적인 여행에 윌리엄 수사보다도 더 어울리지 않았다. 또 한 명은 '운반인' 인 고셋이고, 다른 한 명은 시리아 통역관 호모 데이 였는데, 요긴한 언어에 대한 그의 지식은 미덥지 못했다. 그리고 마지막으로 니콜라스가 있었다. 그는 콘스탄티노플에서 윌리엄이 구해 준 노예 소년이었다.

하지만 윌리엄의 여행은 그가 계획했던 것보다 훨씬 멀리까지 그를 데려고 갔다. 그는 장기간의 방랑 모험 여행을 시작했고, 그 여행을 통해 결국 그는 아시아의 끝, 4천 마일 이상 떨어져 있는 저 머나먼 몽골의 당시 수도인 카라코룸에 가게 되었다. 만약 그가 크리스마스에 맞추어 동료 수사와 함께 돌아오기를 희망했다면, 그는 분명 크게 후회했을 것이다.

심페로폴에서 나는 큰 가슴에 위협적이기까지 한 객차 안내원들이, 나이트클럽의 경비원처럼 문 옆에 버티고 있는 볼고그라드행 기차를 찾아냈다. 안내원들은 목이 굵고, 벌통 같은 헤어스타일을 하고 있었는데 소화물과 러시아 기차의 무거운 창문과 씨름하는 직업을 위해 태어난 듯한 어깨를 하고 있었다. 그들은 화장도 무섭게 했다. 진홍색 립스틱, 파란 눈꺼풀, 시뻘건 입술, 그리고 속눈썹에 칠한 무시무시한 마스카라 덩어리. 하지만 일단 기차가 출발하자, 그들은 보안 경비원에서 시중을 드는 아가씨들로 바뀌었다. 가죽 장화를 벗어 던지고 슬리퍼로 갈아 신더니, 커튼을 제대로 정리하느라 난리법석을 떨었다. 불행한 이방인에게 동정심을 느꼈는지 객차 안내원이 내게 사모바르(러시아 특유의 물을 끓이는 기구.– 옮긴이주)에서 차 한 잔을 따라 주었다. 나는 바나나, 훈제 치즈, 소시지, 그리고 우크라이나 가루 반죽 과자로 피크닉을 차렸다.

나는 기계공을 닮은 손에 유인원처럼 이마까지 내려오게 자란 머리를 짧게 자른 우람한 러시아인과 객실을 함께 썼다. 그는 객실에 들어오자마자 맞은편 침대에 눕더니 심페로폴 외곽의 공장 지대를 빠져나가기도 전에 잠들어 버렸다. 그는 한 쪽 눈을 약간 뜬 채 잠을 잤다. 그의 늘어진 눈꺼풀 아래로 눈동자가 객실 주변으로 나를 따라다녔다. 잠에 깊이 빠져들수록, 그의 사지가 토끼 쫓는 꿈을 꾸는 강아지처럼 경련을 일으키기 시작했다.

아조브Azov 해의 연안을 따라 우리는 크리미아를 지나갔다. 잠시 세상은 땅과 바다와 하늘 사이에 불안정하게 균형을 유지하고 있었다. 방죽길은 좁은 혀 모양의 늪지대와 연결되어 있었다. 그곳에는 흐릿한 지평선을 배경으로 집들이 드문드문 그림자처럼 서 있었다. 어부 하나가 욕조보다 작은 보트를 타고 지나갔다. 고개를 어망에 처박고 있었는데, 꼭 기도하는 것처럼 보였다. 구름을 머금은 대지가 구름 아래로 차차 흐려지더니 비로소 잔잔한 회색빛의 바다와 하늘이 이어진 드넓은 수평선이 나타났다.

멜리토폴Melitopol을 지나, 우리는 높은 하늘이 비스듬하게 펼쳐진 초원 습지대를 건너갔다. 이곳은 아시아의 중심에서 불어오는 바람이 가로지르는 유목민의 나라, 돈Don 대초원이었다. 흑해를 용감히 건너온 첫 번째 그리스 상인들은 자신들이 이곳 초원의 물결 위에서 북동쪽으로 흐르는 또 다른 바다의 끝자락에 있는 것을 발견하고는 무서움에 떨었다. 남쪽은 헝가리에서 만주에 이르기까지 간헐적으로 뻗어 있는 초원과 이어진다. 이 초원 습지대는 수천 년 동안 유목민에게 자신을 내주었다.

바다의 흔적은 조개삿갓에 달라붙어 이 풍경 속에 남아 있다. 체홉은 이곳 아조브 해의 해안가를 따라 동쪽에 있는 타간로크에서 자랐다. 그는 소년 시절, 소가 끄는 수레 뒤 밀 부대자루 사이에 누워 대초원의 광활한 대양을 천천히 건너던 것을 기억하고 있었다. 윌리엄 또한 비슷한 기분으로 글을 썼다.

"… 마침내 사람들을 우연히 만났을 때, 우리는 항구에 들어온 난파선 선원들처럼 뛸 듯이 기뻤다."

이 초원 습지대의 목가적 생활은 근대와 공산주의가 운명적으로 결합되어 스키타이인들의 세계를 마감하게 한 20세기 초까지 지속되었다. 텐트와 말들은 밀밭을 일구었던 볼품없는 트랙터처럼 사라졌으며 초원 습지대는 마을 사람들과 농부들의 식민지가 되었다.

오후는 시골 역들과 건초더미로 가득했다. 플랫폼에는 시골 아낙네들이 잘 여문 붉은 체리가 가득 담긴 금속 바구니를 들고 줄지어 서 있었다. 그네들은 차창으로 승객들에게 한 바가지씩 체리를 팔았다. 기차가 떠나자 그들은 낡은 자전거의 핸들에 바구니를 매달고 드넓은 양배추 밭과 크림색 꽃이 핀 제방 사이, 지저분한 흙길 아래로 사라졌다.

길게 늘어선 전봇대를 따라 들쭉날쭉한 종잇장처럼 줄을 그으며, 초원 습지대가 저 멀리로 사라져 갔다.

초저녁, 나는 창문이 열려 있는 복도에 서서 보이지 않는 향기의 방을 지나는 것처럼 시골의 공기를 들이마셨다. 잘라 놓은 건초, 딸기, 축축이 괴어 있는 도랑, 새로 갈아엎은 흙, 나무 연기 냄새가 났다.

푸르른 황혼 속에서 우리는 강철처럼 어둡고 호수처럼 넓은 드네이퍼Dneiper 어귀에 다다랐다. 엷은 안개 자락이 우아한 표면을 가로질러 퍼져 있었다. 옅은 황색 불빛이 또 다른 수평선을 만들었다. 그게 집인지 아니면 배인지 도저히 분간할 수가 없었다.

한때 이 지역을 호령했던 위대한 유목민의 문화 중 남아 있는 것이라고는 조상의 무덤뿐이었다. 윌리엄 수사는 이곳의 풍경을 하늘과 땅, 그리고 무덤, 이렇게 세 가지로 묘사했다. 쿠르간Kurgan으로 알려진 스키타이인들의 무덤은 '밀밭의 바다'에서 움직이는 곱사등의 고래처럼 이 대초원에 흩어져 있다. 거대한 돌무덤 아래, 이들의 족장들은 자신의 말과 금, 하인, 부인들과 함께 묻혔다. 무덤은 그들이 유일하게 만들어 놓은 영원한 거주지였다. 무덤 도굴꾼들은 수세기 동안 대형 고분을 파헤쳐 야생 염소, 수사슴, 독수리, 작은 개, 사자, 뱀 등의 '동물 문양'으로 꾸며진 장신구, 보석, 무기, 장식용 마구 등 스키타이인들의 호화로운 황금 매장품들을 약탈해 갔다. 하지만 이런 매장품들 중에서 가장 주목할 만한 것은 금이 아니라 바로 말이었다.

말은 유목 문화에서 가장 신성한 자리를 차지하고 있다. 그리고 그들의 매장품으로서도 영원한 생명이라는 관념에서 항상 중요했다. 장례 의식에서 제물로 바쳐짐으로써, 말은 다음 세계에서도 주인을 모시기 위해 주인과 함께한다. 헤로도토스의 유명한 이야기 중에서 스키타이인들의 '무덤의 방' 주변에 서 있는 말 탄 신하들을 묘사해 놓은 것이 있다. 말들은 기수들과 함께 죽음을 당해 그 자리에서 창자를 끄집어내고 대신 짚으로 채워 넣은 다음, 막대기 위에 고정시킨다. 그리고 주인과의 마지막 길을 동행하기 위해서 둥그렇게 세워 둔다. 러시아 고고학자인 베셀로프스키N. I. Veselovsky가 19세기에 울스키Ulskii 고분을 열고, 둥글게 말뚝에 박혀 매어 있는, 말굽이 날듯이 공중을 차고 있는 360마리의 말들을 발견하기 전까지는, 몇 세기 동안 이것은 단지 헤로도토스의 터무니없는 이야기의 하나에 불과하다고 간주되어 왔다.

말을 불멸과 연결짓는 유목민의 생각은 이미 기원전 2세기에, 너른 초원 너머 동쪽 지방 중국에까지 영향을 끼쳤다. 중국의 황제인 무제武帝의 마음속에는 흉노족(서구의 기록에는 훈족이라고 칭해지는)에 의한 군사적 굴욕과 불멸에 대한 두려움이 기묘하게 뒤섞여 있었다. 무제는 자신의 국경을 위협하는 유목민에 대해 일찌감치 자각을 한 것 같다. 중국 제국의 두터운 성벽 뒤에서, 무제는 흉노족들의 갑작스런 도발과 신속한 퇴각을 부러워했다. 무제는 흉노족의 말들이 자신을 구제해 줄 수 있으리라 여겼다. 그는 중앙아시아의 멀리 떨어진 페르가나Fergana의 전설적인 준마駿馬들을 입수하기로 결심을 굳혔다. 중국인들에게는 천리마로 알려진 이 말들은 주인을 위해 최선을 다하며 주인을 하늘에 있는 조상의 품속까지 데려다 줄 수 있다고 믿었다.

통치 기간 내내, 무제는 이 신령스런 번식용 준마 30마리를 중국으로 데려오기 위한 탐사에 어마어마한 돈과 무수한 생명을 아낌없이 쏟아 부었다. 말들이 마침내 도착하고 나서야 그는 마음의 평정을 찾을 수 있었다. 그는 왕궁의 창문을 통해 마치 사랑에 빠진 연인처럼 목초용 방목장에서 풀을 뜯고 있는 키 크고 아름다운 말들을 지켜보았다. 말 옆구리에는 윤기가 자르르 흘렀다. 말이 그 아름다운 머리를 들어 숨을 들이마시는 것을 보면서 그는 이렇게 시를 썼다.

"말들이 나를 태우고 신성한 산으로 데려다 줄 것이다. 그렇게 나는 낙원으로 간다."

3장
카자흐스탄 급행열차

볼고그라드의 호텔 로비는 차분히 가라앉아 있었다. 어디선가 똑딱거리는 시계 소리가 들려왔다. 면도날 같은 가로등의 푸른빛이 코카서스 산産 카펫을 가로질러 대리석 기둥 위를 비추고, 커다란 계단이 시커멓고 둥근 천장을 향해 이어져 있었다. 광장에서 자동차 한 대가 지나가자, 헤드라이트 불빛이 낡은 소파와 종려나무 화분 사이에 놓여 있는 벌거벗은 동상을 한순간에 비추고 미끄러져 갔다. 저녁 10시밖에 되지 않았는데 호텔은 너무도 조용했다. 아무도 없는 것 같았다.

내가 프런트의 벨을 울리자, 미처 보지 못했던 여자 한 명이 안쪽에서 고개를 들었다. 자고 있었던 듯 뺨에는 눌린 숙박부 자국이 남아 있었다. 그녀는 잠에서 깨느라 한참 동안 아무 말 없이 게슴츠레 나를 바라보았다.

"여권?"

마치 무슨 단서라도 잡으려는 듯, 그녀가 쉰 듯한 목소리로 중얼거렸다.

내 방은 5층이었다. 나는 고풍스런 승강기 문과 한참 씨름을 해야 했다. 그때, 무척이나 늙은 안내원 하나가 옆문에서 조용히 나타났다. 그는 모직으로 만든 가정용 슬리퍼를 신고, 실크 스카프를 벨트처럼 바지에 묶고 있었다. 그는 무심하게 한 무더기 열쇠 꾸러미에서 열쇠 하나를 꺼내 승강기를 열었다. 우리는 '찰칵찰칵' 천천히 돌아가는 도르래 소리와, 덜컹거리는 요동을 느끼며 함께 텅 빈 호텔 위로 올라가 5층에 도착했다. 내가 어두운 복도 안으로 발을 옮겨 놓자, 승강기 문이 뒤에서 날카로운 소리를 내며 닫혔다. 유령 같은 승강기 안내원은 자그마한 불빛을 타고 다시 천천히 아래쪽으로, 내 발 밑을 지나 사라졌다. 나는 삐걱거리는 소리와 호텔의 묘한 기운을 느끼며 잠시 동안 그대로 서 있었다. 혹시 손님이 나 하나 뿐인 건 아닐까 하는 생각마저 들었다.

내 방은 일단 무지 컸다. 말을 타고 달릴 수 있을 정도였다. 천장의 몰딩은, 내 머리에서 6미터나 위에 있었는데, 바로크 양식의 과일 장식이 무겁게 매달려 있었다. 화장실은 귀족풍이었다. 그러나 비치된 가구들은 민스크의 벼룩시장에서 사온 것처럼 보였다. 다리가 망가진 포마이카 커피 테이블 하나와 카키색으로 칠해진 서랍장 하나가 있었다. 침대는 판지와 사라사 무명으로 장식되어 있었으며, 내가 침대 끝에 주춤주춤 앉자 몹시도 흔들렸다. 창문 사이에 서 있는 커다란 냉장고가 마치 이륙을 준비하는 비행기처럼 굉음을 내고 있었다.

나는 너무나 피곤해 목욕을 하고 싶었다. 처음에는 마개가 보이지 않아 없는 줄 알았는데, 룸 키에 매달려 있는 쇠 조각이 욕조 마개로 쓰일 수 있다는 것을 우연히 알게 됐다. 물을 틀자마자, 요란한 노크 소리가 들렸다.

문 밖에는 짧은 치마에 망사 스타킹을 신고, 치켜 올린 머리를 한 작달막한 여자가 서 있었다. 차림새와는 달리 그녀의 외모는 근육질에 사각턱이었다. 풍작을 위해 자신의 삶을 기꺼이 희생할 각오를 한 1960년대 집단농장의 러시아 트랙터 운전사 같았다. 스패너가 들려 있을 법한 그녀의 손에는 얍상한 흰색 핸드백만 달랑 들려 있었다.

여자가 미소를 지었다. 여자의 이빨에는 립스틱이 잔뜩 묻어 있었다.

"마사지?"

그녀가 영어로 말했다.

"섹스? 잘해 줄게요."

매춘은 대부분의 러시아 호텔이 제공하는 유일한 룸서비스였다. 그리고 부탁하지 않아도 그것이 문 앞에 도착하는 속도는, 수많은 중요한 서비스들을 받기 위해 길게 줄을 서야 하는 러시아의 현실에서는 매우 놀랄 만했다. 자유시장의 위력이 대단했다.

여자가 웃으며 고개를 끄덕였다. 나는 미소 지으며 고개를 가로저었다.

"필요 없어요."

내가 말했다.

하지만 올가는 '필요 없어요' 라는 대답이 무슨 뜻인지 이해하지 못한 듯 했다.

"마사지 아주 좋아요. 다시 올게요. 다른 여자들 데리고."

그녀는 핸드백에서 휴대전화를 꺼냈다.

"어떤 여자 원해요? 금발? 아주 멋진 금발 아가씨 있어요. 금발 아가씨 몇 명 원해요?"

그녀는 전화번호를 누르기 시작했다. 아마도 그것이 금발 핫라인인 듯 했다. 나는 금발의 트랙터 운전사들이 볼고그라드의 네 모퉁이에서 우리를 향해 행진해 오는 걸 상상했다.

"아니요, 됐어요. 마사지 필요 없어요. 섹스도 필요 없고. 금발도 필요 없어요."

그렇게 말하고 나는 문을 닫으려 했다. 순간 그 여자의 영악한 상술이 순식간에 사라진 듯했다. 복도의 어둠 속에서 그녀가 갑자기 늙고 초췌

해 보였다. 나는 갑자기 그녀에게, 돈 많은 외국인에게 금발을 파는 러시아에게, 미안한 마음이 들었다.

"행운을 빌어요. 마사지 받을 손님을 찾았으면 좋겠네요."

내가 말하자 그녀가 어깨를 으쓱하며 중얼거렸다.

"늙은 군인들."

그녀가 몹시 측은해 보였다.

"전쟁 군인들만 여기 와요. 장사하기에는 안 좋아요. 금발한테는 너무 늙었거든요. 그리고 꼭 부인이랑 같이 와요."

나는 이 장소에 걸맞지 않는 부부 간의 정절로 인해 그녀에게 동정이 갔다.

"어디에서 왔어요?"

런던이라는 내 대답에 그녀의 얼굴이 밝아졌다.

"찰스 디킨스!"

그녀가 소리쳤다. 갑자기 그녀의 얼굴이 몇 년은 젊어진 것 같았다.

구체제 하에서 러시아의 아이들은 모두 런던의 가난한 자들을 상세하게 묘사한 디킨스를 배웠다.

"데이비드 카퍼필드. 올리버 트위스트. 니콜라이 니켈로비치. 나는 찰스 디킨스가 좋아요. 말린키 넬 알아요? …. 저런, 안됐군요."

그때 목욕탕 물소리가 들렸다. 나는 욕실로 뛰어 들어가 막 욕조를 넘치려는 물을 수도꼭지를 돌려 잠가 버렸다.

"이름이 뭐예요?"

어느새 올가는 문 안으로 들어와 있었다. 그녀는 디킨스와 닮지 않은 스탠리에 실망한 듯 보였다.

"당신은 데이비드 닮았어요. 데이비드 카퍼필드. 러시아에서 데이비드 카퍼필드 영화를 만들어요. 그 사람 당신 닮았어요. 키가 크고, 약간 마르고, 그리고 당신처럼 머리카락에 문제가 있어요."

"내 머리카락이 어때서요?"

내가 물었다.

"아니에요. 아주 좋아요. 하지만 빗질 좀 해야겠어요."

그녀는 내 어깨 너머로 방안을 둘러보았다.

"발코니도 없는 방을 줬네. 옆방, 똑같은 가격에, 발코니가 있고 더 나은 방 있어요. 사람들이 게을러서 그래요. 호텔은 텅 비어 있는데…, 뭐가 문제지?"

내가 뒤돌아 방안을 훑어보는 동안, 그녀는 하이힐을 신은 채 내 옆을 건들건들 지나쳐 하나밖에 없는 의자에 앉았다. 발이 드디어 그녀의 몸무게에서 벗어나 편안한 듯했다.

나는 잠시 동안 문 앞에 서 있었다. 그녀를 내쫓을 마음이 사라졌다. 디킨스는 이미 우리를 '동지'로 만들었다.

"보드카 한 잔 할래요?"

내가 말했다. 그리고 기차에서 가지고 온 음식을 풀어 그녀에게 주었다. 그녀는 내가 건네 준 스위스제 칼을 한쪽으로 치우더니 자기 핸드백에서 날이 튀어나오는 나이프를 꺼내 음식을 차렸다. 그리고 신발을 벗어 버렸다. 소시지, 암갈색 빵, 치즈는 얇게 썰고, 오렌지와 삶은 달걀의 껍질을 벗기고, 보드카를 조그마한 잔 두 개에 따랐다.

우리는 디킨스와 러시아에 관해 이야기를 나눴다. 70년 동안 러시아인들은 서구 자본주의라는 사악함의 상징으로 디킨스를 읽었다. 이제 러시아 스스로 혁명으로 차단된 설익은 19세기의 자본주의 국가가 되었고, 거기에 디킨스가 도래했다. 러시아는 망나니, 협잡꾼, 빠른 구변으로 교묘하게 설득하는 허풍선이, 얼굴에 흉터 난 범죄자, 탐욕스런 변호사, 귀머거리 재판관, 위협적인 법원 서기, 늙은 매춘부, 빈곤에 처한

선한 상류층, 과거가 없는 사람, 과거가 너무 많은 사람들로 넘쳐났다.

"러시아는 망가진 나라예요."

올가가 한숨을 쉬었다. 디킨스의 빅토리아풍 문학작품에서 묘사된 내용들이 그녀 주변에 널려 있는 걸 보지 못하고 있는 듯했다.

핸드폰이 울렸다. 그녀는 잠시 전화기에 대고 투덜거리더니 전화기를 내려놓았다.

"사업이에요."

그녀가 굽 높은 뾰족구두 속에 발을 억지로 넣으며 말했다. 그녀는 우리의 피크닉을 치우기 시작했다.

"치즈는 밖에 내놓지 마세요."

그녀가 말했다. 그리고는 몸을 일으켜 세우며 길게 한숨을 쉬었다.

"피곤해요."

그녀는 이렇게 말하더니, 옷매무새를 가다듬었다.

"잘 계세요, 스탠리 도련님. 필요한 게 있으면, 언제든지 날 찾아요. 프런트에 물어 보면 돼요. 모두 날 아니까."

그리고는 건들건들, 현관을 지나 호텔의 어두운 복도 속으로 사라졌다.

러시아의 비극은 다른 나라에 비해 그 규모가 달랐다. 마치 비극이 러시아의 광활한 공간을 발견한 것 같았다. 제2차 세계대전의 총 사상자 약 1,500만 명 중에서 절반 이상이 러시아인이었다. 러시아 인구의 6분의 1이 '애국전쟁Great Patriotic War' 이라고 부르는 전쟁에서 죽어 갔다. 볼고그라드는, 당시 이름은 스탈린그라드였는데, 가장 비극적인 전쟁

무대 중 하나였다. 1942년에 독일군 기갑부대가 넉 달 동안 이 도시를 포위했다. 그들은 무자비하게 폭격을 가해 도시를 잿더미로 만들고, 도시 사람들을 카니발리즘에 빠지게 만들었다. 결국 군사적 궤변이 아닌 순수한 결단력을 촉구하는 캠페인을 통해, 러시아인들은 독일을 물리치고 돈 강 너머로 그들을 쫓아냈다. 그러나 그 대가는 엄청난 것이었다. 백만 명의 러시아 군인들이 스탈린그라드 방어에서 희생되었는데, 그 수는 도시 주민의 두 배 이상이나 되는 것이었고, 제2차 세계대전을 통틀어 희생된 미국인들보다 많은 숫자였다. 당시 희생된 러시아 군인에 대한 기념비는 그 비극에 버금가게 어마어마하다.

나는 '마더 러시아Mother Russia'로 가는 시내 전차를 탔다. 그녀의 동상은 도시의 북쪽 변두리에서 볼가 강을 내려다보고 있었다. 동상에 도착하기 한참 전에 나는 동상의 칼이 주택들 위로 솟아 있는 걸 볼 수 있었다. 잠시 동안 칼이 사라졌다가 동상의 커다란 머리가 폐허가 된 공장의 굴뚝 너머로 떠올랐다. 그 규모가 거리와 크기에 관한 내 감각을 혼란스럽게 해서, 나는 그만 세 정거장 먼저 전차에서 내리고 말았다.

슬픔에 가득 찬 시민들의 모습이 돌 부조浮彫로 꾸며진 돌계단을 한참 동안 느릿느릿 따라 올라갔다. 마침내, 화강암으로 조각된, 경기관총을 든 병사들이 도시의 방어를 상징하고 있는 곳, 나무와 폐허가 된 도시의 성벽 잔해들 사이에서 군가가 울려 퍼졌다. 한 쪽에는 원형 건축물이 하나 서 있었는데, 그곳에는 붉은 대리석의 굽은 벽에 전사자 명단 중에서 무작위로 뽑은 7,200명의 이름이 금빛으로 새겨져 있었다. 슈만의 '트로이메라이'가 녹음테이프에서 흘러나오고 있었다. 이 곡을 선택한 것은 러시아인들이 일반 독일인들에게 아무런 원한도 갖고 있지 않다는 것을 보여 준다.

언덕 위, '마더 러시아'가 하늘과 맞닿아 있었다. 넬슨탑(1805년의 트라

팔가 해전에서의 승리를 기념하기 위해 영국 런던 중심부에 세워진 트라팔가 광장 중앙에 있는 높이 약 50m의 탑.– 옮긴이주)만큼이나 어마어마하고, 8천 톤의 무게가 나가는 이 조각상은 젊은 여인의 모습이다. 이것은 신세계로 나아가는, 너무 서둘렀기에 아직 잠옷 차림이라는 것을 눈치 채지 못하는 들라크루아의 '민중을 이끄는 자유의 여신' 의 러시아 버전이다. 위로 치켜든 칼의 길이는 테니스 코트 길이와 같고, 발은 런던의 버스 크기와 같다. 그녀는 볼가 강 너머 동쪽으로 향해 가며, 러시아가 자신을 따라오고 있는지 확인하기 위해 고개를 돌려 어깨 너머를 바라보고 있다.

나는 그녀의 커다란 발가락에 기대어 쉬었다. 오후 태양의 따뜻함 속에서 나는 볼가 강 너머 깊이를 잴 수 없는 하늘 아래 놓인, 사자 빛 텅 빈 초원지대를 바라보았다. 도시는 차마 강을 건널 용기가 없는 듯 서쪽 둑을 따라 약 40마일 정도 뻗어 있었다. 마치 저 먼 둑 너머가 다른 국가였음을 인정한다는 듯 다리 하나도 놓여 있지 않았다. 만약 고대 그리스인들에게 흑해가 유목민의 국경이었다면, 오늘날 러시아에게 볼가 강이 그 불안정한 경계의 진원지였다. 볼가 강의 기다란 포옹 아래 '마더 러시아' 가 위치하고 있다. 그 너머는 황량한 동쪽, 타타르인의 거친 땅이었다.

볼고그라드는 유목민들의 침략으로부터 러시아 정착민들을 보호하기 위해 16세기에 요새로 세워졌다. 만약 볼가 강이 러시아의 젖줄이라면, 그것은 부분적으로 서구와 동구, 슬라브인과 타타르인의 민족적 모순 사이에서 균형을 유지하고 있는 국경으로서의 볼가 강의 성격 때문이다.

러시아를 들여다보면, 낡은 조롱거리로서의 타타르인을 쉽게 발견할 수 있다. 볼가 강가에서, 텐트를 치고 러시아 군주들을 지배했던 몽골 황금군단은 수 세기에 걸쳐 러시아의 복잡한 인종 속으로 흡수되었다.

타타르 자치주는 볼가 강을 따라 북쪽에, 그곳의 수도인 카잔 주변에 위치하고 있다. 몽골민인 칼민족Kalmyks은 남쪽에 자신들의 영토를 가지고 있다. 또 다른 타르타르Tartar 족인 까작끄Cossacks는 러시아 민속학의 일부분이다. 이런 곳에는 모든 러시아 마을의 좁은 길이 더 좁아지고, 사람들은 더 시끄럽고, 삶은 덜 질서정연한 타르타르 구역이 있다. 동쪽 대초원을 향해 칼을 휘두르고 있는 '마더 러시아'의 발밑에는, 이 도시보다 더 오래된 마마에프 쿠르간Mamaev Kurgan이라는 타르타르인의 무덤이 하나 있다.

'마더 러시아'의 커다란 발가락에서 러시아와 타르타르 사이의 애매모호한 관계에 대한 정치적 맥락을 깨달았다. 볼가 강을 향해 성큼성큼 걸어갈 듯한 이 동상은 역사적 조류의 역전을 상징한다. 18세기에 이르러서 세력의 균형은, 중앙아시아에서 이주해 와 공물을 요구하며 수 세기 동안 러시아를 약화시켰던 사람들로부터 돌이킬 수 없게 멀어져 갔다.

피터 대제 시대에, 러시아는 대초원의 유목민 무리를 지배하기 시작했고, 점점 동쪽으로의 확장을 감행했다. 그리하여 결국 그 세력은 저 멀리 몽골까지 이르게 되었다. 러시아인들은 도시, 도로, 학교, 공장을 지으며, 볼가 강 너머에 정착문명을 가져다주려 노력했다. 그렇게 이 거친 지역을 통제해야만 안심할 수 있었다. 동쪽 지평선으로 행진함으로써, 이 거대한 조각상은 러시아인의 커다란 불안을 숨기고 있다. 러시아인의 제국적 열망은 질서에 대한, 정착민의 삶이라는 안전한 예측가능성에 대한 호소였다.

윌리엄 수사는 8월 중순에 볼가 강에 도착했다. 문제는 누구도 그를 어떻게 대할지 몰랐다는 것이다. 그가 알현한 몽골의 왕들은 언제나 자신의 상관들에게 그를 떠넘기려고만 했다. 크리미아에서 그는 몽골 통치자 스카카타이Scacatai를 알현했다. 몽골에 무슨 메시지를 가지고 왔냐는 그의 질문에 윌리엄은 간단하게 대답했다.

"예수님 약속의 말씀입니다."

통치자는 '조용히 있었지만, 머리를 흔들었다.'

그리고 돈 강 너머에 텐트를 치고 있는 사르타크Sartaq와 이야기해 보는 것이 좋겠다고 말했다.

윌리엄이 앞으로의 여행을 준비하며 기다리는 동안, 한 이슬람인을 그리스도교로 개종시킴으로써 복음의 전선에서 짧은 성과를 얻어낸 적이 있었다. 분명히 그 남자는 자신의 죄를 깨끗이 사해 준다는 생각과 죽음으로부터의 부활이라는 윌리엄의 약속에 이끌렸을 것이다. 그러나 그 계획은 마지막 순간에 뒤틀려 버렸다. 그가 자신의 아내에게 처음으로 개종을 말하자, 그의 아내가 그리스도교도들은 유목민 텐트에서 중요한, 발효된 암말의 술인 쿠미스koumiss를 마시지 못한다고 알려 주었다. 그렇지 않다는 윌리엄의 주장에도 불구하고, 그 남자는 위험을 감수하지 않겠노라고 말했다.

사르타크가 그리스도교를 믿는다는 당시 서구에 널리 퍼진 믿음은 애석하게도 잘못된 소문임이 밝혀졌다. 윌리엄이 그의 캠프에 도착하여 기록한 것을 보면, 사르타크는 그리스도교 세계의 사절단들이 주는 선물을 받는 것은 기뻐했지만 이슬람교도들이 더 좋은 선물을 가지고 나타나자 즉시 이슬람교도들을 더 귀하게 여겼다.

"사실, 그가 그리스도교도들을 희롱하고 있다는 인상을 받았다."

윌리엄은 이렇게 고백했다.

사르타크가 자신의 방문객을 어떻게 대우했는지 정확히 알 수는 없지만, 그는 윌리엄 수사 일행을 볼가 강에서 야영하고 있던 자신의 아버지 바투Batu에게 보냈다.

바투는 이미 볼가 강 동쪽의 대초원에 있는 겨울 목초지를 향해 이주하는 중이었다. 수사들이 그를 따라잡았다.

"나는 엄청나게 놀랐다."

윌리엄은 바투의 야영지를 보고 이렇게 썼다.

광활한 바다처럼 수많은 텐트가 '거대한 도시처럼 보였다. 사람들은 사방으로 약 9~12마일에 걸쳐 둥글게 흩어져 있었다.'

가운데에는 바투의 거대한 대형 텐트가 자리 잡고 있었는데, 그 텐트의 문 자락은 햇빛이 밝은, 상서로운 남쪽을 향해 열려 있었다.

윌리엄과 바투와의 첫 만남은 동-서 간의 관계에 있어 매우 흥미로운 순간임에 틀림없다. 수사 일행이 에스코트를 받으며 텐트 안으로 인도되었을 때, 수행원들과 부인들 사이에 칭기즈 칸의 손자가 금으로 장식된 넓은 소파에 앉아 있었다. 잠시 동안 침묵이 흘렀다. 수사들은 대형 텐트의 장관에 지레 겁을 먹고 서 있었고, 몽골인들은 그들을 빤히 쳐다보고 있었다. 이곳에는 프랑크족 왕의 사절단이 먼저 와 있었다. 뚱뚱한 수도사 두 명이었는데, 맨발에 모자를 쓰지 않고, 더러운 관복을 입고 있었다. 떠돌아다니는 행상인들이 오히려 더 단정해 보였을 것이다.

윌리엄은 기분이 썩 좋지 않았다. 세 달도 안 되는 기간 동안 이번이 벌써 세 번째 몽골 왕을 만나는 것이었다. 각각의 알현은 그 전의 알현과 마찬가지로 확실한 결론이 나지 않았다. 더욱이 바투 앞에서 무릎을 끓어야 하는 것은 지옥 같은 일이었으므로 저주스런 마음으로 앞으로 곧장 나아갔다. 그는 파티의 주인인 바투를 위해 기도해야 했지만, 사실 그를 위해 할 수 있는 것이라고는 정말 아무 것도 없었다. 그들은 '그리스도교 교회에서 세례 받지 않은 이교도였기에, 신은 그들에게 영원한 불의 선고를 내릴 것이다!'

윌리엄이 자신의 소개를 했을 때는, 아마도 침 넘어가는 소리도 들렸을 것이다. 그는 이 순간에 관해 조심스럽게 자신의 이야기를 삭제하고, 바투의 반응도 기록하지 않았다. 하지만 혼돈과 어둠의 선구자인 야만인 칸의 반응은 민간전승으로 전해져 내려온다. 또한 우리는 그것을 자코모 디세오Giacomo d' Iseo의 기록에서 발견할 수 있다. 그는 또 다른 프란체스코 수도회 회원으로, 아르메니아 왕이 묘사한, 그 만남의 순간에 대한 이야기와 관계 있는 사람이다. 이야기는 문명화된 화법에 익숙한 서구인들에게는 하나의 교훈이 되었다.

윌리엄의 공격적인 태도에도 불구하고 바투는 우화를 곁들여 은유로 대답했다.

"유모는 먼저 젖을 갓난아이의 입에 몇 방울 떨어뜨리며 시작한다. 그래야 달콤한 맛에 아이가 젖을 빨게 할 수 있다. 그런 다음에 유모는 아이에게 젖꼭지를 물린다. 그러므로 당신은 먼저 단순 명쾌하고 이치에 맞는 방법으로 우리를 설득해야만 했다. 당신의 가르침은 우리에게 모두 낯선 것 같다. 그런데도 당신은 영원한 처벌로 일시에 우리를 위협했다."

바투의 말은 거기에 모여 있던 몽골인들의 느릿한 박수로 환영을 받았다.

그런 분위기였음에도 불구하고 바투는 윌리엄을 자기 옆에 앉도록 초대했고, 그에게 암말의 젖 한 그릇을 내 주었다. 바투는 수사 일행이 잘

되기를, 그리고 몽골 영토에 머무르는 걸 좋아하기를 바랐다. 하지만 불행하게도 바투는 그들이 필요로 하는 허락을 해줄 수는 없었다. 이 때문에 윌리엄 일행은 모든 몽골족의 군주인 몽케Mongke 칸의 왕실로 다시 떠나야 했다. 몽케 칸은 동쪽으로 거의 3,000마일이나 떨어진 몽골의 수도 카라코룸에 살고 있었다. 윌리엄의 여행은 시작에 불과했다.

한 달 후, 안내인이 그들을 동쪽으로 안내해 주기 위해 도착했다. 안내인은 이 두 명의 뚱뚱한 이방인들을 떠맡게 된 것이 약간 불쾌한 듯했다. 그는 분명 그들이 끝까지 가지 못할 것이라고 걱정했다.

"이번 여행은 네 달 이상 걸릴 거요."

안내인은 그들에게 경고했다.

"거기는 어찌나 추운지 바위와 나무들이 서리에 짝짝 갈라져요. 그걸 견디지 못하면, 당신들을 도중에 그대로 버려둘 거요."

낮에는 볼고그라드 호텔 로비에 몇몇 살아 움직이는 것들이 보였다. 프런트 직원은 깨어 있고, 늙은 승강기 담당자는 문 옆에서 어슬렁거리고 있었다. 그들에게 부족한 것은 오직 손님뿐이었다.

국영 여행 안내소가 로비 한편에 자리 잡고 있었다. 1950년대 여성 학회의 존경할 만한 사회적 지위와 여성스러움이 배어 나오고 있었다. 스웨터에 같은 색깔의 카디건을 입고 진주 목걸이를 한 나이 지긋한 중년부인들이 모여 일을 하고 있었다. 나는 오후 티 타임 시간에 맞추어 그곳을 방문하였다.

과거에 이 도시를 방문한 대부분의 여행객들은 처참한 패배의 장소를 다시 방문하기를 갈망하는 서독의 옛 기갑사단 장교들이거나 동유럽의 옛 공산주의 국가 사람들이었다. 동유럽 사람들은 지금 여행할 여유가 거의 없고, 서독의 옛 기갑사단 장교들은 거의 다 죽었다. 여행객들이 없기에, 여행 안내소는 파리를 날리고 있었다. 플라네타륨(별자리 투영기 – 옮긴이주), 볼가에서의 보트 여행, 카자흐스탄 비자 등 모든 것들이 여행 안내소의 여성들에게는 신기한 것들이었다.

나는 기차표에 대해 물어 보았다. 사실, 아침 내내 기차역에서 카자흐스탄행 기차표를 사려고 헛수고를 한 터였다. 스베틀라나는 내게 스쿤(둥글넓적한 과자 – 옮긴이주)을 건네며 영어로 기차여행은 자신들의 소관이 아니라고 말했다. 여행 안내소의 우아한 분위기 아래, 볼고그라드 공장들의 포스터 밑에서, 내 질문은 점점 예의에 어긋나는 것 같아졌다. 대화는 그곳 사무실이 판매하고 있는 차이코프스키의 콘서트로 바뀌어 버렸다.

이처럼 교양 있는 곳에 올가가 마치 유목민 여자처럼 끼어들었다. 깜짝 놀라 고개를 돌릴 만큼 큰 소리로 내 이름을 부르는 소리가 들렸다. 갑자기 그녀가 사무실의 유리문을 밀치며, 여전히 전날 저녁의 하이힐과 매춘부의 복장을 한 채 내 쪽으로 뒤뚱뒤뚱 다가왔다.

"스탠리 도련님."

다시 만난 게 반가운지, 얼굴에 미소를 한 가득 짓고 나를 불렀다. 이 갑작스러운 출현을 여행 안내소 여성들은 차를 마시다 말고 무섭게 응시했다. 그리고는, 하나 같이 놀란 얼굴을 내게로 돌렸다. 나는 괜히 얼굴이 빨개지며 죄의식을 느꼈다. 감당하기 어려운 올가가 우리들 앞에 서자, 무시무시한 침묵이 흘렀다.

"안녕하세요!"

나는 희미하게 말했다.

"스탠리 도련님, 얼마나 찾았다고요. 방에 없더군요."

여행 안내소 여성들의 커다란 눈이 내 벌게진 얼굴에서 방향을 틀어 찢어진 망사 스타킹, 딱 달라붙는 싸구려 옷을 입어 툭 튀어나온 몸매, 살찐 가슴팍, 덕지덕지 괴상한 화장의 올가를 발끝에서 머리끝까지 샅샅이 훑어보더니 미간을 찌푸렸다. 그리고는 자기들끼리 마주보며 치켜뜬 눈썹과 꽉 다문 입술로 불만을 도도하게 드러냈다.

올가를 멸시하는 듯한 그들의 눈길을 보니, 불끈 예의에 대한 본능이 일었다. 나는 자리에서 일어나 올가에게 내 자리를 내주었다. 그러나 그녀는 앉지 않았다. 그녀의 몸짓이 그곳 여자들의 경멸을 눈치 챘음을 보여 주었다. 우리는 함께 안내소에서 나왔다.

로비에서 올가가 말했다.

"기차표 사려고요?"

호텔의 소문은 이미 그녀에게 내가 기차역을 다녀왔다는 사실까지 알려 준 모양이었다.

"카자흐스탄 급행열차 표를 구하려고요."

내가 말했다.

"내가 구할 수 있어요."

그녀가 다부지게 말했다.

"문제없어요. 여행 안내소 사람들하고 시간낭비하지 마요."

그녀는 얼굴을 여행 안내소 유리문 쪽으로 돌렸다. 그녀는 나와 함께 있던 사람들을 좋아하지 않는 게 분명했다.

나의 방문과 때를 맞추어 생각지도 못한 국제 현대댄스 페스티발이 볼고그라드에서 열렸다. 그래서 나는 밤에 베를린에서 온 콜레크티브 탄즈Be Van Vark Kollektivtanz의 공연을 보러 갔다. 주요 작품인 오르곤은 오스트리아 정신분석학자인 윌리엄 라이히의 작품이 원작이었다.

라이히가 내세우는 원칙은 정신 건강이란 성교의 빈도에 달려 있다는 것이었다. 그는 정상적인 오르가슴에 대한 방해물로 규정한 핵가족의 폐지를 주장하는 데까지 나아갔다.

베를린의 아방가르드는 내가 어머니를 모시고 런던의 리버사이드 스튜디오에 헨델의 오페라 공연을 보러 간 저녁만큼 놀랍지는 않았다. 어머니는 헨델을 무척이나 좋아해서, 나는 앞줄 자리를 예약했는데 그 자리는 리버사이드에서 어느 정도 무대의 일부분이었다. 나는 원정팀이 독일의 최첨단 퍼포먼스 아트출신이라는 걸 신경 쓰지 않았다. 그건 헨델이었으니까. 하지만 그날 저녁 우리가 본 것은 우리가 알고 있던 헨델이 아니었다. 경쾌하고 빠른 서곡이 흐른 후, 출연자들이 무대 위로 휘젓고 다닐 때, 나는 그들이 무화과 열매 한 두장만 입고 있는 것을 보고 깜짝 놀랐다. 연극은 라이히의 방식을 따른 것이었다. 이후 2시간 43분 동안, 휴식시간과 같은 낡은 방식에 의해 구원받지도 못한 채, 나는 배우들이 우리 무릎 위에서 육욕과 오르가슴으로 흥청거리는 것을 속수무책으로 보아야만 했다. 나는 당시를 내 생애 최악의 저녁 중 하나로 기억한다. 그리고 코벤트 가든(런던 중앙부에 있는 오페라 극장. – 옮긴이주)의 티켓 값이 아까워 내 자신을 저주했다. 그러나 어머니는 매우 즐거워했다. 그리고 사람들에게 그 공연에 대해 지치지 않고 떠들어댔다.

"너무나 생동감 넘치는 공연이야."

어머니가 말하곤 했다.

오르곤의 사운드 트랙은, 마치 개구리들이 교배하는 소리처럼 들렸다. 댄스 자체는 열광적이었다. 댄서들은 옷을 입은 채 멋지고 정열적으로 공연했는데 옷이 발끝으로 3바퀴 도는 동작을 방해하는 듯 했다.

마치 오르가슴을 방해하듯.

하지만 이곳 관객들은 꽤 놀란 듯 했다. 아마도 오르곤은 70년 동안의 사회주의 리얼리즘에서 막 깨어난 사람들에게는 지나친 것이리라.

사회정의, 국제평화, 그리고 풍작이라는 휘황찬란한 미래 속으로 행진해 들어가는 행복한 농부들에게 바쳐지는 것이라면 몰라도.

나는 공원을 지나 호텔로 다시 걸어왔다. 그곳에는 오르가즘과는 무관한 가족들이 아이스크림을 함께 먹고 있었다. 젊은이들은 곳곳에 있는 맥주와 스낵을 파는 매점 주변을 어슬렁거리고 있었고, 술 취한 사람들이 공원 벤치 사이를 헤매고 있었다.

전쟁이 끝난 후, 스탈린그라드의 불에 탄 폐허가 파시즘의 패배에 대한 기념물로 남겨져야 한다고 누군가가 제안했다. 스탈린은 자신의 이름이 수많은 파편들과 연관되는 것을 당연히 좋아하지 않았다. 그래서 도시의 재건을 위해 어마어마한 돈을 들였다. 단조롭기는 하지만, 그 결과는 만족스럽다. 도시에는 수많은 공원과 전쟁기념관들로 가로막힌 넓은 길이 생겼다.

또한 밸러스터(난간을 받치는 작은 기둥 – 옮긴이주) 발코니가 있는, 붉은 사암으로 된 아파트가 있었다. 이것은 과거에 대한 재건의 일환으로 1950년대에 세워진 것으로, 영원히 지속될 것처럼 보인다. 그리고 축축한 얼룩의 노란 콘크리트 가옥들도 있었다. 이것은 미래에 대한 비전으로 1960년대에 세워진 것인데 곧 허물어질 것 같았다.

나는 저녁을 먹으러 호텔에 있는 웅장한 레스토랑으로 갔다. 스탈린 시절, 그곳에서 아마도 공산당 간부들에게 그럴싸한 식사를 접대했을 것이다. 오늘날 그곳은 웅대한 무덤처럼 호화롭고 텅 비어 있었다. 나는 커다란 창문 옆에 앉아서 광장을 바라다보았다. 대리석 기둥, 도금한 샹들리에, 화려하게 장식한 거대한 거울, 은과 훌륭한 리넨이 놓인 테이블에 충분히 감탄하라는 배려인 듯 서비스는 지나치게 더뎠다.

웨이터는 꼭 승강기 담당자의 큰 형 같았다. 그가 은빛 쟁반에 녹 빛의 물이 든 컵을 들고 넓은 나무 마룻바닥을 지나오는데 5분이 걸렸다. 귀머거리였기에 나는 커다란 글씨로 냅킨 위에 주문을 적어 주어야 했다. 그는 한참동안 냅킨을 빤히 쳐다보고는, 아무 말도 없이 돌아서서, 부엌으로의 오랜 여행을 시작했다.

나는 혼자 식사의 기쁨을 만끽하고 있었다. 그 때 올가가 굵은 기둥 너머에서 나타나더니 맞은편 자리에 앉았다.

"표 구했어요."

그녀가 핸드백에서 그 귀중한 물건을 꺼내며 말했다.

"아침 기차로 사라토프로 가서, 알마티Almaty로 가는 기차를 갈아타면 돼요."

나는 그녀에게 대단히 고맙다고 말했다. 그녀는 미소 지으며 손을 내저었다.

"나도 같이 가면 좋을 텐데."

그녀가 팔꿈치를 테이블 위에 올리며, 이쑤시개로 저녁 식사의 찌꺼기를 찾으려 어금니를 쑤시며 말했다.

"카자흐스탄에요?"

내가 물었다.

그곳은 대부분의 러시아인들이 좋아하는 목적지가 아니었다.

"사라토프. 내 고향이 거기에 있어요. 강 맞은편에."

나는 그녀가 다른 곳, 특히 시골 출신이라는 것을 생각해 본 적이 없었다. 그녀는 타협과 익명성을 바탕으로 이 도시에 너무나도 뿌리를 잘 내리고 있는 것처럼 보였으니까.

"당신 고향은 어때요?"

내가 물었다.

"크라시보제Krasivoje."

그녀가 말했다.

"아름답지요. 지금쯤 사과나무에 꽃이 피었을 걸요. 거기에 볼가 강이 있어요. 그건 마치…."

그녀는 천정을 올려다보며 무슨 말을 할까 찾는 듯 했다.

"샹들리에?"

내가 참견을 했다.

그녀는 참을 수 없다는 듯 머리를 가로저었다.

"담배 자국이 있는 천장?"

그녀가 눈살을 찌푸렸다.

"아니. 그게 아니고."

그녀는 손을 철썩 치더니 좀 더 먼 곳을 가리켰다.

"하늘? 아 …! 천국."

"맞아요. 천국 같아요."

그녀가 말했다. 그녀의 얼굴이 부드러워졌다.

"내 아들이 거기 있어요. 할머니랑 같이."

그녀는 나를 쳐다보았다. 내가 단순한 고객 이상이 되었음을 깨달았다. 아들은 잠재적 고객에 대한 고백은 아니었다.

"몇 살이에요?"

내가 물었다.

"여덟 살."

그녀가 말했다.

"내가 돈을 부쳐 줘요. 하지만 내 아들을 볼고그라드에 데려오지는 않을 거예요. 절대 여기는 안 데려올 거예요."

마치 그녀의 몰락에 책임 있는 것이 인간의 마음이 아니라 이 도시라도 된다는 듯 그녀가 고개를 세차게 흔들었다.

카자흐스탄 급행열차에 대한 사전 정보는 한결같이 좋지 않은 것이었다. 이 기차에 관해 내가 듣고 읽은 것은 모두 하나의 악몽이었다. 볼고그라드 호텔의 여행 안내소 여성들은 내가 기차 이야기를 꺼내자 정중하게 주제를 바꾸어 버렸다. 러시아 철도에 대한 안내책자는 모두 그 기차를 피하라고 나와 있었다. 올가조차도 카자흐스탄 급행열차에 대해 불안한 태도를 보였다.

매춘부, 뚜쟁이, 마약 밀매업자, 좀도둑들이 가장 좋은 자리를 차지하고 있다고 했다. 알마티까지 60시간 여행하는 동안 지하세계와 연관이 없는 사람들은 내내 입석으로 가야만 했다. 승객들은 술 취해 싸우기 좋아하는 사람들로 묘사되었고, 차장들은 칼싸움을 피하기 위해 보호용 수화물차에 숨어 있다고 했다. 약탈은 분명 티켓 검사보다 더 흔하고, 승객들은 잠자는 동안 질식사 당하거나 소지품을 빼앗긴다고 했다. 13세기 유럽에서의 몽골 유목민에 대한 기록들도 카자흐스탄 급행열차의 명성에 비할 바가 아니었다.

모스크바를 출발한 카자흐스탄 급행열차는 사라토프 역으로 몇 시간 늦게 천천히 들어왔다. 창문들은 하나같이 너무 더러워 안을 들여다볼 수 없을 정도였다. 기차는 초라하고 기진맥진해 보였다. 위안이 되었던 러시아 기차의 여성 안내원들은 자신들의 근무시간이 끝나자, 콧수염을 기른 땅딸한 카자흐스탄 남자 역무원들과 임무 교대를 했다. 그들은 몸에 문신이 있었다.

우려한 것보다 첫 인상은 괜찮았다. 나는 칼을 휘두르는 악당을 한 명도 만나지 않고 기차에 올라 타 복도를 지나갔다. 내 침대는 차장에게 뇌물을 건넨 누군가가 이미 점령하고 있는 것 같았다. 대신 나는 약간의 협상 끝에 객차 끝에 있는 다른 객실에 자리를 확보했다. 그곳은 매춘굴 같았다. 침침한 붉은색 불빛이 비추고 있는 창문에 스카프가 걸려 있고, 여자 속옷들이 마치 장식처럼 흩뿌려져 있었다. 싸구려 향수 냄새가 짙게 났다. 테이블 위에는 머리핀, 빗, 화장품, 담배, 그리고 빈 그루지아 와인 두 병이 놓여 있었다. 이런 쓰레기 더미 가운데에서 세 명의 여성들이 침대에 큰 대자로 누워 코를 골며 자고 있었다.

나는 위쪽 침대 중 하나에 올라가 눈에 띄지 않게 귀중품들을 여기저기 숨겼다. 앞으로 여행할 곳은 은행 시설이 부족해 현금을 몸에 지니고 가야 했다. 나는 두꺼운 루블 더미를 배 쪽에 집어넣고, 통이 넓은 사각 팬티에는 미국 달러를 넣었다.

기차에 대한 소문과 객차 안의 분위기는 시베리아 횡단 급행열차에 관해 최근에 들었던 이야기를 생각나게 했다. 어떤 친구가 새치름해 보이는 여성과 객차를 함께 써야 했는데, 그녀는 낮에는 도서관 사서였지만 밤에는 매춘부였다. 모스크바에서 블라디보스토크까지, 그녀는 위쪽 침대에서 고객들을 끊임없이 받았다. 나는 내 침대 모서리를 통해 내 여행 동료들을 자세히 살펴보았다. 진홍색 립스틱과 가짜 속눈썹을 달고 있었다. 분명 사서처럼 꾸미고 있지는 않았다. 러시아가 나를 혼란에 빠진 청교도로 만들어, 도처의 방탕을 보게 하는 건 아닌지 잠시 의구심이 일었다.

우리는 덜거덕거리며 볼가 강을 건너, 야생화가 끝없이 피어 있는 평원을 지나 늦은 오후 속으로 달려갔다. 전봇대의 전깃줄들은 평평한 비포장도로의 지평선 끄트머리로 사라져 갔다. 이런 공간에 고립되어 있는 마을들은 상징적인 존재였다. 모든 것들이 손으로 직접 만든 것 같았다. 집들은 쓰레기 더미에서 찾아낸 두꺼운 판자로, 트랙터들은 바퀴가 하나인 손수레와 낡은 재봉틀을 조립해서 만들어 놓은 듯 했다.

시내가 시야에 들어왔다. 유개有蓋 화차와 곡물 사일로(목초의 저장발효를 위한, 보통 탑 모양의 건조물.– 옮긴이주)를 보고 시내인지 알았다. 콘크리트로 된 가옥과 공터 사이를 낡은 차들이 먼지구름을 일으키며 천천히 돌아다녔다. 깨진 가로등이 늘어진 전선줄에 매달려 있었다. 공공시설들은 이 지역에서 수명이 짧았다. 주정뱅이들은 거리 가로등을 사격 연습용으로 삼았고, 젊은 사업가들은 유리와 전구를 훔쳐 암시장에 내다 팔았다.

기차는 다시 시골을 달려 흙투성이의 목초지를 통과해 갔다. 얼룩덜룩한 젖소들이 기차가 지나가자 머리를 처량하게 들어 올렸다.

6시가 되자 여자들은 마치 벨이 울린 것처럼 동시에 일어났다. 그리고 내 쪽으로 고개를 까딱하더니, 담배에 불을 붙이고 손톱 손질을 시작했다. 그들 사이의 서열은 금이빨 수로 알 수 있었다. 나는 이 기차에 대한 소문이 그들로 하여금 저축한 돈을 치과 의술에 맡기기로 설득하지 않았는지 의구심이 들었다. 가장 연장자인 짧은 머리의 금발 여성은 입안 가득 금이빨이 있었고, 반면 공단 바지를 입고 선글라스를 낀 예쁘장한 나이 어린 여자는 자신의 경제적 안전을 확인하려는 듯 앞니 하나만 금니를 하고 있었다.

손톱 손질이 끝나자 그들은 자세를 잡고 앉아서 러시아 타블로이드판 신문을 읽었다. 일상적인 부패, 섹스와 폭력 이야기들로 장식된 피비린내 나는 앞표지는 시체, 미국 달러, 반짝반짝 빛나는 총, 그리고 문신을 한 남자 한 명이 거의 벌거벗은 여자를 세게 후려치는 몽타주 사진을 과시하고 있었다. 나는 그들의 어깨 너머로 신문 안쪽 면을 흘낏 쳐다보았다. 오른쪽 궁둥이에 창이 깊이 찔린 한 남자의 벌거벗은 아랫도리가 나와 있었다. 다행스럽게도 이 사진은 희미한 흑백이었다.

저녁이 되자 카자흐스탄 급행열차는 이리저리 흔들리는 가정집이 되었다. 이 기차에서 벌어진다는 어두운 범죄에 대한 소문과는 정반대였다. 객차 위, 아래 할 것 없이 승객들로 넘쳐났다. 가방이 풀리고, 담요가 펼쳐지고, 신발은 좌석 밑으로 들어가고, 음식이며 신문, 그리고 잡동사니들이 테이블과 좌석 여기저기에 펼쳐졌다. 복도 난간은 타올과 속옷 등을 위한 공동 빨랫줄이 되어 버렸다. 사람들은 슬리퍼를 신고 낡은 스웨터로 갈아입고, 파이프에 불을 붙이고 갈색 맥주병을 땄다. 단추를 풀고 태연히 아래쪽 침대에 기대어, 마치 자기 집의 친숙한 소파처럼 앉아 있었다.

옛날부터 내려오던 이웃사랑은 이야기보따리와 소시지를 나누며 객차를 드나들게 하고, 마치 그곳이 마을인 양 객차 통로까지 나와 수다를 떨면서 경치를 감탄하며 사모바르 차를 나누어 마시게 했다.

야만행위에 대한 것들은 언제나 과장되는 경향이 있다. 카자흐스탄 급행열차에 대한 나쁜 소문은 1992년과 1993년의 암울한 시기로 거슬러 올라간다. 당시는 정부 권위의 붕괴로 야기된 공백상태여서 범죄행위가 횡횡하던 때였다. 하지만 기차에 배치된 경찰과, 마치 난폭해진 군중들처럼 도둑들을 혼내 준 평범한 승객들의 완고한 저항은 이런 무법의 시기를 끝나게 만들었다. 기차에 문제가 전혀 없는 것은 아니지만, 나는 카자흐스탄 급행열차는 평범하고 소박한 사람들이 타는 기차였노라고 감히 말할 수 있다.

나와 함께 객실을 사용하는 여자 세 명은 매춘부가 아니었다. 그들은 알마티로 옷을 가져가는 보따리장수였다. 저녁에 그녀들은 우리의 이웃들을 위해 자그마한 패션쇼를 준비했다. 사람들은 최신식 모스크바

패션에 천진난만한 아이처럼 열광적으로 박수갈채를 보냈다.

밤이 깊어 가자 객실 램프에 불이 들어왔다. 한 두 시간 전쯤에 우리는 국경 검문에 아무 문제없이 카자흐스탄으로 건너왔다. 나는 통로의 열려진 창문 옆에 서서 기차가 굽이쳐 움직일 때마다 달이 나왔다 들어갔다 하는 것을 바라보았다. 엔진에서 피어오른 연기 띠가 광활한 은빛 공허 속으로 휘날리며 사라져 갔다.

이제 객차 통로에는 거의 아무도 없었다. 커다란 면 파자마를 입고 슬리퍼를 신은 어떤 노신사가 객차 조명 아래 책을 읽고 있었다. 그는 키가 크고 말랐는데, 깡마른 얼굴에 머리가 헝클어져 있었다. 마치 시골 괴짜처럼 보였다. 흐린 조명 탓에 얼굴을 책에 바짝 가져다 대고 있어서 잉크 냄새라도 맡는 것처럼 보였다. 그가 고개를 들어 내가 자신을 지켜보고 있는 걸 보았다.

"푸쉬킨."

그가 중얼거렸다. 매부리코에 머리카락이 눈썹에 늘어져 있어서 얼굴이 꽤 무서워 보였다.

"예프게니 오네긴을 아시오?"

그가 프랑스 말로 물었다.

나는 안다고 대답했다. 나는 또 푸쉬킨이라는 이름의 고양이를 가지고 있노라고 말했다. 나의 경솔함에 늙은이의 얼굴이 어두워졌다. 그의 기다란 손이 책을 보호하듯 감쌌다.

"러시아의 셰익스피어."

그가 작은 목소리로 말했다. 마치 내 고양이에 대한 비난인 것처럼.

"오네긴은 여행가였다오."

그 남자가 계속 말했다. 그의 목소리는 약간 비난의 색조를 띠고 있었다. 그는 나 역시 뜻을 파악하려고 애쓰는 희미한 책인 양, 나를 뚫어져라 살펴보았다. 그의 눈길이 뭔가 이상했다. 눈동자가 따로따로 나를 바라보았다.

"그는 결코 만족하지 않았다오."

그 남자가 말했다.

"그는 항상 새로운 지평선을 필요로 했다오."

기차가 불량 선로를 통과하자 덜커덩거리는 소리가 점점 커졌다. 기차가 갑자기 덜컥 요동치는 바람에 우리는 동시에 창 쪽으로 쏠렸다. 마침내 바퀴의 굉음이 우리를 완전히 삼켜 버렸다. 잡음 위로 단어들이 잔해 조각들처럼 떠올랐다.

"낭만적인 사람 … 사모할 수 없는 … 유목민 … 감정적 호사가 … 그가 잃었던 걸 원하기만 했던 …"

그러고 나서 사랑을 갈망했던 오네긴에 관해 여전히 불만스레 말하며 그 남자는 떠나갔다.

나는 내 침대로 돌아왔다. 여자들은 이미 잠들어 있었다. 밤새도록 기차의 기다란 경적은, 슬픔에 잠긴 은둔자의 음색, 여행객의 불만, 움직임과 이동이라는 불안정한 관념을 이끌며 내 꿈속에서 울려 퍼졌다.

아침은 한층 더 큰 공허함을 가져다주었다. 차창 밖 풍경은 무자비할 정도로 단순하게 줄어 버렸다. 하얀 하늘과 너른 평원, 그리고 그 위를 구름과 구름의 그림자가 정처 없이 떠돌고 있었다. 사막의 거친 표면 군데군데, 겨울과 여름이라는 두 개의 극과 극 사이의 짧은 간주인 봄이 내려 앉아 초록 윤기를 뿜어내고 있었다. 그로 인해 사막은 한껏 부드러워졌다. 그나마 멀리서 이따금씩 나타나는 건물들은 정부의 프로젝트처럼 보였다. 한 무리의 얇은 지붕의 시멘트 헛간, 사일로 더미, 구식 트랙터들이 있는 안뜰, 월트셔(잉글랜드 남부의 주.- 옮긴이주)처럼 커다란 경작지, 그리고는 다시 아무 것도 없었다.

몽골인들이 어떻게 이 지역을 사랑했었을까? 몽골인들은 유럽을 향해 말을 타고 가면서, 수로도 건너지 않고, 도시의 방해도 받지 않고 이곳에서 1,000마일 너머까지 갈 수 있었다. 하지만 윌리엄 수사는 썩 행복하지 못했다. 카자흐스탄의 사막을 건너는 데 거의 7주일이나 걸렸다.

"가장 가혹한 시련이었다."

윌리엄은 이렇게 썼다.

"굶주리고, 목마르고, 몸이 얼고 기진맥진했던 적이 셀 수 없을 정도였다."

윌리엄 수사 일행이 우연히 마주친 거주지는 최근에 몽골인들이 새롭게 정복한 곳이었다. 그들은 모두 프랑스의 배, 성, 말에 대해, 그리고 교황이 진짜 500살이나 되었는지 알려고만 했다.

우리 옆 객실에는 육중한 곰처럼 생긴 러시아 가족 세 명이 있었다. 아빠 곰, 엄마 곰, 그리고 아기 곰. 아기 곰은 여덟 살 먹은 소녀였다. 아빠 곰은 군 대령이었는데 나에게 관심을 보였다. 내가 복도에 있는 것을 볼 때마다 다가와서 알아들을 만한 영어로 이것저것 말했다. 그는 저 멀리 있는 유정油井에서의 천공장비의 작동, 낙타 사육, 우주선 항해 시스템, 우리의 노선에 해당하는 기차 시간표 등에 대해 이야기해 주었다. 말하자면, 아빠 곰은 그런 것에 대한 전문가였다. 가끔 열린 객실 문을 통해 나는 아빠 곰이 자신의 아내에게 단조로운 목소리로 말하는 걸 들을 수 있었다. 아빠 곰과의 결혼이 엄마 곰을 오랫동안 고통 받은 전문적인 청취자로 만든 것이 분명했다. 우리가 이 밋밋한 공허함을 통과하며 표류하는 동안 엄마 곰은 '발링' 이라는 장비에 대해 족히 한 시간 반이나 되는 시간을 포함해 아빠 곰의 그칠 줄 모르는 말의 견강부회를 몇 시간 동안 들었다.

그들이 나를 점심식사에 초대했다. 주 요리는 그들이 의자 밑에 보관해 두었던 세발달린 건어물이었다. 아빠 곰은 내게 러시아 산産 자동차에 관해 이야기했는데, 그는 꽤 판단력이 높았다.

우리는 커다란 공장을 지나쳤다. 그 공장은 정부 프로젝트 중의 하나로, 이 황량한 곳에 버려져 있었다. 텅 빈 건물들은 하늘의 창문 같았다.

"보세요."

아빠 곰이 말했다.

"페레스트로이카. 고르바초프의 재건."

그리고는 그는 마지막 공산주의 지도자에 대해 장광설을 시작했다. 러시아에서의 고르바초프에 대한 강력한 미움은 대부분의 서구인들에게는 하나의 수수께끼이다. 고르바초프를 계승한 방향 없이 표류하는 정부들과 비교해 볼 때는 특히 그렇다. 러시아인들은 독재를 포기하고, 민주주의의 가장 기초적인 특징으로 직행하는 것처럼 보인다. 옐친의 호소력은 '거리의 사나이' 라는 그의 이미지에 기초했었다. 옐친은 고집 세고, 낭만적이고, 혹사당한 알코올 중독자라는 장점과 단점을 모두 지닌 러시아의 특징을 보여 주었다. 옐친은 '프로스토나로드니 prostonarodny' 였는데 이 말은 번역하기 까다로운 러시아 말로, 그 뜻은 '야비한, 세속적인, 세련되지 못한, 소탈한, 서민적인, 허물없는' 정도였다.

이와 반대로 고르바초프는 박식한 척 하는 사람이었다. 그가 자신의 국민들에게 그들의 단점을 설교할 때만큼 행복했던 적은 없었다. 가장 호기심을 끄는 것은 고르바초프의 부인인 라이사에 대한 보편적인 증오였다. 아빠 곰은 그녀가 러시아의 쇠망에 대해 개인적인 책임이 있다고 믿었다. 아빠 곰이 말하길, 그녀가 파리에서 자신의 모자를 사기 위해 공산주의를 붕괴시켰다는 것이다.

우리는 평탄하게 끊임없이 이어진 대초원을 덜커덩거리며 지나갔다. 그곳은 풀이 듬성듬성 자라 있어 땅 표면이 그대로 드러나 보였다. 셀카 Celkar 너머 모래밭이 이어지기 시작했고, 풀은 점점 바람에 날리는 모래언덕의 덤불로 바뀌었다. 쌍봉낙타들은 중경中景 속으로 굼뜨게 움직이고 있었다. 낙타의 혹은 기나긴 겨울이 지났는데도 여전히 축 처져 있었다. 해묵은 소금 회오리바람이 이제 바짝 마른 모래밭을 가로질러 불어오고 있었다. 공기는 혹독하게 매서운 맛을 담은 것 같았다.

"애럴 해에서 온 소금이에요."

아빠 곰이 입술을 핥으며 말했다.

"애럴 해는 죽어 가고 있어요."

정오에 우리는 아랄스크Aralsk를 통과했다. 그곳은 한 때 애럴 해의 중요 항구였다. 우리는 몰락한 마을을 바라보았다. 그곳의 음산한 건물들은 판자로 덧대어 있고, 마을 전체가 버려져 있었다. 저 멀리 텅 빈 거리의 모래바람 속에서 우리는 한 때 갑판들이 있던 고기배의 녹슨 선체가 해골같은 크레인 밑에 기울어져 있는 것을 보았다.

어리석은 중앙 집권적 계획경제의 기념비로서, 애럴 해의 죽음은 우리 세대의 하나의 커다란 생태학적 재앙이다. 이 비극은 수많은 소비에트의 비극들처럼, 1920년대에 소비에트연방이 면화의 자급자족을 이룩해야 한다고 선언한 스탈린과 함께 시작되었다. 중앙아시아의 광활한 공간, 특히 육지에 둘러싸인 애럴 해로 흘러드는 두 개의 커다란 강의 유역인 아무 다리아Amu Dariya와 시르 다리아Syr Dariya(옛날에는 옥수스Oxus와 하타르테스Jaxartes로 불린)가 이 커다란 프로젝트를 위한 무대가 되었다.

킹 코튼King Cotton에 물을 대기 위해 만들어진 거대한 관개망이 강을 사막으로 만들어 버렸다. 그러자, 지구상에서 네 번째로 커다란 호수인 애럴 해의 수위는 낮아지기 시작했다. 중앙아시아의 인구가 점차 증가하고 물에 대한 수요가 현대적 설비와 더불어 증가함에 따라 문제는 더 심각해졌다. 이에 카라쿰 운하Karakum Canal가 건설되었는데, 아무 다리아의 거의 오분의 일에 해당하는 수량을 끌어갔다. 그 결과 남부 투르크메니스탄은 면화 생산지대가 될 수 있었다.

1980년대의 애럴 해로의 유입량은 1950년대와 비교하면 십분의 일에 불과하게 되었고, 1993년이 되자 바다는 원래 규모의 절반으로 줄어들었다. 가장 큰 항구였던 우즈베키스탄의 무이나크Muynak는 이제는 해안가로부터 거의 60마일이나 떨어져 있었다. 그리고 그 마을 주변의 모래언덕에는 아랄스크에서처럼, 폐선의 잔해가 흩어져 있다. 2020년이 되면, 아일랜드만한 규모의 바다가 몽땅 사라질 것이다.

죽어가고 있는 바다는 전체 지역을 말라죽게 하고 있다. 물고기는 사라졌고, 한 때 6만 명을 먹여 살렸던 산업은 이제 그 생명력을 잃고 있다. 또한 이 지역의 기후도 크게 달라졌다. 비가 오지 않는 날이 네 배나 증가했으며, 바람은 수백 마일 떨어져 있는 메마른 호수 바닥에 남아 있는 두꺼운 모래 퇴적물을 인근지역으로 실어 날랐다. 이로 인해 농업은 황폐화되고, 호흡기 질환과 후두암에 이르기까지 건강문제가 야기되고 있다. 면화 밭에서의 관개방법은, 급속한 탈수법으로 염전이 형성되었다. 그리고 동시에 면화 밭에서 사용되었던 화학 비료들은 이 지역에서 중요한 식수원인 두 강으로 씻겨 들어가고 있다.

수 천 년 동안 카자흐인들은 유목민이었다. 자신들의 광활한 땅의 목초지의 상태에 따라 최적의 생활 터전을 찾아 양떼를 이끌고 이동했다. 하지만 러시아인들이 들어옴으로써 유목생활은 끝나게 되었다. 철도는 수많은 정착민들을 데려왔다. 그러자 마을이 세워지고, 농경생활은 목초지와 그들의 이동 생활양식을 파괴하였다. 점차 카자흐인들은 현금 수입과 영구적인 거주지에 대한 매력에 이끌려 유목생활을 포기했다. 유목민의 자식들은 국영농장의 고용인이 되었고, 카자흐 유목민의 자부심의 세계는 불필요한 괴팍함으로 움츠러들었다. 애럴 해의 생태학적 재난은 지리적인 특징을 무시한 정주定住 농업시스템에 대한 자연의 응징이었다.

하지만 아빠 곰은 그 문제를 그런 식으로 바라보지 않았다. 그에게 있어 애럴 해의 죽음은 단순히 공산주의자들의 실수였다. 내가 이 지역에서의 유목생활의 전통에 대해 이야기하자, 그는 눈살을 찌푸렸다. 그리고 카자흐스탄이 견뎌 내고 있었던 어려움의 또 다른 사례로서 내 말을 오해했다.

"유목민들. 교육받지 못한 사람들. 그들은 미래에 대한 계획을 세우지 못해요."

아빠 곰이 어깨를 으쓱했다.

"어쩌면 유목민들은 현재에 만족할지도 모릅니다."

내가 말했다.

"그들이 지금 어디에 있는데요?"

그가 텅 빈 초원지대를 응시하며 내게 물었다. 마치 차창 밖에 말 탄 사람과 양떼가 없다는 것이 그 자체로서 논쟁거리인 것처럼 말이다.

나는 몽골에 대해, 그리고 그곳의 대부분의 사람들은 여전히 유목민의 생활스타일을 고집하고 있다는 사실을 이야기했다.

"몽골이라, 당신은 왜 야만인에 대해 이야기하는 거요?"

그가 콧방귀를 뀌었다.

4장
증오스러운 사탄의 민족

1238년, 야머스Yarmouth의 청어 시장에 선박들의 발길이 뚝 끊겼다. 발트 해에서 생선을 사러 정기적으로 항구로 모여들었던 배들이 나타나지 않자, 갑작스런 공급과잉으로 청어 가격이 폭락했다. 어부와 상인들은 파산하고, 미들랜드(영국 잉글랜드 중부 지방. - 옮긴이주)에서조차 단돈 1실링으로 식초에 절인 청어를 50마리나 살 수 있었다.

같은 해에 프랑스 루이 9세의 궁정에 이상야릇한 사절단이 나타났다. 그들은 이후에 런던에 와서 헨리 3세도 접견했다. 그들은 자신들이, 십자군에게는 '산악지대의 우두머리' 라고 알려진 신비한 동방의 지배자가 보낸 사신이라고 했다. 북부 페르시아 엘부르즈Elburz 산맥의 요새에 살고 있던 은둔자가 자신의 정적政敵을 없애기 위해 젊고 열광적인 신봉자들을 급파한 것이었다. 이 신봉자들은 하시신hashashin, 또는 '하시시 먹는 사람' 으로 알려졌다. 이 단어에서 암살자, 자객을 뜻하는 영어의 어세신assassin이라는 말이 생겨났다.

베일과 단칼을 쓰는 이스마일파(이슬람 소수파인 시아파의 일파.- 옮긴이주)의 암살자들은 거의 두 세기에 걸쳐 중동 전역에서 상당한 정치력을 행사해 왔었다. 그런데 갑작스럽게 새로운 위협이 등장했다. 그들은 암살단을 보내기에는 너무 멀리 있는데다, 예측할 수 없는 지도자들이 이끄는 민족이었다. 바로 몽골인들이었다. 이스마일파는 점점 커지는 몽골의 위협에 대항하기 위해 유럽에 와 동맹국을 찾았던 것이다.

당시 아시아에서 벌어지고 있던 대 격변에 대해 유럽인들이 거의 아무 것도 모르고 있었다는 사실은 13세기 초 유럽인들의 시야가 얼마나 좁았는지 잘 대변해 준다.

칭기즈 칸의 카리스마 넘치는 지도력 하에서 몽골인들은 일련의 정복을 시작했고, 그로 인해 몽골인들은 광활한 대륙을 건너게 되었다. 고대 왕조들이 붕괴되고, 제국들이 사라져 갔다. 대도시가 폐허가 되고, 주민들은 살해되었다. 그러나 유럽은 잠자고 있었다. 말 탄 몽골의 병사들이 서쪽으로 전진해오고 있다는 사실을 알지 못했다.

관례적인 역사기록의 스타일과는 반대로, 몽골의 군사적 행동은 승자가 아닌 패자에 의해 씌어 졌다. 유럽에 전해지는 종말론적인 묘사에는 패자들의 공포와 편견이 들어 있다. 그 속에서 몽골인들은 예외 없이 언제나 문명을 파괴한 사악한 힘, 야만의 무리, 신의 징벌, 전염병으로 표현된다. 칭기즈 칸에게 역사상 위대한 악당들 중 하나라는 배역이 주어진 것은, 그의 적들, 즉 패자에 의해 전해진 이야기이기 때문이다.

몽골인들에게 칭기즈 칸은 풍부한 교양에, 규율을 엄수하고, 청렴하고, 정치적인 통찰력을 지닌 위대한 지도자였다. 뛰어난 지혜와 선견지명을 지닌 입법자이며, 유능한 행정가이며, 군사전략의 달인으로서 몽골 부족을 최초로 통일했다. 몽골인들이 눈을 밖으로, 풀이 무성한 고향 너머에 있는 부유하나 타락한 도시들로 돌리게 할 수 있었던 것은 바로 이처럼 보기 드문 대단한 통일 때문이었다.

초기의 정복은 놀랄 만큼 쉬웠다. 그리고 거기에 어마어마한 탄력이 붙기 시작했고, 드디어 몽골제국이 탄생하게 되었다.

칭기즈 칸이 도시 혹은 도시민을 존경할 것이라고 기대하기는 어렵다. 그는 대초원의 사나이였으며, 의심과 동정, 그리고 문화적 · 도덕적 우월성을 가지고 정착사회를 바라본 유목민이었다. 유목민들에게 도시에 사는 사람들은 모두 타락했으며, 땅을 일구느라 허리를 구부리고 평생을 보내는 농부들은 양떼들 그 이상이 아니었다. 몽골인들의 파괴는 16세기의 스페인 지도자들에 의한 잉카의 대학살, 혹은 초기 노예상인들에 의한 아프리카인들의 괴롭힘 그 이상도 이하도 아니었다.

중세 아시아 전쟁의 기준에서 볼 때, 칭기즈 칸의 방법은 특별히 잔인한 것은 아니었다. 칭기즈 칸에 대한 무시무시한 풍문은 그의 성공 때문이기도 했고 역사적 자료들이 파괴된 도시에서 독점적으로 쓰였기 때문이었다.

그런 분위기는 부하라Bukhara를 포위하고 멸망시킬 때 고정되어 버렸다.

"그들이 왔다. 그들은 모든 것을 뿌리째 뽑아 버리고, 불을 지르고, 사람들을 닥치는 대로 죽였다. 그리고 재산을 빼앗고는 떠나갔다."

한 역사가가 당시에 이렇게 썼다.

유명한 아랍 지리학자인 야쿠트Yakut는 몽골인들이 쳐들어올 때 메르브Merv라는 도시에서 탈출했는데, 그곳의 건물들이 '마치 종이에서 글씨가 사라지듯 땅에서 사라져 버렸다' 고 썼다.

말에게 물과 풀을 주기 위해서만 잠시 멈출 뿐, 몽골인들은 꾸준히 앞으로 나아가 트란스카스피아Transcaspia와 옥시아나Oxiana, 아프가니스탄과 북 페르시아의 대도시들을 차례차례 정복해나갔다. 사마르칸트Samarkand, 히바Khiva, 발크Balkh, 메르브Merv, 헤라트Herat, 칸다하Kandahar, 아르데빌Ardebil, 카즈빈Qazvin, 타브리즈Tabriz, 쿰Qum. 그 도시들의 운명의 전형은 쿠라산Khurasan의 페르시아 지방에 있는 니사푸Nishapur에서 쉽게 찾을 수 있다. 그곳은 시인인 오마르 카이얌Omar

Khayyam(페르시아의 시인으로, '루바이야트Rubaiyat' 라는 시집을 썼다.- 옮긴이주)의 고향인데, '개나 고양이 한 마리도 살아남지 못했다. 도시에 남아 있던 유일한 기념물은 해골로 쌓여진 피라미드뿐이었다.'

서쪽으로 움직이며 몽골인들은 코카서스를 싹 쓸어버리고, 우크라이나와 크리미아로 전진했다. 그들은 흑해에 있는, 유목민 선조인 스키타이인들의 무덤 고분 사이에서 겨울을 지내고 나서 1223년 초 북쪽으로 말을 타고 질주해 러시아 군대 세 부대를 물리쳤다. 그리고는 몽골 족장들의 대규모의 모임인 쿠릴타이quriltai에 참석하기 위해, 마치 출퇴근하는 사람들처럼 자연스럽고 쉽게 아시아의 광활한 대지를 건너 고향으로 말을 달렸다.

근대 기계화 시대가 될 때까지 세상 사람들은 몽골인들의 전투력, 그 속도와 기동성에 필적할 만한 군사작전을 보지 못했다. 몽골인들이 단지 수적 우위를 통해 전체 대륙을 황폐화시킨 한 무리의 말 탄 병사들이었다는 것은 잘못된 생각이었다. 몽골인들은 규율이 잘 잡혀 있고, 고도로 조직화된 군대였다. 보통 2대 1 정도 이상으로 적군이 수적으로 우세했다. 그런데도 몽골인들이 성공할 수 있었던 것은 정교한 군사전략과 더불어 타의 추종을 불허하는 그들의 기동성 때문이었다. 패튼 장군과 롬멜 장군이 몽골 대장 수베테이Subedei의 전략을 연구할 정도였다.

몽골인들은 말안장에서 태어났으며, 그들의 정복은 역사상 가장 위대한 기병전투를 보여 주었다. 몽골 병사의 부대는 시도 때도 없이 어디선가 불쑥 나타났다. 엄청난 거리와 불가능한 자연적 장벽들을 전속력으로 통과해 왔는데, 그것은 적의 이해력을 보기좋게 뛰어넘는 것이었다. 이것은 탱크나 비행기가 발명되기 7세기도 전에 이루어진 전격전電擊戰(신속한 기동과 기습으로 일거에 적진을 돌파하는 기동작전. 역사적으로는 독일군이 1939년의 폴란드 침공 시에 처음 실시하였다고 한다.- 옮긴이주)이었다.

1227년 여름, 칭기즈 칸은 중국을 정복하던 도중에 심한 열병을 앓다 사망했다. 당시 그의 나이는 70세 정도였다고 추측된다. 죽음에 임박해 칭기즈 칸은 아들들을 불러 모아 놓고, 그들에게 화살 한 무더기를 건네주며 그것을 꺾어 보라고 했다. 아들들이 꺾지 못하자, 칭기즈 칸은 이번에는 제각각 화살을 하나씩 건네주었다고 한다. 칭기즈 칸이 가르치고자 한 것은 힘을 합쳐야 한다는 것이었다. 흩어지면, 마치 화살처럼 약해질 수밖에 없다는 진리를 자식들에게 유언으로 남기고자 한 것이다.

칭기즈 칸은 자신의 제국을 오고타이Ogedei에게 물려주었다. 오고타이는 칭기즈 칸의 셋째 아들로, 대칸大汗으로 지배하게 된다. 그의 지배 아래서 둘째 아들인 차가타이Chaghadai가 중앙아시아를, 윌리엄이 볼가에서 만났던 칭기즈 칸의 손자 바투가 러시아의 대초원을 지배하였다. 그리고 막내아들 톨루이Tolui에게는 몽골의 고향이 주어졌다. 이렇게 해서 아시아 전역이 몽골의 전통적인 권리에 입각해 일련의 목초지처럼 배분되었다. 맏아들(이 경우에는 손자가 맏이가 된다. 그 이유는 칭기즈 칸의 첫째 아들은 그보다 먼저 죽었기 때문이다)이 고향에서 가장 먼 목초지를 물려받은 반면, 나이 어린 형제들이 '심장지역'을 물려받았다.

칭기즈 칸의 시신은 몽골의 고향으로 모셔져 자신이 태어난 곳 근처, 스스로 미리 선택해 두었던 헨티Khentii 산맥에 매장되었다. 장례 행렬에 참석했던 사람들 모두와 장례 행렬이 지나는 길에서 마주쳤던 사람들은 묘지 위치의 비밀을 위해 모두 죽여 버렸다. 오늘날까지 칭기즈 칸의 묘가 정확히 어디에 있는지 아무도 모른다.

칭기즈 칸의 사망 당시, 칭기즈 칸의 제국은 알렉산더 대왕 제국보다 네 배, 그리고 로마 제국의 크기보다도 두 배나 컸다. 하지만 아직 몽골인들의 전성기에는 다다르지도 못했다. 새로운 칸인 오고타이의 지배하에서 정복전쟁은 더욱 신속하게 이어졌다. 1234년에 중국 북부 전역이 완전히 정복되었다. 잘 알려져 있듯이, 그리고 의심의 여지없이, 오고타이는 전체 중국인들, 약 4,500만 명을 학살할 생각을 했었다.

"그들은 우리에게 아무 쓸모가 없다. 그들을 몽땅 죽여 버리는 게 나을 듯싶다. 차라리 그곳에 풀이 자라게 해 우리 말이 풀을 뜯어먹게 하는 게 낫다."

한 중국 역사가는 오고타이가 이렇게 말했노라고 기록했다.

한 현명한 조언가가 열심히 일하는 중국인들로부터 세금을 거두어들일 수 있다는 것을 상기시켜 주어, 그 계획은 무산되었다.

오래된 적을 처리한 이후에, 몽골인들은 이제 다시 한 번 새로운 지평선을 열기 위해 서쪽으로 방향을 틀어, 제국의 경계를 유럽으로 확장시키려는 의도를 보여 주었다. 1237년과 1238년의 겨울, 몽골인들은 얼어붙은 볼가 강을 건너 군사행동을 개시했다. 그것은 러시아에 대한 겨울 공격의 유일한 성공사례로 증명되었다. 이 공격으로 인해 발트 해 연안에 살던 사람들은 깜짝 놀라 해마다 하던 야머스로의 여행을 취소했다. 그 결과 영국 청어 시장에 끔찍한 결과를 가져왔던 것이다.

여름이 되자 몽골 군대는 돈 대초원에서 휴식을 취했다. 거의 3,000마일이나 떨어져 있는 몽골에서 그곳으로 지원부대가 합류하고, 생생한 말들이 새롭게 보내졌다. 한편 유럽의 다른 쪽에서는 '암살' 사절단이 위협이 도래하고 있음을 영국 왕에게 경고하기 위해 파도가 이는 영국 해협을 건너고 있었다. 사절단은 북쪽 산악지대를 출발한 '잔인하고 냉혹한 종족들' 이 동쪽 땅을 황폐화시키기 위해 오고 있노라고 말했다.

"위협적인 편지들이 무시무시한 밀사들과 함께 왔다. 만약 우리들이 그와 같은 종족들의 공격을 견뎌 내지 못한다면, 서쪽의 국가들을 황폐화시키는 걸 막을 방법은 아무 것도 없다."

중동의 사절단은 이렇게 경고했다.

하지만 그들의 간청은 무시되었다. 국왕을 알현하는 자리에 있던 윈체스터 주교는 이교도들을 도와준다는 것은 어리석은 일이라고 생각했다. 십자군은 중동의 이슬람교도들에 맞서 수 세기 동안 싸워 왔다. 주교는 이슬람교도들이 겪고 있는 현재의 어려움에서 벗어나도록 도와줄 아무런 이유가 없다고 생각했다.

"이 비열한 인간들이 서로 싸우도록 내버려두십시오. 그들이 서로 싸워 지치고 약해졌을 때, 살아남은 하느님의 적들을 죽이고 지구를 정화하면 될 것입니다."

주교는 이렇게 조언했다.

그 때까지 유럽의 전역에 있어 몽골인들은 여전히 하나의 풍문일 뿐이었다. 하지만 그 후 2년 동안의 사건들은 유럽인들로 하여금 잔혹한 현실을 깨닫게 만들었다.

1240년 봄, 몽골 군대는 유럽으로의 총공격을 감행할 준비가 되어 있었다. 그들은 당시 러시아의 종교적 · 정치적 중심지였던 키예프Kiev를 맨 먼저 급습했다. 도시 주민들이 말하길, 공격해 들어오는 몽골인들의 외침소리와 천둥 같은 말 발굽 소리가 하도 커서 도시 성벽 안에 있던 사람들은 고래고래 고함을 쳐서 이야기를 해야만 했노라고 했다.

동쪽에서 온 침략자들은 도시를 완전히 파괴해 버렸다. 오직 성 소피아 대성당만 남겨 두었을 뿐이었다. 군대를 두 개의 부대로 나누어서 한 부대는 카르파티아 산맥(유럽 중동부에 있는 초승달 모양의 산맥으로, 슬로바키아 · 폴란드 · 헝가리 · 루마니아 · 우크라이나 등의 나라에 걸쳐 있다. – 옮긴이주)의 협로를 통해 헝가리로 쳐들어갔다. 반면 다른 부대는 폴란드의 평야를 말을 타고 질주했다. 3월이 다가기 전에 폴란드 평야를 달리던 군대는 크라코프Cracow와 브레슬라우Breslau를 파괴했으며, 리그니츠Liegnitz에서는 폴란드와 튜턴 족 기사들의 연합군을 대파했다. 적의 시체에서 자른 귀가 아홉 개의 부대자루를 채웠다.

한편 헝가리로 진출한 군대는 몰다비아, 왈라치아, 트란실바니아를 휩쓸었다. 모든 것이 파괴되었다. 사조Sajo 강의 둔덕에서 그들은 10만 명의 기마병을 대파하고, 페스트Pest를 태워 버리고, 광활한 헝가리 평원을 차지했다. 칭기즈 칸의 아들과 손자들은 권력의 정점에 있었다. 폴란드 국경지대에서부터 황하 강까지, '몽골인의 허가 없이는 개 한 마리도 짖지 못한다.' 라고 할 정도였다. 이제는 그 어떤 힘도 몽골인들이 대서양에 도달하는 걸 멈추게 할 수 없는 것 같았다.

처음에 유럽인들은 동쪽으로부터 떼 지어 몰려오는 기괴한 사람들을 프레스터 존의 군대와 동일시하려고 했다. 프레스터 존은 전설적인 기독교 왕으로서, 동쪽 땅을 지배했던 마기Magi(예수 탄신을 축하하러 온 세 명의 동방박사three wise men를 지칭함.– 옮긴이주) 중 하나의 후손으로, 유럽인들은 그가 자신들을 도와 이슬람교도들을 성지聖地에서 쫓아내는 걸 도와주기를 해마다 기대했다.

이 때문에 칭기즈 칸에 대한 첫 번째의 막연한 보고서는 다가오는 재앙에 대한 경고가 아니라 구원에 대한 예언으로 받아들여졌다. 프레스터 존에 대한 생각은 유별나게 끈질겼다. 1223년에 몽골 군대가 그루지아와 러시아를 휩쓸고 지나가 이 당시 20만 명을 죽였다고 전해졌음에도 불구하고, 죽은 자들이 가톨릭이 아니라 그리스 정교도라는 사실에 근거해, 유럽인들은 여전히 이것은 분명 이단자들을 몰아내기 위해 다가오는 인정 많은 기독교 왕임에 틀림없다는 확신에 차 있었다.

폴란드와 헝가리에서의 무시무시한 군사작전은 마침내 그때까지 남아 있던 유럽인들에게 몽골인들은 친구가 아니라 적이라는 생각을 일깨운 듯 했다. 하지만 유럽인들은 여전히 중세의 전설에 사로잡혀, 이제 몽골인들은 고그와 마고그임에 틀림없다고 억측하게 되었다. 계시록에서 예언하기를, 고그와 마고그는 더러운 괴물로, 이들은 요한 계시록을 알리기 위해 사탄에 의해 갇힌 동쪽 감옥에서 풀려나리라는 것이다. 어쨌거나 유럽 군주들은 자신들의 견해차를 포기하고 그리스도교 왕국을 방어하기 위해 서로 힘을 합치기를 촉구했다. 로렌(프랑스의 동북부 지방.-옮긴이주)의 헨리Henry 백작은 자신의 아버지에게 다음과 같이 썼다.

"오래 전에 성서에서 예언되었던 위험이, 우리들의 죄로 말미암아 이제 뿜어져 나오고 있습니다. 그 수를 헤아릴 수 없이 많은 잔인한 부족이, 무법의 흉포한 자들이 수많은 땅을 떠돌며 사람들을 죽이고 나서, 이제 우리의 국경을 침략해 점령하고 있습니다."

또한 투링지아의 랜드그로브Landgrove는 불로뉴의 공작에게 무장할 것을 일깨우려 노력했다.

"'주님의 날' 이 오고 있습니다. … 너무나도 사악한 타르타르인들이 … 동쪽으로부터 우리들의 땅으로 넘어오고 있습니다. 주민들을 모조리 죽이고 있습니다."

한편 프랑스의 루이 왕은 다소 냉철했다. 그는 어머니에게 이렇게 편지를 썼다.

"하느님이 우리를 보살펴 주고 있습니다. 만약 타르타르인들이 온다면, 우리는 그들을 다시 그들이 온 지옥으로 돌려 버릴 수 있습니다. 아니면 우리들 스스로 천국으로 들어가 선택받은 자를 기다리고 있는 환희를 즐겨야 합니다."

심지어 윈체스터의 주교가 자신의 말을 주워 담느라 바빴던 영국에서도 경고가 울려 퍼졌다.

"사탄의 가증스러운, 진저리나는 인종,"

매튜 패리스는 그의 연대기에서 이렇게 썼다.

"즉, 타르타르의 헤아릴 수 없는 군사들이… 타르타로스(저승, 지옥 아래의 햇볕이 들지 않는 심연.- 옮긴이주)에서 온 악마들처럼 밀려왔다. 대지를 날아다니는 메뚜기처럼 떼 지어 움직이며 그들은 동쪽지역에 무시무시한 파괴를 가져왔다. 방화와 학살을 일삼아 그 지역을 파멸시킨 그들은 인간이기보다는 잔인하고 극악무도한 괴물과 같기에, 피에 굶주려 피를 마시고 개와 인간의 살점을 게걸스럽게 뜯어먹었다. 그들은 작은 키에 용맹하고, 딴딴하고, 강인하고, 끈질기며 맞설 자가 없다. … 그들은 자기 양떼의 피를 즐겨 마시고 … 인간의 법도 없고, 구원의 손길도 모르며, 사자나 곰보다 더 포악하고 … 그들은 활을 잘 쏘며 … 그들은 자기들 언어 말고는 아는 언어가 없는데, 그들의 언어에 대해 다른 민족들은 알지 못한다. 그 이유는 지금까지 그들에 대한 어떤 접근의 기회도 없었기 때문이다. … 그들은 자신의 양떼와 부인들과 함께 떠돌아다니며 … 그래서 그들은 번갯불과 같은 빠른 속도로 그리스도교 세계의 경계에 와서 약탈과 도살을 일삼는다. 공포와, 비할 데 없는 전율로 모든 사람들을 공격한다.…"

몽골에 대한 전율에 사로잡혀, 매튜 패리스는 이 세계가 1250년에 종말을 고할 거라고 자신 있게 예언했다. 북유럽 도처에서 '자신을 채찍질하는 고행자들' 이 아마겟돈에 대한 예언을 하며 마을들을 떠돌아 다녔다. 독일에서는 고행자들이 용의자들을 체포하고, 유태인들이 몽골인들에게 무기를 몰래 밀수출한다는 말도 안 되는 의심으로 수많은 유태인들을 죽였다.

1241년에서 1242년 겨울이 왔을 때, 몽골인들은 이미 유럽 전투의 다음 무대를 준비하고 있었다. 바투는 크리스마스에 그의 군대를 이끌고 얼어붙은 다뉴브 강을 건너 부다Buda와 그리스도교 교회의 중심인 그란Gran을 약탈했다. 1만 명의 선발대가 오스트리아로 급파되어, 비이너 노

이슈타트Weiner Neustadt같은면 시골까지 약탈했다. 다른 군대는 자그레브Zagreb를 약탈하고, 헝가리 왕을 맹추적하며 달마티안 해안을 따라 스플릿Split에 이르기까지 압승을 거두었다.

봄이 되자 몽골 정찰대는 베니스에서 단지 60마일밖에 떨어지지 않은 우디네Udine를 겨냥했다. 반면 오스트리아의 북쪽에 몽골 정찰대가 비엔나 외곽 쪽으로 나타났다. 아마겟돈은 정말 가까이 있는 것처럼 보였다. 유럽 전역이 '마지막 나팔소리' 를 기다리며 숨죽이고 있었다.

그런데 그 때 범상치 않은 사건이 발생했다. 몽골인들이 일시에 고향으로 돌아간 것이다. 그 이유는 오고타이 대칸大汗의 죽음 때문이었다. 그는 몇 년간이나 술에 취해 살았었다. 5월의 어느 날 아침, 몽골인들은 그들의 텐트를 철거하고, 말머리를 동쪽으로 돌려 고향으로 달리기 시작했다. 아시아를 건너 4천 마일을 되돌아간 것이다. 새로운 대칸을 뽑기 위한 대규모의 쿠릴타이가 열릴 것이다. 어느 누구도 칸의 계승 문제에 관련된 정치공작에 빠질 수는 없었다. 몽골 정치에서 안개가 걷히자, 제국의 초점은 다시 한 번 아시아로 옮겨졌다. 그로 인해 유럽은 두 번 다시 몽골인들로부터 위협을 받지 않았다. 그것은 정말 아슬아슬한 탈출이었다.

나의 탐험에 대한 소식은 카자흐스탄 급행열차에서 동네 소문처럼 기차 전체에 널리 퍼졌다. 그래서 먼 객차에 있는 사람들조차 몽골과 이상한 외국인에 대해 알고 있었다. 내가 투르케스탄Turkestan에 내렸을 때 이 소문은 신비하게도 기차에서 마을까지 새어나갔다. 그래서 호텔에 도착했을 때는, 프론트 직원이 나를 기다리고 있었다. 2층 레스토랑에서 매니저는 나의 프랑스 성인인 윌리엄 수사가 몽골에 있을 때 아이의 아버지가 되었다고 생각하는지 내게 물었다. 분명 윌리엄 수사는 프랑스어를 능란하게 말했던 한 몽골 여인을 알마티에서 한번 만나긴 했었다. 윌리엄 수사가 어떤 행동을 했던 간에 그가 7세기 전에 지나갔던 마을에서 악명일지라도 이름을 되찾았다는 것에 나는 기쁨을 느꼈다.

투르케스탄은 키질쿰 사막(중앙아시아의 우즈베키스탄과 카자흐스탄에 걸쳐 있는 사막으로, 키질쿰이란 '붉은 모래'라는 뜻이다.- 옮긴이주)의 북쪽 끝자락에 있는 카자흐 마을이다. 이곳은 외진데다 너무나 황량해서 러시아 정주민들의 주목을 받지 못했다. 햇빛을 가리기 위해 큰길을 따라 심어진 나무들의 잎에는 사막의 먼지가 뒤덮여 있었다. 시장은 양철 오두막들이 허술하게 모여 있는 곳이었다. 한쪽 끝에서 푸줏간 주인들이 파리 떼 틈에서 양고기를 자르고 있었다. 다른 쪽에서는 나이 지긋한 점쟁이들이, 잠자고 있는 고객의 운명의 비밀을 간직하고 있는 예언의 콩 한 줌과 모서리가 닳아빠진 카드를 든 채 몸을 웅크리고 있었다. 바깥쪽 도로에서는 야바위꾼 무리가 재담과 곡예를 장담하며 수많은 사람들의 시선을 끌고 있었다.

투르케스탄은 의외로 12세기에 수피사상을 창건한, 첫 번째 위대한 터키 이슬람의 성인인 야사비Sheikh Ahmed Yasavi의 웅장한 무덤이 있는, 카자흐의 가장 신성한 성지의 본고장이다. 그곳의 푸른 돔은 죽 늘어선 진흙으로 만든 초라한 집들 너머 사막의 끝자락에 솟아 있는데, 그것은 이 도시의 좀 더 활기찬 과거의 유일한 유물이었다. 이 무덤은 그의 조상 칭기즈 칸을 따라 몽골 시대의 잃어버린 영광을 다시 살리려했던 14세기 냉혹한 정복자, 티무르Tamerlane에 의해 세워졌다. 티무르의 조상은 칭기즈 칸까지 거슬러 올라간다. 이가 빠진 채 폐허가 된 거대한 총안이 있는 흉벽胸壁에 둘러싸여, 건물들은 이 지역 유목민 전통 문화의 찬란한 도전을 보여준다.

흐루시초프 시대에는 문을 닫기도 했지만, 영묘靈廟는 당시 복원 중이었다. 러시아인들로 인해 중단되었던 아버지로서의 역할을 다시 할 수 있게 된 것을 행복해 하는 도처의 터키인들의 지원 아래 재복구 사업에 들어간 것이다. 오랫동안 잃어버린 중앙아시아의 연결고리를 재확립하는 하나의 방법으로서 말이다. 소비에트 이후의 시기에 민족정체성을 확립하기 위해 애쓰고 있는 카자흐인들은 이 영묘가 카자흐 건축의 최고의 본보기라고 주장한다. 만약 그곳에 카자흐 건축이라고 할 만한 것이 있다면, 그 말은 의심의 여지가 없다. 그러나 이 건물은, 페르시아 양식이다.

꽃잎에 온통 먼지가 덮여 있는 장미 길을 반 에이커 정도 지나, 그곳에 도착했다. 이랑이 있는 둥근 지붕은 터키옥과 하늘색 타일의 벽으로 둘러싸여 있었다. 티무르는 죽을 때까지 건립을 완성하지 못했는데 타일노동자들이 부족했거나 일꾼들의 의지, 또는 임금이 부족했을지도 모른다. 쓰다 남은 목재가 6세기 전 그들이 일을 그만두었던 그 자리 천장에 여전히 매달려 있다. 서늘한 내부에는 백도제白塗劑를 바른 아이반이 아라베스크 풍의 장식이 없는 둥근 지붕에 아라비아식의 섬세한 고딕풍 격자를 통해 솟아 있다. 둥근 천정의 복도는 가운데의 방들에서 크고 하얀 방의 미궁들 속으로 이어져 있었다. 창살이 난 창문의 금속 세공 사이로 새어나오는 희미한 불빛이 바깥세상을 정화하듯이 정원 안 중심부분까지 비추어 주었다.

이슬람은 이슬람 세계의 가장 먼 변방인 이곳에서조차, 그 건축술의 마력을 발휘하고 있다. 어떤 종교도 돌과 석조건축의 품안에서 평온한 정신에 대한 갈망을 이처럼 멋지게 찾아내지 못했으리라.

이 영묘로 떼 지어 몰려왔던 카자흐 순례자들의 주된 관심사는 돔 아래에 서 있는 2색조의 거대한 청동 성수반聖水盤이었다. 사람들은 줄을 지어 성수반의 가장자리에 입을 맞추었고, 깊숙이 동전을 던졌다. 페르시아 장인匠人이 세운 이 성수반은 티무르로부터 받은 선물이었다. 이 성수반이 러시아인들에 의해 1935년에 에르미타즈궁Hermitage(상트페테르부르크에 있는 궁으로 현재는 박물관으로 사용됨. - 옮긴이주)으로 옮겨갔을 때, 마치 투탕카멘의 무덤과 연관된 소문과 흡사하게, 성수반의 이전移轉과 관련된 사람들의 때 이른 죽음의 음울한 소문이 퍼져 나갔다. 1989년에 러시아인들이 그것을 되돌려 주었는데, 아마도 그들은 티무르의 저주를 다루는 것 말고도, 당시 처리해야 할 너무나도 많은 문제들을 지니고 있었던 모양이다.

영묘 위 쪽 용마루에는 호화로운 터키 식 목욕탕이 있는데, 그곳에는 대리석 벤치들이 낮은 돔 밑의 공터에 비스듬히 있었다. 만약 이 영묘가 영혼을 위한 성소였다면, 터키 식 목욕탕은 육체적 기쁨을 위한, 몸을 위한 장소였다. 아치, 아치형 건조물, 돔의 공통된 건축술의 언어는 성과 속 사이의 참신한 연결을 확립하는 것처럼 보였다.

바깥 매점에서 나는 장식된 손잡이가 달린 한 쌍의 말채찍을 살펴보았다. 매점 주인이 내 곁으로 다가왔다.

"아주 멋진 채찍입죠. 싸게 드릴게요."

그가 말했다.

"난 말이 없는데요."

내가 어깨를 으쓱해 보였다.

그는 놀란 듯 나를 쳐다보았다. 그가 채찍을 받아 가며 말했다.

"이건 말을 위한 게 아닙니다. 당신 부인을 위한 거예요."

아침이 되자 운전기사가 도착했다. 우리는 그의 낡은 라다Lada(러시아 산産 자동차.－옮긴이주)를 타고 파르스름한 길을 따라 동쪽으로 향했다. 울퉁불퉁한 타맥(포장용 아스팔트 응고제. －옮긴이주) 도로는 뜨거운 열기로 어른거렸다. 왼쪽 저 멀리 굽어보이는 산맥은 카라타우Karatau 산맥인데, 옆으로 그림자 웅덩이를 지닌 채 오므리고 있었다. 그 정상에서부터 개울이 목초지를 가로질러, 말라죽어 가고 있는 하타르테스Jaxartes 강으로 흐르고 있다. 이 강은 우즈베키스탄을 굽이돌아 남쪽으로 흐르며 수많은 관개 수로로 이어져 고갈되어 간다. 무성한 풀들이 메마른 벌판 사이에 놓여 있는 반면, 포플러는 물줄기를 따라 서 있었다. 오른쪽 저 멀리에는 키질쿰 사막의 백랍白蠟 안개를 향해 벌판이 휘청거리고 있었다.

나는 우트라Utrar의 거대한 도시의 유물을 보고 싶었다. 그곳은 투르케스탄과 침켄트Chimkent 사이에 있는 사막의 끝자락에 위치하고 있다. 사울더Saul'der 마을, 주도로에서 몇 마일 떨어진 먼지투성이의, 그늘이라고는 찾아볼 수 없는 곳에서 우리는 심각한 표정을 짓고 있는 군사령관에게 인사를 하고 길을 물었다. 그는 말을 타고 있었는데 큰길을 반쯤 지나고 나서야 가까스로 말을 멈출 수 있었다. 그의 뒤를 뛰다시피 걸으며 시중을 들고 있던 땀범벅이 된 여인네 둘이 한 숨 돌리게 된 것을 고마워하는 것처럼 보였다. 늙은 사령관은 마을의 끝자락에 있는 자그마한 박물관을 가리켰다.

바람에 날린 모래가 박물관 문을 지나 현관 모서리에 쌓여 있었다. 티켓 판매원이 나를 보고 깜짝 놀라더니, 달아났다. 그녀는 아무 말도 없이 뛰어 계단 층계위로 사라졌다. 몇 분 후, 그녀는 키 작은 남자와 함께 다시 돌아왔다. 그 남자는 환영의 뜻으로 내 손을 위 아래로 세게 흔들어 댔다. 그는 박물관 관장이자 이 지역의 고고학자였다. 하지만 초라한 재킷과 헤진 신발을 신은 모습이 꼭 청소부처럼 보였다. 운전기사가 내가 몽골로 여행 중이라는 사실을 말하자 그는 흥분하여 고개를 끄덕였다.

"네, 네."

그가 내 손을 잡고 나를 뚫어져라 쳐다보며 말했다.

"네, 그렇군요. 몽골."

나는 그가 어쩌면 수 년 동안 나를 기다리고 있었을지도 모른다는, 무시무시한 느낌을 받았다.

칭기즈 칸의 초기 행적을 보고 그 누구도 그가 제국을 건설할 것이라 예언하지 못했다. 칭기즈 칸이 고비사막을 건너 중국을 공격하기 시작했을 때, 그들은 단지 약탈자에 불과했다. 약탈하고 이내 철수하는 것은 유목민의 일상적인 일이었다. 그것은 정복이 아니라 약탈을 위한 여행이었다. 그런데 서쪽에 이웃해 있던 터키 콰레즘Khwarazm 제국과의 대결이 칭기즈 칸을 제국건설에 대한 야망으로 이끌어 주었다.

칭기즈 칸이 1218년에 교역을 위해 대규모 상인들을 콰레즘 제국에 보냈을 때, 관계는 이미 긴장되어 있었다. 우트라의 변경도시에서 상인들은 스파이 혐의를 받고 체포되었다. 그리고 제대로 확인도 해 보지 않고, 무조건 사형에 처해졌다. 처음에 칭기즈 칸은 회유적인 태도를 보였다. 칭기즈 칸은 사마르칸트에 있는 콰레즘의 국왕에게 세 명의 사신들을 보내 보상을 요구했다. 하지만 더 심한 모욕이 몽골인들을 기다리고 있을 뿐이었다. 사신 중 한 명이 살해되었고, 다른 두 명은 턱수염이 몽땅 깎이는 수모를 당했다. 외교적 에티켓에 대해 까다로운 몽골인들에게 이것은 전쟁의 선포와 진배없었다.

몽골의 반응에 대한 해석은 가지각색이다. 사마르칸트에 간 세 명의 사신에 대한 대우가 역사의 물길을 바꾸어 놓았다는 사람도 있고, 아니면 그것은 어쩌면 단순히 칭기즈 칸이 기다려왔던 구실에 불과했을지도 모른다는 사람도 있다.

1219년 가을, 칭기즈 칸의 아들 둘이 이끄는 말 탄 몽골의 병사 50만 명이 이런 도발적 행위에 대한 복수를 위해 우트라 도시 성벽 앞에 집결했다. 몽골의 군사전략은 도시를 포위하는 데는 별로 적합하지 않았지만, 몽골인들은 영리한 사람들이었기에 중국에서 배운 몇 가지 포위 전략들을 발달시켰다. 거기에는 나프타와 불타는 타르를 성벽 안에 던지는 투석기와 강력한 장거리 쇠뇌(여러 개의 화살이 연달아 발사되는 활. – 옮긴이 주)가 포함되어 있었다.

포위는 다섯 달이나 계속되었다. 그것은 몽골 군대의 기준으로 볼 때는 영원에 가까운 시간이었다. 성벽이 마침내 무너졌을 때, 모든 주민들과 함께 약 8만 명의 수비대가 살해되었다. 칭기즈 칸은 우두머리와 그의 아내는 생포하라고 명령을 내렸다. 그들이 무기고 지붕으로 도망치자, 몽골인들은 그 건물의 벽돌을 하나하나씩 빼냈다. 우두머리는 몽골인의 손에 의해 사마르칸트로 신속히 보내졌다. 그곳에서 우두머리의 귀와 눈 안에 녹인 은銀을 부었다. 우트라는 완전히 잿더미가 되었고, 중앙아시아, 북부 이란, 아프가니스탄, 그리고 파키스탄의 일부를 포함하고 있던 광활한 영토인 콰레즘 제국은 몽골인의 손아귀에 들어갔다. 급작스럽게 아시아의 부유한 도시들을 획득한 칭기즈 칸은 정복과 지배라는 새로운 비전을 품게 되었고 결국 몽골제국은 이 곳 우트라에서 탄생하게 되었다.

고대 도시의 유물은 사울더에서 몇 마일 떨어진, 작열하는 벌판 사이에 있었다. 고고학자가 만들어 놓은 박물관은 유목민들에 의해 점령당했던 시절의 미개발 상태의 기념물이었다.

방문객은 드물었다. 고고학자는 마치 나를 보내려는 의도가 없다는 듯 내 손을 꼭 잡았다. 두터운 어항 같은 안경 렌즈 뒤에서, 근시인 눈동자가 축축하게 떠다녔다. 면도를 했는지, 말라붙은 약간의 피가 그의 연약한 목 피부를 따라 굳어 있었다. 신기하게도 마을에서 한 소녀가 통역가로 나타났다.

나는 이곳에서 얼마 동안 일했냐고 그에게 물었다. 35년이라고 그가 지저분한 손가락을 들어 올리며 말했다. 그는 사라토프에서 대학을 졸업하고 이곳에 왔다. 내가 부인이나 가족에 대해 묻자, 그는 어깨를 으쓱하며 자신은 삶을 우트라에 바쳤노라고 말했다. 그렇게 말하는 그에게는 고독의 흔적이 있었다. 손질하지 않은 옷, 초조하고 불안정한 매너가 바로 그것이다. 젊은 통역가는, 마치 그의 괴팍함의 명성이 그녀를 불안하게 한다는 듯, 그에게서 신경질적으로 뒷걸음쳤다.

그는 매해 가을 세 달 간 현장에서 일하며 정부 기금이 바닥날 때까지 15년간 발굴해 왔다고 했다.

나는 그에게 일이 중단된 것에 안타까움을 표했다. 하지만 그는 참을 수 없다는 듯 내 염려를 일축했다. 진짜 일은 땅을 파는 게 아니라 해석하는 것이라고, 그가 말했다.

"목록을 작성하고 검토해야 할 일들이 너무나도 많이 있습니다 …."

그는 발굴과 새로운 발견과 같은 지저분한 일보다는 박물관이라는 고상한 세계와 유물 목록 작성을 선호하는 고고학 학파에 속했다. 그의 목소리에는 분노의 빛이 역력했다.

"여기서는 훌륭한 일꾼들을 찾을 수 없어요. 농장 노동자들을 데리고는 거대한 도시를 발굴할 수가 없어요."

지나치게 소심한 검사처럼, 그는 나를 이끌고 전시실을 보여 주었다. 모든 것들을 느릿느릿 나열하며, 그 어떤 것도 놓치지 말아야 한다는 듯이 말이다. 우트라의 역사에는 몽골인들의 포위공격 말고도 많은 것이 있다. 하지만 고고학자와 그의 박물관은 이 단 한 번의 끔찍한 에피소드에 초점을 맞추고 있었다. 마치 그 공격이 너무나 엄청난 반향을 내포하고 있어서, 이전 세기를 보이지 않게 하기라도 한 것처럼 말이다. 이 전시실에서 몽골인들은 피고석에 서 있었다. 각각의 전시품들은 이 거대한 도시가 죄에 대한 고발임을 증명한다. 이 건물은 '홀로코스트 박물관' 이었으며, 이 고고학자는 혼란된 역사의 파편을 뒤져 고대의 과실을 입증하기 위해 존재하는 사람이었다.

고고학자 자신이 직접 그린 거대한 벽화는, 몽골에 의해 포위되기 직전의 도시를 묘사하고 있었다. 그림 속은 평화롭고 유복한 도시의 삶에 대한 비전으로, 도시생활로 분주했다. 푸른 돔들은 총안銃眼이 있는 성벽 위로 솟아 있었는데, 그것은 건축술과 종교적 세련됨에 대한 자기 과신이었다.

정착문화는 몽골의 야만성을 조용히 비난하는 듯 수공예와 무역, 농업, 학자 등을 통해 묘사했다. 상점 주인들은 큰 소리로 한 무더기의 옷을 팔고, 일꾼들은 도시의 질퍽한 삶을 시골로 퍼트리면서 벽돌을 만들고, 농부들은 수차水車를 돌보고 있었다.

고고학자는 다른 캐릭터들을 손가락으로 가리켰다. 그는 마치 그들을 개인적으로 잘 아는 것처럼 소개했다. 역사가, 천문학자, 새 책 한 무더기를 가지고 있는 서적 판매업자, 문 옆에서 턱수염을 달고 예복을 입고 있는 13세기의 철학자 아부 나지르 무하메드Abu Nazir Muhammed ….

우리는 지도 앞에 섰다. 이 도시를 광활한 세상과 연결시켜 주는 커다란 무역로와 함께 우트라는 그 중심에 놓여 있었다. 아시아를 건너 카시가르Kashgar, 사마르칸트, 타비르즈Tabirz, 윌리엄 수사가 흑해에서 착륙한 수닥Sudak, 그리고 콘스탄티노플을 향해 부채꼴로 펼쳐져 있었다. 지도의 동쪽 끝 몽골은 인적도 없고 도시도 없는 텅 빈 공간이었다. 지도 아래쪽에는 유물 상자들이 있었다. 그것은 이 번창한 무역을 확신시켜 주고 있었다. 한 쪽 끝 페르시아 자기瓷器에서부터 다른 쪽 끝의 중국 유물들에 이르기까지, 그것은 실크로드의 북쪽을 따라 가는 번창한 무역을 뒷받침하고 있었다.

고고학자는 자신의 주머니를 더듬어 열쇠를 찾아서는 상자들 중 하나를 열고 내게 이란의 작품을 건네주었다. 카산Kashan에서 온 거라고 했다. 그것은 푸른색 아라베스크로 채워져 있었다. 그는 중국 도자기 사금파리를 내 손에 꽉 쥐어 주었다. 그 장식은 보다 더 대담하고, 보다 더 원숙했으며, 기교를 별로 부리지 않았다.

"발전."

그가 속삭였다.

"발전. 거래. 진보."

그의 눈이 나를 뚫어져라 바라보았다.

"이곳에는 몽골에서 온 것이라고는 아무 것도 없습니다. 유목민들은 이 지역 문화에 그 어떤 공헌도 하지 않았습니다. 파괴만 했을 뿐이지요."

두툼한 렌즈를 통해 그의 눈동자가 찌그러지는 듯싶더니 다시 커다랗게 불타올랐다. 그는 망상에 사로잡힌 사람이었다. 몽골인에 대한 고발이 자기 삶의 성전聖戰이었다.

사치품들이 놓인 선반들도 있었는데, 거기에는 공식 토론에 쓰이는 전시물의 이름표가 붙어 있었다. 술잔과 화려한 장식의 칼, 둔탁한 거울과 화장품 단지, 목욕탕 타일과 병. 이것들은 여전히 물기를 머금은 듯 차가운 느낌이 들었다. 다른 전시실에는 농기구들이 있었다. 한쪽 구석에 있는 상자에는 도시를 건축하는 데 가장 중요한 재료인, 유약을 바른 벽돌이 있었다. 그것은 종교적 예술품처럼 벨벳 천 위에 진열되어 있었다. 우리는 어색한 침묵 속에서 그 앞에 섰다.

"이 모든 것이,"

그가 양 팔을 들어올렸다. 그는 이렇게 역사의 요약을 마쳤다.

"이 모든 것이 파괴되었지요, 하루 밤에. 인간 세계에서 가장 편협하고 좁은 시각을 가진 무지한 사람들로 인해."

나는 분위기를 완화시킬 수 있는 방법을 생각하느라 고심했다. 그처럼 숨이 막힐 것 같은 증거물 앞에서, 나는 유목민들에 대해 뭔가 변명을 해야 할 것만 같았다. 하지만 뭐라고 말할 수 있었을까? 그들이 도시를 증오했다고?

결국 나는 아무 말도 하지 않았다. 그저 침묵의 공범이 되어 갔다. 좀 더 넓은 틀에서 보자면, 그의 분노는 터무니없는 것이었다. 우트라를 포함해 이 세상의 모든 도시들이 승리와 패배를 겪었다.

정착사회와 유목사회간의, 도시와 대초원간의 커다란 역사적 충돌이 일어났다. 사실 우트라의 주민들이 아니라 유목민들이 역사의 희생자였다. 현대인들은 유목민들의 삶의 방식을 기껏해야 시대착오적인 것으로, 가장 나쁘게는 아주 치명적인 것으로 만들어 버렸다. 유목민들은 엉뚱함, 신기함의 대상이 되었다.

몽골에서 유목민들은 여전히 자신의 양떼, 텐트, 말과 함께 자랑스럽게 떠돌아다니고 있다. 유목민들은 바람총으로 순록을 쫓는 아마존 강 유역의 부족들처럼 원시적인 매력이 있다. 그들이 한 때 막강했다는 사실은 오직 그들의 구슬픈 매력에 첨부되는 하나의 요인에 불과하다.

고고학자가 우리와 함께 우트라의 유적지에 가지 않겠다고 해서 나는 놀랐다. 나의 방문에 그가 너무나도 헌신적이었기에, 그가 클라이맥스를 놓치려고 하는 것이 의아스러웠다. 하지만 그는 박물관의 현관에서 주저하는 기색을 보이더니 가지 않겠다고 말하고선 악수를 청했다. 그의 우트라는 열기와 먼지로 가득한 저 밖, 날씨가 사나운 들판이 아니라 어두침침한 전시실, 그가 자신의 삶을 바친 건축물 안에 있었다.

"조심하세요."

박물관 문 안에서 그가 손을 흔들며 말했다.

우트라로 가는 길에서는 간혹 하얀 먼지 속에서 졸고 있는 젖소들 말고는 아무 것도 보이지 않았다. 고대 도시는 벌판 위에서 표류하고 있었다. 길게 펼쳐진 밋밋한 흙 둔덕, 한 때는 성벽이었던 가파른 언덕길이 곡식의 물결을 가슴으로 받으며 파묻힌 도시를 덮고 있는 고르지 못한 고원高原을 향해 이어져 있었다. 그 표면에는 메마른 덤불과 도자기 조각, 빛바랜 뼈들이 어지러이 널려 있었으며, 도마뱀들이 돌멩이 사이를 재빨리 지나갔다. 한낮의 태양은 혹독했다. 나는 그 뜨거운 열기를 지나 발굴 중인 유적지 중의 한 곳으로 어렵게 걸어갔다. 내가 발굴 구덩이의 가장자리에 도달하자, 부서져 내린 측면에 모여 있던 제비 떼가 마치 귀신을 보고 놀란 듯, 먼지를 일으키며 솟아올랐다.

나는 구덩이의 맨 밑바닥까지 내려갔다. 그곳은 한 때 우트라의 중요한 모스크의 바닥이었지만, 남아 있는 것이라고는 벽돌 기둥의 깨진 주춧돌뿐이었다. 유적지 구덩이의 벽에 드러난 퇴적층에는 시커먼 재의 줄이 선명하게 보였다. 그것은 몽골 시대, 이 도시의 큰 화재를 보여 주는 것이었다. 몇 인치밖에 안 되는 이 좁은 지층에 몽골과의 싸움을 압축해 놓았다. 나는 손가락으로 그 위를 훑어보았다. 오래된 재, 고대의 대립들이 내 부츠 위로 쏟아져 내렸다.

나중에 차 안에서 손을 쳐다보았다. 몽골 정복의 지울 수 없는 표시마냥 손가락 끝이 새까맣게 더러워져 있었다.

5장
생일파티

매럿은 천진난만한 얼굴에, 미끄러져 내린 후광 같은 하얗고 얍상한 턱수염을 달고 있었다. 꼭 순수함에 상처를 입은 얼굴로 세계를 돌아다니는 장난감 곰, 푸를 생각나게 했다.

매럿은 알마티 교외의 짓다 만 듯한 집에서 살았다. 도로는 2년 전 수도관을 만들려고 파헤친 채 그대로 있었다. 우리는 차에서 내려 진흙 황무지 도랑과 파헤쳐 놓은 흙무더기를 따라 느릿느릿 반마일 정도 걸어 집으로 갔다. 구소련의 모든 것은 건설 중이거나 직무유기인 것 같았다. 보도, 도로, 주택, 정부 정책, 사람들의 생활 모두가 짓다 말았거나 무너지고 있었다.

매럿은 예쁜 아내가 있다는 것을 전혀 개의치 않았다. 점심때가 되어 도착했기에 나는 식초에 절인 달걀, 소금에 절인 청어와 말고기를 먹었다. 매럿의 아내 발렌티나는 댄서처럼 시선을 잡아끌듯 부엌을 휘젓고 다녔다. 육감적인 커다란 입술에, 짙은 눈동자, 저돌적인 열정으로 매럿을 힘겹게 하는 것 같았다. 아내에게는 집시의 피가 반 정도 섞였다고 매럿이 말했지만 내가 볼 땐 완벽한 집시였다.

매럿의 어머니는 러시아인이고 아버지는 카자흐인이었는데, 이런 매럿의 민족적 혼혈은 수 세기에 걸친 러시아인의 정착으로 인해 이제는 카자흐인이 인구의 고작 절반만 형성하고 있는 카자흐스탄의 인구통계를 잘 보여 준다. 매럿에게 소련의 붕괴는 아버지의 이혼만큼이나 충격적이었고, 중앙아시아의 독립국가 건설은 엄청난 재앙이었다. 그의 연민은 오직 어머니의 나라 러시아를 향해 있었다. 그는 자신을 러시아인으로 생각했다. 그리고 러시아인을 좋아했다. 카자흐스탄에는 그런 사람들이 거의 600만 명에 달한다. 그런데 자신의 고향이 어느 날 갑자기 다른 사람들의 민족적 열정을 의미하는 외국이라는 것을 깨달았다.

아이였을 때, 매럿은 어머니의 카자흐 학교에 다녔다. 그는 금발에 러시아인처럼 생겼다. 정부 고관대작들이 학교를 방문했을 때, 그는 학교의 스타로 떠올랐다. 이 작은 러시아 소년은 카자흐 말을 하며 소비에트 연방의 민족적 동지애의 좋은 표본이 되었다. 그러나 그들이 돌아가고 나자 어린 카자흐 소년들이 그에게 발길질을 해대며 욕을 퍼부어 댔다. 매럿은 매우 전통적인 견해를 지니고 있었는데, 이 견해는 공산당의 형제애라는 상투어의 기초가 되는 것으로, 러시아의 문화와 산업이 중앙아시아 사람들을 퇴보에서 구해 냈다는 것이었다.

매럿은 영어가이드로, 나의 짧은 키르기즈스탄 여행에 동행하기로 되어 있었다. 나는 마침 매럿의 생일에 도착해, 그날 저녁 러시아 손님들과 부엌식탁에 어울려 앉게 되었다. 식탁은 상다리가 휘어질 정도였다. 나는 자유에 대한 대화와 엄청난 술을 먹을 것을 예감하고, 그날 밤 단단히 맘을 먹고 있었다. 발렌티나의 여동생, 줄리아가 약간 수줍어하면서도 영어연습을 하러 내 오른쪽에 자리를 잡았다. 매럿이 말했다.

"처제는 피아니스트예요. 쇼팽에 대해 말해 보세요."

부끄러움을 타는 예쁘장한 소녀가 부끄러워 죽겠다는 듯한 표정으로 앉아 있었다.

테이블 끝 쪽에서는 매럿의 옆집 남자가 음담패설을 늘어놓았다. 미국 시트콤에서 막 걸어 나온 듯해 보이는 이 남자는 체크무늬 셔츠를 입은 덩치가 큰 전형적인 이웃이어서, 언제라도 전기드릴을 빌려 주고 장모의 농담에도 응수할 수 있을 것 같았다.

그의 양쪽으로는 가슴이 깊게 패인 옷을 입은 뚱뚱한 여자 둘이 앉아 있었는데, 이빨은 못생기고 입술엔 조악한 립스틱을 발랐다. 그녀 둘은 웃음이 터질때마다 고개를 뒤로 젖히고 웃어댔다.

매럿이 개종자라고 내게 소개해준 남자가 테이블에 기댄 채 가톨릭신자냐고 내게 물어 보았다. 그는 짙은 턱수염에 신앙심이 돈독한 사람이었다. 오른쪽 눈은 가늘게 옆으로 찢어져, 탐구하는 듯한 눈빛이었다. 빛이 나는 큰 왼쪽 눈은 교리와 종말론을 찾고 있었다. 그는 러시아 정교에서 근본적으로 현대적 정신의 상징인 가톨릭으로 개종했다.

그는 윌리엄 수사에 매료되어, 내 여행을 윌리엄 수사를 기념하는 종교적인 순례로 여겼다. 보르시치를 사이에 두고 그가 복잡한 가톨릭 성찬식에 대한 토론을 시작했다. 그는 빵과 포도주가 예수의 몸으로 변한 기적에 반했다고 말했다. 그의 왼쪽 눈이 빛났다. 그리고는 오른쪽 눈으로 나를 뚫어질듯이 바라보며, 교황의 칙서 23조에 대한 나의 의견을 물었다. 그때 매럿이 정치라는, 허세를 부리기 좀 더 쉬운 주제로 나를 구해 주었다. 그는 카자흐 민족주의의 아둔함에 대해 상세히 설명했다.

"19세기 민족국가로 돌아가는 퇴보단계예요. 우리는 모두 편협한 민족주의에 빠져 있다고 생각해요. 지금 갑자기 잡초처럼 도처에서 새로운 국가가 태어나고 있어요. 어쨌든 카자흐 사람이 누군가요? 한 번도 나라를 가져 본 적이 없어요. 러시아가 오기 전까지는 유목민이었다고요. 대통령을 보세요. 난 대통령보다 카자흐 말을 더 잘 해요. 좋은 교육을 원하는 모든 카자흐 사람들처럼, 대통령은 러시아 학교에서 교육을 받았어요."

매럿 왼쪽에 앉은 남자가 말을 이었다.

"카자흐 사람들은 독립을 원하지 않았어요. 러시아가 지쳐 더 이상 카자흐를 도와줄 여력이 없었던 거예요. 그러자 모스크바는 접시에 독립을 담아 주었다고요. 그것을 받는 것 말고는 선택의 여지가 없었죠."

말을 한 사람은 멋있게 늙어가고 있는 중년 남성으로 붙임성이 있었다. 매럿이 그를 '우리의 카사노바'라고 소개했다. 그에게 넘어간 여자의 숫자를 살짝 귀띔해 주었다.

"이런 독립운동은,"

매럿이 다시 그 주제로 돌아갔다.

"어리석어요. 알제리를 보세요. 실수를 알아차렸을 때는 너무 늦었죠. 30년 전 알제리는 프랑스의 식민지였어요. 그들이 더 이상 뭘 원하겠어요? 지금 알제리는 독립했지만 알제리 사람들은 전부 프랑스로 이민가고 싶어 하잖아요."

매럿이 내게 콩 그릇을 건네며 말을 이었다.

"카자흐스탄의 모든 것을 러시아가 만들었어요. 길, 학교, 병원, 공장. 이제 러시아 사람들은 떠나고 있고 이 나라는 폐허가 되었어요."

"우리는 뒤에 남겨진 쓰레기라고요."

카사노바가 그의 미소로 우리를 끌어들이며 말했다. 카사노바의 말투에는 매럿의 원한 같은 것은 묻어 있지 않았다.

매럿이 내게 말했다.

"보세요. 카사노바는 모든 걸 받아들여요. 여자들이 카사노바를 사랑하는 건 당연하죠. 카사노바는 판단을 하지 않는 사람이에요."

테이블 다른 쪽에서는, 그 이웃사람이 자리에서 일어나 생일 축하 건배를 했다. 매럿이 나를 위해 통역을 해주었다.

"좋은 이웃이란 아무것도 보지 않고 모든 것을 이해하는 사람이다."

그가 연극대사를 읊듯 말했다.

"가장 나쁜 이웃인 매럿을 위해!"

여자 둘이서 자지러지듯 웃었고, 우리는 마치 훈련생들처럼 깨끗이 잔을 비웠다.

러시아 사람들 사이에서 술을 한 모금씩 찔끔찔끔 마시는 것은 비사교적이다. 술을 마신다는 것은 단체행동을 의미한다. 다른 사람들이 마실 때 마시고, 다른 사람들의 건배에 대한 화답으로 술을 마신다. 술 마시기는 언뜻 보기에는 차분한 속도로 진행된다.

발렌티나가 찬장에서 음식을 더 가지고 왔다. 그녀는 명랑했고 도발적이었다. 그녀가 긴 팔로 매럿의 목을 감싸더니 그의 벗겨진 정수리에 입을 맞췄다. 이웃사람이 내게 경고를 했다.

"여자들은 배신을 계획할 때 가장 애정이 넘치지요."

매럿이 아내를 무릎에 앉히더니 뭐라고 귓속말을 했다. 그녀는 머리를 젖히며 크게 웃었다. 매럿이 잔을 들었다.

"10년 전 사랑했던 것보다 오늘 더 사랑하는 내 아내에게!"

우리 모두 단숨에 마셨다. 발렌티나는 얼굴을 붉히며 술을 더 가져오려 찬장으로 물러났다. 손님들의 성화에 못 이겨 매럿은 기타를 연주했다.

"오늘 아침 불라뜨 오꾸자바(시인이자 산문 작가 1924 ~ 1997 – 옮긴이주)가 죽었어요. 내 생일날에."

매럿이 고개를 흔들며 말했다.

오꾸자바는 1960년대, 매럿 세대의 러시아 시인이며 국민가수였다. 그는 정치와 거리를 두고 있던 러시아 지식인으로서, 형편없는 소비에트의 공동체생활로부터 사적인 개인적 공간을 떼어내려고 했다.

그 시대의 연설조의 스타일과는 거리가 먼 그의 절제된 노래는 인간은 정치적이어서만은 안 된다고 결심한 평범한 사람들의 목소리였다.

그의 노래는 우리 식탁에 딱 어울렸다.

매럿은 사랑과 상실에 관한 오꾸자바의 초기시절 노래를 불렀다. 그러고 나서 곧장 죽음에 관한 다른 노래를 불렀다. 음악적인 우울함이 식탁 위로 내려앉았다.

"그는 소련이 붕괴되고 나서 절필을 했어요."

누군가가 말했다.

"세상이 더 나아지니까 그만 둔거겠죠."

발렌티나가 명랑한 목소리로 말했다. 그녀는 절망에 빠진 슬라브 사람들 속에서 한 명의 반역자였다.

"오꾸자바는 한물갔어요. 그 사람의 우울함은 이제 맞지가 않아요. 새로운 세상이라고요. 우린 현재를 살고 있어요. 우리는 자유로워요."

매럿은 부드럽게 기타 코드를 퉁기며 앉아 있었다. 한동안 아무도 말을 하지 않았다. 우울함이 러시아인들에게 자연스럽게 밀려왔다. 발렌티나만 빼놓고 그들 중 아무도 우울함에서 벗어나려고 하지 않는 것 같았다. 우울함은 그들에게 너무나 친근한 것이었다. 희망은 젊은 세대에게 더 어울릴 일종의 위험이었다. 마지막 '신세계'의 붕괴의 충격에서 회복되고 있는 이들에게 또 다른 세계에 대한 생각은 그 자체만으로 그들을 지치게 하는 것이었다.

"자유는 상대적인 거야."

개종자가 말을 꺼냈다. 오른 쪽 눈동자가 치켜 올라간 듯 보였다.

"내 친구 세르게이를 봐요. 세르게이는 의사였어요. 6년 동안 의사 공부를 했어요. 공산주의가 무너지기 전에는 한 달에 100루블을 벌었어요. 많지는 않았지만 먹고 살만은 했어요. 공산당 정권이 끝나자, 자유가 시작됐어요. 세르게이는 2, 3년도 안되어 빈털터리가 됐어요. 새 러시아에서는 수백 루블도 가치가 없어요. 월급이 언제나 술술 새어나갔어요. 그래서 그의 아버지 연금으로 차를 사가지고 택시 운전사가 됐어요. 지금 세르게이는 예전으로 돌아가서 아내와 아이들에게 제대로 된 생활을 제공해 주고 있어요. 세르게이의 삶도 새로운 자유로 가득 찼고요. 세르게이는 자유롭게 자기 택시를 갖고 자기 사업을 하고 있어요. 투표할 자유도 있고, 승객이 혹시 KGB 끄나풀이면 어쩌나 하는 걱정도 없이 손님하고 정치가를 맘대로 흉봐요. 그렇지만 중요한 자유 하나를 잃었어요. 더 이상 의사가 될 자유는 주어지지 않았죠."

"공산주의의 종말."

식탁 끝에서 이웃사람이 잔을 들며 큰 소리로 말했다.

"그리고 민주주의의 시작. 70년 이내에 우리는 처음으로 돌아갈 수 있을지도 몰라, 70년 전으로. 지금은 진행 중인 거야."

두 여자가 다시 소란스럽게 웃으며 마치 저질스러운 농담이라도 들은 듯 고래고래 마구 지껄여 댔다.

매럿이 내게 말했다.

"러시아에서는 모든 게 시간이 걸리죠. 이런 말이 있어요. 언제나 처음 500년이 가장 나쁘다."

그리고는 러시아 사람들의 음주가를 불렀다. 금새 분위기가 우울함을 벗어던지고 흥겨워졌다. 모두가 손뼉을 치며 노래를 불렀다. 이웃 남자가 여자 한 명을 일으켜 세우더니 춤을 추었다. 거구의 커플이 부엌을 꽉 메웠다. 발렌티나는 카사노바가 옆에서 스텝을 밟자 플라멩코 댄서처럼 팔을 머리위에 올리고 엉덩이를 야하게 흔들었다.

그 순간 빛이 사라지며 힘을 잃었다. 알마티에서는 일상적인 것이었다. 전기는 도시의 기울어가는 원동력이었다. 사람들이 어둠속에서 소리를 질러댔고 몇몇은 의자 위로 넘어졌다. 춤추던 여자가 소리를 질렸다. 이웃 남자가 어둠을 이용해 그녀의 엉덩이를 만지려고 했던 것 같다.

"잠깐만 기다려요. 초 가져올게."

매럿이 말했다.

옆 차고에서 더듬으며 물건을 찾는 소리가 났다. 앉은 자리에서 나는 회색 부엌창문에 비친 발렌티나의 그림자를 보았다. 그녀가 고개를 돌렸다. 목선이 아치를 그렸다. 그때, 갑작스레 카사노바가 그녀에게 다가왔다. 마치 두 사람이 키스를 하는 것처럼 까만 그림자의 머리가 겹쳐졌다. 갑작스런 어둠 속에서, 내 맥박이 은밀하고 위험한 순간과 함께 고동쳤다. 불이 다시 들어오기 전에 그들을 떼어놓고 싶었다.

잠시 후 매럿이 돌아왔다. 성냥에 불을 붙이자 테이블과 사람들 얼굴이 초의 흔들리는 불빛 속에서 모습을 다시 드러냈다. 발렌티나와 카사노바는 이미 자기 자리로 돌아와 있었다. 그들은 서로를 바라보지 않았다. 다른 사람들도 다시 활기찬 대화를 나누었다. 나는 내 옆에 앉은 줄리아를 몰래 훔쳐보았다. 줄리아는 먹다 만 음식을 멍하니 바라보고 있었다. 그녀의 표정이 어느새 바뀌어 있었다. 줄리아도 창문에 비친 그림자를 보았음이 분명했다.

매럿이 식탁 너머 줄리아를 가리켰다.

"노스탤지어입니다."

매럿이 마치 다른 언어가 필요한 것처럼 내게 불어로 말했다.

"줄리아는 우리가 처음 만났을 때의 내 아내를 생각나게 해요."

갑자기 줄리아가 의자를 뒤로 빼더니 아무 말도 없이 위층으로 달아나 버렸다.

매럿은 당황하며 줄리아를 바라보다가 한숨을 쉬었다.

"성질도 똑같아. 손으로 개울물을 움켜잡는 것 같다니까요."

은은하게 촛불이 감싸는 가운데 분위기가 무르익어 갔다.

러시아어 자음의 웅얼거리는 소리가 식탁 위를 헤엄쳐 다녔다. 이제 아무도 영어로 말하려고도, 나를 위해 통역을 해주려고도 하지 않았다. 무언의 관찰자로 물러나는 게 마음이 편했다.

발렌티나와 카사노바도 몸 속에 흐르는 정열의 동요와 죄의식에 빠져 있었다. 나는 알고 싶지 않았던 것을 안 부담감을 느꼈다. 매럿과 발렌티나와의 관계에 호기심이 일었다. 갑작스레 그 호기심이 얼어붙었다. 나는 이미 너무 많은 것을 알고 있었다. 위쪽 방에서 줄리아가 피아노를 쳤다. 쇼팽의 절제하는 듯한 소나타가 계단을 타고 내려왔다.

나는 끝날 것 같지 않은 술자리에서 물러 나와 음악이 흘러나오는 곳을 향해 올라갔다. 위층 창문은 열려져 있고 상쾌한 밤의 숨결이 달빛을 받으며 어두운 방으로 쏟아지고 있었다. 줄리아는 피아노 앞에 앉아 있었다. 줄리아의 좁은 어깨가 높은 음계를 칠 때마다 약간씩 움직였다. 나는 문에 서서 방안에 가득 찬 흥분된 소나타를 들었다. 소녀는 음악에 빠져들며, 새롭게 알게 된 배반, 저녁식사의 우울한 난삽함을 날려 버리고 있었다. 나는 갑작스레 눈물이 핑 돌았다. 자신의 비탄을 아직 알아차리지 못하고 있는 매럿의 슬픈 모습 때문이 아니라, 음악에 빠져 자신의 비탄을 알아차리지 못하는 그녀 때문이었다.

일주일 내내 천산天山이 알마티 위에 어렴풋이 나타나, 탈출에 대한 희망을 심어 주었다. 도시는 사람들의 사소한 다툼으로 가득 차 있었다. 기다리는 사람들의 줄, 만원 버스, 마피아의 총싸움, 하룻밤 사이에 사라지는 은행 등. 한낮의 열기 속에서 큰길의 군중들은 당밀 속을 천천히 걸어가는 사람들처럼 슬로우 모션으로 움직이는 것 같았다. 눈을 들어 하늘을 올려다보니 구름 속에서 티엔 샨Tian Shan 산맥의 하얀 옆구리가 빛나고 있었다. 그 모습이 나를 그리움으로 어지럽게 했다.

매럿은 아직도 나의 여행에 확신이 서지 않는 듯 했다.

"떠나긴 떠나야죠."

그는 꿀단지를 지프에 싸면서 이렇게 말했다.

"그곳에 가면 신선한 공기를 마시는 게 전부예요. 하지만 사람들, 그 사람들은 야만인이에요."

매럿이 고개를 내저었다.

우리는 부드러운 언덕길을 지나, 비쉬케크Bishkek를 향해 길을 떠났다. 들판에는 쇠스랑과 낫을 든 농부들이 건초더미를 만들고 있었다. 멀리 포플러 나무 오솔길과 장밋빛 바위 옆으로, 말을 탄 양치기가 긴 채찍을 휘두르자 양떼들의 물결이 먼지구름처럼 일었다.

매럿은 그것을 불안한 듯 바라보았다. 매럿은 우리의 탐험을 부정적으로 보았다. 러시아 문명의 영향에서 벗어나 집은 펠트로 만든 텐트이고, 점심식사는 양의 고환 한 그릇을 주는 불안정한 곳으로 떠나는 탐험으로 말이다.

매럿이 몸서리를 치며 말했다.

"나는 여름마다 아버지 식구들과 같이 테켈Tekell 근처에서 석 달을 보냈어요. 아홉 살이 될 때까지요. 그러고 나서 더 이상 가지 않겠다고 했어요. 아버지가 나를 때리더라고요. 그래도 난 신경 안 썼어요. 그래서 어머니가 나를 알마티에서 키웠죠. 어머니는 도시에서도 행복했어요."

"뭐가 그렇게 싫었어요?"

내가 물었다.

"전부 다요. 텐트 집, 음식, 벌레, 사촌들."

"사촌들?"

내가 물었다.

"난 도시 아이였어요. 당연히 말을 타는 게 무서웠죠."

어린 시절 상처의 그림자가 그의 얼굴에 드리워졌다.

"사촌들이 나를 힘들게 했어요."

매럿은 그렇게만 말하고서 독립 이후의 키르기즈스탄의 비참한 현실과, 주로 전문적이고 기술적인 분야에 종사하고 있는 러시아 사람들이 키르기즈스탄에 계속 남아 있도록 하기 위해 애쓰고 있는 현재의 문제로 말머리를 돌렸다. 매럿의 긴 독백을 듣는 동안 우리는 어느새 아무 표시도 없는 신생국가의 국경을 건넜다. 독립은 낭만적인 생각이었다. 아무도 형식적인 국경선처럼 독립국가 지위의 사소한 일에 귀찮게 신경을 쓰려고 하지 않았다.

키르기즈스탄의 수도인 비쉬케크는 나무가 줄지어 서 있는 아름다운 곳이었다. 큰 도로를 '실크로드 거리' 라고 했다. 외관이 꽤 웅장한 샴페인 공장과 디즈니랜드에서 온 피난민 같은 열광적인 러시아 성당이 있었다. 대통령 궁에는 사내 녀석 두 명이 살구를 따먹으러 높은 벽을 기어오르고 있었다.

이스크 쿨Issyk-kul로 가는 길에는 천산의 품에 안겨 있는 커다란 호수(이스크 쿨 호수를 지칭함. - 옮긴이주)가 야생화가 가득 핀 고산초원을 지나 흐르고 있었다. 우리는 11세기 실크로드의 등대였던 부라나 타워Burana Tower를 지나 에델바이스 언덕을 느릿느릿 걸었다. 포도 빛 강 위, 보움Boum 계곡 위에서 키르기즈 소년 하나가 안장도 얹지 않은 밤색 암말을 타고 우리를 내려다보고 있었다. 우리는 토루가르트 고개로 가는 길을 지났다. 그 길은 산맥을 통과해 카슈가르로 이어져 있고, 그 거리는 고작 300마일밖에 안 되었다. 저녁식사 때까지 내가 좋아하는 중국 호텔 중 하나인 세멘 호텔에 도착할 수 있다고 생각하니 기분이 묘했다.

우리는 오후 중반에 호수로 다다랐다. 그곳은 켄트Kent 두 배 정도 크기의 거울처럼 잔잔한 호수로, 눈 덮인 산꼭대기와 바람에 흩어진 구름이 물위를 비추고 있었다. 실크로드는 북쪽 끝자락에 있었다. 몽골 군대는 호숫가에서 겨울을 난 적이 있었는데, 그 때 티무르는 이곳에 죄수들을 유배시키기도 했다. 중국 사람들은 늘 이 호수를 탐냈지만, 동쪽 입구를 보호하고 있던 티엔 샨의 성벽을 결코 무너뜨리지 못했다.

북쪽 호숫가를 따라 중간쯤에서 우리는 촐폰아타Cholpon-Ata를 지났다. 그곳은 공산주의 시대에 사우나 휴양지로 인기 많았던 멋진 장소였다. 브레즈네프는 매해 봄 이곳에 와서 요양소의 시원한 봄바람을 허연 살 안팎으로 씌어 주었는데, 이 요양소는 다소 엉뚱하게도 10월 혁명의 도화선이 되었던 순양함 '오로라 호'의 모양을 하고 있었다. 공산주의 몰락 이후, 이곳의 사업도 어느 정도 기울었다. 러시아의 새로운 황제들인 자본주의 백만장자들은 이제 오히려 플로리다를 선호하고 있다.

우리는 울타리 너머 파란 문이 엿보이는 러시아 오두막이 모여 있는 마을을 지나 덜컹덜컹 나아갔다. 그때 한 가족이 4륜 마차를 타고 우리 앞을 지나갔다. 커다란 펠트 모자를 쓴 가장이 딸들 틈에서 건초에 기댄 채 마차를 몰았다. 붉은 클로버, 노란 용담, 파란 물망초가 초원을 가로질러 색색의 짙은 담요를 이루고 있었다. 호수의 끝에서 사과 과수원을 지나 카라콜Karakol로 내려갔다.

카라콜 마을은 러시아인 이주민들에게는 마지막 변방으로, 러시아인들의 중앙아시아로의 진출에 있어 가장 먼 지역이었다. 중국과의 거리는 채 100마일도 안되었다. 이곳의 곧게 뻗은 활엽수 거리는 묘하게도 국제적인 모습을 지니고 있다. 금발의 러시아 여학생들이 낡은 통나무집을 지나 미끄러지듯 걸어가고 있었다. 신강자치주에서 온 위구르인들은 예쁘장하게 수를 놓은 모자를 쓰고, 커다란 광장의 임시좌판에서 싸구려 중국수입품을 진열해 놓고 있었다. 우즈베키스탄 푸줏간 주인은 시장에서 커다란 도끼로 소고기를 자르고 있었다. 카자흐 남자들은 키가 큰 말을 탔다. 그늘진 거리 모퉁이에서는 늙은 키르기즈 신사들이 성긴 턱수염을 흔들며 벤치에서 수다를 떨고 있었다. 한편 그들의 매혹적인 손녀들은 납작모자에 헐렁한 바지를 입은 흉악해 보이는 젊은 남자들의 환심을 사기 위해 선글라스에 미니스커트를 입고 산책을 하고 있었다.

소비에트 시절에 이 마을은 위대한 19세기 러시아 탐험가 이름을 따 프르제발스크Przhevalsk라 불렀다. 중앙아시아를 통과하는 그 탐험가의 영웅적인 여행은 북쪽 땅에 살고 있는 러시아인들의 의도에 두려움을 지니고 있던 인도의 영국 관리들에게 커다란 경종이 되었다. 카리스마 넘치고, 도도하고, 근엄하며, 놀랄 만한 체력의 소유자인 그는 1870년대와 1880년대에 신강, 티베트, 중국 그리고 몽골을 지나는 수차례의 탐험대를 이끌었다. 그는 처음으로 라싸Lhasa에 대한 전문적인 기사를 쓴 유럽인이었다. 그는 고비사막을 두 번 건넜고, 야생마를 '발견했다.' 그 야생마는 그의 이름을 퍼트렸지만, 지금은 갇혀 살고 있다. 러시아 지리학회는 그에게 경의를 표했으며, 그의 정치적 동기에 대한 영국인의 우려에도 불구하고 왕립 지리학회는 그에게 금메달이라는 최고의 영예를 수여했다.

프르제발스키는 1888년 이곳에서 마흔 아홉의 나이에 발진티푸스로 사망했으며, 탐험가의 옷을 입은 채 호수 위쪽에 묻혀 있다. 그의 요구에 따라 비문에는 군사적, 학문적, 과학적 명성에 대한 언급은 모두 생략된 채 단 한마디만 새겨져 있다.

여행자.

붉은 카디건을 입은 나이가 지긋한 키르기즈 여인이 유적지의 박물관 겸 기념관을 안내해 주었다. 지도에는 프르제발스키 보다 6세기 먼저 이 지역을 지나갔던 탐험가들, 플라노 카르피니의 존, 마르코 폴로, 그리고 우리의 윌리엄 수사의 여행을 보여 주고 있었다. 전시실에는 야크 스케치, 중국비자, 상트페테르부르크에서 온 전보, 몽골 유목민의 텐트집 모델, 박제한 구름표범, 털로 단을 댄 옷을 입은 지방 통치자의 사악한 얼굴 사진 등, 몽골과 오지 중앙아시아의 19세기 여행의 인상적인 전시품들이 진열되어 있었다.

울란바토르의 전신 우르가Urga의 모습을 담은 세피아톤의 사진도 있었는데, 우르가는 몽골에서 유일한 영구 정착촌이었다. 사진에는 낡은 텐트의 바다에 아주 화려한 불교 사원이 하나 있었다.(울란바토르의 옛 이름은 우르가이다. 원래 이 도시는 계절에 따라 이동했던 몽골 군주의 주거지 가운데 하나였으나, 1639년에 사원이 세워지면서 고정적인 군주의 주거지가 되었다. 이 사원은 티베트 불교(라마교 : 몽골족이 신봉하는 종교)의 활불活佛 보그드의 거주지가 되었으며, 이후 200여 년 동안 줄곧 활불의 거주지였다. - 옮긴이주)

또 다른 사진에는 등 높은 의자에 앉아 있는 마맛자국 난 얼굴의 몽골 귀족여인이 있었다. 두꺼운 비단 치맛자락 밑으로 발톱 부분이 위로 올라온 얇은 신발을 비쭉 내밀고 있었는데 손가락마다 반지가 다 끼워져 있고, 뺨에는 연지가 찍혀 있었다. 신경질적으로 보였다. 근처에는 몽골의 풍경사진이 있었다. 나는 확대렌즈를 통해 자세히 들여다보았다. 검고 허연 진흙 속, 넓은 창공과 광활한 초원이 구별되지 않았다.

"프르제발스키는 결혼 안 했어요. 자식이 없어요. 여기서 혼자 죽었어요."

내 어깨너머로 그 여자가 말했다.

이러한 문화 속에서 자신을 기억해 줄 자식이 없다는 것보다 더한 비극은 없을 것이다.

그녀가 기지개를 켰다.

"우리가 그의 가족이죠."

그녀가 말했다.

나오는 길에 나는 방명록에 서명을 했다. 앞에 사람이 적은 것은 거의 두 달 전의 것이었다. 일본인 방문자였다. 영어로 이렇게 적혀 있었다.

"그를 흠모한 지 40년 만에, 마침내 프르제발스키의 제단에 고개를 숙인다."

다음날 아침 우리는 티무르의 발자국을 따라 산맥의 동쪽으로 향했다. 매럿에게 중앙아시아 역사의 위대한 인물은 단지 러시아 교육의 혜택을 받지 못한 또 다른 유목민 족장일 뿐이었다. 이 지역 대부분의 야심찬 남자들과 마찬가지로, 티무르는 칭기즈 칸의 혈통이라 주장하며 많은 부분 그의 뛰어난 조상의 명성에 부응하려 노력을 기울였다. 티무르의 14세기 제국은 그의 몽골 조상의 제국과 결코 조화를 이루지 못했지만, 대량 화형식에 있어서만큼은 티무르의 경쟁상대가 없었다. 그는 수도 사마르칸트에 우아함과 세련됨의 표본인, 세계에서 가장 아름다운 이슬람 건물 중 하나를 남겨 놓았다. 하지만 바그다드부터 델리까지 그 이외의 다른 모든 지역에는, 엄청난 해골더미를 남겨 놓았을 뿐이다.

농경사회의 하루가 저물어 갔다. 건초 밭, 마차, 커다랗고 누런 벌레 같은 늙은 농부, 예쁘장한 러시아의 오두막. 우리는 풀과 유목민의 높은 계곡 속으로 들어갔다. 오른쪽으로 은빛 구름이 하얀 산꼭대기를 우리 앞에 드러내 놓고 멀어져 갔다. 열린 창문을 통해 우리는 눈과 소나무, 산 공기의 옅은 내음을 맡을 수 있었다.

좁은 오솔길을 따라 우리는 카카라Kakhara 계곡 쪽으로 내려갔다. 계곡은 저녁 빛을 받으며 티 없이 맑고 깨끗했다. 오직 새의 지저귐만이 가득했다. 말 높이만큼 자란 풀숲에는 계곡물이 콸콸 흐르고 있었다. 계곡은 세상의 끝을 표시하는 것 같은 먼 지평선까지 위엄 있게 뻗어 있었다. 몽골의 세계로 접어드는 전주곡에 이만큼 어울릴 만한 곳은 없었다.

계곡을 따라 중간 정도를 가니 커다란 돌멩이들을 쌓아올린 산 타시San Tash의 쿠르간에 다다랐다. 그 돌멩이들은 잘 알려지지 않은 한 튀르크의 유목민 족장의 무덤 표시였다. 그의 무덤은 약탈되어 있었고 이 지역이 여전히 신성하다고 믿는 현지 사람들이 바친 천 조각으로 둘러싸여 있었다. 그러나 한 전설은 이 쿠르간에 대해 다른 이야기를 전해주고 있다. 중국을 향해 동쪽으로 나아가는 전투 중에, 티무르는 이 계곡을 지나갈 때, 모든 병사들에게 돌멩이 하나씩을 이곳에 쌓으라고 명령했다고 한다. 전쟁을 끝내고 돌아오는 길에 병사들이 각각 돌멩이 하나씩을 다시 치웠다. 이렇게 해서 티무르는 자신이 잃은 병사의 수를 계산할 수 있었다. 수 만개가 넘는 커다란 돌멩이는 전사한 병사들을 기억하기 위해 세운 기념비였다.

나는 그 꼭대기로 올라갔다. 돌멩이는 미끄러워서 삭아 빠진 뼈처럼 내 발 밑으로 굴러 떨어졌다. 시간은 전쟁을 압도한다. 공포에서 멜로드라마로 그 중요성을 서서히 옮겨간다. 그러나 여기 산 타시San Tash에서는 중앙아시아 역사의 연대기를 어지럽힌 어마어마한 규모의 사상자들이 개개인으로서 자신을 거듭 주장하고 있다. 내 발 아래의 돌멩이들 하나하나가 죽은 병사들이었다. 기울어 가는 황혼, 이 외딴 계곡의 '또 하

루가 저문다.'

이 어마어마한 상실의 엄청난 비극, 젊은 죽음, 슬픔에 빠진 가족들, 쓰디쓴 슬픔이 나를 짓눌렀다.

매럿은 점점 더 말이 없어지고 불안해했다. 그는 그날 밤을 보낼 곳을 찾고 싶어 했다. 우리는 마지막 남은 햇살을 이용해 계곡의 움푹 파인 오솔길을 따라 올라갔다. 올라가자 사방에 눈 덮인 커다란 산봉우리가 나타나더니, 계곡의 풀 덮인 언덕의 산마루 위로 솟아올랐다. 우리 왼쪽으로 야생마 떼가 푸른 노을 속을 총총 달려가고 있었다.

이 적막한 곳에서, 우리는 시커먼 강 위 절벽에 자리 잡고 있는 텐트촌에 도착했다. 먼지 속에서 양떼들은 아이들의 외침과 휘파람 소리에 이리저리 이끌리며 집으로 향하고 있었다. 한 나이 든 남자가 흰 말을 타고 우리를 내려다보았다. 그는 높은 가죽 부츠에 1937년 호주의 공원관리인에게 수여됐음직한 모자를 쓰고 있었다. 안장 위에 앉아 있는 그는 티무르만큼이나 도도했다. 고개를 한 번 끄덕임으로써 우리를 저녁식사에 초대했다.

둥근 지붕의 텐트는 회색 펠트로 만들어졌다. 그의 텐트는 엄마 뱃속처럼 아늑했다. 우리는 주인과 함께 자리를 잡고, 양탄자와 보료 위에 다리를 펴고 기대어 앉았다. 우리 앞에 그릇 가장자리에 지방이 뜨는 밀크 티가 돌려지고 돌같이 딱딱하게 굳은 커다란 치즈 접시가 놓여졌다.

나이 든 남자의 평평한 카자흐 얼굴은 가죽빛깔이었고 하얀 턱수염은 끝이 누랬다. 그가 마치 우리 운명을 점치려는 듯 아무 말 없이 우리를 바라보았다. 그리고는 음식을 먹기 시작했다. 그의 식사 예절은 중세의 파티처럼 조금 거칠었다. 그는 발정 난 수컷 코끼리처럼 빵과 치즈를 쉰 듯 거렁거렁 소리를 내며 우적우적 씹어 먹었다. 마침내 그가 엄청나게 커다란 트림을 하며 베게 뒤로 물러나더니 칼로 이빨을 쑤시기 시작했다.

매럿은, 돌같이 딱딱하게 굳은 치즈를 씹으며, 정중하게 그의 무리에 대해 물었다. 그러나 그는 매럿을 바라보지 않았다. 그는 나를 바라보고 있었다. 그가 소름끼치는 눈빛으로 바라보는 탓에 나는 위축감을 느꼈다.

"영국사람."

그가 갑자기 큰 소리로 외쳤다. 나는 영국 사람이 아니지만 그 순간 세세한 것을 트집 잡을 수는 없을 것 같았다.

"영국사람, 부인 어디 있어?"

잠깐 그가 나도 모르는 아내에 대해 뭔가 안다는 생각이 들었다. 그리고 문득 아내가 없다는 것을 기억해 냈다.

"부인 없는데요."

나는 머뭇거렸다. 마음이 한결 가벼워졌다.

그는 놀라는 표정을 지었다. 다茶색의 눈동자가 접시처럼 동그래졌다.

"부인이 없어?"

그가 큰소리로 외쳤다. 그러더니 목소리가 갑자기 작아졌다.

"영국사람, 할례 받았어?"

잠깐 매럿의 통역이 머뭇거렸다.

"할례."

그가 중얼거렸다.

"있잖아요."

그가 애매모호하게 망설이는 손짓을 했다. 무슬림인 카자흐 남자들은 모두 할례를 받았다. 놀랍게도 러시아 사람들은 할례를 받지 않았다.

나는 받았노라고 말했다. 그러자 노인의 얼굴이 밝아졌다.

"할례를 받았어."

노인이 부인에게 큰 소리로 외쳤다. 머리에 스카프를 두른 조용한 여인이 용기를 주는 듯 나에게 고개를 끄덕이며 웃었다.

"걱정하지 마. 부인 만나게 될 거야."

노인은 30cm 칼로 어금니 뒤의 치즈조각을 끄집어내며 카자흐 방식으로 아내를 구하는 방법을 말했다.

카자흐사람들은 구혼 때가 되면 밀어붙이는 경향이 있다. 양을 아주 많이 가지고 있으면서 아내가 필요한 미혼남자는 단순히 자기가 좋아하는 여자를 훔쳐 가고 난 후에, 중매쟁이를 통해, 보통 신랑의 아버지가 중매쟁이가 되는데, 신부의 가족에게 거절할 수 없는 제안을 한다. 배상금이 정해지면(배상금은 일반적으로 양의 숫자로 정해진다), 날짜를 정하고 신랑과 신부는 나와서 양가 집안으로부터 환영을 받는다.

노인은 손을 펴며 뒤로 기대어 앉았다. 그가 말했다.

"그게 괜찮은 여자를 얻는 유일한 방법이야."

그의 아내, 옛 인질은 동의한다는 듯 환하게 웃었다.

나중에, 텐트 밖에서 매럿이 어깨를 으쓱했다.

"어떤 사람들인지 봤죠? 불가능해요."

그가 팔을 옆으로 내밀고, 약간 어기적거리며 잠을 자기로 한 지프로 물러났다. 달빛 속에서 그가 빵과 꿀의, 한밤의 성찬을 푸는 것을 보았다.

알마티로 돌아오는 길에 우리는 도시 남쪽의 자일리스키 알라타우 Zailiysky Alatau 산맥의 수도원에 잠깐 들렀다. 붉은 흙길은 악사이 골짜기로 이어졌는데, 그곳은 도시에서 온 가족들이 오후햇살 속에 잔디에 앉아 감자샐러드, 두껍게 썬 검은 빵, 보드카 병을 놓고 즐기는 피크닉 장소였다. 남자 아이들이 물살이 빠른 강에서 헤엄을 치고 있었다. 가파른 언덕 위쪽 소나무 사이로 엉성하게 지은 시골별장이 보였다.

우리는 차에서 내려 걸었다. 향기로운 숲을 기어올라, 블루베리 덤불과 키 큰 노란 꽃들이 만발한 경사진 초원을 지났다. 소나무 숲이 깊어지자 가파른 진흙길로 바뀌었는데, 길에 드러난 나무뿌리들이 사다리 역할을 해주었다. 머리 위에서는 뻐꾸기가 울고 있었다.

두어 시간 후에 우리는 높은 고산초원의 햇살 속으로 들어갔다. 푸릇푸릇한 산 정상들이 남쪽으로 기울어 있었다. 70년 전에 볼셰비키에게 살해된 수도사들에게 바칠 꽃을 꺾던 여자 둘이 숲을 지나 수도원으로 우리를 데려다 주었다. 거기에는 마른 침상엽針狀葉의 평지 위쪽으로 소나무가 우거진 그늘에 세워진 나무 오두막들이 오손 도손 모여 있었다. 짚으로 이은 지붕 아래, 옥외 수련실의 긴 테이블에 수도사 두 명이 앉아 있었다. 그들이 자리에서 일어나 우리를 맞아 주었고, 여자들은 앞으로 나아가 수도사의 손에 입을 맞추었다.

수도사들은 중세의 순례자처럼 보였다. 볼품없이 헝클어진 머리, 먼지투성이의 수도복, 그리고 닳아빠진 가죽샌들 차림이었다. 그들의 이름은 장소만큼이나 신화적인 것 같았다. 수도원장인 세라핌Seraphim은 어쩌면 예수 그리스도의 어린 동생이었을지도 모르겠다. 그는 파란 눈에 은회색 수염을 길렀는데, 키는 크고 말랐다. 아르테미스Artemis는 이 숲의 터크Tuck 수사(『로빈 후드』의 등장인물. – 옮긴이주)였다. 속눈썹이 긴 푸른 눈에 검은 턱수염이 있었는데, 키는 작고 짜리몽땅했다. 두 사람이 이 목가적인 수도원에서 유일한 수도사들이었다. 그들의 자그마한 공동체는 젊은 수련 수사 두 명과 화덕 위 커다란 단지를 휘젓고 있는 칠칠맞은 요리사가 전부였다.

우리는 테이블에 앉았다. 아르테미스는 숲에서 난 과일로 만든 차를 컵에 따라 주었다. 나는 그들의 종교의식에 관해 물었고, 그들은 수도사가 되기 위한 복종, 금욕, 순결의 세 가지 맹세를 설명해 주었다. 그들은 고독을 문제 삼지 않는다고 말했다. 그곳에 그들 단 둘만 있다는 것이 마치 신앙심에 대한 그들의 서약인 것처럼 자부심을 갖는 것 같았다.

"찾아오는 사람들이 많아요."

세라핌이 짧게 말했다. 그는 오두막 앞에서 흙 마당을 쓸고 있는 여인들을 손으로 가리켰다. 그들은 두건을 쓰고 두꺼운 치마를 입은 평범한 여인들로, 모성적인 관심이 아니라, 젊은 두 수도사들에게 매료되어 있었음에 분명했다.

외딴 둥지 속에서 수도사들은 12세기로 돌진하고 있는 것 같았다. 그들은 중세를 살며 여전히 4세기의 아리우스파(4세기경 알렉산드리아의 사제 아리우스(Arius : 250~336)에 의해 시작된, 그리스도의 신성을 부인한 이단 사상이다. 삼위는 대등하고 영원한 것이 아니라, 성부만 영원하다고 주장하였다. 그러기에 성자는 창조되었으며, 신으로 불릴 뿐이고 중개 역할을 한다는 것이다. – 옮긴이주)와 451년의 칼케돈 공의회(451년 소아시아의 칼케돈에서 열렸던 가톨릭교회의 제 4 차공의회를 지칭함. 공의회란 가톨릭에서 교의敎義나 교회의 규율에 관한 사항을 심의 결정하기 위해 소집되는 주교主敎 또는 몇 개 교회 대표자들의 공식집회를 말한다. – 옮긴이주)의 분파라는 초기 교회의 틀에 박힌 하찮은 의식에 사로잡혀 있었다. 내가 이집트의 콥트 수도원을 방문한 얘기를 꺼내자 그들이 서로 아는 눈빛을 주고받았다.

"아, 예, 단성론자들(단성론이란 예수 그리스도는 신적인 성질만을 가졌을 뿐, 인성은 갖고 있지 않다는 주장이다. 단성론은 451년 칼케돈 공의회에서 이단으로 규정되었다. 그런데, 이집트나 시리아 지역에서는 단성론을 지지하는 세력이 강했기에, 이 지역은 칼케돈 공의회의 결과를 '정통' 으로 주장하는 동로마제국과는 다른 노선을 추구하게 된다. - 옮긴이주)."

아르테미스는 받아들일 수 없다는 듯 15세기 이전에 교회를 갈라놓은 이론적인 논쟁에 대해 언급했다. 내가 보리스 옐친을 언급하자 그들은 완전히 무관심한 얼굴로 나를 바라보았다. 그러나 내가 이 소나무 숲에서 아주 멀리 떨어져 있는 이스탄불의 성 소피아 대성당에 갔었다는 말을 하자, 그들은 콘스탄티누스 황제와 율리우스 황제에 대해 마치 그들이 현시대의 인물인 것처럼 활기차고 정통하게 떠들어댔다. 나는 몽골로 가는 길에 이 지역을 하루 동안 지나갔던 윌리엄 수사에 대해 그들이 관심을 가지고 있을지도 모르겠다는 생각을 했다. 그러나 이 사람들에게 단성론자들이 이교도라면, 로마 가톨릭은 망상에 사로잡힌 종파일 뿐이며, 교황은 모든 권위와 위엄을 가지고 설교하는 당혹스런 배교자였다.

아르테미스는 예루살렘에 가본 적이 있다고 말했다. 나는 윌리엄 수사의 복장을 하고, 성상에 대해 이단적인 견해에 기초한 아르메니아인들의 냉대를 받았을 코카서스를 가로지르는 발 아픈 순례자, 아르테미스를 그려보았다. 그러나 그는 값싼 알마티 전세기의 비행기 표를 찾았노라고 말했다. 잠깐 20세기에 내려앉더니, 그는 금세 다시 중세로 방향을 틀었다. 그가 알려 주었는데, 예루살렘에서는 그리스정교의 총주교가 성묘교회의 교회 제단에서 기적처럼 불을 피울 수 있다고 했다. 교황이 그런 기적을 부리기 전에 차라리 지옥에 먼저 서리가 내리겠다.

아르테미스가 분명하고 견고한 복음이 아닌, 일종의 기이한 기적들로 가득 찬, 믿을 수 없는 거짓말 같은 우화를 말했다. 그는 아이 같은 환상에 사로잡혀 있었다. 그의 신은 원시의 신이었으며, 이 세상의 세속적이고 물질적인 현실을 초월하는 능력에 바탕을 두고 있었다. 아르테미스는 느릿느릿 율리우스 황제와 날아다니는 악령들, 페르시아인들로부터 비잔틴 제국을 보호해준 '신성한 불의 벽', 진짜 눈물을 흘린 성상과 순례자의 짐 속에서 마술처럼 나타나 그들로 하여금 죽음의 계곡을 아무 탈 없이 지나가게 해 주었던 '진짜 십자가' 조각에 대한 이야기를 했다.

해가 떨어지자 날이 어두워졌다. 나무 사이로 쌀쌀함이 기어왔다. 우리는 자리에서 일어났다.

"여행 잘 하세요."

세라핌이 말했다.

"어디까지 갈 계획이세요?"

"몽골까지지요. 말을 타고 다니는 사람들이 있는 곳까지지요."

수도사들은 아무 말 없이 고개를 끄덕였다.

우리는 빛과 그림자가 기울어가는 길을 따라 내려왔다. 두 수도사는 잠깐 서서 우리를 바라보았다. 수도복을 입은 그들의 모습이 소나무 사이에서 점점 어두워졌다.

다시 뒤를 돌아보았을 때 그들은 더 이상 보이지 않았다.

6장
다른 세상

하늘에서 보면, 몽골은 하느님이 그린 지구의 밑그림처럼 보인다. 하나의 국가라기보다는 국가의 원자재인 초원, 바위, 물, 그리고 바람이 모여 있는 것 같다. 펠트처럼 잔잔하게 물결치는 언덕들이 드넓은 초원 속으로 일렁이고, 강줄기가 부드러운 구릉丘陵으로 흐르며 레이스 같은 은빛 물줄기를 뿜어내고 있었다. 그 텅 빈 공허함이 놀라울 정도였다. 기이한 구름들이 떠 있는 하늘이 오히려 복잡하게 보였다.

나무 몇 그루가 눈에 띄었다. 풍경 속으로 우연히 잘못 들어가게 된 이 나무들은 바람을 피하려 바람 없는 언덕에 함께 모여 있는 것 같았다. 몇 마일에 걸쳐 들판도, 도로도, 마을도, 건물도 없었다. 사람이 살고 있다는 유일한 표시는 이따금씩 보이는 하얀색 둥근 텐트의 야영지뿐이었다. 이 텐트들은 저 아래 초원에서 마치 버섯처럼 돌연 신비롭게 눈에 들어왔다.

내 옆자리에 앉은 다 헤진 펠트 모자를 쓴 늙은 여자가 자신의 고향을 내려다보기 위해 내 무릎에 몸을 기댔다. 그 여자한테 버터와 거름 냄새가 났다. 내 무릎을 지렛대삼아, 그 여자는 아래쪽 야영지를 내려다보려 목을 길게 뺐다. 야영지를 발견하자 침을 꼴깍 삼켰다.

기내에서 제공한 '보일드 스위트'(몽골에서 우룬urun이라고 부르는 유제품을 지칭하는 듯. 우룬은 끓인 우유 거품에 설탕을 약간 넣어 건조한 것으로, 일종의 몽골 요구르트라고 할 수 있다.- 옮긴이주)와 찐득찐득한 레모네이드 한 잔을 마시며, 그 여자가 내 여행에 대해 물었다. 나는 말을 타고 여행할 예정이라고, 바얀올지Bayan Olgii에서 다달Dadal까지 동쪽으로 1,000마일 이상 말을 타고 갈 예정이라고 말했다. 그 여자가 꼴깍 침 넘어가는 소리를 냈다. 나는 그 소리를 격려로 받아들였다.

"몽골 말들은 튼튼해. 몽골 말들이 당신을 데려다 줄 거야."

그 여자가 장담했다.

비행기는 일종의 절충안이었다. 나는 알마티에서 북쪽으로 계속 육로로 카자흐스탄을 지나 알타이 산맥과 러시아의 변방을 굽이돌아 몽골로 가기를 희망했었다. 하지만 여행에 정보를 준 사람들이 말하길, 이 서쪽 지역에서는 몽골의 국경이 폐쇄되어, 국경 관리와의 소득 없는 논쟁을 하러 거의 800마일이나 돌아 가야할지도 모른다고 했다.

그래서 대신 이 비행기를 알아냈다. 이 항공편은 알마티에서 서부 몽골의 바얀올지 사이를 오가는 잘 알려지지 않은 노선이다. 이 항공회사는 국가통제의 붕괴와 사유화가 아에로플로트의 독점을 무너뜨리자 구소련에서 생겨난 수많은 개인 기업들 중의 하나였다. 내가 탄 비행기의 항공회사는, 이 비행기 한 대 이외에는 없었는데, 지나치다 싶을 정도로 통제를 하지 않아, 거의 불법에 가깝게 운행하고 있었다. 분명 항공당국의 허가 없이 운행되고 있는 듯 했다.

나는 이 비행기 표를 카자흐 문화박물관 뒤쪽의 허름한 창고에서 자칭 세탁업을 하는 보리스라는 한 남자에게서 샀다. 그 다음 날 아침, 나는 시커먼 어둠 속에서 물건을 잔득 사가지고 고향으로 돌아가는 몽골의 무질서한 군중들과 함께 낡은 '소비에트 안토노프'Soviet Antonov에 탑승했다. 몽골인들의 포장된 가전제품 박스가 가장 좋은 자리를 독차지했다.

광활한 사막에서 반짝이고 있는 발하쉬Balkash 호수 너머에는 알타이 산맥이 중국, 카자흐스탄, 러시아, 몽골의 국경이 합쳐지는 아시아의 배꼽을 향해 굽이쳐 뻗어 있었다. 산맥의 정상들은 낡고 구겨진 종이처럼 보였고, 깡마른 등마루가 황폐한 언덕 위로 툭 불거져 있었다. 비행기가 동쪽으로 선회하자, 몽골이 이 세상의 구석에서 난폭하게 자란 광활한 텅 빈 대지처럼 저 멀리에 뻗어 있었다. 서유럽 크기 정도의 몽골에 단지 약 2백만 명의 인구만이 산다. 그리고 그들 중 사분의 일이 저 멀리 수도 울란바토르에 산다. 비행기가 하강하자, 나는 텅 빈 지평선 위에 펼쳐진 초원의 제국을 바라보았다. 우리 비행기의 조그마한 그림자에 쫓기어, 한 무리의 말들이 강물이 흐르는 목초지를 거침없이 질주했다. 드디어 마을이 나타났다. 먼지로 색칠한 평원에 지저분한 얼룩처럼 서 있는 건물들이 마을을 이루고 있었다.

우리는 붉은 흙이 깔린 활주로에 착륙했다. 그리고 아시아의 마지막 유목민의 땅에서 잠시 머뭇거렸다. 그 늙은 여자가 내게 이를 드러내며 미소를 지어 보였다.

"고향."

그 여자가 속삭였다.

몽골인들은 도시를 건설하는 데 그다지 익숙하지 않은데, 올지 또한 예외가 아니었다. 올지는 네덜란드 크기 정도의 이 지역의 도시로, 세상 끝에 버려진 오지처럼 느껴졌다. 마치 최근의 재앙만이 그런 황량함을 설명할 수 있다는 듯, 종말론적인 분위기가 풍겼다.

몽골의 얼마 안 되는 도시들은 의심 많은 목동들에게 교육, 건강, 레슬링 경기장과 같은 현대적 삶의 편리함을 제공하기 위한 행정적 제스처 및 국가 프로젝트의 일환으로 지난 50년 동안 지어졌다. 도시는 모두 별 특징 없는 광장, 마을회관, 극장, 박물관, 학교, 병원, 스포츠 경기장 같은 똑같은 내용물로 구성되어 있다. 마치 도시라는 것을 잘 모르는 관료들이 목록만 체크하기 위해 일했던 것처럼 말이다. 시멘트로 밋밋하게 지어 놓아, 건물들은 다른 건물과 거의 구분이 안 된다. 버려진 드넓은 땅과 그나마 조금 괜찮아 보이는 러시아 스타일의 가옥들을 약간 첨가함으로써, 그 황량함이 완성되어 있다.

평평한 지붕을 한 공동주택들은 전기설비, 수세식 화장실과 같은 미래 지향적인 편의시설 덕에 도시 엘리트들로부터의 수요가 있었다. 전기와 수도의 일정치 못한 공급이 이런 편리함을 거의 무용지물로 만들었지만 말이다.

주민들 대부분은 건물이라는 것에 확신을 갖지 못하고, 여기저기 흩어져 있는 교외의 텐트에 살았다. 이 텐트는 중앙아시아 펠트로 만든 둥근 유르트yurts인데, 몽골에서는 게르gers라고 부른다. 이즈음 주민 대다수가 자신들의 게르를 챙겨 여름 목초지로 갔기에, 올지는 더욱 을씨년스러웠다. 도시의 건물들은 셔터를 내리고 도시는 죽은 듯이 변했다. 그리고 지프의 부서진 조각들, 죽은 말의 말굽, 도살된 양 뼈와 같은 죽은 것들이 도시를 떠돌았다. 매서운 바람이 건물들 사이에서 무자비하게 불어왔다. 헐거워진 문을 강타하고, 종잇조각을 공중으로 휘날리며, 이따금 보이는 길 잃은 보행자들의 몸을 마치 묘목처럼 구부리게 만들었다.

호텔은 조금도 편하지 않았다. 쌀쌀맞은 관리인이 공유지의 무단 거주자처럼 보온병과 간이침대를 가지고 로비 옆에 붙은 조그마한 곁방에 살고 있었다. 계단에는 몽골 풍경이 그려진 벽지가, 짙은 홍색의 융단 위쪽으로 얼룩덜룩하게 붙어 있었다. 내 방문은 여러 번 세게 부딪혀 열었었는지, 이제는 더 이상 닫히지도 않았다. 사람들은 열쇠와 자물쇠라는 개념에 익숙하지 않았다. 깨진 창유리를 통해 바람소리가 계속 들려왔다.

해가 지자 겨울의 한파가 몰려왔다. 때는 6월말이었지만 마치 11월 같았다. 비행기에서 내려다 본 웅대한 초원을 회상해 보면, 올지는 견디기 힘든 도착지였다. 올지는 도시를 싫어하는 사람들이 지은 도시였다.

다음 날, 볼드가 화물기를 타고 울란바토르에서 도착했다. 몽골 친구들이 통역관 역할로 그를 내 여행에 합류시켰다. 볼드는 이제부터 5주 동안 서부 몽골의 광야를 나와 동행할 예정이었다. 그는 상자 두 개를 가지고 왔는데, 그 상자들은 내가 런던에서 부친 것이었다. 거기에는 내 멋진 안장을 포함해 우리 탐험의 모든 비품들이 들어 있었다. 그 물건을 보자 기뻤다. 지구의 반대쪽에 있는 집에서 내가 낑낑대며 덕지덕지 붙인 포장테이프가 그대로 붙어 있었다.

볼드는 걱정을 많이 했다. 그에게 나는 말 타는 사람으로 보이지 않았던 것이다.

그의 첫 인상은 약해 보였다. 나이는 40이었지만, 그보다 한 10년은 더 나이 들어 보였다. 얼굴은 밋밋하고, 표정이 어두웠으며, 약간 여성스러운 데가 있었다. 아래쪽으로 쳐진 입에 60년대 헤어스타일을 하고 있었다. 어깨, 손목, 짧은 바지 아래 보이는 가느다란 발목 등 모든 게 길쭉했다. 나는 그와 전화통화를 한 번 했었다. 알마티에서 불량한 전화선을 통해, 말 타고 여행하려는 내 계획을 대충 말했을 때, 그가 놀라는 것이 느껴졌다. 볼드는 울란바토르에서 교사 생활을 했다. 그의 말에 따르면, 그는 '도시 사람' 이었다. 말과 탁 트인 대초원, 그리고 별을 보고 잠자는 것은 정말 그의 타입이 아니었다.

볼드는 기수騎手 한명의 이름을 가지고 왔다. 울란바토르에 있는 누군가의 친척인데, 그 사람이 이번 여행의 첫 번째 장소에서 우리들의 가이드가 될 수 있을 듯 했다. 그를 찾아가는 길은 단순했다. 허트퍼드셔Hertfordshire 크기 정도의 여름 목초지인 나마진Namarjin 계곡으로 차를 타고 가서, 바투르Batur를 찾기만 하면 된다.

우리는 수명이 얼마 안 남은 지프를 타고 마을을 지났다. 운전기사는 엄숙함을 느끼게 할 정도로 말수가 없는 사람인데, 1974년 월드컵을 선전하는 머리 밴드가 달린 밀짚모자를 쓰고 있었다. 자동차가 아직 제대로 보급되지 못한 곳에서 지프 운전기사는 유망한, 심지어는 영웅적인 사람이다. 운전면허를 따는 것이 대학 졸업과 비슷할 정도로 경사스런 일이다. 어머니들은 "내 아들, 운전기사"라고 소개하는 것에 자부심을 갖고 있다. 전통에 따르면, 몽골 지프는 말처럼 한쪽에서만 타야 하는데, 몽골의 경우에는 오른쪽으로 타야 한다. 실수로라도 왼쪽으로 타지 못하도록 왼쪽 문손잡이를 치밀하게 없애 버렸다.

우리는 호브드Hovd 강을 따라 마을을 빠져나와, 분홍과 보랏빛 바위가 가득한 낮은 언덕의 그림자가 비치는, 풀이 무성하게 자란 오솔길을 따라 갔다. 약 1시간 정도, 우리는 자갈이 깔린 텅 빈 평원을 달렸다. 그곳은 지금은 산에 살고 있는 가족들의 겨울 목초지였다. 이즈음에 그들이 여행하고 있다는 것을 알 수 있는 표시는 가시덤불에 걸려 있는 양털 다발이었다.

낮은 산등성이에서부터 우리는 큰 자갈 위로 거품이 이는 카투Khatu

강으로 내려갔다. 그러고 나서 '코스 테레그'(Khos Tereg, 나무 두 그루라는 뜻)로 가는 오솔길로 올라갔다. 그곳에는 외로운 포플러 한 쌍이 넓은 여름 목초지 가운데 서 있었다. 거기에서 우리는 올지를 출발한 이후 2시간 만에 처음으로 사람들을 만났다. 그 사람들은 이제 막 도착했기에 아직 짐을 풀지 못하고 있었다. 무릎을 구부려 쉬고 있는 낙타와 조리기구, 그리고 반 정도 세워진 게르의 뒤범벅 사이에서 사람들이 우리를 향해 손을 흔들었다.

우리는 남동쪽으로 방향을 바꾸어, 솟아오른 계곡을 따라 부드러운 초원을 건너 미끄러지듯 나아갔다. 또 한 시간을 달리고 나서야 물살이 빠른 회색빛 물결의 이름 모를 강에 도착할 수 있었다. 그곳에서 지나가던 말 탄 사람이 우리에게 강 하류의 여울 쪽을 가리켜 주었다. 저 멀리 강둑 위에서 우리는 바람이 부는 고개 위를 올랐다가, 늦은 오후에 자스트 울Tsast Uul의 하얀 언덕 밑의 높고 광활한 나마진 계곡으로 내려갔다.

여름 목초지에 많은 게르들이 펼쳐져 있었다. 저물어 가는 오후의 태양이 계곡을 비추자 하얀 텐트, 밧줄에 매어 있는 말, 야영지 연기 기둥 등이 유럽인들이 도착하기 이전 미국 평야의 모습을 떠올리게 했다.

"내가 그 풍경 속에 들어섰을 때, 나는 뭔가 다른 세상에 들어 온 듯한 느낌이 들었다."

윌리엄 수사는 이렇게 썼다.

칭기즈 칸이 그 당시 보았던 것도, 우리의 지프를 제외하고는 모든 것이 똑같았을 것이다. 대륙의 중심은 바람과 구름과 한 무리의 낙타들이 가로지르는 1,200년 전과 뚜렷한 차이점이 없었다. 그것은 유목민의 광활한 중세이며, 아시아의 비밀이다. 그곳은 사랑스럽기 그지없고, 묘하게도 친숙했다.

우리는 여러 군데 게르에 들러 바투르를 아느냐고 물어 보았다. 몽골인들은 오직 이름 하나, 그것도 성姓만 사용한다. 마치 더블린(아일랜드의 수도. - 옮긴이주)의 오코넬 거리에서 패디를 찾는 것과 마찬가지였다. 물어볼 때마다 대답이 달랐다. 누구는 저 앞 동쪽 낮은 언덕에 있다고, 누구는 강 맞은편에 있다고, 누구는 바얀올지로 돌아갔다고, 누구는 아내와 헤어져 러시아로 돌아갔다고, 누구는 그가 이미 20년 전에 죽었다고 말했다.

그런데 결국 그토록 찾던 바투르가 우리를 찾아왔다. 그는 하얀 말을 타고 있었는데, 바짝 밀어 버린 적갈색 머리와 쳐진 입술 밑에 한 움큼의 턱수염을 기른 늙은이였다. 광활한 몽골의 공간에 신비하게 우리 소식이 퍼져, 그가 우리를 기다렸던 것 같다. 그가 우리를 자신의 게르로 데리고 갔다. 게르는 약 반 마일 떨어진 야트막한 언덕에 세워져 있었다. 말들은 밖에 매어져 있고, 엄청나게 많은 양떼들은 문 앞에 모여 있었다.

게르 안에서 공식적인 소개를 나누었다. 몽골인들에게 내 이름을 좀 어려워했다. - 스탠리의 'St'는 발음하기 힘들었고, 'ley'는 도저히 발음하지 못했다. 그러다 결국 '스탈린'이 되었다. 나를 제외한 모든 사람들에게 그 이름이 만족스러운 듯 했다. 바투르의 아내가 내게 따뜻한 우유 차 사발을 건네주었다. 우리는 시끄럽게 소리를 내며 차를 마셨다. 모두 커다란 승마용 부츠에, 몽골인들의 전통의상인 누빈 델del을 입고 있었다. 옆에 단추가 달려 있고, 허리에 밝은 색 장식 띠가 둘러져 있었다.

바투르와 나는 코담배 병을 주고받았다. 몽골은 코담배를 피는 사람들의 마지막 안식처이다. 새로 알게 된 사람과 코담배 병을 교환하는 것은 서로의 블렌드를 시음하는 것으로, 악수처럼 예의바르고 중요한 사교이다. 나는 몽골에 오기 전, 챠링 크로스 로드Charing Cross Road에 있는 한 오래된 담뱃가게에서 조지 4세 블렌드를 준비해 왔다. 바투르는 분명 감명 받았다.

지저분한 펠트 매트가 게르 바닥에 깔려 있고, 우리 등 뒤 굽은 벽 주위로 금속 간이침대와 깃털 이불과 낮은 상자 더미가 있었다. 바투르 뒤에는 전통적으로 내려오는 화려한 주황색 책상이 하나 있는데, 그 위에는 가족사진들이 전시되어 있었다. 무뚝뚝한 조상들의 흑백사진이었다. 둥글게 자른 치즈가 지붕에 매달려 있고, 기름이 반지르르한 염소가죽 아래로 안장과 굴레 한 쌍이 놓여 있었다. 벽에 걸려 있는 염소가죽에는 가족들이 먹을 쿠미스koumiss가 담겨 있다. 쿠미스는 발효된 암말의 우유인데, 몽골에서는 아이락이라고 한다.

여름에는 시원하고 겨울에는 따뜻하고, 단 한 시간 만에 허물어 낙타 한 마리에 실을 수 있는 몽골의 게르는 유목민의 기술적 승리로, 견디기 힘든 기후에서의 이동 생활에 완벽하게 어울린다. 또한 타고난 유목사회의 보수적 경향에 대한 근본적인 상징이기도 하다. 게르는 천년 이상 동안 변하지 않았다. 목재 문이 도입된 것을 제외하고, 게르의 구조에 대한 1250년대의 윌리엄 수사의 묘사는 오늘날 몽골에서의 모든 게르와 꼭 일치한다. 심지어 문의 위치도 그대로다. 문은 항상 행운이 깃드는 남쪽을 향하고 있다.

게르 안에는 모든 것에 지정된 장소가 있다. 바투르는 문 맞은 편 벽의 중앙에 앉았는데, 그 곳은 남자들을 위한 예의이며, 전통적으로 내려오는 게르의 좌석이었다. 그의 손님으로서, 우리들은 나이와 지위에 따른 순서에 입각해 그의 오른쪽 바닥에 앉았다. 이후 세 달 동안 몽골을 여행하며 수많은 게르에서, 나는 항상 정확히 똑같은 장소에 앉았다. 그것은 낯선 사람의 집을 친숙하게 느끼게 만드는 야릇한 효과가 있었다.

동물의 똥을 연료로 쓰는 난로는 게르의 중앙에, 굴뚝은 지붕의 구멍으로 이어졌다. 여자들 옆에는 조리기구와 아이들 침대가 있었다. 남자들 옆에는 아이락과 안장과 손님들이 있었다.

바투르는 자신의 동굴에 자리 잡은 늙은 사자 같았다. 그는 뜨거운 차를 마시며 거대한 손으로 커다란 대머리를 어루만졌다. 손자 세 명이 맞은 편 침대 밑에서 꿈틀거리며 빠져나와, 그의 다리를 마치 짐승새끼들처럼 기어올랐다. 한 아이가 그의 델의 주름 사이로 사라졌다가, 바투르의 턱 바로 아래에서 다시 나타나더니, 기괴하게 생긴 손님인 나를 두 눈을 크게 뜨고 빠끔히 쳐다보았다.

저녁 식사가 나왔다. 어린 숫양을 잡아 특별한 요리법으로 만든 양고기 조각이 담긴 플라스틱 그릇이 특별 대접으로 우리들 앞에 놓였다. 칼이 한 바퀴 돌려지고, 우리는 직접 음식을 들고 잘라 냈다. 몽골인들은 자신들이 아끼는 양을 조금이라도 낭비하는 걸 용납하지 않는다. 양의 모든 부위가 그 그릇 안에 담겨져 있었다. 일종의 원시의 분비물처럼 그 속에서 떠다니고 있었다. 허파, 위, 방광, 뇌, 내장, 눈알, 이빨, 생식기. 그것은 예측불허의 '행운의 양고기 건져내기' 였다. 자신이 무엇을 건져 올릴지 결코 확신할 수 없었다. 나는 신중하게 낚시질을 했다. 생식기를 건져 올리고 싶지는 않았다. 내가 처음으로 건져 올린 것은 마치 썩은 운하 바닥에서 뒤져낸 오래된 지갑과 비슷한 물건이었다. 삶은 고무 맛이 났다. 내 생각에 귀가 아니었나 싶다. 하지만 두 번째는 뜻밖에도 맛이 좋은 내장을 건져 올리는 행운을 얻었다. 한번 건져내자 줄줄이 따라 올라왔다.

저녁식사를 배불리 하고 나서, 우리는 앉아 식후의 한담을 나누었다. 볼드는 내가 말을 타고 몽골을 횡단하며 옛 수도였던 카라코룸까지, 그리고 칭기즈 칸이 태어났던 다달까지 갈 계획이라고 설명했다. 바투르는 아무 말 없이 나를 한참동안 쳐다보았다. 그 계획은 분명 너무 별나서 뭐라고 언급할 가치도 없는 것 같았다. 나는 대통령이 되겠노라고 선언하는 80살 먹은 노인이 된 듯한 느낌이었다. 바투르는 나에게 단념하도록 충고할 필요가 없다고 생각하는 것 같았다. 저절로 그렇게 될 것으로 믿는 듯.

바투르의 분명한 침묵을 무시하며, 나는 내 계획을 밀어 붙였다. 나는 몇 단계로 나누어 여행할 결심을 했다. 각각 4일이나 5일 정도, 말을 빌려 그 지역의 기수를 가이드로 고용하며 말이다. 적어도 이 계획은 바투르의 찬성을 얻어냈다. 나는 앞으로 석 달 동안 말을 타야 했다. 말 한 마리로 가기에는 너무 먼 거리였다. 극도의 피로만이 유일한 문제는 아닐 것이었다. 일 년 중 대부분을 언덕 위에서 야생으로 떠돌아다니는 몽골 말들은 텃세의 습성이 있다. 위험을 무릅쓰고 말의 서식지에서 멀리 나가면 나갈수록, 말들은 점점 더 다루기 힘들어진다. 바투르는 몇 년 전에 북 베트남으로 끌려간 몽골 말에 관한 이야기를 해주었다. 그 말들은 자신들의 새로운 주인한테서 곧장 도망쳐 나와 몽골의 고향 목초지로 되돌아 왔다고 했다.

"칭기즈 칸의 전령사처럼 여행하면 되잖소."

바투르가 어깨에서 아장거리는 아이를 끌어내리며 말했다.

"오르토orto 시스템이지."

제국이 전성기였을 때, 아시아의 광활한 거리에서의 의사소통방법은 큰길을 따라 배치해둔 교대용 말을 이용하는 것이었다.

'대칸에게 긴급한 소식을 전해야 할 때, … 전령사들은 하루에 200마일을, 때로는 250마일까지 달린다. … 벨트를 꽉 죄고, 머리를 질끈 동여 메고, 25마일 떨어져 있는 역사에 도달할 때까지 전속력으로 달려간다. 그곳에 가까이 다가가면, 그들은 나팔을 분다. … 새 말을 준비해 놓

으라고.'

마르코 폴로는 이렇게 썼다.

비록 내가 칭기즈 칸의 말 탄 전령들보다는 훨씬 더 느긋한 속도를 달릴지라도 원칙은 똑같을 것이다.

차를 몇 잔 더 마시고 나서, 바투르는 호브드(몽골 서부 호브드주의 주도.–옮긴이주)로 가는 4일 동안 우리 여행의 시작을 위해 말을 제공해 주겠노라고 했다. 그는 아들이 많았는데, 아들 중 하나를 게르 안으로 불러들여 그에게 우리의 가이드 역을 해 주라고 했다. 아리운바트는 야구 모자를 쓴 착실한 사람이었다. 그는 자신에게 주어진 임무를 아주 조용하게 받아들였다. 가격이 정해지고, 집에서 만든 아주 독한 보드카 잔으로 거래가 성사되었다.

그러고 나서 우리는 밖으로 나왔다. 밖은 벌써 어두워져 있었다. 별자리가 익숙지 않은 각도로 기울어진 채, 자스트 울의 희미한 산꼭대기의 산마루 위로 떠올랐다. 노인의 또 다른 아들 하나가 자기 말에 안장을 얹었다. 그는 약 20마일 떨어진 더 높은 계곡에 있을 것으로 예상되는 자신의 말떼를 찾기 위해 밤새도록 말을 탈 것이다. 그리고 아침에 말들을 데리고 돌아온다.

나는 게르 위쪽 언덕에 내 텐트를 쳤다. 내가 몇 년 동안 헛되이 꿈꿔왔던 여행이 이제 막 시작되었다. 어두운 몽골의 하늘 아래 말을 탄 남자 하나가 말들을 불러 모으기 위해 언덕으로 힘껏 질주하고 있었다.

아침이 되자 말들은 기다란 꼬리와 흐트러진 갈기를 펄럭이며 언덕에서 아래쪽으로, 마치 침략군처럼 돌진하며 도착했다. 이 지역 야생 프르제발스키 말과 몽골 말이 어떤 관계가 있는지 확실히 모르겠지만, 아마도 그들은 똑같은 '일시적 입국허가'의 관리를 받고 있는 듯 했다. 그들은 말의 세계에서 무법자처럼 보였다. 약 14핸드(손바닥의 너비로, 말의 키를 재는 단위. 손바닥 너비 하나는 약 10.16cm이다.- 옮긴이주) 정도로 키가 작고 옹골찬 말들로, 생애의 대부분을 반半 야생적인 무리 속에서 함께 보낸다. 때때로 승마용으로 일하다 다시 다른 말들과 함께 언덕으로 풀려난다. 작은 키의 단점을 보완하기라도 하듯 그들은 거칠고, 고집 세고, 날카로운 특성을 지녔다. 그들은 칭기즈 칸의 무리를 비엔나 문턱까지 데려다 주었고, 스피드와 뛰어난 지구력으로 몽골인들로 하여금 적의 무리를 급습할 수 있게 해주었다. 이제 그 말들은 게르 아래쪽의 언덕에서 콧바람을 불며, 발로 땅을 긁으며 어슬렁거리고 있었다. 자극과 인질을 갈구하는 폭도처럼.

말을 길들이기 위해 로데오를 했다. 캠프의 남자들은 말 세 마리를 잡기 위해 우르가스urgas를 가지고 말 주위를 에워 쌓았다. 우르가스는 끝에 올가미 밧줄이 달린 기다란 막대기이다. 당연히 말들은 잡히지 않으려고 했다. 말들은 거의 여덟 달 동안이나 자유롭게 뛰어다녔다. 호리호리해 보이는 외국인과 함께 호브드에 가지 않으려 죽기 살기로 싸울 준비가 되어 있었다. 말들은 콧구멍을 벌름거리고 눈동자를 굴리며, 짙은 먼지구름을 일으키면서 평야를 이리저리 날뛰었다. 한동안 올가미가 계속 목표물을 놓쳐 말이 우세해 보이는 듯 했지만, 결국 세 마리가 로프에 묶이고 말았다. 일단 묶이자 말들은 단념한 듯 무리에서 떨어져 나왔다. 마치 재판을 받으러 가는 죄수들처럼.

출발은 실망스럽게도 갑작스럽게 이루어졌다. 출발은 역사적 순간이므로 내 생각에 연설이라든가 팡파르, 기념촬영 등 뭔가 나만의 의식이 있었으면 좋을 듯싶었다. 그럴 수 없는 것이 말 때문인 듯해서 나는 말이 약속했다. 말에 안장을 얹자, 말은 우리를 남겨 놓고 떠날 듯, 출발하고 싶어 안달을 했던 것이다. 말과 몽골인들의 스크럼 속에서 뱃대끈과 수화물의 막바지 점검이 있었다. 그러고 나서 바투르가 갑작스레 내 손에 고삐를 쥐어 주는 바람에 나는 엉겁결에 안장에 앉았다. 그런데 말이 개에 놀라 곧추서는 바람에 순간 아찔했다. 재미있어 하는 몽골인들 앞에서 내 궁둥이가 땅바닥에 내동댕이쳐질 것만 같았다. 하지만 나는 간신히 자리를 지켜 위엄을 유지할 수 있었다.

바투르가 우리에게 행운을 빌어 주었다. 그의 아내는 게르에서 급하게 뛰어나와 말의 앞머리에 우유를 가볍게 갖다 대었다. 그것은 몽골인이 축복을 비는 전통이었다. 우리가 계곡 아래로 말을 타고 내려가자 개들은 짖어 대고, 아이들은 손을 흔들었다. 양들이 흩어지고, 캠프에 남아 있는 말들은 우리가 계곡으로 사라질 때까지 울었다. 세 명의 기수들과 짐을 실은 말 한 마리가 거대한 풍경 속으로 항해를 시작했다. 우리 앞에는 수 천 마일에 달하는 몽골이 놓여 있었다.

그 첫날 아침에는 야생 사향초 냄새가 코를 찔렀다. 언덕에서 양떼들이 돌투성이의 산등성이를 가로지르며 노닐고, 풀이 무성한 골짜기로 뛰어들었다. 우리는 녹은 눈이 적셔 놓은 축축한 초원을 물을 튕기며 나아갔다. 연료로 쓰기 위해 피라미드 모양으로 쌓아 둔 말린 거름과, 봄에 자른 양털을 담은 부대 사이에 세워진 게르들을 지나쳐 갔다. 저 멀리에 말을 탄 사람들이 기다란 초원의 지평선에 실루엣으로 비쳐졌고, 우리 머리 위 파란 하늘에서는 작은 매가 날고 있었다. 태양은 이미 목초지의 냉기를 걷어 갔고, 새의 노래 소리가 이슬에 젖은 초원을 가로질러 들려왔다. 우리는 개울을 건넜다. 개울은 생긴 지 얼마 안 돼 아직 제방이 없었다. 그와 같은 아침에, 그와 같은 장소에서, 마치 세상이 새롭게 태어난 듯 했다.

내 말은 키가 좀 큰 거세된 밤색 수말이었는데, 이제 야생 동료들의 영향에서 떨어져 나온 것처럼 아주 순했다. 내 안장은 맘에 들었다. 큼지막하고, 편안했다. 볼드도 잘 해냈다. 그의 몽골인 본능은 도시의 삶 속에서도 확실히 남아 있었다. 우리 여행의 모든 것이 잘 될 것 같았다.

계곡의 끝자락에서 우리는 물이 등자까지 닿는 강을 건넜다. 다음에는 적막한 계곡들이 있는 낮은 산등성이 위에 올라섰다. 그 계곡은 둥근 돌들에 울긋불긋한 이끼 같은 것들이 아름답게 덮여 있었다. 정오 즈음에는 높은 고원에 이르렀는데 우리는 그곳에서 말을 타고 지나가는 네 사람을 만났다. 한 소녀와 그녀의 어린 사촌 둘, 그리고 삼촌, 이들은 나 마진에 살고 있는 소녀의 할머니를 만나기 위해 호브드에서 올라오는 중이었다.

소녀는 쾌활하고 성격이 솔직했다. 이런 황량한 곳에서 외국인을 처음 만났다는 사실에 반갑고 즐거워했다. 소녀는 호브드에 있는 학교에서 역사를 공부하는 중이라고 했다. 러시아혁명에 대해 내가 어떻게 생각하는지 알고 싶노라고 말했다. 몽골에서의 공산주의 몰락과 함께 이것은 분명 선생님들이 재해석하기 위해 허둥대는 주제였다. 나는 프랑스혁명에 관한 저우언라이周恩來의 말을 인용해, 뭐라 말하기에는 시기상조라고 대답했다. 이런 내 반응은 분명 실망스런 것이었다. 소녀는 외국인에 대한 나쁜 인상을 간직한 채 말을 타고 북쪽으로 사라졌다.

오후 중반에, 우리는 풀이 우거진 골짜기에서 바닥에 등을 대고 누워 휴식을 취했다. 한편 말들은 우리 주위에서 기분 좋은 듯 어적어적 풀을 뜯어먹었고, 가이드는 야생 양파를 찾으러 바위투성이의 언덕으로 올라갔다.

볼드는 말에서 내려올 때 약간 뻐근한 듯 했지만, 기분은 좋은 것 같았다. 그는 착한 동료였다. 비록 말을 타고 시골을 오랫동안 여행하는 것이 유쾌한 일이라고는 생각하지 않았지만, 벌써 잘 적응하고 있었다.

우리 가이드인 아리운바트는 마음에 들지 않았다. 짤닥막한 키에 내성적인 그는 계속 투덜거리기만 했다. 외국인 가이드로 호브드로 가는 4일 동안의 여행은 그에게 막대한 부와 빠른 은퇴를 기대하게 했었다. 그의 아버지와의 매우 공평한 협상으로 말과 그의 가이드 서비스에 대해 공평한 가격에 합의했는데, 그 협상이 그에게 일촉즉발의 분노를 남겨 놓았다. 그는 호브드까지의 거리가 얼마나 먼지, 말을 타고 가는 오랜 시간과 터무니없이 적은 일당, 안전한 고향 땅에서 멀리 떨어져 잘 모르는 지역을 여행하며 직면하게 될 위험을 볼드에게 불평하는 걸로 하루의 대부분을 보냈다. 기분 좋은 동반자가 아니었다.

우리는 다시 네 시간 동안 사람 하나 보이지 않는 땅을 말을 타고 달렸다. 이곳은 불모의 지역이었기에 말들이 먹을 물과 목초가 있을 만한 곳에서 야영을 해야 했는데 그것은 쉬운 일이 아니었다. 고원의 끝에 다다랐을 때, 그 중앙에 폐허가 된 요새 같은 커다란 바위가 보여 혹시나 하는 생각에 그 계곡 쪽으로 내려가 보았다. 하지만 우리가 바닥에 내려가 보니 풀은 빈약하고 엉성했으며, 물도 없었다. 우리는 다시 올라와, 오솔길을 2개나 오르고 나서야 기다란 마지막 언덕에 있는 샘에 도착할 수 있었다. 그 샘은 이 언덕에서 호브드 평야로 흘러내렸다. 가시나무 수풀과 기다란 풀이 피어 있는 조그마한 이곳에서 우리는 캠프를 차렸다.

가이드는 말들이 멀리 가지 못하도록 두 다리를 묶었고, 그 동안 나와 볼드는 텐트 2개를 치고, 양고기와 야생 양파 스튜로 저녁을 준비했다. 이것이 몽골 식사에서 기본적인 것인데도, 가이드는 의심쩍은 듯 요리에 손을 댔다. 나는 나중에야 가이드는 자기 어머니가 해준 것 말고는 한 번도 다른 음식을 먹어본 적이 없다는 사실을 알게 되었다. 그의 기운을 북돋아 주기 위해 내가 미얀마에서 구운 쥐 요리를 먹었던 이야기를 들려주었다. 하지만 내 이야기는 외국인들의 이상한 식사 습관에 대한 몽골인들의 생각에 확신만 더해 주었다. 그에게 쥐는 샐러드의 반만큼도 특이한 것이 아니었던 것이다. 외국인들이 마치 동물들처럼 날 잎사귀를 씹어 먹는다는 이야기만큼 몽골인들을 기가 막히게 하는 것은 없다.

저녁을 먹은 후, 나는 내 안장에 기대어 누워 아래쪽 돌투성이 평원을 가로질러 뻗어 있는 언덕의 그림자를 바라보았다. 그곳은 우리가 내일 갈 곳이었다. 아름답고 광활했다. 여행, 목동들로부터 받은 대접, 말, 볼드, 먼 거리와 고독과 같은 실질적인 문제에 대한 좀스러운 초조함은 첫 번째 날의 성공으로 모두 기분 좋게 사라졌다. 야영, 물, 말에게 먹일 풀, 청명한 날씨와 같은 것들이 세상에서 중요한 우선순위를 차지했다. 그 외의 다른 모든 것들은 중요하게 여겨지지 않았다.

나는 새소리에 잠에서 깼다. 새들의 그림자가 이른 아침의 태양에 길게 늘어져, 선사시대의 기이함처럼 내 텐트의 들보막대에 퍼져 있었다. 우리는 말린 양고기와 빵으로 아침을 먹은 다음, 텐트를 걷고 말에 안장을 얹어 길을 나섰다.

그 날은 바다를 건너듯 단조로웠다. 우리는 언덕에서 아무도 없는 메마른 평원으로 내려왔다. 파리 떼가 극성을 부려 말들이 애를 먹었다. 바람이 잦아들고, 태양이 평원을 불태우기 시작했다. 아무 것도 없는 듯 단조롭기만 한 무한한 평원을 달리며 내 눈은 동물과 꽃을 순간적으로 구별할 수 있을 정도로 예민해졌다. 우리는 언덕 기슭 근처의 야생화들이 핀 구역을 지났다. 그곳에는 노랑, 자줏빛 삼색메꽃과 살갈퀴가 회색

빛 혈암頁岩 사이에서 자라고 있었다. 그러고 나서 낙타들이 있는 구역을 지나쳤다. 그곳에는 초라한 귀족의 모습을 한 쌍봉낙타들이 풀을 뜯어먹고 있었다. 낙타를 지나, 우리는 메추라기 구역, 그리고 댕기물떼새 구역, 그리고 마지막으로 메뚜기 구역을 지나갔다. 메뚜기들은 말발굽 밑에서 마치 장난감 기계처럼 윙윙 소리를 내며 움직였다.

그런데 무리에서 떨어져 나온 내 말은 얼마 지나지 않아 야생마로서의 자신의 체면을 포기했다. 첫날에만 해도 나는 내 말이 어느 정도 빠르게 움직이는 말이라고 확신했다. 하지만 그 생각은 오래가지 못했다. '브라운 노즈Brown Nose' 는 굼벵이에다, 상습적으로 엉덩이 냄새를 맡는 놈이었다. 코를 다른 말의 엉덩이에 정면으로 박아 넣을 때만큼 그 놈이 행복해 한 적은 없었다. 엉덩이 냄새 맡는 것을 못하게 하면 그놈은 초조해하고 불안해했다. 아주 잠깐 무리에서 떨어져 있을 때조차, 그 놈은 우아한 엉덩이를 가진 다른 말의 반응을 살피기 위해 두 귀를 쫑긋 세우며 평원의 맞은편에서 처량하게 히힝 울었다. 그놈은 가이드의 말에 관심을 보였는데, 그 말은 우리 무리의 유일한 암말이었다. 슬프게도 '브라운 노즈' 는 거세한 수말이라 엉덩이 냄새를 맡는 것이 그놈이 할 수 있는 전부였다.

무기력한 기분에 빠진 내 말 때문에 그 날의 마지막 두 시간은 고역이었다. 늦은 오후 우리는 평원의 기슭, 적막한 언덕에 도착했다. 그리고 카우보이가 나오는 영화에서 항상 뭔가 나쁜 일이 일어날 것 같은 좁은 협곡을 통과해 지나갔다. 이 길의 끝자락에서, 우리는 맑고 달콤한 물이 있는 아름다운 강, 슈라긴Shuragiyn을 만났다. 마른 평원을 지난 이후였기에, 매복공격을 받은 것처럼 그것은 비현실적이고, 육체적 쾌락으로 가득하고, 전혀 예상하지 못한 낙원처럼 보였다. 한 달음에 우리는 바위투성이의 땅에서 부드러운 초원의 매트리스로 발걸음을 옮겼다. 대기는 물소리와 물내음으로 가득했다. 우리는 매끈매끈한 둥근 돌 벽 사이에 텐트를 쳤다.

볼드가 여덟 살이었을 때, 그의 아버지는 시베리아 횡단 급행열차를 타고 러시아로 떠나 버렸다. 10월의 어느 날, 반짝반짝 빛나는 몽골의 전형적인 가을날 중 하루였다. 밤에는 눈이 내렸다. 울란바토르의 아파트에서 아래쪽을 내려다보며, 그는 창틀을 따라 엷은 눈가루가 내려앉는 걸 기억했다.

그의 부모가 싸우고 있을 때, 친척들이 도착했다. 그들은 아주 커다란 검정차를 타고 역으로 갔다. 볼드는 손잡이를 돌리면 위로, 아래로 움직이는 창문을 기억하고 있었다. 그때, 자동차를 처음 타 보았을 것이라고 그는 생각했다. 드라이브는 아주 유쾌한 모험처럼 보였다.

하지만 기차역에서 분위기는 불쾌하게 변했다. 아버지가 가방을 들고 객차 계단에서 씨름하고 있을 때, 그의 어머니, 할머니, 사촌들은 플랫폼에서 눈물을 흘렸다. 볼드는 울고불고 하는 여자들 속에서 자제력을 잃지 않고 있는 삼촌과 함께 서 있었다. 그는 어른들이 눈물짓는 광경에 놀랐으며, 분명 뭔가 불행한 일이 있는 것처럼 보였지만, 그게 뭔지 정확히 알지는 못했다.

볼드는 아버지보다 기차를 더 분명하게 기억했다. 기차 바퀴는 자신보다도 더 컸다. 수증기 사이로 기차에 탄 사람들이 창문을 통해 아래쪽을 내려다보고 있었다. 커다란 코와 둥근 눈을 한 이상하게 생긴 러시아인 얼굴이었다. 기차 안의 사람들의 표정에는 왁자지껄한 느낌이, 기쁨과 함께 배어 있는 듯 했다.

그곳에는 두 개의 세상이 있고, 이것들은 기묘하게 연결되어 있었다. 볼드는 아버지가 한쪽 세상에서 다른 쪽 세상으로, 플랫폼의 비통함과 눈물에서 아늑하고 멋진 인테리어를 갖춘 멋진 기차로, 정주定住의 감금 상태에서 여행의 자유를 향해 들어가는 걸 보았다.

거무스름한 유니폼을 입은 남자가 플랫폼으로 걸어 내려와 호각을 불자 기차가 덜커덩 움직이고, 이 두 개의 세상은 분리되기 시작했다.

그것은 1964년의 일이었다. 볼드는 그 후 두 번 다시 아버지를 보지 못했다. 아버지의 출발, 기차 플랫폼에서의 느낌이 볼드의 어린 시절의 기억 중 하나였다.

"아버지는 이르쿠츠크Irkutsk로 갔어요."

볼드가 말했다.

우리는 마지막 남은 태양 빛을 받으며 강둑에 누워 있었다.

"그곳 기술대학 엔지니어 과정에 들어갔어요. 가끔씩 편지가 왔어요. 아마 아버지는 엄마에게 돈을 부쳤을 거예요. 하지만 우리는 아버지의 삶에 대해 잘 몰랐어요. 공부를 마치고, 아버지는 이르쿠츠크에 남았어요. 몽골로 다시 돌아오기로 했지만, 아버지는 결코 돌아오지 않았어요. 아마 아버지는 그곳에서 다른 여자를 만나 다른 삶을 살았을 거예요. 나도 잘 몰라요. 아버지는 1974년에 돌아가셨죠. 외관상 암이었어요. 아마 그 때 아버지 나이 마흔 다섯 살이었을 거예요."

강 캠프의 편안함이 볼드에게 말을 많이 하게 만들었다. 텐트를 치고, 저녁식사도 마치고, 우리는 아늑한 저녁을 만끽하고 있었다. 청회색 둥근 돌들이 우리 캠프 주변에 낮게 둘러쳐 있기에, 집안처럼 아늑했다. 끝없이 펼쳐진 대초원에서의 개인적 공간에 대한 환상을 심어 주었다. 이곳에서 겨울을 나는 게르의 흐릿한 흔적이 우리 위쪽에 있는 돌투성이의 강둑에 찍혀 있었다. 우리는 남아 있는 나뭇가지로 모닥불을 피웠다. 강은 정원이었다. 둥근 돌들 사이에 기대어 누워 우리는 이야기를 나누었고, 말들은 강 아래쪽 풀밭에서 풀을 뜯고 있었다.

그의 아버지처럼, 볼드는 공부를 하기 위해 러시아로 갔다. 몽골은 1924년에 인민공화국으로 선포함으로써 세상에서 두 번째로 공산주의 국가가 되었다. 65년 이상 동안 공산주의 지배 하에서 몽골은 소련의 위성국가였고, 모스크바로부터 충분한 보조금과 끊임없는 기술적 조언을 받았다. 대신 수많은 러시아 군대를 주인으로 접대했다. 특히 중-소 긴장상태의 기간 동안에는 더했다. 이처럼 널리 스며든 러시아 영향의 특전 중 하나가 몽골 어린이들이 학교에서 러시아어를 배웠다는 것이다. 그로 인해 몽골 어린이들은 몽골에서의 제한된 능력을 뛰어넘어 러시아 도시로 접근할 기회를 가질 수 있게 되었다.

볼드는 민스크Minsk로 가서 역사와 철학을 공부했다. 거의 5년 동안 러시아에서 보내며, 동독, 폴란드, 그리고 한 번은 아주 짧은 기간 동안 서독을 여행했다. 유럽에서 보낸 그의 젊은 시절, 장기간의 방랑은 두 가지 모순되는 것을 알게 해주었다. 그것은 바로 사랑과 이성이었다.

몽골은 믿음에 빠져 있었다. 볼드는 그것을 중세적 상태로 묘사했다. 탐구하는 것보다 믿는 게 더 중요한 땅, 전수받은 지혜에 대해 거의 의문을 제기하지 않는 땅으로 말이다. 수세기 동안 유목민들은 미신과 예언, 샤머니즘과 티베트 불교의 주문 아래 살아 왔다. 이처럼 쉽사리 믿는 환경 속으로 마르크스주의가 편리하게 들어왔다. 공산당은 몽골인들에게 익숙한 일종의 맹신적 믿음을 요구했다. 그 자신의 설명에 따르면, 해외 체류의 경험이 틀에 박힌 믿음에서 자신을 해방시켜 주었다고 했다. 그는 마르크스주의자로서 러시아에 갔지만, 고향에 돌아올 때는 자유사상가가 되어 있었다. 민스크에서 현대인이 되었노라고 그가 말했다. 그는 볼테르가 사용하던 감각적이고 회의적이고 탐구적인 용어를 쓰고, 우상타파주의자가 되었다. 볼드에게 계몽주의는 뚜렷한 개인적 혁명이었다.

그러나 사랑은 명쾌하지 못했다. 민스크에서 그는 동독 여성과 사랑에 빠졌다. 20년의 세월이 흘렀건만, 그녀에 대해 이야기할 때 그의 목소리는 여전히 흐렸다. 그들은 함께 괴테를 읽고, 즈다노비치Zhdanovichi 주변의 소나무 숲을 오랫동안 여행하며, 결혼 이야기도 했다. 하지만 결국에는 그녀를 떠날 결심을 하고 고향으로 돌아와, 그녀 대신 조국을 선택했다. 그가 애처롭게 말하길, 자신은 몽골인이라고, 그렇게 해명했다. 마치 몽골인은 외국인들 사이에서 살수 없는 별개의 민족이라도 되는 듯 말이다. 그런 느낌은 나의 여행 내내 밀려왔다. 전통의 상당부분을 거부해온 볼드조차 여전히 몽골인들만이 다른 몽골인들을 이해할 수 있고, 몽골인들 사이에는 다른 사람들에게 설명할 수 없는 피의 유대가 존재한다는 생각에 사로 잡혀 있었다.

동독을 떠나려는 결심은 그의 삶에 그늘을 드리웠다. 그는 여전히 그녀를 생각하고 있었다. 당시 그녀와 남기로 결정했다면, 그의 삶이 어떠했을까 생각해 보았다.

고향에 돌아와 몽골여성과 결혼을 했지만, 그 결혼은 불행했고, 결국 그들은 별거를 했다. 사랑에 대해서는 손 쓸 방법이 없었다.

어둠이 깔렸다. 달은 우리 등 뒤 산 위로 떠올라 강을 은빛으로 넘치게 했다.

"어쩌면 나는 아버지처럼 멀리 가 있어야 했어요."

그가 말했다.

"어쩌면 아버지는 이르쿠츠크에서 자유를 발견했을지도 몰라요."

"그런 곳은 없어."

내가 말했다.

"놀랄지 모르겠지만, 나는 민스크에서 그것을 발견했어요."

그가 말했다.

그는 담배에 불을 붙이고 고개를 들었다.

"커 가면서, 나는 아버지를 항상 상실로 생각했어요. 아버지를 고향을 잃은 이주자로 상상했어요. 엄마와 고모들이 아버지에 대해 그런 식으로 말했을 겁니다."

달빛 속에서 그의 눈동자가 어둡고 촉촉한 마름모꼴처럼 그의 얼굴 표면에 떠 있었다.

"나는 두려웠어요. 이동한다는 것이. 가족들이 나로 하여금 아버지가 고생하고 있다고 생각하게끔 가르쳤어요. 몽골에서 멀어지면, 나는 결국 아무것도 아니라는 것이 두려웠어요."

그의 눈동자가 흔들렸다.

"하지만 멀리 떠나는 기차와 함께 아버지의 떠남, 그날의 기차역을 생각하면, 아버지가 탈출한다는 느낌이었어요. 슬픔은 오직 뒤에 남겨진 사람들과 함께 플랫폼에 있었죠."

아침에 나는 알몸으로 강에서 목욕을 했다. 내가 가이드의 말을 아침식사로 구워 먹었다 할지라도, 가이드가 이보다는 덜 놀랬을 것이다.

그러고 나서 우리는 안장을 얹고 모진 평원을 건너 남동쪽으로, 카자흐 독수리 사냥꾼들의 계곡으로 향했다. 바얀올지의 서부지역에는 몽골에서의 유일한 소수민족인 무슬림 카자흐인들이 살고 있다. 수정주의 몽골역사는, 중국이 몽골과 국경이 맞닿아 있는 신강자치구의 북서쪽 지방에 카자흐인과 키르기즈인을 정착시키려는 의도를 보여 주었던

1950년대 후반과 1960년대 초반에, 무슬림 카자흐인들이 중국에서 왔다고 믿으려는 경향이 있었다. 공산주의의 세계지배를 둘러싸고 중·소 관계가 악화되었던 때에, 몽골의 지도자였던 체덴발은 모스크바로부터 북경에 대한 모욕의 일환으로 중국에 살고 있는 카자흐인들에게 국경을 개방하라는 장려를 받았다.

하지만 몽골에 살고 있는 약 13만 명에 달하는 카자흐인들에 대한 진실은 보다 복잡하다. 이전 세대들이 모스크바의 권위주의적인 이주정책을 피하기 위해 소비에트 카자흐스탄에서 도망쳐 온 것과 마찬가지로, 중국에서 빠져나온 난민들이 많았다. 그러나 대부분은 몇 세기 동안 이 지역에서 살아 온 사람들이었다. 민족적 경계선에 대해 분명하게 알지 못한 채 알타이 산맥으로 갈라져 살아 온 사람들이었다.

몽골인들은 그들을 신뢰하지 않았다. 볼드는 그들을 국경 넘어 카자흐스탄에 살고 있는 형제들에게 충성을 바치고 있는 배타적인 국외자, 잠재적 변절자라고 생각했다. 이런 인식은 1990년대에 공산주의가 몰락한 이후 더 강화되었다. 당시 몇몇 몽골의 카자흐 지도자들은 카자흐의 자치를 추진하려고 노력했다. 그런 생각이 실현되지 못하자, 많은 카자흐인들이 신생 카자흐스탄공화국으로의 탈출에 합류해, 양떼들과 함께 국경을 건너 이주해 갔다. 하지만 대부분은 카자흐스탄에서 전통적인 유목생활에 반하는 근대적인 세상을 발견하고는 다시 조용하게 되돌아왔다.

몽골 카자흐인들은 매사냥의 전통을 유지하고 있는데, 그 전통은 이 고장에서 오랜 역사를 갖고 있다. 칭기즈 칸의 아버지는 기민한 매사냥꾼이었다고 알려져 있다. 윌리엄 수사가 카라코룸에서 몽케 칸을 처음으로 알현하는 동안, 칸은 시중들이 가져온 다양한 매들을 살펴보았다. 칭기즈 칸의 손자인 쿠빌라이Kubilai 칸 또한 매사냥꾼이었다. 마르코 폴로는 쿠빌라이 칸이 5천 마리의 새를 가지고 있었다고 주장했다. 하지만 오늘날의 몽골인들 사이에서 이런 전통은 사라졌다. 그 전통은 오직 바얀올지의 카자흐인들 사이에서만 남아 있다. 매사냥꾼들은 알타이 산맥에 살고 있는 아주 커다란 검독수리를 이용해 사냥을 한다. 이 검독수리는 너무 무거워서 말을 타고 새들을 옮길 때, 카자흐인들은 나무로 만든 받침대를 팔에 대야만 한다.

우리는 텅 빈 풍경 속을 하루 종일 달려, 오후 늦게 좁은 계곡에 도착했다. 그곳에는 굽이쳐 흐르는 강둑을 따라 게르들이 야영을 하고 있었다. 이것은 우리가 이틀 전에 나마진 계곡을 출발한 후 처음으로 보는 거주지였다. 우리는 게르의 모양이 좀 더 기운 것을 보고 그것이 카자흐인들의 게르라는 것을 알아봤다.

한 여자가 게르에서 나와 우리에게 계곡 아래쪽을 가리켰다.

"오롤로바이Orolobai가 독수리를 가지고 있어요. 쉽게 찾을 수 있을 거예요. 그 사람 게르에는 텔레비전 안테나가 있으니까."

그녀가 말했다.

몽골 시골을 여행하는 특징 중 가장 마음에 드는 것은 수천 마일 동안 텔레비전을 만나지 않고 여행할 수 있다는 것이었다. 이제 독수리 사냥꾼을 찾기 위해, 우리는 서부 몽골에서의 유일한 TV 귀신일지도 모르는 사람을 만나러 계곡 아래쪽으로 달렸다.

오롤로바이는 핑크색 벨벳으로 만든 테두리 없는 실내 모자를 쓴 건장한 키에 사각턱을 가진 사람이었다. 그는 우리를 반갑게 맞이했으며, 안으로 초대해 차를 내주었다. 카자흐 게르는 일반적으로 몽골 게르보다 더 크고, 보다 더 장식이 많다. 하지만 카자흐의 기준에서 보더라도, 오롤로바이의 게르는 꽤 멋지게 꾸며져 있었다. 유목세계의 대저택이라 할 정도였다. 게르 안에는 야크를 매달아논 방이 있었다. 난로가 없기에 공간이 더 넓게 보이는 듯 했다. 난로는 문 옆에 따로 떨어진 부엌 텐트에 딸려 있었다. 난로 대신, 게르 중앙에 눈에 띄는 물건이 있었는데, 그것은 바로 테이블과 의자들이었다.

우리는 마치 대지주의 거실에 온 시골뜨기처럼 아주 조심스럽게 자리에 앉아, 텐트 주변에 놓여 있는 값비싼 가구들을 입은 벌린 채 노골적으로 바라보지 않으려고 노력했다. 주름 장식에 나일론 커튼이 달린 4주식柱式 침대를 닮은 금속으로 된 간이침대, 밝은 기하학 무늬의 커다란 벽장식, 두 마리 새끼 고양이들이 돌 벽 위에서 바라보는 모습의 합판으로 된 포스터 사진, 자줏빛 판지로 된 한 무더기의 트렁크. 그리고 한쪽에 눈에 띄게 놓여 있는 것은 그 지역의 화젯거리, 즉, 낡은 러시아 텔레비전이었다.

오롤로바이는 이슬람 문화에서 전형적으로 나타나는 열광적인 환대로 우리를 맞으며 야단법석을 떨었다. 한 번도 본 적 없는 훌륭한 컵과 받침접시에 차가 담겨 나왔다. 몽골인들의 무뚝뚝한 매너에 익숙해져 있던 볼드와 가이드는 약간 어안이 벙벙한 표정이었다. 풀줄기로 된 스커트를 입고 꽃으로 장식한 화환을 썼다 할지라도, 오롤로바이가 더 이상 별나게 보이지는 않았을 것이다.

카자흐인은 마음이 맞는 주인이었다. 우리가 발효된 암말 젖인 아이락을 벌컥벌컥 마시기 시작하자 그는 죽이 맞는 사람을 만난 듯 더욱 활기가 넘쳤다. 우리가 몇 잔을 먹어 치우고 나자, 오롤로바이가 우리를 밖으로 불러내어 독수리를 보여 주었다. 하지만 그는 먼저 변신을 해야 한다고 말했다. 그 이유는 여러 가지 전통이 독수리 조련에 붙어 있기 때문이라고 설명했다. 즉, 독수리 조련에 맞는 옷을 입어야 한다는 것이다. 하지만 나는 그것이 진짜 이유라고 생각하지 않았다. 내 생각에 그는 허영심이 많은 사람이라 사진을 찍히리라는 사실을 알고 있었던 것 같다.

갑작스레 오롤로바이는 격식을 갖춘 저녁 파티를 준비하며 허둥대는 남자의 분위기를 연출했다. 유목민의 생활에서의 문제점들 중의 하나는, 세 달마다 집을 옮기기 때문에 물건을 어디다 두었는지 아는 것이 힘들다는 것이었다. 오롤로바이는 아내와 딸들에게 고래고래 고함을 쳤고, 그들은 트렁크와 커다란 상자들을 뒤지며 찾기 시작했다. 그러는 동안 그는 게르의 한가운데 서 있기만 했다. 그의 허리띠는 풀려 있었고, 팔은 아무렇게나 흔들어 대고 있었다.

"두 번째 낙타 위의 담요랑 같이 있었어."

그가 으르렁 거렸다.

물건들이 하나씩 하나씩 나오자, 여자가 그에게 옷을 입혀 주었다. 그의 예복인 검은 델del과 함께, 그는 기다란 부츠 위에 각반(걸을 때 하체를 거뜬하게 하고, 방한과 보호를 위해 발목에서부터 무릎 아래까지 감거나 돌려 싸는 띠.-옮긴이주) 한 쌍을 찼다. 그리고 귀 덮개가 달린 가죽 모자 비슷한 걸 썼는데, 그 모자는 찰스 린드버그Charles Lindberg(미국의 유명한 파일럿으로 미 공군의 대령 이었던 1927년에 '스피릿 오브 세인트루이스' Spirit of St. Louis를 타고 뉴욕에서 파리 간의 대서양횡단 논스톱 단독비행에 성공했다. 총비행시간은 33시간39분이었다고 한다. - 옮긴이주)가 대서양을 건널 때 쓴 걸 본 게 마지막이었다. 그가 이번에는 매사냥 장갑과 팔 보호대를 꼈다. 그리고 하얀색 넓은 서랍이 달린 트렁크를 샅샅이 뒤지더니, 새의 머리덮개를 찾아냈다. 여자는 안심하고 오롤로바이를 문 밖으로 이끌었다.

독수리는 약간 부실해 보이는 밧줄에 한 쪽 다리가 묶여 게르에서 얼마 떨어지지 않은 둥근 돌 위에 앉아 있었다. 도베르만(독일산 개로, 수컷은 몸길이 66~71cm, 암컷은 61~66cm이며, 스마트하고 견고한 골격과 다부진 근육을 가지고 있다.- 옮긴이주)이 왜소해 보일 정도였다. 독수리는 90cm 정도 위에 있었다. 독수리의 굽은 부리는 고기 써는 나이프만한 크기였다. 그 독수리의 가장 놀라운 모습은 바로 눈이었다. 소름끼치게 꿰뚫어 보는 검은 눈이었다. 매서운 눈초리가 갑자기 나를 날카롭게 노려보았다. 나는 그 새가 전에 외국인을 본 적이 없어서 그렇다고 생각했다.

오롤로바이가 독수리를 부드럽게 위로 올려 자신의 팔에 앉힐 때도, 독수리는 한시도 내게서 눈을 떼지 않았다. 나는 아무렇지도 않으려 노력했다. 멀리 다른 곳을 쳐다보았다. 아마도 그 독수리는 누구라도 자신을 쳐다보는 것을 좋아하지 않는 것 같았다. 나는 약간 먼 언덕을 응시하다가 번뜩, 생각이 들어 내 부츠를 살펴보았다. 순간 내가 양가죽으로 된 조끼를 입고 있다는 사실을 깨달았다. 나는 다시 위를 쳐다보았다. 독수리는 여전히 나를 노려보고 있었다. 독수리 머리가 약간 움직였다. 독수리가 나를 길 잃은 새끼 양으로 착각하고 있다는 생각이 문득 들었다.

독수리가 날개를 폈다. 날개 길이는 약 180cm가 넘었다. 심지어 오롤로바이조차도 겁을 먹었다. 나는 아주 천천히 재킷을 벗은 다음 한쪽에 내려놓았다. 눈 깜짝할 사이에 독수리가 내 쪽으로 돌진했다. 오롤로바이가 앞으로 흔들거리며 간신히 중심을 잡았다. 순간 독수리가 내 재킷을 낚아챘다. 발톱을 양털 속에 집어넣으며, 무시무시한 부리로 그것을 쪼아댔다.

"그 재킷을 좋아하는 것 같네."

오롤로바이가 헐떡거리며, 커다란 독수리를 멀리 내쫓으려고 애를 썼다.

저녁 식사를 한 후, 우리는 텔레비전 시청에 초대받았다. 이웃들과 가족이 게르 안에 옹기종기 모여들어, 기대에 부푼 채 텔레비전 주변에 반원을 그리며 둥글게 앉았다. 오롤로바이는 자가 발전기를 가지고 있었고, 그가 뒤쪽에서 시동을 걸었다. 푸른색 스크린이 희미하게 켜졌다. 그것은 울란바토르에서의 버라이어티쇼였다. 비록 수신 상태는 캄캄한 달에서 모리스 춤(오래된 영국의 남자 가장 무도의 일종으로, 주로 노동절May Day 행사에서 춘다.– 옮긴이주)을 추는 것으로 착각할 정도였지만 말이다. 앞이 안 보이는 눈보라 속에서 세 명, 아니 어쩌면 여섯 명이 몽골의 전통적인 노래를 부르고 있었다. 오롤로바이는 수신 상태에 흥분했다. 몇 주 만에 최고라고 했다.

다행스럽게도 그리 오래가지 못했다. 몇 분 후, 희미한 모습들이 눈보라 속으로 사라지고, 스크린이 검게 변했다. 텐트 밖에서 우리는 발전기가 멎어 가는 소리를 들을 수 있었다. 누군가가 석유 채우는 걸 잊었다고 했다.

그 후에 볼드와 나는 시내의 강둑에 누워 별자리가 서쪽으로 넘어가는 모습을 지켜봤다. 별들은 손에 잡힐 듯 가까이 있는 것 같았다. 이 세상에서 그 어느 곳도 외몽골만큼 별들의 수신 상태가 완벽하지는 않았다.

7장
나담축제의 레슬러들

다른 마땅한 도시들이 없었기에 부득이 호브드가 문명을 대표하든지, 아니면 적어도 뜨거운 물, 시원한 맥주와 포근한 침대가 만족스러운 문명 지역을 대표해야 했다. 나흘 간 말을 타고 달린 후에 비로소 도시가 평야를 가로질러 어른거리며 나지막한 돌투성이 산마루 끝에서 나타났다. 멀리 창문에 반사된 햇빛이 춤을 추었다. 예루살렘도 이보다 더 빛나지는 않았으리라.

나는 브라운 노즈가 어서 기운을 차리고 이 풍경을 향해 달려 나가길 바랐다. 그러나 말들은 이미 기운이 빠졌다. 브라운 노즈도 너무 지쳐 코를 엉덩이에 킁킁거리기조차 못했다. 뜨거운 평야를 가로지르는 여행은 끝이 없을 듯 했다. 눈에 띄는 것이라곤 텅 빈 군 기지뿐이었다. 그곳에는 칭기즈 칸의 후계자들이 현대식 전쟁을 대비했던, 마지노선을 생각나게 하는 낮은 참호가 파져 있었다.

처음 말을 타고 몽골 마을들을 횡단하겠다는 생각을 한 이래, 무수히 많은 서부영화 속의 장면을 모방하는 것이 내 환상이 되었다. 먼지를 뒤집어 쓴 이방인 셋이 큰 도로를 말을 타고 달려와, 술집 밖에 말을 잡아맨다. 한편 마을 사람들은 불안한 듯 우리를 바라본다.

하지만 실제로 마을에 들어서면서 나는 게리 쿠퍼와 같은 기분이 조금도 들지 않았다.

처음 호브드에 도착해 우리들이 느낀 감정은 실망이었다.

게르가 자리 잡고 있는 강가 초원 마을로 들어서는 다리를 건너기 전에, 가이드는 한차례 반란을 연출했다. 여행이 생각보다 힘들다고 일주일분의 수당을 더 달라고 요구했지만 거절당하자 가이드는 화가 나 말을 마을까지 데려다 주지 않았던 것이다. 그는 그렇게 우리에게 복수를 했다. 그는 정해진 돈을 챙기고서, 우리 안장과 짐을 내려놓은 다음 말들을 데리고 강을 따라 자기 친척들이 사는 게르를 향해 떠나가 버렸다. 지나가는 지프를 잡아타고 마을로 들어가도록 우리를 길거리에 남겨 둔 채 말이다. 지프는 호브드 외곽에 있는 하나뿐인 호텔에 우리를 경망스럽게 내려 주었다. 그것은 분명 게리쿠퍼의 순간은 아니었다.

시 광장으로 통하는 높은 포장용 돌이 깔린 넓은 공터에, 20세기 초의 게릴라였던 말을 탄 고독한 영웅 '알단야빈 아유쉬' Aldanjavyn Ayush, 1859–1939의 동상이 중국의 억압에 대항해 팔을 들고 있었다. 슬프게도 그 팔 동작은 팔꿈치에서 멈춰 있었다. 나머지 팔은 보이지 않았다. 직무유기의 참사가 호브드의 모든 구조물에 침투해 있었다. 시청의 부서진 창문은 빨래로 장식되어 있었고, 은행은 햇살을 보려 금융을 방치하고 있었다. 호텔엔 더운물도 차가운 맥주도 없었다. 문명은 한낱 환상일 뿐이었다.

호브드의 도로에서 중산층은 선글라스와 우산으로 분간할 수 있었다. 교통은 한산했다. 말을 타고 다니는 사람이 더러 있었고, 가끔씩 지프가 지나가기도 했다. 첫날 오후, 추측컨대 술에 취한, 어쩌면 죽었을지도 모르는, 남자 둘을 뒤에 태운 나귀 수레가 목적도 없이 마을을 돌아다니고 있었다.

기울어가는 러시아 건물의 앞쪽 공간을 차지하고 있는 작은 가게들은 그것이 가게라는 사실을 알릴, 밖으로 드러난 표시가 아무것도 없었다. 무언가를 파는 가게를 찾으려면 길로 나 있는 육중한 문을 열어야 한다. 문을 열면 양초, 차 봉지, 비누, 라트비아 산産 과자, 러시아 산産 부츠, 중국 산産 브래지어 같은 상품들이 어지럽게 놓여 있고, 고무장화를 신은 우울한 얼굴의 가게 주인이 임시로 만든 카운터에 앉아 있는 게 보인다. 혹시 실수로 문을 잘못 열었다간 스프를 먹고 있는 한 가족과 부딪히게 될지도 모른다.

하지만 바얀올지를 지나 도착한 이곳 호브드는 마치 해프닝 장소처럼 보였다. 그래서 나는 한차례 문화 활동에 몰두했다. 첫째 날 아침에는 박물관을 보러 갔다. 박물관은 옆 골목에 있는 낡은 러시아 별장이었다. 티켓 판매원은 로비 창가에서 잠을 자고 있었다. 잠을 깨우자, 그가 어깨를 으쓱하며 머리를 흔들더니 내 손을 잡고 그곳의 문제점을 보여 주었다. 평상시처럼 전기가 나갔다는 것이다. 손을 맞잡고 우리는 창문도 없는 캄캄한 과거의 방들을 들여다보다 어쩔 수 없이 가망이 없다는 결론을 내리고 말았다.

나는 단념하지 않고 극장으로 갔다. 극장의 분홍색 신고전주의 외관은 호브드에서 유일하게 멋진 매력을 지니고 있었다. 커다란 출입문에는 코린트양식의 기둥이 나란히 세워져 있었는데, 건물은 호브드의 부자연스러운 전통을 다소 왜소해 보이게 했다. 배우가 되는 것은 일반적으로 유목생활이 아니었다. 그러나 예술과 문화를 위한 시설은, 의료보호와 대학 교육처럼 화려한 신세계를 위한 사회주의의 청사진이었다. 신세계는 약 80년 전에 성실한 젊은 볼셰비키들과 함께 러시아에서 찾아왔다. 그리고 모든 아이막센터에는 국립 순회공연단의 연례방문을 개최하기 위한 극장이 갖추어졌다.

컴컴한 창문을 통해 들여다보니, 1980년대 말 러시아 보조금이 고갈되며 관객들이 사라졌다는 것을 알 수 있었다. 그 곳은 버려진 듯 했다. 화분에 담긴 제라늄은 창틀 위에 아무렇게 자라 있고, 아치형 천정의 현관에는 먼지가 수북이 쌓여 있었다. 좀 더 어두운 쪽으로 향하는 계단에는 카펫도 벗겨져 있었다. 휴대품 보관소, 목동들의 모피모자와 말채찍을 위해 마련해 두었을 고리에는 거미줄만 무성했다.

건물 뒤쪽을 둘러보다 무대로 들어가는 문이 열려 있는 것을 발견했다. 안에는 금도금된 커다란 거울이 놓인 로비가 있었는데, 그곳에서 왕년의 배우들은 진짜세상을 향한 자신들의 입장入場에 감탄했으리라. 그때 어디선가 피아노 소리가 나더니 얼마 있지 않아 그쳤다. 이어 발자국 소리가 들려왔다. 잠시 후, 나이든 유령이 마대걸레를 들고 나타났다. 그는 로비에 서 있는 외국인을 발견하고는 잠깐 주춤했다.

그 관리인은 앨버트 아인슈타인의 보헤미안 형제였을지도 모르겠다. 그는 제멋대로 헝클어진 머리와 더부룩한 눈썹에, 카디건을 입고 철태의 안경을 쓴, 약간 놀라기는 했지만 지적인 얼굴의 노인이었다. 놀란 정신을 추스르더니 그가 반갑게 손을 들었다. 그리고 이렇게 말했다.

"이리 오시오. 구경시켜 드리리다."

아인슈타인은 혼자서 모든 것을 다하는 전천후 일인 극단이었다. 그는 일련의 정열적이고 생기 넘치는 공연을, 그 극단의 모든 역할을 다했다. 분장실의 금이 간 유리 앞에서 배우의 분장을 흉내 내더니, 제흡 순회공연단이 버리고 간 낡은 벨벳 화장가운을 입었다. 침침한 무대 뒤, 허물어질 것 같은 무대장치 사이에서 그가 내게 플라이 로프 사용법을 보여 주었다. 그는 육중한 무대담당자의 역할과 하늘에서 땅으로 내려오는 댄서의 두 가지 역할을 상당히 성공적으로 해냈다.

앞쪽 로비로 돌아가더니 그가 내게 가짜 티켓을 팔았다. 프로그램 대신 벽을 따라 전시되어 있는 액자 속 옛 작품의 흑백 사진을 보여 주었다. 응접실 장면이 연속적으로 붙어 있었는데, 배우들은 몽골인이었지만 연극에서는 러시아인으로 나왔다. 내가 그중 하나를 가리키며 「세 자매」(안톤 체홉의 대표작 중 하나. – 옮긴이주)의 한 장면이 아니냐고 하자 아인슈타인이 반가워했다. 그가 좋아서 고개를 끄덕이며 말했다.

"가득 찼어, 가득 찼지, 세 자매, 세 자매."

그가 다시 내민 사진은 안드레이가 교양 없고 무식한 소작농민들 사이에서 시골생활에 대한 자신의 실망을 토로하는 장면인 것 같았다. 모스크바에서 몇 시간 걸리는 기차여행을 통해 도착할 수 있는 이곳 외진 외몽골 변두리, 도시를 겨우 본뜬 이곳에 사는 남자의 이 불평불만은 시시한 멜로드라마처럼 보였다. 아인슈타인이 팔꿈치로 내 옆구리를 살짝 찔렀다. 그의 눈썹이 짓궂게 움직였다. 나는 다시 사진 속의 안드레이를 바라보았다. 그것은 40년 전의 그 관리인이었다.

그러고 나서, 그는 나를 관객석 쪽으로 이끌었다. 먼지와 낡은 벨벳 냄새가 났다. 관리인이 내 손을 잡고 통로로 내려갈 때, 나는 오래된 샹들리에와 거대한 난방기가 있는 벽을 흘끗 둘러보았다. 그가 맨 앞 줄 좌석에 나를 앉히더니, 절뚝거리며 무대 위로 올라가 그 곳에서 4막에서의 안드레이의 독백을 재연했다. 학생 때 나도 안드레이를 한 적이 있기에 그 장면을 잘 알았다. 세상의 불공평으로 좌절한 열여섯 살 소년이, 분노하며 자신을 이해하는 사람이 아무도 없다고 토로하는 멋진 부분이었다.

나도 무대 위로 올라갔다. 우리는 두 개의 언어로 빈 좌석을 향해 멋지게 감정을 표현했다. 그러고 나서 웃음을 터뜨리고 악수를 나누었다.

러시아가 우리를 한데 묶어 주었다.

마을 끝, 유일한 마을의 포장도로가 대초원으로 침몰하기 시작하는 마을의 끝에서, 나는 우연히 낡고 희미한 흔적을 하나 발견했다. 그것은 2세기 전에 몽골을 다스렸던 중국 식민지 중 하나인, 만주시의 성벽으로 둘러싸인 울타리였다. 중국과 몽골은 한 번도 사이좋게 지낸 적이 없었다.

"우리는 중국을 증오해요."

볼드는 오래된 반감을 건드릴 때마다 그렇게 말하곤 했다.

"앙숙이에요. 그리고 중국도 우리를 증오하죠."

그들의 관계에 딱 맞는 상징이 바로 만리장성이다. 난폭한 몽골을 궁지에 몰아넣기 위한 장대하지만 불행한 중국의 시도 말이다. 중국인들에게 몽골인들은 야만스럽고, 시끄럽고, 혼돈스러우며, 비이성적인 돌출행동을 하는 지옥에서 온 이웃이다. 몽골인들에게 중국인들은 의심이 많고, 겉과 속이 다르고, 엄청나게 인구가 많다. 그들의 서로에 대한 멸시는 정착민과 유목민 사이의 개성차이를 보여 준다. 오늘날조차도, 동질적인 혼합의 모습을 보여 주는 현 세대에도, 울란바토르와 베이징 간 90분의 비행은 현대 여행의 커다란 문화적 충격을 보여 준다. 불행하게도 이렇게 가까이 붙어 있는 두 이웃 중에서, 중국과 몽골보다 더한 차이를 보여 주는 두 도시, 두 나라, 두 민족은 그 어디에도 존재하지 않는다.

역사가 기록되기 시작한 이래 중앙아시아로부터 온 유목민의 침입에 의해 줄곧 괴롭힘을 당한 중국은 몽골을 견뎌 내야만 할 홍수나 기아와 같은 자연재해, 신의 분노쯤으로 보는 경향이 있다. 견뎌 내야 할 신의 노여움 같은 것 말이다. 몽골인들은 안장 가방에 쌀과 도자기를 가득 채워 결국 고향으로 돌아갔다. 그러나 그러한 유목민의 침입의 클라이맥스인 13세기 칭기즈 칸의 중국 정복은 새로운 공포를 가져다주었다. 제국이라는 개념이 몽골인의 의식에 스며든 것이다. 야만인들은 드디어 한 곳에 머물러 세상에서 가장 오래되고 세련된 문명을 지배해야겠다고 마음먹었다.

죽은 자들은 세금을 내지 않는다며 몽골인들을 설득했던 그 고문관이 또 한 번 오래된 중국속담을 예로 들어 몽골인들을 간신히 설득했다. 말을 타고 제국을 정복할 수는 있으나 안장에 앉아 제국을 다스릴 수는 없다고.

칭기즈 칸의 손자, 쿠빌라이 칸이 스스로 중국황제가 되어 중국을 지배했다. 윌리엄 수사가 카라코룸에 도착했을 때, 그는 쿠빌라이의 형제인 몽케 칸으로부터 호화로운 텐트에서 대접을 받았다. 그리고 20년 후, 마르코 폴로는 중국에서 쿠빌라이가 자금성의 모체인 중국의 한 궁궐에 앉아 있는 것을 보았다. 물론 몽골의 전통주의자들은 그를 결코 용서하지 않았지만, 쿠빌라이가 세운 왕조, 원나라는 거의 100년 동안 중국을 통치했다.

쿠빌라이가 중국의 도시문화와 농경문화를 받아들임으로써 유목문화의 종말이 시작되었다. 그 이후 수세기에 걸쳐 세력균형은 정주定住 사회 쪽으로 기울게 되었다. 유럽의 기술적 진보에 자극을 받아, 그들은 더 이상 자신들의 지구력과 기마술이라는 오래된 장점을 활용해 유목민을 강탈하지 않았다. 일시적으로 유목민의 침입이 중국 국경지역에서 계속 문제를 일으켰지만, 그들의 힘은 이미 기울고 있었다. 15세기에 오이라트Oirat 몽골족(오이라트는 몽골 서부에 있던 몽골계 부족으로, 몽골제국이 동서로 분열된 이후인 15세기 전반에 독립 국가를 형성함으로써 역사에 등장하였다. 16세기 후반기에 오이라트 중 대부분은 중국의 침략을 피해 현재 중국의 신장지역에 해당하는 중가리아를 떠나 러시아로 향한다. 그들은 16세기가 끝날 무렵 코카서스 산맥 북쪽 볼가 강과 돈 강 유역의 대초원 지역에 정착하여 칼미크 왕국을 건설한다.- 옮긴이주)이 명나라 황제를 포로로 잡게 되었을 때, 권력에 대한 통제력이 아닌 몸값에 만족했던 것이 혼란의 전조가 되었다. 이제 중국이 몽골을 지배할 차례가 되었다.

중국인들은 17세기에 처음으로 몽골에 도착했다. 명분은 할하Khalkh 몽골족이 오이라트 몽골족의 전진을 저지하는 전쟁에 도움을 요청했기에 온 것이었다. 중국이 당시 유럽의 상인들로부터 구한 머스킷총과 대포가 승패의 결정적 요인이 되었다. 몽골은 그들의 새 파트너가 원조에 대한 대가로 요구한 종속을 당연하게 받아들였다. 몽골은 '만주 차이나'의 한 속주가 되었고, 점차 중화제국으로 흡수되어 갔다. 중국 내부에서 공화제를 지지하는 압력이 일게 되었던 1911년이 되어서야 비로소 몽골 사람들은 그들의 독립을 다시 주장할 수 있었다.

호브드의 끝자락에 있는 오래된 중국인 거주지인 상진 하렘Sangiin Herem에는 비바람에 풍화된 도시의 성곽만 남아 있다. 그것은 중국인들이 만주에서 광조우까지 모든 도시에 지어 놓은 정사각형의 동일한 구조물이다. 건물들은 사라지고 지금은 호브드의 거주자들이 중국인들이 떠나간 비옥한 토양을 야채를 심어 먹는 텃밭으로 이용한다. 이러한 시민 농장은 이곳에 중국인이 존재했다는 유일한 흔적일지도 모른다. 아무리 몽골정부가 야채를 많이 재배해 먹으라고 장려한다고 할지라도, 이것은 고된 투쟁이다. 양배추 밭에 허리를 구부리고 있는 호브드의 농부들에게 중국인의 피가 흐르고 있을까 궁금했다.

폐허는 사색에 빠지게 하는 장소였다. 할 일 없는 오후에 내 몸은 저

절로 그곳을 향했다. 그 낡은 성곽 위에서 나는 거리의 희미한 흔적을 내려다보았다. 거리는 그 지역의 중심을 향해 일렬로 늘어서 있었다. 나는 주홍색 문이 달린 종탑들, 하늘을 향해 처마가 치켜 올라간 사원들, 안마당이 있는 집들과 격자무늬 문과 돌멩이가 있는 정원을 마음속으로 그려보았다. 그건 이 황무지에 중국 스타일로 세워 놓은 울타리였다. 나는 이곳 중국 사람들이 자신들에게 익숙한 의식에 매달리는 것을 상상했다. 영국의 식민지 주민들처럼 그들의 행동양식은 이국땅에서 다소 과장되었다. 나는 중국 사람들이 끊임없이 마작을 두는 것을 보았다. 또한 그들은 배추와 국수그릇에 코를 처박고, 정원의 빈 공간을 진달래로 채우고, 선향과 만두 도시락을 들고 조상의 무덤을 향해 행진했다.

한편, 도시 외곽은 몽골의 텅 빈 광활함을 위해 마련되어 있었다. 그곳에는 성벽도 없고 식물을 경작하지도 않고, 조상을 돌보는 이도 없고, 정착생활을 하지도 않는다. 아마도 중국인들은 말 탄 사람들이 거친 풍경을 지나 달리는 것을 성곽 너머로 바라보며 자신의 불안을 철학적 명상에 묻어 두고, 음과 양이라는 삶의 양극성을 생각했는지도 모르겠다.

내가 상진 하렘의 버려진 폐허를 그렇게도 간절히 찾은 이유는 아마도 이곳에서 내 자신의 마음의 동요를 알았기 때문일 것이다. 아무리 내가 이동移動에 대한 나 자신의 억누를 수 없는 커다란 욕망을 마음껏 즐긴다 할지라도, 이처럼 산산이 부서진 성곽이 덧없는 세상 속에서 얼마나 영원을 갈망했는지 이해할 수 있었다. 나 또한 내가 사랑하는 것을 영원히 갖고 싶었다.

호브드에서 나는 내 치과 전문지식을 모두 다 동원해야 했다. 내 소지품 중에 치과용 구급용품이 있었는데, 나는 너그럽지만 다소 바보스런 아량으로 치통 때문에 엄청나게 고생하는 호텔 종업원의 이를 봐 주겠다고 했다. 촐롬 부인은 약속시간보다 일찍 도착해 속옷을 입고 있는 나와 어쩔 수 없이 마주쳤다. 몽골 사람들은 절대 노크를 하지 않는다. 게르의 문을 두드리는 것은 무례하다고 생각한다. 그러나 내 전문적인 능력에 대한 믿음은 팬티바람에 담배를 피우고 있는 나의 모습을 보고도 줄어들지 않았다.

나는 환자를 창문가 의자로 데리고 갔고, 볼드는 촐롬 부인의 시커먼 동굴 같은 입 속으로 손전등을 비추며 간호사 역할을 했다. 나는 작은 치과용 거울로 작업을 해야 했다. 하나씩 하나씩 썩은 게 있나 살펴보았다. 어떤게 썩은 것인지 알 수가 없었다. 아니, 찾아도 어떻게 해야 할지 알지 못했다. 그러나 확신을 갖고 전문적인 체 했다. 다행스럽게도 촐롬 부인의 문제는 구별하기 쉬었다. 충치에 박아 두었던 납땜이 떨어져 나갔던 것이었다.

"촐롬 부인, 오랫동안 아팠어요?"

나는 일류 치과의사처럼 물었다.

"아가가각 ."

촐롬 부인이 말했다.

"뭐라고 그러는 거예요, 볼드?"

"모르겠는데요. 입에서 손 좀 떼 봐요."

볼드가 촐롬 부인에게 말했다.

촐롬 부인이 입에서 손을 떼자 나는 이제 어떤 식으로든 치료를 해야 한다고 생각했다. 내가 할 수 있는 유일한 치과 치료는 떨어져 나간 납땜에 대한 것이었다. 나는 치과용 도구에 딸려 있는 작은 설명서를 창턱에 펼쳐 놓고, 설명대로 구멍을 씻은 다음 소독을 했다. 호브드의 열악한 가게에는 보드카가 유일한 소독약이었지만 촐롬 부인은 신경 쓰는 것 같지 않았다.

"뱉고 싶어요?"

내가 물었다.

촐롬 부인은 나를 이상한 듯 바라보더니 보드카를 꿀꺽 삼켜 버렸다.

나는 정원용 소형 괭이처럼 생긴 고약한 냄새가 나는 땜질 도구로 이상하게 생긴 분홍색 연고 형태의 임시 보형물을 이빨의 구멍 속으로 끼어 넣었다. 그런 다음 주변을 클로브 젤로 문질렀다.

"입을 헹구고 싶으면요, 촐롬 부인!"

내가 다시 한 번 설명서를 확인하는 동안 볼드가 그녀에게 보드카 병을 건넸다.

"자, 이제."

나는 완고한 의사처럼 말했다.

"24시간 동안 딱딱한 것을 먹지 마세요. 적어도 다섯 시간동안은 아무것도 먹으면 안돼요. 그러고 나서 반대쪽 이로 부드러운 것만 드세요. 그리고 말이죠. 이건 단지 임시방편이에요. 가능하면 빨리 진짜 의사한테 가서 영구적인 것으로 바꿔야 해요. 알겠어요?"

촐롬 부인은 보드카를 한 모금 더 마시고 고개를 끄덕였다.

"이제 충분히 소독한 것 같은데요."

나는 그녀의 꽉 움켜진 손아귀에서 보드카 병을 빼내며 말했다.

"만일 다른 문제가 생기면 얘기하세요."

그녀가 가고 나서 볼드는 내게 호브드엔 치과 의사가 없다고 알려 주었다. 울란바토르로 가지 않는 한 더 이상 치료를 받을 수가 없었다. 시골에서의 치과치료란 일반적으로 썩은 이를 집게로 뽑는 것이다. 그리고 보드카는 소독약이면서 마취제였다.

야만적인 이전 치료법의 대안으로서 내 시술법이 곧 마을의 이야깃거리가 되었다. 특히 보드카 없이 지낼 수 없는 환자들에게도 이 소식이 전해졌다. 다음날 아침 아래층으로 내려오자 호텔 로비에는 나를 기다리며 오래된 몽골잡지를 읽고 있는 다섯 명의 환자가 있었다. 업무 과다로 인해 나는 일찍 은퇴할 수밖에 없었다. 나는 호브드 시민들이 내 임시 보형물로 일시적인 땜질을 하는 것보다는 충치가 생겼을 때 빨리 이 빨을 빼 버리는 것이 아마도 더 나을 것 같다는 결론을 내렸다. 또한 촐롬 부인이 썩은 치아 뿌리 치료를 해달라고 다시 찾아오기 전에 치과 문을 닫는 것이 좋을 듯 했다. 게다가 보드카 살 돈도 걱정이 되었다.

몽골은 단지 커다란 나라인 체 하고 있을 뿐이다. 내게는 몽골이 아주 좁은 시골 마을처럼 느껴질 때가 꽤 있었다. 마을 사람들은 자질구레한 이야기, 친척관계, 심지어 그 넓은 거리를 가로질러 남의 집 숟가락 숫자도 알고 있었다. 가장 멀리 떨어진 아이막에서도 누군가를 만날 기회는 대단히 높다. 호브드 거리에서 볼드는 갠볼드를 우연히 마주쳤다. 그들은 20년 전 울란바토르의 교육대학에서 함께 공부했었다.

갠볼드는 호브드에 있는 중학교의 역사 교사였다. 호브드 중학교의 통학범위는 스코틀랜드 크기만 하다. 둥글넓적한 얼굴을 한 그는, 앙다문 이에 툭 튀어나온 눈동자로 그리 밝지 않은 웃음을 지었다. 그는 친절하고 유순하며 유쾌했는데, 성격은 새로이 쓴 몽골 역사 수업과정에 쉽게 적응할 수 있을 것 같았다. 20년간 열네 살 먹은 아이들에게 공산주의 혁명의 영광에 대해 가르쳐 왔기에 그의 대화는 부자연스럽고 진부하게 들렸다. 갠볼드는 빤한 것들의 전문가였다. 남들 다 아는 얘기를 떠드는 걸 무척 즐거워했다.

게다가 그는 무척 열정적인 사람이었다. 이 무기력한 마을에서 놀랄 만한 속도와 열정으로 우리 여행의 대의명분을 거론했다. 막 여름이 시작되려는 때여서 그는 어머니를 뵈러 시골로 가는 중이었다. 그가 우리를 위해 말을 구해 줄 수 있다고 했다. 또한 자신이 알타이 산맥을 가로지르는 남동쪽 코스의 가이드가 돼 주겠노라고 했다. 우리는 호텔 방바닥에 지도를 펼쳐 놓고 코스와 거리를 계산했다. 그가 이 지역을 잘 안다고 했다.

그는 몽크 카르한Monkh Khairkhan 근처에서 가족과 야영 중인 자기 학생의 게르까지 우리를 데려다 줄 수 있었다. 그러면 그 학생은 거기에서 다음 여행지인 모스트Most로 우리를 데려다 줄 것이다.

나는 얼른 떠나고 싶었다. 호브드의 명성에 대한 호기심은 모두 다 사라졌다.

"나담축제Naadam(몽골어의 나담을 우리말로 옮기면 '놀이' 라는 뜻이다. 즉, 즐겁게 논다는 뜻으로, '나다흐' 가 그 어원이다.－옮긴이주) 후에,"

갠볼드가 말했다.

"나담축제 후에 삶이 다시 시작하죠."

일 년에 한 번씩 열리는 나담축제의 기원은 쿠릴타이에 있다. 쿠릴타이는 족장들의 대규모 모임으로 중세 몽골시대의 사회적 행사였다. 칭기즈 칸의 시대에는 부족민들이 리더십과 방목의 문제, 전쟁과 평화, 누가 가장 빠른 말을 가지고 있는가? 와 같은 논쟁거리들을 해결하기 위해 대륙의 먼 오지에서 모여들었다.

1242년, 몽골인들이 비엔나 교외에서 갑자기 사라진 이유도 바로, 그 시대의 가장 대대적인 쿠릴타이 때문이며, 유럽은 그 덕분에 살아남은 것이다. 오고타이의 사망 소식을 들은, 족장들은 아시아의 먼 길을 말을 타고 달리며, 고향으로 돌아가 자신들이 계승繼承 경주에서 승리자가 될 수 있을지 확인하고 싶어 했다. 평범한 부족 사람들은 단지 그 경마의 장관을 보고 흥분했다. 참석해야 할 경마 경주가 있는데 누가 그리스도교의 도시를 약탈하며 시간을 보내고 싶어 했겠는가!

오늘날의 나담축제에는 정치적인 요인이 대부분 빠져 있다. 때문에 몽골 사람들은 스포츠와 사회적 모임 같은 좀더 덜 중요한 이슈에 관심을 집중하고 있다. 울란바토르의 대大나담축제는 윔블던대회, 영국축구 결승전, 집시축제, 그리고 토요일 밤의 뉴캐슬(잉글랜드 북동부 지역의 수도.- 옮긴이주)을 섞어 놓은 것 같다. 전국의 아이막센터 주변지역에 세워진 작은 스타디움에서 지방 나담축제를 연다. 나담축제는 경마, 레슬링, 양궁, 술 마시기, 이 네 가지 국가적 스포츠를 표현하는 몽골문화 축제 행사이다.

중국에는 이런 속담이 있다.

"몽골의 파티 때는 모든 아시아의 나라가 문을 닫는다."

호브드의 스타디움은 포쓰 디비전 축구클럽의 홈구장과 비슷했다. 그곳 관리인이 몇 년 전 사망해, 오픈 스탠드와 두 개의 작은 기둥 사이에 있는 축구장에는 야생화가 무성하게 자라 있었다. 붉은 깃발이 날리고 있는 축구장 한 가운데에는 끝에 야크의 꼬리가 달려 있는 깃대 아홉 개가 있었다. 이것은 칭기즈 칸의 관례였다. 꼬리는 모두 흰색인데, 흰색은 평화를 의미하고, 검정색은 전쟁을 의미했다.

군중들은 제일 좋은 실크와 벨벳 델을 입고 모자를 쓴 채 어슬렁거리며 돌아다녔다. 모두들 기분이 좋았다. 남자와 여자 할 것 없이 모두 멋진 중절모를 좋아하며, 신분이 높은 몇몇 사람들은 중산모를 썼다. 나담 축제는 메달을 따기에 정말 좋은 기회였다. 과거 공산주의자들은 오랫동안 고생한 목동들을 기쁘게 해주기 위해 메달을 마음껏 베풀었었다. 그 결과 메달의 공급과잉이 있었다. 한 때 커다란 영광이었던 메달은 곧 가치가 떨어졌고, 새로운 메달이 다시 만들어졌다. 홍기 훈장, 몽골혁명당의 국민적 영웅인 수크바투르Sukhbatur 훈장, 북극성 메달훈장, 5차 5개년 계획의 최고 근로자상이 있었다.

남자들은 용기와 애국 헌신의 대가로 메달을, 여자들은 아이들을 낳은 대가로 메달을 받는다. 한 늙은 여인이 자랑스럽게 내게 '영광스런 어머니훈장, 1등급' 인 모성애 빅토리아 훈장을 보여 주었다. 터질 것 같은 가슴에 핀으로 훈장을 꽂았는데, 그것은 그녀가 열 명 이상의 아이를 낳았다는 사실을 기념하는 것이었다.

지역 유지들의 연설이 확성기에서 시끄럽게 흘러나오고 있었다. 듣는 사람이 아무도 없는 것 같았다. 심지어 밴드조차도 연설을 듣지 않아서, 시민의 의무에 관한 시장의 끝맺는 말 도중에 연주를 시작했다. 제시 노먼이 부러워했을 법한 목소리의 한 가수가 밴드와 합류하자, 시장은 사열대로 물러났다. 몽골의 정치인들, 그러니까 보통은 다소 수상쩍게도 민주주의자로서의 새로운 경력을 날조한 전前공산주의자들은 민주주의의 가장 기초적인 구성요소인 '정치인을 무시할 수 있는 권리' 에 친숙해지기 위해 안간힘을 쓰고 있다. 정치인들은 보울러 모자를 눌러쓰고 일렬로 앉아, 좋았던 왕년을 중얼거리면서 우울하게 앉아 있었다.

매, 코끼리, 사자, 거인, 작년 우승자 순서대로 레슬러들이 자신의 등급에 따라 소개되자 관중사이에 흥분이 밀려왔다. 대부분의 참가자들은 아침식사로 야크 반 마리를 먹을 것 같은 거구의 스모선수처럼 생겼다. 대식가들 사이에 당연히 긴장할 수밖에 없는 호리호리한 남자들이 끼어 있었다.

레슬러의 복장은 꼭 댄스단원을 위해 고안된 옷처럼 보였다. 구두코가 높이 올라간 부츠, 끝이 뾰족한 모자, 번쩍번쩍 빛나는 짧은 상의, 예쁘게 수를 놓은 삼각팬티. 한 명씩 한 명씩 거구들이 한 가운데로 걸어 들어왔다. 거기서 천천히 팔을 들었다 내렸다, 칭기즈 칸의 깃발 앞에서 절을 하며 독수리처럼 춤을 추었다. 선수들은 모두 조수를 데리고 왔는데 일반적으로 나이가 든 사람들이었다. 그들이 하는 일이라고는 경기를 하는 내내, 레슬러의 모자를 들어 주는 것뿐이었다. 몽골에서 모자는 남자의 위엄을 나타낸다. 레슬러들이 서로의 몸을 땅바닥으로 던지려 싸우는 동안 모자를 밟거나 밟히고 싶어 하는 사람은 없었다.

내 옆에 앉아 있는 한 늙은 남자에게 저렇게 이상한 재킷을 입는 이유가 무엇이냐고 물어 보았다. 재킷의 소매는 길지만 앞이 트여 있어 벌거벗은 가슴을 그대로 드러내고 있었다.

"여자들은 못하게 하려고."

노인이 중얼거렸다. 외몽골에서 여자 레슬러들은 공포의 대상이다. 몽골항공의 여승무원들을 상대해 본 사람이라면 누구라도 그 이유를 알 것이다. 해마다 열리는 몽골의 레슬링에는 남자로 가장하고 레슬링 경연장에 들어와 헤비급 선수들을 모두 쓰러뜨린 보통이 넘는 여장부에 관한 이야기들로 가득 차 있다. 마르코 폴로는 그녀 자신을 넘어뜨리는 남자하고만 결혼하겠다고 선포한 몽골의 한 공주에 대한 이야기를 서술한 적이 있다. 근육질의 구혼자들이 줄을 섰음에도 불구하고 몽골의 공주는 끝내 노처녀로 남았다. 재킷의 앞을 트여 놓은 것은 매우 사려 깊은 심판이 여자를 분리시키고, 여자들이 다치기 전에 경기에서 쫓아내려 고안한 것이었다.

레슬링이 시작되자 날씬한 레슬러들은 곧 큰 덩치들의 몸 풀기 상대가 되었다. 처음 시합은 큰 덩치들이 작은 덩치를 쿵쿵 시원스레 집어 던지는 액션들로 가득 찼다. 그러나 작은 덩치들이 토너먼트 리그전에서 제거되자, 시합은 점점 더 긴장되어 갔고, 경쟁은 치열해졌다. 움직임이 멎어 버린 불도저처럼 한데 엉켜서 덩치들은 꿈쩍도 하지 않고 15라운드를 버텼다. 유일한 움직임은 라운드와 라운드 사이에 나타나는데, 그 때 조수가 레슬러의 삼각팬티를 펴 주고 엉덩이를 두드린다. 그런데 끝은 맥 빠지게 승부가 났다. 잠깐 동안 밀고 당기더니 큰 덩치 중 하나가 어처구니없이 바닥으로 쓰러졌다.

경마는 좀 더 재미있었다. 그 다음 날 아침 우리는 빌린 지프를 타고 나무도 없는 텅 빈 초원을 덜컹거리며, 엄청난 군중들이 모여 있는 외딴 결승지점으로 나아갔다. 호브드에서 열리는 나담 경기의 경마 시합은 약 20마일로, 마라톤 거리보다 더 멀리 들판을 횡단하며 달린다. 사람들은 모자를 쓰고 어슬렁거리며 서로서로 정중하게 인사를 나눈다. 많은 남자들이 모자 띠에 '우유를 먹어야 힘이 난다'는 매혹적인 문장이 적혀 있는 똑같은 지푸라기로 된 중절모를 쓰고 도착했다.

멀리 먼지 구름 속에서 세 살짜리 참가자의 모습이 나타났다. 군중은 경찰 세 명이 서 있는 결승선 앞으로 자꾸 밀려나왔다. 술에 취해 사나워진 경찰은 사람들에게 뒤로 물러나라며 돌멩이를 던졌다. 나는 돌멩이를 피해 중앙으로 나아갔다. 그곳에는 행사 진행요원들이 한 줄로 쪼그리고 앉아 있었다. 진행요원은 노인들이었는데, 쌍안경을 들여다보고 있었다. 먼지 속에서 말이 보이기 시작하자, 우두머리 행사 진행요원이 커다란 붉은 깃발을 흔들며 앞으로 뛰어나와 기수들에게 결승선을 알려 주었다. 점점 더 커지는 함성과 휘파람이 군중들로부터 튀어 나왔다. 젊은 남자들은 고함을 지르고, 여자들은 비명을 지르고, 노인들은 발을 굴렀다. 아기들은 통통한 팔을 휘저으며 울음을 터뜨렸다.

기수들은 어린아이들이었다. 남자아이, 여자 아이. 여덟 살이 넘은 아이는 거의 없었다. 모두 안장도 없는 말에 맨발로 완주를 했다. 종이로 만든 경주용 모자를 쓴 아이들은 마치 케이크를 너무 많이 먹어 정신이 아찔해지는 아주 흥겨운 어린이 파티에서 돌아온 듯 했다. 첫 번째 주자가 결승선을 지나자 관중은 대열을 헝클어뜨리고, 술 취한 경찰을 지나쳐, 땀투성이의 말을 향해 나아갔다. 아버지들은 말고삐를 잡고, 언니 누나들은 나무주걱으로 말 옆구리의 땀을 정신없이 닦아내고, 어머니들은 아이들에게 말 젖을 먹였다.

결승선에서 좀 떨어진 곳에서 말 한 마리가 쓰러졌다. 그 말의 기수, 일곱 살 정도 된 어린 소녀는 일어나더니 말의 가슴을 발로 차기 시작했다. 몽골의 응급처치 같은 것으로, 분명 불쌍한 짐승을 살리는 행동이었다. 그런데 말 주인에게는 좀 더 전통적인 치료법이 있었다. 말 주인이 사람들 사이에서 뛰어나와 자신의 델 자락에서 보드카 한 병을 꺼내더니 말의 목에 보드카를 부었다. 효과는 즉시 나타났다. 말이 펄쩍 뛰어오르더니 기수도 태우지 않고, 결승점 반대쪽의 호브드를 향해 달려갔다. 추측컨대 행사 진행요원은 그 말의 자격을 박탈해 버렸을 것이다.

'실격, 취했음.'

오후에 경기장에서 레슬링 결승전이 열렸다. 그 때 한 무리의 기수들이 그곳에 도착했다. 나담축제의 승리자들, 그들의 주인들, 조련사들, 그리고 그들의 친구들. 군중의 함성 속으로 말들은 느릿느릿 관중석 아래 경기장으로 들어섰다. 여러 바퀴를 자랑스럽게 돌았기에, 레슬러들은 온통 먼지를 뒤집어썼다.

발표를 위해 정치인들이 앉아 있는 로열박스 같은 곳 아래로 기수들이 모여들었다. 전문 찬미가수가 말, 경기, 기수들을 찬양하는 노래를 감동적인 콧소리로 불렀다. 마침내 관심의 초점이 된 것에 기분이 좋아진 시장이 상을 나누어 주었다. 중국 카펫, 러시아제 차茶를 마치 자기 돈으로 구입한 것처럼 말이다. 대상은 러시아제 오토바이였다. 물론 실제로는 오토바이 교환권이었다. 시장이 설명하기를, 몇 달 전에 주문했지만 오토바이가 아직 도착하지 않았노라고 했다. 우승한 조련사는 정치인의 약속이란 것에 익숙한 남자의 의심스런 표정으로 그 교환권을 바라보았다.

그러고 나서, 함성소리와 함께 기수들이 경기장 밖으로 사라지자, 모두들 레슬링 결승으로 관심을 돌렸다. 중간에는 그리 많은 일이 일어나지 않았다. 두 거구들은 그렇게 서로 몸을 비벼대며 요지부동이었다. 그들은 꼭 동상처럼 포즈를 취하고 있는 것 같았다.

그때 갑작스레 거대한 폭풍이 일었다. 산 쪽에서 천둥이 밀려오더니 시커먼 하늘이 번개로 갈라졌다. 비가 관중석 주변을 씻어 내자 관중들은 모두 달아났다. 몇 분 안에 경기장은 레슬러 둘과 억수 같은 비 속에서 모자를 들고 쓸쓸하게 서 있는 조수들, 줄줄 새는 처마 아래 웅크리고 있는 심판들을 제외하고 텅 비게 되었다.

몽골 사람들은 비를 피하려 몸을 구부린 채, 말 주차장에 긴 줄로 매어 놓은 자신들의 말을 향해 달려갔다. 젖은 평원을 느릿느릿 달려가 말을 타고, 깔깔대며 서로 소리를 질러 댔다. 사람들의 목소리와 말발굽 소리가 지나간 한 참 후에도 멀리 게르를 향해 반짝반짝 빛나는 초원을 가로질러 달려가는 그들을 볼 수 있었다.

문화는 호브드의 극장을 완전히 포기하지 않았다. 공산주의 시대의 국립극단은 파산했고 더 이상 순회공연을 하지 않기에, 호브드와 같은 아이막센터에는 가끔씩 자신들의 쇼를 통해 돈을 벌고 싶어 하는 소규모 사설 극단들이 찾아와 극장을 빌린다. 볼드와 나는 마침 이런 떠돌이 밴드를 만났다. 자신들의 게르를 이끌고 술에 젖어 온 그 밴드는 나담축제 3일 밤 동안 극장을 빌려 공연을 했다. 우리는 첫날 밤 공연에 초대되었다.

아인슈타인은 자기 게르 바로 뒷마당 창고에 있던 발전기에 시동을 걸었다. 우리는 극장에 도착해서 천장에 매달린 낡은 샹들리에가 관객석을 희미하게 비추는 것을 보았다. 우리는 앞줄에 자리를 잡았다. 우리 뒤에는 조무래기 녀석들이 서로 총싸움을 해대며 빈 좌석에 껌을 붙이느라 정신이 없었다.

한참을 기다린 후에 커튼이 흔들흔들 올라가더니 음악가 두 명이 나타났다. 한 명은 베이스기타를, 다른 한 명은 신시사이저 키보드를 연주했는데, 1970년대 오디션을 패러디 하는 것 같았다. 그들은 주름장식이 달린 흰색 셔츠에, 흰색 나팔바지, 흰색 부츠, 금색 라메(금실은실을 짜 넣은 장식 직물. 여성 야회복 등에 주로 쓰임.– 옮긴이주) 롱코트를 입고 로드 스튜어트 헤어스타일을 하고 있었다.

얼마 후 여러 명의 가수들이 합세했다. 첫 번째 가수는 키가 작았는데 커다란 목소리에 더 커다란 의상을 입고 있었다. 그는 힘겹게 옷과 씨름을 했다. 소맷부리에 자꾸 걸리자, 소매에서 손을 빼내려고 아등바등 했다. 한편, 소리가 커질 때마다 샹들리에가 덜그럭 덜그럭 흔들렸다.

다음에는 흉내 내는 사람이 나왔다. 대부분의 몽골 사람들은 텔레비전을 보지 않기에 흉내를 내도 친근하게 느낄 인물이 없다. 때문에 몽골 사람들이 모두 관심을 가질 수 있는 대상에 중점을 둬야 했다. 그것은 바로 동물이다. 배우는 무리에서 떨어져 나온 야크, 강가에서 길을 잃어 어찌할 바를 모르는 소, 네 마리 개성이 강한 개, 새로 태어난 염소, 두 살짜리 염소, 늙은 염소, 죽어 가는 염소를 연기했다. 배우는 서 있지 않으려는 낙타 한 마리와 발을 적시지 않고 시내를 건너뛰려는 양 세 마리를 흉내 내는 것으로 정해진 순서를 마무리했다. 몽골 사람들은 배꼽을 잡고 웃었다. 앙코르를 요청받자 배우가 흥분한 암말을 흉내 냈다.

다음 차례는 나이 든 발레리노였다. 그는 약간 팔자다리였는데, 긴 머리카락에는 포마드를 발랐다. 그가 이르쿠츠크에서 훈련을 받았다고 볼드가 귓속말을 해주었다. 그는 전통적인 몽골 민속춤과 다른 여러 클래식 춤이 혼합된 작품을 보여 주었다. 어울리지 않는 것 같았다.

여성 가수 두 명이 그날 공연의 하이라이트였다. 다행히 그 공연을 구해 주었다. 나이 든 여자는 아름다운 몽골 민요를 몇 곡 불렀다. 볼드가 나를 위해 몇몇 단어를 작은 목소리로 번역해 주었다. 볼드가 설명하길 몽골노래에는 네 가지 주제밖에 없다고 했다. 풍경, 말, 사랑, 그리고 어머니였다. 나이 든 여자는 풍경과 어머니에 관한 노래를, 젊은 여가수는 사랑과 말에 관한 노래를 불렀다.

공연이 끝난 후 나는 무대 쪽 문으로 가서 여가수들을 저녁식사에 초대했다.

호브드는 저녁식사를 하기에 세상에서 가장 어려운 장소이다. 호텔 1층 레스토랑이 나담축제 때문에 문을 닫았다고 사람들은 말했지만, 초라한 모양새로 보아서는 1957년 나담축제 때부터 벌써 문을 닫은 것 같았다. 다행히 촐롬 부인의 임시 땜질이 떨어져 나가지 않았기에 그곳 시설을 이용할 수 있게 문을 열어 달라고 그녀에게 부탁을 했다. 건전지와 말안장, 여자 속옷사이에서 가까스로 감자, 양파, 스펑크Spunk라는 이름의 라트비안 초코바를 겨우 찾아 낼 수 있었다.

우리의 손님들은 여덟 시에 도착했다. 젊은 여가수는 발레리노인 아버지와 함께 왔다. 갠볼드는 160킬로그램이나 됨직한 거구의 레슬러 친구와 함께 왔다. 건조한 기후로 인해 입술이 터서 고생하는 많은 몽골 남자들처럼 그도 립스틱을 발랐는데, 소매 없는 블라우스를 입어 매혹적으로 보이는 젊은 여가수에게나 어울릴 법한 분홍색이었다.

나는 공을 들여 식단을 준비했다. 양파 스프, 감자튀김, 거기에 관리인 친구한테 얻은 구은 양고기. 그리고 미심쩍은 성분의 레몬과즙 음료에 유통기한이 지난 콜라와 몽골 사람들이 '칭기즈 칸'이라고 부르는 몽골 보드카로 그런대로 괜찮은 칵테일을 만들었다.

발레리노의 이름은 배트볼드였다. 나중에 점성술사라는 사실을 알게 되었다. 키가 크고 야윈 그는 50년대 풍의 곱슬머리를 한 카자흐 독수리처럼 보였다. 뚫어 보는 듯한 진지한 표정은 멋진 미소와 폴리에스테르 쓰리피스 정장 아래 받쳐 입은 화려한 하와이안 셔츠로 인해 한결 부드러워졌다. 그는 비밀스런 검정 서류가방을 하나 들고 나타났다.

그가 젊은 시절 호브드에서 살았다는 사실과, 갠볼드와 함께 1960년대 중반 청년사회주의연맹의 지부에서 함께 일한 동지였다는 사실을 알게 되었다. 청년사회주의연맹은 다소 젊은 보수파들로 구성되었으며 정치적 극단주의와 과음의 전통을 지닌 단체였다. 젊은이들은 모임 후 무도회에서 여자들과 만나기 위해서, 불교 승려들을 감옥에 가두어야 한다는 논의에 그저 재빠르게 고개를 끄덕여 통과시켰다. 1960년대에는 청년사회주의연맹의 신분증이, 공산당의 신분증처럼, 몽골에서 출세하기 위한 유일한 방법이었다. 볼드는 10학년 이후 계속 공부를 하려면 연맹에 가입해야만 했다.

세 사람은 그 당시 서로의 부르주아적 성향을 비판하고, 그들의 가축

산출량을 늘리려 목동을 격려하는 정부 안내책자를 인쇄하는 등 헛되이 보낸 젊음에 대해 즐겁게 회상했다. 그들이 한때 선전했던 과장된 수사修辭를 믿었다는 것을 그들 중 아무도 고백하려 하지 않았다. 그것은 단지 그 시대를 지배하던 신념이었으며, 나팔바지와 깃 넓은 셔츠의 유행보다 특이할 것도 없는 것이었을지 모른다. 하지만 나는 '개인주의'라는 그다지 현대적이지도 않은 사상에 집착했다는 이유로 강제 노동수용소에서 생을 마감한 사람들이 있었다는 사실을 상기하려 애썼다. 정치적 교정의 희생자들 사이에는 배트볼드의 아버지도 있었다. 배트볼드의 아버지 역시 점성술사였다.

공산당에게는 점성술, 샤머니즘, 불교는 모두 몽골의 발전을 방해하는 퇴행적 믿음으로 간주되었고, 이것들을 금지하는 다양한 조치가 취해졌었다. 라마교의 생불들은 강제 노동수용소로 보내졌고, 점성술사들은 숨어 버렸다. 그러나 별자리에 대한 믿음, 영적인 세계에서 오는 메시지, 도살된 양의 금간 어깨뼈의 예언 등은 아직까지도 몽골 사람들에게 면면히 이어져 오고 있다. 그리고 그렇게 암울했던 억압의 시절 동안에도 무당과 점성술사, 심지어 라마교의 승려에게까지 은밀히 충고를 구하는 사람 중에는, 고위공직자와 공산당 관리들도 많이 있었다. 그런 사람 중 하나가 공산주의자인 울란바토르의 시장이었다. 건강과 아내문제로 어려움에 빠진 그는, 가족들이 수도로 이사를 간 후에, 정기적으로 배트볼드의 아버지에게 자문을 구했다. 하지만 시장은 자기가 원하는 예언을 해주는 새 점쟁이를 구하자, 배트볼드의 아버지를 체포해 버렸다. 출세를 위해서 가입하라는 아버지의 권유에 따라 청년사회주의연맹에 가입했던 배트볼드는 어쩔 수 없이 자아비판을 해야 했다.

지금 몽골에는 종교의 제한이 전혀 없다. 배트볼드는 숨겨 놓았던 아버지의 차트와 물건들을 꺼내 옛날 직업을 되찾았다. 저녁을 먹고 나서 그가 검정색 서류가방을 열었다. 그리고, 천에 싸여진 티베트어로 된 낡은 서류와 옛날 지도처럼 펼쳐진 색 바란 차트, 풍수도표, 티베트 불교 문양이 조각된 나무토막, 티베트 동전, 그리고 작은 은銀 호루라기가 들어 있는 상자를 꺼냈다. 배트볼드는 그 모든 것들이 제각각 정해진 자리가 있는 것처럼 아주 조심스럽고 정교하게 앞에 놓인 테이블 위에 올려놓았다. 의심할 여지없이 그 물건들이 그를 황홀하게 했다. 한 순간, 그가 망상에 사로잡힌 것처럼 보였다. 그 물건들의 역할보다는 물건들 그 자체에 더 관심이 있는 것 같았다.

축축한 막대기에 재를 묻히고 나서 그가 내 생년월일을 네모난 얇은 종이에 적었다. 그리고 그것을 빤히 들여다보며 내 운명을 점쳤다. 그의 얼굴빛이 어두워졌다. 내가 작가라는 직업과 관계가 있다고 그는 말했다. 그러나 경제적으로는 출판 혹은 인쇄 쪽의 사업이 더 나을 것이라고 했다. 거의 신비가 필요하지 않은 충고였다. 나는 명이 길고, 엄청나게 많은 사랑을 나누게 되리라고 했다. 여섯 명의 아내를 예언했다. 그는 또 내가 용띠이기에 개띠와는 맞지 않는다고 경고했다. 건강에 있어서는 심장과 신장, 위, 폐에 문제가 있다고 했는데, 거의 다 문제가 있다는 말 같았다. 여행을 하기에는 운이 좋지 않은 해라는 것을 마지막으로, 내 운명을 점치는 것을 마쳤다.

유통기한이 지난 초코바로 후식을 먹으며, 볼드와 나는 젊은 가수와 수다를 떨었다. 촛불과 그녀 아버지의 과거에 대한 회상, 이상한 원고와 차트, 그리고 독한 칵테일로 저녁의 분위기는 감정의 매듭이 풀린 양 편안해졌다. 그녀는 안톤 체홉에 대한 그리움으로 가득 차 있었다. 그녀는 어머니와 친구들이 있는 울란바토르의 집으로 돌아가고 싶어 했다. 또, 그녀는 영어를 배우고 싶어 했으며, 위대한 가수가 되고 싶어 했다. "…나는 …시를 쓰고 …싶어요. 그리고 …나만의 …공간을 …찾고 싶어요."

그녀가 머뭇거리면, 볼드의 번역도 머뭇거렸다. '이 세상에서의 그녀 자리' 를 말하는 것이라고 볼드가 설명했다.

그녀의 고백이 우리를 침묵하게 했다. 그녀는 꽤 많은 것들이 가능하다고 믿는 것처럼 보였다.

8장

무당의 여정

무당의 텐트는 또 다른 세상의 끝, 알타이 산악지대에 있었다. 아침 내내 우리는 좁은 계곡을 따라 올라갔다. 올라갈 때마다 더 높고, 더 황량했다. 풀밭 사이로 튀어나온 작은 바위들은 말라빠진 핏빛 이끼들로 반질반질했다. 우리는 죽은 야크 한 마리를 지나쳤다. 야크의 텅 빈 눈두덩이 사이로 풀이 길게 자라 있고, 바짝 마른 가죽이 허연 뼈에서 양피지처럼 벗겨져 있었다. 북풍이 높은 꼭대기에서 아래로 몰아치는 고립된 분수령에서, 우리는 잿빛 하늘을 배경으로 혼자 우뚝 서 있는 게르 한 채에 다다랐다. 이곳의 이름이 발쿤Balkhuun이라고 갠볼드는 말했다. 까마귀 떼가 게르 너머 심연을 시끄럽게 돌아다녔다. 나는 그 끝 너머를 자세히 들여다보았다. 구름에 둘러싸인 땅이 헤아릴 수 없는 깊이 속으로 사라졌다.

말을 묶어 두고 게르 안으로 들어가니 무당의 아내가 있었다. 그녀의 얼굴은 사나웠다. 평면적인 얼굴은 남성스러웠으며 피부색은 누리끼리했다. 천장 막대기에는 담비 털과 말린 양고기가 매달려 있고, 무뚝뚝한 소년 하나가 간이침대에 앉아 안장을 꿰매고 있었다. 불이 꺼져 게르 안은 추웠다.

무당은 외출하고 지금 없지만, 곧 돌아올 것이라고 무당의 아내가 말했다. 우리는 손님자리에 앉아서 기다렸다. 그 동안 그 여인은 불을 피우느라 분주했다. 우리는 대화를 하려고 노력했지만 곧 어색한 침묵 속으로 빠져들었다. 무당은 갠볼드의 30년 전 더트Dutt에서의 학교동창이었다. 초라한 게르, 사나운 무당의 아내, 차가운 바람, 외딴 곳의 황량함으로 인해 갠볼드의 즐거운 희망조차도 곧 가라앉아 버렸다.

과거의 혼령은 몽골인들의 상상에 깊숙이 자리 잡고 있다. 16세기에 불교가 주요 종교가 되었음에도 불구하고 목동들은 주술적인 의식을 통해 계속 위안을 찾으려 했다. 어떤 관습들은 은근슬쩍 불교의식으로 변질되었다. 한편 라마교 승려들의 의식은 살아남은 무당들의 주문과 관습을 숙지하기 시작했다. 무당들은 불교의 믿음과 무당의 소명 사이에서 어떤 모순도 발견하지 않았던 사람들로, 그들 사이에는 종교적 세계가 분리되어 있는 듯 했다. 무당은 현세의 물질적 요구를 다루었고, 불교는 미래와 저승에 대해 이야기하였다. 그러나 공산주의 통치 아래에서 모든 종교가 불법이 되고, 불교의 라마승들이 사라졌을 때조차도 무당들은 종종 이웃들의 묵인 속에서 숨어 살며 생존할 수 있었다. 무당들의 뿌리가 훨씬 더 깊었던 것이다.

무당은 영적인 세계의 숨겨진 비밀 사이를 여행하는 사람들이다. 황홀한 주문과 북의 심장박동으로 유도된 무아지경 속에서 무당들은 위대한 하늘의 신인 텡그리Tengri와 땅의 여신인 이투겐Itugen이 지배하는 우주의 그늘진 땅을 지나 여행을 시작한다. 친근한 신령들의 환대에 의존하고 악령의 해코지를 피하면서, 그들은 자신들이 믿는 99가지 혼령들 중에서 사람들의 넋두리에 대한 치료를 찾는다. 어수선한 장식용 깃털의 머리장식에 어지러운 지하세계의 부랑자처럼 옷을 입고, 간청자의 영혼을 갉아먹는 어둠의 세력을 점占과 액막이를 통해 쫓아낸다. 불운의 길을 돌리고 미래를 예언하고, 가축 떼와 목초지 그리고 어린 아이들에게 복을 불러일으켜 주려 애쓴다. 백무白巫(남방계의 무당.– 옮긴이주)는 선한 신령의 도움을 구하는 반면, 흑무黑巫(북방 시베리아 계의 무당.– 옮긴이주)는 악령의 불길한 영향을 빗나가게 한다. 그들이 다루는 신비한 힘, 그들이 살고 있는 어둠의 세계는 예언할 수 없고 위험하다. 무당의 여정은 고난으로 가득 차 있으며, 그들은 온 몸에 기운이 빠진 채 지쳐 우리들의 세상으로 돌아온다.

“저기 내 ‘보이 프렌드’가 오네요.”

뜻밖에도 갠볼드가 내게 영어로 속삭였다. 열린 게르의 문으로 한 남자가 언덕을 가로질러 걸어오는 것이 보였다. 그의 델 옷자락에 갓 태어난 양 한 마리가 들려 있었다.

나는 무당이 저항할 수 없는, 남을 강하게 끌어당기는 사람일거라 생각했었다. 그러나 문을 지나 걸어 들어온 남자는 발을 질질 끌며 걷는, 부끄러움을 잘 타는 인물이었다. 갠볼드의 ‘보이 프렌드’는 야윈 얼굴에, 악수하는 손아귀에 힘도 약했다. 그가 게르의 상석에 앉자 그의 딸이 새끼고양이처럼 그의 무릎으로 기어올랐다.

주술에 관한 우리의 질문에 대해 그는 머뭇머뭇 대답했다. 예술가의 목소리처럼 들렸다. 그는 자신의 일에 관해 토론하는 것을 어색해 했다. 마치 설명을 위한 발언이 사물의 신비를 해치는 것처럼. 그의 아내는 좀 더 적극적이어서 우리의 대화에 끼어들어 남편의 우물우물하는 대답을 보충했다. 그녀는 무당이 영적인 세계와 속세 사이를 중재하는 것처럼, 무당과 그의 고객 사이를 중재하며 남편 매니저의 역할을 확실하게 떠맡았다.

주술은 가족의 전통이었다. 그는 어머니 쪽 혈통에서 신 내림을 물려받았다. 그는 이 신성한 운명을 채우기 위한 아홉 번째 세대였다. 자신이 무당이 될 것을 늘 알고 있었지만, 그가 서른일곱 살이 될 때까지 그 기운은 나타나지 않았다. 서른일곱 살이 되어서야 우연하지 않게도 정부규제활동이 처음으로 느슨해졌을 때, 간질병처럼 발작과 함께 그 도착을 알려 주었던 듯 했다. 신령이 애타게 속삭이기 시작하자 그는 어지럼증을 느꼈다. 어렴풋한 주문을 외우며 숨이 가빠지고, 경련이 일었다. 그는 기묘한 꿈과 고열에 시달리며 이주일간 이부자리에 누워 있었다. 몸이 나아졌을 때 그는 신이 내렸음을, 그리고 그의 삶이 무당으로 새롭게 시작되었다는 것을 알았다. 그는 그것을 기꺼이 참아 내야 하는 십자가, 가혹한 운명처럼 말했다.

"혹독한 소명입니다."

그가 말했다. 텁수룩한 머리칼 아래 그의 눈물을 머금은 촉촉한 눈동자가 이승의 땅을 살펴보았다.

"나는 가끔 두려워요. 신령님께 가는 길이 타락한 무당들의 혼魂으로 더럽혀져 있거든요."

그의 여정 중에 그는, 대지와 하늘 사이에 살고 있으며 어머니와 친한 친구였던 여덟 혹은 아홉 명의 다른 영혼들을 찾아갔다. 그는 그들과 만나는 것의 어려움을 이야기했다. 아마도 그들은 좋은 날과 좋은 시간의 꽤 엄격한 스케줄을 고수하는 것 같았다. 정해진 의식 시간에서 벗어나는 것을 좋아하지 않았다.

이때 그의 아내이자 매니저가 끼어들었다. 신령은 다른 날 내려온다고 했다. 그렇지만 일정 조정이 완전히 불가능한 것은 아니라고 말했다. 분명히 그녀는 꽤 부유해 보이는 고객 앞에서 사소한 기술적 세부사항이 걸림돌이 되는 것을 좋아하지 않았다.

신령의 스케줄 문제를 정중하게 피해 가며, 우리는 무당에게 신을 불러 주기를 부탁했다. 무당의 여정이 아닌, 잠깐 집으로 불러들이는 것을 부탁했다. 그런 의식儀式은 보통 밤에 이루어지지만, 실제로는 장소에 따라 다양하다. 아내의 압력을 상당히 받고 있던 무당은 점심 이전이라면 좋다며 약속을 받아들였다. 한 시간 남았다. 무당의 아내가 협상한 복비를 받아 갔다. 그러고 나서 우리에게, 무당이 준비하는 동안 밖에 나가 있으라고 했다.

텐트 밖에서 우리는 교장선생님과의 까다로운 면담을 기다리는 무단결석한 학생처럼 어정쩡하게 서 있었다. 갠볼드는 나의 아버지가 교구목사라는 것을 알고 흥미로워 했다. 그리고는 아버지의 그런 기운을 물려받았느냐고 물었다. 나는 그렇지 않다고 대답했다.

"때로는 그 기운이 숨어 있기도 해요."

갠볼드가 내게 재확인시켜 주었다.

"기다려야 해요. 언젠가 나타나니까."

게르 안으로 들어가서 우리는 무당이 우리를 등진 채 작은 진열장을 마주보고 서 있는 것을 보았다. 거기에는 조상대대로 내려오는 사진이 올려져 있었고, 무당인 어머니와 할머니의 얼굴사진 사이에 놓인 작은 구리그릇에서는 향이 피어오르고 있었다. 무당은 골동품 청동거울, 작은 종, 색칠한 쇳조각, 깃털과 새의 뼈로 장식한 넝마처럼 찢어진 파란 비단 델로 갈아입고 있었다. 머리 장식은 움스골umsgol이라고 하는데, 엉망진창이었다. 색색의 천 조각이 베일처럼 얼굴 앞에 드리워져 있었는데, 그것은 우리들로부터 무당의 시선을 보호하면서 영적인 세상에 좀 더 집중하기 위한 것이었다.

우리는 자리에 앉아 의식이 시작되기를 기다렸다. 그런데 우리가 보드카를 가져오지 않은 것이 마지막 걸림돌이 되었다. 무아의 경지로 이

끄는 것을 돕기 위해서, 무당은 전통적으로 보조물을 사용한다. 환각식물, 연기를 마시는 것, 음식을 먹지 않거나 잠을 자지 않는 것, 길게 울리는 북소리 등. 요즈음에는 보드카가 종종 무당의 출발 역할을 한다. 고객이 도울 수 있는 것이라고는 복비를 내는 것이었다. 의뢰를 전달하는 무당의 아내가 무당의 등에 대고 조심조심 상의를 하더니 보드카 없이 진행하기로 했다. 커다란 그릇에 담긴 아이라 두세 그릇이 보드카 대신 사용되었다. 무당은 단숨에 들이켰다. 기대감에 가득 찬 침묵이 게르에 드리워졌다. 불이 꺼지고 커튼이 올라가기 시작하는 극장의 순간 같았다.

발효된 암말의 젖 한 그릇을 들고서 무당은 그 중 조금을 허공에 뿌리고, 화롯불에 조금, 그리고 마지막으로 자신의 앞이마에도 세례를 베풀었다. 무당의 아내가 손바닥만한 북을 두드리기 시작하자 무당이 몸을 이리저리 흔들었다. 꽤 오랜 시간동안 그렇게 했다. 마침내 무당이 또 다른 악기, 코 울음소리가 나는 작은 구금口琴을 연주했다. 반복된 후렴 사이에서 그는 발을 구르며 숨을 깊게 들이마셨다. 구금을 따라 조용히 쉰 듯한 목소리의 노래를 간간이 불렀다.

그는 신령을 부르고 있었다. 머리 위에 구름이 지나가고, 게르 바닥의 둥근 햇살도 사라졌다. 무당은 노래를 부르며 몸을 흔들었다. 목소리와 움직임이 점점 빨라지더니 마침내 갑자기 몸이 굳더니 아내와 아들의 품속으로 쓰러졌다. 그들은 무당을 진열장 앞에 세웠다. 무당이 델에 달린 종을 흔들며 몸을 흔들었다. 드디어 신령이 내려올 것이다. 다얀더크 Dayanderkh, 하늘의 신령이라고 무당의 아내가 소곤댔다.

푹 잠긴 목소리로, 마치 딱 반 정도의 속도로 돌아가는 테이프처럼, 무당이 신령의 인사를 전했다.

"잘들 있었느냐? 얘들아!"

다얀더크는 천천히 이야기했다. 말론 브란도의 으스스한 목소리처럼 들렸다. 무당의 아내가 우리들을 대신해서 우리는 아주 잘 있으며, 고맙다고 대답했다. 무당은 낮은 소리로 중얼거리며 조금 더 몸을 흔들었다. 그의 팔다리가 떨렸다. 그는 숨을 쉬려 헐떡이고 있는 것 같았다. 신령으로부터 다른 메시지가 나왔다.

"물어 보고 싶은 것이 있으면 지금 물어 보아라."

신령이 무당을 통해서 말했다.

나는 질의응답 시간이 있을 거라 전혀 생각하지 못했다. 그래서 어찌할 바를 몰랐다. 사람들은 하늘의 신령께 무얼 물어볼까? 나는 도움을 청하려 볼드를 바라보았지만 볼드도 다얀더크에게 긴급히 물어볼 질문이 딱히 없는 것 같았다.

나는 우리 모임이 끝나 갈 때 적절하고 번뜩이는 질문들이 홍수처럼 생각날 것임을, 그러면 나는 지구 온난화와 삶의 의미에 관한 몇 가지 조언을 얻을 수 있는 기회를 놓친 것에 몹시 안타까워 할 것임을 잘 알고 있었다. 하지만 위대한 신령이 함께 있는 무당의 텐트에서, 내 마음은 내 질문에 매달려 백지상태였다. 하늘의 신령께 물어볼 질문에 대한 아무 생각 없이 몇 년을 살았었다. 하늘이 두 쪽이 난다해도 생각날 턱이 없었다.

무당이 신음소리를 크게 내기 시작했다. 입술에서 침이 똑똑 떨어졌다. 내 질문을 기다리는 사이 입이 거품으로 뒤덮이고 있었다.

나는 내 여행에 대해 물었다. 내 여행이 잘 될지 신령님은 알고 있을까?

무당의 팔다리가 마치 온몸이 감전이 된 듯 경련을 일으켰다. 그는 고개를 앞뒤로 흔들었다. 머리에 달린 천 조각이 축축한 입술 위로 늘어졌다. 아마도 다얀더크가 그 질문을 좋아하지 않는 모양이었다.

"난관!"

하늘의 신령이 무당의 뒤틀린 입술로 으르렁거렸다.

"난관이 있을 거야."

잠깐 침묵이 흘렀다. 신령님이 우리들의 어려움을 자세히 설명할까 궁금했다. 그때 다시 말했다.

"사람의 이름을 가진 말을 조심하라!"

이 말을 마치자마자 무당이 울음을 터뜨리기 시작했다. 신령이 떠나고 있었다. 신령은 무당에게 찌를 듯한 통증과 예의 바른 인사를 남겨놓은 채 무당의 몸에서 빠져 나갔다.

"행운을 빈다. 내 아가들아."

그가 말했다. 높고 날카롭게 우는 듯한 목소리였다.

주문은 시작했던 것처럼 끝났다. 몸의 흔들림, 심호흡, 경련, 그리고 마침내, 바닥에서 조용하게 몸을 숙이고 기다리고 있던 아내와 아들의 품속으로 무너져 내렸다. 무당은 잠깐 자리에 앉더니 무릎을 꿇고 앞쪽으로 몸을 기울였다. 그러고 나서 그의 아내에게 무아지경 후에 피는 담배를 달라고 했다. 무당의 아내가 볼드에게서 말보로를 얻어냈다.

무당은 힘들고 지친 듯 했다. 잠을 잘못 자고 일어난 것처럼 하품을 하며 목 근육을 풀고 있었다. 무당이 충분히 안정을 되찾았을 때, 우리는 조심스럽게 신들린 상태와 신령의 말을 물어 보았다. 그러나 그는 아무것도 알지 못했다. 신령은 무당을 통해 말했다고 그가 말했다. 그는 신령의 매체였다. 그러나 그는 무아지경에서 나온 후에는 신령이 무슨 말을 했었는지 선명하게 기억하지 못했다. 꿈과 같다고 그가 말했다. 그 설명은 그의 기묘한 성격의 공허함과 조화를 이룬다. 신령이 그를 선택한 것이라면, 그것은 그가 채울 수 있을 만큼 텅 빈 그릇이기 때문이리라.

종교적 사색의 황금시대가 우리들 사이에 있었다. 무당은 가장 오래된 종교적 신념에 집착하고 있었는데, 그것은 자연의 원소부터 생명 없는 사물까지 모든 사물에는 신령이 깃들어 있으며, 그런 신령들과 좋은 관계를 유지하는 것이 필요하다고 확신했다. 그는 어떻게, 왜 그러냐는 질문에 별로 신경을 쓰지 않았다. 신령이 모든 것을 한다고 무당이 말했다. 신령이 비를 내리고, 신령이 목초지를 말라죽게 하고, 신령이 바람을 불게하고 소를 죽게 만들었다. 어떠한 질문도, 어떠한 과학적 발견도 이런 확실한 단순성을 방해할 수가 없었다.

볼드가 이 모든 것들을 경멸의 눈초리로 바라보고 있음을 나는 알 수 있었다. 그러나 종교의 가치를 진실이라는 잣대만으로 판단할 수는 없다. 판단은 인간의 몫이 아니다. 우리에게 종교는 인간을 행복하게 하는지, 아니면 고결하게 하는지, 그 결과만 문제가 될 뿐이었다.

무당의 강력한 신령과 비교해 보면, 우리 시대의 그리스도교의 신은 이상하게도 왜소해졌다. 한때 그가 전지전능했었다는 것을 기억해내려면 힘이 든다. 요즈음 그는 더 이상 실제적인 커다란 문제에 필요치가 않다. 가스가 이 세계를 창조하고, 진화가 인간을 만들었으며, 우리는 날씨부터 실직자 숫자까지 모든 것들을 상상력 없이 평범하게 설명하고 있다. 우리들의 신은 가장 좋은 자리에서 밀려났다. 우리는 그를 블랙홀과 미스터리한 쿼크(강한 상호 작용을 하는 소립자군을 구성하는 가설적인 입자.- 옮긴이주)와 함께 남겨 두었다. 우리 세대의 최고 지성은 그가 오랫동안 그러한 것들에 매달리기를 바라지 않았다. 그는 아저씨 같은 모습으로 줄어들어 우리 문제에 귀 기우릴 준비가 되어 있긴 하지만 우리가 그에 대해 생각하는 방식을 바꾸지 않는 한 그렇게 될 가망성은 거의 없다. 너무나 많은 사람들이 그를 단념한 것이 놀랄 일은 아니었다.

갠볼드가 서부 몽골에서 가장 성질이 사나운 말 하나를 내게 주었었다. 우리는 그 말을 더트Dutt 너머 바람이 휘몰아치는 계곡에 있는 갠볼드 친척의 게르에서 구했다. 거세된 까만 수말이었다. 그 말은 사나운 눈에 덥수룩한 털, 배는 두툼하고 이마 한가운데 다소 불길한 흰 표시가 있는, 말을 잘 듣지 않는 놈이었다. 1년 이상 아무도 그 녀석을 탄 적이 없다고 했다. 내가 녀석에게 다가서자 녀석이 귀를 뒤로 젖히고 콧구멍을 벌름거리더니 날쌔게 달아나 버렸다. 나는 녀석을 '폭군이반'이라고 부르기로 했다. 녀석에게 안장을 얹는 데 네 사람이나 매달렸다. 때 빼고 광내서 팔아 버리는 게 더 쉬웠을 것 같았다.

무당의 게르에서부터 말들은 가만있지를 못하고 달아나고 싶어 안달을 하는 것 같았다. 그들은 조급한 발걸음으로 긴 회색 계곡을 따라 달려 나갔다. 이반이 거칠고 빠른 구보로 뛰기 시작하자, 이반의 성마른 기운이 다른 말들에게도 영향을 미쳐 그들 또한 전속력으로 나아갔다. 우리는 차가운 스콜과 북서풍이 부는 풍경을 스쳐 지나갔다. 구름의 꼬리들이 다 해진 시커먼 깃발처럼 어두운 산꼭대기에 매달려 있었다.

계곡 먼 끝 쪽 가파른 곳에서 말들이 속력을 늦추었다. 바위와 풀숲을 지나 한 시간 정도 올라가니, 바람이 휘몰아치는 산마루가 나왔다. 아래에는 자줏빛 줄무늬 바위 사이에 동남쪽으로 향해 있는 거대한 협곡이 뻗어 있었다. 몇 걸음 걸어가자, 독수리 한 마리가 협곡의 입구 커다란 바위에 자리를 잡고 앉아 있는 것이 보였다. 독수리는 착실한 경계병처럼 우리를 잠깐 살펴보았다. 그러고 나서, 오만하게 몸을 실룩 움직이며 머리를 돌리더니 큼지막한 양 날개를 펴고 협곡 위 파란 하늘 높이, 상승온난기류를 타고 위엄 있게 날아갔다.

우리는 완만한 고개를 찾아내 풀로 뒤덮인 협곡 아래로 천천히 내려갔다. 협곡의 너비는 거의 1마일 정도나 되었다. 거기에서 동쪽으로 졸졸 흐르는 시내를 따라갔다. 갈라진 바위 산마루가 하늘을 등지고 있었다. 이 광활하고 조용한 곳에서 내 자신이 왜소하고 하찮게 느껴졌다. 저 위, 독수리가 눈에 보이지 않는 기류를 타고 방향을 돌렸다. 저렇게 높은 곳에서 우리가 어떻게 보일까 상상해 보려 했다. 먹이처럼 보이는 사람들과 말 무리가 자그마하게 가을빛 무한의 공간을 가로지르며 조금씩 나아가고 있는 모습이겠지.

협곡의 동쪽 끝에서 우리는 개울이 회오리를 일으키며 회전하는 좁은 계곡으로 걸어들어 갔다. 개울이 물에 마모된 바위의 심연을 넘실거렸다. 벼랑이 우리 앞에 펼쳐졌다. 녹색, 고동색, 코발트, 황금빛, 청회색 그리고 산호색, 온갖 빛깔이 뒤섞여 있었다. 저편으로, 알타이 정상이 알을 품고 있는 것처럼 어렴풋이 보였다.

이 좁은 협곡을 두어 시간 걸은 후, 우리는 길고 따분한 오솔길로 방향을 틀어 벌거벗은 산 사이를 올라갔다. 잠시 후 잔뜩 내려앉은 하늘에서 비가 내려와 우리를 맞았다. 우리는 방수복 속으로 몸을 숨기고서 바위 비탈길을 거의 반마일 정도 일렬로 나아갔다. 비탈길에서 내 안장은 자꾸 미끄러졌고 내가 말에서 내려 끈을 다시 맬 때마다 이반은 내게 반항을 하며 나를 위협했다. 이반은 성질이 고약했다. 도망칠 기회만 찾고 있었다. 나는 조심스레 발끝으로 녀석 주변을 걸으며 녀석을 토닥거렸다. 그런데 내가 실수로 녀석의 오른쪽 옆구리로 채찍을 떨어뜨리자(몽골말은 오른쪽으로 접근하는 것을 싫어한다. 늑대가 오른쪽으로 공격한다고들 한다.) 그것이 녀석이 원하던 구실이 되어 버렸다. 녀석은 뒷발로 곧추서더니 신경질적으로 몸을 흔들어 안장과 가방을 떨쳐 버렸다. 나는 소중한 나의 삶을 위해 연심로프를 꼭 붙들고 있었다. 내가 로프를 놓쳤다면, 비에 젖은 내 눈을 씻기도 전에 녀석은 호브드를 향해 반 정도 달려갔을 것이다. 나는 녀석을 부드럽게 어르며 안장을 다시 채우려고 안간힘을 썼다.

우리는 다시 출발했다. 모자챙에서 빗방울이 떨어져 내리고 산바람은 바윗돌 사이에서 윙윙거렸다. 문득 이반과 나 사이에 공통점이 있다는 생각이 떠올랐다. 우리 둘은 서로를 싫어했다. 다른 말들은, 그러니까 지각 있는 녀석들은 내 편이라는 사실이 맘에 들었다. 그 녀석들도 이반을 싫어해서 이반이 다가오기만 하면 이반을 물어뜯으려고 했다.

이 우울한 분위기 속에서 우리는 하강下降하는 구름을 지나 올라갔다. 한 시간 이상 다른 일행을 보지 못했다. 볼드는 아래 어딘가에, 갠볼드는 위쪽 어딘가에 있을 것이다. 고갯마루 근처에서 나는 시커먼 호수를 지나쳤다. 그러고 나서 비에 젖은 오래된 돌무덤을 지나갔다. 갑자기 날씨가 바뀌더니 기다란 산마루의 구름이 파란 하늘과 어스레한 태양 아래 나타났다. 때 묻지 않은 싱그러운 대지가 비에 젖은 땅과, 무덤, 밀폐공포증과도 같은 계곡에 펼쳐졌다. 갠볼드는 이미 그곳에 도착해 마치 천국의 대합실에서 잘난 체 하는 천사처럼 피식 웃고 있었다. 우리 주변을 둘러싼 벌거벗은 정상들은 오후의 햇살을 받아 원시시대의 때 묻지 않은 풍경을 드러내는 듯 했다. 사방이 온통 신비한 구름의 품속에 덮여 있었다.

"진짜 높죠."

갠볼드가 말했다. 그는 재차 확인해 주는 동료였다. 남들 다 아는 말을 또 한 번 하는 사람이니까.

한 15분 쯤 지나자 볼드의 모습이 나타났다. 유령 같은 모습으로 안장에 몸을 구부린 채, 승천하는 영혼처럼 소용돌이치는 구름풍경 속에서 나왔다.

그러고 나서 우리는 구름과 비를 지나 고개 맞은편으로 해서 또 다른 계곡으로 내려갔다. 거기에 촉촉한 목초지, 양과 소의 시커먼 배설물 더미 위에 게르가 한 채 서 있었다. 우리는 하얀 돌멩이가 깔린 시냇가를 말을 타고 지나, 축축이 젖은 배설물을 아주 조심스럽게 가로질러 게르의 문 앞에 도착했다.

게르 안에는 갠볼드의 아줌마와 아저씨가 있었다. 아줌마는 건장한 체구에 가슴이 무척이나 컸다. 아저씨는 꼬챙이처럼 말랐는데 귀만 컸다. 딸 셋이 우유 통을 들고 게르를 드나들고 있었다. 그들은 촌사람들이었다. 부끄러움을 잘 타고 겸손하고 말수가 적고, 사투리가 심하고 얼굴이 불그레하고 커다란 손은 거칠고, 바지에는 양의 똥이 묻어 있었다. 그들은 모든 것을 느릿느릿하고도 신중하게 했다. 생전 급할 게 아무 것도 없는 것처럼 말이다.

그들은 이곳에 20일 동안 있었다고 말했지만 게르를 둘러싸고 있는 배설물은 20년은 된 것 같았다. 나는 최대한 예의바르게 배설물 이야기를 끄집어냈다. 문간이 똥 더미라는 것을 지적해 그들을 비난하는 것처럼 보이고 싶지 않았다. 나는 동물의 화장실 한 가운데 게르를 치기로 한 것이 이상해 보였다.

아마도 늑대가 그 책임을 져야 할 것 같다. 몽골에서 늑대의 공격을 피하기 위해 양떼들을 대부분 밤 내내 캠프근처에 둔다. 이런 산 속에서 늑대는 무척이나 대담했기에, 가족들은 양들을 어쩔 수 없이 게르 근처에 억지로 모아 두었다. 양들이 우리와 함께 게르 안에 있지 않은 것을 고맙게 생각해야 했다.

그래서인지 부엌에서 헛간의 앞뜰까지는 곧장 한 걸음이었다. 우리는 또한 밖을 나갈 때는 아주 조심해야 한다는 것도 알았다. 젖은 배설물로 가득한 땅은 아이스 링크만큼이나 미끄러웠다. 볼드는 운이 없었다. 잠깐 나갔다 돌아와서는 하수도 냄새나는 스스로를 위로했다.

우리는 양의 뼈다귀로 식사를 했다. 난로 가에 둘러앉아 배부르게 갉아 먹었다. 그 후에 아주 맛있는 고기 스프 그릇이 나왔다. 나중에는 같은 그릇에 차를 내왔는데, 기름기가 뜨는 스프에 아주 잘 섞여 있었다. 촛불 속에서 우리 입술이 양의 기름으로 번들거렸다.

밤에는 위쪽 고개에서 늑대가 으르렁거리는 소리와 딸들이 길 잃은 양을 부르는 소리가 들렸다. 그날 밤, 새끼 양이 한 마리 태어났다. 아침에 딸 하나가 새끼 양을 게르 안으로 데리고 들어왔는데, 새끼 양은 문 옆에서 다리를 덜덜 떨며 서 있었다. 곱실거리는 보드라운 털 뭉치의 양이 애처롭게 음매하고 울었다. 몽골에서는 평범하지 않은 동물에게만 이름을 지어 준다. 마지막 출산기였기에 이 양은 특별대접을 받았다. 사람들은 나를 기념하기 위해 양에게 스탈린이라는 이름을 지어 주었다.

알타이 산맥의 끝자락에 다다랐다. 산등성이가 우리가 가는 남동쪽 방향으로 거칠게 뻗어 있다는 사실에도 불구하고, 우리는 계곡 사이에 있는 매력적인 평원에서 오래 지체하고 싶지 않았다. 고개 하나에서 다음 고개까지 아찔하게 높은 곳을 오르는 것이 꽤이나 오래 걸렸다. 나중에 우리 일정을 지도에 표시해 놓으려고 했을 때 비로소 우리가 산을 얼마나 돌아왔는지 알게 되었다. 그것은 전적으로 가이드의 친척들이 사는 게르의 위치에 달려 있었다. 갠볼드의 숙모들이 사는 곳이라면, 어떤 산길도 문제될 것이 없었다.

똥 더미 캠프 다음 계곡에서 우리는 갠볼드 사촌의 게르에 들러 점심을 먹었다. 그 여자 사촌은 30대에 충동적인 사람과 결혼을 했는데, 그 사람이 그 가족을 당혹스럽게 만들었다고 한다. 그가 가장 최근에 저지른 경악할 만한 일은 멋진 수공예 안장을 사는 데 칠만 토그록(약55파운드)을 날려 버린 것이었다. 그 안장은 새 스포츠카처럼 게르 밖, 잘 보이는 곳에 자리 잡고 있었다. 아이들도 이런 제멋대로의 성격을 꼭 빼닮은 것 같았다. 여섯 살 된 딸은 젖을 떼지 못하고 점심 내내 지친 엄마의 스웨터 자락 속에서 시끄럽게 젖을 빨았다. 야크도 마찬가지였다. 위쪽 목초지에서 어미 야크들은 다 자란 새끼들한테 궁지에 몰려 있었는데, 그 녀석들은 거친 훌리건들이 맥주를 마시듯 누워서 어미의 젖을 빨아 댔다.

꼭대기가 평평한 거대한 산이 우리 위에 어렴풋이 보였다. 역시 갠볼드 숙모 중 한 명의 게르가 그 산 너머에 자리 잡고 있었다. 산기슭은 쌓인 눈으로 무늬를 이루고, 뒤엉킨 은빛 시내는 높은 언덕을 가로질러 졸졸 흐르고 있었다. 우리는 가파른 초원을 뚫고 물에 잠긴 세상 같은 파란 웅덩이들과 눈이 녹아 흐르는 얕은 길로 올라갔다. 정상 근처에는, 바람을 맞지 않는 바위에 방패처럼 얼음이 덮여 있었다.

산길의 정상에서 우리는 높은 돌무더기, 오보ovoo(우리의 서낭당과 비슷함.- 옮긴이주)를 볼 수 있었다. 오보는 오래된 전통인데, 여행자들에게 행운을 안겨 주기 위해 그 장소를 지나는 이들에 의해 세워진 제단이다. 그 돌무더기는 오랜 세월을 거쳐 조직적이고 신기하게 자라나는 산호의 생성을 생각나게 했다. 지나가는 사람들마다 돌멩이를 하나씩 제단에 올려놓는다. 특별한 지원이나 보호를 바라는 사람들은 종종 자신의 기념품들도 몇 개 올려놓는다. 시간과 더불어 오보는 몽골인 삶의 흔적이 담긴 놀라운 폐품 더미가 된다. 옷에서 찢어 낸 색색의 천 조각, 소액 은행권과 동전, 빈 보드카 술병, 엽총 탄약통, 동물 해골 뼈, 낡은 마구, 장화, 게르 지렛대. 그것은 걱정과 희망이 담긴 흔들거리는 건축물이었다.

이 오보의 넓은 밑 부분은 거의 6미터나 됐다. 전통대로 우리는 말에서 내려서 제단 주위로 말을 시계방향으로 세 번 걷게 하고 제단에 돌 몇 개를 얹었다. 갠볼드가 돌멩이 위에 향을 피우고 나서 말의 갈기를 한 움큼 뽑아 아마도 누군가 몇 년 전에 사냥이 잘 되길 바라며 놓아두었을 법한 망가진 권총에 묶었다.

"행운을 위해서."

그가 나를 바라보며 말했다.

"우리의 여행을 위해서."

그의 미소가 애매모호해 보였다. 바람이 세게 불자 향이 잠깐 일어나더니 이내 꺼져 버렸다. 회색 재가 풀밭을 가로질러 날아가 버렸다. 나는 말에 앉았다. 부조리한 골동품인 오보가 간절한 소망과 삭히고자 하는 공포를 조롱하는 듯 했다.

내게 어떤 간절한 소망과 공포가 있었는지 다 잊어버린 것 같았다. 온통 벌거벗은 높다란 정상들이 저 멀리 하늘을 향해 가슴을 내밀고 있는 이런 높다란 고독의 장소에서, 나는 내 자신의 욕망에서 완전히 벗어났음을 느꼈다. 나는 현재의 육체적인 감각, 깊은 계곡 두 개 사이의 이 산길의 느낌, 눈 내음, 파도처럼 굽이치는 풀밭, 저 아래 펼쳐진 웅대한 풍경, 얼른 달려가고 싶어 머리를 들어 올리는 말들에게 만족하고 있었다. 우리의 옷자락을 잡아당기는 집요한 바람처럼, 이 순간이 내게는 너무나 멋져서 다른 것은 아무것도 생각할 수 없었다.

이 산맥을 통과하며 윌리엄 수사의 가이드들은 악마만을 생각했으리라. 사악한 악령이 이런 아찔한 곳에 살며 여행자들을 불가사의한 곳으로 이끈다고 했다. 때로는 악령이 말을 빼앗고 말 주인을 팽개쳐 버린다고 했다. 어쩔 때는 사람의 내장을 꺼낸 다음 시체를 말 위에 남겨 둔다고도 했다. 윌리엄 수사를 유럽인 무당이라고 생각했던 가이드는 윌리엄 수사에게 악령을 쫓을 주문을 간청했다. 수사는 '흉악한 바위'가 있는 고립된 공간에 당황해서 커다란 목소리로 사도신경의 신앙고백, "나는 하느님을 믿습니다"라고 외쳤다. 윌리엄 수사의 마력에 푹 빠진 가이드는 행운의 주문을 부탁했다. 윌리엄이 네모난 작은 종이에 사도신경과 주기도문을 적어 주었더니 가이드들은 그것을 엄숙하게 자기들의 이마에 붙였다.

효과가 있었던 것 같다. 그들은 내장이 드러나는 일없이 알타이를 가까스로 빠져나갔다. 우리도 그랬다. 갠볼드의 향은 주기도문만큼 가치가 있었다.

우리는 갠볼드의 숙모가 사는 또 다른 게르를 향해 또 다른 산길을 젖빛의 강을 따라 오후 내내 말을 달렸다. 숙모는 꼿꼿한 여왕다운 모습으로 우리에게 차와 빵을 부드러운 버터와 함께 내주었다. 숙모는 지난 밤 머물렀던 게르의 남자주인의 형제와 결혼을 했다. 나는 복잡하게 얽힌, 이 산맥의 우물 안 개구리 같은 가족관계를 조금 알 것 같았다. 내게 알타이는 무한한 풍경이었다. 가장 가까운 이웃이 말을 타고 네 시간을 달려야 있었다. 이곳에 사는 사람들에게 이 산은, 소문이 대화의 주요특산물인 작은 마을 같았다. 갠볼드는 무당과 그의 주인노릇을 하는 아내에 대해, 똥 더미 캠프에 사는 딸 셋이 아직 결혼하지 않았다는 것에 대해 그리고, 우리가 점심을 얻어먹었던 게르의 어울리지 않는 남편이 안장 사치에 만족하지 못하고 오토바이를 산 것을 자랑했다고 알려 주었다. 집주인은 다 안다는 듯 고개를 끄덕였다. 그들은 감정의 일치를 보았다.

땅거미가 질 무렵, 우리는 광활하고 축축한 평야를 가로질러 동쪽을 향해 나아갔다. 말은 흠뻑 젖은 풀밭을 걸어가며 기다란 그림자를 우리 앞에 드리웠다. 물새 떼가 축축한 땅을 가로지르며 노래했다. 낮은 산마루로 나아가자 둥근 호수가 내려다보였다. 수면 위에는 멀리 물가에 그림같이 세워진 한 채의 게르가 초연하게 떠 있었다.

말을 타고 다가가자, 어린 소녀 둘이 덥수룩한 붉은 야크의 젖을 짜고 있는 것이 보였다. 야크 젖을 짜는 것은 강인한 체력과, 고압적인 태도, 그리고 역도선수 같은 체격이 필요한 아주 힘든 일이다. 몽골에서는 여자들이 이 일을 하기로 합의를 본 것 같았다. 소녀들이 커다란 짐승의 궁둥이를 찰싹 때리며 못살게 굴고 있는 동안, 청년기의 침묵 속에서 음모를 꾸미는 호리호리한 오빠 셋은 게르 안에서 엄마가 주는 따뜻한 야크 젖을 마시고 있었다.

집주인인 갠볼드의 작은 할아버지는 어딘지 모르게 야크랑 비슷했다. 덥수룩한 털모자 아래 고집스런 얼굴에 쓸쓸한 눈동자가 빛나는 반백의 거구였다. 흑백의 얼룩덜룩한 말을 타고 나타난 그는 자신의 게르 옆에서 자리를 차지하고 있는 아들들을 쫓아 버렸다. 주인은 아무런 말도 없이 자리를 차지하고, 말없이 아내가 건네는 찻잔을 받아들었다. 그러고 나서 천둥 같은 방귀를 뀌더니 무슨 소식을 가지고 왔느냐고 물었다.

"소식? 아니오. 소식 없는데요."

내가 말했다. 나는 그의 아들들이 측은했다. 노파 '야크'는 고개를 숙이더니 마치 돈을 내게 할 것인지 아니면, 내 다리에 오줌을 싸서 쫓아낼 것인지 심사숙고하는 듯, 찻잔 너머로 나를 빤히 쳐다보았다.

"소식이 없다고!"

바담이 고함을 쳤다.

"당신 호브드에서 왔어. 그런데, 소식이 없어! 당신 알타이를 지나서 말을 타고 왔어. 그런데, 소식이 없어!"

나는 소식을 만들었다.

"이곳과 호브드 사이 목초지가 별로 안 좋았어요."

나는 중얼거렸다

"건조한 봄 날씨였어요. 어제는 더트에 온종일 비가 왔어요. 당신 조카 식구들한테 지난 밤 새끼양이 태어났는데, 산란기 마지막인 것 같더군요. 양 이름은 스탈린이에요. 오치르가 새 안장을 샀는데, 아마 굉장히 비싼 것 같더군요. 호브드 나담축제, 3년생 경마에서 말 두어 마리가 죽었고 레슬링 시합이 무척 흥미로웠고…."

맥 빠진 소식에 흥미를 잃은 바담은 통역을 채 기다리지도 않았다. 안주인이 양 뼈를 내주어서 우리는 앉아서 잠깐 게걸스럽게 그것들을 먹었다. 그러고 나서 바담이 뒤에 걸려 있던 자루에서 '밀크 보드카'를 내밀었다. 몽골인들의 게르에는 언제나 술이 비치되어 있다. 염소가죽에서 발효시킨 알코올 성분의 말 젖 아이락은 당연하고, 대부분의 몽골의 집에서는 우유에서 증류한 아르히arkhi를 내놓는데, 엄청나게 독한, 지뢰와 같은 술이다.

바담이 플라스틱 석유통에 담긴 아르히를 작은 도자기 잔에 따라서 우리 각자에게 내밀었다. 우리는 술을 마시기 전에 반드시 행해야 하는 의식을 했다. 마시기 전에 하늘을 향해, 게르의 난로를 향해, 그러고 나서 우리의 이마를 향해 잔을 들어올렸다. 내가 그런 의식을 아는 것을 보고 바담의 기분이 좀 누그러진 듯 했다. 나는 한 모금 마시고 움찔했다. 머릿속에서 아르히가 폭발하고 있었다.

이제 저녁식사를 다 마치고 바담이 뒤로 물러나 앉아서 술집 바의 이야기꾼처럼 호수에 사는 괴물에 관해 긴 이야기를 들려주기 시작했다. 그것은 밤에만 나온다는 커다란 검은 새였다. 바담은 그 새를 세 번 보았단다. 날개너비가 게르보다 더 넓은데 부드러운 콧소리를 낸다고 했다. 바담은 그 새가 독수리와 야크 사이에서 태어났다고 믿었다. 내가 괴물 '네스'에 대해 말하자 그가 큰 관심을 보였다. 그래서 자신의 새를 잠시 동안 잊은 듯 했다. 하지만 갠볼드가 스코틀랜드는 남자가 치마를 입는 나라라고 말하자 강한 매력이 허물어졌다.

나중에 게르가 보이지 않는 곳, 호수 위 바위에 설치해 놓았던 내 텐트로 돌아왔을 때 나는 도둑이 들었다는 것을 알았다. 몽골인들이 부러워하는 내 카메라와 값비싼 안장은 손도 안대고 그대로 남아 있었다. 우리가 저녁을 먹고 있는 사이 기어들어 왔을 게 분명한 도둑은 좀 더 소중한 품목들을 찾았다. 작은 거울, 손톱깎이, 볼드의 말보로 상자, 그리고 초코 다이제스티브 비스킷 전부. 도둑은 그 비스킷에 너무 흥분한 나머지 범죄현장에서 그것을 몽땅 먹어 버리고, 빈 상자와 부스러기만 남겨 놓았다.

아침에 캠프는 아들 셋이 몽크 카르한의 나담축제에 갈 준비를 하느라고 대혼란을 겪었다. 게르 안에서 멋쟁이 맏이가 텐트 주위에 빙 둘러 있는 상자를 뒤져 각양각색의 옷을 입어 보았다. 마침내, 이상야릇한 승마바지에 프릴이 달린 흰색 셔츠를 골랐다. 여동생들 중 한 사람이 가까이 있었더라면, 그 셔츠가 여자용 블라우스라는 것을 지적해 주었을 것이다.

"신붓감을 찾으려고요."

그가 비단 단추랑 씨름하며 이렇게 털어놓았다. 내가 무슨 조언이라도 해 줄 수 있을 것처럼 내게 뭔가를 바라는 듯 바라보았다. 내가 할 수 있는 것이라고는 그가 여동생들의 립스틱에 현혹되지 않도록 그에게 튼 입술에 바를 입술연고를 빌려 주기로 한 것뿐이었다.

아침을 먹고, 나는 바담에게 그 위대한 비스킷 도둑에 대해 이야기 했다. 바담은 자기 손님이 그러한 불명예를 겪었다는 것에 불같이 화를 냈다. 의심 가는 이웃사람들에 대해 엄중히 조사하겠노라고 말하기에 나는 그에게 용의자에 대한 진술을 했다. 손톱을 잘 다듬고, 서양담배를 피우며, 초코 비스킷을 좋아할 것이라고 말했다.

몽크 카르한을 향해 말을 타고 갈 때, 나는 낮은 산마루에 멈춰 서서 쌍안경을 꺼내 보았다. 게르 앞에서 바담이 여자 블라우스를 입고 있는 맏아들을 말채찍으로 때리고 있었다. 바담이 도둑을 잡은 것 같았다.

바람은 등 뒤에서 하루 종일 우리를 밀어 댔다. 눈 덮인 몽크 카르한의 정상, 몽골에서 두 번째로 높은 산이 구름 스카프를 길게 두르고 우리 앞에 보이기 시작했다. 오전 중반에 우리는 물이 부른 강을 지났다. 물이 말의 배까지 닿았기에 말은 강바닥의 헐거운 돌멩이 사이로 발 디딜 곳을 찾느라 벌벌 떨었다.

그러고 나서 우리는 긴 돌 계곡에 도달했는데 하얀 강물이 호수로 이어져 있었다. 계곡을 한 시간쯤 올라가 우리는 갠볼드의 사촌의, 부인의, 이복형제가 사는 게르에 도착했다. 저녁은 당연히 양고기였다. 집주인이 양의 난소를 건져내어 그것을 특별히 내게 건네주었다.

날씨는 다시 바뀌었다. 밤새 사나운 바람이 텐트를 흔들어댔다.

다음날, 우리는 몽크 카르한의 나담축제에서 보냈다. 이 백 명 정도 되는 경마의 단골손님들이 낮은 언덕 사이 자그마한 평야에 모여 있었다. 그때, 갑자기 하늘에 구멍이 뚫리기라도 한 듯 세상을 삼킬 듯한 폭우가 쏟아졌다. 몸 하나 피할 곳 없는 평야에서 그곳에 모여 있던 사람들은 어깨를 움츠린 채 억수같은 비에 등을 돌렸다. 그리고는 4시간 동안 모자챙에서 떨어져 내리는 비를 바라보았다. 몹시도 추웠다. 정말로 비참했다.

구름이 다시 걷히자, 모든 사람들이 잃어버린 시간을 만회하려고 했다. 보드카와 아르히 병이 델 옷자락에서 나왔다. 젖은 풀밭에 돗자리가 깔리고, 떠들썩한 술잔치가 벌어졌다. 몇 분 만에 대부분의 열성분자들이 술에 취해 으르렁 거리고 있었다.

슬프게도 나는 바람이 휘몰아치는 언덕에서 취할 기분이 아니었다. 비가 내 영혼 속으로 기어들어 온 것 같았다. 나는 잠을 청하려고 트럭 짐칸으로 기어 올라가서 책을 읽었다. 내 고독은 갑자기 나타난, 물에 흠뻑 젖은 진홍색 델을 입은 한 나이든 신사에 의해 산산조각이 났다. 트럭 옆에서 불쑥 나타나 꼬꾸라질 듯 내 무릎으로 쓰러진 그는 마치 하늘에서 갑자기 떨어진 듯 했다.

그가 내게 다가와 나를 사랑한다고 말했다. 내 눈을 빤히 들여다보더니 내 한 손을 잡고 자기 뺨에 지그시 눌렀다. 눈물을 흘릴 것 같았다. 숨을 깊게 쉬자 보드카 냄새가 나를 어지럽게 했다. 한 번, 두 번, 그는 무언가 말하려고 했지만 감정이 그를 앞질렀다.

잠시 후, 그는 제정신으로 돌아왔다.

"스탈린."

그가 한숨을 쉬었다.

"우리는 언제나 함께 할 거요."

그는 가슴이 벅차올라 목이 메었다.

"우리는 헤어지면 살 수가 없어. 알고 있지요? 그렇지요?"

나의 애인은 예순 살이었고 이빨은 누렜다. 구레나룻을 기른 얼굴과 숨결은 불같이 뜨거웠다. 내 손을 절대 놓아주지 않으려는 듯 그는 내 손을 꼭 쥐었고, 마치 팩시밀리가 우는 것처럼 입술에서 빨아 대는 소리를 냈다. 취기는 몽골과 러시아의 70년 동안의 우정에 대한 감상으로 그를 감정적으로 엉키게 만들었다.

그가 말했다.

"1921년에도 함께, 1945년에도 또 함께 일본 군대에 대항했어. 우리는 동지야. 우리는 떨어질 수가 없다고. 러시아랑 몽골은 70년간 동지였어."

그는 비에 잔뜩 젖은 델을 입은 채 나를 힘차게 포옹했는데, 델은 뻣뻣하게 굳어 있었다. 내 얼굴은 축축하고 딱딱한 털 속에서 숨을 제대로 쉴 수 없었지만 그는 계속해서 무엇인가 중얼거렸다. 이 시점에서 내가 러시아 사람이 아니라는 것을 새 동지에게 말하는 것이 어쩐지 인색하게 느껴졌다.

드디어 내게 키스를 해도 되겠느냐고 그가 물었다. 대답을 기다리지도 않고, 그가 내 얼굴을 커다란 손으로 움켜잡더니 질척질척한 입맞춤을 내 양 볼에 때려 박았다.

"동지."

그가 우는 듯한 목소리로 소리쳤다.

"모자를 서로 바꿔야지."

그의 모자는 그의 의상과 딱 어울렸다. 말이 모자 위에서 한 숨 잔 것만 같았다.

마침 경주가 나를 구해 주었다. 사방에서 선두 말의 출현을 알리는 함성이 일었다. 잠시잠깐 정신을 잃은 노인이 나를 잡고 있던 손을 놓았기에 나는 더 이상의 눈물 없이 트럭 저쪽으로 탈출할 수 있었다.

우리는 원초적인 단순성을 지닌 풍경 속으로 들어가고 있었다. 복잡한 산맥, 벼랑, 가파른 고개, 그리고 깎아지른 듯한 계곡들은 지루한 지평선 위에 나열되어 있었다. 나무도 없는, 펠트처럼 부드럽고 야생화가 만발한, 긴 풀밭이 매끄러운 언덕 사이에 주름 잡혀 있었다. 몇 마일에 걸쳐 아무것도 없이, 게르 지붕들만이 부드럽고 잔잔한 곡선을 이루고 있었다. 언덕 멀리, 말떼가 전속력으로 달리는 것이 느릿느릿 보였다.

몽크 카르한에서 갠볼드가 우리를 그의 학생 한 명에게 인도해 주었다. 그 학생 가족은 야생 앵초, 아네모네, 사향난초가 피어 있는 언덕 꼭대기에 살고 있었다. 아지이는 부끄러움을 잘 타는 여학생 같은 열아홉 살 청년이었다. 나는 그가 만난 첫 번째 외국인이었는데 첫째 날, 뭔가 잃어 버린 것처럼 내게서 눈을 떼지 못했다. 그가 우리에게 골라 준 말은 아주 잘 생긴 얼룩덜룩한 거세된 놈이었는데, 나는 그 말을 갖게 돼서 정말 기뻤다. 쾌활하고 총명한 그 말은 중세 성인처럼 긴 목이 활처럼 굽었고, 좁은 얼굴은 길었다.

우리는 파란 제비고깔이 가득 핀 좁은 골짜기를 여럿 지나갔다. 골짜기에서 벗어나자, 우리 앞에 풍경이 펼쳐졌다. 원시의 넓디넓은 풀밭이 구름 그림자 사이를 표류하고 있었다. 우리는 양떼 속에 숨어 있는 게르와, 리본으로 장식한 나담축제 말들을 몽크 카르한에서 데려오는 기수들을 지나쳤다. 서쪽에서 강한 바람이 불어오고 종달새가 풀밭 위를 날고 있었다.

우리는 사람이 거의 살지 않는 건조한 곳을 통과해 남동쪽을 향해 사흘간 나아갔다. 첫째 날 저녁, 바위 산마루를 올라갔다. 그곳은 또 다른 땅, 또 다른 세계였다. 봉건시대의 남작이 있었다면 두 개의 계곡이 잘 바라보이는 전망 좋은 성을 지어 놓았을 것이다. 하지만 성 대신 거기에는 초라해 보이는 게르가 질어진 해질녘 황혼 속에 수 십 마리 감상적인 낙타들의 보호를 받으며 있었다.

안에는 무뚝뚝한 남자들이 난로 주위에 쪼그리고 앉아 있었는데, 그 모습은 촛농이 뚝뚝 떨어지는 한 쌍의 촛불이 비추는 판화그림처럼 보였다. 코가 부러진 덩치 큰 여인이 우리에게 난로 위 주전자에서 묽은 죽을 그릇에 따라 주었다. 일을 마치자, 찌꺼기를 문 밖 개에게 던져 주고는 어둠 속으로 기어 들어가서 조용하게 트림을 하더니 코를 골기 시작했다.

남자들은 퉁명스럽게 우리를 환영했다. 그들은 모두 취해 있었다. 그들은 작은 아르히 잔을 돌리더니, 우리와 잔 너머 우리 물건들을 마치 공격할 가장 좋은 순간을 결정하는 듯 뚫어져라 바라보았다. 그 사람들이 서로 자기들끼리 말싸움을 벌이기 시작할 때, 우리는 밖으로 살짝 빠져나와 묶어 놓았던 우리말을 풀고 달빛 속에서 또 다른 텅 빈 산마루로 향했다. 그리고 그곳에 우리의 캠프를 쳤다.

둘째 날, 우리는 돌투성이의 기다란 계곡을 내려갔다. 야크들이 털이 긴 황소들의 지휘 아래 뛰어다니며 놀고 있었다. 장밋빛 바위를 구불구불 지나는 강이 나타났다. 저 멀리 끝 좁은 협곡을 흐르는 계곡 아래, 라벤더와 부드러운 풀의 선반 위에서 우리는 야영을 했다. 저녁에는 깊고 깨끗한 강물에서 몸을 담그고 옷을 빤 다음 모닥불 가에서 옷을 말렸다.

셋째 날에는 돌 틈 사이 야생초가 무성한 모스트Most 평야를 지났다. 여전히 뜨거운 공기 속에는 말발굽 아래에서 피어오른 로즈마리, 라벤더와 산파(백합과의 여러해살이풀. - 옮긴이주) 향 내음이 뒤섞여 있었다. 그날 밤, 신기하게도 강줄기가 자갈밭과 모래톱에서 실처럼 가늘어지는 곳에서 야영을 했다.

아침에, 머리를 내 텐트에 들이밀고 자신의 낙타를 보았느냐고 묻는 낯선 사람 때문에 잠에서 깨어났다. 몇 분 후 내가 정신을 차리고 났을 때, 그 남자는 마치 짐승을 쫓아 세상 끝으로 떠나간 것처럼 사라져 버렸다. 하늘은 높고 청명했다. 저 멀리 동쪽으로 염호鹽湖가 텅 빈 대기 안에 떠 있고, 북쪽으로는 낙타빛 산맥이 눈 덮인 정상을 향해 기어오르고 있었다.

낮 내내 산파, 도마뱀, 그리고 말들을 괴롭히는 작은 파리와 함께 단조로운 긴 평야를 내려갔다. 광대한 풍경 속에서 우리의 진척은 너무 느린 듯 보였다. 마치 우리가 꼼짝도 하지 않고 서 있는 것 같았다. 평야가 흔들거렸다. 우리 동쪽으로 잃어버린 낙타가 나타났다. 낙타는 물을 그리워하며 터벅터벅 걷고 있었다. 산맥 자락에 다다르니 바람이 새롭게 불어 왔다. 시원하고 신선한 바람에서 돌 냄새가 났다. 우리는 한 시간 이상을 올라갔다. 단단하지 못한 바위들 때문에 말들이 비틀거렸다. 산 위 벼랑, 정상 바위 위에서 염소들이 우리를 내려다보고 있었다.

날이 저물 무렵, 산맥의 끝에서 우리는 풀이 무성한 계곡을 가로질러 펼쳐져 있는 커다란 게르 촌을 내려다보았다. 유목민의 가정에서 나는 감미로운 소리가 우리에게 밀려왔다. 아이들의 목소리, 개 짖는 소리, 양이 우는 소리, 이웃을 부르는 사람들의 목소리가 황금빛 초원을 가로질렀다.

투부드는 화려한 허리띠를 두른 문인으로, 그에게는 젊은 아내와 보드카를 마시는 버릇이 있었다. 준비가 안 된 침대처럼 주름진 얼굴에 회색 구레나룻을 길렀는데, 누런 이빨은 부러졌고, 납작한 코는 완전 딸기

코였다. 초라한 에드워드 시대의 신사를 생각나게 하는 그는 매너와 지식, 다른 세대의 액세서리로 치장하고 있었다. 그의 경우 후자는 장식이 달린 말채찍, 중산모, 허리띠 뒤쪽에 쑤셔 넣은 정교한 칼집에 들어 있는 칼, 두꺼운 은 체인에 달린 전통적인 긴 담뱃대와 담배쌈지인데, 이것들은 1910년의 몽골 멋쟁이의 장식이었다.

그의 게르는 엄청나게 지저분했다. 정교한 자물쇠가 달린 붉은색과 황금색으로 칠한 큰 상자들이 벽 둘레에 쌓여 있었다. 그들 부부의 유화가 경대 위에 기념품 시계와 메달의 전시품 사이에 세워져 있었는데, 그것은 흡사 피사의 사탑처럼 보였다. 은으로 만든 말굴레가 천정기둥에 매달려 있고, 은 식기세트가 작은 탁자 위에 펼쳐져 있었다. 투부드는 유서 깊고 뛰어난 집안 출신이었다. 큰 할아버지가 '알단야빈 아유쉬'인데, 파르티잔인 그의 쓸쓸한 동상이 호브드 광장에 서 있다. 그의 조상은 칭기즈 칸까지 거슬러 올라간다고 그가 엄숙하게 말했다. 투부드 자신은 유럽과 미국에도 가본 적이 있었다고 했다. 1960년대 중반 몽골 문화단체와 함께 관광을 하며 자신의 지루하게 긴 시에서 뽑아낸 인용구를 낭독했단다.

그는 자신이 이미지와 이야기의 보호자라고 했다. 그의 책들은 회색 기름천에 끈으로 묶어 안장 가방에 보관되어 있었다. 거기에는 시, 전기, 해학적인 역사, 전설적인 몽골 영웅에 관한 이야기, 전에 우리가 가로질렀던 산맥에 산다고 전해지는 설인雪人 같은 상상의 동물에 관한 책 등이 있었다. 솔기가 풀린 얇은 페이퍼백 책은 새처럼 가벼웠고, 손 안에서 바스러질 것만 같았다. 유목사회에서의 책이란 마치 흰개미세상의 목재 혹은 축축한 정글속의 가죽처럼 상하기 쉬운 것 같았다.

투부드의 아내가 우리에게 구식 구리 주전자에서 차를 내주었다. 그동안 투부드는 말 노래를 불렀다. 이누잇Inuit 사람들에게 눈雪을 표현하는 데 여러 가지 단어가 있는 것처럼(이누잇이란 우리가 흔히 에스키모라고 부르는 사람들로, 이들은 단순히 눈을 지칭하는 어휘를 넘어 눈의 모양이나 내리는 모습, 녹은 상태 등을 일일이 구분하여 부른다고 한다.– 옮긴이주), 몽골 사람들에게는 말을 묘사하는 수많은 방법이 있다. 노래도 역시 그렇다. 그러나 투부드의 진짜 열정은 조각이었다. 그는 델 자락 깊은 곳에서 엄청나게 뒤얽혀 있는 열쇠를 꺼내 장식장을 열기 시작했다. 그것들은 귀중품이었다. 한 번에 하나씩 그가 천에 싸인 조각들을 들어올렸다. 말과 야생염소 모양, 산양과 야크가 그의 발 아래로 모여들었다. 똬리를 틀고 앉은 뱀, 아이에게 젖을 먹이고 있는 어머니, 순록을 타고 있는 타스탄Tsaatan, 늑대와 몸싸움을 하고 있는 남자, 말을 타고 있는 남자들이 있었다. 하나하나, 모두가 전설이었다. 그가 점점 더 많은 상자의 뚜껑을 뒤로 놓았다. 그의 삶의 박물관인 조각 모형들이 게르 바닥을 가로질러 퍼졌다.

한 상자 바닥에서 그 자신이 늑대와 싸우는 조각을 찾아냈다. 그가 좋아하는 것 중 하나였다. 투부드는 자기가 만든 주인공들의 삶에 도취해 자기 삶을 동정한 헤밍웨이와 성격이 같았다. 늑대를 죽이는 것은 몽골 영웅의 삶을 정리하는 순간이었다. 그 조각은 그가 늑대를 여섯 마리 죽였다는 것을 기념했다.

"그 중 한 놈도 날 조각했지."

그가 농담처럼 말했다. 끝이 달아난 집게손가락을 들어올렸다.

나는 그에게 서양에 대해 어떻게 생각했느냐고 물어 보았다. 그가 기대했던 그대로였는지 물어 보았다. 가장 놀랐던 것은 범죄가 많지 않았다는 것이라고 말했다. 여행에 앞서 그가 조사할 수 있었던 제한된 자료들은 주로 영화였는데, 영화는 그에게 거리에서의 엄청난 총싸움을 알려 주었다. 처음 며칠 동안 이 늑대 레슬링 선수는 거리에서의 총싸움에 대한 공포로 감히 호텔 밖으로 나갈 생각도 하지 못했다. 중앙아시아 대초원지대에서 내려온 칭기즈 칸의 후예는 런던, 파리 그리고 뉴욕이 야만스런 무법천지라고 걱정했었다. 물론 그가 옳았다. 서양의 도시와 비교하면 외몽골은 준법도시의 표본이니까.

그가 쓰고 싶은 책이 하나 있다고 했다. 거의 70년 동안의 공산주의 이후, 시장경제에 적응하는 사람들의 생활 방식, 나라가 시장 세력의 주문을 위해 하룻밤 만에 축적된 노력의 신념을 저버리는 방식에 관한 것이었다.

"비극인가요?"

내가 제안했다.

"아니, 아니오. 코미디요."

그가 말했다.

말을 고르며(나마진 계곡)

저자와 꿋꿋한 프레드(헨티)

여름목초지(몽크 카르한)

야크 젖 짜기(알타이 산맥)

카자흐 게르에서의 점심 (바얀올지)

출발을 준비하며

몽골의 궁수, 나담축제(호브드)

라이트급 선수, 나담축제

독수리 사냥꾼(바얀울지)

가이드와 가이드의 딸(다달)

결혼전쟁 전, 신혼부부(아한가이)

이주(알타이 산맥)

염소스튜 준비(재그)

세 명의 병사들(아한가이)

늙은 라마승(이크 타미르)

고대 카라코룸의 유적. 몽골제국의 수도였으며, 13세기에는 세상의 중심이었다.

9장
고비 사막의 끝자락에서

이제 지도에는 창백한 사막의 그림자가 우리 여행 경로를 가득 메우고 있었다. 우리는 지도 위에 갈색과 초록색으로 그려진 알타이의 작은 언덕들을 빠져나와, 희미하게 표시된 곳으로 들어섰다. 약간 불길해 보이는, 하얗게 펼쳐진 천연 염전의 푸른색 줄무늬가 동쪽으로 그려져 있었다. 이곳이 샤린 고비사막Shargyn Gobi이다. 중국국경을 따라 남쪽으로 뻗어 있는, 보다 규모가 큰 고비사막의 북쪽 지역이었다. 죽은 강의 말라 버린 공허함과 소용돌이처럼 올라가는 온도가 우리를 새로이 위협했다. 지난 주 양고기를 먹으며 게르에서 여행경로에 대해 얘기 나누었을 때 이런 사막 황무지를 건너는 것은 불가능하다는 것에 결론이 모아졌었다. 아무도 이 코스라면 우리와 동행하지 않으려 했다. 뜯어먹을 것도, 물도 없는 곳으로 자신들의 말을 아무도 내놓지 않으려 했다.

물론 낙타는 언제나 있었다. 그러나 나는 오래 전에 운송수단으로써 낙타를 포기했다. 내 경험상 낙타는 자세도 나쁘고 성질도 나쁜 짐승이다. 끔찍하게 더럽고, 화가 나면 침을 뱉는 짜증나는 버릇도 있다. 낙타에 대한 유일한 기쁨은 우연하게 수단 북쪽에서 한 번 먹었던 낙타고기로 인한 것이었다. 그 경험조차도 그릇으로 날아 들어온 엄청난 양의 모래로 엉망이 되어 버렸지만 말이다. 낙타를 제외하고 나면 유일한 옵션은 최악의 사막 150마일을 가로질러 고비알타이의 아이막센터까지 지프를 타고 가는 것이었다. 거기에서 다시 말을 타고 우리의 여행을 지속할 수 있었다. 누군가의 게르에서 점심을 먹으며 우리는 지역 광산 책임자를 만났다. 그가 우리에게 지프로 다리브Dariv까지 태워다 주기로 했다. 약 20마일 정도거리인데 거기에서 고비알타이로 가는 지프를 얻을 수 있다고 했다.

그 책임자는 슈트재킷을 입고, 배가 불룩 나왔는데, 슈트재킷도 올챙이 배도 몽골에서는 보기 드문 것이었다. 그의 광산이 폐광 위기에 처해 있다기에 나는 그에게 영국석탄산업의 붕괴를 말해주며 그의 기운을 북돋아 주었다.

투부드도 우리와 함께 여행했다. 그는 국가가 노인들에게 주는 연금을 받는 데 뭔가 행정적인 문제를 갖고 있었는데, 다리브 시장市長의 도움으로 그 문제를 해결할 수 있기를 바랐다. 그가 자신의 중산모, 긴 담뱃대를 들고, 리튼 스트레치(빅토리아 시대 명사들의 전기인 『Eminent Victorians』로 유명한 작가.– 옮긴이주)처럼 차려입고, 지프 뒤쪽으로 기어올랐다. 광산 책임자는 투부드가 노인이었기에 예의바르게 대하기는 했지만, 그를 경계하는 눈빛으로 바라보았다. 그에게는 예술가 타입이 익숙하지 않은 것 같았다.

우리는 낮은 언덕을 힘겹게 나아갔다. 그곳에는 풀도 자라지 않았다. 산길에서 오보에 잠깐 멈추어 목을 축였다. 오보는 몽골지방에서 신령스런 장소임과 동시에 선술집의 역할도 한다. 여행자들이 예를 표하기 위해 오보에 멈추었을 때, 그들의 보편적인 의식 중 하나가 보드카 한 모금을 바치는 것이다. 일단 보드카 병을 따면 동료들과 함께 자리 잡고 앉아 병을 싹 비우는 것이 관례이다. 이런 식으로 지프 여행은 종종 오보를 돌아다니며 술을 마시는 것으로 변해 버리기도 한다. 우리에게 컵이 없다는 사실을 알고는, 운전자가 영리하게도 자동차 미등 커버를 돌려 빼더니 주전자 물로 조심스럽게 헹구고는 칭기즈 칸 보드카를 따랐다. 술 이름처럼, 꽤 쌨다.

이렇게 잠깐 쉰 후에, 우리는 언덕에서 내려가 속도를 내어 텍사스처럼 넓은 평원을 가로질렀다. 사막으로 들어가고 있는 중이었다. 전봇대 줄이 황량한 지평선의 풍경 속 하늘에 매달려 있었다. 다리브는 텅 빈 공간의 얼룩이었다. 수백 마일에 걸쳐 유일한 마을이었다.

그곳은 유령의 마을이었다. 시장만 유일한 주민으로 남겨 놓은 채, 주민 전체가 짐을 싸서 산에 있는 여름 목초지로 떠나가 버렸다. 침몰하는 배의 선장처럼, 그는 마을과 함께 가라앉을 것처럼 단호해 보였다. 그는 단정치 못한 고독한 모습으로 문간에 서서, 하얀 황무지 너머 나타나는 우리 지프의 모습을 두꺼운 안경너머로 노려보고 있었다.

시장의 집은 텐트처럼 정돈되어 있었다. 가구는 없었다. 벽에는 어느 게르에서나 볼 수 있는 똑같은 큰 상자더미와 값싼 여행용 가방이 있었다. 우리는 시장의 오른 쪽 자리에 앉았다. 그는 우리에게, 홍콩의 만다린 오리엔탈 호텔 로비 엽서로 장식된 중국제 보온병에 담긴 블랙러시안 차를 내주었다. 물론 그의 아내도 아이들을 데리고 부모님과 함께 여름을 나기 위해 호브드로 떠났다고 그가 말했다.

시장은 공산주의파도 아니고 오래된 왕국파에도 속하지 않은 몽골의 새로운 정치 부류에 속해 있었다. 모든 유목민과 마찬가지로 몽골 사람들은 정치적으로 보수적이다. 1990년 처음으로 투표할 기회가 주어졌는데, 몽골 사람들은 거의 70년 동안 선거 걱정 없이 지배했던 공산당을 얼른 다시 뽑았다. 그러나 변화에 대한 생각은 결과적으로 울란바토르에서 시골까지 침투되었다. 그리고 그 이후 1996년에 다시 선거가 실시되자 몽골인들은, 주로 30대로 이루어진 진보적인 생각을 지닌, 하지만 행정경험이 없는 사회민주당에게 정권을 맡겼다. 젊은이들은 개혁에 열정적인 신인들에 대한 기대로 고무되었고, 나이든 사람들은 애송이 학생들을 한 무더기 뽑았다고 두려워했다.

시장은 이러한 부분에서 사회민주당의 명목상 대표였다. 그는 내게 스스로가 아주 현대적인 사람이라는 것을 이해시키고 싶어 했다. 그는 일생의 대부분을 울란바토르에서 살았고 대학에도 다녔었다. 그는 또 팬티도 입었는데, 몽골에서 그것은 확실히 세련된 도시의 표현이었다. 그는 목동들과 함께 겪어야 하는 나의 시골생활의 어려움과 고난에 대해 안쓰럽게 여겼다.

"무식한 사람들이죠. 외국인에게 익숙지 않고."

그가 말했다. 나는 그들이 아주 우호적이었노라고 말했다.

"술을 너무 마셔요. 알코올 중독은 망국병입니다."

"전부 다 아주 상냥했어요."

나는 그에게 확신을 주려고 애썼다.

"마시고, 마시고, 또 마시고!"

시장은 자신의 무릎을 세게 두드렸다.

"성인 남자의 절반이 매일 취해 있는 나라에서 우리가 어떻게 현대화를 이룩할 수가 있겠어요?"

나는 자동차 라이트 잔에 따라 마신 술이 그에게 들키지 않도록 주제를 우리일정의 다음 코스로 돌렸다. 시장은 무척 도와주고 싶어 했다. 그는 지나가는 자동차에 우리를 확실히 태워 줄 수 있을 것이라고 했다. 나는 동쪽으로 가는 이 길로 차가 얼마나 많이 오느냐고 물어 보았다.

"네다섯 번."

시장이 말했다.

"하루에?"

"한 달에 네다섯 번이요."

시장이 말했다. 교통량의 부재는 다른 사람들을 실망시켰다. 그러나 새로운 행정권을 가진 시장은 자신감이 넘쳤다. 그가 말했다.

"내가 주유소에 알리겠습니다. 전부 다 기름을 넣으려고 주유소에 들르거든요. 내 허락 없이는 기름을 넣지 말라고 지침을 내리겠습니다."

히치하이커에게는 꿈같은 곳이었다. 어떤 운전자도 시장한테 심문을 받기 전에는 우리를 떼놓고 마을을 떠날 수 없었다. 그는 자신의 공직이 지닌 권력에 고무되어, 우리를 안심시키려는 듯 웃어 보였다.

투부드는 이때를 자신의 연금문제를 끄집어 낼 순간으로 보았다. 좀 더 부드럽게 시작하기 위해 그는 델 자락에서 칭기즈 칸 한 병을 빼냈다. 이것은 술에 관한 시장의 견해에서 보자면 다소 성급해 보였지만 제 버릇 개 못주는 법. 술잔이 나오고 잔이 돌아갔다. 시장은 마시면서 인상을 썼다.

그리하여 기분이 좋아진 투부드는 그의 연금에 얽힌 복잡한 이야기를 시작했다. 갑작스레 그가 '고도를 기다리며'의 중산모에 파이프를 문 블라디미르처럼 보였다. 처량한 패배감에 사로잡혀 그는 그의 연금을 기다리고 있었다. 아마도 그는 자신의 연금을 몇 년 동안 기다렸던 것 같았고, 기다림은 그의 페르소나의 일부가 되었다.

투부드는 시장을 천천히 사회보장의 역사가 뒤엉킨 관료문제 속으로 이끌었다. 몽골에서의 연금은 공산주의 시대의 집단 유목촌인 '네그델 negdel'에서 일한 연수와 관계가 있었다. 양보다 책과 함께 한 작가는 그 시스템에 적응하기 어려웠다. 시장은 참을성 있게 투부드의 이야기를 들으며 몇 가지 메모를 했다. 주거니 받거니 하는 것은 어떤 즉각적인 결과에 대한 희망보다는 몇 년간 투부드의 기다림에 대한 신의를 지키려는 분위기였다. 여기서 보드카는 유용한 역할을 했다. 칭기즈 칸이 몇 순배 돌자, 연금은 더 이상 중요한 문제가 아닌 것처럼 보였다. 투부드에게조차도.

연금 문제가 만족스럽게 처리되자 시장은 우리를 위해 호텔 문을 열겠다고 했다. 그가 큰 상자에서 열쇠를 찾아내더니 우리를 데리고 텅 빈 마을을 가로질렀다. 건물들은 황량하고 폐허가 된 것처럼 보였다. 우리는 나무판자로 막아 놓은 상점과 버려진 집들을 지나갔다. 헐거워진 판자가 바람에 덜컹거리고, 쓰레기가 인적 없는 거리를 날아다녔다. 우리 모두는 우리의 운명에 서로 연관되어 있었다. 광산책임자, 투부드, 지프 운전자. 그들은 모두 할 수 있는 무언가가 있어 즐거운 듯 했다. 지루함이 찌는 듯이 더운 사막바람을 타고 거리를 떠다녔다.

호텔은 제대로 된 창문과 문이 달린, 다리브에서는 그런대로 튼튼한 건물 중 하나였다. 시장은 우리를 위층으로 안내했다. 우리는 모두 그를 따라갔다. 우리의 승마용 부츠 소리가 맨 나무 바닥에 울려 퍼졌다. 을씨년스런 복도 끝에서 열쇠를 더듬어 시장이 가장 좋은 방문을 열었다. 방 안은 꼭 가구점 같았다. 크고 거무스름한 가구들이 작은 방을 꽉 메우고 있었다. 우리가 전부 방안으로 들어서자, 겨우 몸을 돌릴 수 있을 정도였다. 지프 운전자가 쿠션이 어떤지 보려고 매트리스를 주먹을 쳐 보았고, 투부드는 전망을 보려 창 쪽으로 갔다. 황량한 평야에는 가시덤불뿐이었다. 탄광책임자가 근엄하게 고개를 끄덕이며 옷장 서랍 문을 열었다 닫았다 했다.

"루마니아."

시장이 자랑스럽게 말했다.

말을 안에 넣어둘 수 있는지 확인하려는 듯, 옷장 문을 시끄럽게 두드렸다.

"속이 꽉 찬 마호가니죠. 이 가구들은 전부 몇 년 전에 루마니아에서 지역 개발 패키지의 일환으로 수입해 온 것들입니다."

나는 이런 물건들로 꽉 차 있었을 차우체스크의 국빈 접대실을 상상했다. 근엄하고, 위풍당당하고, 번쩍번쩍 빛나고, 어쩐지 모를 불길한 느낌. 그의 천박하게 장식된 궁전 중 하나인 광대한 공간에 배치되어, 가구들은 분명 위압적으로 보였을 것이다. 하지만 여기 사방 4미터 정도의 네모난 몽골의 호텔 방에서 가구들은 그 광채를 조금은 잃고 있었다.

일단 볼드와 나는 루마니아 스위트룸에 자리를 잡고, 나머지 일행은 루마니아로부터의 원조 물품이 없는 옆방으로 물러났다. 거기에는 앉을 만한 자리가 있었다. 이제 광산 책임자가 안쪽 주머니에서 칭기즈 칸 한 병을 내놓을 차례였다. 내가 깨닫기 시작한 건데, 몽골 사람들의 밖에서의 나날은 돌아다니는 술집 같았다. 지프 운전사가 자동차 미등 대신 호텔부엌으로 잔을 가지러 급파되었다.

시장은 잔이 자신에게 돌 때마다 약간 얼굴을 찌푸렸다. 그는 마음을 정리하려는 듯 잔을 홀짝이고 나서 머리를 흔들었다.

"족벌주의."

그가 갑자기 말했다.

"그게 몽골의 문제요. 족벌주의, 부패, 무기력, 그리고 탐욕."

나는 그 목록에 보드카가 빠졌다는 것을 알려줄 수밖에 없었다.

"우리는 신세대요."

시장이 말했다.

"나쁜 습관에서 몽골을 자유롭게 하는 것은 우리의 책임이오."

서글프게도 우리 일행 중 나머지 사람들은 새 정권과 함께 보조를 맞추지 않았다. 그저 시장이 음주 문제가 있는 스탈린주의자인 듯, 시장의 환심을 사려고만 했다. 광산 책임자가 가지고 온 술병이 바닥나자, 시장이 창문 밖으로 술병을 던져 버렸다. 트럭 운전자가 술을 가지러 또 지프로 급파되었다. 시장은 침대에 등을 기대고 앉아 바보처럼 이를 드러내고 웃었다. 그의 얼굴이 붉었다.

"책임감이 없어."

시장이 곰곰 생각했다. 그는 이제 스스로에게 말하고 있는 것 같았다.

"목동들은 말이야, 그저 올해, 이번 계절만 생각한다고. 미래에 대한 계획을 세울 줄 몰라."

시장은 양팔을 들었다가 패배자처럼 양손을 옆구리로 다시 내렸다.

기회를 보고 있던 볼드와 나는, 살짝 물러나서 루마니아의 가구들이 있는 우리들의 방으로 몸을 쑤셔 넣었다. 볼드는 창가에 서서 텅 빈 마을을 내다보았다.

"1990년 전에는 여기 사람들이 있었어요. 여름에도요."

볼드가 말했다.

"이제 전부 다들 다시 목동이 되었어요."

공산주의 국가 모두에게 구정권의 붕괴는 피할 수 없는 시련을 안겨주었다. 몽골에서 시장경제로의 변환은 러시아로부터의 보조금이 끊김으로 인해 악화되었다. 몽골에 대한 소련의 전략적 관심은 금전적인 보조금으로 이어져, 이 나라를 능력 이상으로 살게 했었다. 생존경제와 약간의 경화硬貨만을 지닌, 제대로 개발되지 못한 유목사회인 몽골은 교육, 건강과 연금 시스템 등 상당한 사회사업의 혜택을 향유했는데, 이는 대부분의 제 3세계국가들에게는 꿈과도 같은 것들이었다. 이런 시스템을 인위적으로 유지하게 해준 러시아의 지원은 일 년에 미화 800만 달러나 되었다. 그것은 몽골 국민 1인당 400달러 정도 되는 것으로, 이 수치는 1인당 GDP보다 높은 액수였다. 러시아가 물러간 1990년에 소련에 대한 몽골의 누적 외채가 미화 60억에 이르렀다고 했다.

러시아의 원조가 끊긴 지 몇 달 만에 몽골은 파산했다. 인플레이션,

환율상승, 물품부족, 배급문제 등 모든 것이 순식간에 들이닥쳤다. 울란바토르에 집중되어 있던 대부분의 국가 산업은 불구가 되었으며, 시골의 지역발전소에서 병원까지 모두가 문을 닫았다. 대부분 도시인의 1세대와 2세대인 종업원들은 가족이 있는 목초지로 돌아갔다. 시골에서 도시로 몰려드는 세상 속에서 몽골은 거꾸로 가는 유일한 국가가 되었다. 저개발 국가들에서 흔하게 나타나는 도시화의 현상이 몽골에서는 정반대였다. 몽골 도시인의 시련은 시골 사람들이 몇 백 년 동안 집착했던 자급자족적인 유목생활 덕분에 살아남았다. 그 교훈을 전통주의자들은 기억하고 있었다.

1991년과 1992년의 암울한 해에 대해 말하는 사람은 거의 없다. 몽골 사람들은 굉장히 자존심이 강한 국민들이라서 지독히 가난한 나라의 현실은 외국인과 함께 나눌 주제가 아니었다. 내가 볼드에게 이러한 주제를 끄집어냈을 때, 그는 일반적인 것만 언급하면서 말을 아꼈다. 그런데 이제 이 유령의 마을이 모든 것을 다시 생각나게 했다. 볼드가 한숨을 쉬었다.

"울란바토르 상황이 아주 안 좋았어요. 식료품 가게는 텅 비었고, 어떤 가게는 선반까지 팔더군요. 어쩔 땐 빵을 사려고 몇 시간 줄을 섰어요."

우리는 잠시라도 행복한 순간을 느끼기 위해 루마니아 침대에 나란히 누웠다. 다리브는 텅 빈 도시였지만 우리의 보드카 친구들과 열띤 시장은 이 도시를 꽉 차게 만드는 것 같았다.

볼드가 말했다.

"될 대로 되라는 식이었어요. 굶어 죽어 가는 사람들이 있었어요. 사람보다 양이 더 많은 몽골에서 어떻게 그런 일이 일어나죠?"

"양이 열 배나 더 많지."

내가 볼드에게 상기시켜 주었다. 볼드가 잠시 아무 말도 하지 않더니 담배에 불을 붙이고 천장을 향해 파란 연기를 길게 내뿜었다. 그가 말했다.

"나는 마르크스주의자가 아녜요. 공산당을 지지하지도 않았어요. 사실, 몽골 KGB가 내 파일을 갖고 있어요. 내가 민주화 운동에 가담했었거든요. 하지만, 이제는 자유 시장에 대한 확신이 없어요. 아마도 몽골 같은 나라에는 맞지 않는 것 같아요. 기차도 길도 없고, 시장에서 수천 마일 떨어진 나라에서 어떻게 목동이 시장 경제의 일원이 되겠어요?"

그가 계속 말을 이었다.

"가끔 죄의식을 느껴요. 공산주의자들이 정권을 잡고 있을 때, 우리는 부패, 억압, 민주주주의의 부재만 생각했어요. 선택을 원했기에 자본주의를 택했어요. 우리는 투표도 하고, 신문에서 진실도 읽고 해외여행도 하며 서양물건도 사고 싶었어요. 하지만 이런 것들은 우리들만의 관심이었어요. 울란바토르에서 월급을 받은 사람들 말이에요. 시골에 사는 목동들에게는 그게 무슨 문제였겠습니까?"

볼드가 텅 빈 창문을 향해 손을 흔들었다.

"여기 다리브 병원은 문을 닫았어요. 이전에는 의사가 시골로 왕진을 갔어요. 필요하면 제일 먼 게르까지도 갔어요. 하지만 이제 모두 떠나가고 없어요. 모두가 무상교육을 받을 수 있는 학교도 있었어요. 이제 목동들은 아이들을 학교에 보내려면 돈을 내야 합니다. 하지만 대부분 사람들이 그럴 여유가 없어요."

그는 절망스러운 듯 얼굴을 찡그렸다.

"이제 그들은 5년마다 투표를 합니다. 이제 자신들이 뽑은 시장도 있어요! 그래서 뭐 어쨌게요? 의사를 다시 데리고 오진 않잖아요?"

"변화란 어쩔 수 없는 거잖아."

내가 말했다.

"물론이죠."

그가 현실을 받아들인다는 듯 손을 앞으로 들어올렸다.

"옛날 시스템이 얼마나 엉망이었는지 잊기는 쉬워요. 썩었었죠. 아무도 더 이상 진실을 말하지 않았어요. 어느 것에 대해서라도 말이죠. 우리는 거짓말의 판타지 속에서 살았어요. 그런데 변화란…."

그가 이마에 손을 얹었다.

"모든 게 너무 빨리 일어났어요. 모든 게 하룻밤 사이에 무너져 내려 우린 다시 시작해야 한다고요. 모든 게 그러니까…,"

그는 적당한 말을 찾았다.

"그러니까, 문명, 교육, 보건 모든 게 다 사라지고 여기 사람들은 원시시대로 돌아가서 스스로 꾸려 나가고 있어요."

보드카에 취한 옆 방 남자들의 탁하고 단조로운 목소리가 더 시끄럽게 들려왔다.

"학교 다닐 때는 마르크스주의 역사를 배웠습니다."

볼드가 말했다. 볼드의 목소리가 뚝 떨어져 마치 고백처럼 속삭이는 것 같았다.

"그건 경제 원리에 기초한 시스템이었어요. 하지만, 그렇지 않았어요. 적어도 여기에서는요. 마을 보셨죠? 어느 마을이나, 극장, 학교, 병원이 있어요. 그건 경제가 아니었어요. 그건 이상주의理想主義였어요."

버려진 마을 구석을 맴도는 격렬한 바람소리가 창가에서 들려왔다.

볼드가 말했다.

"이 새로운 시장경제에서는 이상적인 세계가 존재하기 어렵습니다. 물론 이제 경제는 우리가 쥐고 있습니다. 의사가 여기 있다면, 그건 우리가 돈을 낼 수 있기 때문에 있는 겁니다. 의사가 옳거나, 필요하기 때문에 있는 것이 아니라. 이게 받아들이기 어려운거죠.”

그가 나를 돌아보았다. 고뇌에 찬 얼굴이었다.

“이상주의의 끝. 무슨 야만행위 같아요.”

그 날 밤, 우리는 문을 두드리는 소리에 잠에서 깨어났다. 깜깜하고 가구도 혼란스러운데다, 잠도 덜 깬 상태라 나는 방문을 찾기 전에 옷장 문을 두 개나 열어 보았다.

지프 운전사가 초를 들고 복도에 서 있었다.

“Machine bain”

자동차가 도착했단다.

볼드와 나는 그를 따라 텅 빈 마을을 지났다. 밤은 사막에 냉기를 가져왔다. 우리 위쪽으로는 고비사막의 하늘이 별로 가득했다. 나는 희미한 별빛으로 시계를 들여다보았다. 고작 11시였다.

우리는 건물모퉁이를 돌아 시장의 집 밖에 주차되어 있는 커다란 트레일러트럭 한 대를 보았다. 우주선도 그것보다 더 놀랍지는 않았겠다. 가장 가까운 포장도로가 500마일 떨어진 러시아에 있다. 그런데 갑작스럽게 영국 M25 도로 한 가운데에서 굉음을 내며 질주하곤 했던 종류의 자동차가 시장의 집 앞에 서 있다니!

이 컴컴한 마을의 유일한 불빛인 실내등이 운전석을 비추고 있었다. 안에는 창문에 눌린 낯선 얼굴들이 한 줄로 쭉 이어져 있었다.

문 하나가 흔들리더니 열렸다. 볼드와 나는 운전석에 억지로 들어앉아 꿈틀거리는 사람들 속에 겨우 몸을 밀어 넣었다. 안에는, 적어도 모르는 사람이 여섯 명은 있었다. 추측컨대 그들도 아마 우리 친구들처럼 오후부터 트럭을 타고 왔을 것이다. 광산 책임자는 문 저 멀리에 처박혀 있었다. 한편 투부드는 납작 눌린 장신구처럼 계기판에 눌려 있었는데, 그의 중절모는 귀까지 푹 내려와 덮여 있었다. 모두가 곤드레만드레 취해 있었다.

나는 승객 쪽의 다른 사람들 아래 깔려 있는 시장을 흘끔 바라보았다. 홍당무 같은 얼굴에, 이 끔찍한 사지의 뒤틀림 속에서 막 다리가 떨어져 나간 것을 깨달은 것처럼 끔찍한 미소를 짓고 있었다.

"외국사람."

그가 낄낄거리며 웃었다. 그의 목소리가 몇 옥타브 높아졌다.

"타고 갈 말이 없어. 어디에도 말이 없지."

그가 인체의 더미 속에서 몸을 이리저리 움직이고 있었다.

"외국인 동지."

그가 숨을 헐떡였다.

"트럭 찾았지."

사람의 압력에 눌려 문이 다시 열리고 두 사람이 밖으로 굴러 떨어져 나갔다. 다른 남자들이 마치, 인원이 초과된 위험스런 구명보트에서 떨어져 나간 물에 빠진 동료 선원을 구하려는 듯 두 사람을 다시 차 안으로 잡아 당겼다.

우리는 고비사막 끝에 주차해 있었다. 이 나라는 너무나 광활해서 며칠 동안 사람 구경 하나 못했다. 어떤 복잡한 이유가 이 텅 빈 마을의 모든 사람들로 하여금 화장실 사이즈의 한정된 공간에 모여 바글거리게 했다. 나의 출현이 그들의 정신을 차리게 만든 모양이었다. 술에 취하지 않은 키 큰 외국인을 이 혼란 속에 집어넣으려는 것이 갑자기 그들에게 매우 불합리한 계획이라는 생각이 들었다. 우리는 차 안이 너무 복잡하니 시장 집으로 옮기자고 합의했다. 한 사람씩 차 밖으로 나왔다. 반대하는 사람도 몇 명 있었다. 그것 또한 그들에게 흥겨운 분위기를 자아냈다.

시장은 다리를 못 써서 내 목에 매달려 집 안으로 들어갔다. 그 밤의 모험 도중 어딘가에서 시장은 셔츠가 찢어지고 무릎이 까졌다. 정강이 뼈에서는 피가 흘렀다. 안경이 찌그러진 그의 모습은 교실 뒤의 불량한 소년들에게 괴롭힘을 당해 희망을 잃은 착한 남학생처럼 보였다.

우리는 더 이상의 사고 없이 그를 안으로 데리고 가서 마루에 눕혔다. 몽골의 '현대 얼굴'은 용기를 북돋아 주는 기운 찬 모습이 아니었다. 술에 취해 벽에 기대어 몸을 구부리고 있는 그는 셔츠 자락을 씹으며 뭐라고 계속 중얼거리고 있었다.

처음, 사막은 살빛 흙이 들여다보이는 풀의 베일을 쓰고 있었다. 넓디넓은 뜨거운 공간에는 작고 둥근 언덕들이 은빛 물의 신기루 속의 고래들처럼 둥실 떠다녔다. 가끔씩 우리는 뻣뻣한 다리로 길을 걷고 있는 낙타 떼를 지나쳤다. 사람의 흔적은 없었다. 아침이 느릿느릿 다가오자, 풀들도 드문드문해지더니 마침내 풍경은 거대한 트럭의 열여덟 개 바퀴 아래의 먼지로 잦아들었다.

트럭은 러시아에서 온 것이었다. 트럭에 실린 짐은 10cm 두께의 커다란 강철판이었는데, 아마도 너비가 5미터는 되는 것 같았다. 헤아릴 수 없는 무게 때문에 기어는 간신히 들어가고, 시간당 겨우 30마일의 속력을 낼 수 있었다. 철판은 울란바토르의 건설현장으로 가는 길이었다. 아마도 철판이 너무 넓어 시베리아 횡단 화물칸에 맞지 않아 용감하게도 이 평대형平臺型 트럭에 실어 몽골의 야생의 길을 가로질러 가기로 한 모양이었다.

이 여행이 바다를 건너는 것이라면, 트럭은 바보들이 탄 배였다. 선장은 야구 모자를 쓴 장난꾸러기 같은 땅딸보 몽골 운전사인데, 거의 6주 전에 고비-알타이 러시아 지방의 바나울Barnaul로부터 여기 베히모스Behemoth로 출항했다고 했다. 몽골의 국경지역에서 아스팔트가 끝나자 우리가 그랬던 것처럼, 그는 바얀올지부터 남동쪽으로 달렸다. 다행스럽게도 그는 갠볼드의 친척들을 방문할 필요가 없었기에 험한 산맥지대를 피할 수 있었다. 길을 가다가 게르가 보이면 길을 묻기 위해 그곳에 거대한 차를 세웠지만 오히려 말들과 양들을 놀라게 했을 뿐이다. 어디에서도 게르를 찾지 못하면 그는 태양과 별을 보고 항해를 했다.

길고 지루한 항해를 하며 그는 동료여행자들을 선원으로 끌어 모았다. 강철판 위에 실어놓은 짐꾸러미가 여행자들의 쿠션이 되어 주었다.

바얀올지에서는 발목까지 내려오는 델을 입은 키가 크고 야윈 조용한 쌍둥이 한 쌍이 트럭에 합류했다. 그들은 몽골의 남동쪽의 도르노드Dornod로 여행하는 중이었다. 카자흐의 어딘가에서는 한 남자와 그의 어린 딸이 언덕에서 그들에게 손을 흔들며 나타났다. 남자는 언청이에 눈썹이 처져 천한 모습이었다. 자신도 운전자인 그 남자가 1등 항해사의 역할을 해서 때로 선장이 술을 마시거나 기진맥진할 때는 차를 대신 몰았다. 그는 종잡을 수 없이 괴팍한 성격이었고, 그의 딸은 일곱 살의 꽤 심각한 소녀였다. 엄마처럼 아버지를 돌보려고 애썼다.

호브드에서 운전사의 여자친구가, 추측건대 옛 중국인 도시의 먼지 속에서 재배되었을 법한 야채가 든 가방을 들고 트럭에 합류했다. 그녀는 야채를 울란바토르에서 팔려고 했다. 상냥하고 친절한 그녀는 그의 '베이비시터' 였다. 언제나 그의 옆에서 이마를 닦아 주고, 어깨를 주물러 주고, 발밑에 있는 플라스틱 병에서 물을 따라 그에게 건네주었다.

부부 한 쌍과 어린 아들도 호브드에서 탔다. 부인은 성마른 성격에 불만스럽게 생겼는데, 먼지를 막는 하얀 마스크를 쓰고 조수석에 앉아서 무릎 위에 아이를 앉혔다. 분명 아내의 불만족에 한몫 했을 그녀의 남편은 이 항해의 특징인 술을 마시는 '탈출'에서 중요한 인물이었다. 그는 여덟 살 이후로는 한 번도 보지 못한 어머니를 만나러 가는 역도선수와 함께 트럭 뒤쪽에 탔다. 툭하면 싸움질을 해대는 어린 패거리들은 마치 해적선 수병들처럼, 제일 많이 덜컹거리고 먼지도 가장 많은 트럭의 맨 뒤에 자리를 잡았다.

그 중 가장 어린아이가 캐빈 보이(상선에서 고급 선원 및 승객을 접대하는 급사.– 옮긴이주) 노릇을 했는데, 그 아이는 정해진 거처도 없는 디킨스 시대의 떠돌이 부랑아처럼, 달리 갈 곳이 없기에 몽골의 먼 거리를 여행하고 있었다. 찢어져 덧댄 바지는 끈으로 묶여 있고, 망가진 구두 끝으로 발톱이 삐죽이 튀어나와 있었다. 몸에는 엔진 오일의 시꺼먼 때가 묻어 있고, 차가 멈출 때마다 트럭으로 올라가 자동차 유리를 닦고, 오일, 냉각수, 타이어 압력을 체크했다. 탑승자 중 유일하게 믿을 만한 사람이었다.

알타이까지는 약 120마일 정도인데, 열여덟 시간이 걸렸다. 꼭 일 주일 같았다. 그날이 내 전체 일정 중 가장 최악의 날을 기록했다. 비참한 트럭에 갇혀 나는 낙타를 애타게 그리워했다.

기어의 삐거덕거림에 따라 우리는 깊이 팬 곳에서 파도가 높이 치는 바다의 갈레온 배(15–19세기의 스페인의 전투 · 무역용 대형 범선.– 옮긴이주)처럼 몸이 이리저리 쏠렸다. 나는 객실에 탔는데, 마치 어린이용 세 발 자전거에 탄 것처럼 온몸이 긴장되었다. 시끄럽고 꼭 갇힌 것만 같았지만, 질식할 것 같은 먼지구름 속에 쌓여 있는 다른 사람들의 비참한 대형트럭의 열린 갑판과 비교하면 아무것도 아니었다. 대형트럭을 타고 가는 것은 우리가 일으키는 짙은 모래폭풍 속을 여행하는 것을 의미 했다.

우리에게는 음식이 없었다. 24시간 동안 아무도 음식을 먹은 것 같지 않았다. 다만 술을 마실 때만 잠깐 멈추었다. 칭기즈 칸 병은 구석구석, 이 배의 갈라진 틈에 숨겨져 있는 것 같았다. 선장과 승무원들은 계속적인 충전을 필요로 했다. 정오쯤에는 모든 사람들이 다시 한 번 취했다. 그 날 오후쯤, 바퀴에 구멍이 났다. 그래서 디킨스의 부랑아가 그것을 수리하는 동안 고참 승무원들은 칭기즈 칸 세 병을 더 축냈다.

그 불만스러워 보이는 여인이 나를 구석으로 데려가서는 내가 몽골 사람들이 전부 이렇다고 생각하지 않았으면 좋겠다고 말했다. 그녀의 남편은 먼지와 방수포 조각에 휘감긴 채 트럭 앞 범퍼에 올라서서 술에 취해 하늘을 향해 고래고래 고함을 질러대고 있었다. 쌍둥이 중 한 명과 1등 항해사 사이에 싸움이 벌어졌다.

"물론이죠."

내가 말했다.

날이 저물자, 누런 강풍이 불어대기 시작했다. 먼지구름이 허공에 일더니, 사막을 가르며 이리저리 쓸고 다녔다. 우리가 만든 먼지폭풍은 더욱더 심해져 시커멓게 변했다. 갑판 위의 승무원들은 베두인족처럼 머리를 천으로 감쌌다. 이 휘몰아치는 소용돌이 속에서 장엄한 일몰이 세상의 종말을 알리는 듯 했다.

우리는 새벽 두 시에 고비-알타이에 도착했다. 트럭은 우리를 깜깜한 호텔 밖 거리에 내려 주었다. 그러고 나서 어둠 속으로 다시 사라져 갔다. 미등이 떠도는 별처럼 울란바토르를 향해 이리저리 뛰어다니고 있었다.

문을 여러 번 세게 두드리자 잠에 취한 여인이 나왔다. 초를 들고 그녀가 우리를 위층으로 안내했다. 우리는 복도 바닥에 고비사막의 모래로 흔적을 남겼다.

이 도착도 분명 게리 쿠퍼의 순간은 아니었다.

알타이가 볼드와의 약속이 끝나는 지점이었다. 그는 울란바토르로 돌아가고, 새로운 통역이 거기에서 우리와 합류할 예정이었다. 볼드는 충직한 친구였다. 그에게 휴식이 필요한 것은 느꼈지만 그가 가는 것을 보고 있자니 슬펐다. 그는 깔끔하고 예민한 사람이라서 알타이의 호텔방의 쫄쫄쫄 흐르는 차가운 수도꼭지 물 아래서 낑낑거리며 자신의 소지품과 옷가지에 달라붙어 있는 고비사막의 먼지를 씻어 내려고 안간힘을 썼다. 자신의 좋은 성격까지도 씻어 내려는 것 같았다. 볼드는 자기 없이 내가 어떻게 해 나갈지 걱정이 이만저만이 아니었다. 공항에서 그는 완전히 아버지였다. 야단법석을 떨며 내 일정의 다음 코스를 조정하며, 내게 말 삯을 바가지 쓰지 말라고 경고하고, 알타이를 떠나기 전에 난로에 기름을 채우라고 주의를 주었다. 나는 귀가 떨어져 나가는 게 아닐까 두려웠다. 우리는 악수를 했다. 고비사막의 바람이 먼지 낀 활주로를 가로질러 그에게 불어오더니, 러시아 안토노프의 고물 쌍프로펠러로 흘러갔다.

다음 날 만다가 도착했다. 그녀는 국립대학의 외국어학원을 막 졸업하고 울란바토르에서 연락을 받고 내게로 왔다. 도시 여자였음에도 불구하고, 그녀는 여행에 강한 흥미를 갖고 있었다. 그녀는 달덩이처럼 둥근 얼굴에 아주 낙천적이었으며, 젊음의 야망으로 가득 차 있었다.

우리는 당일 호텔에서 만난 운전사와 같이 시골로 떠났다. 운전사에게는 알타이 산맥의 북동쪽의 굴린Guulin근처에 매부가 있었는데, 그는 그 매부가 나의 다음 일정의 코스에 가이드가 될 수 있으리라고 생각했다. 우리는 허연 풀로 덮여 있는 광대한 평야를 가로질러 땅거미가 질 무렵, 게르 네 채가 세워진 돌투성이 계곡에 도착했다.

우리의 장래 가이드가 될 삼부는 꼭 비극적인 광대처럼 생겼다. 빨간 주먹코에 잘 늘어나는 커다란 입 끝이 아래로 처져 있었다. 그는 뾰족한 몽골 모자를 썼는데, 벗겨진 정수리 쪽으로 밀어 썼기에 영원한 근심의 줄인 주름 잡힌 이마가 드러나 있었다. 그는 가늘고 긴 몽골담배를 피웠는데 최악의 사태를 기다리는 남자의 분위기가 풍겼다.

삼부에게는 우리의 도착이 그가 기다렸던 최악의 사태였다. 재그Zag를 향해 나흘 혹은 닷새 동안 우리와 함께 할 수 있다는 생각을 우리가 떠들어대자 그의 얼굴이 부자연스런 공포를 드러내며 얼어붙었다. 삼부는 습관에 충실한 사람이었다. 그래서 잘 알지도 못하는 외국인과 탁트인 평원을 가로질러 여행을 떠나는 것은 그의 습관이 아니라는 것을 대번에 알아차렸다. 그러나 그의 아내는 약간 끌리는 것 같았다. 그녀는 여행을 푼돈을 벌 수 있는 좋은 기회로 여겨서 그를 설득했다. 결국 그의 마음이 열렸다. 마침내 그가 자기 큰 아들을 조수로 데려간다는 조건으로 동의했다.

촛불 아래서 담배를 피우며 우리는 여행 기간에 대해 얘기를 나누었다. 나는 말과 가이드를 위한 하루 총 금액을 바탕으로 계산을 간단히 하려고 했었다. 그러나 그의 아내 마음이 좀 복잡하게 바뀌었다. 우리들이 탈 말에 대한 금액이 나오고, 가이드가 탈 말에 대한 다른 금액이 나오더니, 세 번째로 가이드인 삼부와 그의 아들에 대한 금액을 내놓았다. 출발하는 여행 따로, 굴린으로 돌아오는 여행은 또 다른 비율로 계산되었다. 거래의 한 부분에서 이견이 겨우 일치를 보면 즉시 다른 데에서 더 큰 차이가 생겼다. 차라리 주식시장에서 주권발행에 관해 협상하는 게 더 쉽겠다는 생각이 들었다.

이렇게 질질 끄는 거래는 내가 자주, 그리고 갑작스레 자리를 비우자 더 복잡해졌다. 나는 심한 설사로 고생을 하고 있었다. 그래서 그 날 저녁, 달빛 아래서 급하게 깨끗한 돌멩이를 찾느라고 많은 시간을 보냈다. 필시 그의 아내는 이렇게 내가 자주 자리를 비우는 것을 상대의 콧대를 꺾으려는 협상의 전략으로 생각했기에 내가 게르로 돌아올 때마다 내 뱃속과는 달리, 그녀의 입장은 더욱 더 강경해졌다. 결국 우리는 엉성한 계약을 겨우 이끌어 냈지만, 어느 누구도 만족하지 못했다. 다음 날 아침, 우리가 찻잔을 들기도 전에 그의 아내가 다시 재협상을 시작했다.

"민주주의가 왔을 때, 나는 준비가 안 됐소. 난 내 자신에 대해 생각하지 못했지."

삼부가 말했다.

밤이 되자, 하늘에는 별이 빼곡했다. 첫날, 날이 기울자 우리는 광활한 평원 한 가운데서 낮은 바람막이 안장과 말 담요에 기대어 앉았다. 대화는 정치로 이어졌다.

"새로운 방식에 적응하는 데 시간이 걸렸소."

삼부는 어깨를 움츠렸다. 그의 광대 같은 얼굴이 어둡게 일그러졌다.

"난 직업을 잃었소. 움직여야 할 때 허둥대기만 했지."

삼부는 고비-알타이의 매부와 마찬가지로 지프 운전사로, 자동차를 소유한 조합의 일원이었다. 그 조합이 운전자들에게 월급을 주었다. 1990년대 초 그 단체가 예의 그 어지러운 방법으로 사유화되면서 종업원에 대한 보증과 경영에 있어 매점買占이라는 혼란이 생겨났다. 몇몇 운전사들은, 삼부의 매부처럼 조합으로부터 지프를 겨우 구입할 수 있었다. 개인적 위험이라는 개념에 익숙지 않고, 알 수 없는 미래에 자신의 저축을 기꺼이 쓰고 싶지 않았던 삼부는 전통적인 몽골로 돌아왔다.

"난 시골로 돌아왔소. 이런 모든 새로운 아이디어들로 무슨 일이 일어날지 몰랐소. 우린 위험을 감수하는 데 익숙하지 않았거든."

두꺼운 엄지손가락으로 그가 자신의 담뱃대의 구멍으로 담배를 꾹꾹 눌렀다.

"그게 새롭게 생각하는 방식이었소. 그렇게 책임을 받아들이는. 그 전에는 정부가 언제나 국민들에게 방향을 알려 주었소. 이제는 우리 스스로 우리 길을 가야 합니다. 난 젊지가 않아요. 그래서인지 받아들이기 힘들더군."

그가 고개를 내저었다.

"나도 다른 사람들처럼 지프를 샀어야 했소. 지금 그 사람들은 잘살고 있거든. 그런데 난 두렵더라고. 옛날에는 모든 사람들이 함께 일했소. 이제 그 사람들이 말하더군. 우리들 스스로 모든 것을 해야 한다고. 만약 우리가 망하면, 우리는 혼자 망하는 거야. 이게 새로운 세상이라고. 폭삭 늙어 버린 느낌이오."

만약 볼드가 이 부분을 통역해 주었다면 영어실력만큼이나 역사적인 부담감으로 더듬거렸을 것이다. 하지만 만다는 동정적이긴 했지만 막힘없이 번역을 했다. 스무 살 난 그녀는 모든 것에서 자유로웠다.

나는 그렇지 못했다. 시장의 힘에 대한 내 자신의 가치관이 무엇이든, 삼부는 대부분의 몽골 사람들처럼 나를 이 새로운 경제 질서의 대표로 바라보려는 경향이 있었다. 우리는 냉전冷戰에서 승리를 거두었고, 공산주의는 무너져 내렸으며, 그리고 이제 서방의 국가를 지나치게 부유하게 만들고, 내게 먼 땅을 여행할 수 있게 해준 자유 시장경제의 교리가 나약한 몽골에 수입될 예정이었다. 조합들이 쓸려 나가자 목동들조차도, 고비-알타이의 지프 운전자들처럼 스스로를 단체가 아니라 개인으로 생각하게끔 만들었다.

"민주주의로의 전환이 당신 나라에 끼친 어려움에는 뭐가 있었소?"

삼부가 담뱃대를 들어 올리며 물었다.

"그렇게 많지는 않았죠. 우리나라에선 점진적으로 이루어졌으니까."

내가 말했다.

"얼마나 걸렸소?"

"3, 4세기 정도."

삼부가 말했다.

"시간이 많았군. 우린 그걸 열두 달 만에 했지."

아름다운 하늘에서 별 하나가 떨어졌다. 어딘가 저 멀리 떨어진 게르에서 개가 짖고 있었다. 삼부는 담뱃대 너머로 나를 바라보고 있었다. 그는 이전에 외국인과 거래를 해 본 적이 없었다. 외국인에 대한 불신, 특히 서양 사람들에 대한 불신만을 어렸을 때부터 배웠었다. 그래서 그는 이제 초원을 가로지르며 외국인을 에스코트하는 자신이 꽤 혼란스러웠다.

"6년 전이라면 당신을 첩자라고 고비-알타이 경찰에게 신고했겠지."

그가 세상이 좀 더 단순했던 시간들을 기억하며 잠깐 기분 좋게 말했다.

"이제 여기서 우리가 정치를 말하고 있다니……."

그가 한숨을 내 쉬었다.

"당신들은 무엇이든 할 수 있다고 했었소. 하지만 난 지금 너무 늙어서 이런 변화를 받아들이지 못해. 내가 이해하는 세상이 아니야."

한 자락 향수가 그에게 밀려왔다. 그가 담배를 들이마셨다.

"삶이 좀 더 단순했었지. 난 단체의 일원이었소. 정부가 무엇을 할지 말해 주었어. 우리는 이런 바보 같은 투표도 귀찮게 하지 않았고, 당신들은 적국敵國의 외국인이었어. 다 좋았던 옛날이지. 우리의 불행이 있기 이전, 자유가 오기 이전에 말이오."

아침에 우리는 갈매기가 염호 위에서 울어대는 소리에 잠에서 깨어났다. 호수는 우리 캠프 아래 있었다. 바다 새는 몽골의 미스터리 중 하나이다. 아무도 그 바다 새가 여기 있는 이유를 모른다. 바다에서 이보다 더 멀리 떨어진 곳은 아마 없을 것이다. 아시아의 복잡한 강을 따라 수천 마일을 여행하는 갈매기들은 몽골의 호수를 떠돌아다닌다. 그들의 움직이는 본능, 이동의 본능이 그들의 방향감각을 억눌렀나 보다. 먼 해협에서의 항해의 실수가 그들을 잘못된 길인 내륙으로 불러들였다. 이 육지에 둘러싸인 시골에서 작은 호수 가를 따라 아침저녁으로 들리는 갈매기들의 구슬픈 울음은 바다를 향한 칼날 같은 애도와 여행과 목적지에 대한 우울한 불편함이 담긴 비탄의 소리 같았다.

우리는 캠프를 철거하고 북동쪽을 향해 말을 타고 바짝 마른 풀밭을 가로질렀다. 아침은 밝았고, 북쪽 언덕에서 불어오는 바람으로 상쾌했다. 레슬링 선수 같은 몸뚱이에 천사 같은 얼굴의 조심성 없는 청년, 삼부의 아들은 말을 타고 가며 노래를 불렀다. 노래는 urtyn-duur라는 몽골민요와, 엄청나게 긴 시구절과 늘어지는 곡조 때문에 이른바 '긴 노래'라고 불리는 것이었다.

그는 쉬지도 않고 몇 시간 노래를 불렀다. 그의 우울한 음색에 젖어 우리는 지루하고 누런 풍경을 가로지르며 나아갔다.

10장

재그(Zag)를 향하여

외몽골을 가로지르는 나의 승마여행이 좀 고독한 기분에 젖어 들 것이라 기대했었다. 눈에 보이는 장엄함은 풍부하지만 사교적인 접촉은 거의 없는 멜로드라마 같은 공허한 풍경을 상상했었다. 이 넓은 공간에서 몽골 사람들을 어떻게 만날 수 있을까 궁금했었다.

걱정할 필요가 전혀 없었다. 외몽골에서 나의 사교적인 일정은 꽉 차 있었으니까. 점심 초대, 술 모임과 저녁 약속이 빽빽했다. 몽골의 광활한 초원을 가로지르며 나는 신기하게도 내가 중심이 되는 왕족의 여행 느낌을 받을 때가 있었다. 언제나 악수할 손들과, 얼러 줄 아이들과, 방문할 게르, 둘러보아야 할 가축 떼, 받아들여야 할 아이락 잔, 들어야 할 축배, 찍어야 할 사진들이 있었다. 나는 목초지와 양들 그리고 10년간 국가 레슬링 우승을 손에 넣은 위대한 바타덴Batardene의 눈부신 기록에 관한 엄청난 수다를 떠는 습관이 생겼다.

또한 멋진 고립도 있었다. 사람도 없고, 사람이 지나간 흔적도 없는 원시시대의 마을을 보는 지루한 날들 말이다. 그러나 몽골에서는 사람들이 구름처럼 신기하게 나타났다.

삼부와의 여행 중 첫째 날 밤, 안장에 기대어 이야기를 나누는데, 아주 거대한 평야의 유일한 거주자들인 말떼가 나타났다. 말들은 멋진 밤색 종마를 우두머리로 언덕에서 언덕으로 쉬지 않고 전속력으로 질주하고 있었다. 그 날 밤 사람들이 세 번씩이나 우리를 찾아왔다. 그들 모두가 우리에게 저녁 초대를 했는데, 나중에 우리가 목초지 어귀에 있었다는 것을 알게 되었다.

첫 번째 그룹은 자기들의 낙타를 찾고 있는 기수 두 명이었다. 두 번째는 고비-알타이로 향하는 지프를 탄 가족들이었는데, 우리가 건넜던 강이 얼마나 깊은지 알고 싶어 했다. 세 번째는 자신들만큼 씩씩하고 호리호리한 어린 말을 탄 청년들이었는데, 풀밭에 쪼그리고 앉아 담배를 피우며 우리가 얼마나 멀리에서 왔는지, 어디로 가는지, 길 따라 난 풀이 어떻게 보였는지, 평범한 질문들을 했다. 그들이 떠나자 깊어진 어둠이 우리가 꿈을 꾼 게 아닌가 싶을 정도로 빠르게, 그리고 아주 완벽하게 그들을 삼켜 버렸다.

다음 날, 북동쪽을 향해 20마일을 나아갔다. 회백색의 강가에 있는 게르에서 점심을 먹었다. 게르의 여주인은 삼부의 친구였다. 튼튼한 몸매의 그녀가 오후 내내 꾸벅꾸벅 졸게 할 만큼 아이락을 잔뜩 돌렸다. 그녀의 남편과 아이들은 500마리의 소떼를 몰고 울란바토르로 떠나고 없었다. 그 여행은 40일간이나 말을 타고 가야 했는데, 물물교환의 생존경제에 익숙한 대부분의 목동들은 그들의 가축을 돈을 받고 파는 것에 익숙하지 않았다. 그들은 자신들이 자본이라는 현금시장으로 그렇게 대담하고 위험하게 유입해 들어갈 것을 예상하지 못했다. 삼부는 연신 고개를 흔들며 세상이 이렇게 된 것을 놀라워했다.

점심은 양고기와 국수였다.

네 시간 후, 우리는 털투성이 야크무리에 둘러싸여 있는 한 게르 위쪽 가파른 둥근 언덕에 텐트를 쳤다. 텐트를 치고 있는 동안 그 게르 주인이 우리를 불렀다. 그는 술버릇과 행실이 나빠 악명 높은 사람이었는데, 그 곳에선 일명 '보드카 병' 이라고 불렸다. 근래에 말에서 굴러 떨어져 어깨에는 붕대를 감았고, 광대뼈는 몹시 부어 있었다. 그의 인생은 위험으로 가득 찬 것 같았다. 당연히 그가 우리를 저녁 식사에 초대했다. 헤진 타이어처럼 질긴 말린 마못(다람쥐과 동물.- 옮긴이주)이 나왔다. 그날 저녁 주인과 그의 아내 사이에 말을 하지 않는 약간의 긴장감이 감돌았다. 두 사람은 싸운 듯 했다. 그들 사이의 대화는 우리를 통해서만 이루어졌다.

다음날 우리는 신혼부부와 함께 식사를 했다. 몽골의 뻥 뚫린 전망과 동독제 쌍안경의 사용으로 종종 저녁식사의 주인들은 우리보다 먼저 우리들의 급한 용무에 대해 알고 있었다. 신혼부부는 우리를 초대하기 위해 조카를 보냈다. 그들은 결혼예복을 입고 우리를 맞이했다. 그들의 결혼식이 바로 그 전날이었다.

그들 생활의 모든 것은 관례대로 전부 새것이었다. 게르, 가구, 접시와 그릇, 금속난로, 번쩍번쩍 빛나는 주전자, 펠트 바닥깔개, 그들 부부의 행복까지도. 눈부시게 빛나는 혼례복을 입은 부부가 새로 산 부츠 한 쌍처럼 번쩍번쩍 광이 나고, 떼려야 뗄 수가 없는 것처럼 보였다. 어제 파티 때 사용한 융숭한 접시들, 두껍게 썬 치즈와 빵, 그리고 아슬아슬하게 높이 교대로 싸여 있는 양 기름이 번들거리는 커다란 접시에 둘러싸여 있었다. 우리는 불행하게도 늦게 도착한 손님처럼 느껴졌다. 그러나 제 시간에 우리가 도착했어야 설거지와 청소가 좀 수월했을 텐데도, 신혼부부는 귀찮아하지 않고 오히려 우리를 보고 더 안심하는 것 같았다. 결혼잔치는 끝났지만 그 날의 영광 속에 들어 앉아 있는 신혼부부는 아직 잔치를 끝내고 싶어 하지 않는 것 같았다. 진짜 생활이 그들을 기다리고 있었지만, 그들은 서둘러 그 안으로 들어 가려하지 않았다.

우리는 치즈와 크림, 그리고 막 구워 낸 빵과 새 난로에서 끓인 차를 대접 받았다. 하얀 팬케이크 같은 피부에 진홍색 립스틱을 바른 신부화장 아래, 신부의 얼굴이 꾸밈없이 아름다웠다. 그녀는 부산하게 야단법석을 떨며 그녀의 새 집에서의 초창기 손님접대를 몹시도 잘 해내려 했다. 어쩔 수 없이 그녀가 적응하기에는 어려운 집이었다. 그녀는 한 남자와 결혼을 한 것이 아니라 한 가족과 결혼을 했으니까. 이곳 남편의 부모와 남편의 형제들, 형제들의 부인이 있는 마을에서 새로운 생활을 시작하기 위해 그녀는 자기 가족을 60마일 정도 떨어진 집에 남겨 두고 떠나온 것이었다. 신랑의 가족들이 그녀를 받아들인, 이미 생성된 그들 가족관계의 형태에 잘 적응하는 그녀의 능력은 결혼의 행복 여부에 매우 중요했다.

신랑은 좀 외모가 떨어졌는데 양이 무척 많다는 소문이 있었다. 잠시 후, 신랑의 형제 한 명이 우리와 합류했다. 그는 살집도 좋고 팔뚝도 꽤 굵었는데 네모난 얼굴에 군인처럼 머리를 자르고 있었다. 막 군복무를 마치고 나왔다고 했다. 몽골 사람들은 모두 1년 동안 군대에 갔다 온다. 그는 군대가 지옥이었노라고, 하지만 행복한 듯 말했다. 그는 지옥을 그리워했다. 규율은 엄했고, 장교가 신병들을 구타하지는 않았지만 신병들은 서로서로 열심히도 치고받았다고 했다. 싸움이 끈끈한 동료애를 낳는다고 그가 말했다.

구타 말고, 군대는 뜻밖의 것이었다. 그는 울란바토르에서 전에는 책에서만 보았던 가로등, 버스, 미니스커트를 입은 여자들, 영화 그런 것들을 보았다. 그는 울란바토르를 생활이 숨 가쁘게 돌아가며 예측할 수 없는 파리나 뉴욕처럼 번지르르한 낭만적인 도시쯤으로 얘기했다. 나는 그에게 목동의 삶으로 돌아온 것에 만족하는지 물었다.

"물론 아니죠. 나는 절에 들어갈 생각이에요."

그가 말했다. 아마도 절제된 군대 생활, 남성 동료들과의 전원생활과 소박한 머리 스타일이 그에게 수도승의 확신을 준 것 같았다. 그가 군 동료들을 기쁜 듯 때리는 것을 상상하기는 비교적 쉬웠지만, 그가 노란 수도복을 입고 수트라를 읊조리는 것을 상상하기는 무척 어려웠다. 나는 그가 절에서의 동료애에 실망하지 않았으면 했다.

이곳에는 게르가 여섯 채 있었는데, 모두 신랑의 가족들 것이었다. 우리는 신랑의 어머니를 만나러 옆집으로 갔다. 강인한 성격의 소유자인 듯한 그녀는 마치 우리가 며느리 집에서 먹은 음식이 만족스럽지 않았을 거라고 장담하듯이 즉시 우리에게 두 번째 점심식사로 양고기 스프를 내왔다. 신랑의 못생긴 형수 두 명은 가냘프게 울어대는 아이를 품안에 안고 있었다. 풍만한 가슴에서 젖이 흘러 여인들의 옷자락에는 얼룩이 있었다. 그녀들은 간이침대 맞은편에 앉아 앞섶을 풀고 커다랗고 시커먼 젖꼭지를 아이들의 입에 물렸다. 둘 다 사내아이인 그 아이들은 그녀들 신분의 상징이었다.

날씬하고 아름다운 새 신부는 잔뜩 긴장한 채 예의바르고도 조용하게 문 안쪽에 앉았다. 아무도 그녀에게 말을 걸지 않았다. 갑작스레 이 거친 사람들 틈에서 그녀의 아름다움이 부서질 듯 했다. 그녀의 결혼 예복, 하얀 화장에 진홍색 립스틱이 무언극 배우의 의상처럼 보였다. 진짜 생활의 공포 속으로 막 들어가야 할 누군가의 동화 속 의상 같았다.

나중에 나는 그들과 웨딩 사진을 몇 장 찍었다. 신부는 자리를 잡고, 머리를 남편 쪽으로 살짝 기울였다. 그러고 나서 독사진을 찍고 싶어 했다. 내가 게르의 굴뚝에서 떨어지는 한 줄기 빛 속에서 신부의 얼굴을 위로 들게 하고 사진을 찍고 있을 때, 게르 밖에서 그 못생긴 형수들이 조심성 없이 신랑에게 새 신부를 헐뜯는 소리가 들려왔다. 신부는 자신의 공상 속에서 어찌할 바를 모르겠다는 듯 눈을 감았다. 그녀는 사진에 꽤 진지했다. 마치 이런 행복한 첫 날을 기록하기 위해 필요하다고 느끼는 듯, 아무 것도 영원한 것이 없다는 것을 이미 이해한 듯 말이다.

그러고 나서 그녀는 우리에게 저녁을 먹고, 하룻밤 자고 가라고 간청했다. 아마도 우리가 결혼식의 마지막 손님인 것 같았다. 우리가 떠나고 나면, 그날 저녁의 모습이 축제의 끝이 될 것이다. 우리가 가고 나면, 혹독한 시어머니와 거친 형님들의 시집살이가 밀어닥칠 것이다. 우리가 떠날 때, 그녀가 내 손에 편지 하나를 쥐어 주었다. 재그에 사는 어머니에게 보내는 것이었다. 재그는 우리가 지나는 길에 있었다. 어머니에게 꼭 전해 달라고 부탁했다.

우리는 말을 타고 뭉게구름이 펼쳐진 누런 평원을 전속력으로 가로질렀다. 지평선에는 부드러운 산등성이들이 걸쳐져 있었다. 하늘은 점점 거대해지고 게르는 멀리 떨어져 있었다. 우리는 낮은 오솔길 너머 햇빛과 구름 그림자만이 서로 황갈색 풀밭을 가로지르며 숨바꼭질을 하고 있는 광활하고 텅 빈 공간으로 들어갔다.

우리는 10마일을 더 달려 이 누런 바다의 먼 기슭에 텐트를 쳤다. 이곳에는 게르도 없어 저녁식사에 초대받지 않고 한 숨 돌릴 수 있어 아주 기분이 좋았다. 우리는 나뭇가지를 모아 불을 피우고 텐트 주변에서 빈둥거리며 대화의 필요성에서 벗어난 해방감을 만끽했다. 태양은 지평선 너머로 사라지고 얼마 후, 우리들의 등 뒤로 상아빛의 황혼 속에 보름달이 떠올랐다. 밤은 그렇게 갑작스레 찾아왔다. 말은 마른 풀을 뜯어먹으며 낮은 산등성이를 향해 차가운 달빛 그림자를 따라다녔다. 어딘가에서 늑대가 울더니 이윽고 잠잠해졌다. 큰고니 두 마리가 하늘을 가로질렀다. 잠깐 이 텅 빈 세상에 모닥불의 딱딱 타는 소리와 새들의 날갯짓 소리만이 들려왔다. 나는 매트리스 같은 풀밭 위, 야외에서 내 침낭 속에 몸을 뉘였다. 달빛의 포옹 아래에서 안장이 베개가 되어 주었다.

세상은 지루하게 펼쳐진 우주의 변방이었다. 다음날, 우리는 옆으로 쭉 늘어진 계곡을 지나며 일곱 시간 말을 달렸다. 계곡의 감각적인 곡선은 하늘을 향해 열려 있었다. 모두가 예전에 사라진 것의 메아리였으며, 광대하고 나무 한 그루 없이 단순했다. 바람이 조각해 놓은 듯한 계곡은 원시적인 단순함으로 반질반질했다. 세세하고 정교한 것들은 날아가 버리고 단지 아주 간소한 기본적인 것들과 풀밭의 노란빛과 하늘의 뜨겁고 거친 푸른빛, 두 가지 색깔만 남아 있었다.

거대한 바람은 날씨를 이리저리 몰고 다니며 이런 변화를 만들어 냈다. 아침에는 빗줄기가 지평선을 위협했다. 한낮에는 폭풍이 우리를 빨아들였다. 하늘은 어두워지고 바람이 세게 일더니 잠시 후, 얼어붙을 것 같은 진눈깨비가 언덕을 가로질러 밀려왔다. 우리는 말에서 내려 이 갑작스런 난리에 등을 돌렸다. 온도는 뚝 떨어지고 반시간 만에 세상이 우박으로 소용돌이쳤다. 성서속의 심판, 신의 분노 같았다. 하지만 시작할 때 그랬던 것처럼, 폭풍은 타 버릴 것 같은 풀밭 위로 뱀처럼 구불구불한 안개만을 남겨 놓고 신기하게도 사라졌다. 태양이 언덕을 가로질러 나타나자 계곡이 다시 펼쳐졌다. 마치 아무 일도 없었던 것 같았다. 우리는 말에 올라타 티끌 하나 없는 오후 속으로 달려갔다.

만다는 윌리엄 수사가 꿈꾸었던 몽골인이었다. 바로 그리스도교 개종자였던 것이다. 윌리엄 수사는 대초원의 빌리 그래햄(미국의 그리스도교 부흥목사.– 옮긴이주) 목사만큼 잘해내지 못했다. 몽골에서 2년간의 임무

수행 기간 그는 단지 여섯 명의 개종자를 얻는 데 그쳤다. 그리고 그들 모두가 계속 그리스도교로 남아있지 않았다. 몽골인들은 그리스도교의 '다른 종교에 대한 적대감' 을 적응하기 어려웠다. 배교背敎는 흔한 것이었다.

윌리암은 개종자가 적은 이유 중의 하나가 형편없는 통역이라고 했지만, 가장 중요한 문제는 세계의 중심으로 여겨졌던 기독교, 유럽 제국의 정치적, 군사적 힘이 몽골에서는 무용지물이었다는 점이었다. 실용적인 몽골인들이 멀고 먼 시시한 나라에서 온 한 수도사의 종교를 심각하게 받아들이기는 어려웠다. 하지만 지금 우리 세대의 그리스도교 전도사들은 몽골에서 좀 더 많은 성공을 이뤄 냈다. 그들은 윌리엄 수사와는 다르게, 세계의 권력을 등에 지고 왔기 때문이다.

최근 몽골에서의 종교적 자유의 효과 중 하나가 바로 엄청난 숫자의 윌리엄 후계자들이 몽골에 도착한 것이다. 그들은 거의 미국에서 독점적으로 온 크리스천 선교사들이다. 젊은 몽골인들에게 영어실력을 향상시킬 수 있는 기회의 제공뿐만 아니라, 그들에게 미국 성서대학의 장학금이라는 추가적인 장려의 기회도 베풀었다. 미국으로의 여행과 그곳에서의 생활이라는 당근은 젊은 몽골인들로 하여금 특별히 주 예수의 메시지 전달에 더 잘 순응하게 만들었다. 19세기의 중국이 복음보다는 선교사들이 나누어주는 자선 쌀의 무게에 더 열광하며, '쌀의 크리스천' 으로 가득 찼다면, 현대의 몽골인들은 그 밥을 '미국 영주권이라는 녹색카드 크리스천' 으로 보아야 할 것이다.

만다의 그리스도교 신앙은 보다 더 진지했다. 그녀에게 종교는 그녀 자신의 문화와 보다 더 철저하게 소원해지는 것이었다. 서구화된 젊은 여성으로서, 그녀는 몽골에 싫증이 나 있었다. 내가 전통사회의 미덕에 대해 말하려고 하자, 그녀는 그들 자신을 위해서 전통을 지킬 아무런 이유가 없다고, 몽골의 대부분의 '전통' 이란 한낱 진보의 방해물뿐이라고 재빠르게 대답했다. 그녀는 몽골인들과 그들의 퇴보에 실망을 느끼고 있었다. 그녀에게 최고위층은 부패했고, 최하위층은 게으르고 무지하며, 야망도 없고 믿을 수도 없었다.

울란바토르에 있는 그녀의 친구들 대부분은 국적을 버린 사람들이라고 그녀가 말했다. 그녀는 그들과의 교제가 자신에게 맞는다고 했다. 그들은 천박하게 술에 취하지 않고도 즐겁게 지내는 것을, 또 어떻게 일하는지도 알았다. 그녀는 외국기업들의 전문성을 부러워했다. 몽골인들의 기업은 혼란스럽고 사사로운 질투, 기회주의자, 그리고 기업 소유주의 친척들로 가득 차 있었다. 종교 또한 이와 비슷하게 비교되었다. 만다에게 불교는 미신과 어둠으로 가득 찬, 퇴보하는 신앙이었다. 그녀는 구제와 개인의 책임에 대해 강조하는 그리스도교를 진보적이라고 생각했다. 윌리엄 수사가 그녀를 몹시 좋아했을 것 같았다. 나는 조국에 대한 그녀의 무자비한 견해가 무척 우울했다.

재그까지 우리를 데려다 주고, 삼부와 그의 아들은 집을 향해 떠났다. 출발하기에 앞서 삼부는 눈물을 글썽였다. 광대 같은 그의 얼굴이 그의 감정을 과장스럽게 보여 주었다. 그는 적국의 외국인으로서의 나의 과거 상태에 대한 그의 이야기가 아무런 악의가 없었다는 것을 내가 알았으면 했다. 그리고 내가 그를 용서해야만 한다고 말했다. 그는 이미 늙어, 삶이 좀 더 단순했던 달콤한 젊은 날을 그리워하고 있었다. 그는 내 손을 잡고 마구 흔들어 댔다. 내가 좋은 외국인이라고, 이제 좋은 친구가 되어 기쁘다고 그가 말했다. 그것은 망해가는 세상에서의 일종의 보상이었다. 그는 코를 훌쩍이며 말을 타고 떠나갔다. 재그 위쪽 등성이에서 그들은 돌아서서 손을 흔들어 보였다. 그리고는 어제의 풍경 속으로 사라져 버렸다.

재그에서 우리는 강둑에 흩어져 있는 게르들 사이에서 닷새를 보냈다. 말을 타고 지나가는 사람들이 멈춰 서서 우리에게 인사를 건네며, 숱하게 저녁식사에 초대를 했다. 우리는 곧 그들과 이웃이 되었다. 우리는 그 평원에서 부유한 사람과 가난한 사람을 알게 되었다.

프레브도즈는 우리를 자주 찾아왔다. 그 지역에서 그는 거물이었다. 그는 말을 타고 평원을 돌아다녔는데, 마치 중세의 영주가 자신의 영토를 돌아보는 것 같았다. 뚱뚱하고 얼굴이 불그레하고, 통풍으로 고생을 하고 있었다. 그는 허풍선이에 약한 사람을 괴롭히는 폭군으로 악명이 높았다. 아무도 그를 좋아하지 않는다는 소문이 자자했다. 그의 상속에 눈독을 들이고 있는 그의 가족들조차도 그를 좋아하지 않는다고 했다. 그는 오후 대부분을 강 너머 맞은편 술자리에서 보내고, 매일 저녁 비틀거리며 말을 타고 집으로 향했다. 우리 텐트 밖에서 그는 말에서 내리지도 않고 우리와 대화를 나누곤 했다. 매일 그는 호기 있게 우리에게 가이드와 말을 약속했지만, 실제로 나온 것은 아무것도 없었다. 어느 날 아침, 그가 술에 취하지 않았을 아침에 말을 부탁하러 갔을 때, 그는 웅장한 게르 안에서 배를 두드리며 누워 있었다. 자기만의 공간의 술탄처럼 딸 넷의 시중을 받고 있었다. 그는 기수와 말들을 데려오도록 사람을 보냈으니, 곧 도착할 것이라고 했다. 그러나 그 집을 나오는 길에 그의 참을성 많은 딸 중 하나가 우리에게 다른 계획을 세우는 게 낫겠다고 조언을 해 주었다.

우리 텐트 옆의 이웃은 아이들이 넷 있는 아주 가난한 부부였다. 그들은 가진 것은 없었지만 우리를 대하는 따뜻한 마음만은 바다와 같았다.

아내는 매일 아침 우리에게 야크 젖과 요거트를 가져다 주며, 수다를 떨 새로운 사람이 생긴 것이 기쁜 듯이 끊임없이 얘기를 했다. 그녀의 남편은 재그의 작은 발전소에서 일했었는데, 발전소가 갑작스런 석탄 값의 인상으로 문을 닫게 되었다고 했다. 그들은 내가 몽골에서 만난 사람 중에서 유일하게 말을 가지고 있지 않은 가족이었다.

"우리는 여기 시장경제와 맞지 않아요."

어느 날 저녁, 우리가 다른 이웃들과 함께 찾아갔을 때 남편이 큰소리로 말했다. 그는 시베리아횡단 노선의 세인샌드Sainshand 기차역에서 들었던 한 이야기를 자세히 들려주었다. 아마도 여인들이 플랫폼에서 기차 승객들에게 차와 아이락을 팔고 있었던 것 같다. 그는 우리가 잘 이해하도록 잠시 말을 멈추더니, 양 손을 우리를 향해 들어 보이며 안타까운 손짓을 했다. 차와 아이락은 몽골 사람들의 게르를 찾는 손님 누구에게라도 대접하는 기본적인 음식이었다. 그가 속삭였다.

"생각해 보세요. 차와 아이락을 사람들에게 판다구요!"

그 이야기를 들은 이웃들이 그 야만 행위에 머리를 내저었다. 차를 판다는 것이 나의 야만스런 나라에서는 흔해빠진 것이라는 것을 알게 하지 않으려고 나 역시 적당히 놀란 듯 해 보이려고 했다. 만다도 침묵을 지켰다. 이 가난한 게르에서 시골의 전통은 그들 자신에게 대단히 명예로우며 깊은 뜻이 있었다.

우리는 사람들에게 물어 그 새 신부의 친정어머니가 어디 있는지 알아내어 딸이 보낸 편지를 가지고 있다는 소식을 전했다. 한 시간도 안 되어 신부의 친정어머니가 도착했다. 신부와 똑같은 선명한 눈썹에 아몬드 같은 눈을 보고 우리는 신부의 어머니를 금세 알아보았다. 그녀는 우리가 새 집의 손님이었다는 사실을 무척 기뻐했다. 외국인 손님을 딸의 결혼 생활에 좋은 징조로 여기는 것 같았다. 우리는 그녀가 얼마나 행복해 보이는지, 그녀가 얼마나 잘 사는지 확신시켜 주었다. 어머니는 전부 다 믿지는 않았지만 감사하게 받아들였다. 그녀가 편지를 델 자락 안으로 접어 넣었다.

"20년간 떨어졌던 적이 없었어요."

그녀가 만다에게 털어놓았다.

"딸애가 잘 살기만을 기도하죠. 그렇지만, 딸애의 결혼이 꼭 죽음과 같아요. 부끄럽게도요."

말을 기다리면서, 우리는 이웃들을 방문하며 카드놀이도 하고 강둑을 걷기도 하고 책도 읽었다. 나는 안톤 체홉의 책을 읽고 있었다. 만다가 가지고 있는 책은 성서뿐이었다. 선교사가 만다에게 '뉴 아메리칸 잉글리시' 판을 한 권 주었는데, 다행스럽게도 그녀는 그것을 잃어버렸다. 울란바토르의 거리 가판대에서 대신 '세인트 제임즈' 버전을 찾아냈다. 그녀는 고어古語를 싫어했지만 나는 그녀에게 이것이야 말로 하느님 자신도 읽었던 바로 그 판版이라고 말해 주었다. 그녀는 하느님의 영어가 자신의 언어보다 더 낫다고 믿었다.

저녁에는 그녀가 내게 찬송가를 읽어 주었다. 그 언어와 이미지가 우리 주변의 풍경에서 솟아나는 것만 같았다.

다음 코스를 위해 결국 우리가 찾아낸 기수는 펠트 모자를 쓰고, 말처럼 이빨을 드러내고 웃는, 순진하고 촌스럽고 어리석은 젊은 남자였다. 그의 타고난 순진함 때문에 세상이 원래보다 좀 더 나쁘게 보이는 듯 했다. 그는 우리가 지나가려고 하는 마을을 알지도 못했고, 생소한 지역에 대한 근심만 가득 했다. 그의 주요관심은 말 도둑이었다. 계곡에는 말

도둑들이 진을 치고 있다고 그는 믿어 의심치 않았다. 매일 밤 야외에서 말들에 둘러싸인 침낭에 눕기 전, 그는 정성스레 말 다리를 묶어 말뚝에 매달아 두었다. 그러고도 깊이 잠들지 못하고 토막잠을 잤다. 때문에 낮에는 틈만 나면 말을 타고 꾸벅꾸벅 졸았다. 그러다가 마치 바로 등 뒤에서 말 도둑이 말을 훔쳐 가기라도 하는 것처럼 깜짝깜짝 놀라며 잠에서 깨어났다.

그는 열 살짜리 조카를 데리고 왔는데, 이 용감한 소년은 어린 황제처럼 짐 보따리 한 가운데 올라탔다. 저녁에는 두 사람이 만다와 함께 카드놀이를 했다. 만다가 치트라는 복잡한 미국 카드게임을 그들에게 가르쳐 주었다. 치트는 끗수가 높은 체 허세를 부리는 것을 바탕으로 만들어진 게임이다. 열 살짜리 소년은 표정관리를 잘 하는 영악한 노름꾼이었다. 소년의 삼촌은 게임을 이해하지도 못했다.

둘째 날 우리는 한가이Hangay 단층지대를 거쳐 아한가이Arhangay 아이막으로 갔다. 오솔길 꼭대기에서 까만 개 두 마리가 마치 불길한 징조처럼 남쪽을 향해 슬금슬금 지나갔다. 우리가 말에서 내려 오보를 돈 다음 걸어가며 돌멩이 몇 개를 얹을 때, 나는 사람들이 바친 물건 중에 나무 상자가 있는 것을 보았다. 상자는 열려 있었는데, 소액 은행권들이 안에 가득 차 있었다. 마치 몽골의 은행창고 보다 이곳이 안전하기라도 하듯 말이다.

우리는 출루트Chulutt 강으로 내려갔다. 강바닥의 구릿빛 돌멩이 위로 물살이 빠르게 지나갔다. 강은 까마귀 떼가 살고 있는 낭떠러지 아래에서 소용돌이쳐 내렸다. 까마귀 울음소리가 우리 위에서 돌멩이처럼 떨어져 내렸다. 저편으로 계곡이 게르와 말의 초원으로 펼쳐졌다. 멀리 언덕에 낙엽송 숲이 있었는데, 내가 몽골에서 처음으로 보는 진짜 숲이었다. 벌거벗은 초원의 단순함에 복잡한 지형이 들이닥쳤다. 아한가이는 몽골에서 넓은 강과 나무들이 부드럽게 펼쳐진, 수목이 무성하게 우거진 지역 중 하나로 알려진 곳이다. 문 앞에 광활하게 펼쳐진 숲은 친근하고도 매력적으로 유혹하는 듯 했다.

몽골에서 말을 타고 가는 여행 이야기에는 언제나 불만스런 넋두리가 들어차 있다. 엄청나게 드넓은 대지에서 늘 계속해서 먹어야 하는 양고기, 키 작은 몽골말들의 만족스럽지 못한 걸음걸이, 극한의 날씨, 시골의 황량함은 윌리엄 수사로부터 19세기 위대한 프르제발스키에 이르기까지 여행자들에게 곤욕을 안겨 주었다. 나는 고행의 문학을 보태기는 싫었다. 몽골에서 나는 너무나 행복했다. 말이 마음에 들고 날씨도 좋으면 몽골은 내게 천국과도 같았다. 여행의 움직임 속에서는 멋진 평온함도 누릴 수 있었다. 넉 달 동안 나는 새로이 도착할 곳에 대해 걱정할 필요가 없었다.

네 번째 날 아침 우리는 비의 추격을 받으며 열심히 말을 타고 돌투성이의 평원을 가로질러 출루트 마을에 도착했다. 그 순간, 구름이 걷히고 태양이 비탄에 잠긴 건물들을 비추었다.

아가사 크리스트 소설의 미스터리한 분위기가 생각나는 게리 쿠퍼의 순간이었다.

11장

사서와의 낚시

코를 킁킁 대는 말과 함께 비를 맞으며 출루트 시로 전속력으로 달려가니, 마을의 주요 인사들이 미스터리 살인 사건의 대단원의 용의자처럼 모여 있었다. 시장, 경찰, 가게 주인, 사서, 호텔관리인, 그리고 우체국장. 그들은 우연히 거기에 함께 모인 것처럼, 시청 정원 앞 부서진 벤치에 앉아 있었다. 하지만 그들의 쌍안경이 그 이유를 밝히는 실마리였다. 그들은 우리가 오는 것을, 그러니까 짐과 외국인을 실은 4인조 승마단이 몇 마일 떨어진 곳에서부터 오는 것을 보고 흥미로운 순간을 놓치지 않으려는 듯 마을회관 앞에 몰려 있었던 것이다. 멀리서 보면 언제나 나의 키가 눈에 띄었다.

그들은 부끄러움을 잘 타는 환영인파였다. 그들은 나의 도착에 약간 당황한 듯 수줍게 우리는 맞았다. 사서가 이야기를 제일 많이 했다. 그는 몹시 긴장하고 있었는데, 약간은 지식에 굶주린 젊은이였다. 내가 작가라는 말을 듣고서 그는 내가 말에서 내리기도 전에 러시아 문학에 끼친 셰익스피어의 영향에 관한 나의 의견을 물어 왔다. 그러면서 내가 말을 묶고 우리 짐을 푸는 내내, 『카라마조프의 형제들』에 나타난 등장인물의 성격을 분석하며, 내 주위를 맴돌았다. 게리 쿠퍼의 순간이 문학비평으로 날아가 버리고 있었다.

사서, 경찰, 시장은 우리 짐과 안장을 어깨에 짊어졌다. 그리고 우리 모두는 방문객들을 위한 '호텔'로 사용되는, 방 두 개가 있는 시청건물의 1층 안으로 들어갔다. 방 열쇠가 보이지 않아 약간의 지체가 있었다.

몇 달 만에 처음인 공식적인 업무를 위해 금색 델에 립스틱을 바르고 나타난 멋진 여자 호텔 관리인은 열쇠를 경찰에게 주었다고 했고, 경찰은 열쇠를 시장에게 확실히 주었다고 했으며, 시장은 열쇠를 우체국장에게 맡겼고, 우체국장은 그것을 경찰에게 다시 건네주었다고 했다. 결국, 호텔 관리인의 조수인, 유일하게 열쇠의 여정과는 아무 상관없는 레슬러 같은 얼굴의 우람한 여인이 도끼를 내왔다. 남자들이 뒤에 물러나 있는 동안 그녀는 도끼를 한 번 내려치더니 자물쇠를 떼어내 버렸다. 문 너머에 우리의 임시 거처가 놓여 있었다. 금속 침대만 달랑 놓여 있는 휘휘한 방 두 개가.

출루트는 모든 것이 붕괴되고 있는, 이제는 몽골에서 익숙하게 볼 수 있는 전형적인 도시였다. 다양한 상태로 붕괴된 약 20개의 건물들이 그곳에 들어차 있었다. 새로운 것일수록 붕괴가 더 드라마틱했다. 1970년대 말에 설립된 학교는 짓다가 만 체육관이 흉물스럽게 서 있었고 이제는 새들이 둥지를 틀기 위해 지붕 없는 관람석과 농구대 사이의 깨어져 나간 유리창 틈을 날아다녔다. 50년간 방치한 듯한 시청은 고작 15년밖에 되지 않은 건물이었다. 시 건물들보다 훨씬 오래된 러시아 오두막들 몇 채만이 이곳에서의 건축의 명예를 지켜 줄 뿐이었다. 러시아 오두막들은 나무 울타리 너머 멋지게 기울어 있었는데, 그런 황폐함마저도 잘 어울렸다.

시청의 몰락은 다소 불길한 느낌이 들었다. 돌연변이 곰팡이들이 건물을 갉아 먹고 있었다. 바닥나무를 먹고 사는, 기괴한 부패물들과 이상한 것들이 점점 건물 전체로 옮겨가고 있었다. 곰팡이에게 패배하고 나면 방은 간단히 버려져 문에는 못질을 해 아무도 열지 못하게 했다. 몇 달 후에 불길한 덩굴손이 옆방의 문 자락을 휘감고, 다음 방으로 옮겨가 점점 모든 방들을 장악할 것 같았다. 곰팡이는 또 다른 희생자를 달라고 하겠지. 양배추처럼 시큼하고 썩은 냄새가 건물에 가득했다. 우편물을 찾으려오거나, 설탕 1kg을 구하려고 마을에 들른 목동에게 그것은 정착 생활의 냄새였다.

누구도 목 박아 둔 방문 너머의 출루트 곰팡이 냄새에 대해 말하는 사람이 없었다. 건물에 혼자 남아 있을 때 나는 패배한 방들의 갈라진 틈을 들여다보았다. 어두침침한 갇힌 빛 속에 시커먼 싹이, 징그럽게 마루를 덮고 벽을 타고 기어오르는 것이 보였다. 닫힌 문에 대한 소문과 불길한 식물의 생명이 곰팡이처럼 빠르게 퍼졌다. 출루트로부터 더 멀리 여행하면 할수록 그것의 덩치도 점점 더 기괴해졌다. 내 여행의 다음 코스인, 이 경계 지역에서 멀리 떨어진 게르에서, 출루트의 시청을 방문하고 얼굴이 온통 검은 빛으로 뒤덮여 전염된 사람들이 있다고 믿는 목동들을 마주칠 수도 있으리라. 곰팡이야말로 텐트의 우수성과 건물의 문제점에 대한 증거라는 합의가 도처에 있었다. 이것이 바로 노인들이 종종 말하는 도시의 바이러스라는 것이다.

"개인적인 질투심의 문제예요."

사서가 소곤소곤 이야기했다.

"내 시를 펴내려고 할 때마다 누군가가 방해를 해요."

손만 보면 누구라도 그를 알아차릴 수 있을 것 같았다. 양손이 몸 앞에서 힘차게 돌아다니고 안테나처럼 기다란 손가락이 긴장한 듯 경련을 일으켰다. 그의 검은 눈동자는 강렬하고 짙었지만 종잡을 수가 없었다. 남의 말을 듣고 있을 때, 눈동자는 말하는 사람을 은밀하게 들여다보았고, 말할 때는 눈동자가 불안하게 움직이며 자신의 손을 바라보았다. 그는 절망에 빠진 시인이었다. 어둠의 세력들이 그의 인정을 가로막았다. 출루트는 그를 방해하는 음모로 가득 차 있었다.

"왜 나를 싫어하는지 모르겠어요."

그가 여전히 손가락을 만지작거리며 말했다.

사서는 또 하나의 안톤 체홉과 같은 모습이었다. 지식인이며, 야망에 가득 찬 작가이며, 희망이 없는 몽상가가 아무도 자신을 이해하지 못하는 시골에 갇혀 살고 있었다. 그는 우리의 도착을 굉장히 운명적으로 바라보았다. 그에게는 우연히 일어나는 것은 아무것도 없었다. 우리가 출루트에 있는 동안 사서는 우리가 자신을 구할 거라 묘하게 믿는 것 같았다. 잔인하게도 무시되었던 그의 작품이 출판되는 방법을 내가 당연히 알리라 여겼고, 내가 그의 재능에 감탄해 이웃들에게 그를 새롭게 바라보게 만들 것이라 믿는 것 같았다. 만다의 역할은 낭만적인 고통으로 가는 짝사랑의 돌파구를 제공하는 것인지도 몰랐다.

대부분의 도시 사람처럼 만다는 등 뒤에서 그를 조심스럽게 비웃었다. 그의 얼굴에는 침울한 아름다움이 있었지만 몸가짐은 점잖지 못했다.

"저 사람 다리 좀 보세요."

그가 밖으로 나가자 만다가 한바탕 킬킬 웃으며 소리쳤다.

"보세요, 보라고요."

나는 다리에 무슨 문제가 있는지 도무지 알 수가 없었는데, 만다는 아주 우스운 것을 찾아낸 것 같았다.

사서는 아내와 셀 수 없이 많은 아이들과 함께 시청 바로 옆, 낡은 러시아식 작은 집에서 지독하게도 가난하게 살았다. 호텔 관리인과 조수는 우리 방 옆에 있는 작은 부엌으로 우리를 위해서 식사와 차를 준비하러 오는데, 그들이 사서에 관한 이야기를 들려주었다. 사서의 어머니는 그 지역에서 떠들썩한 연애경력의 장본인이었다. 젊었을 때 그녀는 울란바토르에 아내가 있는 남자와 사랑에 빠졌었다. 마침내 가족들이 그들을 떼어놓았다. 그러자 그녀는 여기 마을의 교사인, 괜찮은 남자와 결혼을 했다. 아이들을 둘 낳았다. 바로 사서와 사서의 쌍둥이 형제였는데 태어난 지 1년 만에 쌍둥이 여자아이는 죽었다. 사서의 엄마는 슬픔으로 정신이 이상해져 할머니가 사서를 키웠다는 것이다.

사람들은 그에 대한 이야기를 주고받는 재미에 사는 듯 했다.

"그 사람은 자신의 아이조차 잊어 버려요."

자물쇠를 부셨던 건장한 여인이 말했다. 나는 그가 아이들을 잘 돌보지 않는다는 뜻으로 이해했다.

"아니, 아니요. 실제로 애들을 잃어버렸다고요. 한 번은 울란바토르 식당에 큰 애를 남겨 놓았대요. 다시 그 애를 찾으러 돌아가니까, 경찰이 그 애를 맡고 있었대. 자기 아이라고 설명하느라 엄청나게 힘들었다나. 경찰은 그 사람이 아이를 잃어버린 것을 믿을 수가 없었다지."

그들의 소문은 악의적이지는 않았다. 마을 사람들은 사서의 어려움에 동정을 느끼고 있었다. 그의 가난 그러니까, 가축이 부족한 것, 좀체 도착하지 않는 쥐꼬리만한 정부의 봉급이 모든 이의 관심이었다. 그 가족은 마을 사람들의 말없는 관대함 속에서 살아가고 있었다.

그러나 사서의 입장에서는 마을 사람들의 관대함은 또 다른 음모였다. 사서는 자신의 삶이 거절과 거부와 반대로 말라가고 있다고 보았다. 출판업자를 찾지 못하는 자신의 무능은 오랫동안 좌절된 야망의 종착역이었을 뿐이다. 시청 맞은편에 자리한 수수하게 지어진 도서관은 달랑 방 하나 뿐인 낮은 건물이었다. 소나무와 오래된 책 냄새가 났다. 사서는 창가에 앉아서 도스토예프스키와 석 달이 지난 신문을 읽고 있었다. 우리가 지나가자 그가 고개를 들었다. 그의 번뇌하는 좁은 얼굴이 전시물, '막다른 골목의 남자' 처럼 두꺼운 유리창 뒤에서 어둡게 떠다녔다.

"마누라도 한 때는 예뻤지."

호텔의 여인이 한숨을 쉬었다.

"그래도 삶이 너무 고단해."

만다는 울란바토르에 있는 부모님께 자신이 아직 살아 있다는 소식을 전하기 위해 전화를 걸고 싶어 했다. 몽골의 전화교환국은 현대적인 커다란 위성 접시가 밖에 나와 있는 작은 오두막이었다. 슬프게도 그 접시는 한 번도 연결된 적이 없었다. 누군가의 원조 계획의 일환으로 온 것이지만 매뉴얼이 프랑스어라서 아무도 어떻게 사용하는지 알지 못한다고 했다. 교환국은 전통적인 방식으로 운영되었다. 높은 카운터 뒤로, 교환수가 손잡이를 돌리며 골동품 전화기에 대고 소리를 질렀다. 연결되는 시간이 꽤 걸렸다. 전화를 걸려는 사람은 거의 없었다. 대기실 벤치에서 우리는 루디라는 젊은 배낭여행객을 만났다. 배낭을 가지고 있지는 않았지만 옷을 보고 배낭여행객이라는 걸 금세 알아보았다.

그는 홀치기염색을 한 헐렁한 바지를 입고 있었는데, 그것은 메콩 강 상류의 논에서 일하는 농부들에게는 최신식 유행이었고, 아시아를 여행하는 젊은 배낭여행객들 사이에는 필수품이었다. 한 때는 베트콩들의 자부심이었던 군용점퍼는 몽골의 기후에 대한 그의 양보였다. 염색한 손가방과 수를 놓은 테가 없는 둥글납작한 여자모자까지, 앙상블이 완벽했다. 그 모자는 훈자Hunza 상류 계곡에 사는 히말라야 종족들에게 어울릴 법한 것이었는데, 루디가 쓰니 좀 우스꽝스러워 보였다. 얼굴은 기다란 감자처럼 생겼고, 머리칼은 곧고 부드러운 노랑머리였다. 유럽형의 커다란 코가 몽골 아이들에게 마귀처럼 보일 것 같았다.

몽골의 여러 가지 매력 중 하나는 젊은 배낭여행자들이 일반적으로 선호하는 코스가 아니라는 것이다. 몽골을 여행하다 맞닥뜨리는 어려움의 순간들마다 나는 언제나 나 스스로 바나나 팬케이크가 있는 카페, 닳아빠진 '론리 플래닛'의 여행안내 책자와 두 달 전 인도에서 만났던 친구를 찾는다는 사람들의 메모가 빼곡한 게시판으로부터 수천마일 떨어져 있다는 것을 상기함으로써 기운을 차릴 수 있었다. 그렇기 때문에 루디를 보자 내 마음은 조금 불쾌하고 가라앉았다. 그러나 우리를 보고 반가워하는 루디의 얼굴을 보니 내 자비심의 부족함이 좀 미안하게 느껴졌다.

"울란바토르 가세요?"

루디가 진지하게 물었다. 나는 그렇다고 말했다.

"혹시 지프에 빈자리 있나요?"

우리는 말을 타고 여행 중이라고, 적어도 다음 달 안에는 울란바토르에 도착하지 못할 것이라고 설명을 해주었다. 루디는 풀이 죽었다.

"말을 타고…."

루디가 개인적인 모욕처럼 들리게 중얼거렸다.

카운터 너머 교환수가 수화기에 대고 소리를 지르고 있었다.

"Bano, bano, banoooo."

'바노Bano'는 '거기 누구 없어요?' 라는 뜻의 격식을 차리지 않는 인사말이었다. 전화를 받을 때 그 말을 사용한다는 것은 몽골의 네트워크에 대한 신뢰성이 어느 정도인지 말해 주는 것이다. 이렇게 멀리 떨어진 곳에서, 바깥세상과 연락하려는 노력은 통렬해 보이기까지 했다.

"BANooo, BANoooo, BANOOOOoooo."

교환수는 의자를 흔들면서 노래를 불렀다. 그러다 반복되는 노래가 되었다.

나는 루디에게 전화연결을 위해 얼마나 오랫동안 기다렸느냐고 물어보았다.

"이틀이요."

그가 말했다.

"여기 어떻게 왔어요?"

내가 물었다.

"시베리아 횡단열차로 중국으로 가는 길이었어요. 먼저 울란바토르에서 한 이틀 머물렀습니다. 그런데 진짜 유목민들을 만나고 싶은 생각이 점점 들었어요. 그러다가 기차역에서 한 남자를 만났는데 그 사람이 나를 시골에 데려다 줄 수 있다고 그랬어요."

아마도 루디는 그 남자에게 울란바토르 일반 가정의 세달 치 봉급인 삼백달러를 주었을 것이다. 그 남자는 루디를 출루트까지 데려다 주고 루디를 자기 친척집에 떨어뜨려 놓았다. 루디는 실제 유목민과 같이 지내며 출루트에서 일주일 동안 있다가 이제 울란바토르로 필사적으로 돌아가려 하고 있었다. 그런데 불행하게도 출루트에는 빌릴 자동차가 없었다. 루디는 울란바토르와 접촉해 자신을 구출할 지프를 요청할 수 있기를 바라고 있었다.

루디는 출루트 사람들에게 하나의 미스터리였다. 그는 몽골말을 몰랐다. 아무도 루디가 어디서 왔고 왜 거기에 있는지 확실히 아는 사람이 없었다. 그는 마을 끝에 있는 게르에서 지내고 있었다. 루디는 그 가족에게 세끼 식사와 바닥에 매트를 하나 제공받고 거기에서 양들을 돌보는 특권의 대가로 하루에 25달러를 냈다. 그 가족은 그들의 진기한 복덩이로부터 갈취한 돈을 제대로 관리할 줄 몰랐다. 루디가 그들의 가축의 숫자를 세고 있는 동안, 그 게르의 남자들은 루디에게서 받은 돈을 칭기즈 칸 보드카 가게에 투자해서 술 취한 상태로 그 주를 보냈다. 출루트 사람들은 외국인의 기묘한 성격에 머리를 내저었다. 나이 든 한 두 사람은 루디가 스파이일지도 모른다고, 그러나 대부분은 루디가 단지 머리가 돈 것일 뿐이라고 믿는데 만족하고 있었다. 루디의 옷과 헤어스타일이 후자 쪽 이론에 무게를 실어 주었다.

루디는 유목이 인간의 가장 본성적인 상태라고 믿었다. 루디에 따르면 유목민들의 이주는 우리 안의 천성적으로 움직이고 싶어 하는 본성을 반영했다.

"우리는 움직여야 해요."

루디가 게르만인의 단조로운 톤으로 말했다.

"인간의 특성은 가만히 있지 못하는 거예요. 인간의 고통은 정지해 있기 때문에 생기는 겁니다."

취사선택된 그의 옷차림 속에서 루디는 고향을 잃은 피난민 같은 분위기를 풍기고 있었다. 그는 함부르크 교외에서 도망쳤는데, 그것은 이해할 수 있는 충동이었다.

"있잖아요, 거리는 감옥이에요."

그가 말했다.

"도시에서는 꼭 갇혀 있는 것 같았어요. 난 자유로운 공간이 필요해요."

"거기 누구 없어----요?"

교환수가 노래를 불렀다.

“거기 누구 없어요------요?”

루디에게 목가적 이상향인 몽골은 몽골 사람들로 인해 망쳐졌다. 그는 사무직 업무와 주택융자금에서 자유로운 사람들을 기대했었다. 하지만 그는 출루트에서 자신이 포위당했음을 느꼈다. 모든 사람들이 돈에 너무나 매달렸다. 특히 루디의 돈에.

“썩었어요.”

그가 설명했다.

“유목민들은 더 이상 자유롭지 않아요. 서양물건들이나 갖고 싶어 하죠.”

나도 몽골에 이런 물질적 욕망이 자리 잡은 것에 대해 그와 함께 애석해 했다.

“그리고 음식 말이에요”

그가 얼굴을 찡그렸다.

“몽골 사람들은 야채를 안 먹어요. 여기서 뭘 기를 수 있는지 보세요.”

“채소를 기르면서 이동생활을 병행하기는 어렵지.”

내가 말했다.

“BanOOO.”

갑작스레 교환수의 노래 톤이 달라졌다. 누군가가 있었다.

“울란바토르, 울란바토르!”

교환수가 소리쳤다.

“여기는 출루트, 출루트, 울란바토르 나와라!”

카운터로 튀어 나간 루디에게 그가 수화기를 내밀었다. 튀어 나가다가 손가방이 뒤집어져 그 속에 있던 물건들이 바닥으로 쏟아졌다.

“책?”

루디가 말했다. 마치 캄캄한 집안의 다른 사람들은 깨우지 않으려고 하는 것 같았다.

"잭? 너 맞아?"

그는 잠깐 듣고 있었다.

"잭, 내 목소리 들려?"

루디의 목소리가 높아졌다.

"잭, 도와줘."

루디가 전화기를 생명줄처럼 붙잡았다.

"잭, 잭!"

그가 비명을 질렀다.

"나 지프가 필요해. 잭, 내 말 들려? 지프 말이야. 지프를 좀 보내줘!!"

그러나 전화선이 끊어지고 말았다. 루디는 머리를 카운터 위로 쿵 떨어뜨렸다. 교환수가 루디의 핏기 없는 주먹에서 전화기를 낚아채 갔다.

출루트는 나의 플라이낚시 실력을 늘릴 수 있는 기회였다. 낚시하기에 아주 좋은 강이 있음에도 불구하고, 몽골의 목동들은 일반적으로 생선을 먹는다는 생각에 겁을 먹고 있어서 나 같은 머리가 돈 외국인을 위해 깨끗한 길을 남겨 두고 있었다.

어느 날 오후, 나는 되든, 안 되든 한 번 해 보려고 강가로 나갔다. 사서가 나의 가이드가 되어 주었다. 사서와 그의 가족을 위해서 생선은 필요한 것이었다. 그 집엔 가축도 없었고 돈도 별로 없었다. 때때로 사람들이 남는 양고기로 도와주긴 했지만 사서는 대부분 저녁식사로 물고기를 먹었다.

강에서 그는 완전 딴 사람이었다. 차분하고, 조용하고 사색에 잠겼다. 우리는 풍경을 이야기했다. 사서는 강둑을 따라 서식하고 있는 새와 식물에 관한 세세한 지식에 굉장히 해박했다. 그가 서로 다른 바위 층을 가리키며, 백운석, 석회암, 이질암이라고 알려 주었다. 사서에게 빙하시대는 마치 최근의 일 인양 현재의 역사였다. 그러나 대부분 시간 우리는 전혀 말을 하지 않았다. 말수가 적은, 사서는 대단히 좋은 동반자였다.

승마와 마찬가지로, 나는 플라이낚시를 작년에 해 보았다. 미 서부에서 플라이낚시를 하기에 아주 좋은 아이다호 주의 헨리스 포크에서였다. 낚시 중간 중간에, 나는 노먼 맥클린의 명작, '우리 가족에게 종교와 플라이낚시 사이에는 뚜렷한 경계선이 없었다.' 라는 멋진 오프닝 멘트가 적혀 있는『흐르는 강물처럼』을 읽었었다. 나는 플라이낚시가 철학자를 낚는 것이라는 말에 넋을 잃었다. 모든 것이 나의 머릿속에 새겨졌다. 새로운 전향자의 열정과 순진함으로 나는 예술적인 낚싯줄 던지기, 강의 미스터리, 그리고, 삶의 의미에 대해 끊임없이 떠들어대는 경향이 있었다.

런던에서 나는 폴 몰Pall Mall에 있는 낚시용품 가게에 들른 적이 있었다. 그곳에는 내가 외몽골로 갈 것이라는 것에 가슴이 들뜬 친절한 점원이, 그는 아마도 외몽골을 플라이 낚시의 천국으로 생각을 한 듯 내게 굉장히 비싼 낚시 도구를 왕창 팔았다. 나의 지금까지의 일정으로는 강에서 낚시를 할 기회는 전혀 없었지만 이제 나는 아한가이의 물 좋은 풍경 속에 있었다. 나는 단조로운 몽골 식단의 변화를 기대하고 있었다.

은회색 돌멩이가 깔린 강바닥을 쫄쫄 흘러가는 출루트 강은 폭이 넓고 얕았다. 내 플라이낚시 매뉴얼에 의할 것 같으면, 이곳은 여울의 급류였다. 사서가 멍하니 바라보는 가운데, 나는 낚싯대를 이어 릴에 맞추고 난 다음 상자에서 기괴한 파리들 중 하나를 골랐다. 그리고 울리 버거 Woolly Bugger라고 불리는 검정 털이 달린 가장 넓은 것을 집었다. 분명 난폭한 몽골의 물고기에게 딱 맞을 것 같은 생각이 들었다. 나는 강 이름 말고는 내 사냥감에 대해 아는 게 없었다.(몽골의 강은 열목어와 민물연어의 고향이라고 했다.) 하지만, 폴 몰 상점에서 보았던 사진에는 한 낚시꾼이 악어만한 몽골의 민물연어와 씨름하는 모습이 있었다.

사서의 장비는 굉장히 소박했다. 그는 나무 막대기 주위에 긴 줄이 감겨 있는 것을 가지고 낚시를 했다. 그의 미끼는 말린 양고기 조각이었다. 나는 그가 불쌍하게 느껴져 폴 몰 상점에서 산 것 중에서 뭐 빌려 줄 게 있나 보려고 했다. 그러나 그때, 갑작스레 그가 커다란 열목어 한 마리를 낚아 올렸다. 나는 강 위 쪽으로 조금 나아가 한 시간 정도 아무 소득 없이 낚싯대를 던졌다. 그때까지 사서는 열목어를 두 마리 더 잡았는데 마침내 내게 양고기 조각을 건네주었다. 나는 그가 정말로 플라이낚시를 이해하지 못한다고 생각했다. 나는 그에게 예술적으로 던지는 것, 강의 신비, 그리고 삶의 의미를 설명하려고 했다. 그러나 그의 낚싯대에 또 한 마리가 물려 드는 바람에 그만 그의 정신이 산만해지고 말했다. 마른 양고기에 굶주린 몽골의 물고기들이 볼만했다.

사서와 양고기가 집으로 가고 난 후에는 내 운도 좀 나아졌다. 나는 초저녁까지 강가에서 송어 네 마리를 겨우 잡을 수 있었다. 사서의 물고기에 비하면 아무것도 아니었지만 쏠쏠한 저녁거리가 될 만 했다. 나는 그날의 수확에 기뻐하며 강물을 따라 움직이는 야크 수레와 함께 초원을 가로질러 집으로 갔다.

죽은 물고기 네 마리로 호텔 관리인들을 놀라게 하고 싶지 않아서 나는 그들에게 하루 저녁 쉬라고 했다. 시장이 저녁을 같이 먹으러왔다. 그는 이르쿠츠크에 잠깐 머무는 동안 생선을 먹어봤다는 사실을 조심스레 알려 주었다. 내가 양고기로부터 잠시 해방될 수 있다는 기쁨에 들떠 있는 만큼 그도 흥분하고 있었다. 내가 생선 리소토를 준비하는 동안 그도 부엌에 함께 있었다. 알타이 시장에서 구한 후추와 마늘을 뿌리자 시장의 흥분이 다소 흔들렸다. 몽골의 양념은 지극히 단순해서 영국요리조차도 특이하고 양념이 강하다고 생각할 정도였다.

요리가 거의 다 되었을 때 문을 두드리는 소리가 났다. 남자 네 명이 문밖에 있었다. 그들은 지붕에 파란 등이 달린 지프를 타고 왔다. 시장이 그들을 스파이라고 소개해 주었는데, 나는 안전요원으로 이해했다. 그들은 다음 주 그 지역을 순회하는 지역 시의원들을 위해 여러 가지 것들을 체크하는 선발대였다. 그 중 우두머리가 몽골의 전 KGB 요원이었는데 각진 얼굴에 머리가 동그랬다.

주인 노릇을 하며 시장과 나는 그들을 내 방으로 안내했다. 촛불 아래, 그들이 간이침대에 자리를 차지했다. 나는 몽골의 손님 접대 방식을 충분히 알 만큼 게르의 손님으로 오래 머물러 보았다. 이미 저녁을 먹은 체 하고 우리는 생선이라서 미안하다며 리소토 그릇을 손님들에게 돌렸다. 친구 세 명은 예의바르게, 그러나 머뭇거리며 생선을 조금씩 뜯어 먹었다. 그러나 KGB 요원은 게걸스럽게 먹어 댔다.

"맛있군."

그는 입 안 가득 음식을 채우고 끙끙거리며 말했다.

"싱싱한 생선. 풍부한 마늘."

마치 여러 날 동안 아무 것도 안 먹은 것처럼 입 안으로 리소토를 집어넣었다.

나는 생선을 싫어하는 사람들의 땅에서 송어를 좋아하는 한 남자의 방문이라는 불운을 겪은 것 같았다. KGB 요원은 공산주의 시대에 동독에서 훈련을 받았다. 슈타시 고문방법과 함께, 그는 유럽 음식도 맛을 들였다. 그는 빈 그릇을 안타깝게 바라보았다. 갑작스런 침묵 속, 내 자신 그에게 두 번째 그릇을 내밀고 있는 소리가 들렸다.

결국 그는 우리 저녁의 전부인 네 그릇을 말끔히 먹어 치웠다. 침대 뒤로 물러나 앉아 조용하게 트림을 하더니 그는 내게 여권을 보여 달라고 했다. 그리고는 내가 외국인 암살자인지 알아보려고 몇 가지 의례적인 질문을 했다. 마침내 더 이상의 의식 없이 어둠 속으로 그들이 떠났다. 그들이 간 후, 시장과 나는 내 베개 속에 몰래 숨겨 놓았던 빵과 불가리아 와인으로 위안을 삼았다.

내 생선요리에 고무된 KGB 요원은 곧장 루디를 조사하러 가 버렸다. 그는 루디가 울란바토르에 여권을 놓고 온 것을 알게 되었다. 처음에는 이것이 둘 모두에게 행운처럼 보였다. KGB는 루디에게 벌금을 먹여 돈을 챙겼다. 루디는 출루트로부터 빠져나갈 수 있으리라 기대했다. 그러나 루디는 불법 외국인이기 때문에 수도 울란바토르로 송환되지 않는다는 말을 듣자 눈물을 터뜨렸다. 몽골의 초원은 함부르크의 교외보다 탈출하기 훨씬 더 힘들었다.

하루는 사서가 차를 마시러 오라고 자기 집으로 우리를 초대했다. 할 얘기가 많다고 그가 심상치 않게 말했다. 그는 나의 '자서전'에 대해 몹시도 궁금해 했다. 어쩐지 그의 목소리가 섬뜩하게 들렸다.

사서가 가족과 함께 사는 방은 지금은 망해 버린 전생의 목공들의 작업장이었다. 가정생활은 작업장의 분위기와 달리 허우적거리는 무언가가 있었다. 구석에 쇠 난로가 하나 있고 다른 쪽에 장작더미가 싸여 있는 엄격하고 간소한 공간이었다. 유일한 가구라고는 창가에 있는 탁자와 벽에 붙어 있는 침대 네 개뿐이었다. 각양각색의 조무래기들이 침대 다리에 매달려서 꺽다리 외국인의 갑작스런 출현에 겁을 먹고 모두 벙어리가 되었다. 둥근 어깨의 사서 아내는 몹시도 지친 표정이었다. 그녀가 애매모호하게 고개를 끄덕이며 우리를 맞아 주었다. 방은 생선과 숯 냄새로 코를 찔렀다.

우리는 탁자에 앉았다. 파리가 창문에 부딪히며 윙윙 날아다녔다. 사서는 안절부절 못하며 손가락을 탁자 위에 놓고 꽉 움켜잡았다. 내 자서전을 시작하기에 앞서 그는 먼저 자기 이야기를 하고 싶다고 했다. 그는 자신의 고통 받는 삶 전체를 운문으로 표현했다. 장송곡 같은 톤으로 서사시를 시작했다.

본 내용은 주석註釋과, 주해註解, 설명으로 자주 끊겼다. 만다는 부지런히 통역을 했다. 아이들 책이 탁자 위의 생선가시 사이에 펼쳐진 채 있었는데, 동화책들이었다. 그는 손을 펜으로 가져가더니, 이야기를 하며 책의 빈 여백에 낙서를 끄적였다. 러시아어로 된 『빨간 모자』처럼 보이는 희미한 선의 그림 주위에 이상한 무늬로 짙게 덧칠을 했다.

사서의 삶은 『실낙원』도 재미있고 간결하게 보이게 했다. 그것은 비극, 불행, 배반의 일상적인 이야기였다. 그는 너무 일찍 결혼을 했고 그의 책임감은 그가 젊은 시기에 기회들을 가지지 못하게 된 것을 의미했다. 그의 조용한 아내는 무뚝뚝하게 나무를 쪼개고 있었는데, 남편의 이 운문을 전에 수도 없이 들어 지겹다는 표정이었다. 그는 지질학자로 교육을 받아서 체체르레그의 아이막센터에서 자리를 구하려고 했다. 친족 등용이 흔했기에 그 자리는 그 지역 정치가의 친척에게 주어졌다. 마침내 도노드에서 지리학자로서 할당된 일을 구했는데, 그만 머리칼이 빠지고 이빨이 상해서 일을 그만두고 말았다. 상상력이 좀 덜했다면, 사서는 이것을 정상적인 노화과정이라고 받아들였을 것이다. 그러나 사서는 노화과정을 보고 이것을 본격적인 외과적 위기로 받아들였다. 머리가 벗겨지고 치통을 느끼며 그는 자신의 고향인 출루트로 돌아왔다.

그러나 이곳에서의 상황은 더 나빠지기만 했다. 그는 출루트의 사회민주당의 창립멤버 중 하나였다. 그러나 후보자가 선정되었을 때 정치적 음모로 인해 그의 이름이 목록에서 사라졌다. 그가 만들었던 신문은 누군가의 질투심으로 도산했다. 전 시장과의 불화 때문에 그는 환경조사원으로서의 공무원직마저 잃고, 조용히 있으라고 사서 직이 주어졌다는 것이다. 삼촌이 자기 양들을 모두 둘째 조카에게 물려주자 집주인이 사서를 신용하지 않기 시작해서, 그는 목공 작업장을 겨우 단기로 빌려 쓰고 있었다.

여기서 자서전은 새는 지붕과 그의 장작더미를 훔쳐내는 아이들의 진부함으로 변질되었다. 이것은 생활의 문제였다. 예술의 서사구조가 미흡했다. 정치적 핑계를 나중으로 미루고, 지붕 문제를 탈모문제와 함께 앞으로 당기는 것이 나았을지도 모르겠다. 그러나 삶은 납득할 수 없는 순간에 클라이맥스에 도달하는 경우가 있다. 자신의 불행에 지쳐, 그는 기운이 빠졌고, 서사시는 기운을 잃어 가더니 흐지부지 끝나고 말았다.

『빨간 모자』의 발목 주위에 새까맣게 잉크가 칠해졌다. 그의 가늘게 찢어진 눈동자가 파리와 생선가시, 말라빠진 치즈부스러기 사이에서 마치 무언가를 찾는 듯, 아마도 희망이리라, 탁자 위를 이리저리 돌아다녔다. 더 지독한 냄새가 그에게서 났다. 입 냄새와 시큼한 우유냄새.

그 자신의 삶에서 빠져나온 사서가 나의 자서전으로 방향을 틀었다. 나는 운문을 짓지 못하는 재미없는 사람임을 새삼 느꼈다. 그러나 사서는 내 삶을 나에게서 직접 듣고 싶어 하지 않았다. 그는 스스로 이야기하는 것을 더 좋아했다. 그는 손금을 볼 줄 알았다. 자서전의 부담감에서 벗어나 나는 내 손을 그에게 내밀었다. 나는 매력 없는 내 자신의 삶이 비교적 온화하게 비춰지리라고 기대했다. 내가 틀렸다.

내 손금이 그를 혼란스럽게 한 것 같았다. 마치 이런 손금은 전에 한 번도 본 적이 없는 듯 했다. 그는 집게손가락으로 손금을 따라 손목 쪽으로 쭉 갔다가 다시 손가락을 향해 내려왔다. 꼭 지도의 이름을 찾는 남자 같았다. 마침내 그가 말했다.

"어렸을 때 몸이 약했군요."

그가 말했다. 그가 더 자세히 보려는 듯 내 손을 빛이 잘 드는 창가 쪽으로 기울였다.

"심각한 건강상의 문제를 갖게 될 겁니다. 오래 살지는 못하지만 쉰 살까지는 살 거예요."

예전에 누가 우연하게도 내 손금을 읽어 주었을 때는 아주 기분이 좋았었다. 명이 길고, 경제적 어려움도 별로 없고, 연애사업도 잘 될 것이라고 했다. 그러나 사서는 손가락으로 머뭇머뭇 손금을 눌러 대며 전혀 새로운 천만뜻밖의 의미를 발견해내고 있었다.

"결혼은 하겠는데요."

그가 말했다. 나는 잠깐 운명이 달라지기를 바랐다. 가정적인 행복이 손짓하는 것 같았다.

"하지만, 부인이 속을 썩이겠는데요. 바람을 피우겠어요."

그가 말했다.

나는 뒤로 빼내려고 무의식적으로 내 손을 잡아당겼다. 그러나 사서는 내 손을 꽉 움켜잡았다.

"돈에 쪼들리겠군요. 파산하겠어요. 어쩔 수 없이 집을 팔아야 될 겁니다."

그가 고개를 기웃하며 입을 오므렸다.

"앞으로 5년 안에, 어쩌면 좀 더 빨리, 가까운 사람 중에 누가 죽겠는데요."

갑자기 그의 아내가 방 건너편에서 날카로우면서 큰소리로 말했다.

"당신은 아마도 다음 세 가지 중 한 가지로 죽을 겁니다."

그래도 사서는 아무렇지도 않은 듯 이어갔다.

"심장병, 사고, 암살."

나의 섬뜩한 죽음의 순간에 그의 아내가 찻잔을 내오면서 그의 말을 막았다. 그리고 사서를 침울하게 바라보았다. 그제야 그는 손을 내려놓았다. 나의 미래가 넝마가 되었다. 우리는 조용히 차를 마셨다.

나중에 만다가 설명해 주었는데 사서의 아내가 그 예언에 대해 사서를 꾸짖었다고 했다. 아마도 그는 몇 년 전에 누군가의 손금을 읽었나 보았다. 비슷한 불행의 이야기가 모두 다 그대로 일어났다. 요절을 포함해서. 그의 손금이 저주였다며 가족이 사서를 비난했다고 한다. 이제 출루트에서 아무도 사서에게 용감하게 손금을 읽어 달라고 하는 사람이 없었다. 사서 자신의 비극은 타인을 감염시키는 바이러스처럼 보였다.

출루트에서의 마지막 날 밤, 누가 우리 방문을 세게 두드렸다. 두 번은 길게 두 번은 짧게, 똑–똑–, 똑똑. 무슨 신비에 싸인 코드 같았다. 깜깜한 복도에 사서가 서 있었다. 밤이 깊은 시각이었다. 내 손금을 보여 준 후에 나는 그를 계속 피했었다. 지금 그가 음흉한 불행의 신처럼 내 문 앞에 나타난 것이다.

"박물관."

그가 속삭였다.

도서관에 붙어 있는 작은 박물관에 가기로 약속을 해 놓고 계속 미루고 있었다. 이제 우리들의 마지막 날 밤 그가 우리를 데려가기 위해 온 것이었다. 그의 편집증은 거부를 불가능하게 했다.

아치 모양의 커다란 은하수가 잠자는 마을 위로 걸쳐져 있었다. 야크 한 마리가 목적도 없이 전화교환국을 향해 배회하다 도서관 앞에서 멈춰 우리를 멍하니 바라보았다. 사서는 고물 열쇠꾸러미를 더듬어 찾아내어 우리를 안으로 불러들여 깜깜한 책꽂이 사이를 지나가게 했다. 그가 성냥에 불을 붙여 겨우 촛대에 불을 밝혔다. 우리는 축축한 방으로 나아갔다. 흔들리는 그림자, 먼지 냄새, 침침한 거미줄 같은 것들이 나를 하워드 카터Howard Carter(영국인 이집트 고고학자.– 옮긴이주)처럼 느끼게 했다.

박제된 동물들이, 거기에는 귀에 좀이 슨 늑대도 있었는데, 문 옆 그림자 속에 숨어 있었다. 우리 위에는 커다란 독수리가 날개를 펴고 있었다. 한쪽 눈과 왼쪽 다리는 관리자의 직무유기로 없어졌다.

"시체를 먹곤 했어요."

사서가 말했다.

"옛날에는 우리는 사람이 죽으면 티베트 사람들처럼 그냥 시체를 버려두었어요. 이 새들이 시체를 먹었죠."

사서가 흙투성이가 된 그 짐승을 마치 자기 조상의 어떤 실체가 담겨 있기라도 한 것처럼 존경스럽게 바라보았다.

초를 높은 곳에 놓아두고 우리는 탐험가 삼총사처럼 앞으로 나아갔다. 나는 내가 발끝으로 걷고 있다는 것을 알았다. 거울을 통해 우리들의 귀신같은 모습을 들여다보았다. 인공유물의 대부분은 안장, 화로, 굴레, 델이었는데 알아보기가 힘들었다. 칸막이에는 몇 겹의 먼지가 쌓여 있었는데, 오늘날 대부분의 게르에서 볼 수 있는 품목들이었다. 나는 유목생활이 얼마나 정적일 수 있는지, 혁신이란 것이 얼마나 막연하게 생각되었는지 다시 한 번 상기했다.

박물관이 증거로 제시하고 있는 유일한 역사적 발전은 유목생활이 아닌 이 지역 한곳의 특징, 즉 출루트 시 자체에 집중되어 있었다. 일련의 흑백사진에는 학교, 병원, 유치원이 있었다. 모두가 밝고 잘 다듬어져 있었다. 지역의 전기 공급을 약속하는 작은 발전소의 개통식 사진도 있었다. 추수 때, 마을 끝 집단농장의 건초 밭과 밀밭, 돼지와 닭 사진도 있었는데, 그것들은 몽골식단의 다양성을 보여 주었다. 어쩌면 그것들은 행복한 미래를 위한 사진이었을지도 몰랐다. 그러나 이것은 1960년대의 출루트였다. 그때부터 농업, 전기, 교육에 대한 이런 낙천적인 생각들이 시작되었다.

사서는 초를 들어 지도와 차트가 있는 벽을 비추고, 식물그림, 오래전에 사라진 티베트 수도원의 낡은 수트라 경전이 담긴 상자들을 비추었다. 그는 이 지역에 대한 지리학적, 역사적 정보에 대한 말의 홍수를 더듬더듬 풀어놓기 시작했다. 그의 지식은 거의 백과사전 수준이었다. 그는 이 지역의 강과 산, 선돌, 지각표층암반, 식물의 의학적 효과, 쇠재두루미의 이동성향 등에 관해 소상하게 설명을 했다. 흘러내리는 촛농의 불빛 속에서 그는 우리에게 자신의 교양을 드러내는, 주문을 끝없이 중얼거리는 탄원자 같았다.

마치 그것들이 시니컬한 세상과 그가 자리 잡고 있는 희망 없는 자리에서 그를 구하는 것 같았다. 하지만 그가 더 길게 이야기를 하면 할수록, 그는 점점 더 흥분해 갔다. 이 모든 정보가 우리를 어디로도 데려가지 않을 것이라는 것을, 몇몇의 기회가 그에게서 미끄러져 나가고 있음을 그가 깨달았기에.

우리는 참을성 있게 탈출의 순간을 기다리며 그의 이야기를 들었다. 출루트 강 상류의 지질학 강의를 듣던 중 나는 늦었다고 말함으로써 강의를 겨우 마치게 했다. 나는 내일 먼 길을 가야 한다는 말도 덧붙였다. 사서가 고개를 촛불 쪽으로 돌렸다. 내가 중간에 끼어들어 잠깐 당황한 듯 했다. 그의 시선이 내 얼굴에 머물렀다. 모호하고 불쾌하게 움츠러든 것 같았다. 그때 그는 자기 앞의 후원자가 아닌 이방인, 외국인, 떠나려는 남자를 보았다.

"Teem, teem."

그가 알았다는 듯 중얼거렸다. 그의 기다란 손가락이 열쇠를 감아쥐었다. 자신의 엇나간 희망이 이마에 구름을 드리웠다. 그는 손으로 머리를 문지르더니 문을 향해 몸을 돌렸다.

다음날 아침에는 처음 도착했을 때와 똑같은 마을의 주요 인사들이 모여들어 우리와 작별의 악수를 나누었다. 시장, 경찰, 호텔 여인 두 명, 우체부가 시청의 죽은 묘목에 둘러싸여 말을 타고 평원을 가로지르는 우리에게 손을 흔들었다.

그러나 사서는 거기에 없었다.

12장

노인들과의 동행

날씨가 달라지고 있었다. 출루트 강을 건널 때, 말들은 얕은 곳에서 다리를 높이 들며 걸었고, 새로운 바람은 물살을 거스르며 동쪽에서 불어와 수면을 희게 물들였다. 아침은 쌀쌀하고 하늘은 잿빛이었다. 사람들은 눈을 이야기 했다. 8월 말이었지만, 여름은 벌써 우리 뒤로 사라지고 있었다.

출루트에서 닷새를 보내고 나서 다시 말에 오르니 기분이 좋았다. 여행 중간 중간, 금방이라도 무너져 내릴 듯한 마을에서 여행이 막다른 궁지에 빠진 것만 같았다. 나는 점점 잠을 편히 자지 못하고 초조했다. 실직한 카우보이처럼 싸구려 호텔방을 들락거리며 안장을 잡아당기는 바보처럼 느껴졌다. 땅을 긁어 대며 어서 떠나고 싶어 안달을 하는 싱싱한 말이 도착한 것은 내게 해방의 순간이었다.

출루트에서 말과 가이드를 확보하는 것이 어려웠다. 이맘때 가족들은 가을 목초지로 분주하게 옮겨간다. 범죄형으로 생긴 한 남자가 가이드를 하겠노라고 자원했지만, 어쩐지 불안하여 즉석에서 거절했다. 궁리 끝에 우리는 전화교환국 문에 지역 광고처럼 작은 공고문을 붙였다. 그렇지만 사실 무엇이든 널리 알리는 가장 좋은 방법은 무심코 호텔 관리인에게 얘기하는 것이란 걸 나는 이미 알고 있었다. 나의 면도의식이나,

오후의 낮잠을 좋아하는 것, 화려한 사각팬티는 이미 마을전체에 소문이 나 있었다.

호텔 관리인이 결국 자기 친척 아저씨 한 명을 구해 왔다. 그는 나이가 일흔은 넘은 위엄 있는 신사였다. 엄청나게 많은 양떼를 가지고 있었기에 그 지역전체에서는 부러움의 대상이었다. 혈색 좋은 얼굴로 엉금엉금 걷는 아일랜드의 우리 삼촌들이 생각났다. 사투리가 심하고, 쓰고 온 모자를 보니 다른 시대의 사람 같았다. 테가 위로 올라간 찌그러진 중절모자를 썼는데, 마치 거기에 빗물을 담으려는 듯 했다. 차 잎 색깔 같은 눈동자를 한 그의 뺨 위쪽으로 한 움큼 흰머리가 흘러내렸다. 이빨은 네 개뿐이었고, 구두코가 뾰족하게 올라간 몽골의 전통부츠를 신고 있었다. 그는 티베트 이름으로 발긴냠이라고 불렸다.

강을 지나 우리는 소나무 숲 사이로 서서히 보이는 계곡으로 올라갔다. 그러고 나서 황갈색 풀밭의 초원을 향해 북동쪽으로 방향을 바꾸었다. 벌거벗은 언덕 사이에서 우리는 이동 중인 한 가족을 만났다. 그들은 온도르 울란Ondor Ulan 근처의 가을 목초지를 향해 북쪽으로 향하고 있었다. 할아버지에서부터 아장아장 걷는 아이까지 모두 기운찬 말을 타고 있었다. 그들의 양떼 물결이 풀이 무성한 위쪽 언덕을 가로지르며 잔물결을 일으키고 있었다. 붉은색 델을 입고 머리에 수건을 두른 여인 둘이 양떼를 몰고 있었다. 얼룩덜룩한 씩씩한 말에 걸터앉은 할머니가 게르와 살림살이들을 실은 낙타 세 마리를 줄에 엮어 끌고 있었다. 아들은 말을 탄 채 저녁 끼니로 마못을 자루에 채울 수 있길 바라며, 초라한 대상隊商의 양떼 위에서 골동품 러시아 소총을 닥치는 대로 쏘았다. 검정 조랑말을 탄 여덟 살과 열 살의 소년 둘은 가끔 멈춰서 수다를 떨었다. 아주 기분 좋은 이동이었다. 우리가 반대방향으로 향하자 그들은 실망을 감추지 못했다.

우리는 바람이 불어오는 풀밭의 긴 능선 너머로 사라져 가는 그들에게 손을 흔들었다. 그러고 나서 노인의 친구 게르에 잠깐 들러 차를 마셨다. 그곳은 갓 구워 낸 빵과 아름다운 딸 셋이 있는 최고의 게르였다. 이 두 가지로 기운을 차린 우리는 기울어가는 하늘 아래 길을 재촉했다. 말들은 좋았다. 나는 토끼처럼 귀가 길고 잘 생긴 튼튼한 붉은 말을 탔다. 노인은 늙은 하얀 말을 탔는데 배가 볼록 튀어나와서 노인의 다리가 바깥쪽으로 뻗쳤다.

말을 타고 가며, 노인이 손자 얘기를 했다. 손자는 삼년 전에 울란바토르에 있는 부모에게서 떨어져 출루트로 왔다. 그때 소년은 병약하고 다소 까다로운 열여섯 살이었는데 시골이 소년에게 좋을 것이라는 생각에 불러들인 것이다. 노인은 강력한 강장제인 소변 등 여러 가지 전통적인 치료법으로 소년을 간호했다. 일단 건강이 회복되자 소년은 열심히 시골생활을 즐겼다. 야크 젖을 짜는 것, 새끼들에게 젖을 물리는 것, 양털을 깎는 것도 배웠다. 생가죽을 만드는 것도, 암말의 젖으로 아르히를 증류하는 것도 배웠다. 소년은 말도 잘 탔고, 자기 말이 지치지 않도록 잘 돌보았다. 노인은, 6개월 만에 소년이 달라졌다고, 일도 잘하고 단련도 잘 되었노라고 했다.

소년은 지금 노인에게 전부가 되었다. 노인은 소년을 사랑한다고, 아이처럼 말했다. 손자의 열정과 정직성, 모든 것을 이루려는 성실함을 사랑한다고 했다. 노인은 소년의 눈을 통해 발견한 자신의 세계를 사랑했다. 노인의 삶에 뒤늦게 찾아온 애정이었기에, 노인은 놀라워하는 것 같았다. 노인에게는 인생의 의미를 찾은 한 남자의 평온함이 있었다.

노인이 내 가족에 대해 물었다. 아이가 없다니까 노인이 깜짝 놀랐다. 불운만이 그러한 결과를 낳는다고 생각하는지 더 이상 묻는 걸 주저했다. 그러나 그는 호기심을 참지 못했다. 내가 아직까지 함께 아이를 낳고 싶은 사람을 만난 적이 없다고 중얼거리자, 그 답이 부적당하다고 생각했는지 더 이상의 당황스러움을 피하기 위해 주제를 돌려버렸다.

오후 늦게 쯤 우리는 기다란 가을 계곡에 다다랐다. 거기에는 작은 게르 마을들이 서로 반마일 간격 또는 그 이상으로 떨어져 있었다. 잿빛 하늘에 수직으로 연기가 피어올랐다. 우리는 소나무 언덕 아래 좁은 시냇가에 텐트를 치고 불을 피운 다음 출루트에서 가지고 온 양고기를 요리했다. 황갈색의 일몰이 우리가 방금 지나온 언덕으로 새어나왔다. 뻐꾸기의 둔탁한 울음소리가 위쪽 어둠이 깊어진 숲에서 넘실거렸다.

저녁을 먹으며 노인이 조용하게 노환을 이야기 했다. 나빠진 시력, 뻣뻣한 무릎, 밤이면 차가워지는 발. 그는 또 말에서 떨어질 것 같은 위험까지 걱정하게 되었다고 말했다. 몽골 사람들로서는 평범하지 않은 고백이었다. 그러나 그것들은 불평불만이 아닌, 단순한 관찰일 뿐이었다.

"손아귀에 힘이 점점 빠져."

그가 쥐었던 손을 펴 보이며 싱긋 웃었다.

"전부 손자한테 물려 줄 거야. 난 죽는 게 두렵지 않아."

세상의 의미를 찾고 나서, 그는 이제 떠날 준비를 하고 있었다.

밤이 되자 노인의 얼굴 모습이 모닥불 빛 속으로 움츠러들었다. 밤이 깊어지니 그의 모습이 나약하고, 한 없이 공허해 보였다. 가끔씩 늑대가 계곡 저 너머에서 울어대고, 뻐꾸기가 숲 속의 올빼미를 따라 밤길을 지키는 파수꾼처럼 울고 있었다.

노인이 말했다.

"나이가 들면 자유로워져. 더 이상 내가 세상의 일부가 아닌 것처럼 세상을 본다니까. 난 구경꾼이 됐어."

그가 모닥불을 가로질러 나를 바라보았다. 그의 눈동자가 어두웠다.

"당신처럼."

그가 말했다.

"저처럼요?"

몽골 사람들은 지나치게 예의가 발라서 내 여행의 엉뚱한 성격에 대해 아무런 언급도 하지 않았다. 어떤 경우든 내 여행을 날씨라든가 시장市場의 힘처럼 설명할 수 없는 것으로 대부분 받아들였다. 나는 여행자였다. 나는 런던에서 왔다. 나는 바얀올지로부터 말을 타고 몽골을 가로질렀다. 사람들은 말을 타는 이 기술, 몽골방식을 받아들이는 수용력, 고생스런 시골생활을 견디는 나의 능력에 감명을 받았다. 그러나 한편으로 나는 근본적으로 불가사의한 인물이었다. 아무도 내가 여기 왜 오고 싶어 하는지, 내 여행의 목적이 무엇인지 이해하지를 못했다. 일단 내가 스파이일지도 모른다는 가능성을 배제하자 나의 동기는 너무나 수수께끼 같아서 그들에겐 더 이상 물어볼 가치가 없는 것이 되었다.

그러나 노인은 나를 주의 깊게 보고 있었다.

"당신은 바다치르badachir야."

노인은 '고독한 떠돌이'라는 말을 사용했다.

"당신은 집도, 가족도, 책임도 없어. 당신은 방관자야. 그래서 몽골에 온 거라고. 당신 나라에서 방관자가 되긴 더 힘드니까."

나는 유목민에 대한 환상과 내 나름대로 생각한 유목민의 끊임없는 움직임, 기동성, 진부한 역사를 통해 보이는 새로운 지형에 대한 호감에 이끌려 몽골에 왔다. 그러나 몽골의 현실은 좀 더 복잡한 것이었다. 이 세계의 기동성은 풍경의 육체적 감각과 목초지의 상태에 한정되어 있었다. 그 외 유목생활은 여느 도시의 좁은 골목 생활과 마찬가지로 답답했다. 텐트와 말들이 있는 여기 높은 계곡에서 노인에게 나는 단지 떠도는 사람이었다.

깨어나 보니 그 해의 첫서리가 텐트의 오목한 부분에 두껍게 쌓여 있었다. 이웃한 게르에서 우리는 참바tsamba 아침을 먹었다. 포리지(오트밀 등을 물이나 우유로 걸쭉하게 쑨 죽.– 옮긴이주)처럼 생긴 밀가루 죽인데, 주로 겨울에 먹는 음식이었다. 그러고 나서 우유 보드카로 마무리를 했다.

"심장을 따뜻하게 하지."

노인이 말했다. 집주인은 노인의 오래된 친구였는데 그가 점을 보더니, 이 여행을 시작했던 전날이 용의 날로, 길일이라고 했다.

우리는 북동쪽으로 계속 굽이치는 시내로 말을 타고 나아갔다. 여기저기 흩어진 양떼들이 게르 주변을 천천히 돌아다녔다. 구름 그림자가 우리 앞에서 경주를 하며 앞쪽에 펼쳐진 들쭉날쭉한 계곡에 발을 담갔다가 빼내곤 했다. 깨끗한 공기 속에 소리의 조각들이 바람을 타고 왔다. 아이들의 경쾌하고 활달한 노래 소리, 낮게 으르렁거리는 야크 소리, 전속력으로 달리는 말발굽 소리, 풀밭을 가로지르며 이웃을 소리쳐 부르는 길게 늘어진 목소리들. 우리가 텅 빈 계곡의 황량함, 가을 풀밭, 원시의 푸른 하늘로 천천히 낮게 걸어가자 말들도 아침 분위기에 감염되어 짐을 짊어진 채 서로서로 앞으로 나아갔다.

한번은, 한낮이 지난 후에 길에서 사고 장면을 목격했다. 야크 마차의 바퀴가 달아나고 없었다. 수레에 타고 있던 사람은 가난한 여인 세 명이었는데, 딸 둘이 지팡이를 든 노파를 부축하고 있었다. 그들은 놀라 망가진 수레를 멍하니 바라보고 있었다. 사건의 현장에서 빠져나와 위기를 잊은 야크는 길가 넓은 초원에서 점심을 먹고 있었다.

그들은 드라마틱하고도 중구난방으로 사고를 설명했다. 가장 우스운 버전은 어린 소녀 하나가 수래 아래로 떨어졌는데, 바퀴가 소녀의 가슴을 밟고 지나갔다는 내용이었다. 부상은 놀랍게도 금세 회복된 모양이었다. 우리가 도착했을 때 소년은 길 아래 초원을 지나 누나들을 쫓아가고 있었다.

윌리엄 수사는 초기에 수레를 타고 여행을 했다. 윌리엄 수사가 너무 뚱뚱했기에 적당한 말이 없다고 수행원은 생각했던 것이다. 또한 칭기즈 칸의 거대한 황실 게르도 황소들이 끄는 수레에 실려 아주 멋지게 옮겨졌다. 그러나 지금 이것은 내가 몽골에서 처음 보는 수레였다. 그리고 예상대로 아주 잘못된 최신식 진기한 장치였다.

나는 기사도 정신을 발휘해 노인의 부츠에서 빼낸 긴 칼을 이용해 나뭇조각으로 새 바퀴 고정 핀을 만들어 고장 난 수레를 고치느라 한 시간을 보냈다. 우리가 일하는 동안 여인은 수레의 한 구석에 있던 중세풍의 가방에서 우유 통을 꺼내 계속해서 우리에게 아이락을 권했다. 바퀴를 회전축에 끼우고 새 고정 핀을 두드려 박았다. 노파가 가방 꼭대기에 다시 올라가 앉고, 멍한 야크가 제자리로 돌아오자 성가신 발명품이 움직이기 시작했다. 회전축이 돌아가고 나무 바퀴가 가늘고 날카로운 소리를 토해 냈다. 기계화에 대한 투박한 항의의 첫 번째 표시였다.

우리는 모자를 벗고 계곡 쪽으로 말을 달렸다. 수레를 고치기 위해 잠시 멈추었던 것이 말을 불안하게 한 듯 말은 달리고 싶어 안달이었다. 마치 이 역사적 라이벌인 바퀴에게 우월성을 보여 줄 필요가 있다는 듯이 고개를 흔들며 갑작스레 질주하기 시작했다. 우리는 계곡 남쪽 끝에서 오르막길로 박차를 가했다. 땅이 울퉁불퉁해 말이 넘어지지 않으려고 돌 틈 사이를 춤을 추듯 걸어갔다. 산길꼭대기에 오보가 지평선을 가로질러 파란 천 조각을 흩날리고 있었다. 나는 뒤를 돌아보았다. 야크수레가 있던 자리를 찾는 데 시간이 좀 걸렸다. 수레는 계곡 아래를 따라 기어가고 있었는데 알아보기가 힘들었다. 이미 우리로부터 1마일 뒤에 있었다. 나는 그들과 그들의 느릿느릿함이 불쌍했다. 그 순간 우리는 안장의 우수성을 확신하며 다른 세상에 있었다. 이곳에서 바퀴는 시간의 시험을 견디지 못하는 바보스런 발명품 같았다.

그 후, 다른 이들을 쫓아 나는 좁은 계곡을 향해 말을 돌려 소나무 사이 긴 언덕을 내려갔다. 야크 한 마리가 무릎까지 오는 소금기 있는 물속에서, 마치 하느님이 그런 얼굴을 주신 걸 믿을 수 없다는 듯 자신의 모습을 슬픈 듯 바라보고 있었다. 물이 좋지 않아 실망스러웠다. 우리는 거기에서 물병을 채우고 싶었다. 마침내 넓은, 좀 더 넓은 계곡으로 나아가자 게르 두 채가 가느다란 시냇가에 있는 것이 보였다. 노인은 거기에서 텐트를 치자고 했다. 그곳이 우리가 찾을 수 있는 유일하게 좋은 물이라고 했다. 하지만 날이 저물려면 한참이나 남았고, 나는 이 황량한 장소가 맘에 들지 않았다. 나는 나무와 부드러운 풀밭이 그리웠다. 이곳은 무성한 산림지역으로 유명한 아한가이였다. 나는 그 혜택을 즐기고 싶었다. 쌍안경으로 보니 동쪽으로 먼 능선이 보였기에 나는 위험을 감수하고 말을 타고 계속 가기로 결심했다. 언덕 아래에 물이 있을 것이라는 확신이 들었기 때문이었다. 노인은 내 말을 그다지 신용하지 않았지만 내 판단에 따르기로 했다. 그것 말고 노인이 내게 무슨 말을 할 수 있을까?

텅 빈 평원을 가로지르는 데 세 시간이나 걸렸다. 여름 내내 여기서 야영했던 게르의 유령들이 풀밭에 떠다녔다. 동그랗고 희미한 그림자가 오래된 동물 뼈의 쓰레기 사이에 있고, 까치들이 고기조각을 찾아 돌아다녔다. 나는 여우가 좀 더 나은 곳을 향해 언덕으로 물러난 흔적을 발견했다. 늦은 오후의 지친 시간 내내 우리는 이 넓은 곳에서 가라앉을 것만 같았다. 매 순간 태양이 깨끗하게 씻은 듯한 초원이 우리 눈앞에 광대하게 펼쳐졌다. 내가 보았던 희망의 땅은 환상처럼 우리 앞에 영원히 물러나 결코 가까이 오지 않을 것 같았다. 나의 동반자 두 명은 이제 일찍 여행을 멈추지 않은 실수를 절감한 채 지치고 심기 사나운 침묵을 지키고 있었다. 말들까지도 신호를 보내기 시작했다.

그러나 마지막 달콤한 빛의 순간에 마침내 나무숲이 언덕 기슭을 따라 나타났다. 물과 신선한 풀냄새를 맡고 말들이 고개를 들었다. 이십 분 후 우리는 잎 넓은 포플러의 무성한 초원지대로 나아가 넓고 맑은 강물을 가로지르며 물장구를 치고 있었다. 전날의 빈약한 낙엽송을 보고 나서 인지, 포플러가 우아하고 당당하고, 철늦은 열매만큼 무르익은 것처럼 보였다. 가을의 첫 빛깔이 거기에 머물러, 한줌 노란 나뭇잎이 굵은 나뭇가지 사이 풀이 있던 자리를 가로질러 있었다. 숲의 파라다이스였다.

저녁을 먹고 나는 거칠거칠한 나무줄기에 등을 기대고 앉아 우리가 지나온 평원을 가로지르며 사라지는 빛을 바라보았다. 말들은 빽빽한 풀밭에서 행복하게 어적어적 풀을 씹어 먹었다. 밋밋한 몽골의 초원은 나로 하여금 이런 숲을 몹시도 그리워하게 했었다. 숲의 향내 나는 그늘에서, 나는 향수를 달랬다. 아롱지고, 잘 바뀌는 빛이 감미롭고도 친근했다.

나는 유년시절 숲으로의 여행을 기억했다. 초가을 학교 가는 길에 발아래 펼쳐진 낙엽의 마른 냄새, 집 주위 나무들이 배처럼 이리저리 흔들렸던 폭풍 치는 겨울 저녁, 창틀을 두드리던 긴 나뭇가지의 구부린 손가락 끝. 나는 나무친구들과 앉아 있었다. 어둠이 내리고 마침내 나뭇가지 사이로 별이 나타났다.

아침에 나는 강에서 형편없는 낚시를 했다. 그러고 나서 우리는 온 종일 힘들게 양떼와 게르가 붐비는 계곡을 지난 뒤 체체르레그Tsetserleg의 아이막센터에 오후 늦게 도착했다.

노인은 시내에서 지체하는 것을 원하지 않았다. 그는 시내에 혐오감을 가지고 바라보았다. 그래서 출루트의 집으로 말을 몰기 전에 반대편 산길에 있는 친구와 함께 그 밤을 보내기로 했다. 노인은 멋진 동반자였다. 품위 있고, 현명하고, 유쾌했었다. 만다는 그를 무척 좋아하며 존경해마지 않았다. 나는 노인이 만다의 시골사람에 대한 냉소적인 사고방식에 변화를 준 것을 눈치 챌 수 있었다. 우리는 노인을 마을 끝까지 배웅했다. 거기서 노인은 말에서 내려 인사를 했다. 노인은 내 얼굴을 자신의 양 손으로 잡더니 한쪽 뺨에 입을 맞추며 깊게 숨을 들이마셨다. 그것은 머리에 입술을 댈 때 사람의 향을 들이 마시는 몽골인들의 제스추어였다. 그가 말했다.

"돌아올 때, 다른 쪽 뺨에 입을 맞추지."

그것은 단지 생각일 뿐이었다. 우리 둘 모두 두 번 다시는 만날 수 없다는 것을 알고 있었다.

체체르레그는 거의 석 달 전, 내가 카자흐스탄에서 보았던 이래 어느 곳보다 제대로 된 마을 같았다. 도시의 건물들이 진짜 거리를 따라 가지런히 일렬로 서 있고, 창문도 있고, 대부분 문도 달려 있었다. 큰 거리도 가로수가 있는 포장도로였다. 나는 몽골에서 처음으로 진짜 도시생활과의 접촉을 느꼈다. 출루트, 다리브, 호브드, 올지는 단지 유목민들을 위한 모임장소였으며, 아무렇게나 모여진 행정센터였으며, 대부분 정부와 관계된 사무실이었다. 만약 하루 밤 동안 그 마을들이 사라진다면, 거의 대부분 그렇게 되기 직전의 모습이었지만, 주민들은 간단히 말을 타고 양떼와 현명한 유목생활이 있는 가족의 게르로 돌아갈 것이다. 체체르레그에도 여느 게르 교외가 있었고, 포장도로는 시골에서 온 기수들로 교통이 꽤 붐비기도 했다. 그러나 거기에는 또 다른 역사를 가진 사람들, 정착생활에 빠져든 영구적인 주민들도 있었다.

우리는 장례식 같은 신비스러운 분위기로 가득 찬, 큰 길에 있는 호텔에 머물렀다. 호텔 관리인을 만나기가 어려웠는데 결국 길 위쪽 미장원에서 발견한 그 관리인은 뭐라 설명하기 어려운 여자였다. 그녀는 두 종류의 방을 소개했다. 1박에 1.2파운드짜리 기본실과 1.8파운드짜리 특실이 있었는데 나는 60펜스를 더 쓰더라도 특실을 사용하기로 했다. '특실'은 침실 하나, 거실 하나에, 미덥지 않은 가구 몇 가지와 오래된 러시아제 텔레비전, 그리고 플라스틱 슬리퍼 한 쌍이 갖추어진 스위트룸이었다. 전기와 수도는 약간 불규칙했다. 전기는 매일 오후 네 시간동안 들어왔고, 물은 일주일에 한번, 일요일에 나왔다. 그때는 호텔 관리인이 욕조에 물을 채우러 호텔방들을 돌아다녔다. 그것이 우리가 엿새동안 쓸 물이었다.

호텔 맞은편에는 시청이 있었는데, 열린 창문으로 타닥타닥 타자기 소리가 맴돌았다. 소리는 내게 꽤 능률적이고 전문적인 인상을 심어 주었지만 타이프 용지들이 창문을 지나 건물 앞 작은 광장을 천천히 날아다니는 것을 보고 어느 정도 허물어졌다.

시장에는 희귀한 당근을 포함해, 마음을 설레게 하는 여러 종류의 뿌리채소가 있었다. 뒤쪽 벽을 따라, 푸주간의 칸막이에 양과 소의 머리가 분해된 자신의 몸 사이에서 더 이상 목과 연관 없이 상패처럼 보기 좋게 자리를 잡고 있었다. 나는 몽골의 쇼핑객들은 저녁식사의 기이한 친교에 길들여져, 고기 한 점을 사기 전에 짐승의 얼굴을 조사하는 것을 좋아하나 보다 추측했다. 그런데, 머리는 귀중한 부위였다. 특히 소머리는 약한 불에 끓인 스튜 요리를 만들 때 요긴했다. 건조식품을 파는 곳 사이에 커다란 2인용 침대가 있었는데, 코벤트 가든의 낙타만큼이나 여기에서는 이국적인 물건이었다. 매트리스에 누드모델이 드러누워 있다 할지라도 더 많은 군중을 모으지는 못할 것 같았다.

매일 밤마다 마을에는 개들이 싸우고 사랑을 나누는 처절한 소리가 끊이지 않았다. 사랑과 전쟁 안에서 애처롭게 사라지는 소리와 승리의 울부짖음이 구별되지 않았다. 수많은 늙어빠진 잡종 개들이 교미를 할 동안, 호텔 뒷마당에는 계략을 꾸미는 라이벌 무리들이 주둔해 있었다. 새벽 첫닭이 울자, 마침내 지친 개들이 조용해졌다. 나는 큰 길을 따라 오고 가는 말발굽의 달각거리는 소리를 들으며 침대로 가 누웠다.

몽골의 도시는 모두 위대한 수도원들의 유산이다. 수도원은 1920년대 공산주의가 도래하기 전까지 몽골 사람들의 생활을 지배했다. 수 세기 동안 이 나라에서는 수도원이 유일한 건물이었으며, 유일한 영구 정착촌락이었다. 울란바토르의 옛 이름, 우르가는 사원을 의미했다. 다리브 같은 유령의 마을처럼, 가장 작고 가장 오랫동안 버려진 정착촌락도, 원래 수도원들이 있던 장소였다. 사원은 굉장한 단체였다. 그들 중 다수가 중세유럽의 수도원들보다 엄청나게 부유했고 영향력도 컸었다. 각각의 수도원은 성직자의 토지 중심에, 목초지와 양떼들의 중심에 서 있었으며, 유목사회에 전통적으로 부족한 기술, 다시 말해 교육, 무역, 공예기술 등의 유일한 제공자였다.

불교가 칭기즈 칸 시대 이전부터 몽골에 있었음에도 불구하고, 초창기에는 엘리트들만의 종교였다. 중국은 북쪽에 있는 이웃을 달랠 수 있을까 하는 바람으로 16세기에 티베트불교를 널리 포교하기 시작했다고 한다. 2,000년 후, 마침내 중국은 만리장성이 실패했다는 사실을 받아들이게 되었다. 그리고 석공石工들에 대한 보조금이 라마승들에게 돌아갔다. 라마승들은 몽골의 유목민이 있는 북쪽으로 파견되어 성벽과 망루가 해내지 못한 일, 즉 몽골인들을 감시하는 임무를 완수하도록 했다.

달라이 라마가 있는 티베트처럼, 공산주의 시대의 몽골은 최초의 생불, 쿠투크투Jebtsundamba Khutuktu가 세운 성직자의 땅이었다. 그는 1650년의 '깨달음'을 통해 칭기즈 칸의 후예임을 주장했다. 그처럼 호기심 강한 단일문화사회에서 성직자로서의 이력은 야망을 품은 남자들이 권력으로 나아가는 유일한 길이었다. 라마 수도원들은 그 어떤 아시아 국가보다 음모와 부패로 가득 한 중심지가 되었다. 수도원이 제공하는 영향력과 지위를 얻기 위해 라마 수도원으로 아들 중 적어도 한 명을 보내는 것이 모든 몽골 가족들에게 관습이 되면서 사제단이 뻗어 나갔다. 20세기 초까지 몽골에는 십만 명이 넘는 라마승이 있었는데, 그것은 남자 인구의 삼분의 일에 해당되는 숫자였다. 그들은 700개의 대규모 수도원과 1,000개 이상에 달하는 소규모 수도원에서 생활했다. 그들의 지도자는 보그드 칸Bogd Khan으로 쿠투크투의 일곱 번째 환생한 신의 왕이었다. 우르가의 성에서 호화롭게 살면서, 보그드 칸은 방탕한 생활에 빠졌다. 때문에 보르지아가家의 교황들이 도덕적으로 정갈해 보일 정도였다.

몽골의 라마 수도원들은 19세기 말과 20세기 초에 몽골에 도착한 외국 방문객들에게 평판이 그리 좋지 못했다. 그들은 수도원을 몽골의 퇴보에 책임이 있는 봉건적 기생충 같은 단체라고 공공연하게 비난했다. 무거운 십일조의 부담은 생산력의 상실뿐만 아니라 나라의 제한된 자원의 고갈로 비춰졌다. 돈을 빌릴 때, 200퍼센트에 달하는 이자율은 승려들을 위한 짭짤한 부업이 되었다. 떠돌아다니는 승려들은 시골사람들한테 면죄부를 팔고, 점을 보아 주며 대체적으로 잘 속는 목동들을 등쳐먹었다. 20세기 초까지 대부분 몽골 인구에 영향을 끼쳤던 전염병 매독은 라마승들이 내연의 처, 그리고 남자를 상대로 하는 소년들과의 문란한 성생활 탓이었다. 위대한 몽골의 사학자, 찰스 바우덴Charles Bawden은 수도원을 '몽골의 저주' 라고 불렀다. 공산주의자들이 정권을 잡자, 그들은 나라에서 수도원을 제거하기로 했다. 승려들과 수도원은 공산주의자들을 방해하는 봉건적인 존재일 뿐만 아니라 권력을 향한 유일한 라이벌이었다.

지난 70년 동안 몽골 역사가들은 몽골의 공산주의의 도래를 타락해가는 성직자, 봉건영주와 앞잡이들에 대항해 압제받는 목동들 전체의 폭동으로 표현하려고 노력했다. 1911년, 청 왕조의 몰락 후 중국이 어쩔 수 없이 몽골에서 물러나야 했을 때, 몽골만큼 혁명의 열기가 뜨겁지 않은 나라는 거의 없었다. 자신의 방식대로, 몽골 사람들은 중세 상태에서 졸고 있었다. 몽골이 세계에서 두 번째로 공산주의 국가가 되었다는 사실은 전적으로 당시 러시아와 중국이라는 거대한 두 이웃나라를 뒤흔들었던 난폭한 사건들 때문이었다.

중국이 떠나자, 몽골의 상류계급은 보그드 칸의 신정주의神政主義를 바탕으로 몽골의 독립을 선언했다. 몽골정치에서의 자신들의 부재를 일시적 중단으로 보았던 중국은 결코 완전하게 몽골의 독립을 받아들이지 않았다. 1919년 한 중국 장군이 과거의 뒷돈에 매료되어, 중국의 지배를 거듭 주장했다. 하지만 1921년 초 장군은 자신의 조국에서의 내전內戰으로부터 도망쳐 나온 러시아의 백인 모험가, '미친 바론' 에 의해 몽골에서 쫓겨났다. 짜르의 장교, 코사크 기병대, 폴란드 변절자, 그리고 잡다한 약탈자들의 오합지졸로 이루어진 군대의 우두머리인 이 범상치 않은 미치광이 인물이 나라를 통치할 수 있었던 것은 20세기 초에 '몽골 독립

국가' 라는 관념이 얼마나 위험한 것이었는지를 잘 보여 주고 있다.

우르가를 장악한 '미친 바론' 은 정신착란적인 공포정치恐怖政治를 시작했다. 바론은 스스로를 몽골의 칸이며 전쟁의 신으로 명명하고, 보그드 칸에게 이름뿐인 나라의 수반으로서의 왕좌를 돌려주었다. 그리고 야만적인 조치와 시민생활의 쾌적함을 특징으로 하는 짧지만 정열적인 직무를 시작했다. 그는 버스 서비스를 시작하고, 전기 공급을 체계화하고, 우르가의 거리청소를 처음으로 명령했으며, 다리 몇 개를 건설하고, 신문을 발행하고, 가축 실험실을 설립했다. 한가할 때엔 죄수들을 채찍질해 죽음으로 내몰았으며, 자기가 기르는 늑대 떼에게 그들을 먹이로 주었다. 중간 중간 그는 다른 짜르 장군들과 함께 러시아로 돌아가 미카엘 황태자를 통해 로마노프 왕위를 복원하기 위한 은밀한 계획을 세우기도 했다.

바론은 적군赤軍에게 몽골로 들어갈 구실을 제공했다. 1921년 7월 중순경, 만 명의 볼셰비키 군대가 몽골에 도착했는데, 표면상으로는 생긴 지 채 1년도 되지 않은 보잘 것 없는 몽골혁명당의 초대에 의한 것이었다. 여름 내내 백군과 적군 세력은, 둘 다 몽골의 비정규병들의 원조를 받으며 수많은 피의 전쟁을 치렀으며, 점차 볼셰비키가 우세를 띠게 되었다. 결국 자기 부하들로부터 버림당한 바론은 적군의 순찰대에 체포되어 노보시비르스크Novosibirsk로 끌려가서 거기에서 9월 중순 총살형을 당했다.

몽골은 적군赤軍을 고향으로 돌려보내기가 얼마나 어려운가를 발견한 수많은 나라들 중 첫 번째 나라였다. 공산주의는 처음에는 감격적인 복음주의적 확신이었다. 적군에 소속된 젊은 정치 간부들은 자신들의 이미지에 맞게 몽골혁명당을 개조하기 시작했다. 1년 만에 열다섯 명의 지도자가 총살당했다. 2년 만에 지도력 있는 민족주의 지도자 수크바토르Sukhbatur를 처형했다. 그는 러시아 정보기관에 의해 독살되었다고 널리 알려져 있다. 그가 살았다면 몽골은 좀 더 독립적 지위를 지켜 낼 수 있었을 것이다.

몽골인민공화국은 소련의 최초이며 가장 비굴한 위성국가가 되어, 크렘린이 결과적으로 세계를 통하여 실행하게 될 통치방식의 모델이 되었다. 러시아 고문관들과 기술자들이 이 나라로 물밀듯이 들어와 철도에서부터 보안업무까지 모든 현대시설을 운영했다. 보안업무는 KGB의 전신인 NKVD(내무인민위원회)에 의해 시작되었다. 당과 정부는 러시아의 정치 정보원들의 통제를 받았고 반동의 낌새만 있어도 선별적인 암살행위로 제거되었다. 초기의 레닌주의 시기로부터 고르바초프의 개혁까지 몽골의 정책은 명확히 소비에트 정치국의 이데올로기적 변화에 충실히 따랐다. 이런 환경 하에서 몽골이 자신의 독립을 지켜 낸 것은 놀랄 만하다. 물론 명목상이긴 하지만 말이다. 특히 스탈린은 몽골을 소련으로 흡수시키기 위해 몹시 열을 올렸다. 그러나 크렘린의 현실주의와 몽골의 잠재된 민족주의의 결합으로 인해 그의 야망은 좌절되었다.

숙청의 암울한 나날들 속에서, 스탈린은 계속적으로 몽골인 지도자들에게 몽골의 수도원을 제거하라고 압력을 넣었다. 스탈린은 수도원을 공산주의 정통성을 완성하는 데 있어 커다란 방해물이라고 여겼다. 몽골의 종교적 문화유산에 대한 맹공격을 주저했던 지도자들이 계속해서 자리에서 쫓겨나거나 암살당했다. 마침내 스탈린은 자기 사람인 초일바산Choilbasan을 당 서기장의 자리에 심었다. 겨우 글이나 쓸 줄 알았던 알코올 중독자 초일바산은 그가 살아남을 수 있는 유일한 기회는 완벽한 협력이라는 것을 눈치 챘다. 불길하게도 그는 가난에 찌든 어머니가 자신을 버린 수도원에서 불행한 어린 시절 대부분을 보냈다. 그러다 라마승들의 학대로부터 뛰쳐나와 우르가에서 거리의 소년이 되었다.

혁명 초기, 정부는 수도원에 속한 토지와 특권을 모두 빼앗았다. 엄청난 세금이 부과되자 많은 수도원들이 어쩔 수 없이 사람들이 살지 않는 지역으로 자리를 옮겨갔다. 1932년, 700명의 수도승들이 사유재산의 몰수에 대한 항의의 결과로 감옥에 갇히거나 살해되었다.

한편 모스크바에서 스탈린은 라마 수도원에 대한 좀 더 강력한 강경책을 요구했다. 1937년 가을, 당 스스로 마지막 부조화의 요인들을 숙청하고 있을 때, 민족말살계획이 시작되었다. 이것은 몽골인의 역사상 가장 암울한 시기 중 하나로, 초일바산이 주로 러시아 비밀경찰로 구성된 죽음의 군대를 나라 전역에 파견한 것이었다. 몇 달 만에 나라의 모든 수도원들이 파괴되었다. 대부분 수백 년이 넘는 역사를 지닌 1,500개 이상의 수도원들이 파괴되었다. 또한 그곳의 거주자들도 제거되었다. 약 2만 명의 라마승들이 공공연히 사형을 당했는데, 그들 대부분은 폐허가 된 불타는 사원 밖에서 깜깜한 밤에 총살을 당한 후, 구덩이에 매장되었다. 나머지 8만 명에 이르는 남자들은 수용소로 보내졌는데, 그들 중 많은 이들이 러시아 시베리아에 있는 정치범 수용소로 보내졌다. 단지 얼마 안 되는 사람들만이 돌아왔다. 남자 인구의 사분의 일이 거의 하룻밤만에 사라진 것이다. 그들과 함께 몽골에 불교가 사라졌으며, 이제 불교는 공식적으로 범죄가 되었다.

체체르레그에 있는 부얀데레루렉크 키이드Buyandelgeruulekh Khiid는 몽골의 몇 안 되는 수도원 중 하나이다. 수도원은 다행히 박물관으로 살아남을 수 있었다. 그 박물관 안내원은 전생에 라마교 수도원에서 선술집을 운영했을지도 모른다는 생각이 들었다. 이제는 자신의 옷이 엉덩이 사이즈를 감당 못하는 나이에 도달한, 지나치게 입바른 여인이었다. 그녀는 깊게 파인 블라우스를 입고 있었는데, 인조 진주목걸이가 움푹 파인 가슴사이를 유혹적으로 배회하고 있었다. 화려한 귀고리에 눈썹 화장을 했는데, 이빨에는 립스틱이 묻어 있었다. 나는 그녀를 옆 사무실에서 보았다. 그녀는 블라우스의 단추를 채우지 않은 채 다리를 책상 위에 올려놓고 있었다. 스타킹이 무릎까지 말려 있었다.

몽골에서 박물관의 의미는, 영광과 믿음에 가득 찬 공산주의 사회에 사는 세대들이, 미신에 사로잡혔던 조상들의 원시적인 믿음을 비웃을 수 있는 기회의 장이었다. 마을을 내려다보는 언덕을 배경으로 부얀데레루렉크 키이드가 폐허가 된 훨씬 큰 여러 사원에 둘러싸여 있었다. 사원의 운명이 좀 잔인했다. 대부분의 몽골 사원은 티베트나 중국의 건축물에서 영감을 받았다. 부얀데레루렉크 키이드는 후자의 것이었는데, 단층 건물이 여러 채 있고, 여러 가지 모양의 담장 사이 안마당에 둘러싸인 깊은 공간은 날아갈 듯한 처마 아래 있었다.

냐마의 어마어마한 가슴은 나를 건물 사이 돌담길로 시선을 돌리게 했다. 그녀는 자신이 담당하고 있는 사원에 거의 관심을 두지 않고, 손톱을 정리하며 복도를 어슬렁거렸다. 한편 나는 썰렁한 실내를 둘러보았다. 냐마는 친 러시아파로 이 러시아의 광신적 행위의 희생물들을 관리하는 아이러니한 관리인이었다.

냐마는 내게 어떻게 몽골에 왔느냐고 물었다. 내가 카자흐스탄을 말하자 얼굴을 찡그렸지만, 볼고그라드에 있었다는 것과 흑해에서 몇 시간을 보냈었다는 말을 듣고는 얼굴이 밝아졌다. 그녀는 상트페테르부르크에서 6년간 살았다는 것을 자랑스럽게 말했다.

"10대였을 때, 그러니까, 젊고 어렸을 때."

그녀가 말했다. 그녀는 러시아 문화의 열광적인 숭배자였다.

"오페라, 발레, 문학."

그녀가 한숨을 쉬었다. 그러더니 가슴 깊게 파인 곳의 진주 목걸이를 해방시켜 손가락으로 칭칭 감았다.

"마더 러시아. 이게 문명이지요. 아닌가요?"

나는 유혹에 쉽게 넘어갔다. 나 스스로 문화에 약간 굶주려 있음을 느꼈다. 소원이 있다면, 마법의 양탄자가 나를 이 초원에서 하루 정도 데리고 가는 것이었다. 상트페테르부르크가 내 목적지의 꼭대기에 있었다. 에르미타즈궁에서 오후를 보내고, 네프스키 프로스펙트Nevsky prospekt에서 차를 마시고, 아스토리아 호텔에서 늦은 저녁을 먹은 후, 키로프Kirov에서 저녁을 보낸다.

나는 냐마에게 키로프에 가본 적이 있느냐고 물어 보았다.

"차이코프스키."

그녀가 소곤거렸다. 입술에서 그 이름을 제멋대로 떨어뜨려, 듣기 거북한 이빨 부딪히는 소리가 났다. 멜로디를 기억하려는 것처럼 약간 몸을 흔들었다.

"백조의 호수를 봤어요."

허공에서 손을 흔들었다.

"그 왕자들하며, 그 백조들."

그녀가 한숨을 내쉬었다.

상트페테르부르크는 그녀에게 강한 인상을 심어 주었다. 두텁게 덮여 있는 관능과 강렬한 파우더의 향으로 그녀는 푸쉬킨의 오네긴의 캐릭터와 닮은 것 같았다. 나는 자신의 응접실 긴 의자에 앉아 재밌는 젊은 구혼자들에 둘러싸인 그녀를 그려보았다.

냐마가 체체르레그에서 상트페테르부르크를 연상시키는 첫 번째 메아리는 아니었다. 그 첫 번째는 레닌그라드 당 서기, 키로프 동지Comrade

Kirov(그의 이름을 딴 극장도 있다)의 암살로, 그것이 1930년대 스탈린의 숙청에 방아쇠를 당겼다. 연못에 빠진 돌멩이처럼 살인은 소비에트 삶의 표면을 깨뜨렸고, 무서운 파문이 결국 아시아를 가로질러 몽골의 모든 수도원과 모든 라마승을 휩쓸어 버렸던 것이다.

종교적 자유의 도래와 함께 불교는 황무지와 진배없는 지금의 몽골로 돌아와, 세속화된 땅에서 다시 기반을 확보하려고 애쓰고 있었다. 하지만 쉬운 일이 아니었다. 몽골 사람들이 불교를 그들의 문화의 일부로 인정하고 싶어 함에도 불구하고, 불교는 예전의 지위를 다시 회복하지는 못했다.

체체르레그에서 건물들에 대한 새로운 관심이 일어나며 그들은 사원에 눈을 돌렸다. 그러한 변화는 종교의 자유가 인정된 공식적인 날인 1990년 4월 3일 부터였다. 솟은 툇마루의 색칠한 기둥 위로 들보들이 번쩍이는 해골들로 장식되어 있었는데, 그것은 마귀를 쫓는 의미가 있었다. 높은 문에 사자머리 모양의 손잡이가 달린 사원 안에서, 승려들이 티베트어 수트라를 향내 가득한 어둠을 향해 읊조리고 있었다. 7세기 전 윌리엄 수사가 묘사한 그대로였다. 윌리엄은 이렇게 썼다.

"사제들은 모두 머리를 빡빡 밀고 노란색 옷을 입고 있었다. 사원으로 들어오는 날에는 긴 의자 두 개를 내려놓고, 책을 들고 성가대처럼 두 줄로 마주보고 앉았다."

불교의식은 조금 더 이어지는 듯 했다. 승려들이 음식을 나누어 주었다. 티베트어 경전이, 찻잔과 돌 같이 굳은 치즈 등, 지저분한 아침식사에 둘러싸여 그들 앞 낮은 책상에 놓여 있었다. 염불을 방해하지 않으며 한 동자승이 친절한 웨이터마냥 줄을 따라 커다란 구리 주전자를 들고 찻잔을 채우고 있었다. 떡 쟁반이 도착하자, 벽 뒤쪽 긴 의자에 공손하게 앉아 있던 한 신자가 나와 그것을 나누어 주었다.

몇 명 되지 않는 승려들은 아주 늙었거나 아니면 아주 젊은 사람들이었다. 숙청에서 살아남은 사람들, 아니면 1990년 이후에 새로 서약을 한 수련수사들이었다. 수련수사들 중에 양털 모자를 쓴 포동포동한 친구가 한 명 있었는데, 그는 클라이맥스 순간에 마치 세상의 끝을 알리는 것처럼 긴 성직자의 나팔을 불어 염불을 끊곤 했다. 한편 줄의 맨 끝에 있는 두 명의 늙은 라마승들이 보수파를 대표했다. 한 명은 북을 두드렸는데 그의 리듬감은 60년 전에나 어울릴 것 같았다. 다른 한 명은 이빨이 없었는데 치즈를 먹을 때 고생을 좀 할 것 같았다. 그들의 염불은 약간 쉰 듯 했지만 그래도 꽤 매력적이었다.

불교 승려들은 물건을 모아 쌓아 두는 사람들이었다. 버리는 게 아무것도 없는 것 같았다. 여러 개의 해진 축원문이 천정에 매달려 있고, 좀먹은 장식 띠가 기둥에 묶여 있었다. 칭기즈 칸의 죽음 이래 아무도 보지 않았을 것 같은 낡은 문서들이 먼지 먹은 천에 싸여 유리문 진열장에 들어 앉아 있었다. 진열장마다 장식품들이 아무렇게나 늘어져 있었다. 각양각색의 모양과 크기의 부처상들, 달라이 라마의 사진 액자들, 무서운 후견인들의 수많은 그림들. 삐걱거리며 돌아가는 신도들의 마니차法輪(티베트의 불교도가 쓰는 것으로 경문을 넣은 회전 원통을 말함.- 옮긴이주), 기름램프, 휴가지의 싸구려 기념품 같은 모형 사리탑들. 옆 복도의 잡동사니는 너무 끔찍했다. 먼지 속에 버려진 물건 같아 보이는 한 고승을 알아차리는 데 시간이 좀 걸렸다. 고승은 커다란 러시아제 난로 옆 한쪽 구석에서 양말을 신고 앉아 꾸벅꾸벅 졸고 있었다.

놀라운 것은 많은 것들이 살아남았다는 것이다. 숙청 당시, 공산당의 대대적인 청소가 있었다. 고문서들은 불 속의 재가 되었고, 신도들의 마니차는 산산이 부서졌다. 금, 은 장신구들은 불에 녹아 러시아의 배가 되었다. 살아남은 사원들을 채우고 있는 물건들은 사람들이 겨우 빼돌려 공산주의자들의 길고 지루한 탄압의 시간동안 숨겨 놓았던 것들이었다.

한켠에는 여자 둘이 신도사무실을 지키고 있었다. 신도들은 이곳에 와 출산, 결혼, 죽음, 여행, 몸이 아픈 것, 좋은 목초지, 혹은 비를 내려 달라는 등 특별한 관심들을 위한 기도, 경전, 축복을 예약했다. 뒤쪽 벽에는 다양한 종류의 가격표가 붙어 있었다. 모든 것들이 기묘하게 관료적인 분위기를 풍겨 공산주의의 유산으로 오해하게끔 했다. 높은 접수대가 있고, 작성해야 할 세 겹의 끊임없는 양식, 그 요청이 기록되는 두꺼운 장부에는 사원의 공식 스탬프가 찍힌 영수증이 있었다. 여인 둘은 천천히 꼼꼼하게 처리하려 최선을 다했다. 기다리는 사람들의 줄도 있었다.

나는 그 여인 중 하나에게 숙청 전에도 활동을 했었던 고승을 만나 볼 수 있느냐고 물었다. 그러자 그녀는 내가 보았던 세 명의 고승을 말해 주었다. 그렇지만 그리 멀지 않은, 이크 타미르Ikh Tamir에 살고 있는 가장 나이든 고승을 만나 보는 게 좋을 것 같다고 했다. 그는 1930년대 체체르레그 사원의 승려였다. 나이는 아흔 일곱이지만, 그래도 정신은 멀쩡하다고 했다.

나는 즉시 지프를 구하러 갔다. 아흔 일곱 먹은 남자를 만나는데 지체한다는 것은 그리 현명한 것 같지 않았다.

고승은 조카와 함께 살고 있었다. 조카는 게르 밖에서 쪼그리고 앉아 신문지 돌돌 만 것으로 불을 피우고 있었다. 그녀는 관절염으로 손이 뻣뻣하고 퉁퉁 붓고, 눈동자가 축축한 노파였다. 뻣뻣한 무릎으로 힘겹게 일어나 우리를 더 늙은 세대를 만날 수 있도록 안으로 들여보내 주었다.

처음 게르는 텅 빈 모습이었다. 라마의 혼령, 유령을 만나러 온 듯한 기분이었다. 아마도 유리 진열장의 작은 부처가 그런 느낌을 불러일으킨 것 같았다. 벽에서 호박색 불빛이 흘러나왔다. 똑딱거리는 시계 소리만 들렸다.

"아카, 일어나 보세요."

여든 살 먹은 조카가 침울한 목소리로 말했다.

"외국 사람이 찾아왔어요."

그녀는 게르를 가로질러 벽에 붙어 있는 침대 하나로 다가가더니 담요 하나를 들쑤셨다. 아주 작은 머리 하나가 베개 위에서 살짝 움직였다. 담요 아래 몸뚱이가 구겨진 시트만도 못했다.

나는 조카를 도와 고승을 자리에 앉혔다. 그는 새털처럼 가벼웠다. 슬리퍼 신은 그의 발이 침대에서 천천히 흔들리며 사뿐하게 땅으로 내려오자 그가 거기 침대 끝에서 둥둥 떠다닐 것 같았다. 그는 속세와 거의 무관한 듯 했다. 그의 양손이 담요를 가로질러 퍼덕이더니 호박색 염주와 코담배 병에 다다랐다. 나는 그 옆의 낮은 의자에 앉았다. 그의 몸집은 꼭 어린아이만 했다.

세월이 그를 미세한 뼈대와 최소한의 동작, 그리고 섬세한 감촉 같은 삶의 몇 가지 핵심적인 것들로 변하게 했다. 그는 붉은 공단으로 된 승복을 입고 있었다. 담요처럼 승복의 주름도 거의 느껴지지 않았다. 닳아 해진 소매에서 나온 손이 무릎 위에 놓였다. 반투명한 피부가 단정하게 포개진 뼈 위에, 그리고 푸른 정맥들이 그 피부를 장식하고 있었다. 그가 고개를 돌려 나를 보았을 때, 나는 그의 축축한 눈동자를 볼 수 있었는데 점점 희미해져 거의 아무 것도 보이지 않는 것 같았다. 그는 이미 이 세계에 존재하지 않는 사람 같았다. 너무 오래 살아 성性을 상실했다. 그의 가녀린 어깨, 오므라든 입술과 축 처진 여린 피부, 얼룩덜룩한 반점은 그가 남자인지 여자인지 알 수 없게 했다. 서리가 내린 것 같은 짧게 자른 머리칼 아래, 그의 머리가 도자기처럼 창백해 쉽게 깨질 것만 같았다.

"꿈을 꾸고 있었어."

그가 말했다. 잠에서 막 깨어난 메마른 목소리였다.

조카가 찻잔을 가지고 왔다. 나는 고승에게 그의 삶을 물어 보았다.

"여덟 살에 수도원에 들어갔어."

그가 말했다. 낱말들이 오래된 낙엽처럼 천천히 떨어져 내렸다.

"체체르레그에 있는 수도원에서 살았어. 좋은 시절이었지. 그때는 염불 소리가 가득했어. 29년 동안 승려 생활을 했지."

그는 그 당시에 승려가 몇 명이나 있었는지 기억하지 못했다. 한 천명쯤 이라고 그가 말했다. 이름난 승려들이 꽤 많았던 몽골에서 가장 커다란 사원 중 하나였다. 서른일곱 살이었을 때 그 남자들이 울란바토르에서 왔다. 그리고 수도원의 세계가 끝이 났다.

60년 후, 그는 그 날 밤을 비슷한 여러 가지 혼동된 이미지로 기억하고 있었다. 사람들이 트럭을 타고 왔다. 자동차의 헤드라이트가 안마당을 비추었다. 그들의 그림자가 자갈 깔린 길을 뻗어 가며 사원의 벽을 가로질러 흔들거렸다. 그 사람들은 총을 들고 있었다. 한 사람이 포고문인가, 뭔가를 읽었다. 신도, 종교도 없다고 떠들었다.

"모든 게 갑작스레 일어났어."

노인이 말했다.

"오후에 우리는 절간의 중이었어. 그날 밤엔 죄수였지."

처음 그들은 나이 들고 이름난 승려들, 존경하라고 배웠던 사람들을 잡아갔다.

"소떼처럼."

노인이 말했다.

"트럭에서 나오는 불빛을 받으며 문 밖으로 다 같이 끌려갔어. 지금 그 승려들을 생각하면 그 날 밤의 얼굴들만 기억나. 눈동자가 하얬어. 그 중 몇몇은 눈물을 흘렸지. 그 사람들이 승려들을 총으로 막 밀어 트럭 뒤에다 실어 데리고 갔어. 사람들이 그러는데 총살을 시켰대. 무슨 일이 일어났는지 난 몰라. 하지만, 고승들을 두 번 다시 보지 못했지."

아주 천천히 말을 했지만, 단어들은 미처 형성되기도 전에 그의 입 속에서 미끄러지는 것 같았다. 빈 잇몸에서 뚝뚝 떨어져 나온 뒤죽박죽된 자음들이 서로 부딪혔다. 만다는 내 질문을 조심스럽게 통역했지만, 그는 그녀의 역할에 전혀 혼동하지 않고 나를 바라보며 대답하며, 보이지 않는 눈으로 내 얼굴을 응시했다. 가끔씩 손을 내 팔위에 올려놓았는데 그의 감촉은 너무나 가벼워서 뼛속이 텅 빈 것 같았다.

"그 사람들이 우리한테 직접 사원을 불태우게 했어. 처음 그 사람들이 조각품들, 그 귀중한 것들을 전부 가져갔지. 그러고 나서 우리보고 건물에 불을 붙이라는 거야. 몇 개는 구할 수 있었지. 사람들이 사원 뒤로 모여들었어. 저기 보이지, 언덕 위에. 동네 사람들, 목동들 말이야. 그 남자들이 아래에서 막 돌아다닐 때, 어둠을 틈타 우리가 물건들을 빼내서 동네사람들에게 주었어. 경전, 마니차, 그리고 부처상. 사람들이 그것들을 가져다가 숨겨 줬어."

대부분의 보통 승려들과 함께 그는 체체르레그의 변두리에 세워진 수용소로 보내졌다. 그곳에서 마을 사람들에게 나무를 가져다주는 낙타 몰이꾼으로 일하면서 12년을 보냈다. 삶이 몹시도 힘들었다고 그가 말했다. 겨우 목숨만 부지할 만큼의 음식을 주었는데, 주로 밍밍한 쌀이었다. 승려 중 몇몇은 수용소에서 숨을 거두었다. 마침내 수용소에서 풀려나자, 또 다시 그를 멀리 다른 지역의 공동농장으로 보냈다. 그는 거기에서 성실한 목동으로 살았다. 그러다 마침내 1990년에 변화가 찾아온 것이다.

나는 그에서 몇몇 승려들이 그랬던 것처럼 불교의 가르침을 비밀리에 지키고 실천했는지 물어 보았다.

"아니,"

그가 말했다.

"그 당시엔 그렇게 못했어. 그 지역 공산당원이 늘 경고를 했지. 염불을 외고 축원을 내리면 안 된다고. 우리 식구들한테도 말이야."

"삼촌, 염불도 안 하셨어요? 몰래 라도 말이에요."

조카가 물었다.

그가 조카의 목소리를 향해 몸을 돌리더니 곤란한 낯빛을 얼굴 가득 지었다. 엄지손가락과 검지로 코담배 한 줌을 들어 코로 가져갔다.

"있었겠지."

그가 유령 같은 미소를 지었다.

"약간. 몰래."

그가 내 쪽을 향했다.

"우리 사원에 남은 건 파편뿐이었어. 내 누이가 귀중한 물건 몇 개를 겨우 숨겨 주었어. 책, 내 게르에 있던 부처상 같은 것들. 내가 잡혀가고 난 다음에 누이가 그것들을 가지러 왔지. 누이가 그걸 헝겊에 싸서 소똥하고 같이 체체르레그 강 근처에 묻었어. 세상이 바뀌어 사원이 다시 문을 열었을 때 내 조카 한 놈한테 그걸 찾아오라고 시켰지. 50년이 지났는데도 그대로 있었어. 난 그걸 체체르레그에 있는 새 사원에 보냈다오. 많은 사람들이 그렇게 물건을 숨겼지. 그래, 우린 한 번도 부처님의 가르침을 잊은 적이 없어. 우리는 50년간 고생을 했지만 다시 염불을 외울 수 있는 세상을 보며 살게 되어 아주 기쁘다오."

최근 승려들에게 보상을 해주려는 정부의 시도가 있었다. 울란바토르에서 공무원이 그를 찾아와 빼앗겼던 개인 소유물의 목록을 작성하라고 했다.

"나보고 내 가축을 묻더군. 우리 가족들 게르. 이런 것들을 가격으로 정하려고 하더군. 보상 말이야."

그가 나를 바라보며 웃었다.

"내가 뭘 쓸 수 있겠소?"

그가 물었다.

"50년이 지나서 공무원들을 위해 양의 숫자를 세야 한다고? 내가 잃어버린 걸 어떻게 목록으로 만들 수 있겠나?"

그는 오히려 아무것도 적지 않아 안심한 듯 했다.

"날 찾아온 사람들은 사원을 태웠던 처음 그 사람들과 같은 사람들이었지. 똑같은 사람들이지. 기분 나쁜 것들을 아주 많이 물었어. 날 체포했던 사람들의 이름. 누가 사원을 태웠는지, 누가 수용소에서 우리를 감시했는지. 기록하고 싶다고 그러더군. 하지만 난 아무 것도 말하지 않았어. 오래전 일이니까. 그렇다고 달라지는 게 뭐 있겠어? 이름을 가르쳐준다고 옛날 사원들이 다시 생겨날 수는 없지 않겠어?"

몽골의 수도원은 그리 평판이 좋지 않지만 이 고승의 수수한 관용정신은 감동적이었다. 그에겐 아무런 미움이 없었다. 고승이 말했다.

"과거는 돌이킬 수 없는 거야. 과거에 살 수 없으니."

고승은 밖으로 나가고 싶어 했다. 한 젊은이가 나타나서 우리는 함께 고승을 게르 밖으로 데리고 갔다. 내 손 아래 놓인 그의 뼈만 앙상하게 남은 팔꿈치가 유일한 실체인 것 같았다. 밖에서 우리는 늦은 햇살 아래 고승을 의자에 조심스럽게 내려놓았다. 그는 자신의 무기력함을 미안해했다. 고승이 말했다.

"보고 싶은데 눈이 없고, 먹고 싶은데 이빨이 없고, 걷고 싶은데 다리가 없어."

그 말은 몽골어로 매우 시적이었다.

저녁나절은 소나무와 게르의 버터냄새로 가득했다. 멀리 강 쪽으로 황금빛이 목초지를 휩쓸고 지나가고, 집으로 돌아가는 양떼들이 긴 그림자를 남겼다.

고승은 새처럼 고개를 기울이고 앉아 저녁의 소리를 들었다. 양들의 외침과 멀리 늘어지는 목소리들. 어떻게 저렇게 가볍게 세상에 올라 앉아 있을 수 있을까, 나는 생각했다.

"난 내 차례를 기다리고 있다오."

그가 말했다. 그의 얼굴이 기울어가는 빛을 향했다.

"이제 나만 남은 것 같아."

게르 문 옆에 젖먹이 아이가 잠에서 깨어나 보채기 시작했다. 아기는 고승의 조카의, 조카의, 조카의, 조카였다. 고승이 소리 나는 쪽으로 고개를 돌렸다.

"녀석이 나 같아. 세상에서 한 걸음 물러나 있지. 낮에는 자고 밤에는 깨어 있어. 다른 사람들이 잘 때 우리는 서로 친하게 지낸다오."

우리는 자리에서 일어났다.

"사람들이 말은 좋은 걸로 줍디까?"

그가 갑작스레 물었다.

"나를 믿을 때는요."

내가 말했다.

"좋은 말을 달라고 해요. 사람들한테 라마 승려의 축복을 입었다고 말씀하시고. 좋은 말 만큼 좋은 게 없어. 모든 걸 덮어 준다오."

"Sain yayaarai."

그가 염불을 외웠다.

"여행 잘 하시오."

고승이 양 손을 아주 살짝 잠깐 흔들었다. 그러고 나서 지친 두 손을 무릎 위로 가져가 가만히 올려놓았다.

13장
결혼 전쟁

저녁 내내 사람들이 와서 내게 자신들에 대해 경고를 했다. 그들은 텐트 밖 풀밭에 앉아서 마치 성당 고해소에 찾아온 이들처럼 고백을 하며 자신들의 무게를 덜어 놓았다. 다음날 아마 자신들을 참기 힘들 것이라고 했다. 결혼식은 떠들썩한 중요한 행사였으며, 사람들은 누가 어떤 행동을 할지 전혀 예측할 수가 없었다. 그들은 내게 기이한 행동을 할 만한 사람들에 대해 조언을 하며, 그들 자신도 그 사람들 못지않게 못되게 굴 수 있다고 순순히 털어놓았다. 손쓸 수 없기 전에 일찍 떠나는 게 현명할 것 같았다.

우리는 세상의 종말 같은 누런 분위기에 휩싸여 체체르레그를 떠났었다. 사나운 먼지구름과 뜨거운 바람이 마을을 휩쓸었다. 칙칙한 유황빛 속에 기수가 억센 말 네 마리를 데리고 호텔에 도착했다. 우리는 목도리로 머리를 감싼 다음, 휘몰아치는 거리 속을 말을 타고 지났다.

아침나절에는 폭풍이 잠잠했다. 우리는 기이한 모양의 구름이 높이 떠 있는, 바람이 씻어 낸 평원을 가로질렀다. 하늘은 말끔하고 상쾌했다. 북쪽으로는 양떼들이 둥근 언덕에서부터 부채꼴로 흩어져 있었다. 우리는 강을 따라 갔다. 강 오른쪽으로 노란 잎을 떨어뜨리고 있는 아름다운 나무들이 있었다. 한낮에는 우리 부츠 위까지 물이 차오르는 여울을 건넜다. 나는 안장머리 위로 다리를 굽혔다. 그러자 말이 시커먼 강물 속을 향해 목을 쭉 뻗었다. 내 말은 귀에 솜털이 보송보송한 거세된 검정말이었다. 생각에 잠긴 듯한 얼굴에 보폭도 편안했다. 나는 시냇물 바닥의 탄탄치 못한 돌멩이 사이에서 발 디딜 곳이 없어 쩔쩔매는 말을 부드럽게 얼러 주었다. 그래도 녀석은 차분하고 배짱이 있어서 비틀거리면서도 아무 문제없이 맞은편 둑까지 잘 건너갔다.

멀리 시골마을에 포플러 나무가 드문드문 서 있었다. 우리는 포플러 나무 그림자가 얼키설키 있는 곳을 지났다. 그곳엔 구불구불 흐르는 시냇물로 바람이 낙엽을 실어다 주고 있었다. 하늘을 지붕 삼은 나무들이 꼭 기념식 건축물 같았다. 이런 풍경 속에 그것들만이 유일하게 지루한 시간의 흐름을 표시했다. 나이테를 보고 수 십 년이 된 것을 알 수 있었다. 아마도 그래서 내가 그것들을 보고 즐거워했던 것 같았다. 몽골의 무심한 공간에서, 여름 내내 혹은 영원히 지속될 것처럼 보이는 풀과 끊임없이 펼쳐진 야생화로 둘러싸인 공간에서, 그들은 홀로 삶을 간직하고 있었다. 나 자신의 삶처럼.

우리는 오르막을 올라갔다가 다시 나무 한 그루 없이 활짝 펼쳐진 평원으로 내려왔다. 그 곳에 풀에 둘러싸인 호수 두 개가 있었다. 우리가 지나가자 양떼들이 고개를 들었다. 후투티 새가 호수가의 먼지 낀 풀에서 좀 떨어진 오솔길을 따라 춤을 추며 나타났다. 동쪽 하늘에는 말 꼬리처럼 생긴 구름이 피어올랐다.

기수는 우리가 이크 타미르의 고승을 만나러 갈 때 우리를 태워다 주었던 운전기사의 동생이었다. 정착촌과 유목민의 시골 차이가 그들의 가족을 뚜렷하게 갈라놓았다. 운전기사는 집과, 지프, 시계, 리바이스 청바지, 그리고 상업적인 기회에 대한 후각을 지닌 깔끔한 사람이었다. 기수는 닳아빠진 델을 입고, 시간 감각이 엉망인 사람이었지만 활달한 말, 마못 사냥에 열정을 가진 유목민이었다. 기수는 예의바르고 감성적인 사람이었다. 그는 우리를 고객이 아닌 집에 찾아온 손님으로 보았다. 우리가 안전한지, 편안하게 지내는지 걱정하며 그는 우리가 자기 집에서, 이런 풍경의 품안에서 즐거워하기를 바랐다.

우리는 지루한 오후 내내 말을 타고 광활한 흙빛 공간속을 가로질러 푸르른 곳으로 나아갔다. 마침내 그곳에서 우리는 마을만큼 커다란 구름 그림자와 양떼들 사이에서 게르 네 채가 퍼져 있는 야영지에 다다랐다. 그곳은 기수의 처갓집의 가을 야영지였다.

그의 조언에 따라 우리는 그 게르들과 좀 떨어진 곳에 텐트를 쳤다. 그도 다음 날 있을 큰 결혼식의 결과를 걱정하고 있었다. 여자 둘이 우리에게 아이락을 담아 들고 가로질러 왔다. 그들은 텐트 밖에, 그들의 엉덩이에 대고 코를 킁킁거리는 말들과 함께 쭈그리고 앉아 경고와 함께 사과를 했다. 술을 마시고 또 마실 것이며, 그리하여 축제 분위기가 잘못 될 수도 있다고 말했다. 또한 자신들이 난폭한 사람들로 변할 수도 있다고 했다.

못 견디게 매력적으로 들렸다.

아침에 신랑과 일곱 여덟 명 되는 신랑 친척 들러리들이 15마일 정도 떨어진 신부의 집으로 신부를 데리러 갔다. 웨딩 카 역할을 할 낡은 러시아 트럭을 결혼식을 위해 특별히 빌려왔다. 그곳에 도착하면 신랑은 전통대로 숨어 있을 신부를 찾아내야 했다. 그리 어렵지는 않았다. 신부가 이웃집 게르의 침대 밑에 숨어 있는 것이 전통이었으니까.

그들이 돌아오기를 기다리는 동안 우리는 신혼부부가 살게 될 게르에서 아침식사를 했다. 지난 몇 주에 걸쳐 친척들이 수고를 아끼지 않고 차려놓은 것으로, 이상적인 게르의 모델 같았다. 장식에는 레슬링 국가 챔피언인 바타덴Bartardene의 포스터도 있었는데, 이 포스터는 부부의 침대 위쪽 툭 튀어나온 곳에 걸려 있었다. 빵, 두껍게 썬 흰 치즈, 그리고 '색색사탕이'가 웨딩케이크처럼 여기저기에 어지럽게 장식되어 있었다. 낮은 의자에는 양고기가 담긴 접시가 산더미처럼 놓여 있었다. 사람들이 좋아하는 부위인 지방질의 꼬리로 장식 되어 있었는데, 마치 산꼭대기의 회색 빙하 같았다. 신랑의 여동생들이 신랑의 도착을 위해 마지막 준비를 하며 게르를 들락날락거리고 있었다. 우리가 아침을 먹고 있는 동안 첫 번째 보초병들이 배치되어, 신부의 집에서 트럭이 결혼식 하객을 싣고 돌아오는지 지켜보고 있었다.

오후까지도 우리는 계속 기다리고 있었다. 아마도 결혼식의 아침식사가 신부의 캠프에서 주어졌을 것이다. 그 이후 문제는 신부의 게르에서 여기까지 도착하는 데 얼마나 걸리느냐였다. 트럭의 속도와 아침식사 시간, 그리고 아르히 보드카를 얼마나 마셨느냐에 달렸지만 가장 큰 문제는 중국산 엔진을 러시아제 차대에 넣어 실험삼아 개량한 조립식 골동품 트럭이었다. 게다가 그 트럭을 모는 운전사는 울리아스타이에서 온 낙타몰이꾼이었다.

네 시에 마침내 멀리 능선 너머에서 먼지구름이 일었다. 트럭이 결혼식을 치를 게르 앞에 도착했다. 신부 가족의 후한 접대가 지체의 원인이었음이 분명했다. 트럭 뒤쪽에는 술에 취한 결혼식 손님들이 왁자지껄 흥청대며 들어차 있었다. 우리는 그들을 트럭에서 내리느라 꽤 애를 먹었다. 게르를 잘못 찾아왔다고 우겨대는 신부의 어머니를 땅 바닥에 내려놓을 때는 장정 넷이 필요했다. 도움을 뿌리쳐 대는 신부의 언니는 차 후미에서 머리부터 떨어져 내려 두 번 구르더니, 문간에 기대어 쉬며 웃고 있었다.

일단 트럭에서 모두 내리자 신부와 신랑이 한쪽으로 공손하게 섰다. 한편으로는 결혼식 손님들이 구름처럼 새 게르로 몰려들었다. 신랑은 각진 얼굴에 키가 크고 마른 편이었다. 신랑이 길쭉한 만큼 둥글둥글한 신부는 신랑의 허리께에 닿았다. 행복한 날 내내, 그들은 미팅에 나와 실망한 사람들처럼 행동하며 뚱한 표정을 짓고서 눈길 한 번 서로 마주치지 않았다. 신부에게 이것은 어느 정도 몽골의 전통이었다. 여성적이라고 여겨지게 새치름한 듯, 꺼리는 모양을 보여 줄 작정인 듯 했다. 그녀의 새 신랑에게는 어느 정도 관대한 전통이 허락되었다. 약간 긴장한 신랑은 모든 것에 익숙했다. 잔치분위기에서 동떨어진 서로에 대한 이 상야릇한 거리감은, 하객들 틈에서 그들만이 유일하게 맨 정신으로 남아 있다는 사실로 더 커지는 것 같았다.

얼마 후 1930년대 공산주의자들이 금지했던 종류의 승려가 나타났다. 돼지처럼 불결하고 방탕한 이미지를 가진 승려는 팔스타프(베르디 최후의 작품인 오페라『팔스타프』에 나오는 살찌고 뚱뚱한 늙은 기사 팔스타프를 지칭함.-옮긴이주)를 금욕적이고 말라보이게 할 정도였다. 꾀죄죄한 델에 긴 콧수염을 기른 그는 해적처럼 끈으로 머리를 동여매고 있었다. 그는 내 머리 위에 퉁퉁한 손을 올려놓더니 축성을 내리는 듯 가짜 티베트어를 몇 마디 중얼거렸다. 그러고 나서 내게 아이락 한 잔을 권했다. 나는 그가 맘에 들었다. 그는 몹시 취해 음탕하게 굴었다.

신혼부부의 게르 안에는 두 가족이 게르 양쪽으로 자리를 잡고 있었는데, 마치 라이벌처럼 보였다. 50명 내지 60명 되는 사람들이 함께 친근하게 모여들었다. 도쿄 지하철의 아침 러시아워를 연상시킬 정도였다. 예상치 못했던 외국인의 참석이 두 사람의 성공적인 결합을 위한 좋은 징조로 비쳐졌고, 나는 신랑의 형제들 틈에 억지로 끼이게 되었다.

내 뒤 간이침대에 앉아 있는 노부인들과 할머니들의 무릎이 내 등을 계속 찌르고 있었다.

몽골의 결혼식은 지나친 환대를 보여 준다. 신부의 게르에서 흥청거리는 잔치를 하고 났으니 이제 신랑의 가족이 아낌없이 베풀 차례였다. 그들은 지는 것을 싫어했다. 전통적으로 손님 각자는 아이락 세 잔과 아르히 세잔을 마셔야 했다. 어린 여동생들은 웨이트리스로 배치되어 온몸이 뒤엉킨 사람들 사이로 술잔을 날랐다.

세 번째 아이락 잔이 돌아가면, 각각의 손님이 노래를 부르게 되어 있었다. 부끄러움을 매우 잘 타는 몽골 사람들에게조차도 이것은 그다지 괴로운 절차가 아니었다. 사람들은 모든 노래를 전부 다 외우고 있어서, 노래를 부르는 사람의 첫 소절이 끝나기도 전에 다 같이 노래를 불렀다. 슬프게도 그들에겐 잉글랜드 노래 'She Moves Through the Fair' 가 친숙하지 않았다. 나는 몽롱하게 침묵에 빠진 청중을 향해 혼자서 억지로 4절을 모두 불렀다. 1절을 거의 다 부르고 나서야 그 노래가 불운한 결혼에 관한 노래라는 게 기억났다. 몽골 사람들은 매력적인 운명에 매우 감성적이었다. 번역을 해달라고 하기에, 나는 만다에게 거짓말을 해달라고 부탁했다. 그녀는 자신이 좋아하는 말을 찾는 소년에 관한 이야기라고 훌륭하게 꾸며댔다. 눈치 빠른 라마승만이 의심스런 표정을 지었다. 어쨌든 사람들은 서양음악이 신기한지 내게 앙코르를 청했다. 나는 즉시 '스카이의 뱃노래The Skye Boat Song' 를 불렀다. 전쟁, 패배한 장군, 집에서 기르는 가축 등에 관한 이야기로 이해하기 쉽고, 또 게르에 사는 몽골 사람들에게도 무해한 이야기였다.

세 번째 아이락 잔이 비워지고 마지막 노래도 끝나자 신부의 형제들이 트럭에서 신선한 보급품을 가지고 왔다. 웨이트리스들이 다시 돌아다니기 시작했다. 가족 간 서로 상대편에게 술을 억지로 권하려는 선의의 경쟁이 붙고 있었다. 신랑 쪽 젊은이들 두어 명에게 귓속말로 재빠르게 지침이 내려지자 그들이 서둘러 밖으로 나가더니 말을 타고 마을을 가로질러 갔다. 그들은 먼 이웃에게서 아이락을 구하러 간 것이었다.

술의 무게에 짓눌려, 양쪽 결혼식 손님들은 모두 망가지고 있었다. 모자는 비뚤어지고 얼굴은 시퍼렇게 변하고 어리석은 얘기들을 마치 지혜인 냥 중얼거렸다. 심지어 무릎으로 나를 찔러 대던 친척 아주머니들도 침을 질질 흘리고 있었다. 이럭저럭하는 사이, 점점 더 많은 손님들이 도착해 이 난리 잔치에 모인 사람들을 곡예사 무리로 보이게 했다. 사람들은 서로 포개진 대바구니처럼 산더미처럼 쌓인 듯 했다.

신랑의 형은 신랑 들러리 역할을 하면서 절차를 제대로 챙기려고, 신랑의 가족을 소개하고 신부의 가족을 맞이하고 아이락이 잘 돌아가고 있는지를 관리 감독했다. 그는 레닌이 혁명을 이끌 당시 좋아했던 앞창이 있는 가죽 모자를 쓰고 있었다. 염소수염을 단 모습과 웅변하듯 팔을 흔드는 것이 레닌하고 아주 꼭 닮아 보였다. 그가 몇 번 잔을 높이 들어 올렸다.

"마십시다! 축배를 듭시다! 노래를 부릅시다!"

꼭 공산당의 지시 같았다.

신부의 남자 형제 중 하나가 내게 관심을 보였다. 그는 중절모자에 붉은색 델을 입고 미소를 지었는데, 작은 시골 마을의 친근한 은행 매니저처럼 생겼다. 그는 기차 한 칸을 떼서 그곳에서 살았다. 좋은 것은 창문이라고 그가 말했다. 게르에서의 오랜 생활 후, 그는 밖을 볼 수 있는 색다른 경험을 사랑했다. 또한 그는 비품들이 꽤 유용하다는 것을 알았다. 비상용 줄은 양털을 말리는 데 안성맞춤이었다. 밤이 서리가 내릴 만큼 추울 때, 새끼 양이 태어나면, 화장실은 작고 아늑한 외양간이 되어 주었다. 그러나 사람들이 너무 시끄러워 나는 그의 객차 집에 대해 가장 궁금했던 점을 알아낼 수가 없었다. 그 기차칸이 어떻게 거기 와 있는지도 알 수가 없었다. 가장 가까운 철도가 거의 200마일이나 떨어져 있었던 것이다.

중절모를 쓴 남자는 자신이 결혼식 비용을 도와주고 있다고 했다. 그는 양떼를 어마어마하게 가지고 있는 갑부였다. 술은 그의 아낌없이 주는 관대함에 더욱 불을 지폈다. 그는 내게 필요한 게 없는지 물었다. 내가 말을 타고 여행 중이라는 것을 알게 되자 그는 내게 나담축제에서 우승한 자신의 말을 주겠다고 제안했다. 그 말은, 그의 말에 따르면, 돈으로 따질 수가 없는 것이었다. 나는 주저했지만 그가 한사코 고집을 부렸다.

"내일 양 한 마리 잡을 테니 그걸 가지고 가쇼. 당신은 우리 손님이니까. 필요한 건 무엇이든, 음식이든, 말이든, 행운이든, 말 하쇼."

그가 내 손가락을 아리송하게 들어올렸다.

"부인 있어?"

그가 물었다.

"걱정 마쇼. 아침에 우리가 골라 놓을 테니."

신부 가족들에 둘러싸인 게르 다른 한켠에서 가장 눈에 띄는 인물은 신부의 남자 형제 두 명이었다. 한 사람은 오후 내내 노래를 멋지게 불렀던 가수였고, 다른 한 명은 리메이크된 오케이 목장의 결투에서 '와이어트 어프' 역할을 할 수도 있을 것 같았다. 그는 테가 넓은 모자를 쓰고, 연필로 그린 듯한 콧수염에 이목구비가 조각한 듯 아주 잘 생겼다. 그는 입을 열지 않음으로 지적이고 조용한 위엄을 겸비한 카우보이처럼 보이는 방법까지 알고 있었다. 대답을 해야 할 때는 언제나 몽골어로 '응' 이라고만 했다.

술과 혼잡한 분위기는 사람들에게 동지 의식을 북돋워 주었다. 서로

서로의 무릎에 큰 대자로 드러누우며 우리는 모두 마음을 터놓을 수 있는 친한 친구가 되었다. 거만한 레닌조차도 우리의 동료애에 합세했다. 아이락 잔이 오고가고, 사람들은 점점 별나게 감상적이 되어 걸핏하면 눈물을 지었다. 레닌은 정체성의 위기를 겪고 있었다.

"나는 내 의무를 다하려고 했어. 스탈린."

그가 손을 뻗으며 내게 호소했다. 눈물이 그렁그렁했다.

"난 할 수 있는 한 최선을 다했어. 착한 아들을 기르려고 했지. 좋은 남편이 되려고 했어. 좋은 형제가 되려고 했다고."

새로운 동지가 우리 사이로 끼어들었다. 구레나룻을 기른 까만 피부의 얼굴에 위생상 문제가 있는 듯한 신랑의 삼촌이었다. 그는 낙타만큼이나 냄새가 고약했다. 레닌의 눈물이 그에게로 옮겨갔는지 그는 만다의 어깨에 기대어 흐느끼기 시작했다. 만다 또래의 딸이 있었는데 아기였을 때 입양되었단다. 그의 어깨가 흔들리더니 굵은 눈물이 뺨을 타고 내렸다. 눈물이 그의 턱에 이를 즈음, 눈물이 시커메졌다. 기차 칸에서 사는 남자만이 미소를 유지하고 있었다.

"낙타를 타고 다닙니까?"

그가 내게 물었다.

"내가 아주 좋은 낙타를 줄 수 있는데."

비축해 두었던 아이락이 새로 들어왔다. 이 때, 신부의 언니가 일어나 신부의 가족이 이제 떠난다는 말을 하고서 다소 비아냥거리듯이 고맙다는 의사를 표했다. 아마도 신랑 가족이 아침의 신부집 환대를 뛰어넘는 정도로 술에 너무 관대했고, 그것이 신부의 가족을 업신여기려는 것으로 보였기 때문인 듯 했다. 때맞추어 엉망이 된 신부의 가족들을 따라 '와이어트 어프' 와 가수가 일어나 출발하려고 했다. 신랑의 가족들은 갑작스런 변화에 놀라 자리에서 벌떡 일어났다.

"좀 더 계세요."

그들이 소리쳤다.

"음식이 올 겁니다. 아이락 더 있어요. 즐겨야지요."

그래도 신부가족은 계속 뿌리쳤는데 그들의 뿌리침 밑바닥에는, 정중하게 호의를 받아들이지 않음으로써 신랑 가족들을 창피하게 한다는 생각이 숨어 있었다.

실랑이가 벌어졌다. 신랑의 가족이 신부의 가족이 떠나지 못하도록 잡아당겼다. 한편 신부의 가족은 문을 향해 열심히 잡아 당겼다. 몽골인 술친구 사이 친한 사람들끼리는 흔한 밀고 당기는 실랑이가 곧바로 한바탕 소동으로 변했다. 누군가 너무 세게 잡아당기는 바람에 한 노파가 앞으로 꼬꾸라져 바닥에 깔려 버렸다. 다른 또 누군가는 뜻하지 않게 아이락 잔을 엎질러 버렸다.

갑작스레 게르에는 큰 소란이 일었고, 주먹이 오고 갔다. '와이어트 어프' 가 젊은 남자의 줄로 덤벼들어 오른쪽 스윙펀치로 그들 중 셋을 때려 눕혔다. 기차 칸에 사는 남자는 어느 때보다 더 큰 미소를 지으며 가수를 때려눕혔고, 화로를 집어던져 나이든 아주머니들을 달아나게 만들었다.

레닌은 연설로 상황을 수습해 보려고 했다.

"마십시다! 축배를 듭시다! 노래를 부릅시다!"

그는 소란스런 행위보다 더 크게 소리를 질러 댔다. 그러나 듣는 사람은 아무도 없었다. 그는 신부의 언니 둘을 들어 땅으로 패대기치더니 문을 향해 나아가 그들이 도망갈 길을 막으려고 했다. 내 등을 찌르던 아주머니 한 명도 즐거운 듯 새로운 사돈식구를 향해 말채찍을 휘둘렀다. 아이락 여덟 잔은 그녀의 목적을 달성할 만큼 충분하지 못했는지, 채찍질은 내 어깨위로 자꾸 쏟아져 내렸다. 신혼부부는 현명하게도 주먹싸움에 휘말리지 않은 채 눈을 내리깔고 나란히 앉아 있었다. 마치 지금 그들 주위에 일어난 전쟁이 또 다른 기가 막힌 연설인 것처럼 말이다. 싸움에 참여하지 않은 유일한 또 다른 이는 라마승이었다. 그는 경기의 흥행사처럼, 반짝반짝 빛나는 눈으로 싸움을 바라보았다. 아르히 또 한 잔으로 스스로 기분전환의 기회를 만끽하고 있었다.

소동은 이상하고도 갑작스레 끝이 났다. 꽤 난폭했던 것처럼 보였다. 적어도 코피를 흘린 사람이 둘은 있었다. 그러나 그 후, 모두가 자리에 앉아 술잔과 노래를 다시 시작했다. 때 이른 출발이라고 생각했던 상황을 막아냄으로써, 승리는 신랑 가족에게 돌아갔다.

아무도 결혼식의 치고받기를 이상하게 여기지 않는 것 같았다. 아이락에 살짝 취한 내 판단으로도 이렇게 합의에 이른 것이 기뻤다. 어찌 보면 이런 동지의식과 약간의 소동, 노래까지 꽤 건전한 거래라는 생각이 들었다. 새 사돈식구들에게 주먹을 선사할 수 있는 결혼피로연은 서구사회에서는 꿈에서나 이뤄질 수 있는 것이었다.

신부의 가족이 떠나려고, 길을 나서려 애쓴 것은 사실 옳았다. 그들은 그때 이미 충분히 취해 있었던 것이다. 두 시간 후, 우리는 그들을 감자 부대처럼 트럭 뒤에 옮겨 실어야 했다. 새로운 생활의 문턱에 선 신부는 한쪽에서 혼수상태에 빠진 식구들의 출발을 바라보고 있었다. 그녀가 본 그들의 마지막은 멀리 언덕을 오르는 트럭의 모습이었다.

지평선을 배경으로 서 있는 사람이 하나 있었다. 바람에 옷자락을 날리며 뚱뚱한 라마승이 한 쪽 팔을 들고 서 있었다. 난파된 배의 술 취한 선장 같았다.

나는 카라코룸으로의 마지막 여행을 준비하고 있었다. 나흘 간 남동쪽으로 달리면 그곳에 고대의 수도가 있다.

문턱에 다가온 겨울이 잠시 움츠러들었다. 낮에는 늦여름 같은 따뜻한 태양이 담겨 있었다. 우리는 메마른 시골을 가로질렀다.

그곳에는 바람이 불고, 듬성듬성한 풀밭 사이로 모래흙이 말발굽에 일어났다. 메말라 가는 호수에 암소 네 마리가 쩍쩍 갈라진 진흙 바닥 가장자리에 발목을 담근 채 서 있었다. 밤에는 우물가로 양떼들이 모여들었는데, 그곳에서 양치기가 잿빛 물을 여물통으로 흘려보냈다. 두 개의 언덕 사이 황량한 장소에서 우리는 초라해 보이는 게르를 지나갔다. 발가벗은 아이 둘이 문 밖에서 멍청히 우리들을 바라보며 서 있었다. 둘 모두 부적을 손에 쥐고 있었다. 여자아이는 봉제인형을, 작은 남자 아이는 자기 고추를 쥐고 있었다.

둘째 날 아침에 우리는 오르콘Orkhon 강 계곡으로 내려갔다. 동쪽으로 멀리 푸른 언덕에 둘러싸인 계곡은 한 나라만큼 넓어 보였다. 우리는 강을 따라 남쪽으로 내려가 회색빛 잠든 땅을 가로질렀다. 한낮의 뜨거운 시간을 뚫고, 신기루가 넓디넓은 공간을 가로지르며 펄럭거렸다. 허깨비 같은 나무들이 나왔다가는 우리 왼편 강둑으로 사라졌다. 멀리 앞으로 말들이 은빛 바다 속으로 뛰어다녔다. 남쪽 더 멀리로는 마을이 흐물흐물해지더니 남자들이 소가 끄는 수레로 건초더미를 모으고 있었다.

맑은 공기 속에 스민 베어 낸 건초의 냄새는 또 다른 마을의 냄새였다. 게르 사이로 건물들이 나타나기 시작했다. 애팔래치아 산골에 사는 가난한 백인들의 오두막처럼, 그 건물들은 허울뿐인 문과 종이를 댄 창만 있었다. 사람들이 장난삼아 단지 네 개의 벽으로 집을 지어 잠깐 머무는 곳이었다.

저녁에는 불붙은 듯한 일몰이 광활하게 펼쳐졌다. 우리는 첨벙거리며 강바닥을 가로질렀다. 부드러운 풀밭을 카펫삼아, 물과 잔 버드나무를 담 삼아 섬에서 야영을 했다. 이지러져 가는 달이 나뭇가지 뒤로 서서히 기울자 우리는 마른 버드나무로 커다랗게 불을 피웠다. 모닥불이 밤을 타고 딱딱 소리를 냈다. 멀리 게르에서 개들이 짖어 대고 하늘은 화려한 별빛 숄을 두르고 있었다. 아침에 우리는 까마귀 떼들이 강가에 심어진 나무 위에 모여 대회의를 하는 소리에 깨어났다. 모닥불의 흔적은 달의 싸늘한 재 같았다.

아무런 형태가 없는 이 마을에 심장이 있다면, 아마도 여기 오르콘 계곡, 이곳일 것이다. 이곳은 태곳적부터 몽골의 중요한 지역이었다. 칭기즈 칸의 세 후계자, 오고타이, 구유크Guyuk, 몽케는 해마다 이 계곡에서 몇 달을 보내며 쿠릴라이 혹은 종족 모임을 열었다. 몽골 군대가 비엔나를 치려던 계획에서 방향을 돌려 고향으로 말을 달렸을 때, 그들이 모인 곳도 바로 이곳이었다. 계곡은 유목민의 무덤으로 유령이 자주 나오고, 과거 몽골 사람들의 정착촌의 잔재가 남아 있다. 지금 중국 북서쪽의 신강에 사는 튀르크계의 위구르족 사람들은 8세기에 이곳에 칸 발가신 투르Khan Balgasin Tuur로 알려진 도시를 지었다. 우리는 그 텅 빈 곳을 승리감에 젖어 말을 달렸다.

오후 늦게 우리는 카라코룸에 도착했다. 나는 거의 5,000마일을 윌리엄 수사를 따라 이 먼 곳, 옛 왕국의 대부분을 가로질러 이 먼 곳까지 왔다. 윌리엄 수사가 살던 시절, 일시적이고도 뜻밖에도 이곳은 세계의 중심이었다. 중국의 남쪽지방에서부터 헝가리의 국경지방에 이르기까지 수많은 민족들의 초점이 되었다. 세월이 그것을 자연의 상태로 돌려놓았다. 하얗게 칠한 성벽의 긴 행진이 목초지에서 또 다른 신기루처럼 솟구쳤다. 나는 따뜻한 돌 위에 내 손바닥을 올려놓으려 옛 도시를 향해 박차를 가했다.

그러나 말은 주춤주춤 뒤로 물러났다. 익숙지 않은 성벽의 모습, 문을 지나 갑작스레 날아온 까마귀 떼에 깜짝 놀랐다. 바짝 긴장한 말의 눈에는 성벽에 둘러싸인 도시에서 날아온 새가 갑자기 생겨난 것처럼 보였을 것이다.

베이징을 곧 건설하게 될 형 쿠빌라이 칸과는 다르게, 몽케 칸은 몽골 전통에 너무나 집착해서 자기 자신을 도시에 가두어 두지 않았다. 1253년 12월 말 도착했을 때, 윌리엄 수사는 호화로운 수도보다는 자신의 게르를 더 좋아하는 대칸이 도시에서 좀 떨어진 곳에서 야영을 하고 있다는 것을 알았다. 몽케 칸은 세계를 지배했을지는 몰라도 그의 주 관심사는 여전히 양들에게 좋은 풀을 먹이는 것이었다.

1254년 1월 4일, 윌리엄 수사에게 알현의 기회가 주어졌다. '암살단'에 대한 우려가 칸 주변에 대한 철통같은 보안을 가져왔다. 그들은 무기가 있는지 몸수색을 하고 나서야 윌리엄 수사를 황실 게르로 데리고 갔다. 몽케 칸은 모피 옷을 입고 낮은 의자에 앉아 사냥용 매를 들여다보고 있었다.

"그는 원숭이처럼 코가 짧았다. 중간 키에, 나이는 한 마흔 다섯 정도 되는 것 같았다."

윌리엄 수사는 이렇게 썼다.

몽케 칸 옆에는 젊은 아내와, 수사의 표현에 따르면 '아주 못생긴' 성숙한 딸 씨리나가 앉아 있었다. 몽케 칸이 수사 일행에게 무얼 마시겠냐고 묻자 수사는 쌀로 만든 술을 달라고 했다. 바로 음료대 옆자리를 차지하고 있던 통역관이 연이어 술을 계속 청했다. 순식간에 수사는 취했다. 윌리엄 수사 눈에는 몽케 칸도 약간 취기가 오른 듯 보였다.

회유적인 목소리로, 윌리엄은 '신께서 이 땅에서의 위대한 통치권을 부여해준' 칸을 위해 복과 장수를 빈다고 했다. 윌리엄 수사는 사르타크에서부터 바투까지, 그리고 여기 대칸의 면전에 이르기까지 아시아를 가로질러 온 그들의 여정을 설명했다. 아울러, 기운을 차리고 날씨가 좀 따뜻해질 때까지 적어도 두 달간 그곳에서 머물렀다가 떠나도 괜찮겠냐고 물으며 끝맺음을 했다. 그의 동료, 바토로메프 수사는 이제 너무 지쳐 있어서 계속 여행을 하려면 생명의 위험을 감수해야만 한다고 덧붙였다.

몽케 칸은 자신의 위대한 권력에 대한 수사의 말이 옳다고 대답했다. 그러고는 인자하게 말했다.

"태양이 그 빛으로 모든 곳을 비추는 것처럼, 내 권력도 모두에게 미치지."

이 시점에서 취한 통역가가 분위기 파악을 못하고, 어지러이 말도 안 되는 황실의 인사말들을 쏟아 냈다. 그러나 통역이 엉망이었음에도 불구하고, 알현은 무리 없이 지나가고 수사들에게 캠프에 남아도 좋다는 허락이 내려졌다.

몽골 사람들이 알현을 통해 윌리엄 수사의 방문 목적을 알려고 했지만 그는 대답하지 않았다. 몽케 칸은 스스로의 외교적인 코멘트로도 만족했지만, 각양각색의 관리들은 윌리엄 수사의 의도와 프랑스 왕 루이 9세로부터 받아 몸에 품고 있는 편지에 대해 상세하게 따져 물었다. 몽골 사람들은 프랑스가 몽골과 평화를 맺고 싶어 하는지 알고 싶어 했다.

윌리엄 수사는 두 국민들이 전쟁 상태에 있었던 적이 없었던 것처럼 평화스러운 관계를 원한다고 대답했다. 이 말은 몽골 사람들을 이해시키지 못했다. 몽골제국의 자만심은 모든 사람들을 다 자국의 일부라고 여기게 했다. 그들에게 프랑스는 몽골 칸의 종주권을 인정하며 복종하거나, 그렇지 않고 반대를 할 경우 반역의 상태가 되는 것이었다.

그 고집 센 윌리엄 사절단의 혼란스러움은 프랑스 루이 왕의 편지 때문이었다.

편지는 윌리엄 수사가 원래 만나고자 했던 사르타크가 크리스천이라는 잘못된 믿음에 입각해 쓰인 것이었다. 윌리엄 수사가 봉함된 편지의 내용을 알고 있지는 못했지만, 그 편지가 몽골 사람들에게 그리스도 교도들과 동맹을 맺어, 그리스도교를 반대하는 사람들을 무찌를 것을 호소하는 내용이란 것은 알고 있었다. 불행히도 편지는 아르메니아인들에 의해 번역되었는데, 그들은 몽골 사람들에게 무슬림에 대항하는 군대를 보낼 것을 촉구함으로써, 프랑스의 요청을 좀 더 명쾌하게 보이게 만든 듯 했다. 편지의 내용에 비추어 볼 때, 자신의 여정에 대한 비공식적이고 종교적인 성격에 대한 윌리엄 수사의 주장은 약간 이상해 보였음에 틀림이 없었다.

이 모든 혼란 속에서 윌리엄 수사가 커다란 게임 판에서 아무 것도 모르는 졸卒이라는 인상을 피하기는 어렵다. 윌리엄 수사 이전의 프랑스 루이 왕과 몽골인과의 접촉은 롱주뮤Longjumeau의 앤드류Andrew 수사 사절단을 보냈을 때였다. 당시 루이 왕은 사절단을 보내 성지聖地의 무슬림에 대항하는 군사적 동맹을 맺을 것을 분명하게 요청했었다. 앤드류 수사는 중앙아시아 저 멀리에 있는 구유크의 미망인 캠프에까지 갔다. 그러나 그곳에서 그는 냉대를 받았다. 몽골인들은 그의 참석을 프랑스의 항복이라고 해석해서 조공을 가져오라며 그를 다시 돌려보냈다.

또다시 퇴짜를 맞는 위험을 무릅 쓰기를 내켜 하지 않았기에, 루이 왕은 윌리엄 사절단을 대사가 아닌 선교사의 자격으로 여행하는 것으로 지원해 주었던 것이다.

루이 왕은 윌리엄 수사가 몽골인들에게 유럽과의 친선의 기회를 제공해 줄 것을 기대했을지도 모르겠다. 만약 몽골인들이 그렇게 하기를 거절한다 할지라도, 그 자신의 명성을 위태롭게 하지 않아도 되었다.

또한 루이 왕은 자신이 윌리엄 수사에게 쓸 것을 권고한 보고서가 몽골제국의 성향과 크기, 중요 왕자들의 성격과 몽골사회의 성향, 유럽에 이슈가 되고 있는 궁금한 모든 것에 관한 유용한 정보를 제공해 줄 것을 기대했을지도 모르겠다.

윌리엄 수사는 자신이 초라한 선교사라고 믿었을지도 모르지만, 그의 지원자는 몽골인들이 그러했듯, 그를 외교관과 잠재적인 스파이로 보았음은 의심의 여지가 없다.

물론, 몽골 사람들은 나름대로 일정이 있었다. 그들에게 프랑스는 단지 아직 갈 시간이 없어 못 가본 평범한 제국 중의 하나였다. 그들은 프랑스에 관해, 특히 양, 소, 말이 얼마나 많이 있느냐는 중요한 질문으로 윌리엄 수사를 난처하게 만들었다. 이렇게 표현되어 있다.

"지체 없이 즉시 움직여 전부 가져올 것처럼 물었다."

윌리엄 수사는 그들의 오만함에 분통이 터졌다.

"나는 그들에 대항하는 전쟁을 선포할 것이다."

드물게도 그는 악담을 퍼부었다.

"내가 할 수 있는 한, 온 세상 끝까지."

그는 잠시 동안 몽골의 영혼을 구하러 왔다는 것을 잊은 것 같았다.

월리엄 수사 말고도 몽골의 왕궁에 찾아온 외국인은 많았다. 광활한 제국의 생각지도 못할 수도로서, 몽케 칸의 캠프는 세계 외교의 중심지가 되었다. 사절단들이 배달부처럼 오고 갔다. 월리엄이 와 있는 동안에도 몽케 칸은 그리스 황제, 칼리프, 델리의 왕, 셀주크 술탄, 제지레Jezireh와 쿠르디스탄의 왕족들, 수많은 러시아 왕자들이 보낸 사절단을 접견하고 있었다. 아르메니아의 왕도 곧 올 예정이었다.

또한 그곳에는 유럽전투에서 사로잡힌 엄청나게 많은 죄수들이 있었다. 헝가리인, 알란족Alans, 루데니아인Ruthenians, 영국인, 아르메니아인, 독일인, 프랑스인, 바질이라는 이상한 이름의 영국 남자도 있었다. 대부분 그들은 자신의 특별한 능력 때문에 붙잡혀 있었다. 그들은 견딜 만하게 잘 대접 받으며 카라코룸의 다른 주민들처럼 살고 있었다. 카라코룸에서 월리엄 수사는 프랑스의 은 세공사, 월리엄 부세르와 절친한 친구가 되었다. 그의 동생이 파리의 그랑 퐁Grand Pont에서 가게를 열고 있다고 했다. 몽케 칸의 캠프에서 그들은 로렌의 메츠Metz에서 온 한 여인을 만났는데, 그녀는 무역업자로, 몽골이 헝가리를 침입할 때 불행히도 그녀는 헝가리에 있었다. 몽골의 약탈품이 되어 아시아를 가로질러 여기까지 끌려온 그녀의 삶은, 러시아 건축업자를 만나 결혼하기 전까지는 비참했었다. 러시아 건축업자의 기술 덕분에 두 사람은 왕궁의 보호를 받았다. 월리엄 수사는 자신들을 위해 그녀가 준비해준 음식에 큰 감동을 받았다. 그것은 몇 달 만에 처음 먹어보는 유럽 음식이었다.

월리엄이 몽케 칸의 왕궁에서 유일한 선교사가 되길 기대했었다면, 그는 몹시 실망했을 것이다. 몽골 사람들이 전통적으로 다른 종교에 보여 주었던 관용이란 월리엄 수사의 표현에 따르면, 몽케 칸의 캠프는

'꿀을 따라다니는 파리처럼' 왕궁을 따라다니는 모든 종파의 종교 개종자들이 함께 우글 거리게 하는 것을 의미했다. 거기에는 몽골의 권력 브로커의 영혼과 귀를 위해 경쟁하는 불교 승려, 무슬림, 크리스천 신부와 현지 무당들이 있었다. 모두들 칸과 친밀한 사이라 믿으며, 영향력 있는 자리를 얻게 될 대화를 매일같이 기다렸다. 칸의 입장에서 보면 그들 중 하나를 선택할 이유가 없었다.

"예언자들이 예언한 날 … 처음으로 도착한 이가 크리스천 성직자들이다. 그들은 칸을 위해 기도하고 칸의 컵에 축성을 내린다. 그들이 물러나자, 사라센(무슬림)이 나타나 똑같이 축성을 내린다. 그리고 그들 이후에 온 우상숭배자들도 똑같이 한다. … 칸은 모두에게 선물을 하사한다. … 그들 모두는 칸의 행복을 예언한다."

가장 악명이 높은 성직자는 세르기우스라는 아르메니아 승려였다. '까무잡잡하고 호리호리한' 세르기우스는 몽골어를 배웠는데, 왕궁 특히 칸의 아내들 사이에서 라스푸틴과 같은 영향력을 얻었던 것 같다. 그는 사기꾼에다 허풍선이였다. 윌리엄 수사는 후에 그가 사제 수업을 받은 적도 없고, 사실은 일자무식의 직조공이라는 것을 알게 되었다. 프랑스의 두 수사에게 방이 배정되었을 때, 그들은 세르기우스와 게르를 같이 쓰게 된다는 사실을 알게 되었다.

아르메니아인은 지옥에서 온 '텐트 메이트' 였다. 처음에는 손톱이 문제였다. 길게 길러서 헤나로 물들인 손톱은 윌리엄 수사에게 섬뜩한 느낌을 주었다. 손톱은 단지 시작에 불과했다. 세르기우스에 관한 모든 것이 윌리엄 수사를 짜증나게 했다. 그는 허영심이 많고, 뻔뻔스러웠으며, 남을 속이길 잘 하고, 이기적이었다. 공작 깃털이 달린 모자에 쇠로 된 허리띠를 차고, '주교들이 하는 것처럼 그렇게' 스스로 화려한 의자를 준비했다. 이단 그리스정교 종파의 선교사의 열정을 아시아를 통해 퍼뜨렸던 네스토리우스파의 신도처럼, 취미삼아 주술 실험을 하기도 했다. 그는 사순절 기간 동안 금식하겠다고 단언했지만, 윌리엄 수사가 본 바에 따르면, 사실은 제단 아래 숨겨 놓았던 아몬드, 포도, 말린 자두나 다른 과일들을 먹고 있었다. 그는 몽케 칸이 자신에게 세례를 받기로 했노라고 자랑을 했다. 그러나 예상했던 대로 아무 일도 일어나지 않았다. 그는 무슬림들에게 시비를 걸어서 몽골 사람들은 부득이 그의 텐트를 공공연한 적개심을 피할 수 있도록 멀리 옮겨 놓아야만 했다. 네스토리우스파와의 계속되는 충돌 속에서, 그는 결국 독을 사용했다. 약간의 천박한 명성을 얻은 약 행상인인 세르기우스는 곱게 빻은 대황 뿌리를 성수에 섞어 만든 특허개발품 완화제를 이용해 은 세공사 부세르를 거의 황천에 보낼 뻔 했던 것이다.

윌리엄 수사에게는, 그가 손님을 접대하기 위해 계속 윌리엄 수사의 와인을 빌려 가고서는 결코 되돌려 주지 않는 것이 정말 참을 수 없는 일이었다.

"이게 웬 고난이란 말인가?"

윌리엄 수가는 이렇게 한탄했다.

2월의 어느 날, 윌리엄 수사와 바토로메프는 세르기우스와 다른 몇몇 신부들과 어울려 캠프의 종교순례를 하기로 했다. 아르메니아인이 그렇게 쉽게 들어가는 왕실 가족의 다양한 구성원들을 들러 보기로 한 것이었다. 세르기우스의 안내 아래 그것은 성직자들의 '선술집 돌아다니며 술 마시기' 로 변해 버렸다.

몽케 칸의 게르에서부터 상황은 잘못되었다. 그곳에서 바토로메프는 문지방을 밟았다고 체포되었다. 그것은 몽골의 법률에서 중대한 범죄였다. 아시아를 건너온 후 아직 제대로 그곳 문화를 이해하지 못했던 불쌍한 바토로메프는 왕실을 물러날 때 뒤로 걷는 게 힘들어서 턱이 진

문간에 걸려 넘어지고 말았던 것이다. 몽골 관습에 대한 무지를 탄원함으로써 그는 경고와 함께 칸의 텐트에 공식적으로 출입을 금한다는 것으로 겨우 고비를 넘길 수 있었다. 그러나 이것은 바토로메프가 궁술부대 앞에 서 있는 것을 보게 되었을지도 모르는 민감한 문제였다.

몽케 칸의 장남의 게르에서 성직자들은 열광적인 환대를 받았다. 젊은 남자가 긴 소파에서 껑충 뛰어 일어나더니 십자가에 대한 경배로 땅에 이마를 대고 엎드렸다. 그러고 나서 그들은 네스토리우스파 사제가 데이비드라고 부르는 가정교사의 감독 아래, 아이락을 몇 순배 들이켰다. 윌리엄 수사에 따르면 가정교사는 '지독한 술고래'였다. 다음으로 그들은 몽케 칸의 두 번째 아내, '우상숭배가 습관인' 코다의 게르로 갔다. 그녀가 아파서 침대에 누워 있는 것을 보았으면서도, '너무나 쇠약해 두 발로 서 있기조차 힘든 그녀에게' 거만한 세르기우스는 일어나서 십자가를 향해 신앙고백을 하라고 강요했다.

그들은 몽케 칸의 못생긴 딸 씨리나의 게르에 가기에 앞서, 또 다른 젊은 아내의 게르에서 '꽤 많은 양의 술'과 양고기로 점심을 먹었다. 십자가 앞에서 간단하게 한차례 엎드리기와 헤드뱅잉을 하고 나서, 그녀가 마실 것을 따라 주자 신부들은 몇 번씩 빈 잔을 내려놓았다. 마침내 그들은 늙어 무시 받는 몽케 칸의 아내의 게르로 향했다. 그녀는 우상 숭배자지만, '술의 내각' 개막의 전조로써 십자가를 숭배하는 것을 너무나도 행복해 했다. 결국 모두가 멋진 날이었다. 마침내 성직자들이 성가를 부르며 집으로 향하고 있을 때는 '여자건 남자건 술이 취하면 용인되는 거대한 고함소리를 지르며 돌아갔다'고 윌리암은 기록하고 있다.

카라코룸에서의 서로 다른 민족들과의 접촉이 윌리엄 수사에게 몇 가지 민족학에 대한 연구의 기회를 제공했다. 한 티베트 승려가 윌리엄 수사에게 고비 사막을 넘어 남동쪽으로 20일 정도 가면 있다는 중국에 대해 말해 주었다. 그는 지폐의 사용과 붓 사용법을 설명해 주었다.

"몇 개의 획이 모여 한 단어를 만들어 내는 문자."

이것은 서양문학 속에 처음으로 인용된 중국의 서체였다.

그렇지만, 윌리엄 수사는 매우 중세적인 남자였다. 그는 당시의 지도에 표현되고, 이시도르Isidore와 소린누스Solinus같은 고전작가들이 묘사한 "괴물과 인간의 이상한 산물"에 대해 듣는 것이 가장 큰 관심이었다. 개의 머리를 가진 사람들과 다리가 하나뿐인 종족들이 어디 있을까? 슬프게도 몽골 사람들은 한 번도 그런 사람들을 본적이 없다고 했다. 그러나 티베트 사람은 몇 가지 재밌는 이야기를 알고 있었다. 그는 윌리엄 수사에게 칭칭Chinchin이라는 고작 2인치밖에 안 되는 키에 온 몸이 털로 뒤덮인 산악 민족에 대해 얘기해 주었다. 무릎이 굽혀지지 않아서 껑충껑충 뛰는 모습으로 돌아다닌다고 했다. 사람들은 속이 텅 빈 바위 속에 취하게 하는 술을 남겨 놓음으로써 그들을 사냥했다. 난쟁이들이 동굴에서 나와 '칭칭' 노래를 즐겁게 부르며 술을 마셨다. 일단 술의 효과로 깊은 잠에 빠지면, 사냥꾼들이 앞으로 기어가 그들의 목을 따서 피를 받아냈다. 그들의 피는 승려들의 옷에 쓰이는 붉은 자줏빛의 기본재료였다.

몽골의 왕실에는 그런 터무니없는 이야기들이 비일비재했다. 중국 너머에 절대 늙지 않는다는 나라가 있다고도 했다. 아르메니아 왕은 중국 너머의 다른 나라에 대한 이야기를 들었는데, 그곳에는 여자들이 남자들처럼 이성理性을 사용한다고 했다.

당연히 그는 믿지 않았다.

윌리엄 수사는 왕실이 봄 축제를 위해 카라코룸의 수도로 옮겨가기 전까지 몽케 칸의 캠프에서 석 달을 보냈다. 윌리엄 수사 일행은 1254년 예수수난 성지 주일에 카라코룸에 도착했다. 그것은 정확히 성 소피아 대성당에서 설교를 한 지 1년이 되는 날이었다. 우리가 야영을 했었던 오르콘 강을 따라서 그는 종려나무 대신 버드나무 가지를 모아 도시로 가지고 왔다.

윌리엄 수사는 몽골의 수도에 그리 감명을 받지는 않았다. 파리 변두리의 성 드니St. Denis 마을보다 작았노라고 윌리엄 수사는 언급했다. 왕실 관리들을 위한 많은 궁전들뿐만 아니라 거기에는 두 개의 주요한 지역이 있었는데, 하나는 무슬림 상인들, 또 다른 하나는 중국인 장인들의 장소였다. 종교는 다양한 종파들의 열 두 개의 신상 사원, 모스크 두 채, 네스토리우스파 교회 1개의 모습으로 나타났다. 도시는 성벽으로 둘러싸이고, 문들은 시장 역할을 했다. 동쪽 문에서는 수수와 옥수수를, 서쪽 문에서는 양과 염소를, 남쪽 문에서는 황소와 수레를 팔았다. 칸의 궁전은 성벽 밖 작은 언덕에 서 있었다.

카라코룸은 단지 몇 십 년만 지속되었다. 1260년에 가서 새로이 겨울과 여름 수도가 베이징과 시인, '코올리지' 의 도원향, 샹투Shang-tu에 세워지고 카라코룸은 폐허가 되었다. 16세기 카라코룸의 폐허가 된 돌멩이들은 몽골의 첫 불교 수도원 중 하나인, 에르덴 주Erdene Zuu 수도원을 짓는 데 사용되었다. 사리탑과 희고 긴 담으로 둘러싸인 그 사원은 오늘날까지도 남아 있다.

풀이 무성한 평원을 가로질러 멀리 사원들이 꽤 많아 보였다. 그러나 남쪽 문을 지나갈 때 보니, 한 쪽 구석에 단지 자그맣게 사원들이 모여 있을 뿐이었다. 도시의 나머지는 풀밭이 점령해 버렸다. 몇 개의 건물들의 웃자란 듯한 모습 너머 오직 새와 바람만 남아 있었다. 유목민 제국의 수도는 초원으로 변해 버렸다.

1930년대 숙청 이전 '에르덴 주'는 수 천 명의 승려들의 고향이었으며 백 개에 달하는 사원이 있었다. 서양의 장벽에 압박을 받으며 단지 세 개만 살아남았다. 가장 오래된 건물들은 헛간처럼 비바람에 낡아 버렸다. 가녀린 풀들이 기와 사이를 비집고 올라 자라 있고, 나무들은 갈라지고 화려하게 색칠한 들보는 부드러운 갈색으로 빛바래 있었다. 거의 30년 동안 사원은 신자들에게 문을 열지 못했었다. 그러다 마침내 1965년에 박물관으로 문을 열었다.

내부에는 불교 잡동사니들이 어지럽게 놓여 있었다. 탱화, 휘장, 북, 징, 기다란 뿔, 모형 사리탑 유리 상자, 만다라, 두개골로 장식된 샴 가면 등. 신들은 장신구만큼이나 많았다. 몽골의 불교에는 비주류의 신들, 진실한 보살들, 악마 후견인, 마녀, 지역 신들이 어지럽게 섞여 있다. 주로 힌두교에서 전해진 것들이며, 기타 몽골인들의 샤머니즘에서 유래된 것들도 있다. 몽골 사람들이 불교를 받아들였을 때 승려들은 편리하게도 오래된 수많은 신령들의 전향을 동시에 선포했다. 오래된 신령들에게는 새로운 임무가 부여되었는데, 그로 인해 이 세상에서 가장 커다란 신 중 하나가 되었다.

이런 오합지졸의 주인을 맡은 것이 파란 머리에 빨간 립스틱을 바르고 호박과 산호 염주에 실크 스카프와 정교한 왕관을 쓴 불상들이다. 그들의 거만한 위압감은 비위에 거슬릴 수도 있다. 하지만 나는 나 자신도 모르게 입구에 서 있는 사나운 수호신들을 향해 이끌리고 있음을 알았다. 그들은 말을 타고 적들을 무참히 죽였다. 하나는 벌거벗은 악인 위에 웅크리고 앉아 있는 것으로 묘사되었다. 또 다른 하나는 팔이 네 개

달렸는데 이빨을 드러내고, 꿩 깃털과 해골로 장식된 정교한 모자를 쓴 채 해골바가지로 술을 마시고 있었다. 기분이 최고조에 달해 있다는 것은 누구나 느낄 수 있었다.

옆 건물은, 한때는 묵상을 했을 테지만 지금은 탄트라의 상징들로 가득 차 있었다. 칼라차크라(탄트라 불교 중에서 매우 중요한 체계로, 내면적인 부분과 외형적인 부분, 그리고 칼라차크라 의식으로 나눌 수 있다고 한다. 영원히 윤회하는 시간의 수레바퀴를 뜻하는 외형적인 칼라차크라는 모든 우주를 지칭하고, 내면적인 칼라차크라는 바로 육체이며, 칼라차크라 의식은 이 둘을 정화하기 위한 방편이라고 한다.– 옮긴이주)는 종교적인 계몽을 위해 육욕과 분노와 같은 '미천한' 인간본능의 사용을 권장한다. 이것은 기이한 포즈로 성교를 나누는 신들의 연속적인 표현은 물론, 겁을 주는 수호신들에 대한 핑계였다. 벽에 넘쳐 나는 천국의 환상에 둘러싸인 양떼, 멋져 보이는 게르, 멋진 말의 풍성함은 종교적 에로티시즘과 밀접한 관계가 있는 장면들이었다. 구슬 목걸이만 겨우 걸친, 한 젊은 여인이 칼라차크라 신과 그의 신성한 추종자 사이를 걷고 있었다. 이 멋진 순간 엄청나게 많은 팔을 가진 그를 누구라도 부러워했을 것이다. 그런 속세적인 환상에 둘러싸여 있는 몽골의 승려들이 음탕함의 명성을 가지고 있는 것이 약간 놀라웠다.

카라코룸의 고대 수도에 남은, 유일하게 눈에 띄는 유물은 돌 기념비 두 개다. 원래는 네 개가 한 쌍을 이루었고, 한때 도시 주변의 윤곽을 표시했었다. 초원의 기수들을 위해서, 이 기념비들은 독특한 모양을 하고 있다. 그것은 바로 '거북이' 이다.

도시 그 자체처럼 거북이도 수입된 아이디어였다. 거북이는 장수를 바라는 중국의 상징이다. 카라코룸에서 일했던 수많은 중국인 건축가 중 하나가 새겼음에 의심의 여지가 없다. 16세기에 만들어진 성벽 너머의 광활한 대초원에 서 있는 거북이는, 13세기에 세계의 대격변을 가져온 위대한 몽골제국과 우리들과의 유일한 물질적인 연결고리이다.

아마 이것이 몽골 스타일일 것이다. 단지 7세기 너머 존재했던 거대한 제국에 비해서 너무나 보잘 것 없는 유물이었다.

몽골인들은 세계무대로 화려하게 입장했다. 머나먼 아시아 어둠속에서 아무런 예고도 없이 단 한 계절 만에 역사의 주목을 받으며 발걸음을 내딛었다. 그들의 존재는 신비하기만 했다. 2세기 동안 그들은 세계정치에서 중추적인 역할을 했지만, 그들이 물러나고 난 이후에는, 우리는 그들에 대해 들어 본 적이 한 번도 없었다. 그들은 고향으로 돌아가 세계를 지배하기 이전에 살았던 것과 똑같은 방식으로 살았다. 그들이 뒤에 남긴 것은 아무것도 없었다. 넓은 아시아를 여행해 보면, 몽골제국의 물질적 흔적을 단 하나도 찾을 수 없을 것이다. 티무르의 화려한 사마르칸트 혹은 영국령 인도의 통치기념물, 혹은 유럽과 북아프리카에 퍼져 있는 로마의 유물들과 비교하면, 정말 아무 것도 없다. 몽골의 경우, 카라코룸의 성벽 너머 드넓은 풀밭에서 길을 잃고 서 있는 돌 거북이 뿐이다. 몽골제국이 이룩한 모든 활동의 초현실주의적 특성을 그토록 잘 나타내고 있는 것은 그 어떤 것도 없다.

윌리엄 수사가 카라코룸에 머무르고 있는 동안, 몽케 칸이 그 유명한 신학논쟁을 명령했다. 그가 분명하게 말했다.

"여기 좀 보시오. 크리스천, 사라센(무슬림), 투인스(불자), 여러분들 모두는 자신들의 종교가 최고라고 말하고 있소."

회담은 각자가 자신의 입장을 설명할 수 있도록 배치되었다. 몽케 칸의 신하 셋이 심판이 되기로 했다. 날짜가 정해졌다. 오순절 전 날이었다. 몽케 칸은 딱 하나의 기본수칙을 내렸다.

"상대방에게 약을 올리거나 모욕을 주는 말을 할 수 없다. 이 회담 진행을 방해하는 어떤 소란을 일으켜서는 안 된다. 절대로."

윌리엄 수사는 이단적인 견해를 가진 네스토리우스파가 크리스천의 입장을 공격할까 두려워 그보다 먼저 말할 수 있게 해 달라는 허락을 겨우 얻어낼 수 있었다. 다양한 종교의 대표단들이 대거 참석했다. 물론 그 대부분이 불교신자들이었지만 말이다. 그 중 한 사람, 중국에서 온 승려가 처음으로 이야기를 시작했다. 그는 윌리엄 수사에게 무엇을 먼저 토론하고 싶어 하는지 물었다. 세상이 어떻게 만들어졌는지, 아니면 죽은 후의 영혼은 어떻게 되는지. 윌리엄 수사는 신과 함께 이 세상의 만물이 시작되었기에, 신에 대해 먼저 토론해야 한다고 분명하게 이야기했다. 신은 불교의 논점에 있어 가장 큰 취약점이라는 것을 윌리엄 수사는 깨달았던 것이다.

어리석게도 윌리엄이 제안한 의제를 받아들인 불교신자들은 바보들만이 신이 하나뿐이라고 믿는다고 주장했다. 그들은 몽케 칸의 마음을 사로잡을 수 있는 유추類推를 만들어 내려고 시도했다.

"당신의 나라에는 위대한 군주들이 없소? 여기에서는 몽케 칸이 최고 지배자가 아닙니까? 신들도 마찬가지입니다. 다른 지역에 다른 신들이 있으니 말이오."

윌리엄 수사가 유일하며 전지전능한 신이라는 관념을 방어하자, 불교신자들은 이런 믿음의 가장 불리한 측면을 재빨리 알아냈다.

"만약 당신의 신이 당신이 말한 대로라면, 왜 그 신은 만물의 절반을 악惡으로 만들었소?"

"악을 만든 것은 신이 아닙니다. 존재하는 모든 것은 선합니다."

불교신자들에게 이것은 자신들의 목표처럼 보였다.

"그러면 악은 어디서 나옵니까?"

그들은 자신들이 윌리엄 수사를 벼랑 끝으로 내몰았다고 생각하며 물었다.

윌리엄 수사는 어려운 논제에 부딪혔음을 깨닫고 토론의 방향을 다시 바꾸려고 했다.

윌리엄 수사가 말했다.

"처음 질문으로 돌아가서, 당신들은 신이 전지전능하다고 믿나요?"

불교신자들이 어떤 신도 전지전능하지 않다고 대답하자, 무슬림들이 포복절도를 하며 웃음을 터뜨렸다. 윌리엄 수사는 불교신자들을 자신이 원하는 곳으로 데리고 간 것처럼, 유리해진 것처럼 보였다. 그가 말했다.

"그렇다면, 당신들의 신들 중에는 위험에 빠진 당신을 구할 수 있는 신은 아무도 없습니다. … 당신의 신은 권능을 가지고 있지 않습니다. 게다가…."

윌리엄 수사는 계속했다. 몽케 칸의 마음이 움직인 것 같았다.

"인간은 군주 둘을 섬길 수 없습니다. 어떻게 그렇게 많은 신을 모실 수가 있습니까?"

윌리엄 수사에 따르면, 이것으로 불교신자들로 하여금 할 말을 잃게 했다. 그리고 토론은 계속 진행되었다. 네스토리우스파는 언제나 잘 둘러대는 주제, 삼위일체를 설명하려 토론에 참가했는데, 그들 중 하나는 정신이 이상하다는 악평이 자자했다. 토론은 곧 신학에 관한 세부적인 논의로 변질되었고, 윌리엄 수사는 그 진행과정에는 거의 참여하지 않았다.

모든 것이 끝났을 때 네스토리우스파와 무슬림들은, 그날 승리했다고 믿으며, 그대로 '큰 소리로 노래를 불렀다. 그러나 불교신자들은 침묵

속에 빠져 있었다.'

윌리엄 수사는 그리 유쾌하지 못했다. 토론은 단지 그의 몽골에서의 임무가 얼마나 성공적이지 못한지를 일깨워 줄 뿐이었다.

"아무도, '나는 믿습니다' 라고 말하지 않았다."

윌리엄 수사는 슬프게도 이렇게 썼다.

''크리스천이 되고 싶습니다' 라고 아무도 말하지 않았다.'

후에 모인 성직자들은 아이락을 허발하게 마시고는, 금세 술에 취해 으르렁거렸다.

위대한 몽골 수도의 계승지는 카라코린Kharkorin 마을이었다. 이 마을에는 낡은 러시아 건물들이 시 광장으로 통하는 길 주변에 노란 잎의 자작나무 사이에 세워져 있다. 우리 호텔은 빛바랜 빨간 별을, 떨어지지 않을 문신처럼 이마에 달고 있었다. 낙엽들이 열린 문을 지나 현관 안으로 들어왔는데, 현관에는 넓은 계단이 1층 객실로 연결되어 있었다. 마을 소년들이 수업을 끝내고 호텔로 몰래 들어와 난간에서 미끄럼을 타다, 마침내 길고 거뭇한 얼굴의 무서운 여자 호텔 관리인한테 쫓겨나고 말았다. 호텔 청소부는 하루에 두 번 강에서 물통에 길어 온 물을 목욕탕에 부어 놓았다. 나는 양철 욕조에서 씻을 수 있도록 호텔 관리인에게 물 한통을 데워 달라고 부탁했다. 목욕탕에 자물쇠가 없어서 호기심 많은 통행인들이 벌거벗은 외국인이 비누칠을 한 채 물을 한 가득 흘려버리는 것을 끊임없이 훔쳐보았다. 호텔 관리인은 내 모습에 넋을 잃어 옆 가게 친구를 데리고 와 구경을 시켰다.

우리 기수는 지체하지 않았다. 그는 마을에 겁을 먹고 있었다. 그의 걱정은 온통 카라코린에 제분소가 있다는 사실에 집중되어 있었다. 그곳의 사람들은 목동이 아니었다. 그들은 집에 살며 월급을 받는 근로자들이었다. 기수의 시각에서는, 이보다 더 위험하고 더 무절제한 사람을 상상하기 힘들었다. 그것은 좁은 거리가 있는 마을, 그들을 가두는 벽, 계산하는 습성에 대한 오래전부터 내려오는 반감이었다.

나는 울란바토르까지 지프로 가기로 했다. 이제 시간이 얼마 남지 않았다. 때는 9월이었고, 몽골의 겨울은 가까이 있었다. 나는 북동쪽의 헨티Khentii 산맥으로 들어가, 성스러운 부르한 할둔Burkhan Khaldun 산맥으로 말을 타고 가고 싶었다. 그곳엔 칭기즈 칸의 무덤이 있다는 소문이 있었다.

14장
또 다른 나라

수 천 마일에 펼쳐진 양떼들의 초원을 지나니 황량한 잿빛 울란바토르가 색다르게 보이는 것 같았다. 나는 호텔 창문으로 일상적인 도시생활을 신기한 듯 바라보았다. 언젠가 런던 남쪽에서 보았던 시 아파트가 생각났다. 저 아래 서류가방을 들고 일하러 가는 남자가 보도 위에서 신호등이 바뀌길 기다리고, 한 여자는 길거리 매점에서 조간신문을 사려 멈춰서 있었다. 전차가 반대 편 도로에 사람들을 토해내고 연병장처럼 황량하고 넓은 길을 덜거덕거리며 내려갔다. 높이 솟은 아파트 건물들이 멀리 갈색 연기를 뿜어내는 굴뚝 사이 지평선에 모여 있었고, 시커먼 자동차들이 커튼이 쳐진 창문의 정부 건물 사이로 미끄러져 들어갔다.

말을 탄 사람이 한 주택의 구석에 주차된 자동차를 지나 걷고 있었다. 마치 잠깐 불어온 바람이 다른 시대에서 그를 데려다 준 것 같았다. 도시의 기적이 초원에 일어났다. 울란바토르는 몽골의 어느 도시와도 닮지 않았다. 다른 어떤 나라보다 더 수도다웠다. 단지 도시의 실패가, 그러니까, 포장도로와 시의 시설들 너머 게르에서 아직 살고 있는 25만 명의 사람들이 살고 있는 천막 친 교외가 내가 아는 몽골과의 연결고리를 제공해 주었다.

젊음은 어느 정도 낯설음이다. 울란바토르는 우리 아버지, 캔자스를 늙은이로 보이게 했다. 우리 아버지는 이곳의 대부분의 건물들보다 더 나이를 먹었다. 1930년대와 1940년대 러시아의 감독 아래 건설된 이 도시는 소비에트 건축의 보잘 것 없는 즐거움을 위한 전시용 유리 상자로, 폴란드와 시베리아의 지방 도시들과 우울한 익명성을 공유하고 있다. 지역적 독창성은 하나도 없고, 전부 정부의 지시로 만들어진 것이다. 울란바토르는 관료주의가 세운 제멋대로 된 거리와 개성 없는 건물들로 가득 찬 도시였다. 좀 더 오래되고 좀 더 우아한 세대의 적절한 영향이 없기에, 그 결과는 무자비하다.

현대도시의 천박한 특징이 러시아 건축업자들이 작업하기 이전의 토착적인 몽골 정착촌에 대한 호기심을 불러일으켰다. 오래된 지도에는 바이칼 호수에서 중국으로 가는 대상들의 루트 가운데에 우르가가 표시되어 있다. 초기에는, 그러니까 17세기 초에는 그곳은 이따금 계절과 목초지에 따라 움직이는 이주 야영촌이었다. 지금의 툴Tull 강둑에 자리를 잡은 것은 18세기 후반이었는데, 간단 수도원을 비롯해 중요한 많은 사원들이 생겨났기 때문에 다른 몽골 정착촌들에 비해 우위를 차지하기 시작했다. 당시 몽골에서의 종교적 신앙심이 벽 네 개짜리 건물을 짓게 했다. 러시아가 19세기 말 영사관을 짓기 전까지 수도원 말고는 우르가에는 단 하나의 건물도 없었다. 속세의 인구는 육천 명이었고, 라마승은 육만 명에 이르렀다고 한다.

19세기 우르가는 중국이 식민화하기 전 난잡하고 불결한 게르 그리고 허술한 방책의 무질서 위에 금빛 사원이 솟아있는 낯선 성직자들의 도시인 라싸를 닮았다. 짙은 홍색의 수도복을 입은 라마승들의 행렬과, 사나워 보이는 기수, 몽골의 왕자들, 러시아 유랑자들, 중국 상인들, 누더기를 입은 죄수들, 그리고 사원과 사람들이 모여 있는 곳에서 기회를 잡으려 이곳으로 몰려든 가난한 사람들이 잘 어울렸다. 고비 사막의 먼지를 뒤집어쓴 낙타의 대상들이 군중을 밀치고 몽골의 수레와 밧줄에 매인 양들을 지나 장사치와, 푸줏간 주인, 점쟁이, 거지 떼가 천막 아래 모여 있는 임시 시장으로 갔다. 위대한 러시아 탐험가 프르제발스키는 그 끔찍한 악취에 놀랐었다.

“쓰레기란 쓰레기는 모두 거리로 쏟아졌고, 사람들의 습관은 지긋지긋했다. 굶주린 거지 떼가 시장으로 모여들었다. 그들 중 몇몇, 주로 늙은 여자들이 그곳을 마지막 안식처로 삼았다. 거리로 시체가 던져지자마자 사나운 개들이 시체를 갈기갈기 찢어 버렸다.”

미친 바론을 쫓아서 이곳에 왔었던 백러시아White Russian의 알리오신Alioshin은 개들이 살아 있는 것에까지 달려들었다고 적고 있었다. 감히 아무도 튼튼한 막대기 없이는 밖으로 나가려고 하지 않았다.

이렇게 으스스한 곳을 통치하는 것은 좀처럼 그의 궁전 성벽 너머로 모험을 하지 않는 생불生佛이었다. 그는 매독에 걸린 신의 왕이며, 신의 대변자이고, 문명의 후원자였다. 티베트 불교의 서열에서 보그드 칸Bogd Khan은 달라이라마와 판첸라마 다음으로 세 번째였다. 몽골에서 중국이 물러났을 때, 그는 정신적인 지도자로서 연약한 손아귀에 일시적인 통치권을 넘겨받았다. 수도승으로서, 그는 금욕주의자여야 했다. 하지만 통치자로서 그는 배우자와 상속자를 거느려야했고, 사춘기 하녀들이 그의 주변에 항상 가득했다.

성스러운 그는 미천한 하인에서 점쟁이까지, 의사에서 정부를 구성하고 있는 신의 대리인에 이르기까지, 5,000명의 근위병 같은 라마승에 둘러싸여 있었다. 독특하고 모호한 부류인 라마승들은 다른 게르에서 살았는데, 모두 성대를 거세한 벙어리였다. 그들은 생불의 비밀병기 독살자로서, 말을 듣지 않는 대수도원장, 중국인 스파이, 정보원, 그리고 평범한 범죄자들을 제거하는 일을 했다.

보그드 칸은 추종자들에게 모습을 잘 드러내지 않았다. 심지의 몽골 레슬링의 흥분도 그를 궁전 밖으로 끌어내지는 못했다. 1913년 몽골을 여행 중이었던 용감한 볼스트로드Bulstrode 여사에 의하면 나담축제 내내 그의 옥좌는 텅 비어 있었다고 했다. 세금과 추종자들이 모아 준 '선물'을 받을 때만 그는 잠깐 모습을 드러냈다. 볼스트로드 여사는 그를 '늙어빠지고, 거만하고, 방탕하고, 지루하다'고 묘사했다.

폴란드 지질학자 프레드릭 오센도우스키Frederick Ossendowski가 볼셰비키를 피해 달아날 때, 중국으로 가는 도중에 우르가를 지나며 이 위대한 인물과 함께 몇 차례 오후를 보낸 적이 있었다. 그는 '로마의 추기경과 닮은, 근엄하고 건장한, 면도한 모습의 노인'으로 보그드 칸을 기록했다. 술 혹은 성병이 그의 시력을 앗아갔다. '그의 전지전능함'이란 말은 일반적으로 오후 중반까지만 해당되었다. 그의 각료회의는 언제나 술 취해 횡설망청 떠드는 소동으로 변해 버렸다.

그의 추종자들은 그가 세계에서 가장 부유하고 강력한 군주가 되리라 믿었었다. 종교세宗教稅의 수준에서 보자면 하등 이상할 것도 없는 생각이었다. 다른 승려들처럼 그도 모아 쌓아 두는 사람이었다. 흰 낙타 천 마리와 백마 이천 마리를 가지고 있다는 소문이 있었다. 오센도우스키에게 황실의 금고를 볼 기회가 주어졌는데, 거기에서 그는 불교세계 도처의 지도자들과 승려들로부터 받은 선물을 보았다. 선물에는 베이 켐Bei Kem이 보내온 금괴, 오르콘Orchons이 보낸 사향과 인삼이 든 상자, '언 바다'의 해안에서 온 10파운드나 되는 호박琥珀덩어리, 인도의 라자로부터 온 보석들과 진주 주머니, 바다코끼리의 엄니, 중국에서 온 별갑상자와 조각된 상아가 있었다. 서랍장들은 천연자원 보호론자들의 악몽으로 가득 차 있었다. 흰색 비버에서 푸른 담비, 검정색 표범에 이르기까지 진귀한 모피는 다 있었다.

도서관은 티베트어, 인도어, 중국어 필사본으로 가득했고, 또한 바빌로니아의 설형문자판도 있었는데 당연히 13세기 메소포타미아 정복에서 가져온 몽골전투의 전리품이었다. 그의 동물원도 유명했다. 거기에는 기린, 코끼리, 나무늘보, 보아 뱀, 그리고 바다표범 몇 마리도 있었는데, 추측컨대, 바다에서 멀리 떨어져 있어 조금 기분이 언짢았을 것이다. 그는 나라에서 최초로 축음기와 자동차도 가지고 있었다. 상하이 쇼핑여행에서 사온 것들이었다.

자동차 배터리는 그의 주요한 즐거움 중 하나가 되었다. 보그드 칸은 배터리의 단자端子에 철사를 이어 궁전 벽 위에 걸쳐놓게 했다. 신앙심 깊은 신자들이 벽에 입을 맞추려 무릎을 꿇으며, 그 전기충격이 은총의 축복이라고 믿었다. 위쪽 창문에서 그들의 비명을 들으며 이 활불은 기쁨의 발작을 일으켰다.

1924년, 그가 때 이른 죽음을 맞이했을 때 소비에트 정보원들은 환생은 인정할 수 없다고 강조했다. 옛 우르가는 그와 함께 생명을 잃을 수밖에 없었다. 혁명과 함께 우르가는 울란바토르, '붉은 영웅' 이라는 이름을 새롭게 얻었다. 수도원은 파괴되었으며, 넓은 공공 도로들은 빽빽한 토끼장 같은 골목으로 변해 버렸다. 도시의 한 가운데 있던 낡은 사원 광장은 수크바토르 광장Sukhbatur Square으로 이름이 바뀌었는데, 러시아를 몽골로 '초대했던' 혁명가의 이름을 딴 것이었다. 한 때 호화로운 가면을 쓴 승려들이 참Tsam 종교무용을 추던 그 곳에서, 지금은 시골에서 온 수줍은 목동들이 텅 빈 초원의 포장용 도로에서 레닌을 본 따 만든, 수크바토르의 기마동상과 비석을 배경으로 사진을 찍으며 포즈를 취하고 있었다. 그것은 부적처럼 대부분의 몽골 게르에서 볼 수 있는 기념 스냅사진이었다. 몽골 사람들도 자신들의 나라가 있다는, 몽골도 현대국가 중 일부임을 보여주는 증거같다.

울란바토르가 현대세계로 나아가는 몽골의 닻이라 할지라도, 대부분의 거주자들은 아직도 시골과 유목민의 이상에 매달려 있다. 오십 만이 넘는 몽골인들이 지금 울란바토르에 살고 있는데, 이는 몽골 인구의 사분의 일에 해당한다. 그러나 수도로의 이동이 뒤에 남아 있는 덜 세련된 삶에 대한 습관적인 경멸을 가져온 것은 아니었다. 몽골인은 모두 초원을 몹시 그리워한다. 풍경, 말, 가축, 둥근 게르의 안락함은, 비록 수도에서 멀리 떨어져 있다 할지라도, 그들에게 일치감을 가져다준다. 모두가 울란바토르가 몽골이 아니라는 것은 알고 있다. 그리고 그들은 이곳에서 진정으로 몽골 사람이 될 수 없었다.

양고기를 가지고 시골에서 온 친척들의 도착은, 그러니까 아이락 주전자와 목초지에서 온 소식은 비좁은 아파트에서의 즐거운 행사였다. 여름 몇 달 동안, 어른들은 조부모가 사는 시골로 아이들을 보내어 양들처럼 통통하게 살을 찌우는 습관이 있었다. 그들은 도시가 아이들을 나약하고 병약하게 만들고, 아이들의 자신감과 정체성을 허문다고 생각했다. 시골과의 연결만이 아이들을 건강하게 할 수 있었다.

어느 날, 나는 현대식 레스토랑에서 친구와 그의 여섯 살 난 딸아이와 함께 점심을 먹었는데, 그 딸아이는 아한가이에서 할머니랑 한 달 간 생활하다 막 돌아왔다고 했다. 친구의 이야기에 의할 것 같으면, 시골이 그 아이에게 좋은 일을 했단다. 딸은 얼굴에 핏기가 돌고 기운이 넘치고 빠릿빠릿해져서 돌아왔다.

"몽골 사람처럼."

친구가 내게 말했다.

기운이 넘치고 빠릿빠릿한 것은 공산주의 지배하에 있던 70년 동안의 도시에 대한 묘사는 확실히 아니었다. 울란바토르에서는 자신들이 그 속의 일부였던 사람들이 당혹스럽게 과거의 중앙계획에 관한 이야기를 한다. 사무실과 일터에서 동지들은 매해 무엇을 달성하려고 계획했는지를 기록하는 일지日誌를 써야만 했다. 감독관들은 공산당의 5개년계획에 부응하는지 일지를 세심하게 체크했다. 얼마 후, 일지에 분기별 계획까지 기록하게 되었다. 책임자들은 책상에 가만히 앉아서도 파악할 수 있기 때문에 계획일지를 좋아했으며, 노동자들은 서로의 계획을 훔쳐볼 수 있어서 계획일지를 좋아했다. 계획일지는 일을 위한 만족스러운 대용품이었다. 계획은 중독성이 있었다. 곧 세부사항이 적힌 서면 계획이 매달 제출되어야만 했다. 그러고 나서 주간 계획이 포함되었고, 마침내 이제 일터에는 계획광의 손에 일지표가 가득 차게 되었다. 계획은 하루일과가 되었다. 접수원부터 관리자까지, 노동자들은 계획일지에 매달려 하루에 두 시간을 보냈다. 선전요원으로서의 바른 기질을 갖고 있으며, 최근의 공산당 대회의 결의를 따르고 있다고 확신하면서 말이다. 노동자들에게는 노동계획 뿐만 아니라 이데올로기적 계획도 있었다. 무슨 책을 공부할 것인지, 공산당의 어떤 보고서를 읽을 것인지, 그리고 새해에는 좀 더 열심히 일하고 더 높은 목표를 짜는 신년 계획 같은 일반적인 것도 있었다.

계획을 세우는 것이 그들의 전부가 되었다. 전체 관리자들은 모두 계획서를 읽고 체크하며, 계획을 교정해 주고, 미래의 목표를 충고하느라 대부분의 시간을 보냈다. 그것은 계획이 주요 사업이 되어 버린, '조지 오웰'이 이야기한 세계가 되어 버렸다. 계획의 실행은 실패의 위협과 책잡힐 가능성이 있는, 위험하고 고치기 어려운 일이었다. 이것은 또 그들이 계획을 짜는 데 필요한 시간을 빼앗아 갈 수 있기 때문이었다. 하위 사무관에서 비서관까지 그곳 체계에서 일하는 모든 이들은 계획을 세우는 데는 흥미가 있었지만 지나친 열광자들에 의해 계획이 붕괴될 수 있음을 걱정했다. 그리고 그러한 사람들은 재빠르게 밀려났다.

이 치매증에 걸린 계획 세우기만큼 쇠약한 몽골을 잘 드러내는 것은 없다. 현대식 관료사회의 방식을 받아들이려 몽골 사람들은 한 가지 요소에 맹목적이 되었다. 울란바토르의 억센 유목민 종족이, 유라시아를 가로질러 그 세대의 위대한 문명 모두를 정복했던 용감한 사람들이 강박관념에 사로잡힌 서기와 겁 많은 말단 공무원이 되었던 것이다.

계획은 사라졌지만 70년 동안의 공산주의 지배의 그림자는 여전히 남아 있다. 진취정신의 부족, 게으름, 아무리 해롭지 않다 할지라도, 아무리 비난받아도 뭔가를 하려고 들지 않는 태도. 이런 것들은 앞으로도 몇 년간 도시 몽골의 정신적 경향에 어느 정도 남아 있을 것이다.

하지만 공산주의를 비난한다는 것은 너무 순진한 것일지도 모른다. 한 몽골 친구는 반 농담으로 나라가 무기력한 것은 제국의 탓이라고 했다. 그가 말하길 칭기즈 칸이 세계를 지배했을 때, 똑똑한 몽골 사람들은 칭기즈 칸을 따라 말을 타고 중국, 페르시아, 볼가로 새로운 제국의 땅을 차지하려 달려갔다. 몽골에는 집에 남아 양이나 돌보길 좋아하는 멍청이들만 남겨 두었다고 그가 말했다.

그러나 잘나고 똑똑한 사람들이 없어진 것은 13세기보다는 훨씬 최근의 일이다. 몽골의 얼마 안 되는 인구가 가장 전도유망한 시민들을 잃은 것은 단 60년밖에 안 되었다. 1928년에, 러시아는 신생 몽골인민당의 독자적 리더십을 제거하고 자신의 앞잡이인 스탈린주의자 초일바산을 권좌에 심어 놓았다. 그리고 러시아의 지시에 따라 숙청이 시작되었다. 반대자와 이단자 동지들이 깨끗하게 제거되었다.

울란바토르에서 '정치적 탄압 박물관Museum of Political Repression' 에 이 악몽이 기록되어 있다. 박물관은 도시의 몇 안 되는 오래된 러시아 건물 중 하나로, 광장의 남쪽에 있다. 1층은 엄청난 대량살상의 전쟁 기념 기록처럼 희생자들의 이름으로 채워져 있다. 30년대에 십 만 명이 사라졌다고 적혀 있다. 그들의 이름이 깨알 같은 글씨로 빽빽이 벽 네 개를 가득 채운다.

위층에는 오래된 사진들, 편지, 개인 소장품들 속에서 그 이름들이 되살아났다. 작가의 안경, 골동품 축음기, 파이프, 코담배 병 등 모스코바의 정보원들에게는 지나치게 독립심이 강하거나, 지나치게 몽골적인 동지들의 일상적인 소지품들이었다. 그것들은 한 나라의 수치의 기록이기에 아주 최근까지도 비밀사항이었다. 창백하고 기진맥진해 보이는 여자 가이드는 자신의 아버지를 가리켰다. 희미한 흑백사진에는 1924년이라고 날짜가 적혀 있었다. 몽골 붉은 군대의 유니폼을 입고 사진관에서 포즈를 취한 한 젊은 남자가 우리를 바라보고 있었다. 순간적인 행사의 흥분에 사로잡혀 순진하게도 그 카메라 셔터가 자신의 박해를 기록하는 이미지가 될 것이라는 것과, 지금 이 방 벽에 걸려 있으리라는 것을 모른 채 말이다.

6년 후, 그는 이르쿠츠크 감옥에서의 8년형을 선고 받았다. 그는 고소되었다. 우파 아니면 좌파, 수정주의자 아니면 트로츠키파로 기소되었다. 그녀는 정확히 그 이유를 몰랐다. 하지만 그것은 아무런 문제도 되지 않았다. 아버지는 집으로 돌아오지 않았다. 거기서 돌아가신 게 틀림없다고 그녀가 말했다. 환경이 매우 열악했다. 아니면 아마도 그들은 그를 처형했을지도 몰랐다. 아무도 몰랐다. 그녀는 아버지가 돌아가실 때 단지 어린아이에 불과했다. 그녀가 어깨를 으쓱하며 아버지가 기억나지 않는다고 말했다.

전시실은 장례식장처럼 조용했다. 잃어버린 조상들을 기억하는 가족들이 조그맣게 속삭이며 조심조심 지나갔다. 창가에서는 바깥세상조차도 소리를 죽이고 있는 듯, 자동차소리와 새소리가 속삭이듯 들려왔다. 세로쓰기로 적힌 몽골어의 연애편지, 염주, 여인의 사진, 죄수의 얇은 셔츠가 들어 있는 유리진열장에는 레이스를 통과해 스며든 가을 햇살이 꽃무늬를 던져 주었다.

그들은 모두 여기에 있었다. 잃어버린 세대, 유령들의 모임이 한때 동지들이었던 것처럼 우리에게 어떤 의미를 던져 주듯, 함께 있었다. 기억해주길 간절히 바라며 벽 앞의 우리를 바라보고 있었다. 몽골의 왕자, 중국인 가게주인, 지식인, 예술가, 라마승, 공산주의자들이 토론의 자리에 자리를 잘못 잡고 서 있었다. 사형집행인들도 여기 있었다. 아저씨처럼 친절한 스탈린, 뻣뻣한 초일바산, 무자비한 눈동자를 한 고문자들의 긴 전시실. 희생자들과의 대조가 무척 놀라웠다. 수입된 이념의 명령으로 몽골의 교육받은 남녀 대부분이 사라졌다. 1940년 체덴발이 공산당 서기장으로 초일바산을 계승했을 때, 고등학교를 졸업한 사람이 온 나라를 통틀어 고작 다섯 명밖에 남아 있지 않았었다.

불교의 공포로부터 몽골 사람들을 꼬드기려는 윌리엄 수사의 노력은 뜻밖에도 최근에 살아났다. 1990년 이후 민주주의의 도래로 몽골에는 현대의 윌리엄들의 유입이 있었다. 윌리엄의 계승자들은 미국인 복음주의자들이다. 윌리엄 수사는 아마도 그들을 신학적인 문제에 있어서 네스토리우스파만큼 위험하게 볼지도 모르겠다. 그러나 윌리엄 수사는 고집스런 중세의 논리를 가진 튼튼한 근본주의에 감탄해 마지않을 것이다.

어느 일요일 아침, 나는 만다와 함께 그녀의 '교회'에 갔다. 그곳은 작은 모임방으로, 약 삼십 명 정도의 사람들이 연극배우 같은 사람이 연주하는 전자 오르간에 고무되어 '예부터 도움 되시고'를 열심히 부르고 있었다. 나는 뒤 줄에 자리를 잡았다. 마치 내가 주님의 집에 들어온 스파이처럼 느껴졌다.

사람들이 다시 자리를 잡자, 한 젊은 여인이 앞으로 나와서 요한복음을 몽골어로 읽었다. 미국인 선교사들은 몽골 전역에 성경의 번역, 출판과 배급에 돈을 퍼부었다. 오직 승려들만이 독점적으로 읽었던 불교의 신비한 티베트어 수트라에 비해, 그들은 선한 이야기와 분명한 가르침으로 포장되어 자신들의 언어로 쓰여 자신들의 손 안에 있는 공짜 책의 매력을 잘 알고 있다.

그 주週의 설교자는 흰 머리의 나이든 미국인이었다. 그는 자신을 스티브 목사라고 소개했지만, '쉬티뷔시 목수'라고 말하는 것처럼 들렸다. 틀니를 잃어버려 양해를 바란다고 했다. 그 말을 하려고 객실 청소원과 틀니에 관해 이해하기 힘든 설명을 한참이나 떠들었다. 다행스럽게도 그의 말을 몽골어로 들려주는 통역이 있었지만, 영어실력을 향상시키려는 사람들은 모두 고생을 했다. 치아 없는 스티브 목사의 영어는 마치 술에 취한 핀란드사람이 말하는 것 같았다.

그는 여기 몽골에서도 예수님이 계시다는 걸 알아서 얼마나 기쁜지 모르겠다며 처음 연설을 시작했다. 설교를 위한 성서의 내용으로, 그는 카인과 아벨을 꺼냈다. 그러면서 우리들은 우리 형제를 지키는 사람들이라는 개념을 끌어냈다. 그러나 그것은 꽤 고달픈 이야기였다. 힘겨운 통역에다 새는 발음이 이빨 틈에서 다시 새어 나오는 불분명한 자음의 속삭임으로 연설자의 바람을 불가능하게 했다.

후에 그는 모인 사람들에게 다음 주에는 어떤 기도를 하고 싶은지, 일어서서 다른 사람들에게 말하라고 했다. 한 사람씩 일어났다. 처음에는 주저하는 듯 했지만, 곧 다른 사람들이 하는 것을 보고 점점 자신감을 가져가는 것 같았다. 모인 사람들은 주로 젊은 여성들이었다. 대부분이 십대 소녀였다. 그곳에 모인 모든 사람들은, 소원한 사이가 원만해지기를, 긴 머리를 하나로 묶은 어린 여자아이의 대학을 위해, 다른 이의 아들이 좋은 학교를 가기 위해, 직업을 위해, 행복한 결혼을 위해, 꿈에 그리는 집을 위해, 누이가 긴 여행에서 안전하게 돌아오기 위해 기도를 해주었다.

그 순간, 교회 안은 무당의 텐트와 구별되지 않았다. 그리스도교가 샤머니즘보다 윤리적 힘에 있어 우세할지라도, 그들의 요구에서는 그 우세함의 증거를 찾아볼 수 없었다. 각각의 청원자들은 자기 운명을 유리하게 변화시켜 줄 신의 주선을 청했다. 신은 달랐을지도 모르지만 무릎을 꿇으러 온 사람들은 같은 욕망을 갖고 있었다. 그들은 좀 더 나은 기회를 갖기를, 나쁜 운명과 불길한 영향을 받는 삶이 정화되기를 원했다. 그들은 어렵고 예측할 수 없는 물질적인 세상에서 영적인 힘의 원조를 구했다. 그리스도교 신의 마법이, 다얀더크 앞에 무당이 모셨던 신의 이름보다 더 강하다는 기대 이외에는 그리스도교 신에게 다가가는 어떤 다른 특별한 이유가 보이지 않는 것 같았다. 더 강하다는 것은 텔레비전과 더불어 누구에게나 확신을 주었다. 텔레비전에 미국은 젖과 꿀이 흐르는 새로운 땅으로써 세계를 주름잡고 있었다. 다얀더크는 스티브 목사의 신과 게임이 되지 않았다. 스티브 목사의 신은 그와 같은 풍요로운 성공을 그의 선택된 국민인 미국인들에게 증명해 보였으니 말이다. 새로운 선교사들의 복음과 그리스도의 메시지에 고무된, 이런 큰 뜻을 품은 사람들의 마음에는 구원과 아메리칸 드림이라는 개념이 복잡하게 휘감겨 있었다.

어느 오후, 나는 영국의 웨스트민스터 사원 같은 몽골의 간단 수도원의 원장인 초이잠프트Choijampts를 방문하러 갔다. 간단 수도원은 숙청을 피해 살아남은 몇 안 되는 수도원 중 하나였다. 수도원은 정부의 엄격한 통제 아래 유령 같은 동료 수련승들과 함께 불교 신념의 살아 있는 박물관으로서 독보적으로 계속 존속할 수 있는 기회를 부여받았었다. 가장 끔찍했던 시기에는 잘 속아 넘어가는 검찰관들을 위해 공산당의 관용이 얼마나 큰지 보여 주는 전시장으로서의 역할을 했다. 물론 수도원에 부상자가 없었던 것은 아니다. 수도원의 승려 대부분은 물론이고, 보그드 칸이 시력이 다시 회복되기를 바라며 1911년에 세웠던 마그지드 잔라이지그Magjid Janraisig라고 알려진 기념동상도 잃었다. 숙청과 동시에 그 동상은 레닌그라드로 실려 가서 무기가 되었다.

새로운 종교의 자유와 함께 간단은 350명의 라마승이 거주하는 사원으로 활기를 되찾았다. 그들의 첫 번째 노력 중 하나는 대중의 헌금과 국제적인 기부금을 가지고 마그지드 동상을 다시 만드는 것이었다. 25미터의 키와 20톤의 무게에 황금과 보석으로 뒤덮인 새 관자재보살(아발로키테스바라)의 구리 동상이 1997년에 그 모습을 드러냈다. 몽골에서의 종교의 부활과 러시아의 지배로부터의 독립으로써 마그지드는 최고의 상징이었다.

위엄 있는 초이잠프트를 에워싸고 있는 사무직 승려들이 나를 잘못 보고 쉽게 들여보내 주었다. 아마도 그들은 나를 다른 사람으로 생각한 것 같았다. 나를 넘기는 그들의 지배구조의 속도에 나는 깜짝 놀랐다. 나를 마치 달라이라마가 보낸 밀사로 오해하는 것 같았다. 문지기는 나를 도어맨에게 데리고 갔고, 그는 나를 약속을 관리하는 사람에게 데리고 갔고, 그는 빈 방들을 한참 지나 초이잠프트의 비서에게 나를 데려다 주었다. 그 비서는 낡은 플라스틱 전화로 간단히 통화를 하더니 나를 자기 개인 조수의 방으로 넘겼다. 잠시 후, 나는 그 위대한 남자의 사무실, 신성한 장소 안에 서 있었다.

초이잠프트는 책상 뒤에서 일어나 내게 악수를 청했다. 그는 귓불이 늘어나 귀가 크고, 눈은 작은데다 살집은 좋았다. 승복을 입은 부처같았다. 그의 사무실은 첨단기기가 있는 깔끔한 서재였다. 텔레비전, 비디오 플레이어, 팩시밀리, 휴대용전화가 멀리 구석에 놓인 불상과 책장 사이에서 눈에 띄었다. 내 의자 앞 긴 커피탁자 위에는 비스킷이 쌓인 접시들이 있었다. 방에는 성스러운 향과 초 그리고 갓 구은 빵 냄새가 기분 좋게 배어 있었다.

그가 만약 다른 사람을 기다리고 있었다 할지라도, 그는 너무도 예의바르기에 그것을 내색하지는 못했을 것이다. 그의 환영인사는 지나치게 따뜻하고 과장되어 있었다. 우리는 말도 안 되는 영어로 대화를 나누었다. 그는 연신 코담배를 피워 댔다. 책상 위에 있는 낡은 필름 깡통에서 계속 코담배를 한 움큼씩 집었다. 거의 한 시가 다 되었다. 대화 내내 이 위대한 남자의 뱃속에서 꼬르륵거리는 소리가 들려왔다.

성직자의 서열에서 티베트의 불교는 유쾌함을 장려하는 듯 했다. 달라이 라마처럼, 초이잠프트는 농담과 발작 같은 키득거림에 중독된 듯 했다. 이런 분위기에서 심각한 토론으로 옮겨가기는 어려웠다. 웃음소리가 연신 터져 나왔다.

나는 챠링 크로스 로드에 있는 '스미스 & 썬 담뱃가게'에서 산 담배를 그에게 전해 주었다. 런던을 떠나기 전 몽골 사람들을 위해 선물로 코담배를 몇 통 샀다. 그곳 판매 보조원이 외몽골의 대승려인 초이잠프트가 단골이라고 말하며, 런던에 올 때마다 담배를 사러 가게에 들렀었다고 했다. 뜻밖에도 초이잠프트는 바로 일 주일 전에 그 가게에서 담배를 무더기로 샀다고 했다.

"챠링 크로스 로드."

그가 손을 들자 어마어마한 배가 출렁출렁 춤을 추며 웃었다.

"스미스 담배. 아주 좋지요."

그가 서랍 속을 뒤져 '코담배와 시가 수입. since 1869' 라는 가게 프린트가 찍힌 작은 상자를 꺼냈다.

"조지 4세 블렌드입니다. 좀 피워 보세요."

그가 계속 말했다.

"말해 주세요. 「마우스 캐처」Mouse-Catcher. 아직도 관객을 사로잡고 있나요?"

"「마우스 트랩」Mouse Trap(아가사 크리스티 원작의 연극.- 옮긴이주)말이지요. 물론이죠. 아직도 있어요."

그가 어깨를 들썩이며 웃었다. 런던 웨스트엔드(영국 뮤지컬의 메카라 할 수 있다.- 옮긴이주)의 시대에 뒤떨어지는 대화에서 빠져나오고 싶어 나는 그들의 땅에 불교를 다시 도입하려 애쓰고 있는 몽골 라마승들의 라이벌, 기독교 선교사들에 대해 물었다.

"대부분 전통 기독교인이 아닙니다."

그가 갑작스레 심각해졌다. 내 기분이 상하지 않길 바라며 나를 조심스레 바라보았다. 그가 어깨를 으쓱했다.

"미국인들은, 정확히 캔터베리 동료들의 가톨릭 대주교는 아니죠."

짓궂은 미소가 그의 입가에 머물렀다.

"그래도 농구는 확실히 잘하죠."

그 말을 하고서 그는 다시 한 번 웃음을 터뜨렸다.

"맞아요, 맞아, 아주 잘해. 항상 덩크슛을 하지."

최근 많은 미국 선교사들이 복음을 전하기 위해 키 큰 운동선수들을 파견했다. 그들은 농구장을 세우고 도시의 어린 몽골 사람들에게 미국 문화를 심으며 성스러운 코치, 예수에 대해 말하며 시간의 반을 보냈다. 그가 키득거리며 웃었다.

"우리 불쌍한 불신자들은 키가 너무 작아."

나는 몽골 불교만의 특징이 무엇인지 물어 보았다.

"오!"

그가 또 키득거렸다.

"우리는 다르죠. 우리는 몽골 사람이니까."

그는 나를 향해 책상 앞으로 몸을 기울이며, 머리를 절레절레 흔들었다.

"나는 아이가 여섯 있어요. 이게 바로 큰 차이지."

그가 무릎을 내쪽으로 내미는 시늉을 했다. 아마 자신의 성기를 가리키려는 듯 했다.

"하느님의 모든 계획은, 남자를 위해서."

어마어마한 배의 웃음이 또다시 터져 나왔다.

"우리는 달에게 우리의 엉덩이를 보여 주고 있어요."

그가 큰 소리로 말했다. 당연히 성교라고 생각하고 있었는데 그가 곧 완곡한 팬터마임을 시작했다. 그가 바지를 내리고 자신의 엉덩이를 두드리더니 달을 향해 위로 치켜세웠던 것이다. 그리고 책상을 손바닥으로 두드리고 머리를 뒤로 젖혔다. 포복절도를 하며 그가 같은 동작을 몇 번이나 반복했다. 언어의 완벽한 소통이 불가능하기에 과장된 바디 랭

귀지로 보여 주는 것 같았다.

"오, 우리는 이걸 좋아하죠."

그가 껄껄대며 웃는 소리 중간 중간에 한숨을 쉬며 외쳤다.

"달에게 우리 엉덩이를 보여 주는 것 말이오."

그러고 나서 마치 스위치가 나간 것처럼 갑작스레 웃음소리가 멈추어졌다. 갑작스레 그가 심각하게 말했다.

"그게 차이지요."

그의 비서가 점심시간이라고 알려 주어서 우리의 만남은 짧게 끝났다.

"런던에서 다시 만나야지요."

그가 문에서 나를 바라보며 소리 없이 웃었다.

"우리는 『마우스 케처』를 보러 갈 겁니다. 아주 좋죠. 영국 사람들은 '범인 잡는 이야기' 를 너무 많이 좋아해요. 살인과 파괴행위."

그가 문가에 멈춰 섰다.

"또 다른 것도 있어요. 내 친한 친구가 말해 주었는데, 뭐였더라."

그의 이마가 어두워졌다.

"오, 그래!"

그의 얼굴이 밝아졌다.

"노 섹스 플리즈No Sex Please. 우리는 영국 사람이에요."

그러고 나서, 또 다시 엄청난 웃음이 방안을 가득 메웠다.

15장

칭기즈 칸을 찾아서

헨티 산맥에는 숲 가득 가을이 불꽃처럼 타오르고 있었다. 낙엽은 타는 듯 커다란 불길로 산기슭을 휩쓸고, 햇빛은 노란 초원을 할퀴고 지나갔다. 길을 따라 버드나무들이 울긋불긋 물들어 있었다. 겨울은 이제 너무 가까이 있었다. 마치 어둠의 덮개에 숨어 있는 사냥꾼처럼 매일 밤 이곳을 침입해 왔다. 아침마다 통 속의 우유가 얼었다. 강에서 세수를 하려면 얇게 낀 살얼음을 깨야 했다.

한번은 한밤중에 깨어 밖으로 기어 나온 적이 있었다. 차가운 달빛 아래 빛이 엳어져, 흑백사진과 같은 흐릿한 세상만이 남아 있었다. 서리가 내린 목초지에는 말들이 동상처럼 서 있었다. 말의 숨결이 기다란 솜털처럼 콧구멍에서 퍼져 나왔다.

우리는 아무도 살지 않는 땅을 말을 타고 달렸다. 엿새 동안 아무도 보지 못했다. 수사슴들은 숲속에서 울음소리를 내고, 사슴 한 마리가 마치 유령처럼 숲속을 질주하고 있었다. 매일 아침마다 우리는 늑대 발자국을 발견했는데, 생긴 지 얼마 안 된 그것은 풀밭을 가로지르며 나 있었다.

둘 째 날, 푸른 스카프와 사슴뿔이 나풀거리는 오보가 있는 나지막한 산길에서 우리는 처음으로 커다란 산을 보았다. 그것이 바로 부르한 할

둔 산이었다. 정상은 눈으로 덮여 있었다.

우리는 말에서 내려 오보 주위를 돌았다. 그리고는 바람을 등지고 서서, 울긋불긋한 단풍 숲 너머로 솟아 있는 그 산을 바라보았다.

"오! 위대한 산, 부르한 할둔이여!"

우리 기수인 제브지가 암송을 했다.

"저는 매일 제물을 바치며 당신께 경의를 표하겠나이다. 매일 당신을 숭배하겠나이다. 내 아이들의 아이들도 항상 기억하리다."

『몽골비사』에 의할 것 같으면, 그것은 칭기즈 칸의 발언이었다.

힘센 무당의 혼령의 고향으로써, 부르한 할둔 산은 몽골의 '에덴동산' 즉, 순결한 근원의 풍경이다. 『몽골비사』에는 푸른 늑대와 엷은 황갈색의 사슴이 바다를 건너 이곳에 왔다는 이야기가 나와 있다. 둘 사이의 아이가 바타카시칸Batacaciqan이라는 인간이었다. 그가 첫 번째 몽골인으로, 오논Onon 강의 수원水源에서 태어났다고 한다.

우리는 다시 말에 올라 고개 끝을 넘어, 기다란 가을 계곡 쪽으로 방향을 틀었다. 낙엽송들이 혀 같은 불꽃을 날름거리고 있었다. 산꼭대기가 보이기 시작했다. 하얀 정상이 기둥 모양으로 햇볕을 내리쬐는 하늘과 구름으로 뒤엉켜 있었다.

1886년, 베이징의 기록 보관소에서 일하고 있던 러시아 학자가 『몽골비사』를 발견함으로써 유목민이 신선한 야채와 마찬가지로 문헌을 몹시 싫어한다는 생각에 젖어 있던 학계를 발칵 뒤집어 놓았다. 1228년 아니면 1240년, 쥐띠 해에 쓴 이 책에는 몽골인들의 기원起源, 칭기즈 칸 가계家系의 계보, 칭기즈 칸의 초창기 힘겨운 생애, 제국의 지도자로서 최후의 승리에 이르기까지 기록되어 있다. 이 책의 제목에 나타난 '비밀' 은 아마도 이 책이 황제의 혈통을 가진 사람들만 읽을 수 있다는 사실을 말하는 것 같다. 앞부분은 분명 신화적인 이야기이다. 반면 뒷부분의 가치는 역사적 자료로서 논쟁의 여지가 있다. 이 책을 영어로 번역한 아더 웨일리Arthur Waley(중국과 일본의 고전 연구에 통달했던 영국인 동양학자.- 옮긴이주)는 그것을 '거짓된 역사소설' 이라고 불렀다. 대부분의 학자들은 이 책에 나타난 칭기즈 칸의 중요한 일대기를 꽤 정확한 것으로 받아들인 반면, 아름답게 꾸민 영웅적 행위는 전설적인 것들로 평가절하했다.

한 때 세상의 대부분을 지배했던 남자로서, 칭기즈 칸에 관해 알려져 있는 것은 터무니없이 부족하다. 당대에 초상화 하나 제작되지 않았다. 비록 칭기즈 칸이 죽은 지 1세대가 지난 후, 중국의 왕실화가가 그린 초상화가 하나 있긴 하지만 말이다. 그 초상화는 실크로 된 예복에 가느다란 턱수염을 기른 중국 황제의 이상적인 스타일로 몽골 지도자를 그려놓았다. 이 초상화는 장개석과 함께 후퇴하던 국민군이 타이완으로 가져가기 전까지 몇 세기동안 베이징의 자금성에 걸려 있었다.

13세기의 페르시아 역사가는 칭기즈 칸을 고양이 눈에 하얀 턱수염을 기른 키가 크고, 정력적인 건장한 사람으로 묘사했다.

'몇몇 악마들이 그의 친구였다' 고 그 역사가가 덧붙였는데, 이 말은 자신이 설명한 내용의 진실성을 훼손하는 말이었다.

『몽골비사』에 따를 것 같으면, 칭기즈 칸은 1150년대 아니면 1160년대의 어느 해에 오논 강과 발지Balj 강이 만나는 다달 근처에서 태어났다. 그의 이름은 테무진Temuchin이었다. 칭기즈 칸은 '세상의 지배자' 라는 뜻으로 나중에 붙여진 이름이었다. 아버지는 부족장이었는데, 테무진이 9살 되던 해에 독살 당했다. 그의 가족은 부족들에게 버림받고 적들에게 쫓기며, 도망자처럼 부르한 할둔 지역에서 살았다. 시간이 흐르며 카리스마 넘치는 신비한 분위기가 추방된 젊은 족장 주위에 번져 나갔다. 그가 계속적인 대담한 습격으로 경쟁 씨족들을 물리치기 시작함으로써 그를 따르는 추종자들도 점점 늘어났다. 몇 십 년 동안, 부족간의 서로 죽고 죽이는 싸움이 계속되었지만, 결국 테무진이 뿔뿔이 갈라져 있던 몽골 씨족들을 그 자신의 깃발 아래로 끌어 모았다. 수 세대 만에 처음으로 몽골인들은 뛰어난 한 명의 지도자 아래 통일을 이루었다. 그가 이제 39살의 나이에 스스로를 칭기즈 칸이라고 선포하게 되었다. 『몽골비사』의 저자들에게 이것이야말로 위대한 그의 업적이었다. 몽골을 정복한 이후, 세계정복은 그 중요성이 약해졌다.

몽골 국경을 넘으면 칭기즈 칸에 대한 평가는 곤두박질치는 경향이 있다. 서구의 역사적 전통에 있어 그를 '악마' 로 보는 시각은 20세기에 우리가 히틀러를 바라보는 것에 비할 바가 아니었다. 브람 스토커Bram Stoker가 드라큘라와 어울리는 혈통을 찾았을 때, 칭기즈 칸은 아주 자연스런 선택이었다. 하지만 몽골 사람들에게 칭기즈 칸은 존경과 숭배의 대상이다. 칭기즈 칸의 지도력 하에서의 그 짧았지만 화려한 순간에 몽골인들은 세계를 지배했다. 대부분 외부인들의 후원에 의존해 왔던 쇠약한 민족에게 칭기즈 칸은 민족적 박력과 자존심에 대한 독보적인 역사적 근거가 되었다.

라마승과 지식인들과 마찬가지로, 칭기즈 칸은 마르크스주의 정통성과 충돌했다. 스탈린은 위대한 몽골 지도자의 지옥 같은 일대기를 주문했고, 공식적인 방침은 그가 봉건적, 반동적 인물이라는 것이었다. 몽골에서의 70년에 걸친 공산주의 지배기간 동안 위대한 민족적 영웅은 '존재하지 않는 인물' 로 간주되었다.

1962년, 민족주의의 예상치 못한 폭발로 인해, 칭기즈 칸 탄생 800주

년 기념에 기초해 그를 복원시키려는 짧은 시도가 있었다. 기념우표가 발행되고, 석비가 그의 출생지 다달에 세워졌다. 정치국의 일원이며, 몽골-소련 친선협회의 대표인 토모오치르Tomor-ochir에 의해 칭기즈 칸의 베일을 벗기려는 시도가 있었다. 불행하게도 몽골인들은 크렘린의 자유화 바람을 잘못 읽었다. 헝가리 폭동에 대한 기억이 여전히 마음속에 생생한 가운데, 흐루시초프는 이런 수정주의가 더 이상 확산되기 전에 진압하기로 했다. 기념우표는 서둘러 수거되었다. 토모오치르는 〈프라우다〉의 공격을 받고, 정치국에서 축출되어 당에서도 쫓겨났다. 또한 칭기즈 칸 기념 축하에 관련된 기타 소수 관료들도 체포되었다. 칭기즈 칸에 대한 추앙의 부흥은 결국 유산流産되었다.

구체제가 붕괴되고 나서야 칭기즈 칸이 마침내 벽장 밖으로 나오게 되었다. 현대의 몽골에서 칭기즈 칸은 이제 어디에나 존재한다. 그는 왕족과 최신 팝스타 사이의 교차점이다. 추앙받는 인물로서 그의 이미지는, 적어도 이미지에 대한 중국식 변형은, 은행 지폐에서부터 우표에 이르기까지, 티셔츠에서 가장 대중적인 보드카 브랜드에 이르기까지 도처에 있다. 중세의 인물이 아직도 가장 중세적인 사회에서 민족적 아이콘이 되었다는 것은 기묘하게 어울린다.

1990년 이후, 칭기즈 칸 학회가 울란바토르에서 결성되었다. 목적은 부르한 할둔 산 근처에 있다고 알려진 칭기즈 칸의 무덤을 찾는 탐사를 지원할 뿐만 아니라, 그를 기념할 기념비와 왕궁, 박물관을 세우는 것이었다. 외국으로부터의 지원도 모색했다. 몽골인들은 순진하게도 나머지 세상 사람들도 칭기즈 칸을 자신들과 똑같이 높이 평가하고 있으리라고 믿었다. 지원을 부탁하는 편지들이 영국 여왕을 비롯한 세계 지도자들에게 보내졌다. 기부를 많이 하면 학회의 대의회에 금박으로 새겨진 의석을 내줄 것을 약속했다. 애석하게도 돈 한 푼 오지 않았고, 세상 사람들은 칭기즈 칸의 명예자문위원으로서의 엘리자베스 2세를 볼 기회를 잃었다.

칭기즈 칸에게 부르한 할둔은 살아 있을 때뿐만 아니라 죽어서도 안식처였다. 1227년에 그곳은 유일한 그의 영구적인 거주지가 되었는데, 그 때 그의 시체가 헨티로 돌아와 성산 근처 어딘가에 묻혔다. 그의 장례식에 관한 얼마 안 되는 자료들은 철저히 비밀에 부쳐졌다. 정성들인 의식이 행해졌던 것 같다. 보석으로 장식한 사십 명의 시녀들과 멋진 말들이 무덤에 묻혀 내세로 그와 함께 갔다. 애석하게도 그의 무덤을 발굴하려는 탐사는 (대부분이 일본인들에 의해 조직되었는데) 지금껏 아무런 성과도 거두지 못했다. 칭기즈 칸의 무덤은 오랫동안 고고학적인 미스터리 중 하나로 남아 있다.

우리는 산기슭 노란색 나무들의 작은 숲에서 캠프를 준비했다. 나는 캠프 아래로 흐르는 강물에서 앞쪽을 바라보며, 폴 몰에서 사온 울리 버거로 열목어 몇 마리를 유인해 보려고 했다. 그 때, 기수인 제브지가 정상을 향해 출발해야 한다고 말했다. 때는 한낮이었다. 나는 다음날 아침까지 기다렸다가, 하루 종일 산에 오르리라 생각하고 있었다. 하지만 제브지는 산에 오를 만한 시간이 충분히 있다고 우겨댔다. 만다에게 캠프를 지키라고 하고, 우리는 말을 타고 출발했다.

오르막길에서는 햇살이 이끼 낀 나무줄기 사이에서 빛을 잃을 정도로 소나무가 빽빽이 자리 잡고 있었다. 어둠 속에서 우리는 장엄한 오보를 발견했는데, 그것은 돌이 아닌 나뭇가지들이 서로 뒤엉킨 커다란 피라미드 모양으로 만들어진 것이었다. 다 해진 헝겊조각들이 말라 버린 나뭇가지를 장식하고 있었다. 나무들 사이의 좁은 공간에서, 오보는 지나치게 커 보였다. 마치 믿음이 이 광활한 숲에서 변덕스럽고 주체할 수 없을 성장을 재촉한 듯 했다. 둥근 돌로 된 제단 위에는 탄약통, 동전, 말뼈 등 다른 곳과 같은 골동품들이 자리 잡고 있었다. 한 옆으로 놓인 커다란 철 가마솥에는 말라빠진 말똥이 가득 차 있었다.

제브지와 나는 우리 말 꼬리털을 뽑아서 오보에 묶은 후, 다시 말에 올라 길을 떠났다. 경사진 땅에서 말들은 허둥지둥 비틀거리면서 위로 나아갔다. 말들이 걸어가며 캐낸 돌들이 저 아래 나무들 사이로 데굴데굴 굴러 떨어졌다. 마치 조약돌이 깊은 우물 속으로 떨어지는 듯 했다. 우리는 희미한 흔적을 따라갔는데, 그 흔적은 거무스름한 나무줄기와 쓰러져 있는 나무 그리고 촘촘한 덤불 사이에서 깎아지른 듯 구불구불 이어져 있었다. 말들은 숨을 고르기 위해 자주 멈추어야 했으며, 침을 질질 흘리고 다리를 떨었다. 나는 아까부터 걸어서 올라가고 싶었다. 하지만 다른 모든 몽골 사람들처럼 제브지도 말에서 내리는 걸 싫어했다. 몽골 말들은 험난한 지형에 잘 적응했다. 그들의 탄탄한 발걸음은 야생 염소의 걸음조차 서툴게 보이게 할 정도였다.

하지만 솔직히 경사는 너무 가팔랐다. 우리는 할 수 없이 말에서 내려 위로 기어 올라갔다. 여러 번, 손과 무릎으로 나무들 사이를 지레삼아 올라갔다. 반면 우리의 말들은 우리 뒤 뾰족한 나뭇가지 사이에서 버둥거렸다. 나는 제브지를 불러 말들을 이곳에 묶어 놓고 우리끼리 올라가자고 제안했지만, 그는 말도 안 된다는 듯 들은 척도 않고, 자신의 말을 자기 뒤, 덤불의 좁은 통로 사이로 끌어당겼다.

마침내 우리는 산마루의 수목한계선 위로 올라갔다. 바람에 날려 움푹 파인 땅 속에 눈이 쌓여 있었다. 약 30분 정도 눈 속에서 버둥대다 우리는 산마루터기 용마루에 도달했다. 바람이 바위를 벌거벗기고 있었다. 나는 산마루터기 너머 아래를 내려다보았다. 300미터 아래, 산의 호수가 노란색 나무들을 비추며 반짝였다. 제브지는 하늘을 배경삼아 말을 끌고 가는 중세 사람처럼, 숲에서 꺾은 나무 막대기를 들고 앞으로 올라가고 있었다.

정상에서 우리는 새로운 바람과 마주쳤다. 북쪽에는, 산들이 진주빛 파란 하늘을 어깨에 메고 있었다. 등 뒤에는 태양이 낮은 언덕 너머로 기울고 있었다. 정상을 가로질러, 마을의 광장보다 크지 않은 평평한 곳, 휑뎅그렁한 바위 위에 조그마한 돌 오보 여러 개가 흩어져 있었다. 점점 어두워지는 햇빛 속에서, 그것들은 마치 길게 드리워진 묘비 같았다.

한쪽 구석에 오보 하나가 또 있었는데, 다른 것들보다 훨씬 큰 3미터 높이의 조잡한 돌멩이 피라미드 모양이었다. 그것이 바로 칭기즈 칸의 옥좌로 알려진 것으로 전설에 의할 것 같으면, 젊었을 때 이곳에 와서 위대한 산에 경의를 표하고, 자신의 땅을 둘러보았다고 한다. 우리가 왜 말을 뒤에 남겨 놓고 오지 않았는지 그 이유를 비로소 깨달았다. 몽골인에게 그처럼 신성한 장소에 부랑자처럼 말을 두고 온다는 것은 위엄 있는 행동이 아니었다. 말과 함께, 제브지와 나는 엄숙하게 제단을 세 바퀴 돌았다. 중국차 뭉치, 지프에서 떼어낸 판스프링, 누군가의 부츠, 등자 같은 제물 중에는 기다랗고 눈이 쑥 들어간 말의 두개골도 있었는데, 그것은 쌓아올린 돌들 사이에서 마치 영혼의 마스크처럼 놓여 있었다.

오보를 돌고 나서 우리는 오보의 그늘에 자리 잡고 앉아 관례대로 보드카를 마셨다. 제브지는 신나게 손을 비비며 몽골 전통에 대한 나의 존중을 기뻐했다. 비록 내가 그렇게 작은 술병을 선택한 것에 대하여 약간의 실망이 있기는 했지만 말이다. 나는 술을 그릇에 담아 그에게 건네주었다. 그는 술 한 모금은 하늘에, 그리고 또 한모금은 오보에 끼얹고, 그리고 나머지를 마셨다. 그러고 나서 술잔을 내게 건네주며 내게도 똑같이 하게 했다.

"늦었는데."

내가 제브지에게 말했다.

그는 눈물이 글썽글썽한 눈으로 나를 쳐다보았다. 제브지는 내 가이드들 중에서 정말 특이한 사람이었다. 나는 그를 좋아하지 않았다. 그는 얼굴이 납작했는데, 레이더가 고장 난 박쥐같았다. 그는 종잡을 수가 없고, 겉과 속이 다르고 과장되게 불평불만을 터트렸다.

"늦었어요."

나는 미숙한 몽골어로 이렇게 되풀이 했다.

"등반이 오래 걸렸어요. 해가 지고 있어요. 내려가면 어두워 질 텐데."

하지만 제브지는 나를 멍하니 바라보기만 했다. 그리고는 칭기즈 칸 한 사발을 또 마셨다.

그 남자는 얼간이였다. 그가 나를 데리고 이처럼 늦은 시간에 산에 올라오게 한 내 자신을 저주했다. 나는 잠깐 그를 절벽 아래로 밀어뜨려 죽여 버릴까 생각했다. 하지만 이처럼 신성한 장소에서, 그런 부정행위야말로 진짜 경솔한 짓이라는 결론을 내렸다. 나는 그 대신 칭기즈 칸 한잔을 들이켰다.

우리는 평평한 바위를 우러러보며, 등을 오보에 기대고 앉았다. 몽골이 우리 발밑에 펼쳐져 있었다. 산맥이 지평선 사이를 질주하고, 모루모양의 산맥 정상들은 적갈색 그림자의 협곡으로 나뉘어져 있었다.

산맥 너머에는 시베리아가 있었다. 이 넓디넓은 풍경 속에서 어떤 빛줄기도 늘어난 황혼을 뚫고 나가지 못했다. 들려오는 소리라고는 우리 주변에 모여 있는 정상의 작은 돌무더기 사이에서 나지막이 울부짖는 바람소리뿐이었다. 돌무더기들은 이처럼 외진 곳에서 자신들의 마음속 바람을 기억하며 그것을 이루기 위해 순례자들이 쌓아올린 개인적인 오보들이었다. 우울한 시든 장밋빛에 둘러싸인 오보들은 볼품없이 여기저기 모여 있었다. 그것은 지쳐 버린 희망의 무덤을 표시하는 잃어버린 기억의 무리였다.

제브지는 칭기즈 칸을 다 마시고나서 자리에서 일어났다. 나는 정상의 서쪽 마루터기 쪽으로 가서, 지는 태양을 바라보며 내 자신의 조그마한 돌무더기를 쌓았다. 그러고 나서 하산을 시작했다.

황혼 속에서 우리는 가파른 설원雪原을 가로질러 내려가기로 했다. 우리가 나무들이 자라고 있는 곳에 도착했을 때는 이미 날이 어두워져 있었다. 속에서 보드카가 울렁거렸다. 그 후 세 시간은 악몽이었다. 어둠 속에서 숲은 완전 미로였다. 우리는 꽉 막힌 덤불 속으로 잘못 들어갔다. 어둠 속에서, 땅이 갑자기 뚝 끊어진 것을 보았다. 어쩔 수 없이 뒤돌아 다른 길을 찾아야만 했다. 어떤 곳에서는 덤불이 너무 빽빽해 말을 돌릴 수조차 없었다. 그래서 우리는 말을 재촉해, 잘라 낸 나뭇가지사이로 뒷걸음질 치게 했다.

계속해서 우리는 보이지 않는 장애물과 마주쳤다. 바위 파편과 관목 사이에서 아래쪽으로 미끄러졌다. 말들이 우리 뒤에서 울부짖었다. 마침내 또 다른 보이지 않는 장애물이 우리의 추락을 막았다. 방향을 잃은 지 한참 되었다. 내려가고 있다는 것만 알았지 캠프로 향하고 있는지, 아니면 다른 계곡을 향해 산을 헤매고 있는지 알 도리가 없었다.

어둠 속에서는 세상이 눈에 보이지 않는 위험으로 가득 찼다. 이런 상황에서 대부분의 말들은 겁에 질려 있기에 도저히 통제할 수가 없다. 하지만 이런 엉망진창인 하산 내내, 우리의 말은 조금도 흐트러짐이 없었다. 나는 이때만큼 몽골 말에 감탄한 적이 없었다. 그 어떤 것도 그들을 겁에 질리게 할 수 없는 듯 했다.

하지만 제브지도 이 말들처럼 행동했노라고 말할 수는 없었다. 어두운 숲은 절망에 대한 마지막 방어선을 그에게서 빼앗아 갔다. 그는 신음소리를 내며 흐느껴 울었다. 둥근 돌 사이에 앉아 통곡을 했다. 문득 그가 자신의 델 깊숙이에 있던 성냥갑을 찾아내어, 이리저리 살펴보기 시작하더니, 나무들 사이에서 그의 길을 비추었다. 마치 리프트를 찾는 듯 했다. 하지만 성냥은 오래가지 못했다. 우리는 이내 또다시 어둠 속에 빠졌다.

마침내 나는 오른쪽 나무들 사이 저 너머로 모닥불을 보았다. 그러나 우리가 계곡으로 내려왔을 때 모닥불은 보이지 않았다. 하지만 나는 별을 보고 방향을 잡아, 그곳을 향해 미련스레 내려갔다. 한 시간 후, 여기저기 베이고 멍들고, 기진맥진해진 채, 비틀거리며 숲에서 공터로 빠져나왔다. 그곳에서는 만다가 모닥불에 차를 끓이고 있었다.

"왜 이리 오래 걸렸어요?"

만다가 물었다.

그 후 삼 일 동안, 우리는 빽빽한 숲속을 지나 동쪽으로 발걸음을 옮겼다. 우리를 헨티 산맥으로 몰고 왔던 그 멋진 바람은 사그라졌다. 이제 우리는 늪이 가득한 지루하게도 긴 계곡들 속에서 제자리걸음을 하는 것만 같았다. 하루하루가 지루하게 흘러갔다. 숲은 변함이 없었다. 부드러운 땅에 싫증난 말들은 움직임이 둔해졌다. 무겁게 내려앉은 잿빛 하늘 아래, 심홍색 낙엽은 적갈색으로 변하고, 축축한 캠프에는 햇빛도 들지 않았다. 이 황무지의 밀폐공포증이 지배하는 곳에서, 끝없는 나무들 사이에서, 나는 드넓은 대초원의 투명함이 그리웠다.

삼일 째 되는 날, 우리는 드디어 좀 더 널찍한 세계로 들어가기 시작했다. 우리가 오논 강의 한 지류에 도착하자 계곡이 넓어지고, 가파른 언덕에는 나무들이 빼곡했다. 짙은 소나무들은 자작나무들이 서 있는 널찍한 장소로 바뀌고, 자작나무의 하얀 줄기가 나무껍질을 벗고, 나뭇잎은 새로이 비추는 태양 속에서 어른거리고 있었다. 목초지가 바람에 날리고 하늘에 닿을 듯한 나무들 사이를 향해 열려 있었다. 말들은 바뀐 풍경의 분위기에 빠져 속도를 냈다.

사일 째 되는 날 아침, 적갈색 목초지의 계곡에서 우리는 말떼를 보았다. 그리고 한 시간 후, 이리저리 움직이는 양떼 사이에서 게르 한 채가 세워지고 있는 것을 보았다. 일주일 만에 처음으로 만나는 거주지였다. 우리는 전속력으로 박차를 가했다. 햇살이 우리 앞을 달려갔다. 목초지를 가로질러 날카로운 휘파람을 부는 듯한 바람이 불어왔고, 강을 따라서 있는 나무들은 노란 단풍잎을 구름처럼 쏟아 냈다. 우리는 넓은 언덕 아래를 지나 반대편 쪽으로 전속력을 다해 내려갔다. 광활한 초원과 야생화, 그리고 바람이 이는 평원 속으로 무법자들처럼 소리를 질러 대며 나아갔다. 세상은 다시 젊어진 듯 했다. 세 달 전, 나마진에서의 첫 번째 아침처럼….

이런 기분으로 우리는 바트시리트Batshireet를 향해 전속력으로 달렸다. 이것이야말로 진정 게리쿠퍼의 순간이었다. 보안관의 등장으로 약간 줄어들긴 했지만 말이다. 그 곳에 도착한 지 30분 만에 나는 체포되었다.

그렇게 시베리아와 비슷한 마을에서 어쩌면 투옥은 예상된 것인지도 몰랐다. 그곳 사람들은 부랴트족Buryat Mongols이었다. 그들 대부분이 국경 너머 러시아에 살고 있다. 여자들은 머리에 스카프를 두르고, 남자들은 배불뚝이에 가죽재킷을 주로 입었다. 러시아의 영향과 이곳의 풍족한 나무가 주택이라는 개념에 중요한 영향을 미쳤다. 마을은 방 하나짜리 오두막집으로 이루어져 있었다. 1905년경에 미국 평원에서 자취를 감춘 그런 종류의 집이었다. 바트시리트는 서부 개척시대의 첫 번째 돌풍이 막 도착한 와이오밍 주의 캐스퍼Casper를 빼닮았다. 마차 대열과 소나무 판자로 만들어진 집, 말을 매는 말뚝, 코담배를 좋아하는 남자들이 여기저기 쉽게 눈에 띄었다. 허물어져 가는 나무 오두막집들은 그 황폐함이 오히려 매력적으로 보였고, 특히 눈부시게 아름다운 나무들과 어울려 한 폭의 그림 같았다.

호텔은 나지막한 건물에, 조각된 러시아 창문이 달리고, 문은 내려앉았다. 그리고 불룩한 난로가 있었다. 나는 불쏘시개로 난로를 뒤적이고 있었다. 그 때 문을 두드리는 소리가 났다.

경찰관은 눈빛이 우울해 보였다. 그는 애매모호하게 분장을 했는데, 목동처럼 델을 입고 펄럭이는 골프 모자를 쓰고 있었다. 무언가 음모가 있는 듯 속삭이는 목소리로 그는 내게 바로 옆에 있는 마을회관의 읍장에게 함께 가자고 했다. 공식적인 그의 지위를 제대로 몰라, 나는 좀 퉁명스럽게 이렇게 대답했다. 난로를 손보고, 떠나가는 기수에게 임금을 지불하고, 몸을 씻고 난 후, 차 한 잔 마시고 가겠노라고.

비밀경찰은 문 앞에서 입술을 깨물며 어색하게 서 있었다.

"알아야 될 게 있어요. 당신은 체포됐어요."

그가 속삭였다.

수세기에 걸친 몽골인들의 무뚝뚝한 매너가 크게 향상된 것을 감상할 기회를 갖게 된 것은 이번이 처음이 아니었다. 7백 50년 전에 그들은 무례한 매너로 약탈과 강탈을 일삼았다. 하지만 오늘날에는 범죄자를 체포할 때조차도 정중한 매너와 조심스러운 목소리로 이야기한다.

제브지는 자신이 받은 수표가 부도가 나서 되돌아온 사실을 이제 막 알게 된 사람처럼 내가 가는 모습을 바라보았다. 경찰관은 나를 조사하기 위해 옆에 있는 마을회관으로 데리고 가면서 자비롭게도 수갑, 머리 위의 덮개로 나를 괴롭히지는 않았다. 위층 읍장 사무실에서, 우리는 음침한 법정 앞에 앉았다. 바트시리트는 꽤 낮은 범죄율을 기록하고 있었고 체포된 죄수가 없었기에, 체포되자마자 나는 곧바로 재판절차를 밟은 듯 했다.

아시아의 사법체계에 있어 가장 좋은 전통은 재판관과 검찰관이 동일인물이라는 점이다. 읍장은 신중한 얼굴에 완고해 보이는 젊은이로, 분명 사회민주당의 강경파임에 틀림이 없었다. 뉘른베르크 전범재판소가 덜 무서워 보일 정도였다. 그의 한쪽에는 나를 체포한 경관이 시무룩한 표정으로 앉아 있고, 다른 한쪽에는 상냥한 경관임에 틀림없어 보이는 제3의 인물이 앉아 있었다. 제3의 인물은 거의 말이 없었다. 하지만 가끔 미소를 지었다.

법정은 처음부터 내 범죄의 본질을 드러냄으로써 즐거움을 망치기를 원치 않았다. 대신 그들은 우리 여행에 대해 내게 엄격하게 따져 물었다. 얼마동안 여행했는지, 어떤 루트를 따라 왔는지, 어떤 지역들을 통과해 왔는지. 하지만 나는 그들의 질문이 어디로 향할지 알고 있었다. 부르한 할둔은 제한구역이기에, 그곳을 여행하려면 허가증이 필요하다. 하지만 실제로 거의 아무도 이 허가증에 신경을 쓰지 않는다. 허가증을 얻는 과정은 애매하고 시간도 많이 걸린다. 사람들은 사람이 살지 않는 수 만 마일에 이르는 황야에서 관리를 만날 것 같지 않다는 것을 잘 알기에 이 규칙을 무시한다. 설혹 관리를 만나더라도, 관리는 반가운 만남을 허가증에 관한 질문으로 망치길 원하지 않을 터였다. 하지만 내 경우는 달랐다. 나는 바트시리트에 도착했고, 읍장의 저축계좌에 곧바로 들어갈 벌금을 감당할 수 있는 외국인이었다.

나는 내 범죄행위에 다다르기 전에 선수를 치기로 결심했다. 우리의 루트에 대한 그의 질문을 살짝 비껴가며 나는 이 지역의 놀라운 자연에 감격해 했다. 나는 작가이고, 런던에 돌아가 몽골에 관한 책을 준비할 예정인데, 그 책에서는 바트시리트가 자세하게 다루어질 것이라고 말했다. 유럽 사람들이 이 책을 읽으면, 바트시리트는 그들의 장래 휴가 계획의 일부가 될 것이 틀림없을 것이라고 했다.

읍장의 질문 태도가 흔들렸다. 그는 자기 앞에 놓인 종이에 몇 자 끼적거리고는, 비밀경찰에게 귓속말로 뭐라고 이야기했다. 마침내 그가 목청을 가다듬었다.

그는 내가 바트시리트를 방문해주어서 기쁘다고 말했다. 그러면서, 이곳에서 오늘 나를 공식적으로 환영하겠노라고 했다. 그는 내가 이곳에 즐겁게 머물기를 바랐다. 찬사를 보내며, 아침에 잡은 양고기를 호텔에 보내겠노라고 했다. 그의 도움이 필요하면 뭐든지 그에게 부탁하면 되었다. 제대로 된 허가증이 없는 여행자에 대한 보증은 그의 머릿속에서 완전히 사라졌다.

즉시 바트시리트 전체가 다가올 관광객들한테 사로잡혔다. 몇 년 동안 문을 굳게 닫고 있던 조그마한 박물관이 문을 열고, 나의 시찰을 위해 깨끗이 청소되었다. 읍장은 내 여행을 친히 관리했다. 우리는 최초의 의사, 최초의 교사, 최초의 여성 우체국장의 인물사진들을 살펴보았다. 우리는 박제한 동물들을 보고, 공산주의 시기 동안의 늘어난 가축들의 숫자를 보여 주는 차트를 조사했다. 그 차트는 1990년에 갑자기 멎어 있었다. 읍장은 늘어난 숫자가 사회민주당 집권 기간 동안에도 계속되었음을 설명하려고 애썼다. 단지 펠트 펜을 확보해 최신의 차트를 유지하기가 어렵기 때문이라고 했다.

호텔 관리인은 관광객들로 매우 흥분한 상태에 있었다. 비록 휴가지로서의 바트시리트의 미래가 호텔 화장실 상태로 인해 위협받을지도 모른다고 걱정하고 있었지만 말이다. 화장실은 깊은 구덩이 위에 불안정하게 자리 잡고 있는 한 쌍의 흔들거리는 옥외변소였다. 그녀가 고백하기를, 화장실을 지탱하고 있는 목재들은 낡고, 소변으로 부식되어 약해졌노라고 했다. 몽골인들에게는 지금껏 수년 동안 안전했노라고 했다. 하지만 관광객들은 몽골인보다 훨씬 몸집이 큰 사람들임을 그녀는 알고 있었다. 그녀는 언젠가 한 번 울란바토르에서 관광객들을 본 경험이 있었다. 언니를 만나러 울란바토르에 갔을 때였다. 관광객들의 몸집만 그녀 눈에 들어왔다. 그녀가 평가하기를, 그들 중 몇몇은 몽골 사람 두 명을 합친 것보다 더 무거울 게 틀림없다고 했다. 그녀의 두려움은 그 큰 관광객들 중 하나가 옥외변소의 오물 가득한 구덩이 속으로 쑤셔 박힐지도 모른다는 것이었다.

나는 읍장을 놀리는 데 어느 정도 짓궂은 기쁨을 만끽하고 있었다. 하지만 호텔 관리인은 좋은 여자였고, 그녀의 흥분과 걱정은 나를 비열한 놈처럼 느끼게 했다. 나는 그녀에게 첫 번째 관광객이 실제로 예약하기 전까지는 기초 보강공사를 하는 데 돈을 쓰지 말라고 개인적으로 조언했다.

오래된 책을 볼 수 있는 도서관이 내게는 유일한 피난처였다. 그곳에는 철로 만든 난로와 3개월 지난 신문을 읽기 위해 만들어 놓은 높은 카운터가 있었다. 지나가는 사내아이들이 창틀에 턱을 괴고 창문 안을 들여다보았다.

뒤쪽 선반에는 투르게네프, 톨스토이, 체홉의 책들이 꽂혀 있었다. 만다는『예프게니 오네긴』 한 권을 발견하고는, 그 후 3일 동안 책속에 파묻혀 지냈다. 영문학은 드물었다. 사서는 선반 위에서 겨우 하나를 찾아내, 그 책이 관광객들의 마음에 들겠냐고 내 생각을 물었다. 나는 관광객들은 아마도 주위의 농촌지방을 돌아보느라 너무 바빠서『철근 콘크리트 구조에서의 변형력 계수』를 읽을 시간이 없을 거 같다고 말해 주었다.

사서는 옅은 햇살 아래 야외 벤치에 앉아 자신의 오후시간을 보내며, 투르게네프를 읽었다. 오래된 낙엽들이 그의 발치에 수북이 쌓였다. 부드러운 목소리에 섬세한 매너의 가냘픈 젊은이로서, 그는 대초원에서의 삶에 자신을 적응시키는 것을 참을 수 없어 했다. 나는 그가 게르 안에서 웅크리고 앉아 양 뼈를 발라먹거나, 말을 타고 있는 모습을 상상할 수조차 없었다. 그는 울란바토르의 대학에서 공부했는데, 그곳에서 비록 약간 문어 투이긴 하지만 유창하게 영어를 배웠다. 건강상의 문제로 공부를 중단하고, 바트시리트의 고향으로 돌아왔는데, 고향의 사서 자리가 일종의 피난처가 돼 주었다. 자작나무 사이에서, 그는 아주 근사해 보였다. 그가 책에서 눈을 뗄 때 위를 올려다보았다. 세상을 다시 붙잡기 위해 애쓰는 것처럼 보였다.

사서는 내가 왜 몽골을 여행하고 싶어 했는지 이해하지 못했다. 그가 말하길, 풍경 말고는 무엇이 볼 게 있단 말인가?

"풍경은 정말 멋진 기쁨이지요. 특히 몽골에서는."

내가 말했다.

"어디서나 하늘이 푸르다는 사실을 이해하기 위해 수천 마일을 여행할 필요는 없지 않나요?"

그는 괴테를 인용하고 있었다. 괴테의 이야기를 들려 줄 누군가를 만나기 위해 수천 마일을 여행할 필요가 있는 것 같다는 생각이 내 머릿속에 떠올랐다.

"유목민의 삶을 보고 싶었죠."

나는 간단하게 대답했다.

"유목민들의 어떤 점이 흥미롭나요?"

그가 물었다.

그의 질문은 예의발랐지만, 날카로웠다.

"유목민의 세계는 나의 세계와 아주 달라요. 유목민들은 정착해서 뿌리를 내릴 필요를 느끼지 않아요."

내가 말했다.

"유목민의 유일한 의무는 움직임입니다. 정착민들이 건물, 그러니까, 벽, 농장, 창고축사에서 발견하는 안전을 유목민들은 이주를 통해 찾고 있어요."

"하지만 이주는 자연의 법칙에 따르는 것일 뿐인 걸요."

사서가 말했다.

그는 읽던 책을 무릎 사이에 접고서, 기다란 손가락을 책속에 넣어 읽던 구절을 표시했다. 그가 강 건너 저 쪽을 바라보았다. 나뭇잎들이 회색빛 강물 속으로 우수수 떨어지고 있었다.

"이곳에서는 아무것도 변하지 않아요."

물론 그의 말은 옳다. 그들의 세상이 이처럼 정적靜的이라는 것은 삶이 이주와 결합되어 있는 유목민들의 아이러니이다. 이것은 다양성과 동요動搖가 없는 사회였다. 이주의 삶이 활동의 몫을 다 소진한 것처럼 말이다. 유목민들은 대부분의 세상 사람들이 수 천 년 전에 이미 단념한 삶의 방식에 충실했다. 심지어 그들의 게르는 윌리엄 수사가 700년 전에 묘사했던 것과 똑같은 방법으로 아직까지도 그렇게 지어지고, 그렇게 정리되었다.

계속해서 나는 사람들이 말에 안장을 얹는 것부터 양을 도살하는 것까지, 그들 삶의 몇 가지 단면에 관해 말하는 것을 들었다.

"이것이 몽골식이야"라고.

그것은 혁신에 대한 논쟁과 방어의 수단이었다. 시간의 흐름은 변화에 주목을 받지 못했다. 하늘에서 내려온 이방인은 풍경과 마찬가지로 유목민의 세상이 오래된 것인지 아니면 새로운 것인지, 영원의 산물인지 아니면 오후에 만들어진 것인지 구별하기 불가능하다는 것을 알게 될 것이다.

아마도 이것은 일종의 자유, 아니면 진귀한 자신감이었을 것이다. 자신들의 장소 또는 자신들의 이동에 표시를 남길 필요를 느끼지 않는 사람들의 무관심을 경탄하지 않을 수 없다. 하지만 그 결과는 빈약했다. 도시에서의 창조적 에너지의 핵심을 이루는 '강렬한 소망'이라는 끊임없는 관념은 이곳에서는 이상하게도 없었다. 대초원은 아무 것도 만들어 내지 않았다. 이동하는 목동들 사이에서 자리 잡고 있는 유동적인 아르카디아와 벽과 땅의 완고한 요구로부터 자유로운 상태로 마음 편하게 행동하는 유목민 의식의 아름다운 로맨스는 바람만큼이나 근원적이었다.

읍장은 우리를 차에 태워 주기 위해 지프가 있는 푸줏간 주인과 약속을 잡았다. 그가 우리를 동쪽으로, 멀지 않은 곳에 있는 바인더Binder로 데려다 주었다. 푸줏간 주인은 체구가 크고, 목이 없었다. 그는 가쁜 숨을 몰아쉬었다. 처음 나는 그 숨소리가 자동차의 난방장치에서 나는 소리인 줄 알았다.

여행은 혼잡, 그 자체였다. 푸즛간 주인이 차 공간의 반 이상을 차지했다. 나머지 반은 죽은 소 두 마리, 팔다리를 잘라 놓은 양 다섯 마리, 사람 여덟 명, 그리고 내 부츠에 핏방울을 떨어뜨리는 수수께끼 같은 포대자루가 함께 했다.

다행스럽게도 여행은 짧았다. 오넌 강 상류에서, 우리는 나무 울타리로 둘러싸인 통나무집 두 채에 도착했다. 그곳에는 소년들이 먼지와 덜커덕거리는 말발굽이 뒤엉킨 대혼란 속에서, 말떼로부터 말을 떼어내고 있었다. 오두막이 게르만큼이나 흔하게 된 이 지역에서, 나는 다시 1900년경의 미국 서부를 떠올렸다. 한계가 없는 널따란 풍경, 통나무 울타리, 사륜 짐마차, 밧줄을 맨 말들, 조잡한 오두막집 벽에 기대 놓은 나무 바퀴, 넓은 초원에 내버려둔 빗물 통. 어린 사내아이들 둘이서 우연히 나타난 신기한 물건처럼 낡은 자전거를 타고 차례로 목초지를 가로질렀다.

푸즛간 주인은 우리에게 오이우나Oyunna를 소개해 주었다. 그녀는 다부진 중년의 여성이었는데, 오두막에서 엄청나게 많은 아이들과 함께 살고 있었다. 그녀는 오두막집은 단지 계절적인 구조물이라고 설명했다. 그들은 곧 겨울 목초지로 떠날 예정이었다. 그들은 오두막집 문을 닫고, 온도르칸Ondorkhan 근처의 계곡으로 말을 타고 가 외풍이 있는 오두막보다 몽골의 추위에 훨씬 더 적합한 자신들의 게르가 있는 그곳에서 겨울을 날 것이다. 삶은 마못으로 저녁을 먹으며, 그녀는 나의 마지막 목적지인 다달까지 가는 데 가이드가 되어 주기로 했다. 그녀의 어머니가 그곳에 살고 있기에, 이참에 어머니를 방문할 생각이었다.

아침에 그녀는 말을 골랐다. 대부분의 말들이 언덕에 모여 있었기에 고를 수 있는 말은 충분했다. 오이우나의 열 명의 아들 중 하나의 충고에 따라, 나는 털이 길고 얼룩덜룩한 거세된 수놈 위에 앉았다. 다른 말들이 울타리 주위에서 힘없이 어슬렁거렸지만 그놈은 구석에서 겸손한 듯 다른 말들을 지켜보고 서 있었다.

"좋은 말이에요."

소년이 내게 확신을 심어 주었다.

"정말 빨라요."

이 얘기는 몽골인의 겸손한 표현이었다.

우리가 그놈을 울타리 밖으로 끄집어냈을 때, 그놈은 문지기 때문에 불편을 겪은 주지사처럼 화난 표정을 지었다. 근육이 잘 발달한 어깨와 넓은 등을 가진 튼튼한 말이었다. 내 서양 안장을 얹고도 작아 보이지 않는 몇 안 되는 몽골 말 중 하나였다. 손질하지 않은 갈기는 너무 두툼해서 빽빽한 갈기 속에서 고삐를 찾느라 애를 먹었다. 이마 위로 갈기가 중력을 무시한 듯 위쪽으로 뻗어 있었다. 그놈의 헤어스타일과 재치 있어 보이는 오만함은 내 방탕한 친구 하나를 생각나게 했다. 그래서 그놈을 프레드라고 부르기로 했다. 그런데 너무 늦게, 나는 무당의 경고, 그러니까 녀석이 사람의 이름을 지닌 말이었음을 깨달았다.

우리는 계곡의 맞은편에서 모임을 끝내고 집으로 돌아가는, 망가진 펠트 중절모자를 쓴 젊은 남자들과 무리를 지어 출발했다. 프레드는 곧 책임을 떠맡았다. 다른 말들을 거칠게 밀고 앞으로 스치듯 나아가 선두에 섰다. 패거리의 리더로서 프레드는 고집 세고, 냉담하고, 카리스마 넘치는, 멋진 모습을 드러냈다. 나는 그놈을 멈추어 세워 다른 사람들 옆에서 함께 가려고 했지만, 프레드는 보조를 맞추며 걷는 것을 싫어했다. 나중에야 오이우나로부터 들어 그 이유를 알게 되었다. 프레드가 어린 말이었을 때 나담 승마경주에서 우승이 유력시 되었었다. 하지만 겨우 3등으로 들어왔고, 그것으로 그놈은 심리적으로 큰 타격을 받았는데, 그것은 '중등교육 선발시험(영국에서 11세 이상의 어린이가 치르는 시험.– 옮긴이주)' 에서 예상치 못한 실패를 한 총명한 아이가 받은 충격과 비슷한 것이었다. 그 결과 프레드는 걸핏하면 싸우려 드는 습성이 생겼다. 자신의 삶을 자신이 선수選手라는 것을 증명하는 데 바쳤다. 어떤 말들의 무리에서도 그놈은 맨 앞에 서기를 고집했다. 시간이 지남에 따라 나는 그놈을 통제하는 법을 배웠다. 하지만 그것은 고삐를 쥐기 위해 내 손에 경련이 일어난 이후에나 가능했다. 내가 프레드를 달리도록 내버려두면, 그놈은 바람처럼 달렸다. 그놈은 지칠 줄 몰랐고, 정말 빨랐다. 그놈은 내가 몽골에서 만난 최고의 말이었다. 나는 녀석이 마음에 들었다.

프레드는 황갈색 언덕 위로 초원과 낙엽송의, 바람이 휘몰아치는 산등성이 쪽으로 기수들의 무리를 이끌었다. 그 끝에서 우리는 나무들 사이로 내려갔다. 거기에서 젊은 기수들이 야생 제라늄을 꺾어, 각자 안장에 장식했다. 숲의 아래쪽에서 우리는 오닌 강의 강둑 위로 올라갔다. 그곳에서는 누더기를 걸친 뱃사공이 손으로 잡아끄는 뗏목을 운전하고 있었다. 말들은 아무 문제없이 걸어서 배에 올라탔다. 강빛은 짙었고 물이 불어 있었다. 우리가 강 중간쯤에 다다랐을 즈음, 큰 고니 한 쌍이 옆 후미진 곳에서 소나무 위로 날아오르며 느릿느릿 날개 짓을 했다.

제방 끝에서 우리는 텅 빈 계곡을 통과해 북동쪽을 향해 말을 달렸다. 한 명 한 명, 젊은이들이 무리에서 이탈해 저 멀리 있는 게르를 향해 갔다. 결국 가이드와 우리만 남겨졌다. 오이우나는 그녀의 6살 된 딸아이를 데리고 왔는데, 그 아이는 할머니를 만난다는 기대에 한껏 부풀어 있었다. 꼬마 아이는 자그마한 검정 망아지를 타고 있었다. 그 망아지는 오이우나가 타고 있는 말의 새끼였다. 어린 소녀와 어린 망아지는, 모두 자기들의 엄마 옆에서 한 번도 벗어나지 않았다.

우리는 바람이 이는 풍경 속을 말을 타고 달렸다. 내내 황금빛 풀들이 물결을 일으키고, 강을 따라 자작나무는 머리를 풀어헤치고 있었다. 잎사귀의 돌풍은 차가운 물 위로 떨어지고 있었다. 높다란 하늘 너머로 돌풍 같은 구름이 동쪽으로 흘러가고, 종달새는 마치 종이처럼 가볍게 초원 너머로 공중제비를 하고 있었다. 바람이 등 쪽에서 불어와 코트가 펄럭였다. 차마 입을 열어 말을 할 수가 없었다. 모래언덕같이 부드럽고 변하기 쉬운 이런 곳에서, 세상 모두가 서풍西風으로 침식된 듯 했다. 프레드를 놓아주자 마치 바람이 앞질러야 할 또 다른 말인 양, 평원을 가로질러 달려갔다.

지금 몽골인들은 모두 이동 중이었다. 게르를 풀어 챙겨 들고, 가족들은 겨울 목초지로 옮겨갔다. 바람을 등지고 몸을 구부린, 말 탄 기수가 이끄는 짐을 실은 낙타의 행렬이 낮은 산길 위로 떠올랐다. 양떼들은 언덕과 야크의 흐트러진 행렬 너머에서 숨을 헐떡거렸다. 그들의 기다란 모피는 깃발처럼 퍼덕거리며, 지평선을 향해 가슴을 불쑥 내밀고 있었다.

서른 마리 정도 되는 튼튼한 말떼들이 좁은 골짜기를 지나 굉음을 내며 달리다, 몇 안 되는 우리 대열을 보고는 갑자기 멈추어 섰다. 사납게 불어 대는 바람이 우리의 냄새를 전해 주자 말들은 머리를 흔들며, 꼬리를 꼿꼿이 세운 채 남쪽으로 달려갔다.

새들조차 떠나가고 있었다. 축축한 목초지에서는 삐걱대는 해오라기 떼가 모여 있었는데 급한 듯 무리지어 이리 저리 뛰어다니며 날개를 돛처럼 들어올렸다. 그렇게 모두들 떠날 신호를 기다리고 있었다. 그 어떤 것도 머무르는 게 없는 것처럼 보였다.

이런 풍경 속에서 바람은 내가 결코 원하지 않는 하나의 목적지, 여행의 끝을 향해 나를 재촉하고 있었다.

오닌 강과 발지 강이 만나는 다달은 칭기즈 칸이 태어난 곳이다. 이곳에서 태어난 위대한 인물을 기념하기 위한 기념물 두 개가 이곳에 있다. 분명 1990년 이후에 세워진 최근의 것은 거대한 하얀 바위였는데, 그 위에는 칭기즈 칸의 선화線畵가 새겨져 있다. 그 기념물의 어마어마한 규모는 스탈린의 호감을 샀을 것이다.

약 1마일 떨어진 곳에 델룬 볼독Deluun Boldog이 있는데, 이것은 1962년에 흐루시초프를 매우 당혹스럽게 한 기념물이었다. 단순하고 평범한 넓은 후판厚板 돌로, 칭기즈 칸의 생일이 옛 몽골 문자로 적혀 있었다. 그 위쪽 언덕에는 푸른 천 조각이 달린 돌 오보가 있었다. 그것은 존경에 대한 몽골의 상징이었다. 이 유적지는 차분한 위엄을 지니고 있었다. 언덕에서 누군가가 발지 강의 하적호河跡湖 너머 아래쪽을 내려다보고 있었다. 그 너머 목초지에서는 소들이 한가로이 노닐고, 커다란 자작나무 숲이 언덕 아래로 길게 그림자를 드리우고 있었다.

아이들을 위한 목가적인 장소처럼 보였다. 어릴 적, 칭기즈 칸의 부르한 할둔 숲으로의 추방은 정말 견디기 힘들었을 것이다. 사람을 혹사시키는 정신적 충격의 일종으로, 『몽골비사』는 숲이 우거진 이곳에서부터 그의 출발과 그의 정복의 삶 사이의 연관성을 기록하고 있다.

여러 가지 측면에서, 칭기즈 칸의 제국은 유산遺産이 거의 없는 것처럼 보인다. 몽골인들은 위대한 도시도 세우지 않았고, 길도 닦지 않았고, 자신들이 정복한 민족에게 문화도 가져다주지 않았다. 그 자신의 시대의 극적인 대변동 외에, 다달에서 온 이 남자는 역사의 진로에 어떤 지속적인 영향력도 더해 주지 않았다.

하지만 몽골제국은 눈에 띄는 유산 하나를 남겼다. 정복의 초기 대혼란 이후 오랜 동안 평화의 시기가 찾아왔는데, 그 때 여행과 무역에 대한 중세시대의 장벽들이 이 광활한 지역 전역에서 제거되었던 것이다. '팍스 몽골리카' 가 약 100년 이상 지속되었다. 이 시기동안 멀리 떨어져 있던 민족들이, 대부분 처음으로, 갑작스레 서로 접촉을 하게 되었다. 플라노 카르피니의 존과 루브룩의 윌리엄과 같은 사람들의 선구적인 여행에 뒤이어 마르코 폴로를 위시한 수많은 사람들의 여행이 이어졌다. 호기심 많은 유럽에 동양이 빗장을 열었던 것이다.

아시아를 여행하는 유럽 상인들을 위한 안내서를 쓴 14세기의 페골로티Pegolotti는 이렇게 주장할 수 있었다.

"타나(돈 강 입구)에서 중국으로의 여행길은 아주 안전하다."

유럽의 '지리상 발견의 시대' 를 이끈 조건과 압력으로는 경제성장, 기술의 진보, 정치발전 등 여러 가지 복잡한 요인들이 있다. 하지만 세계의 대양을 건너 다른 대륙으로 향하게 하는 이 위대한 압력, 우리가 그동안 세상을 바라봤던 방식을 변화시킨 항해에 대한 첫 번째 중요한 촉매 중 하나는 몽골제국과 관련이 있다. 14세기 후반에 이슬람이 결국 아시아 무역로를 폐쇄하고 중국이 다시 성벽 안으로 후퇴했을 때, 유럽은 몽골시대 동안에 자신들이 보았던 것을 결코 잊지 않았다. 동양은 더 이상 신화가 아니었다. 그것은 이제 하나의 추억이 되었다. 중국에서의 생활에 대한 마르코 폴로의 널리 알려진 설명은 크리스토퍼 콜럼부스를 비롯한 유럽 탐험가들에게 커다란 영감을 주는 교과서였다. 수많은 탐험가들이 중국의 부자들에게 다가가는 바닷길을 찾았고, 몽골제국 아래에서 짧은 순간이나마 자신들이 향유했던 화려한 무역을 재구축하고자 했다.

이것이야말로 몽골인의, 그리고 다달의 목초지 속에서 자랐던 한 소년이 남긴 유산이었다. 자신들의 명백하지 않은 국경너머로 진군해감으로써, 대초원의 유목민들은 이 세상 전부를 들썩이게 만들었다. 그들이 붕괴시켰던 사회에 살고 있던 정착민들에게 변화를 불러일으킨 것이야말로 그들의 역사적 역할이었던 것이다. 결국 몽골인들이 고향으로 되돌아 왔을 때, 그들은 아무 일도 없었다는 듯 과거의 삶으로 복귀했다. 하지만 나머지 세상 사람들에게는 그 어느 것도 전과 똑같을 수는 없었다.

프레드와 나는 폭풍이 몰아치듯 다달에 도착했다. 우리는 다시 다른 사람들을 뒤에 남겨 두었다. 우리는 가을 평원을 날아갈 듯 건넜다. 바람은 꾸밈없는 풍경을 지나 우리를 쫓아왔다. 고삐를 잡아당기자, 프레드가 더욱 더 속도를 냈다. 녀석에게는 그 어떤 한계도 없는 듯 했다. 때때로 나는 녀석을 억지로 쉬게 하려고 산등성이에 멈춰 세우기도 했다. 그곳에서 우리는 도망자처럼 나무들 사이를 천천히 걸었다. 그리고는 다시 안장에 올라타 녀석에게 박차를 가해 언덕 아래로 해서 가슴 뛰는 목초지로 갔다. 녀석은 전속력으로 달렸다. 나는 녀석을 제지할 수 없었다. 우리는 모두 이 물불을 가리지 않는 도주에 푹 빠져 있었다.

나무들 사이에서 바람이 매섭게 불어대고 있는 마지막 고개에서 나는 프레드를 오랫동안 붙들고서 아래 쪽 마을을 살펴보았다. 바트시리트와 마찬가지로 다달은 통나무집 마을이었다. 공기 속에 소나무와 나무를 깎아 낸 부스러기 냄새가 났다. 굴뚝에서 나온 연기는 바람에 이리저리 날리고, 말을 탄 어떤 이가 오두막 사이에서 터벅터벅 걷고 있었다. 우리는 기다란 언덕을 질주해 마을로 내려왔다. 그리고는 주민들이 놀라 입을 벌린 채 바라볼 시간도 갖기 전에 그곳을 스쳐 지나갔다. 저 멀리서 기다란 언덕을 천천히 달려 구르반 누르Gurvan Nuur로 갔다. 마을에서 약 1마일 정도 떨어진 오래된 휴양지였다. 우리는 그곳에 머무르기로 했다.

우리는 낮은 울타리를 단박에 뛰어 넘어 한쪽 문이 열린 댄스홀과 참새들이 장악하고 있는 체육관을 순식간에 지나, 단정한 오두막집과 풀로 덮인 인도 사이를 전 속력으로 질주했다. 호숫가에서 우리는 먼지 구름을 일으키며, 콧바람을 불고 땀투성이가 된 채 한숨을 돌렸다. 그것은 마지막 게리 쿠퍼의 절정의 순간이었다. 우리를 바라볼 사람은 당연히 없었다. 구르반 누르는 버려진 것 같았다.

갑작스런 고요함 속에서 나는 몸을 틀어 안장에서 내려왔다. 황폐하고 철 지난 휴양지에서 갑작스럽게 여행을 끝맺게 된 것이다. 프레드와 나는 주위를 걸으며, 숨을 골랐다. 한바탕 소동처럼 달렸던 질주는 갑자기 목적을 잃은 듯 했다.

나는 다시 프레드에게 올라탔다. 우리는 캠프 주위를 천천히 달려 오두막집을 지나고 숲을 지나, 다시 호숫가로 돌아왔다. 나는 마치 무언가를 찾는 듯 했다. 하지만 아무런 소용이 없었다. 더 이상 갈 곳이 없었다. 나는 도착이라는 단단한 벽에 부딪힌 것이다.

하늘이 낮아지더니 근사한 비가 호수를 휩쓸며, 이곳의 침묵을 더욱 깊게 만들었다. 잠시 후 나는 비를 바라보며, 마을 쪽으로 내려오는 그 비를 맞으며 언덕 위로 올랐다. 나는 다시 말에서 내려, 프레드의 다리를 매두었다. 그리고는 내 새들백의 끈을 풀고 뱃대끈을 풀고, 마지막으로 내 안장을 아래로 내려놓았다. 사람의 이름을 가진 말이 나를 이처럼 달갑지 않은 종착지로 데려다 준 것이다.

예전에 구르반 누르는 공산당 관료들과 목동 수상자들을 위한 휴양지였다. 당 간부와 훌륭한 당원들은 빛나는 장밋빛 미래를 건설하기 위한 힘든 일에 대해 뭔가 보상을 받아야 한다고 생각했는데, 이 생각은 러시아에서 온 것이었다. 영화상영, 공동 식사, 구멍을 파서 만든 화장실이 있는 시골에서의 일주일은 공동체정신과 공산당 강령의 강화를 의미하는 것이었다. 이런 아이디어가 몽골의 황무지로 수입되었을 때, 휴양지의 촌스러움은 어느 정도 상실되었다. 내 가이드인 오이우나는 20년 전에 뛰어난 우유생산에 대한 보상으로 구르반 누르에서 2주간 지낸 적이 있었다. 그녀에게 있어 휴양지는 근대의 상징이었다. 그녀는 통나무집의 유리창, 스프링이 달린 침대, 러시아제 난로, 그리고 민스크에서 찍은 사회주의 로맨스 영화를 보았던 야외 영화관에 큰 감동을 받았다.

하지만 이제 이곳은 버림받음의 흔한 이야기, 과거의 유령과 같은 유물이 되었다. 땅바닥의 얼룩덜룩한 점들은 건강을 위한 활동들의 황폐해진 도구들이었다. 편자 던지기 놀이를 위한 잡초가 나 있는 모래상자, 풀로 뒤덮인 러닝 트랙, 더 이상 평행이 아닌 평행봉 등. 한 때 뜨거운 목욕과 사우나를 제공했다고 알려진 낡은 요양소 건물에는 널빤지가 덧대어 있었고, 호수 한쪽에는 노 젓는 배가 잡초 무성한 모래톱에 처박혀 있었다. 자연여행, 식물 퀴즈프로 참가자, 기분 좋은 즉석 합창대회와 같은 오두막집을 따라다니는 이미지들 사이 휴양지 관리자들의 유령이 스쳐 지나가는 듯했다. 이렇게 외진 곳은 건강에 좋은 야외 장소가 가질 만한 모든 것이 있는 보이스카우트 분위기가 났다. 그곳은 내 여행을 끝내기에는 터무니없는 장소였다.

소나무 냄새, 그리고 똑같이 생긴 오두막집들이 늘어서 있는 구르반누르는 어렸을 때 갔던 여름캠프를 쓸쓸하게 떠올리게 했다. 10대에게는 영원과 같은 2주 동안, 나는 비참했다. 캠프는 베이든 포우엘Baden-Powell(스카우트 창시자.- 옮긴이주)을 기쁘게 했을 법한 획일적이고 엄격한 종류의 것들로 관리되는 능률성을 바탕으로 운영되었다. 개개인의 독창력은 하나도 없었다. 매일 매일의 일과는 미리 예정된 프로그램으로 나눠지고, 신호와 예정된 스케줄대로 움직였다. 노를 젓고, 하이킹을 하고, 산을 오르는 모든 것들이 박식한 체하는 관리자들과 소년들때문에 흥분이 없었다. 그곳은 모험조차도 길들여진 장소였다.

캠프는 내가 사랑해야 할 방학기간에 대한 달갑지 않은 침입이었다. 여름은 먼 지평선 멀리 학교에서 떨어져 지낼 수 있는 모험이 가득한 세계여야 했다. 하지만 그 모든 것이 캠프를 망치곤 했다.

미지의 비밀과 위험한 구역, 그리고 숨을 수 있는 장소의 멋지고 드넓은 땅인 내 이웃의 뒷마당은 어떤 시간제한도, 어떤 가능성에 대한 제한도 없는 듯 했다. 그곳은 상상의 땅이었다. 달리아와 장미화단 사이에서 해적들이 난도질을 하고, 정글 탐험을 하고, 왕국이 몰락했다. 한번은 텐트를 치고 커다란 단풍나무 옆에서 혼자 밤을 보낸 적이 있었다. 그것은 외몽골로의 탐험만큼이나 멀리 떨어진 것 같았다. 어머니가 뜨거운 코코아와 비스킷을 가지고 도착해서도 조금도 손상되지 않는 느낌이었다.

하지만 여름캠프는 그것과 달랐다. 우리가 숲속을 행진할 때 그것은 아마존 정글에 대한 탐험이 아니라 나무들을 식별하기 위한 자연 하이킹이었다. 우리가 호수에서 노를 저을 때 그것은 공해公海가 아니라 그저 호수였다. 유배라는 관념이 그 장소에 대한 내 기억에 여전히 들러붙어 있다. 그것은 일종의 정착이고, 정착세계로의 감금이었다. 그 캠프는 무언가 소중한 것의 끝남을 표시했다.

오이우나와 그녀의 딸은 다음 날 아침에 떠났다. 그들의 이 여행은 보람이 없었다. 할머니가 그 전날 친척들을 방문하기 위해 울란바토르로 떠났기 때문이었다. 내가 오이우나의 어미 말을 붙들고, 그녀가 다른 말을 연심로프로 한 줄에 묶었다. 프레드는 목축용 조랑말처럼 로프에 묶이는 치욕을 거부했다. 나는 옆구리를 쓰다듬어 주었다. 근육이 내 손바닥에서 파르르 떨렸다. 녀석은 원망하는 듯한 눈빛으로 잠시 나를 쳐다보더니, 자신의 갈기를 흔들고는 다른 쪽을 바라보았다.

휴양지 위쪽의 산등성이에서 나는 그들이 다달을 통과해 아래쪽으로 달려가는 것을, 나무 오두막들 사이에서 시야에서 사라지는 것을, 그리고 다시 마을 저편에서 나타나는 것을 바라보았다. 그들은 평원을 가로지르는 강에서 서쪽을 향해 흔들흔들 멀어져 갔다. 기수 둘과 사람을 태우지 않은 말 세 마리가….

가늘고 스산한 비가 우리들 사이의 점점 멀어져 가는 거리를 채우고 있었다. 내가 두려워했던 순간, 말과의 마지막 작별이었다. 나는 그들이 저 먼 언덕 너머 소나무 산등성이로 사라지는 것을 지켜보았다. 한 순간, 나무 사이에서 그들이 하늘을 등지고 섰다. 그리고 그들은 사라졌다. 우리가 지나쳐 왔던 그 모든 자연풍경 속으로 사라졌다.

옮기고 나서

어린 시절, 몽골을 꿈꾸던 소년이 있었다. 스카우트 캠프도 시시하기만 했던 이 소년은 언제부터인지 말을 타고 광활한 몽골을 달려보리라 마음먹었다. 그 순간이, 마치 게리 쿠퍼가 먼지를 일으키며 마을로 들어서는 영화 속 모습일거라 생각하며….

한 때, 전 세계가 아시아, 그것도 몽골을 주시하던 때가 있었다. 온 유럽이 카라코룸(몽골의 옛수도)으로 사신을 보내어 몽골에게 아부하려던 13세기, 프랑스에서는 윌리엄 수사가 그 역할을 맡아 수레를 타고 몽골의 초원을 횡단했다. 이제 마흔이 넘은 소년은, 윌리엄 수사가 갔던 길을 따라 여행을 하기로 마음을 먹었다. 약 750년이 지나서….

몽골에서는 걸음마도 배우지 못한 아이들도 말부터 타니 어쩌면 작가에게 말이라는 교통수단은 당연한 것인지 모르겠다. 윌리엄 수사는 몸무게가 많이 나가, 타고 갈 말을 구하지 못해 수레를 타고 갔지만 말이다.

윌리엄 수사의 여행 경로를 그대로 따라가는 것이 이 여행기의 루트이다. 터키에서 출발해 우즈베키스탄, 카자흐스탄을 거쳐 카라코룸까지. 거기에다가 윌리엄 수사는 가지 않은 곳, 칭기즈 칸이 태어난 다달을 하나 더 추가했다. 그리고 그 여행길은 750년 전, 윌리엄 수사가 묘사한 것과 별반 다를 게 없었다고 작가는 말한다.

달라진 것은 그 길에, 공산주의가 들렀다 지나가고 새로이 자본주의가 스며들었다는 것이다. 그곳엔 마치 그 흔적처럼 외국인에게 더듬거리는 영어로 포주노릇을 하는 '올가' 가, 세상을 너무 빨리 알아 버린 어린 보따리장수 '콜야' 가 있었다. 혹자는 그것으로 그네들을 폄하했다고 하지만, 실컷 요리한 생선요리를 접대한답시고 몽골비밀경찰들에게 뺏긴 후, 베개 속에 숨겨둔 빵과 불가리아 와인으로 대충 끼니를 때우는 작가의 모습에서는 절로 웃음이 새어나올 것이다.

이 책은 사실, 여행의 감상을 적은 기행문일 뿐만 아니라, 여행을 통해 13세기부터 사회주의가 몰락한 이후 현재까지 몽골의 모습을 보여주는 역사서로도 충분히 제 몫을 한다. 중세와 사회주의체제를 거쳐 오늘에 이르기까지의 변하지 않은 유목생활의 모습을 역사와 자연이라는 소재를 조합해 그대로 드러내 보여주고 있다.

대영제국 박물관, 루브르 박물관처럼, 전 세계를 대상으로 한 약탈전시장을 갖고 있는 유럽과 비교해, 그렇게 강력하게 세상을 지배하고도 몽골인들은 그 어디에도 흔적을 남겨두지 않았다. 그럼에도 불구하고, 그 역사는 패자에 의해 기록되었기에 몽골의 침략은 그 어느 것보다도 잔인하고 극악무도하다고 기술되었다.

당시 유럽을 휘어잡고 있던 몽골인들에게 새로운 황제, 대 칸을 뽑으러 가야 할 일이 생기지 않았다면, 그래서 말머리를 돌려 마치 출퇴근을 하듯 대초원 4천 마일을 가로질러 몽골로 다시 돌아가지 않았다면, 지금의 유럽은 어떻게 되었을까?

2005년 8월
와우산 자락에서 김선희